内蒙古自治区社科规划特别项目
"内蒙古民族文化建设研究工程"研究系列成果

内蒙古民族文化通鉴·研究系列丛书

达斡尔族书面文学概论

托 娅 阿茹汉 ◎ 著

中国社会科学出版社

图书在版编目（CIP）数据

达斡尔族书面文学概论／托娅，阿茹汉著 . —北京：中国社会科学出版社，2022.6
（内蒙古民族文化通鉴·研究系列丛书）
ISBN 978-7-5227-0452-4

Ⅰ.①达…　Ⅱ.①托…②阿…　Ⅲ.①达斡尔族—少数民族文学—文学史研究—中国
Ⅳ.①I207.922

中国版本图书馆 CIP 数据核字（2022）第 117741 号

出 版 人	赵剑英	
责任编辑	宫京蕾　周怡冰	
特约编辑	芮　信	
责任校对	赵雪姣	
责任印制	郝美娜	

出　　版	中国社会科学出版社	
社　　址	北京鼓楼西大街甲 158 号	
邮　　编	100720	
网　　址	http：//www.csspw.cn	
发 行 部	010-84083685	
门 市 部	010-84029450	
经　　销	新华书店及其他书店	

印刷装订	北京君升印刷有限公司	
版　　次	2022 年 6 月第 1 版	
印　　次	2022 年 6 月第 1 次印刷	

开　　本	710×1000　1/16	
印　　张	27.5	
插　　页	2	
字　　数	451 千字	
定　　价	148.00 元	

凡购买中国社会科学出版社图书，如有质量问题请与本社营销中心联系调换
电话：010-84083683

《内蒙古民族文化通鉴》总序

乌　兰

　　"内蒙古民族文化研究建设工程"成果集成——《内蒙古民族文化通鉴》（简称《通鉴》）六大系列数百个子项目的出版物将陆续与学界同仁和广大读者见面了。这是内蒙古民族文化传承保护建设中的一大盛事，也是对中华文化勃兴具有重要意义的一大幸事。借此《通鉴》出版之际，谨以此文献给所有热爱民族文化，坚守民族文化的根脉，为民族文化薪火相传而殚智竭力、辛勤耕耘的人们。

一

　　内蒙古自治区位于祖国北部边疆，土地总面积118.3万平方公里，占中国陆地国土总面积的八分之一，现设9市3盟2个计划单列市，全区共有102个旗县（市、区），自治区首府为呼和浩特。2014年，内蒙古总人口2504.81万，其中蒙古族人口458.45万，汉族人口1957万，包括达斡尔族、鄂温克族、鄂伦春族"三少"自治民族在内的其他少数民族人口88.67万；少数民族人口约占总人口的21.45%，汉族人口占78.15%，是蒙古族实行区域自治、多民族和睦相处的少数民族自治区。内蒙古由东北向西南斜伸，东西直线距离2400公里，南北跨度1700公里，横跨东北、华北、西北三大区，东含大兴安岭，西包阿拉善高原，南有河套、阴山，东南西与8省区毗邻，北与蒙古国、俄罗斯接壤，国境线长达4200公里。内蒙古地处中温带大陆气候区，气温自大兴安岭向东南、西南递增，降水自东南向西北递减，总体上干旱少雨，四季分明，寒暑温差很大。全区地理上大致属蒙古高原南部，从东到西地貌多样，有茂密的森林，广袤的草原，丰富的矿藏，是中国为数不多的资源富集大区。

内蒙古民族文化的主体是自治区主体民族蒙古族的文化，同时也包括达斡尔族、鄂温克族、鄂伦春族等人口较少世居民族多姿多彩的文化和汉族及其他各民族的文化。

"内蒙古"一词源于清代"内札萨克蒙古"，相对于"外扎萨克蒙古"即"外蒙古"。自远古以来，这里就是人类繁衍生息的一片热土。1973年在呼和浩特东北发现的大窑文化，与周口店第一地点的"北京人"属同一时期，距今50—70万年。1922年在内蒙古伊克昭盟乌审旗萨拉乌苏河发现的河套人及萨拉乌苏文化、1933年在呼伦贝尔扎赉诺尔发现的扎赉诺尔人，分别距今3.5—5万年和1—5万年。到了新石器时代，人类不再完全依赖天然食物，而已经能够通过自己的劳动生产食物。随着最后一次冰河期的迅速消退，气候逐渐转暖，原始农业在中国北方地区发展起来。到了公元前6000—5000年，内蒙古东部和西部两个亚文化区先后都有了原始农业。

"红山诸文化"（苏秉琦语）和海生不浪文化的陆续兴起，使原始定居农业逐渐成为主导的经济类型。红山文化庙、坛、冢的建立，把远古时期的祭祀礼仪制度及其规模推进到一个全新的阶段，使其内容空前丰富，形式更加规范。"中华老祖母雕像""中华第一龙""中华第一凤"——这些在中华文明史上具有里程碑意义的象征物就是诞生在内蒙古西辽河流域的红山文化群。红山文化时期的宗教礼仪反映了红山文化时期社会的多层次结构，表明"'产生了植根于公社，又凌驾于公社之上的高一级的社会组织形式'（苏秉琦语——引者注），这已不是一般意义上的新石器时代文化概念所能包容的，文明的曙光已照耀在东亚大地上"①。

然而，由于纪元前5000年和纪元前2500年前后，这里的气候出现过几次大的干旱及降温，原始农业在这里已经不再适宜，从而迫使这一地区的原住居民去调整和改变生存方式。夏家店文化下层到上层、朱开沟文化一至五段的变迁遗迹，充分证明了这一点。气候和自然环境的变化、生产力的进一步发展，必然促使这里的人类去寻找更适合当地生态条件、创造具有更高劳动生产率的生产方式。于是游牧经济、游牧文化诞生了。

---

① 田广金、郭素新：《北方文化与匈奴文明》，江苏教育出版社2005年版，第131页。

　　历史上的游牧文化区，基本处于北纬 40 度以北，主要地貌单元包括山脉、高原草原、沙漠，其间又有一些大小河流、淡水咸水湖泊等。处于这一文化带上的蒙古高原现今冬季的平均气温在 -10℃—20℃ 之间，年降雨量在 400 毫米以下，干燥指数在 1.5—2 之间。主要植被是各类耐寒的草本植物和灌木。自更新世以来，以有蹄类为主的哺乳动物在这一地区广泛分布。这种生态条件，在当时的生产力水平下，对畜牧业以外的经济类型而言，其制约因素无疑大于有利因素，而选择畜牧、游牧业，不仅是这种生态环境条件下的最佳选择，而且应该说是伟大的发明。比起从前在原始混合型经济中饲养少量家畜的阶段，逐水草而居，"依天地自然之利，养天地自然之物"的游牧生产、生活方式有了质的飞跃。按照人类学家 L. 怀特、M. D. 萨赫林斯关于一定文化级差与一定能量控驭能力相对应的理论，一头大型牲畜的生物能是人体生物能的 1—5 倍，一人足以驾驭数十头牲畜从事工作，可见真正意义上的畜牧、游牧业的生产能力已经与原始农业经济不可同日而语。它表明草原地带的人类对自身生存和环境之间的关系有了全新的认识，智慧和技术使生产力有了大幅提高。

　　马的驯化不但使人类远距离迁徙游牧成为可能，而且让游牧民族获得了在航海时代和热兵器时代到来之前绝对所向披靡的军事能力。游牧民族是个天然的生产军事合一的聚合体，具有任何其他民族无法比拟的灵活机动性和长距离迁徙的需求与能力。游牧集团的形成和大规模运动，改变了人类历史。欧亚大陆小城邦、小农业公社之间封闭隔绝的状况就此终结，人类社会各个群体之间的大规模交往由此开始，从氏族部落语言向民族语言过渡乃至大语系的形成，都曾有赖于这种大规模运动；不同部落、不同族群开始通婚杂居，民族融合进程明显加速，氏族部族文化融合发展成为一个个特色鲜明的民族文化，这是人类史上的一次历史性进步，这种进步也大大加快了人类文化的整体发展进程。人类历史上的一次划时代的转折——从母权制向父权制的转折也是由"放牧部落"带到农耕部落中去的。[①]

　　对现今中国北方地区而言，到了公元前一千年左右，游牧人的时期业

---

① ［苏］Д. Е. 叶列梅耶夫：《游牧民族在民族史上的作用》，《民族译丛》1987 年第 5、6 期。

已开始，秦汉之际匈奴完成统一草原的大业，此后的游牧民族虽然经历了许多次的起起伏伏，但总体十分强势，一种前所未有的扩张从亚洲北部，由东向西展开来。于是，被称为"世界历史两极"的定居文明与草原畜牧者和游牧人开始在从长城南北到中亚乃至欧洲东部的广阔地域内进行充分的相互交流。到了"蒙古时代"，一幅中世纪的"加泰罗尼亚世界地图"，如实反映了时代的转换，"世界体系"以"蒙古时代"为开端确立起来，"形成了人类史上版图最大的帝国，亚非欧世界的大部分在海陆两个方向上联系到了一起，出现了可谓'世界的世界化'的非凡景象，从而在政治、经济、文化、商业等各个方面出现了东西交流的空前盛况"。① 直到航海时代和热兵器时代到来之后，这种由东向西扩张的总趋势才被西方世界扭转和颠倒。而在长达约两千年的游牧社会历史上，现今的内蒙古地区始终是游牧文化圈的核心区域之一，也是游牧世界与华夏民族、游牧文明与农耕文明碰撞激荡的最前沿地带。

在漫长的历史过程中，广袤的北方大草原曾经是众多民族繁衍生息的家园，他们在与大自然的抗争和自身的生存发展过程中创造了各民族自己的文化，形成了以文化维系起来的人群——民族。草原各民族有些是并存于一个历史时期，毗邻而居或交错居住，有些则分属于不同历史时期，前者被后者更替，后者取代前者，薪尽而火传。但不论属何种情形，各民族文化之间都有一个彼此吸纳、继承、逐渐完成民族文化自身的进化，然后在较长历史时期内稳定发展的过程。比如，秦汉时期的匈奴文化就是当时众多民族部落文化和此前各"戎""狄"文化的集大成。魏晋南北朝时期的鲜卑文化，隋唐时期的突厥文化，宋、辽、金时期的契丹、女真、党项族文化，元代以来的蒙古族文化都是如此。

二

蒙古民族是草原文化的集大成者，蒙古文化是草原文化最具代表性的文化形态，蒙古民族的历史集中反映了历史上草原民族发展变迁的基本

---

① 《杉山正明谈蒙古帝国："元并非中国王朝"一说对错各半》，《东方早报·上海书评》2014年7月27日。

规律。

有人曾用"蝴蝶效应"比喻 13 世纪世界历史上的"蒙古风暴"——斡难河畔那一次蝴蝶翅膀的扇动引起周围空气的扰动，能量在连锁传递中不断增强，最终形成席卷亚欧大陆的铁骑风暴。这场风暴是由一位名叫铁木真的蒙古人掀起，他把蒙古从一个部落变成一个民族，于 1206 年建立了大蒙古汗国。铁木真统一蒙古各部之后，首先废除了氏族和部落世袭贵族的权利，使所有官职归于国家，为蒙古民族的历史进步扫清了重要障碍，并制定了世界上第一部具有宪法意义、包含宪政内容的成文法典，而这部法典要比英国在世界范围内最早制定的宪法性文件早了九年。成吉思汗确立了统治者与普通牧民负同等法律责任、享有同等宗教信仰自由等法律原则，建立了定期人口普查制度，创建了最早的国际邮政体系。

13、14 世纪的世界可被称为蒙古时代，成吉思汗缔造的大蒙古国囊括了多半个亚欧版图，发达的邮驿系统将东方的中国文明与西方的地中海文明相连接，两大历史文化首度全面接触，对世界史的影响不可谓不深远。亚欧大陆后来的政治边界划分分明是蒙古帝国的遗产。成吉思汗的扩张和西征，打破了亚欧地区无数个城邦小国、定居部落之间的壁垒阻隔，把亚欧大陆诸文明整合到一个全新的世界秩序之中，因此他被称为"缔造全球化世界的第一人"①。1375 年出现在西班牙东北部马略卡岛的一幅世界地图——"卡塔拉地图"（又称"加泰罗尼亚地图"，现藏于法国国家图书馆），之所以被称为"划时代的地图"，并非因为它是标明马可·波罗行旅路线的最早地图，而是因为它反映了一个时代的转换。从此，东西方之间的联系和交往变得空前便捷、密切和广泛。造纸、火药、印刷术、指南针——古代中国的这些伟大发明通过蒙古人，最终真正得以在欧洲推广开来；意大利作家但丁、薄伽丘和英国作家乔叟所用的"鞑靼绸""鞑靼布""鞑靼缎"等纺织品名称，英格兰国王指明要的"鞑靼蓝"，还有西语中的许多词汇，都清楚地表明东方文化以蒙古人为中介传播到西方的那段历史；与此同时，蒙古人从中亚细亚、波斯引进许多数学家、工匠和管理人员，以及诸如高粱、棉花等农作物，并将其传播到中国和其他

① ［美］杰克·威泽弗德：《成吉思汗与今日世界之形成》，温海清、姚建根译，重庆出版社 2014 年版，第 8 页封面。

地区，从而培育或杂交出一系列新品种。由此引发的工具、设备、生产工艺的技术革新，其意义当然不可小觑；特别是数学、历法、医学、文学艺术方面的交流与互动，知识和观念的传播、流动，打破了不同文明之间的隔阂，以及对某一文明的偏爱与成见，其结果就是全球文化和世界体系若干核心区的形成。1492 年，克里斯托弗·哥伦布说服两位君主，怀揣一部《马可·波罗游记》，信心满满地扬帆远航，为的就是找到元朝的"辽阳省"，重建与蒙古大汗朝廷的海上联系，恢复与之中断的商贸往来。由于蒙古交通体系的瓦解和世界性的瘟疫，他浑然不知此时元朝已经灭亡一百多年，一路漂荡到加勒比海的古巴，无意间发现了"新大陆"。正如美国人类学家、蒙古史学者杰克·威泽弗德所言，在蒙古帝国终结后的很长一段时间内，新的全球文化继续发展，历经几个世纪，变成现代世界体系的基础。这个体系包含早先蒙古人强调的自由商业、开放交通、知识共享、长期政治策略、宗教共存、国际法则和外交豁免。①

即使我们以中华文明为本位回望这段历史，同样可以发现蒙古帝国和元朝对我国历史文化久远而深刻的影响。从成吉思汗到忽必烈，历时近百年，元朝缔造了人类历史上版图最大的帝国，结束了唐末以来国家分裂的状况，基本划定了后世中国的疆界；元代实行开放的民族政策，大力促进各民族间的经济文化交流和边疆地区的开发，开创了中华民族多元一体的新格局，确定了中国统一的多民族国家的根本性质；元代推行农商并重政策，"以农桑为急务安业力农"，城市经济贸易繁荣发展，经贸文化与对外交流全面推进，实行多元一体的文化教育政策，科学技术居于世界前列，文学艺术别开生面，开创了一个新纪元；作为发动有史以来最大规模征服战争的军事领袖，成吉思汗和他的继任者把冷兵器时代的战略战术思想、军事艺术推上了当之无愧的巅峰，创造了人类军事史的一系列"第一"、一系列奇迹，为后人留下了极其丰富的精神财富；等等。

统一的蒙古民族的形成是蒙古民族历史上具有划时代意义的时间节点。从此，蒙古民族成为具有世界影响的民族，蒙古文化成为中华文化不可或缺的组成部分。漫长的历史岁月见证了蒙古族人民的智慧，他们在文

---

① ［美］杰克·威泽弗德：《成吉思汗与今日世界之形成》（修订版），温海清、姚建根译，重庆出版社 2014 年版，第 6、260 页。

学、史学、天文、地理、医学等诸多领域成就卓然，为中华文明和人类文明的发展做出了不可否认的伟大贡献。

20世纪30年代被郑振铎先生称为"最可注意的伟大的白话文作品"的《蒙古秘史》，不单是蒙古族最古老的历史、文学巨著，也是被联合国教科文组织列为世界名著目录（1989年）的经典，至今依然吸引着世界各国无数的学者、读者；在中国著名的"三大英雄史诗"中，蒙古族的《江格尔》、《格斯尔》（《格萨尔》）就占了两部，它们也是目前世界上已知史诗当中规模最大、篇幅最长、艺术表现力最强的作品之一；蒙古民族一向被称为能歌善舞的民族，马头琴、长调、呼麦被列入世界非物质文化遗产，蒙古族音乐舞蹈成为内蒙古的亮丽名片，风靡全国，感动世界，诠释了音乐不分民族、艺术无国界的真谛；还有传统悠久、特色独具的蒙古族礼仪习俗、信仰禁忌、衣食住行，那些科学简洁而行之有效的生产生活技能、民间知识，那些让人叹为观止的绝艺绝技以及智慧超然且极其宝贵的非物质文化遗产，都是在数千年的游牧生产生活实践中形成和积累起来的，也是与独特的生存环境高度适应的，因而极富生命力。迄今，内蒙古已拥有列入联合国非物质文化遗产名录的项目2项（另有马头琴由蒙古国申报列入名录）、列入国家级名录的81项、自治区及盟市旗县级名录的3844项，各级非遗传承人6442名。其中蒙古族、达斡尔族、鄂温克族、鄂伦春族等内蒙古世居少数民族的非遗项目占了绝大多数。人们或许不熟悉内蒙古三个人口较少民族的文化传统，然而那巧夺天工的达斡尔造型艺术、想象奇特的鄂温克神话传说、栩栩如生的鄂伦春兽皮艺术、闻名遐迩的"三少民族"桦皮文化……这些都是一朝失传则必将遗恨千古的文化瑰宝，我们当倍加珍惜。

内蒙古民族文化当中最具普世意义和现代价值的精神财富，当属其崇尚自然、天人相谐的生态理念、生态文化。游牧，是生态环保型的生产生活方式，是现代以前人类历史上惟一以人与自然和谐共存、友好相处的理念为根本价值取向的生产生活方式。游牧和狩猎，尽管也有与外在自然界相对立的一面，但这是以敬畏、崇尚和尊重大自然为最高原则、以和谐友好为前提的非对抗性对立。因为，牧民、猎人要维持生计，必须有良好的草场、清洁的水源和丰富的猎物，而这一切必须以适度索取、生态环保为条件。因此，有序利用、保护自然，便成为游牧生产方式的最高原则和内在要求。对亚洲北部草原地区而言，人类在无力改造和控制自然环境的条件下，游牧生产方式是维持草畜平衡，使草场及时得到休整、涵养、恢复的自由而能动的最佳选择。我国北方的广大地区尽管数千年来自然生态环境相当脆弱，如今却能够成为我国北部边疆的生态屏障，与草原游牧民族始终如一的精心呵护是分不开的。不独蒙古族，达斡尔族、鄂温克族、鄂伦春族等草原世居少数民族在文化传统上与蒙古族共属一个更大的范畴，不论他们的思维方式、信仰文化、价值取向还是生态伦理，都与蒙古族大同小异，有着多源同流、殊途同归的特点。

随着人类历史进程的加速，近代以来，世界各地区、各民族文化变迁、融合的节奏明显加快，草原地区迎来了本土文化和外来文化空前大激荡、大融合的时代。草原民族与汉民族的关系日趋加深，世界各种文化对草原文化的作用和影响进一步增强，农业文明、工业文明、商业文明、城市文明的因素大量涌现，草原各民族的生产生活方式，乃至思想观念、审美情趣、价值取向都发生了巨大变化。虽然，这是一个凤凰涅槃、浴火重生的过程，但以蒙古族文化为代表的草原各民族文化，在空前的文化大碰撞中激流勇进，积极吸纳异质文化养分，或在借鉴吸纳的基础上进行自主的文化创新，使民族文化昂然无惧地走上转型之路。古老的蒙古族文化，依然保持着她所固有的本质特征和基本要素，而且，由于吸纳了更多的活性元素，文化生命力更加强盛，文化内涵更加丰富，以更加开放包容的姿态迎来了现代文明的曙光。

三

古韵新颜相得益彰，历久弥新异彩纷呈。自治区成立以来的近 70 年间，草原民族的文化事业有了突飞猛进的发展。我国社会主义制度和民族区域自治、各民族一律平等的宪法准则，党和国家一贯坚持和实施的尊重、关怀少数民族，大力扶持少数民族经济文化事业的一系列方针政策，从根本上保障了我国各民族人民传承和发展民族文化的权利，也为民族文化的发展提供了广阔空间。一些少数民族，如鄂伦春族仅仅用半个世纪就从原始社会过渡到社会主义社会，走过了过去多少个世纪都不曾走完的历程。

一个民族的文化发展水平必然集中体现在科学、文化、教育事业上。在历史上的任何一个时期，蒙古民族从来不曾拥有像现在这么多的科学家、文学家等各类专家教授，从来没有像现在这样以丰富的文化产品供给普通群众的消费，蒙古族大众的整体文化素质从来没有达到现在这样的高度。哪怕最偏远的牧村，电灯电视不再稀奇，网络、手机、微信微博业已成为生活的必需。自治区现有7家出版社出版蒙古文图书，全区每年都有数百上千种蒙古文新书出版，各地报刊每天都有数以千百计的文学新作发表。近年来，蒙古族牧民作家、诗人的大量涌现，已经成为内蒙古文学的一大景观，其中有不少作者出版有多部中长篇小说或诗歌散文集。我们再以国民受教育程度为例，它向来是一个民族整体文化水准的重要指标之一。中华人民共和国成立前，绝大多数蒙古人根本没有接受正规教育的机会，能够读书看报的文化人寥若晨星。如今，九年义务教育已经普及，即便是上大学、读研考博的高等教育，对普通农牧民子女也不再是奢望。据《内蒙古2014年国民经济和社会发展统计公报》显示，全自治区2013年少数民族在校大学生10.8万人，其中蒙古族学生9.4万人；全区招收研究生5987人，其中，少数民族在校研究生5130人，蒙古族研究生4602人，蒙古族受高等教育程度可见一斑。

每个时代、每个民族都有一些杰出人物曾经对人类的发展进步产生深远影响。正如爱迪生发明的电灯"点亮了世界"一样，当代蒙古族也有为数不少的文化巨人为世界增添了光彩。提出"构造体系"概念、创立地质力学学说和学派、提出"新华夏构造体系三个沉降带"理论、开创油气资源勘探和地震预报新纪元的李四光；认定"世界未来的文化就是中国文化复兴"、素有"中国最后一位大儒家"之称的国学大师梁漱溟；在国际上首次探索出山羊、绵羊和牛精子体外诱导获能途径，成功实现试管内杂交育种技术的"世界试管山羊之父"旭日干；还有著名新闻媒体人、文学家、翻译家萧乾；马克思主义哲学家艾思奇；当代著名作家李准……这些如雷贯耳的大名，可谓家喻户晓、举世闻名，但人们未必都知道他们来自蒙古族。是的，他们来自蒙古民族，为中华民族的伟大复兴，为全人类的文明进步做出了应有的贡献。

历史的进步、社会的发展、蒙古族人民群众整体文化素质的大幅提升，使蒙古族文化的内涵得以空前丰富，文化适应能力、创新能力、竞争能力都有了显著提升。从有形的文化特质，如日常衣食住行，到无形的观念形态，如思想情趣、价值取向，我们可以举出无数个鲜活的例子，说明蒙古文化紧随时代的步伐传承、创新、发展的事实。特别是自 2003 年自治区实施建设民族文化大区、强区战略以来，全区文化建设呈现出突飞猛进的态势，民族文化建设迎来了一个新的高潮。内蒙古文化长廊计划、文化资源普查、重大历史题材美术创作工程、民族民间文化遗产数据库建设工程、蒙古语语料库建设工程、非物质文化遗产保护、一年一届的草原文化节、草原文化研究工程、北部边疆历史与现状研究项目等，都是这方面的有力举措，收到了很好的成效。

但是，我们也必须清醒地看到，与经济社会的跨越式发展相比，文化建设仍然显得相对滞后，特别是优秀传统文化的传承保护依然任重道远。优秀民族文化资源的发掘整理、研究转化、传承保护以及对外传播能力尚不能适应形势发展，某些方面甚至落后于国内其他少数民族省区的现实也尚未改变。全球化、工业化、信息化和城市化的时代大潮，对少数民族弱势文化的剧烈冲击是显而易见的。全球化浪潮和全方位的对外开放，意味着我们必将面对外来文化，特别是强势文化的冲击。在不同文化之间的交往中，少数民族文化所受到的冲击会更大，所经受的痛苦也会更多。因为，它们对外来文化的输入往往处于被动接受的状态，而对文化传统的保护常常又力不从心，况且这种结果绝非由文化本身的价值所决定。换言之，在此过程中，并非所有得到的都是你所希望得到的，并非所有失去的都是你应该丢掉的，不同文化之间的输入输出也许根本就不可能"对等"。这正是民族文化的传承保护任务显得分外紧迫、分外繁重的原因。

文化是民族的血脉，内蒙古民族文化是中华文化不可或缺的组成部分，中华文化的全面振兴离不开国内各民族文化的繁荣发展。为了更好地贯彻落实党的十八大关于文化建设的方针部署，切实把自治区党委提出的实现民族文化大区向民族文化强区跨越的要求落到实处，自治区政府于2013 年实时启动了"内蒙古民族文化建设研究工程"。"工程"包括文献档案整理出版，内蒙古社会历史调查、研究系列，蒙古学文献翻译出版，内蒙古历史文化推广普及和"走出去"，"内蒙古民族文化建设研究数据库"建设等广泛内容，计划六年左右的时间完成。经过两年的紧张努力，从 2016 年开始，"工程"的相关成果已经陆续与读者见面。

建设民族文化强区是一项十分艰巨复杂的任务，必须加强全区各界研究力量的整合，必须有一整套强有力的措施跟进，必须实施一系列特色文化建设工程来推动。"内蒙古民族文化建设研究工程"就是推动我区民族文化强区建设的一个重要抓手，是推进文化创新、深化人文社会科学可持续发展的一个重要部署。目前，"工程"对全区文化建设的推动效应正在逐步显现。

"内蒙古民族文化建设研究工程"将在近年来蒙古学研究、"草原文化研究工程""北部边疆历史与现状研究"、文化资源普查等科研项目所取得的成就基础上，突出重点、兼顾门类，有计划、有步骤地开展抢救、保护濒临消失的民族文化遗产，搜集记录地方文化和口述历史，使民族文化传承保护工作迈上一个新台阶；将充分利用新理论、新方法、新材料，有力推进学术创新、学科发展和人才造就，使内蒙古自治区传统优势学科进一步焕发生机，使新兴薄弱学科尽快发展壮大；"工程"将会在科研资料建设，学术研究，特色文化品牌打造、出版、传播、转化等方面取得突破性的成就，推出一批具有创新性、系统性、完整性的标志性成果，助推自治区人文社会科学研究和社会主义文化建设事业蓬勃发展。"内蒙古民族文化建设研究工程"的实施，势必大大增强全区各民族人民群众的文化自觉和文化自信，必将成为社会主义文化大发展大繁荣，实现中华民族伟大复兴中国梦的一个切实而有力的举措，其"功在当代、利在千秋"的重要意义必将被历史证明。

（作者为时任内蒙古自治区党委常委、宣传部部长，"内蒙古民族文化建设研究工程"领导小组组长）

前　言

一　达斡尔族书面文学在少数民族文学中的概念阈定

达斡尔族书面文学作为中国少数民族文学的重要一极，以其勃勃的生机与活力，彰显出中国少数民族文学生成的多源性与美学形态的丰富性。特别是新时期以来，达斡尔族书面文学为当代中国少数民族文学的繁荣与发展注入了鲜活的原初力量，成功展示了达斡尔民族形象，张扬了达斡尔民族精神，推进了中国少数民族文学的多元共生共荣。需要我们正视的是，达斡尔族文学长期以来一直面临着被静观、被点缀的境遇，在中国少数民族文学的话语建构中作为"缺席的他者"，"长期游离于作为权利话语象征的中国文学史的历史记忆或文化想象之外"①。而且，达斡尔族书面文学又是目前中国少数民族文学研究中最为薄弱的一环，其弱势状况已成为学界的共识。究其包括达斡尔族书面文学在内的一些少数民族文学被淡化、被疏漏的根由，有学者认为源于两个方面：一是"主流话语的冷漠或居高临下的言说状态"，二是"批评者主体意识薄弱，以及自身批评话语的陈旧或批评思维的惰性和惯性"②。这种现状，某种程度上又以一种相对"稳定结构"③制约着少数民族文学及达斡尔族文学的再发现。在此背景下，努力突破达斡尔族书面文学长久以来被忽视、被搁置甚至"淡出文学史视野"④的状态，对作为达斡尔民族精神与文化重要载体的

---

① 李长中：《当代少数民族文学批评：理论与实践》，民族出版社 2013 年版，第 23 页。

② 李长中：《当代人口较少民族文学的审美观照》，社会科学文献出版社 2015 年版，第 2 页。

③ 李长中：《当代人口较少民族文学的审美观照》，社会科学文献出版社 2015 年版，第 3 页。

④ 李晓峰：《多民族文学：中国文学史观的缺失》，《民族文学研究》2007 年第 3 期。

书面文学做出最基础性的研究，对达斡尔族书面文学的审美特征及其叙事经验加以梳理和总结，其价值是无可置疑的。归纳而言，达斡尔族书面文学研究的多重意义主要体现在以下三方面：一是现实意义。开创达斡尔族书面文学研究领域，为达斡尔族文学研究学科的创建和拓展奠定基础，加深并增进学界对达斡尔族书面文学的认识，特别是对改善当下社会语境下达斡尔族书面文学及其文化生态持续恶化现象有所补益。二是美学意义。文学批评是文学创作的动力与借镜。达斡尔族书面文学在中国少数民族文学发展史中出于文学之外的诸多因素而被"政策性批评"的现象，常常使得达斡尔族作家期望与其他民族作家"对等批评"的内心诉求无从实现。因此，我们在前人研究基础上，将以往弥散的个案研究加以整合，力求克服其中的偏颇与不足，使其更具系统性和完整性，并深入其内里，挖掘达斡尔族书面文学的审美新质，勾勒其总体思维进路，以推促达斡尔民族文学的进一步发展与繁荣。三是文学史意义。从历史演变角度，通过对历史发展进程中达斡尔族书面文学的理论概括，对达斡尔族晚清文人书面文学再到当代作家文学所呈现的达斡尔民族精神版图的描述，确立达斡尔族作家与作品的价值意义，并力求创造一种共识，使达斡尔族文学早日取得进入"公共空间"的话语权。

我们从研究价值和意义再回到达斡尔族书面文学的本体。在确定"达斡尔族书面文学"的基本概念之前，先对与达斡尔族书面文学有着密切关联的"少数民族文学"做出申说。中国少数民族文学有着久远的历史，但"少数民族文学"这一概念的提出，被学界认为是一个当代性事件。文学家茅盾在 1949 年 10 月《人民文学》发刊词里，提出要"开展国内各少数民族的文学运动，使新民主主义的内容与少数民族的文学形式相结合"[①]。可以说，这是"少数民族文学"概念的第一次被提出。当然，茅盾的最初目的不是提出概念，而是倡导少数民族的文学运动。之后，关于"少数民族文学"所包含的意义，学术界在漫长的探索和认知过程中形成了多种见解。何其芳在 1961 年提出过"判断作品所属民族一般只能以作者的民族成分为依据"[②] 的观点。新时期初，《光明日报》等报刊对

---

① 茅盾：《〈人民文学〉发刊词》，《人民文学》1949 年第 1 期。
② 何其芳：《少数民族文学史编写中的问题》，《文学评论》1961 年第 5 期。

此再次展开讨论。梁庭望、汪立珍、尹晓琳主编的《中国民族文学研究60年》将这场讨论的观点归纳如下：一是内容决定论。作品是否属于某一民族的文学，决定因素是题材、主题、情节、形象（主要是人物形象）和风格。二是形式决定论。认为文学作品的结构、体裁和民族语言是决定民族文学属性的关键。三是形式、内容决定论。民族文学的属性除题材、主题、情节、形象和风格之外，在结构、体裁和民族语言方面也必须有所体现。四是创作主体、内容决定论。这种观点认为，作品属性的关键是创作主体的民族身份，其次是题材、主题、情节、形象和风格，两者缺一不可。五是创作主体决定论。作品的族属完全以作者的民族身份为依据，换言之，就是以作者的民族成分判定其作品的族属①。最终，"创作主体决定论"得到多数学者的认同。毛星、刘宾、吴重阳、梁庭望、张公瑾、李鸿然、张志忠等专家、学者纷纷著书立说②，对此也都有深入研究。

　　"少数民族文学"的内涵与概念一经确定，"达斡尔族书面文学"的指涉就不言而喻了。达斡尔族书面文学，是与"达斡尔族口传文学"相对应的一个表述概念。如果以"创作主体决定论"为标准，即以"作者的民族成分判定其作品的族属"推及达斡尔族书面文学，可以得出，达斡尔族作家不论是使用哪一种民族的语言文字，反映了哪一个民族的生活，都应属于达斡尔族书面文学的范畴。基于此，我们认为，达斡尔族书面文学首先在具体时间概念上指的是，自晚清达斡尔族文人书面创作始，到1949年新中国成立至今的达斡尔族作家文学，其次指的是达斡尔族作家、文学艺术工作者和文学爱好者运用满文（或借用满文字母拼写记录达斡尔语）、汉文、蒙古文、哈萨克文及其他兄弟民族文字创作的文学。它既包括以达斡尔民族生活为表现对象的文学作品，也包含达斡尔族作家

---

　　①　梁庭望、汪立珍、尹晓琳：《中国民族文学研究60年》，中央民族大学出版社2010年版，第29—31页。

　　②　毛星：《中国少数民族文学·前言》，湖南人民出版社1983年版；刘宾：《对界定"民族文学"范围问题之管见》，《中央民族学院学报》1984年第2期；吴重阳：《中国现代少数民族文学概论·绪论》，中央民族学院出版社1992年版；梁庭望、张公瑾：《中国少数民族文学概论〈总论〉》，中央民族学院出版社1998年版；李鸿然：《中国当代少数民族文学史论（上）》，云南教育出版社2004年版；张志忠：《民族文学论稿》，辽宁民族出版社2005年版。

书写的其他兄弟民族生活的作品。这也是本书所确定的研究范围和目标。在这方面，有以下几点需要说明。第一，达斡尔族是一个只有自己的民族语言而没有自己民族文字的人口较少的少数民族，所以，达斡尔族作家的真实情况是只能以母语进行口头交流，但并不影响他们熟练地运用满文、汉文、蒙古文、哈萨克文及其他民族文字反映所属民族的历史与现实，表达他们的民族理想与审美追求。第二，达斡尔族书面文学创作中如李陀、孟晖等作家的作品，较少反映所属民族的生活内容，其缘由主要是这部分达斡尔族作家成长和生活的外部环境使然，同时，它也体现出达斡尔族书面文学整体格局的多元、开放和文化语境的变迁。若依据少数民族文学的狭义概念，将这部分作家与作品排除在外，必定会影响达斡尔族书面文学的结构性完整。第三，由于阅读、理解所限，对远居西北边陲以哈萨克文、维吾尔文创作的如巴尔登、奇克尔·尼晓、甲孜等达斡尔族作家与作品鲜有涉及，这是我们研究中的缺失与不足。第四，当代中国文坛有一些其他民族如汉族、满族作家出于特殊的人生经历和兴趣爱好，以达斡尔民族生活为题材写有《木库连的故事》（冯国仁）、《遥远的车帮》（冯国仁）、《蛙鸣》（陈玉谦、曲晓平）、《血土》（刘如玉、宋歌）、《达斡尔密码》（孟松林、石映照)① 等作品，引起学界广泛关注。但我们认定以上作品不属于达斡尔族书面文学范畴，仅呈现了创作者自身的丰富性。

在阈定达斡尔族书面文学这一概念的同时，我们还认识到一个问题，那就是任何概念都要受到一定时空和对象条件的限制。据我们最初的设想，"达斡尔族书面文学"应当包括晚清达斡尔族文人书面文学、1949 年新中国成立以来达斡尔族作家、文学艺术工作者和文学爱好者共同创作的文学。但"概论"作为文学史著的一种，是由事实和思想、艺术构成的统一体。其研究范围和种类繁多，如作家与作品、文学思潮、文学流派、文学论争、文学影响等。据陈思和在《中国当代文学史教程》的见解，它应该包括三个相互联系又有递进关系的层次，即作品、过程和精神。其中，作家及其作品是最主要的对象，没有第一层面即优秀作品的论析，任

---

① 冯国仁：《木库连的故事》，载《冯国仁文集》，燕山出版社 2009 年版；冯国仁：《遥远的车帮》，海峡文艺出版社 1993 年版；陈玉谦、曲晓平：《蛙鸣》，江苏人民出版社 2007 年版；刘如玉、宋歌：《血土》，江西少年儿童出版社 1988 年版；孟松林、石映照：《达斡尔密码》，新世界出版社 2010 年版。

何一种文学史著都会失去研究的基础。我们认同陈思和的这一观点，且有鉴于达斡尔族书面文学的实际，可供研究的其他文学现象如文学思潮、文学流派、文学论争相对稀少单薄，加之我们对达斡尔族作家与作品的研究虽有一定积累，对其他方面的探索还很不够。因此，借力于相关研究资料与成果，将达斡尔族晚清文人书面文学、当代作家文学发展的基本格局、思维进程和达斡尔族作家与作品列为主要的研究对象，而其他相关的文学现象，则以实事求是的原则，在达斡尔族作家与作品的具体分析和研究中，尽可能多地传递其"史"的信息。因而，通俗、浅近和普及性以及为中国少数民族文学有序而整合的学术构建提供可借鉴的资料，是我们对本书的学术定位和预期目标。

确定了达斡尔族书面文学的研究对象，需要进一步思考的问题就是以何种研究方法探索、开掘达斡尔族书面文学的审美价值。20 世纪 80 年代以来，对少数民族文学的研究方法出现了多样化的趋势，"先后引入文艺学方法、民族学方法、文化学方法、社会学方法、分析心理学方法、仪典学方法、地理学方法、符号学方法、民间散文作品 AT 分类法、原型批评法以及现代派、超现代派的若干方法等，实践表明，这些方法都各有自己的角度和优点，也各有自己的局限"[1]。因此，几经忖量，我们赞同当代著名作家、北方民族历史研究者张承志"正确的方法存在于研究对象拥有的方式中"[2] 这一看法，认同学者刘大先关于研究者"不需要过多地纠缠于概念的时髦与否"[3] 的主张，进而认为不应当将达斡尔族书面文学研究视作某种新潮的甚至是脱离实际的研究或术语炫耀的载体，应当正视现实，针对其实际来决定相应的研究方法。因此，我们构建了切合达斡尔族书面文学发展实际的研究体系，即尽可能依靠充分的文本资料和必要的理论资源，揭示其得失，力争对达斡尔族书面文学做出更为准确的分析与判断，总结其中存在的一些普遍性问题和规律。再有就是，达斡尔族书面文学特别是作家文学显现的一大特点就是由于受到地缘的制约，往往对流行于内地的文学思潮的感应"慢半拍"，且多呈稳定状态，而受现代派的影

---

[1]　梁庭望：《20 世纪的中国少数民族文学研究》，《中南民族学院学报》2001 年第 1 期。

[2]　张承志：《学科的黄土与科学的种子》，《读书》1988 年第 4 期。

[3]　刘大先：《多元共生：少数民族文学批评的话语自觉》，《民族文学研究》2006 年第 1 期。

响比较有限。达斡尔族作家文学在总体艺术表现趋向上，是属于现实主义文学为主的多元创作方法。基于上述认识，在研究方法上，我们主要采用以文学研究较为惯常又通用且并非过时的美学与历史的批评方法。当然，这并不等于排斥比较文学、文化学批评等其他研究方法。达斡尔族书面文学是一个区域广泛、多元文化并存，且不乏冲击和交融的例子，表现民族和地域文化成为各聚居区达斡尔族作家共同的追求，尤其是从新时期到新世纪以来，达斡尔族作家文学努力摆脱主流思维下歌颂民族团结、歌颂新生祖国、歌颂伟大领袖的"三大颂歌主题"，开始关注现代文化挤压下特别是对市场经济语境中民族个体所面临的冲击、挑战以及达斡尔民族的前途与命运，表现出一种深切的生存焦虑与民族关怀。这些都为我们所择选的批评方法提供了施展的平台。总之，依据研究对象，量体裁衣，选定适当的研究方法，是我们力求准确、深入研究之初心。

写作体例方面，我们切合达斡尔族书面文学发展实际，参鉴现行的以研究作家与作品为主的多种文学史著，进而确定出行之有效的书写体例，即宏观上，以线性时间为纵轴，勾勒出"书面文学的基本轮廓"，分析和探讨达斡尔族书面文学的发生与来源，厘清达斡尔族书面文学发展的思维进路，并首次对达斡尔族书面文学重要构成的文学批评与理论研究、民间文学与文人书面文学作品搜集、翻译和整理的重大成就做出相应的回顾与思考。局部上，在与中国少数民族文学发展历程的对接中，以"民族视阈下的个案阐释"为总体构架，将主题设置、情感体验、审美品格等方面表现出基本一致或趋于相同、相似的同代作家进行归并组合，依次做出解读与分析，呈现达斡尔族书面文学与其他兄弟民族文学的某些非规约性特征。在研究过程中，我们还发现达斡尔族作家多是文学创作的多面手，因而，在择取并突出其某一方面的创作优势时，亦兼有对其他相关成就的描述，以尽力全面而完整地展示达斡尔族作家文学的审美艺术空间。

二　达斡尔族文学的繁荣发展与演变形态

达斡尔族书面文学作为达斡尔族文学的重要构成，尤其是作家文学在当下"现代性"所带来的诸多困境中，义无反顾地承担起构拟民族文化与精神品格的神圣职责，肩负达斡尔民族文化的传承、保护与发展的重大责任。与此同时，达斡尔族作家还不断地从丰富发达的民族民间文化中汲取创作滋养，找寻着他们独特的言说与审美建构方式。达斡尔族书面文学与民族文化特别是民间口传文学间的承续互动以及"诗性思维与科学理性精神的互融，传统审美意识与现代文学观念的'交往对话'"①，深刻地陶冶和影响着达斡尔族作家的创作理念，形塑了达斡尔族作家文学的审美生成和文化意蕴。在这里，我们对达斡尔族文学的发展与演变形态做出简要描述，以便完整地呈现达斡尔族文学的整体面貌，认识和理解达斡尔族文学在不同时代的复杂成分和精神现象。

达斡尔族文学，以其丰富多彩的内容与传承形式，展现了达斡尔民族在天地之间安身立命的核心价值理念，承载着他们独有的生活习俗、民族心理和精神取向，反映了达斡尔民族在不同历史语境下的劳动生产与生活、思维与情感方式，且形式多样，具有反映这些内容的多种文学样式。依据达斡尔族文学的现存类型、发展路径、传承和表现方式，学界认为，达斡尔族文学大体经历由口传文学到书面文学两种发展与演变形态，具体表现为前期的民间口传文学、中经文人书面文学到当代作家文学两个不同阶段。

（一）达斡尔族口传文学，亦称达斡尔族民间文学、达斡尔族口头文学。就其表现形态而言，达斡尔族自古至清代之前的文学形态是口头文学。达斡尔族是一个有自己的民族语言而没有文字的民族，因而口头文学甚为发达。口头文学不仅仅是达斡尔民族寓情遣兴的文学艺术，还是他们记录民族历史的载体，是他们借以维系社会人心、信仰体系、伦理规范的行为准则。至今，口传文学仍以独特的精神和艺术魅力影响着达斡尔民族成员的行为，制约着个体与社会关系的协调，同时也为当代作家提供了丰富的滋养。依据达斡尔族口头文学资料以及言说或表述方式划分，达斡尔族口传文学大致可分为散文和韵文两大类，散文类主要有神话、传说和故事，韵文类有英雄史诗、乌春、民歌、谚语、谜语等多种形式。

神话是达斡尔族口头文学的重要构成。从远古渔猎时代始，达斡尔族先民就有了神话，《太阳和月亮》《仙鹤顶地球》《恩都日开天》《莫日根

---

① 李长中：《当代人口较少民族文学的审美观照》，社会科学文献出版社 2015 年版，第 26 页。

射太阳》等创世神话与人类起源神话，反映了达斡尔族先民对某种事物或自然现象的虚幻性认识，表现了达斡尔民族企望探索、解释宇宙万物、人类生命和万物之源的愿望。稍后出现的腾格里（天）神、白那查①山神，到哈拉、莫昆②祖先神来源的神话，耳濡目染之间，影响着达斡尔民族的精神世界，并成为他们"万物有灵"宗教观念的基础。传说，是达斡尔民族口头创作的一种与历史人物、历史事件、劳动生产生活、地方风物有密切联系的叙事作品。在达斡尔族口传文学中，传说和故事常常相互交叉，很难截然分开。在此只能把出现较早，且与历史上实有的人物、事件和地方风物有关的故事，放在传说中加以描述。达斡尔族传说大致可分为三类：民族历史传说、生产生活传说和地方风物传说。其中，民族历史传说内容尤为丰富，既有《黑水国的传说》《达斡尔人为什么没有文字》等族源与民族历史的传说，有《萨吉尔迪汗的传说》《奇三和孟库胡图荣嘎为民伸冤》等历史人物与事件的传说，也有如《嘎仙洞的传说》《"乌尔科"的传说》③等呈现地方风物的传说。此外，达斡尔族民间传说中还有一些解释动物、植物习性及外形特征的生活传说。达斡尔族民间传说是达斡尔先民对历史的艺术摄录，是他们尊重民族历史、热爱故土家园、反抗邪恶力量的生动体现。而且，由于达斡尔民族没有自己的民族文字记载其历史，使得民间传说在某种程度上充当着解读达斡尔民族历史的重要参照和创作资源。

民间故事，是达斡尔族口传文学中的另一组成部分，主要是指以达斡尔族日常生活为题材，以现实生活为主要内容的故事。这些故事概括了达斡尔民族在各个历史时期的社会生活，真实地表现了达斡尔人民的美好愿望，展现了达斡尔民族诚信、善良、坚强不屈的民族精神。达斡尔族民间故事的种类繁多，大致可分为莫日根故事、生活故事、儿童故事等类型。

---

① 白那查：达斡尔语音译，是达斡尔族供奉的山神。白那查原词为"白音·阿查"（Bayin Aqaa），白音意为富有，阿查意为父亲。达斡尔俗语中读作白那查，即富有的父亲。达斡尔族认为狩猎者所获猎物均为白那查所恩赐。白那查还被达斡尔族认为是采集、采伐、渔猎、放排等劳动者的保护神。

② 哈拉、莫昆：达斡尔族的哈拉（Xal）为古老的达斡尔氏族集团名称；莫昆（Mokon）则是由哈拉分化出来的、在血缘关系上更亲近的新氏族集团。

③ 乌尔科：达斡尔语音译，指金长城边堡。

其中，莫日根故事影响颇为深远，它也被学界称为"英雄故事"。被达斡尔民族称为"莫日根"① 者，既是优秀的猎手，又是敢于同恶势力作斗争的勇士。据相关研究资料统计，达斡尔族现存莫日根故事30余篇。广为流传的有《阿波卡提莫日根》《德洪莫日根》《昂格尔莫日根》《都喜莫日根》《库楚尼莫日根》等，它们反映了达斡尔民族对英雄人格的认知，蕴含着对莫日根精神的极大推崇。其中，"力"与"勇"被演绎为"莫日根"重要而突出的人格禀赋，力大无比、本领非凡可谓是莫日根最为鲜明的特质。作为群体力量的代表与化身，莫日根还具有超凡的能力，他们代表着达斡尔人民的利益，反映着民族群体的崇高理想。莫日根这一指称甚至成为达斡尔民族精神的代言。生活故事，是指达斡尔族口传文学中现实性较强的反映达斡尔族生产与生活的民间故事，如《伊玛迪》《江蚌姑娘》《鄂尔克和博尔克弟兄俩》《宝布和莎佳》《相思的鸿雁》等，形象地反映了达斡尔族众对生活和劳动的立场观念。生活故事在达斡尔族口传文学中所反映的内容较为宽泛，有的反映劳动者以自身聪明才智与剥削压迫者展开反抗斗争，有的歌颂生产劳动与勤俭持家，鄙视和抨击好逸恶劳或贪婪成性者，有的表现达斡尔人民寻求婚姻爱情自由的强烈愿望。儿童故事，在达斡尔族口传文学中具有独特的价值，它是达斡尔民族对儿童进行启蒙教育的鲜活教材。《老鼠呀，老鼠》《大萝卜》《谁有能耐》等，都是启发少年儿童认识社会事物、辨别是非与善恶美丑的故事。它们至今作为一种"深层结构"影响着达斡尔民族的思维方式、言说习惯和伦理道德。

民歌，是指可以歌唱或吟诵的韵文类作品。达斡尔族民歌是达斡尔民族的心声，也是他们传情达意、传播各种劳动生产技能和生活知识的重要载体。达斡尔族民歌类型主要有劳动歌、习俗歌、生活歌、情歌和儿歌等。劳动歌是达斡尔民族歌唱劳动生产的歌谣，如《寻鹰》《放排》《家夫打兔》《烧炭》等。它们常常是通过对生产劳动过程以及在此过程中产生的某种心理活动的描述，反映达斡尔族众勤于奉献的高贵品德，以及勇于同大自然作斗争的坚强意志。达斡尔族的风俗习惯反映到歌谣中，便成为达斡尔民族独具特色的习俗歌。习俗歌与达斡尔民族的生存环境、宗教

---

① 莫日根：达斡尔语音译，意为猎手、勇士。

信仰、心理与思想情感密切相连，有在娶亲时咏唱的《定亲歌》《迎亲歌》，有在酒席宴上祝赞的《酒歌》，有在丧事时悲吟的《丧事歌》等。生活歌，是反映达斡尔族生活的民歌，有诉说封建礼教和旧婚姻制度下达斡尔女性悲苦命运的《女人好似笼中鸟》《想娘家》，有屯垦戍边官兵表达对统治阶级的不满，倾诉其悲惨命运的《博坤绰》，有揭露和控诉黑暗社会的《受苦受难的人》《穷苦的日子还要多长》《起义歌》等。情歌，是表现男女爱情的民歌，如《奇尼花如》《忠实的心儿想念你》等，表达了达斡尔族对幸福爱情的热烈追求，表现了达斡尔民族淳朴健康的恋爱观和婚姻观。在达斡尔族民歌中，情歌数量最多。儿歌，是依据少年儿童心理特征和认知水平而创作的一种形式短小的歌谣。流传于达斡尔族民间的《摇篮曲》《吹牛的蛤蟆》《雁和家雀》等，至今为达斡尔族少年儿童所喜闻乐见。一般来讲，它节奏明快又朗朗上口，且蕴含着纯真、向好的善美之心。

英雄史诗，在达斡尔族口传文学中也占有相当的篇幅。它主要反映了达斡尔族先民的生活，主人公大多是半人半神的形象，《绰凯莫日根》《阿勒坦嘎勒布日特》是被民族学家和相关专家、学者认定的达斡尔族英雄史诗，其主人公原型为达斡尔民族先祖，"实为他们心目中的文化英雄"①。绰凯莫日根、阿勒坦嘎勒布日特这两位英雄寄托了达斡尔先民追求新生、寻找光明、战胜邪恶的美好意向，象征着他们不屈不挠的生命意志以及改天换地的巨大勇气。达斡尔族民间"乌春"系达斡尔族叙事诗，是达斡尔族口传文学的瑰宝。"乌春"亦写作"舞春""午春""乌钦"等。达斡尔族学者认为，"乌春"（uqun）一词借用于满语，原意为歌，引申为具有吟诵调的叙事诗。叙事诗在达斡尔族口传文学中一直是一个重要的艺术表现形式，由于在民间创作和流传的时间颇为久远，并由不同的民间说唱艺人传唱，不甚规范。自晚清始，达斡尔族文人用满文字母拼写记录达斡尔语叙事诗，并借用满语"乌春"为其统称，使达斡尔族叙事诗趋于规范，并逐步发展为达斡尔族文学的一个重要组成部分。由于创作主体和年代的不同，"乌春"又分为民间乌春、文人乌春和现当代乌春三类。达斡尔族民间乌春是口头流传的以叙事为主的韵文体作品，较之达斡

---

① 赛音塔娜、托娅：《达斡尔族文学史略》，内蒙古大学出版社1997年版，第46页。

尔族民歌，民间乌春所反映的生活内容更为宽泛，特色鲜明。乌春大多以整饬的结构、丰富的内容、曲折的情节、鲜明的形象，反映达斡尔人民同恶劣的自然环境与邪恶势力的斗争事迹，赞颂民族历史与现实生活中的英雄人物。至今流传于达斡尔民间的《少郎和岱夫》《送夫从军》《伊犁流放记》《雅里西翁》堪称达斡尔族民间乌春的经典。在达斡尔族口头文学中，另有一特殊类型即萨满经，达斡尔语称之为"雅德根伊若"。达斡尔民族信仰多神，是由"万物有灵"的宗教观演变而来的原始信仰，而沟通神与人之间的中介者被达斡尔人称为"萨满"。萨满在主持部落祭祀、庆典活动、丧葬仪式以及为族人禳灾祈福时，都要吟诵"雅德根伊若"。据达斡尔族民间文学研究专家杨士清、何今声搜集、翻译、整理的相关研究资料记载，达斡尔族现存《雅德根伊若》词曲 20 余首。而这些宗教经典又与文学有着千丝万缕的联系，因此学界把这一类作品即"雅德根伊若"，通称为萨满经或萨满词曲。它的传承方式主要是口头流传。需要说明的是，萨满经即"雅德根伊若"，虽然属于达斡尔族口头文学范畴，但其传承只限于萨满或宗教人士，而较少在俗民百姓间流传。此外，达斡尔族口传文学中还有大量如"东西是新的好，朋友是老的亲""哪里有艰苦拼搏，哪里就有幸福生活""走过的地方光明，做过的事儿清白""像疼爱自己妻儿那样，去关爱自己的父母""乐观开朗的人长寿，暴躁多怒的人短命"等闪耀着达斡尔民族智慧与光芒的谚语。它们与达斡尔民族生活相伴而生，相随而长，对达斡尔民族的社会生活、言语行为、道德理想有着深远的影响。总之，达斡尔族口传文学以其博大精深，滋育了达斡尔民族质朴善良、乐天助人、刚毅豪放、坚韧不屈的精神特质，且长久、稳定而持续地规范着达斡尔族众的人生观和价值观。

（二）书面文学是达斡尔族文学发展与演变的另一阶段。它指的是达斡尔族文人、作家和文学艺术工作者运用满文（或借用满文字母拼写记录达斡尔语）、汉文、蒙古文、哈萨克文及其他民族文字创作的文学。达斡尔族书面文学呈现出文人书面文学、当代作家文学两种表现形态。

达斡尔族文人书面文学，被学者界定为，晚清时期开始出现且接受过一定教育的达斡尔族知识分子或文化人，以满文或借用满文字母拼写记录达斡尔语并以此进行的文学创作。达斡尔族文人书面文学创作的意义重大。它的出现使达斡尔族书面文学得以发生和突起，在达斡尔族文学发展历程中起到了承前启后的作用，带来了达斡尔族文学由口传到书面即文字记载的根本性的变革，筑起了达斡尔族书面文学的基石，揭开了达斡尔族书面文学的序幕。达斡尔族文人书面文学作品，现多以手抄本形式在民间流传。据相关研究成果与资料统计，除散文外，达斡尔族文人诗歌现存近百首。达斡尔族文人书面文学创作的代表人物主要有敖拉·昌兴、钦同普、玛孟奇、孟希舜等。其中，尤以敖拉·昌兴、钦同普这两位文人的创作成就最为显著。

达斡尔族当代作家文学，指的是 1949 年以来的文学，即新中国成立至今发生在特定的社会主义历史语境中的作家文学。可以说，达斡尔族作家文学即达斡尔族当代文学与中国少数民族文学同步发展演进，大致经历有两个不同的阶段。20 世纪 50 至 70 年代是达斡尔族当代文学的生成与创建期。这一时期，达斡尔民族作家从无到有，逐步形成了以索依尔、吉雅、孟和博彦、哈斯巴图尔、乌云巴图、巴图宝音、奇克尔·尼秀、孟德苏荣等为代表的第一代达斡尔族作家队伍。他们以极大的创作热情写出了一大批诗歌、小说、散文、报告文学和电影文学剧本，深刻地反映了达斡尔人民的新思想、新面貌，展示了他们置身社会主义建设生活的火热激情。20 世纪 80 年代至今是达斡尔族当代文学的发展与繁荣时期。其显著标志首先表现为，曾在十年非常岁月里被摧毁的达斡尔族作家队伍重新得以集结，他们与新时期涌现出的文学中坚如李陀、额尔敦扎布、娜日斯、巴雅尔、敖继红、敖文华、苏华、苏莉、阿凤、张华、赵国安、萨娜、孟晖、孟根、苏勇、多莲荣、高志军、慕仁、杜伟军、孟大伟，以及新千年以来崭露头角的文学生力军如安正雨、晶达、吴颖丽、达拉、孟羽柱、郭白玲、娜拉等，共同形成了一个生活区域广泛的、稳定的、多梯队的创作群体。他们起步不凡，创作活跃，为达斡尔族当代文学带来了生活经验的多样性和审视生活的多视角。其次，文学体裁日渐丰富。新时期的达斡尔族作家以小说、诗歌、散文、报告文学、戏剧与影视文学等多种艺术表现形式，抒写自我，讴歌壮美自然，表达理想追求，展现鲜明又独特的达斡尔民族生活。他们以不懈的努力极大地丰富了中国少数民族文学的宝库，填补了中国少数民族文学史上从未反映过的空白。达斡尔族作家还依托其文化母体，以其"下意识的文化自在性"生发出对所属民族文化的认同，在博大精深的达斡尔族口头文学、文人书面文学的滋养中，不断适应新生活、新环境，在努力保持独有的民族特色的同时，开拓创新，沿着新生活、新内容与民族的形式、民族的情感这一主线衍进，为达斡尔族书面文学的内容、形式、风格和表现艺术带来了巨大的变化。

时间推进到新世纪，达斡尔族当代文学进入一个多元发展时期。电子媒介的迅猛发展，愈演愈烈的现代化的冲击和覆盖，使传统作家与网络写手齐头并进，文坛宿将与文学新秀相互激励，已成为当下达斡尔族文学的一种客观景象。在这种繁复驳杂的文化语境中，达斡尔族作家强烈的民族意识被唤醒，很多作家开始在民族记忆中寻找精神力量。出手不凡的女作家萨娜就是一例，她的长篇小说《多布库尔河》，以新的艺术向度在当代文坛引起较大反响，为新世纪达斡尔族文学创作的整体"突围"拓开了一个新生面。昳岚的长篇小说《雅德根：我的母系我的族》则以"雅德根"建构了涵盖众多人物的、从清末至今一个世纪的家族的聚散离合、兴衰起伏。这部小说延续了昳岚在民族文化时空中对母族命运进行观照的一贯主题。以散文创作成名的安正雨，也在这一时期向达斡尔族文坛奉献出长篇小说《以父之名》。作者用心用情用爱和一种历史担当，展示了达斡尔民族多彩的记忆，表达了对所属民族的纯净情怀和敬意。这一时期，颇具活力的达斡尔族新锐作家晶达的长篇小说《青刺》以成长主题而颇受青年读者的好评。来自莫力达瓦旗的诗人孟根，凭借《莫力达瓦，我眷恋的土地》着力表现出对母族文化的推崇和坚守。女诗人吴颖丽的诗歌《那一片草原》《蒙古高原的天空》也有异曲同工之妙。伴随着新世纪达斡尔族文学的繁荣，作家在讴歌原生态的民族文化殊异性的同时，开始不断地思考在这种特殊文化背景下的生存境遇与发展出路。诗人高志军以《天堂草原》表现出浓郁的草原情结，这既是对达斡尔族独特的民族文化精神构拟，更是达斡尔族文学发展的先天优势。女作家达子、苏晓英、傲蕾伊敏在散文作品集《达紫香》《嫩水清悠》《情深不寂寞》中，力图从民族历史和现实的高度，再现达斡尔民族的生活，抒写达斡尔民族的精神，触摸达斡尔民族的灵魂。活跃于知名文学网站的女作家达拉，以长篇小说《白手帕红了》、电影剧本《麻绳》和小说集《飞过马鞍去扑火》，反映了达斡尔民族在城市化进程中，面对自身民族被改变的一种焦虑、痛苦以及现代文明冲击下的漂浮感。这一时期的达斡尔族作家，不论是对原始自然生态以及民族神性的艺术描绘，对所属民族历史的再现，对萨满仪式及"雅德根"庄严、神秘氛围的书写，还是对达斡尔民族风俗人情的精细描绘，对民族原初文化内涵的再发现，对达斡尔传统生产生活方式与民族精神的据守和构想，都使这一时期的达斡尔族作家文学呈现出崭新的面貌。

由此，我们看到了达斡尔族作家不同代际间的艺术接力，他们一直都在或显或隐地进行着达斡尔族文学的创造性转化，程度不同或取向有别，但达斡尔族作家的精神风貌、情感心理、思维志趣，与达斡尔族口传文学核心精神血脉相连，且内化为民族向心力的发源点，成为支撑和推促达斡尔族文学发展与前行的力量泉源。

目　录

上编　书面文学的基本轮廓

下编　民族视阈下的个案阐释

上 编

书面文学的基本轮廓

一　书面文学的发生与来源

　　达斡尔族以悠久的历史文化以及"扎恩达勒""乌春"等特有的口传文学形式，为中国少数民族文学的发展与繁荣做出了巨大贡献。达斡尔族文学的口传这一样态，在晚清时期发生了根本性的变革，文人书面文学创作的出现打破了达斡尔族口传文学占主导地位的局面，使达斡尔族书面文学得以发生，揭开了达斡尔族书面文学的新篇章，完成了达斡尔族文学由口传到书面即文字记载的转型历程。

　　达斡尔族文人书面文学创作出现于晚清并非偶然。学界认为，经济的繁荣与昌盛、文化教育的兴起是达斡尔族文人书面创作得以孕育和产生的本源。"当时的达斡尔族，已经是从事多种经济的定居民族，创造了发展程度相当可观的经济事业。"[1] 经济的加速发展为达斡尔人的文化进步提供了物质基础，学校教育的兴起，为达斡尔族文人书面文学创作开创了必要的条件。当时达斡尔族聚居区教育的兴起，与清代达斡尔族和满族的历史接触、文化交往是密不可分的。文化语言学家丁石庆对此有相当深入的研究，他认为，清代的"达斡尔族与满族贵族统治阶级之间的接触和交往过程大致上可分为几个阶段，即冲突阶段、缓和阶段以及影响阶段"[2]。在与满族统治阶级经历了文化冲突、彼此关系得以缓解而进入相互影响的阶段之后，达斡尔人开始慢慢接受满族文化的影响和渗透。自清康熙三十四年（1695）始，"达斡尔族地区满文学堂以及满文私塾的出现拉开了达斡尔族的启蒙教育与满达双语教育的帷幕"[3]，使达斡尔族子弟获得了接受教育的机会，亦为满文、满语的普及提供了相应的前提。据目前研究资

---

　　① 莫力达瓦旗概况编写组：《莫力达瓦达斡尔族自治旗概况》，内蒙古人民出版社1985年版，第14页。

　　② 丁石庆：《清代达斡尔族与满族民族关系述略》，《满族研究》1992年第1期。

　　③ 丁石庆：《清代达斡尔族与满族民族关系述略》，《满族研究》1992年第1期。

料与成果证实，清政府先是在墨日根（今嫩江县）设义学堂，以便八旗子弟学习满文，之后，办学规模逐渐扩大，到乾隆年间（1744）又在齐齐哈尔、瑷珲等地设官学，教授满文和满语。"黑龙江将军萨布素在当时的将军衙门所在地墨日根设立八旗学堂，八旗每佐送一名学员学习满文。乾隆九年（1744），在齐齐哈尔、墨尔根、黑龙江（今瑷珲镇）各设官学一所，八旗每佐送学员一名学习满文。"① 在此背景下，在清嘉庆和道光年间，达斡尔族群中出现了一批通晓满文、满语的知识分子和文化人，他们陆续在民间办起满文私塾，使满文、满语在达斡尔人中逐步得到普及。"今齐齐哈尔郊区哈拉屯，在清末约有七十户，办私塾一所，学生三十余人。爱辉县坤河屯在清末不足十户，也办起一所私塾。布特哈、海拉尔等地达斡尔人普遍建立了满文私塾。"② 而且，当时清王朝实施国语教育即满文、满语教育，使用的教材多是以满文校译的《三字经》《千字文》《诗经》《列国志》《名贤集》等汉文历史与文学典籍。伴随着满文、满语的广泛传布，汉文学作品如《三国演义》《今古奇观》《水浒传》等也以满文为媒介陆续传入达斡尔族区，对达斡尔族文人产生了很大的影响。在这方面，敖拉·昌兴的诗歌可为之佐证。之后，随着清王朝的衰亡，满文国语的地位逐渐开始衰退，尤其是汉语学校的兴办，使兼通满文、满语的达斡尔文人开始减少。但满文学堂和满文私塾这一教育形式在达斡尔地区一直存续到 20 世纪 30 年代初，个别地方甚至晚至 20 世纪 40 年代中期。值得肯定的是，从 17 世纪达斡尔人开始学习、使用满文和满语，到 20 世纪三四十年代历时三个世纪之久。其间，一大批达斡尔子弟得到满、达双语的教育和培养，"最终成长为达斡尔族文化进程中不可或缺的关键人物"③，他们在达斡尔族文化、教育史上的贡献是不可磨灭的。需要特别关注的是，在这一群体之中有一部分精通满文的达斡尔族知识分子或文化人，一方面以满文或借用满文字母拼写记录达斡尔族口传文学作品，为后世留下了许多弥足珍贵的民族文化遗产，另一方面又借用满文字

---

① 内蒙古自治区编辑组：《达斡尔族社会历史调查》，内蒙古人民出版社 1985 年版，第267 页。

② 内蒙古自治区编辑组：《达斡尔族社会历史调查》，内蒙古人民出版社 1985 年版，第268 页。

③ 丁石庆：《论清代"达呼尔文"的历史文化价值》，《黑龙江民族丛刊》2001 年第 3 期。

母拼写记录达斡尔语并进行文学创作活动，写出大量的散文、诗歌作品，谱写了达斡尔族文学的瑰丽篇章。达斡尔族语言学家恩和巴图认为，"用满文字母拼写达斡尔语，起初可能是由于文学创作活动的需要被提出来的。那些已经具有很高文字水平的达斡尔文人们，是不会满足于满文、汉文进行文学创作活动的，他们必然产生用自己的语言进行创作的欲望。于是，他们就使用满文字母拼写起达斡尔语来了，写起达斡尔语的诗歌、歌词和散文来了"①。恩和巴图还强调，在以达斡尔语满文字母拼写系统的产生和发展过程中，敖拉·昌兴起到了至关重要的作用，他运用满文字母拼写达斡尔语的方法并以此进行创作的举措，在达斡尔族文人中得到了广泛认可。随后，又陆续出现了玛孟奇、钦同普、金荣久、孟希舜等以满文字母拼写达斡尔语进行创作的文人，达斡尔族书面文学就此生成。换言之，达斡尔族口传文学到达斡尔族书面文学这一样态的转变，是由晚清达斡尔族文人书面文学创作得以完成的。遗憾的是，达斡尔族文人创作的大量书面文学作品，受限于客观因素，其留存形态主要是以手抄本形式或传唱方式在达斡尔民间流传，因而，耗损甚至流失便不可避免。据目前研究资料证实，流传至今的达斡尔族文人书面作品，除少量散文之外，现存诗歌不足百首。

　　达斡尔族文人书面创作以诗歌成就最为突出，它在达斡尔族群内被称为文人"乌春"，因为达斡尔族文人的诗歌不仅可以读，还可以唱诵。达斡尔族文人书面文学创作意义重大。其卓越功勋不仅在于使达斡尔族书面文学得以生成和振起，借助诗句表达了他们浓厚的达斡尔民族情怀，展现了坎坷不屈的达斡尔民族的历史与生活。更为重要的是，达斡尔族文人崇高的社会理想和高洁的人格，崇尚自然与隐遁静谧的修为，勇于以诗美化解生存困境的豪迈不羁的人生追求，以及奔涌驰骋的想象力，卓然傲世的个性，普济天下的胸怀，乐观通达的情志，在他们的诗歌创作中得到了最大限度的表现和释放。而且，达斡尔族文人高尚的人生观、价值观和诗歌精神，又以别样的方式丰富了达斡尔民族文学的精神宝库。在文人书面文学创作中，达斡尔文学宗师敖拉·昌兴的诗歌成就尤为显著。

---

①　恩和巴图：《19 世纪达斡尔人使用的文字》，《内蒙古大学学报》（哲学社会科学版）1996 年第 6 期。

敖拉·昌兴（1809—1885），又名阿拉布登，字治田（亦作芝田），今内蒙古自治区呼伦贝尔市鄂温克族自治旗人。敖拉·昌兴①受过良好的教育，精通蒙古、满、汉、藏等多种语言文字，是晚清时期著名的达斡尔族文人。1824年，敖拉·昌兴随升任佐领的父亲赴京觐见皇帝，将一路所见所闻以满文写出散文游记《京路记》而初露才华。遗憾的是，《京路记》及简略行程图现已散失。敖拉·昌兴当过兵丁，后被提任为骁骑校和佐领。他才学渊博，贤明达理，年仅23岁就在族内长辈们的推举下，当选为嘎辛达（乡长）。任职期间，敖拉·昌兴尊君爱国，忠于职守，和睦邻里，得到族亲与邻里的拥戴。道光二十九年（1849），黑龙江将军英隆到呼伦贝尔巡查额尔古纳中俄边境12个卡伦（哨所），敖拉·昌兴有幸参加了这次巡查活动，并写出《驻守边卡》《思乡曲》等诗歌。咸丰元年（1851），时任呼伦贝尔佐领的敖拉·昌兴深受黑龙江将军英隆的赏识，被委以巡查黑龙江与俄罗斯边界的领队，开始了他的第二次巡边历程。是年，农历五月二十八日，敖拉·昌兴辞别老母妻儿，从家乡启程。巡查中，敖拉·昌兴一行历尽艰辛困苦，历时98天，行程近万里，于九月七日圆满完成任务，返回家乡。敖拉·昌兴将一路巡边所见所感记录下来，写出长达340行的诗歌《巡查额尔古纳河、格尔毕齐河流域》，再现了清代巡边官兵为国尽忠的英雄事迹，深情赞颂了锦绣般的达斡尔故乡，描绘了沿途壮丽如画的大美自然，并且不失时机地"炫耀自己为君为国尽职立下的功绩"②。敖拉·昌兴还以散文写出《官便漫游记》，较详尽地记录了此行。其间，敖拉·昌兴一路歌吟，与瑷珲佐领好友治安（又名富明阿）赋诗对歌，洋溢着友情带来的温暖和喜悦。不难看出，这两次深入祖国东北边陲的巡边，是敖拉·昌兴一生中可歌可颂的壮举，也是他生命中最为重要和辉煌的时期。约在1878年，敖拉·昌兴被革职并入狱，现有研究资料对其缘由未有明确的考证，但我们从敖拉·昌兴流传下来的诗歌和有关他的一些零星资料分析、推断，可能是因为他秉公直言而触犯

① 敖拉·昌兴的名字，在相关文献资料中有多种写法，具体有：敖昌兴、昌兴、常兴、芝田、治田、昌芝田、阿拉布坦、拉布坦等。现当代民族学家及相关专家、学者普遍以"敖拉·昌兴"这一姓名相称。

② 奥登挂：《达斡尔族的书面文学——"乌钦"》，载敖·毕力格主编《达斡尔族文学宗师敖拉·昌兴资料专辑》，内蒙古文化出版社2010年版，第815页。

了权贵。敖拉·昌兴所处的时代正是清王朝走向没落和衰败的年代，面对满目疮痍的社会和昏聩无能的同辈官僚，敖拉·昌兴刚直的个性和文化教养，使他很难谀世媚俗，显然是"不见容于人群"的。被黜入狱对敖拉·昌兴来说，不能不谓是一次沉重的打击，他在《狱中哀》中以"在狱中忍饥挨饿/添几多烦恼寂寞/既详思往昔/又细想今朝/唉！我何其孤独潦倒""无论白昼与夜宵/痛苦中慢慢煎熬"述说了自己的苦难遭际，反映了诗人深重的灾难和冤屈。在《空虚歌》中甚至表露出相当绝望的心境，"走南闯北/光阴流逝/回顾一生/着实空虚"。因而，走出牢狱后，敖拉·昌兴毅然选择了"弹拨琴瑟/聆听鸟雀歌声""月光下赋诗/安度暮年时光"（《述志》）的生活，归隐于今海拉尔河畔的呼伦贝尔市陈巴尔虎旗巴嘎绰格的密林深处，与自然为友，并将自己的理想和情感倾注于诗歌创作，写出了《万事空》《六合诗》《晚年抒怀》《双重的八大快乐》等传世之作。躬耕与读书，成为敖拉·昌兴晚年最大的生活志趣和精神寄托。光绪十一年（1885），敖拉·昌兴病逝。

据相关研究资料和成果证实，敖拉·昌兴现存诗歌有近 70 篇，另有散文和碑文数种①。大体来说，敖拉·昌兴的诗歌可分为以下几类：一是反映戍边将士生活，抒发爱国情怀；二是歌唱爱情、亲情和友情的真挚与美好；三是讴歌自然山川，揄扬达斡尔民族的风土人情；四是展露内心情愫，表达自己的人生感悟；五是取材于《西厢记》《三国演义》《今古奇观》等汉文学经典，创作有《莺莺传》《唱三国》《百年长恨》《赵云赞》《关公赞》《孔明赞》②等叙事诗。敖拉·昌兴的这部分叙事诗反映了诗人创作的丰富性，体现了敖拉·昌兴作为"达斡尔文学宗师"③的开阔胸怀与创新精神，显现了诗人极深的文学造诣和修养，以及善于吸收异族文化的精粹，并将其融入自身诗歌创作的才智。

描写边防将士的戍守生活，抒发爱国主义情怀的巡边诗，是敖拉·昌

---

① 敖·毕力格主编：《达斡尔族文学宗师敖拉·昌兴资料专辑》，内蒙古文化出版社 2010 年版，第 668 页。

② 吴刚主编：《汉族题材少数民族叙事诗译注（达斡尔族、锡伯族、满族卷）》，民族出版社 2015 年版。

③ 郭道甫：《呼伦贝尔问题》，载达斡尔资料集编委会、全国少数民族古籍整理研究室编《达斡尔资料集（第一卷）》，民族出版社 1996 年版，第 306 页。

兴诗歌的主要内容。为便于解读敖拉·昌兴巡边诗歌的价值意义，对当时清政府建立的巡边制度做一简要说明。1685—1686年，中俄雅克萨战争爆发，在沙俄侵蚀我国东北疆土的过程中，达斡尔族与鄂温克、鄂伦春族胞协同清军将士英勇抗击侵略者，取得了最后胜利，并于1689年中俄两国共同签订了《尼布楚条约》，划定格尔必齐河为中俄两国界河，将兴安岭与乌第河之间的川流及土地暂定为"待议地区"。是年，清政府在格尔必齐河河口立下界碑，决计定期派员巡边。清政府的巡边制度分为每一年巡逻和每三年巡逻两种。每一年的巡逻在"五六月间，派齐齐哈尔、墨尔根、黑龙江协领各一员，佐领、骁骑校各两员，共兵二百四十名，分三路到格尔必齐、额尔古纳、墨里勒克等河巡视"。三路巡视出发地分别为瑷珲、齐齐哈尔和墨尔根。每三年的巡视则是在河水冰解后，派总管、佐领和骁骑校，由水路至河源兴堪山（外兴安岭）巡查一次。清政府的这一巡边制度一直延续到1861年，共172年之久。敖拉·昌兴第一次巡边活动的时间是1849年，跟从黑龙江将军英隆到呼伦贝尔巡查了额尔古纳中俄边境的12个哨所。第二次是在1851年。这一年，清廷为确保东北边境的安全，要求英隆选拔贤能数名，巡查东北边境地区。敖拉·昌兴因精明干练、忠于清王朝而深为英隆将军所赏识，委以巡查黑龙江与俄罗斯边界领队，巡查额尔古纳河、乌第河流域的边境地区。这两次的巡边经历，让敖拉·昌兴陆续写出《思乡曲》《驻守边卡》《巡边即兴》和《巡查额尔古纳何、格尔毕齐河流域》等著名诗篇。其中，《巡查额尔古纳河、格尔毕齐河流域》①是诗人以自己的理想热情、人生历程乃至整个生命铸就的宏大篇章。这首诗作是敖拉·昌兴现存诗歌中篇幅最长、内涵最为丰富的诗作，是达斡尔族书面文学史上璀璨耀眼的一颗明珠。

敖拉·昌兴的《巡查额尔古纳河、格尔毕齐河流域》（简称《巡边诗》）的重大意义，首先在于诗作完整地呈现了敖拉·昌兴率兵巡查额尔古纳河、格尔毕齐河、黑龙江、乌第河流域的行进历程，查明了《尼

---

① 相关研究资料与成果证实，敖拉·昌兴以两种文学形式展现了他的两次巡边活动，一是用散文写出《官便漫游记》即《呼伦贝尔地方佐领昌兴巡查额尔古纳河及黑龙江边境见闻录》。除该文的后半部分未找到外，其余部分已保存下来并汉译出版，详见敖·毕力格主编《达斡尔族文学宗师敖拉·昌兴资料专辑》。二是用"乌春"记写了巡边历程及所见所闻，即《巡查额尔古纳河、格尔必齐河流域》。

布楚条约》未能议定的乌第河区域的方位和地情①，真实地反映了清代巡边官兵不畏艰辛困苦，为国尽职尽忠，捍卫祖国领土主权的不朽功绩。作品以丰赡的艺术容量，厚重豪迈的情感表现，反映了特定时代的历史生活，为后世了解清代巡边制度提供了珍贵的资料。诗人还在巡边过程的地理转换、沿途景致的精细描写中，融注了丰富的内心情感、满怀热切的抱负和拳拳爱国之心，反映了诗人与巡边官兵"犹如狂啸猛虎/跃过兴安三座峰/酷似离群之仙鹤/翱翔万里山河中"勇猛、无畏的英雄主义精神。1851年农历五月二十八日，敖拉·昌兴一行"遵从皇帝诏令/赴额尔古纳/格尔毕齐巡边"。他辞别家乡父老，由海拉尔"启程登鞍"，在库克多博卡伦、珠尔特卡伦与齐齐哈尔巡边队、墨尔根巡边队会合并结伴同行。他们先"乘一船舶启航"，后"坐上了桦皮舟/漂泊天下明川"，又"换乘木制方桴/横渡无数江湾"。接着，敖拉·昌兴一行顺"额尔古纳河下航"，"露宿起卧赶路/终于驶进河口江边"，与瑷珲巡边队集结并向东挺进，"巡视滔滔的黑龙江"，经过"八天艰险路"抵达"环山枕水的瑷珲城/亲朋好友欢聚一堂"。之后，从瑷珲南下至"墨尔根城里歇脚"的敖拉·昌兴，在此时接到英隆将军的急函，"说与俄罗斯国的接壤处/有条河流叫乌第/务必设法勘察清/火速向上禀报明"。"因为事关重要/不得延误拖延"。于是，敖拉·昌兴又从距离墨尔根城东南4万米处的板桥村"重踏原路折返"瑷珲城，筹备粮秣车马，从黑龙江乘船，顺精奇里江（今俄罗斯结雅河）一路北行，"跨过繁花似锦的伊丽嘎山/接近兴安主山岭"直奔音肯河（亦写作英克河，今俄罗斯谢里特堪河）而去。中途又因"古林浓郁苍茫/只得下马来蹒跚"，将"一兵营人马/留守音肯河畔/遴选十七名精兵"，"由们河和音肯河之间，改泊就陆，疾步行军"②。他们沿崎岖山路"爬越险峻外兴安岭"，日夜兼程，最终抵达目的地乌第

① 康熙二十八年（1689），中俄两国订立《尼布楚条约》，"惟界于兴安岭与乌第河之间诸川流及土地，应如何分划，今尚未决。此事须待两国使臣各归本国，详细查明之后，或遣专使，或用文牍，始能定之"。此处成为"待议地区"。咸丰八年（1858）第二次鸦片战争期间，俄国乘英法联军侵略中国之机，迫使清政府签订不平等的《瑷珲条约》，割去了中国黑龙江以北、外兴安岭以南的大片领土，乌第河地区遂成为俄国属地。

② 吴文衔、李士良：《清代官员巡查东北边境的记录》，载敖·毕力格主编《达斡尔族文学宗师敖拉·昌兴资料专辑》，内蒙古文化出版社2010年版，第793页。

河，并在此"立敖包为标防外患"。胜利完成任务的勇士们"归返音肯河边/官兵重新相聚"。翌日清晨，敖拉·昌兴与巡边士兵，由原路"拔营登程"并"顺利抵达齐齐哈尔城垣"。在这里，诗人还描写了豪情满怀的"九十六名英勇志士"在凯旋途中，高唱"扎恩达勒和乌钦"的激昂歌声"响彻河谷和山涧"，他们欢呼雀跃，欣喜振奋之情溢于言表。回到省城齐齐哈尔，敖拉·昌兴"谒见将军都统/禀报巡边实情"，得到将军的犒赏，称许他"为国尽劳"并将诗人功绩"载于案卷"，另以厚礼嘉奖。最后，敖拉·昌兴"返回久别的家园"，与亲人乡邻团聚。至此，敖拉·昌兴圆满地完成了为期98天的巡边任务。从诗人不无骄傲的"行万水奔黑龙江/先祖中曾有谁敢冒此险""跨越千山万水赴乌第河/亘古谁人曾闯此关"的自我赞许中，可以看出，敖拉·昌兴不仅是达斡尔族第一位巡查黑龙江流域的勇士，也是有史以来第一位巡查外兴安岭乌第河的清朝官员。他完成了前人未竟的事业，为保卫祖国神圣领土不受侵犯立下了卓越功勋。末了，诗人还特别申明这首诗歌的创作目的是"以诗为记永流传"。诗人"永流传"的期望既是出于保存巡边历史的需要，是对国家、对所肩负使命的看重，亦源于对所经历的重大历史、政治事件和个人功绩的纪念。

浓烈的爱国主义情怀是《巡查额尔古纳河、格尔毕齐河流域》这部长诗的本质与内核。诗人笔下的爱国主义情怀，是通过描写一位赤胆忠心、满怀抱负的佐领在领受、执行巡边任务的情感状态和心理过程而予以真切展示的。从接到圣诏时"诚惶诚恐"，长途离家的不舍，再到行程的无法预测，诗人以"回首张望心茫然"细腻地表现出当时的复杂心绪，而这种茫然和不舍，恰恰真实地呈现了一个巡边者微妙的内心波澜。面对未知又莫测的未来，勇敢的诗人还是关山飞渡，"继续挺进不知乏"，"飞越江湾小河流"，"未敢下马歇鞍鞯"。唯其如此，诗人的这份爱国情感才真挚而动人，厚重而深沉。诗人还非常细密地描述了巡边所见的壮美山水，包括额尔古纳河水的"狂涛汹涌"和"静似明镜"，即便如此，诗人仍然"心急如火不敢怠/夙兴夜寐不下船"，"夜以继日为国事/焉能偷闲不惜时/起早贪黑快赶路/人困马乏喜滋滋"。其间也不乏小波折，英隆将军派出特使，令其一行仔细巡查乌第河流域。面对这样一个"审时度势"的要求，诗人没有因连日劳顿而退缩，而是显示出相当的智慧和担当，将

"车马辎重暂存寄",以便轻装赶路。敖拉·昌兴又从大队人马中精选出17 名精兵一路向北攀越。尽管他们"豪气满胸间",却遇到了前所未有的困难,"崎岖艰险不能急行进","七荆八杈的松树枝/比箭镞扎枪锋尖","形状似人的黑熊足迹/整日屡见不鲜/声音似琴的鸟隼鸣啭/几乎未曾听见",足见其险峻恐怖,连鸟儿都望而生畏。诗人的踌躇满志不断接受着恶劣环境的考验,莽莽森林中的前行只能"披荆斩棘向前挪",有时感觉自己踏上了"平坦阳光道",但很快发现"又遇险境觅无路/临深履薄心烦焦"。这一心理变化过程的描写让读者切实体会到巡边不仅意味着信任和重托,更意味着千辛万苦和艰难险阻。但是,心怀志向的诗人始终以"为国家安宁边境平静"为己任,毫不畏惧面前"昼如夜幕封盖昏暗暗/沙似的胶泥欲沉陷"和"染霜浮雪"的乌第河,终于在"人马不息两整天"后重进瑷珲,其间的辛劳自不必赘述。诗人的爱国情怀既在于他对国家意志的深刻理解,也在于不屈不挠的民族性格使他在困难面前始终保持着积极和热情。特别是"巡察天朝好山河"后,更是"眉飞色舞喜欣然",表现了诗人欢欣、乐观的意绪。诗人的爱国情怀不仅体现于披荆斩棘、奋力拼搏的英雄气概以及战胜困难的乐观主义情怀,还体现于对祖国大好山河的眷恋,对达斡尔民族的深挚热爱。诗人在与山水自然的亲近中,感受到祖国自然风光的"美无限","沿途景色足销魂"。额尔古纳河、格尔毕齐河"两岸冈峦峰连峰/悬崖绝壁依天立/乔灌树木萧森森/浓荫蔽天少空隙","水清浪静似明镜",神秘之景毕现,而"察哈颜谷阳坡美/彩石璀璨荧晶晶"则呈现出大自然令人神往的鬼斧神工。巡查至黑龙江北岸,诗人面对先祖遗地更是百感交集,深情地描绘了达斡尔民族敖拉氏、乌力斯氏、鄂嫩氏族先民的生活遗迹,"扬名于世的雅克萨城/敖拉·哈拉在这里发端","天然要隘乌鲁苏穆丹湾/乌力斯·哈拉从这里发展"。诗人对扬名后世的雅克萨城尤为崇敬,"巍巍名峤伦图尔哈达上/猛轰罗刹的重炮傲立峭坂",因为曾在这座英雄的城堡,达斡尔先民不畏强暴,同沙俄"罗刹"侵略者展开了殊死抗争,谱写了一曲悲壮的搏战诗篇。这让诗作在表现巡边任务的艰巨、沿途风景的壮丽之外,洋溢出因达斡尔民族情怀而生发的别样色调。对民俗风情的精细描写,是这首诗歌的又一亮点。诗人在瑷珲一处遇到了"和尚"在"观音阁内乐陶陶",可以一窥当时佛教在该地区的发展情况。各地丰饶异常的风物也为诗人津津乐道，"毕拉日湖芍药开/狩猎貂皮收获好/苏楚纳河萱草多/卡伦站内看珠宝"。更为有趣的是，诗人对俄国人生活习俗的描写使诗作平添一份异域风情。俄国村庄留给诗人的印象是人口稀少、房屋欠整饬，尤其是醉汉横行、拦路索酒等行为，让知书达理的诗人颇感不悦，尤其是"男女授受不亲"下对男女关系的预设，让敖拉·昌兴惊诧又不无鄙夷地感叹，"男女不知避嫌疑/朝夕暮旦混一堆"，"主奴胡缠无伦理/人生道德从何提?"在艺术表现方面，这首诗作少见夸张和激越的语词，多种感情交织于诗歌的描述中，尤其是以爱国情思作为全诗的主线，贯穿全诗并将各个部分有机地融合为一体，构织出颇具英雄主义的豪放气度。

　　歌唱爱情、亲情和友情的真挚与美好，也是敖拉·昌兴诗歌的重要构成。敖拉·昌兴虽身处爱情不自由的晚清时期，但诗人的诗思并没有因此而被禁锢，以《五色花》向世人展示出自己的女性审美理想。"她"不仅要有姣好的容颜，优美、得体、端庄的仪态，诗人更看重的是她的内在美，心仪于"她"的纯洁、善良、温柔、灵巧和聪慧。诗人甚至不顾世俗之见，大胆夸赞在京城里"幸遇"的美人高二娘，"美丽姿色何娇艳/犹如仲春嫩桃样"，"微微启合小嘴唇/红过熟透山丁子/褐色玛瑙做头饰/秀发云堆露皓齿"（《北京城见高二娘》）。诗人还不惧常规，深情地表达自己的相思、相恋之苦，"千姿百态的花朵啊/不只外表娇艳华丽/我苦恋相思的心情/不知怎样才能停息"（《相思苦》）。敖拉·昌兴的诗歌还表达出对专一爱情的推崇和向往，以纯洁忠直的白鹤"始终留恋出生之地"自拟，称扬了"思念恋人始终如一"的忠贞与美好。深情绵递的"假如你没一丝异心/就让我俩结成连理/假如你也同样爱我/就让我俩双飞比翼"，成为达斡尔族胞传诵至今的诗句。享誉达斡尔族文坛的爱情诗《蝴蝶荷包》，是诗人假托女性口吻写给离人的诗作。它通过一个多情的达斡尔女子绣荷包时的深情诉说，表现了她对丈夫的真挚爱情和不尽的相思。诗作最先写出连夜赶绣荷包的缘由以及荷包各色图案的寓意。绣荷包是为赠予离家进京的远行人，而宝葫芦的绣样是盼望丈夫不管身在何处都带着它，以提醒离人时刻莫要忘怀家中贤妻，绣上莲花则是希望丈夫在约定的归期早日回家。更触人情肠的是，诗歌还细腻地写出离人背后是家中妻子牵挂的目光，在丈夫走出自己的视线后，还想象着他的行程以及自己相应的动作和心理，"当你走上南山坡呦/我在门前把你望/气闷胸疼实难耐/

挪步转身回院来/当你走进山谷里哟/站上烟囱望着/两眼酸疼秋水穿/回过头来把身转",描绘了一个痴心女子望眼欲穿的真实状态和相思之切的细腻心理,用笔大胆而直接。之外,诗作还写出女子对离人的谆谆告诫,无论到了什么地方,无论行程有多么不定,无论多么需要温暖,"莫忘你我情切切","途经哈尔哈蒙古/热情款待莫逗留/切记早日返家府"。这显然是一个女子理性的肺腑之言,同时这些语重心长的谆谆之言也引发了诗风的某种微妙转折,由之前的清寂转向现实的严肃。诗作最为精美之处在于,女子用情深切是通过她对离人路途的揣测、重逢的憧憬得以揭示的,"蓝天彤云密布时/天将欲雨防路湿/待你平安归故乡/慢言细语述相思/长天万里白云浮/雪花飘舞愁路阻/胸中情思万万千/待到重聚耳边诉"。全诗不见大起大落,而是呈现出"哀而不伤、温柔敦厚的风度"①。

敖拉·昌兴赞颂亲情的诗作,亦写得情真意切。《父母的恩情》从怀胎坠地、辛勤哺育、蹒跚学步、识字读书、祛病撵魔、品行处事、长大成人、儿女远行、"伫门凝望不挪身"及"嫁女娶媳疲奔命"十个方面,描绘了父母为养育儿女"省吃俭用缩穿戴/艰难备尝多苦辛"的舐犊之情,情感绵远、婉转又有潜细入深的力量。敖拉·昌兴的另一诗作《哀双亲》所流露的对父母无尽的挚爱和思念,同样令人印象深刻。诗人对友情亦格外珍视,《巡边即兴》《祝愿友情深似海》《钟灵毓秀聚一堂》《无题》是这方面的重要代表。其中,尤以与友人治安②唱颂友情的《巡边即兴》写得相当真挚、感人。诗人早在齐齐哈尔城期间就曾与治安相识,1853年治安被调往南方,镇压太平天国起义,因功受赏,加任副都统衔。后相继升任汉军旗正红旗都统、江宁(今南京市)、吉林将军。1870年,治安因病返乡,1882年卒于瑷珲。敖拉·昌兴后因公务在奉天(今沈阳)与治安邂逅,共同的文学爱好使二人意气相投,引为知己。1851年,奉命巡边的诗人在额尔古纳河口与阔别10年之久的治安再次相遇,喜出望外的诗人赋诗感慨,"天涯荒野见知己/千载一逢慰我情","情投意合苦日短/不觉长天落白日/人生难得情性洽/拊掌大笑不自持"。二人同乘一舟,亲临浩浩江水,眼见奇石秀峰,敖拉·昌兴喜不自胜,即景赋诗"定睛饱

---

① 崔荣、包薇:《达斡尔族诗歌研究》,内蒙古大学出版社2012年版,第41页。
② 治安(1805—1882),亦写作志安,又名富明阿,袁姓,瑷珲汉军正白旗人。1827年随清军征讨新疆喀什噶尔,升任佐领。

览山锦绣/转瞬已过几道湾/独处激流空余叹/汝方来见倏流散"。诗句寓情于景，缓缓而动的黑龙江水犹如友人的情谊连绵而不绝。即便是"一江春水急又急"，"舟楫沉浮似鹅羽"，敖拉·昌兴依然能够"饱览山川不计时"。诗人之所以能置悲凉、危险于不顾，是因为有心意相契的友人相伴，为险峻的巡边行程平添了许多欢愉。尤其是二人临别之际的问答，"问君归期何太急？""光阴如梭会期近/初秋到达乌拉城/骑留故人留不得/身不由己泪潸然"。有相聚的欢悦，有辞行的不舍，也有离别的伤感，情深而意笃。

讴歌大美自然，揄扬达斡尔民族的风土人情，在敖拉·昌兴诗歌中也占有相当的篇幅。达斡尔民族对大自然怀有天然而浓烈的爱意，在其他文人书面文学作品中虽不乏对自然景致的描画，但对田园和大美自然集中笔力进行整体的描写，是敖拉·昌兴诗歌的一大特点。敖拉·昌兴幼时生长在乡间，达斡尔田园生活的美好既为他所熟悉，也在其一生中留下了异常深刻的印记。他善于用美的眼光发现它们，善于用多彩的语言描绘它们。敖拉·昌兴笔下的《仲春》写出了时节的秀丽和美妙，诗人与流凌相竞走，跟候鸟相结伴，和青草竞争先，充分表达了对大自然的由衷热爱和"回归田园"的欣喜之情。《百花颂》更是别具一格，诗人将吟咏的梅花、芍药花、石榴花、杜鹃花、丁香花、海棠花、牡丹花等64种花卉，与孟浩然、唐伯虎、秦少游、李太白、范仲淹等16位中国古代圣贤的志趣、爱好相切合，歌唱了他们方正而高洁的"内香外朴君子风"。在敖拉·昌兴的同类诗作中，最出色的莫过于《四季歌》，它呈现了敖拉·昌兴诗歌创作中鲜有的明丽和欢快。诗作以四季流转的自然顺序展开铺叙，数次出现了"处处香"与"满塘香"，传递出喜悦的信息，而仲夏炎热、骄阳高照，在诗人眼中却是"露珠闪烁张笑脸"，即便是冰封千里的严冬，在诗人看来也不过是"大地从容换银装"，所有的一切都是那么美好。而且在表述这种种美好时，诗人较少夸饰，用语多自然明洁，素朴真切，如写牡丹"红白相间变金黄"是直笔写来，反而表现出牡丹天然的富贵大气，"风轻云淡满塘香"更是毫无矫饰，韵味独具。诗作的特别之处还在于，诗人吟唱的不仅仅是达斡尔地区的四季更迭，同时也描绘了南北方四季的变化，显示出诗笔及思路的纵横无碍。因为牡丹、莲花、菊花和梅花在当时的北方很少见到，尤其是在达斡尔族聚居地极为罕见。但这些物象的出现，既把读者带到南国风光之中，也是敖拉·昌兴博览群书、知识渊博的映现，显现出诗人善于吸收异族文化的审美风范。另外，诗人将南北方的景物并置描写时，也就形成了天然的对比，北方四季景物的壮美浓郁与南国四时风光的柔丽轻盈，共同指向"四季歌"的题旨，并共同构成不同季节的旖旎风光，诗中有画，画中有诗，使读者领受到不同的景致和诗美。

诗人对达斡尔民情风俗的展示，主要是借助于日常与节庆生活的描绘。诗人在《赞年画》《春节》《正月》《饮酒即兴》《十二月》《祝婚歌》等作品中，通过达斡尔族"老少共欢乐/嬉笑无羁绊/四世同堂庆/煮酒熬年夜"（《春节》），"男女老少会聚起/唱歌跳舞道吉祥/一年劳瘁全忘掉/谈天说地乐洋洋"（《正月》），"趁度新春好时节/拜年喜回姥姥家/舅舅屋里墙壁上/八幅年画实堪夸/花鸟工笔如此美/天香国色牡丹贵/水中游鱼乐天涯/栩栩如生令人醉"（《赞年画》），"喜庆之夜亲家聚/促膝谈心更亲近"（《祝婚歌》）等日常生活与民俗风情的精细显现，歌颂了达斡尔人族亲和睦、喜庆祥和的景象。在《十二月》中，敖拉·昌兴还以"阿涅（春节）佳节来到/村里兄弟贺新禧"起笔，抓住北国季节的特点，描述了达斡尔民族从新春伊始到"寒冬腊月北风紧/新春佳节将来临"，"过完腊八农活始/杂事纷繁乱如云"的劳动生产与生活习俗，将延续了世世代代的自给自足的自然经济以及田园生活写得韵味浓郁，生动而美妙。敖拉·昌兴的同类诗歌中，令人记忆深刻的还有《姐妹情》《宴歌》《祭祀歌》等。它们从一个侧面反映了达斡尔族社会组织及族群的习俗惯制。《姐妹情》中的兄长以男性家长身份告诫、饬令即将嫁为人妇的姊妹，"惜别眷恋/无须论厚薄"，"出嫁的地方相处和睦/注重贤淑端庄"。在《宴歌》中，诗人先是赞美家乡山河，再以"亲戚套亲戚/不能离散/今日喜宴之后/割断那些谰言"调解、说和、规劝"彼此索居两离分"的两个达斡尔莫昆（部落），切勿因谗言和误解而疏远。之后便有了两个部落解除误会，团结一心，共商族亲大事以及"为了平享富庶/祷告苍天大地"（《祭祀歌》）而共同祭祀天地、叩拜先祖的和睦景象。

自然山水、民情乡俗之外，展露内心情愫，表达人生感悟，也是敖拉·昌兴的诗歌内容之一。敖拉·昌兴的这类诗歌大多写在出狱归隐于山林之际。被黜入狱成为诗人一生中两个不同阶段的分界线。之前，诗人满怀抱负，信心满满；之后，归隐山林，但心情仍不平静，无力改变社会黑暗和凶险官场，诗人只能以诗歌《六合诗》《欢乐诗》《人生之道》《善恶篇》《双重的八大快乐》《悔人诗》《晚年抒怀》《耕读赞》《述志》抒发心志。敖拉·昌兴在《悔人诗》中，从吕布性格桀骜、貂蝉美貌出众、扁鹊医术高超而惨遭不幸，感叹名利地位皆为身外之物，官衔和权力皆为生命的羁绊，"名利场上多争夺/是非黑白难辨析"（《述志》），"权力本是杀人刀/地位过高空煎熬"（《万事空》）。于是，诗人劝诫世间男女"世态炎凉务查明"，只有"躬耕读书"和"山水之间欢乐多"（《晚年抒怀》）。诗人还悟出茫茫六合①间，"祸福相和""贫富交替/悲欢相邻/名利之事/仿佛游云"，人生一世不可永生，"明达的五行"也不可能均衡公道，只有"青山绿水/待人不会两样"（《六合诗》）。因而诗人寄情于自然，在山水、耕读之间排遣释怀，"月下花间茶一杯/高谈阔论喜悠悠/清闲生涯漫度过/粪土名利欲何求"（《陋室颂》）。其中，《双重的八大快乐》最能反映出敖拉·昌兴鄙薄权贵、不与世俗合流的高洁情怀。这是诗人回视自己与官场名利纠葛的一生，悟出"宦海茫茫如罗网"，在回归自然后感到无比愉悦以及看破红尘后发出的"浩歌"，也是敖拉·昌兴识破仕途、回归自然的宣言，"如能峰林相遇/玉石绸缎何用？"，他认为自己应如闲士般清静安逸，逍遥自在，"躬耕自营"。诗中提及的门旁苍翠的青松，潺潺而流的小溪，精巧的小拱桥，茂密的柳树林，就是诗人的隐居之地。敖拉·昌兴在这"万紫千红百花香"的美景之间洞透人生，认识到世间的快乐因志趣相异而有很大不同，并列举出"无权无势少财人/高官厚禄是欢乐""无所事事闲荡人/吃喝玩耍是欢乐""贪杯恋盏嗜饮人/酒酣耳热是欢乐"等人生八重欢乐，比照出诗人于田园、花卉、山河、琴瑟为乐的超凡与不合流俗。敖拉·昌兴这类诗作的显著特点是善于择取并借高洁、傲岸的历史名人贤达如文天祥、扁鹊、陶渊明、司马迁、李白、杜甫的事迹，抒情言志，寄寓自己的人格理想，且不存祈誉之心，多是有感而发，纯是自然流露。

继敖拉·昌兴之后，另有一位文人玛孟奇的出现，使达斡尔族文人诗歌艺术的脉络得以重新续接，并且增添了许多新的充满生机的因素。玛孟

---

① 六合：指上下、东南、西北，泛指天下和宇宙。

奇诗歌的一大开创和特点，就是扩大了达斡尔族文人诗歌的抒写范围和表现手法，突破了达斡尔族诗歌的原有题材，将之前许多表现家国情怀、戍边战事主题的诗歌内容，"拓展到对达斡尔经济生活和世俗生活的观照中"①，将达斡尔人的劳动生产与日常生活诗意化，在日常与凡俗生活中发现久而弥醇的韵味。

玛孟奇（1840—?），亦写作玛莫格奇、玛玛格奇。玛孟奇出生地与卒年不详。我们从玛孟奇的诗歌推测，他可能出任过较低级别的官职。玛孟奇是达斡尔族书面文学史上，继敖拉·昌兴后出现的另一位重要的诗人。玛孟奇现存诗歌两篇，一篇是写于同治十三年（1874）的叙事诗《在齐齐哈尔城看戏》，另一篇是写于光绪六年（1880）的《赴甘珠尔庙会》②。玛孟奇诗歌"扩大了原有布特哈达斡尔族诗歌的题材内容"③，将之前的如《在兵营》《湖北行》和《送夫从军》等许多表现国事与重大题材的诗歌内容，拓展到达斡尔人的劳动生产与日常生活之中。玛孟奇的诗歌使达斡尔族文人诗歌有了新的表现视域，同时，也标志着达斡尔族文人诗歌的"话语与内容的转换"。在艺术表现方面，自玛孟奇始，达斡尔族文人诗歌奔放、浓烈的慷慨豪情有所消退，代之以"趁闲暇无事/心中有感而作"的写实性因素的增强。玛孟奇诗歌的意义还在于，他的叙事诗较少情节的曲折，多以精细的描写且多以达斡尔民族生产与生活的可见之物、普通之事，发现他人未能体悟的生活旨趣。

反映达斡尔族众的劳动生产与日常生活，揭露权贵者的骄奢和社会现实的不合理，表达对达斡尔底层民众的同情，是玛孟奇《在齐齐哈尔城看戏》的思想核心。解读其寓意，须要对当时的达斡尔族被编为布特哈八旗打牲部这一史实有所了解。17世纪中叶，达斡尔族从黑龙江北岸南迁到嫩江流域，被编为布特哈八旗打牲部，这种集军事、行政和生产等多种职能于一体的社会组织形式，也从某一方面规约了达斡尔人的劳动生产与生活方式，那就是在非"战时"进山打猎，向朝廷和皇室进贡貂皮和

---

① 崔荣、包薇：《达斡尔族诗歌研究》，内蒙古大学出版社 2012 年版，第 49 页。

② 奥登挂、呼思乐译：《达斡尔族传统诗歌选译》，内蒙古人民出版社 1991 年版，第 190 页。

③ 奥登挂、呼思乐译：《达斡尔族传统诗歌选译》，内蒙古人民出版社 1991 年版，第 191 页。

珍禽。这是打牲部官兵最重要的生活内容。这里所指的"官兵"来自清朝的一个特殊制度，即清代八旗中凡达斡尔男子，满 15 岁开始被征兵，他们在平时主要从事耕作、狩猎等劳动生产活动，在战争期间他们会随时被抽调荷戈从征。加之整个八旗包括打牲部施行的是"兵民合一"这样一种特殊的社会组织制度，军械粮草自备，所以耕田种地、狩猎贡貂和打仗这三项差役，构成了当时达斡尔人基本的生产生活内容，而且在很大程度上，贡纳貂皮又是他们身上最为沉重的负担。"贡貂"作为赋税，以表臣服之义，使狩猎劳动除经济职能之外，又具有了政治意义。而达斡尔人向清廷"贡貂"的途径和方式，就是官衙所"特定的定制"的一年一次的楚尔罕集会①。

　　玛孟奇的诗歌《在齐齐哈尔城看戏》反映的就是当时达斡尔人生活中的这一重要事件。诗作先是详尽地描绘出齐齐哈尔楚尔罕集会的喧闹景象，"齐齐哈尔城的繁华/确是无止境"，"挤满草原的商贩/争先恐后地喊叫"，"做生意的买卖人/吆喝声此起彼应"。之后，出现在我们面前的是挑着各色货物的小商贩，"挑着豆腐担子的小贩/摇晃得失去常态/担着黄酱担子的行贩/不停地转悠着叫卖"。集会的热闹非凡还表现在不息的人潮和丰裕的商品，"各种各样的买卖/难用语言来表述/不尽的人流熙熙攘攘/摆满的货品琳琅满目"。另有一个景致就是前呼后拥、迈着方步的官员们相继出现。这一细节的勾勒，既显示出诗人对生活观察之精微，也夹杂着对权贵的反感与不满。但诗人并未沉浸于集会的郁勃，而是坦率地吐露此行的目的以及为送贡貂而被调派公差的苦衷，"人之一生/岂得百年寿/最难应付的/莫过公差令人难受"。因为楚尔罕集会的重心是缴纳貂皮贡赋，自然离不开公差们的参与，但诗歌的叙述者对这份差事显然有些排斥。诗作在比照中反映出这份差事令人苦闷和为难的根由。下层的当差者夜以继日、千辛万苦赶到集市，可等待他们的却是"办理选贡之貂皮/不知哪一天才接受"，"选貂之日无消息/无聊的闷坐令人烦"。清廷规定，楚尔罕集市上，所贡貂皮先由官衙挑选，待缴纳完毕后，对个人剩余皮张加盖图章后才能交易。如果因选貂官吏挑剔而不能完成贡貂任务，只能从

---

　　①　楚尔罕：满语音译，集市之意。清朝廷规定，布特哈八旗每年每一壮丁须向清廷缴纳一张上好的貂皮。为选貂皮，每年农历五月举行集市。楚尔罕指定地点设在齐齐哈尔城西北音钦屯，后改在城北关。

他人手中购买上好貂皮补交赋税。所以，当差者的郁闷和不悦，从一个层面折射出达斡尔人"贡貂"的艰辛和痛苦。诗人还以"富裕的人们/尽情地购买/拮据的人们/无可奈何闲摇摆"进一步写出当时达斡尔人的窘促。集会的重要功能是商品的交流与交换，但对于大多数穷困的达斡尔人来讲，他们只能选择在琳琅满目的商品之间"闲摇摆"。诗作的可贵之处还在于，诗人既注重叙述"贡貂"事件的经过，又着力于细部的描写，而且这些细部描写，或人或心情，精心刻画，于细微处见其真。

集会是商品的交流会，亦包含着娱乐活动，因而"看戏"就成为描写的重中之重。因"选貂之日无消息"，炎炎的夏日又"令人疲惫消磨难"，诗歌的叙述者只得扬鞭催马"进城去看戏"。诗作对戏文和表演本身触及不是很多，仅以"听出正唱着古代之事"，"唱得曲调优美动听/念作之功也很精专"一带而过，玛孟奇将关注焦点和大量笔墨放在了同是观众的一个"绝代美娇娥"身上。诗人以无限艳羡的心情，精细地描写了她的服饰、相貌和体态风姿，"冷若冰霜傲然端坐/星眼灿灿辉映满堂"，"梧桐似的纤腰/如弱柳临风飘袅"，"天生丽质美娇容/装扮鲜艳百媚兼"，接着诗人又以烘托的手法突出了这位女子的非凡美貌，"她那绝世之风姿/凝住了万双眼的睛光//各种面目之人/从两侧观看/各种身份之人/从不同的角度观看"，他们甚至为"争看绝代美佳人/停立多时不觉累"。女子的风华甚至跨越了民族，"不论满族或汉人/都在凝眸观望/鄂温克和达斡尔人/也频频回首张望"，以至戏台上的戏早已唱完，大家都还未觉。我们依凭这些诗句，完全可以想象出女子仪态万方的风度与美好。当人们"忘情凝视之时/天色已近傍晚/目不转睛地观看时/戏也已经唱完"，芳名翠花的女子款款离去，而所有观望着的人却"静寂寂地被留了下来"。可以说，女子之美犹如绕梁三日的乐音，而此处，诗歌也营造出"曲终人不见"的意境。之后，诗作内容和情感出现了某种转折。当包括作者在内的许多人都顺理成章地追问什么样的人才能配得上这样一个绝代女子时，诗人使用对比的手法揭示出这样一个残酷的事实：女子的配偶连常人都不如，是一个"容貌平庸、仪表粗俗/放浪形骸品行不端之徒"，举世无双的美人"犹如陷进泥土里/花一样的容貌/犹如被乌云遮起"。女子的离去和"凄婉"命运给所有人带来的惆怅之感，至此变为人们的喟然和叹惋。除反映较为广阔的社会生活之外，诗人对这个娇美女子青春与命运遭际的感慨，成为这首诗作的一大亮点，使诗作富于深度的同时，又增添了人性的内涵，而且诗作所呈现的人生思考以及题材表现出的延展性，也使玛孟奇的作品在达斡尔族文人诗歌创作中放射出独特的光芒。

展现达斡尔民族的风俗人情和世俗生活，是玛孟奇诗歌的另一内容。叙事长诗《赴甘珠尔庙会》详细地描写了布特哈①地区达斡尔人赶着大车，翻山越岭，千里迢迢把自制的大轱辘车运送到呼伦贝尔新巴尔虎草原甘珠尔庙会集市进行交易的场景、经历和感受。甘珠尔庙即寿宁寺，位于今内蒙古自治区呼伦贝尔市新巴尔虎左旗境内，建于清乾隆四十九年（1784），以乾隆皇帝所题"寿宁寺"之匾额得名，因寺内藏有佛教重要典籍《甘珠尔经》而俗称甘珠尔庙。这座寺庙是呼伦贝尔地区建寺最早、规模最大的寺庙。因其地理位置优越便利，处在各旗的中间地带，所以自清代建寺以后，多伦、张家口地区的旅蒙商人多来甘珠尔庙附近进行商品交易活动，至乾隆五十二年（1787），甘珠尔庙会集市正式形成。届时，燕、晋、辽宁、吉林、黑龙江以及俄罗斯商人、交易者纷纷云集至此，进行商贸和宗教活动。另外，呼伦贝尔地区各旗也参加互市，使得每年一次的甘珠尔庙会活动繁多，规模颇为浩大。布特哈达斡尔人的勒勒车（亦称大轱辘车）是集市上的重要交易品，如玛孟奇所述，参加集市的达斡尔人每人赶着装载着整车的两三辆车，结伴越过大兴安岭，赶到庙会上出售大轱辘车，换取所需的生产生活物资，往返耗时数月之久。据相关研究资料记载，甘珠尔庙会集市交易的大轱辘车最多时达到2000多辆，而且布特哈达斡尔人赶车赴甘珠尔庙集市做大轱辘车的贸易曾持续到20世纪40年代。制造大轱辘车是达斡尔人传统制作技艺，以车轮庞大、品质优异而著称，另有轻便、耐用、快捷、易修、多用等特点。由于车轮大，车轴的高度与牛马的腹部相契合，既能保持车辕平衡，亦可减轻牛马的耗

---

①　布特哈：满语音译，意为狩猎、打牲部。它是清朝政府对达斡尔、鄂温克、鄂伦春等民族进行统辖的机构名称，也是这些民族当时所居住地区的名称。这一地区包括东起今天黑龙江省德都县，西至大兴安岭东麓，南由齐齐哈尔市至黑龙江北外兴安岭的广大地区。后机构无存，地域设置名称也有了很大的变化。而原来所说的"布特哈"只指今天内蒙古自治区呼伦贝尔市莫力达瓦达斡尔族自治旗一带的达斡尔族。"布特哈"的发音，在达斡尔族群内也逐渐有了变化，转音为"巴特根"（batgan），亦写作巴特罕。

力，加上车毂大，承重力强，重载或在颠簸不平的山间行路甚至蹚水过河也颇为妥帖安全。因此，大轱辘车不仅深得达斡尔人的喜爱，也深得呼伦贝尔、锡林郭勒草原和喀尔喀（外蒙古）蒙古人的钟情，被誉为"草上飞"。因而，即便是远在大兴安岭东麓的达斡尔人，也会不远千里及时赶到庙会出售大轱辘车，换回牲畜等生产生活必需品。可以说，赴甘珠尔庙会是当时布特哈达斡尔人生产生活中不可或缺的重大事项。

玛孟奇的这首诗就是达斡尔人赶赴甘珠尔庙会集市的真实呈现。诗作完整地再现了达斡尔人"赴甘珠尔庙会"的行程准备、征途艰辛、庙宇观感、暴雪返程的全部过程。诗作先是以"江山稳而固/岁月却飞逝"感叹时光流逝生命之短暂，再以"赋诗解愁思"引发人们关注现实人生的疾苦。艰难的生活处境同样也煎熬着诗人，"公务得闲暇/生机却无着/贫穷难度日/心中倍煎熬"，因为"光绪第六年/遭逢大旱情/天将不测祸/人力难抗衡"。但开朗、达观的达斡尔人并没有气馁，他们在庄稼无收的困境中，另谋生计，重操祖传技艺，齐心协力赶制出深受人们喜爱的大轱辘车，奔赴甘珠尔庙会集市交易，以换取生活所需。诗人形容当时的气氛是"人喧马嘶声/响彻近山河"，"父老与妇孺/皆来送行人"，可见达斡尔人对庙会集市的珍视程度。诗人还以"浩荡车马队/宛若一长龙"描写出赶赴甘珠尔庙会队伍的庞大阵容，又不惜笔墨，详尽地描绘了一路上的险峻难行。诗人特别择取车队应对悬崖、峭壁、飞流、泥石、意外、暴雪等自然或人为的许多不同的考验，让读者非常具体地感受到路途的种种艰难。他们先是走马兴安岭温布奇，后改道平原，原因是"岗周旱无水/人马遭干渴"。但平原似乎也不平坦，一路嶙峋的石块致使"车身乱摇颤/车轮似被削"。走过石头阵，又遇矗天而立的山崖阻挡了前路。面对陡峭绝壁，诗人不禁感叹"何世之父辈/竟踏此路程"，坚强不屈的达斡尔人为了生计，依然是"后世随先人/相携来奔赴"。众人踏着前人留下的足迹，"费劲平生力/登过三陡阶"。当他们登至崖顶，回首来路时"不禁长吁叹"，路途太过险峻。所以，当他们遇到"行路先辈"堆立的敖包①时，纷纷斟酒跪拜，以求敖包保佑一行人平安顺利，"众人陆续拜/虔诚把头

---

① 敖包：蒙古语音译，意为堆子，也写作"鄂博""脑包"等。达斡尔族现以"斡包"相称，即由人工砌而成的"石头堆"或"木枝堆"。旧时遍布北方草原作为道路或境界的标志，后逐渐演变为祭天神、山神、路神以及祈祷丰收和平安幸福的象征。

叩/默念祷告词/不知神可知",反映出诗人渴望有超自然力量护佑的内心需求,也折射出路途的艰辛莫测。其间,亦不乏"意外"频出,诗人还特别写出征途中的逼真细节。长龙般的车队一路攀山无数、涉水无间,"行人皆叫苦",又因车辆超重,有人还是颠坏了马车。险途遇到车祸,焦躁又无奈,只见他"立于马前啼泣/焦躁地捶打马脊"。这不禁让诗人暗暗感激那些"免我遭此苦"的造车工匠,使自己有幸顺利走过险途。当然,众人见同行者有难,定是热心相助,很快整修好车辆,一行人再登山岭。攀上山顶的人们,在"岭下飘白云/岭上雾弥漫"的山间遇到了四周红围墙的关帝庙,庙宇的轩昂祥瑞以及山泉的甘甜鼓舞了行人,诗作紧张的节奏也有了一个舒缓。但"扶车向下行/走下峭壁岩"时又遇到了漫野的红泥浆,车轴陷入烂泥中,人与马同挣扎,齐心协力将车抬起,在"额汗滴如雨/帽湿如水洗","筋骨痛彻身/脏腑似寸断"的境地中,诗人不由得感叹,"家中之妻儿/可知行人苦"。幸好经过日夜兼程,到了塔文浅①地区,距离甘珠尔庙已经不远。众人安营扎寨,扫尽一路愁苦。在这里,诗人对辽阔草原的描写亦让诗歌另辟一个宽阔的表意空间,氏族长带来的肥羊让诗人在他乡感到了温暖和关怀。尽管静静的伊敏河水、无际的草原、多汁而稠密的牧草让诗人沉醉,然而"漫漫路未尽/不敢多迟延/重新踏上路/复向群山峦"。漫长的跋涉,终于在"马疲而瘦削"时,到达了目的地甘珠尔庙会。

　　作为达斡尔民族生活的生动摹本,诗作还以细腻的笔触,记录了诗人在甘珠尔庙会的所见所闻。除了庙会上必然出现"商人如云集/游人如川流"的熙熙攘攘,引起诗人关注的还有庙会上的各色人等,诗人先是以一个达斡尔人的眼光比较"当地蒙古人"和"库伦蒙古人"② 之异同,发现两者在脸型上略有不同,但举止待人都非常淳朴。与之形成鲜明比照、让人反感的是那些"头戴貂皮帽/马上显威风"的富豪,诗人讥讽他们的炫富"所用非其时/不知有何图",揭示出富贵者的荒俚和鄙俗。除各色人外,甘珠尔庙宇的雍容华贵也令人惊叹,"彩绘和佛像/辉煌欲夺目","庙宇如宫殿/壮丽令人异"。而寺庙内的喇嘛们则仪容祥和、端庄

---

　　① 塔文浅:地名,现属黑龙江省讷河市龙河镇。"浅"是达斡尔语音译,指众多的人或群体。"塔文浅"即指塔文地区的达斡尔人,是达斡尔族内部的他称。

　　② 库伦:今蒙古人民共和国首都乌兰巴托市的旧称。

如神佛，"根刚"的诵经声、海螺声、击鼓声、琴瑟声"和谐而清越"，而奔走穿梭的小喇嘛则悄无声息，提壶、斟茶"丝毫无失闪"。信众的"施礼"也异常虔诚，即使孕妇进庙烧香，也是一步一叩首，而那些求寿之人拜佛则是"用金杯点灯/俯首叩不迭"。诗人感慨寺庙"神佛千万种"，其奇观和异事"也难得尽言"。诗人还以一个"他者"的眼光，认为人们对佛祖的顶礼膜拜大都源自对佛祖有所求，抑或是弥补自身缺失，从而引发了"容貌之美丑/岂能随愿得"的思考。

诗人对归程仅以"事毕归期至/众人露笑脸"表达出欣喜之情，而返乡归途中遇到的诸多事件，仅选取初秋的茫茫大雪使"山野失轮廓"，表现众人顶风冒雪行进的顽强。暴风雪一方面揭示出作者离家多日，另一方面表明归途也是同等的艰难。即使风雪肆虐，"冰雪冷刺骨/腿脚筋抽缩"，也难夺其志，他们勇敢地顶着迎面而来的暴雪，奋力前行，"旅途之艰难/迫使人无所惧"。在对人类与自然之间的抗衡，主动性和积极性得以激发的感叹中，诗人和他的族亲们终于回到了家乡。

不难看出，诗歌在对"赴甘珠尔庙会"全过程的描写中，深刻地揭示出达斡尔民族坚忍务实、勤劳勇敢、自强不息、奋发向上的民族精神和气质。在天降不测之时，他们不是怨天尤人，而是积极思考、另谋出路，依靠祖传的打车技艺渡过难关。在奔赴甘珠尔庙会集市的路途中遭遇多重艰险，不尽辛劳，但诗人始终向我们展示的是达斡尔人的顽强和不屈。而在与恶劣的自然环境奋力对抗的过程中，难夺的志气、面对困难险阻不退却的大无畏气概，既是这首诗作着力表达的思想核心，是达斡尔民族在天地之间安身立命的生存观，也是达斡尔民族千百年来能在凶险的生存环境中得以繁衍生息、发展壮大的关键所在。《赴甘珠尔庙会》在艺术表现上最显著的特点，就是描写详略有致，剪裁得当而张弛有度。其详处运墨如泼，略处则惜字如金。前面说到，达斡尔人往返甘珠尔庙会耗时数月之久，从地域来讲，路途漫漫，从故乡到甘珠尔庙会，空间十分广阔。如此丰厚的表现内容，诗人有意择取并浓墨重彩地描摹了征途的艰辛与庙会观感，而行前准备、返程回乡则数语带过，从而造就出全诗收放自如、疏密相间的艺术效果。

继敖拉·昌兴、玛孟奇之后，钦同普是达斡尔族书面文学史上又一位影响重大的文人。但由于生活环境和个性气质的差异，在诗歌内容和艺术风格方面，他们有着较大的不同。如果说敖拉·昌兴的诗歌特别是他的巡边诗，慷慨为国，激情奔涌，以大量的事实"补史之不尽"，玛孟奇的诗歌则转向世俗生活天地，颂扬了达斡尔民族自强不息、奋发向上的民族精神。与之相比照，清贫自守的钦同普对社会下层百姓和劳动者有着更广泛的接触和深刻的感受，因而，钦同普的诗歌在题材取向上更具现实感，贴近于诗人自身的生活，所描写的对象基本是达斡尔人最平常、最易见的劳动生产与生活如耕耘庄稼、砍伐木材、捕捞鱼虾等，且极善于在此间寻找和发现生活乐趣。这是钦同普为达斡尔族文人书面创作所增添的新主题。可以说，在达斡尔族书面文学史上，以自身生活为创作题材并真切写出农耕、伐木等劳动者艰辛与困苦的，钦同普是第一人。

钦同普（1880—1938），又名乌尔恭博，汉名庆元，字同普，今内蒙古自治区呼伦贝尔市莫力达瓦达斡尔族自治旗人。钦同普家境贫寒，未能上学读书①，自学成才，通晓汉文、俄文和满文，曾任骁骑校、佐领总管署笔帖式。钦同普是一位极有抱负的才士，虽出身寒微，却不甘位卑，曾尝试在仕途中有所成就，却终不为当朝所用。可幸的是，他的不幸身世和坎坷遭际，却促成了钦同普的文学成就。学界认为，钦同普创作的"达斡尔乌钦很多"②，但目前被认定的诗歌作品有《捕鱼歌》《伐木歌》《耕田赋》《读书篇》《酒戒》《色戒》《财戒》《气戒》③ 八篇。钦同普另著有汉文史著《达斡尔民族志稿》④ 一册，该书展示了达斡尔民族的历史和独特的风俗人情。

反映社会的黑暗与不公，叙说达斡尔人民"无边无际"的苦难与艰辛，表达对劳动者的深切同情，是钦同普诗歌的重要内容。诗人在《耕田赋》中，以"生活多磨难/衣食住行俱费神"真切地呈现了农家人的生存状态。而到了春耕时节，为了多打粮有个好收成，不仅耕种者，就连耕

---

① 有学者认为，从钦同普诗歌《读书篇》推断，他极有可能受过初级程度的教育。

② 奥登挂：《达斡尔族的书面文学——"乌钦"》，载敖·毕力格主编《达斡尔族文学宗师敖拉·昌兴资料专辑》，内蒙古文化出版社2010年版，第815页。

③ 奥登挂、呼思乐译：《达斡尔族传统诗歌选译》，内蒙古人民出版社1991年版，第232—286页；塔娜、陈羽云译：《达斡尔舞春（钦同普诗选）》，载内蒙古自治区莫力达瓦达斡尔族自治旗政协文史资料委员会《达斡尔族自治旗文史》1993年第4期，第14—68页。

④ 钦同普：《达斡尔民族志稿》，约成书于1938年，由东布特哈八旗筹办处出资铅印。

牛也是"汗淋淋"，最使人难熬的是炎炎烈日下的"汗珠滴滴湿禾苗""蚊虫叮咬如锥"的夏锄。经过"清晨露水湿透衣/污泥雨水溅满脸"，耕种者终于迎来了"一片金闪闪"的丰收季节，然而"血汗浇灌的果实/换来的钱却很少"，因为耕种者的收获"都被官老爷拉走"，苛捐杂税也逼上门，末了还要遭受奸商的压价与诓骗。农家人受的苦真是说也说不完，而那些"白音"（富人）和有权有势者却不劳而获，过着浮华、奢侈的生活。不仅如此，弯腰曲背、饥饿劳累的农家人还要忍受精神摧残和欺凌，"说我们无知又无才/遭受'庸碌之辈'的谩骂"，只因他们是流血流汗的劳动者。诗人对耕种者遭受的"万般血和泪"表现出极大的轸恤之情，"五谷与杂粮/轮番播田里"，"从春到冬苦奔忙/手脚磨破皮肉伤"，实景实情生动逼真，诗人呼吁并渴求世人给予"劳苦又功高"的劳动者理应的同情与理解。这是诗人"将农夫的苦编乌春"的预期，也是诗人的真切感受。钦同普的另一首诗作《伐木歌》也同样传导出对"卖苦力谋生"的伐木者的极大同情。诗人以伐木为生者"迈开大步向前走/隐入密密深树林"开笔，写出了伐木者"潜入阴森森丛林"劳作的种种艰辛，走入森林的最初就要提防和躲闪令人心惊的飞禽猛兽，接下来就是左劈右砍向前移，"漫山遍野竭力砍"，直到饥肠辘辘、腰酸背痛"疲如弩"，才得以"密林叶簇阴影下"，放开歌喉"唱支山歌暂欢娱"。诗人还以"唱我伐木辛劳情/抒我疲乏苦衷肠"等质朴自然的诗句，将伐木劳动者欢乐表层掩抑下的悲哀表现得相当真切。诗人在农耕、伐木生活的描写背后，既有劳动者与为官者两种生活的对比，亦蕴含有诗人对理想人生的执着追求。

　　达斡尔族是一个农牧并举、渔猎与伐木、采集经济兼容的民族。其中，渔猎是达斡尔族最古老和主要的生产活动，在达斡尔族的传统经济结构中始终占据着十分重要的地位，积累了异常丰厚的渔猎经验，掌握了多种捕鱼的方法和技巧，如冬天的凿冰捞鱼、非冻期的铁叉戳鱼、算网罩鱼等。这在钦同普的《捕鱼歌》中有相当逼真的描写，可谓是达斡尔人捕鱼知识和经验的集大成者。这首《捕鱼歌》，较之《耕田赋》《伐木歌》的不平之气和难以抑制的怨愤有较大不同，在艺术风格上，《捕鱼歌》清新、恬美，充溢着乐观向上的意趣，为达斡尔族文人创作建立起一种新的审美范式。诗人先是以细腻的笔触描写达斡尔人捕鱼的方法和技能，为我们提供了达斡尔人生动、有趣的捕鱼画面。春天降临"河冰化开雪消融"

时，达斡尔人便开始备齐工具到"河滨之上"去捕鱼。诗人还对捕鱼者的各种情态予以传神的刻画：用鱼竿捕鱼者"安心静坐江岸边/专等沿江上溯鱼"；手持鱼叉捕鱼者"酷似鱼鹰立船上"，待到鱼儿游来便手疾眼快将"鱼叉飞去"；而身背鱼罩者"常在浅水河滩行"，瞄准觅食的鱼儿"急扣鱼罩准能赢"；还有那些手提鱼兜、拿甩网、身背拖网的捕鱼者，各有技巧而且"方法妙"。除了使用不同的工具，要想捕获不同的鱼类，渔猎者还要具备相当的智慧，好在先辈留下了丰富的经验，"要捕鲤鱼和鳜鱼/需到江里河中心"，"要捕赤梢、细鳞鱼/可在河边慢慢寻"。诗人的经验是，水草茂盛的沼泽中常常是鲫鱼生活的地方，而"深渊漩涡"才能捕得鲮鱼或狗鱼。河湾之处则需要捕鱼者慢慢搜罗，鳟鱼、淮鱼和鲶鱼都有可能在此收入囊中。诗人认为"捕鱼虽然很辛苦"，但其间的乐趣也是无穷而"难尽说"的。因而达斡尔人捕鱼"一年四季无停歇"。于是，诗人笔下就有了严酷冬季"邀集亲朋好兄弟"撒网捕鱼和互助协作。因为是冰封期，所以集体的力量显得尤为重要，"你拉我牵相跟随/哪顾寒风刺骨髓"，冰面上默契的集体拖网劳作甚至让人们"你吆我唱兴致浓/忘却干渴与冻馁"。捕鱼者的千姿百态，使读者如亲临捕鱼之乐之中。这种温情和谐的欢乐景象，也让这首叙事诗在没有主线索和重大事件的串联下依然生动引人。诗人无论是对捕鱼技能、鱼儿种类的如数家珍，还是对捕鱼动作的熟稔于心，显然都是基于对所属民族劳动生产生活的亲历。除了体现达斡尔人聪明才智的捕鱼技能外，诗人还对劳动之乐和先人智慧表现出由衷的赞赏和感恩之情。在诗人笔下，捕鱼即劳动之乐也是异常动人的，它没有劳作之苦，反而像是一出充满乐趣的游戏，对捕鱼之乐的抒发也是诗人的创作目的之一。诗人在开篇就以"从未捕过鱼的人/哪知其中的奥妙"，揭示出捕鱼在达斡尔人的生活中可谓最大乐事。诗人饶有兴味地描述捕鱼的工具、方法和窍门，不过是在具体而形象地展示出捕鱼之美、捕鱼之乐。乐观向上的达斡尔人，即便是冰冻三尺依然"身背渔网不畏难"，甚至快乐地忘记了饥渴和疲劳。诗人还不失时机地表达对先人的感恩之情。诗人在完成鱼叉、鱼兜、鱼罩以及甩网、拖网等捕鱼用具的真切描写后，很自然地想到先人的赐予，"祖先发明的捕鱼方/样式齐全办法妙/祖先传下的打鱼计/机灵巧妙且周全"。接着诗作的情脉又由感恩流淌至先人恩泽对当下达斡尔人生存的巨大意义，"现今江边打鱼人/仍循古人捕鱼经"。诗人对先辈的感念之情，真实、朴素且直抵人心。

　　劳动生产生活之外，钦同普对文化知识和教育即达斡尔人的精神生活，也表现出极大的关注。叙事诗《读书篇》细腻地描述了一个达斡尔少年的求学经历。它的意义在于，诗人对求知求学问题的思考，从一个侧面反映出达斡尔民族对文化教育的推崇。诗人首先强调求知在人一生中的意义，并详细描写出"我"渴望上学读书、对读书者心生羡慕，是因为看到学生们受到知识的熏陶后气质非凡、意气风发，"衣着清洁又整齐/进出有序纪律好/尊敬师长讲礼貌/令我钦佩又羡慕"。朗朗不绝的读书声更是打动了"我"的心，于是向父母双亲表达一心向学的请求。诗人的父亲显然也是崇尚知识的长者，对文化知识的重要价值也有清晰认识，"学到知识和本领/人生一世有收益"，"学问若能求精深/好似灯盏放光明/人生倘若没文化/好比一个睁眼瞎"。接着父亲又教诲去学堂的仪礼，从师长同学的相处之道，进而具体到进学，父亲更有详细布置，"扬长避短人为镜/弃恶从善是非明"，"胆怯懒惰无为性/狠心改掉修良习"。这些教诲无论是对知识力量的宏观把握，还是对求学准则的金玉良言，其实都显现着达斡尔民族对文化知识以及家庭教育的重视。诗人还以相当篇幅的心理描写，展现了一个农家子弟颇为真实、生动的内心波澜。"我"因为对知识的重要性有了明确的认识而诚惶诚恐地上学堂，认真读书，反复吟诵。但对于一个刚刚进入校园的孩子而言，接受教育的过程还是充满着艰难，"计数运算最费脑"，"每当学习不如人/心焦难熬急如焚"。与学习的艰难相比，让"我"难以接受的还有同学的讥讽，当"我"克制着自己的情感波动而努力忍让时，却又被顽皮淘气的同学认为是软弱愚拙。在这种不为身边人所理解的情况下，同学们高谈阔论时，"我"只能"低首静坐我寂寂"，"同学起哄逼凶猛/背转头脸速躲避"。这些心理与情感是符合一个孩子的实际的，尤其符合一个新入学又求学经历坎坷、自我期许极高的孩子的内心状态。另外，这首诗作的价值还体现在诗人对道德修养、文化知识的重要性、读书启蒙及读书心得的书写。诗人在入情入理地指出"勤读多研习"史书典籍的重要性的同时，还指出如何根据自身优长走入历史典籍，获得真知、完善人格，"若想懂得更多礼"和端正自己的行为，"五经需读滚瓜熟"，诗人关注的是通过"读书"修养正身。诗人对修身与获取知识的关系也有准确把握，修身要通过博览群书和精读圣书才能得以实现，在此基础之上，诗人又以孔夫子的弟子及贤达人士曾子、孟子为实例，标示出效仿的楷模。而拓展知识面、潜心练笔墨，最终还是为了解决"精通世事理"。于是，诗人开始从生存层面探求知识的意义和作用，"人生在世路途遥/福祸相依寻常事"，尤其是"你追我逐名利场/常使人们把苦尝"，古往今来的贤士为此而"浮沉"，但用功读书掌握了知识，便有所不同，因为学古通今让人们可获得"皆可预料未来事"的智慧，而且还能"学会选择奋进之方"。诗人从最初对人生有涯而读书无涯的困惑，自然过渡到对有涯人生的思考，不经意间又转向对深层问题的哲思，从而极大地深化了诗作主题意蕴的表达。

之外，钦同普还写有《酒戒》《色戒》《财戒》《气戒》等以劝善戒恶为内容、以道德教育为目的的劝诫诗。出身于社会底层的钦同普，切身感受到了社会的黑暗与不公，但没有力量去改变它，找不到正确的途径挽救它，只好求救于"读书学习"，求救于自身道德的完善。这是钦同普诗歌的又一贡献。在钦同普看来，"酗酒气盛贪财色/乃是人生四大忌/人在世上活一生/处处会碰上它"，所以诗人"良言善语来规劝"，"若能如此勤思考/修德之本可抓牢"。在诗人看来，酒不过是穿肠的毒药（《酒戒》），而美色既是刀枪又是剑，"常在笑语之中砍伤你"（《色戒》），贪图钱财危害则更大，它会让人失去"忠爱仁义心"。但诗人并不认为"多挣钱"是坏事，"生活当皆需用钱/谁曾说过一个不"，只是"倘若贪财过了头/名誉就会丢一边"，所以钦同普规劝人们"钱财来路要清白/非分所得不可要"，每一个铜板都应当是劳动流汗之酬报，"幸福只能苦中得"（《财戒》）。诗人还将人性易犯的四种错误即酒、色、财、气进行比照，得出如下结论，"酒色财气四大害/如若对比来观察/对人危害都一样/气之危害为最大"（《气戒》）。就此，诗人又有针对性地提出问题，气之危害最大的原因就是"人的气血若过盛/理智难以驭感情"，"肝旺气盛易怒人/失败跌跤何其多"。有史为证，"周瑜才高气量小/功业未就寿命夭/过分傲慢好自夸/因仗势欺人身先倒"。可见仅凭意气行事且不能谨言慎行，结果只会使人常失误，导致局面难以收拾。诗人还以"野火""洪水"作比，重申了任性使气难于预防并可能导致的严重后果，"暴躁脾气不收敛/事后将似野火烧/发火之时不控制/犹如洪水实可怕"。整个分析有理有据，层层深入，鞭辟入里。诗人还进一步指出根治此症的关键在于自身，"预清四害之方法／应从自己身上找"，认为接受文化知识的熏陶，"遵守仁义与理义"则自然可以管束自己，平息心头气焰、不会逾越限度，也可以培养温顺和气的性格。表面看来，钦同普的这些诗歌所表述的都是现实生活中的琐屑之事，但深入思索便能体会其中蕴含的深刻道理。钦同普写作诗歌的目的也是相当明确的，预计到它们会在达斡尔族群内传唱和流传，"编首乌春供诵吟／词句虽粗欠精巧／请君切勿欲跟随／敬请指正唱高明"。如此预设显现出诗人的良苦用心，也让人推想出钦同普对达斡尔族众克服凡俗人生中的诸多"癖病"，培养正直、高洁的品性，谨守礼仪以及文雅大量、明晓事理的期许与憧憬。

在达斡尔族文人书面文学创作中，孟希舜、金荣久的诗歌也值得我们关注。孟希舜（1901—1968）早年创作的诗歌《养马篇》[①] 反映的是与达斡尔族劳动与生产生活发生着密切联系的"养马"问题，表达了诗人对达斡尔民族生活的真切关怀。诗歌之外，孟希舜的贡献还在于，他曾利用公余时间深入民间，搜集了许多文献资料，并于 1953 年整理、编印有《达斡尔族乌春辑录》一册。这部诗集共收有敖拉·昌兴、玛孟奇、布库高勒、孟庆元（钦同普）以及佚名作者的诗歌 42 首。其中，收录以满文创作的诗歌 7 首，以满文字母记录达斡尔语的诗歌 35 首，另收录有孟希舜的诗歌新作 2 首。孟希舜编撰的这部诗歌集，对学界研究达斡尔族书面文学有着重要的参鉴意义。

不同于其他达斡尔族文人，金荣久（？—？）诗歌创作的特出之处在于，他是在生产劳动之余写作。金荣久现存诗歌有《狩猎诗》《观黑龙江额尔古纳河流域》《即兴诗》等，他还用满文字母记录了《思念远戍伊犁之亲人》（佚名）[②] 这首创作于 18 世纪的叙事诗作。这首诗歌描写了一位达斡尔族母亲思念远赴新疆伊犁驻守边防的儿子的心情，它首次以一个母亲的视角，反映了清乾隆年间长达半个世纪的远征新疆的战争带给达斡尔族众的深重灾难。

总括而言，达斡尔族文人书面文学的重大价值在于，它筑起了达斡尔

---

① 奥登挂、呼思乐译：《达斡尔族传统诗歌选译》，内蒙古人民出版社 1991 年版，第 306 页。

② 奥登挂、呼思乐译：《达斡尔族传统诗歌选译》，内蒙古人民出版社 1991 年版，第 174 页。

族书面文学的基石，丰富了达斡尔族文学的宝库，而且对达斡尔族后世的影响也是深广的。首先是文人诗歌中所表现、推崇的高洁的人格力量。敖拉·昌兴"犹如狂啸猛虎"般的自信，"蝴蝶颜色百般丽/天涯无处不可栖"的潇洒风采，"今日能享山水乐/世人议论奈我何"的孤高狷洁，玛孟奇展示给我们的顽强不屈、勤勉发奋的生存精神，钦同普锐意进取的志向，孟希舜关爱劳动者的抱负，金荣久朴素感人的普世情怀，至今为达斡尔民族所尊崇。其次，达斡尔族文人书面文学更为久远的影响是在思想情操方面。他们系念国家安危和领土完整，同情达斡尔族众与劳动者的疾苦，勇于抨击社会黑暗与不公，求救于知识并以此完善自身道德修养的教育理念，乐观豁达的生活态度，在形塑达斡尔民族性格、情感和道德取向方面，都有着相当重要的价值意义。

二 当代诗歌的精神向度

达斡尔族当代诗歌在口传文学、文人书面文学所奠定的丰厚根基之上，蕴蓄了达斡尔民族历史行进的坎坷与丰富性，与中国少数民族文学发展进程紧密相连，经历有20世纪五六十年代的生成与发展，中经十年特殊历史时期的荒芜，再到20世纪80年代至今的繁荣与多元这两个相对明显的发展阶段。

诗歌是文学感应现实与时代精神的最为敏锐的神经，因此，祖国与民族新生活的脉搏，首先是以诗歌这一艺术形式表现出来的。中华人民共和国成立之初，万众欢腾，全民激奋，整个社会洋溢着一种自由解放的自豪感。在废墟上建立起来的嫩江沿岸大小城镇一派生机勃勃，春意盎然，它的巨大变化使达斡尔民族切身感受到崭新的时代气息。欣欣向荣的社会风尚也给这一时期的达斡尔族诗歌带来了新的题材、新的主题和新的抒情形象。"我们告别苦难的岁月，我们走上了新的路程。新的时代需要新的歌声。"① 而这种"新的歌声"，当时是以颂歌与赞歌的大量出现为主要标志的。跨越新旧两个时代的达斡尔族文人孟希舜率先以《感谢毛主席的恩情》《增产节约，建设祖国》歌颂了伟大祖国的建设事业，表达了对恩人毛主席的无限感激之情。新生的祖国，国家实力的不断增强，人民生活水平的逐步提高，达斡尔人民可谓是旧貌换了新颜。"新铺的公路铁路改变了山容/这是一条人造的林间彩虹/千百年猎人梦想的美景/一幅幅活现在荒冷的山中"（巴图宝音《鄂伦春猎人的歌》）。在新的时代氛围中，达斡尔族人民不仅过上了好日子，而且还呈现出一种不同于以往屈辱负重的精神风采，发自内心深处的欢乐与欣喜之情时时涌现。历史的巨大变迁，带给达斡尔与其他少数民族共同面对的时代、民族的际遇，是去创建一个

---

① 艾青：《中国新诗六十年》，《文艺研究》1980年第5期。

不受欺辱的、团结统一的现代民族国家。可以说，这是近代以来每一个中国人的设想与期待，也是超越于民族或种族范畴的认同。而这一愿景终于在以毛泽东主席为核心的中国共产党领导下得以实现，用颂歌这种诗歌体式去表达内心的巨大喜悦，既自然，亦真实。从诗人所归属的民族范围内考察，达斡尔民族所走过的艰难历程，以及他们目前所面对的与历史上任何一个时代都截然不同的生产生活方式和文化精神情境，都让达斡尔民族诗人在探索生活与艺术的连接方式时，更倾向选择颂歌与赞歌。因此，赞颂新生祖国，赞颂中国共产党和伟大领袖毛主席，赞颂光明的未来，赞颂各族人民大团结，成为 20 世纪 50 年代达斡尔族诗歌的重要主题。

在达斡尔族诗坛，唱出颂歌这一动人旋律的还有亲历黑暗和遭受欺压的达斡尔族美术家耶拉。他在中华人民共和国成立一周年之际，写出了抒情诗《忘不了毛主席》，纵情高歌"结束了那悲痛命运"的伟大领袖毛主席的丰功伟绩，表达了对饱经忧患而今已是"干涸的溪泉淙淙流淌/枯萎的花朵放出清香"的故乡变化的欣喜之情，而耶拉笔下的"在草原牧场/在美丽的村庄/在城镇工厂/牛羊遍野/五谷丰登/马达震天响"，是他发自内心深处的由衷赞美。诗人在自我民族命运和个体命运的巨大转折中，深切地感受到中国共产党、毛主席和人民政府，是领导达斡尔人民摆脱苦海走向幸福的"大救星"。因而，诗人的抒情往往充溢着毫不掩饰的肯定和赞美。因为是以毛主席为核心的中国共产党领导人，率领中国人民推翻了蒋家王朝，缔造了新中国，祖国大地日新月异，"自从毛泽东在天安门上出现/嫩江畔才有了欢乐的春天/达呼尔人谁不想念他呀/天天把他的名字念上千遍万遍"（那音太《达呼尔人的歌》）①。这种近乎膜拜的心理基质，使达斡尔人民面对切身感受的翻天变化，不由得深情呼唤、吟唱伟大领袖，"轻轻的松树高又高呦/严冬的寒风他不怕呦/有了救星毛主席呦/再不怕瘟神蜷缩在身呦"（特古斯《感谢恩人毛主席》）。

年轻作家、诗人巴图宝音以真挚、朴素的情感，向伟大领袖毛主席献上了一曲颂歌《谢谢您毛主席》。这是达斡尔族诗坛上最具民族特色的鲜花，也是歌唱新生活、赞颂英明领袖的强劲音符。诗人详细描述了新旧社

---

① 达呼尔：达斡尔的早期译名。达斡尔，意为"耕耘者"，是达斡尔人的自称。最早见于元末明初。清康熙初年出现了"打虎儿"的译名。之后，又常译为"达胡尔""达虎里""达古尔""达呼尔"等。中华人民共和国成立后，根据本民族意愿，统一定名为达斡尔。

会两重天的具体表现，过去是"黑咕隆咚"的时代，穷苦人受尽了欺凌，处于"喊天天不应""喊地地不灵"的状态，人民活得"如同磐石压我们头顶"般压抑。日寇的暴行更是雪上加霜，成为"刺伤我们的毒蜂"。除了抢夺名贵的猎马、猎犬和貂皮、鹿茸，甚至还掠夺他们最基本的生活资料，衣食无着就是他们的真实写照。更惨绝人寰的是，"寒冰将我们皮肉冻裂/初生娃哭不及一声就僵硬"，而且各种可怕的疾病"夺走我们无数乡亲生命"，黑暗中的人们渴望着光明。而将鄂伦春人从"万丈苦井"中解救出来的是共产党和毛主席。诗歌首先描述出，之前如失途羔羊般的穷苦人从此"走路有人领"，从此"结束了奴隶的人生"。这种幸福的感受在鄂伦春人的叙述中，就如同"灿烂的阳光照进密林/古老的仙林送出芳馨"。幸福的生活使他们充满着感恩之情，"在这国庆的喜日里/想念毛主席比父母还情重"。巴图宝音还以《护好森林去见毛主席》《喜酒与红歌》等一系列抒情作品，直抒对伟大领袖毛主席和中国共产党的由衷热爱，歌颂了自身所处的伟大时代，诗作反映出智慧的民族区域自治政策给少数民族带来的巨大的喜悦。之后，达斡尔族当代文学的领军人物孟和博彦以《啊，祖国，亲爱的祖国》中"我"这样一个从"蟒嘎斯"①统治时代走过来的达斡尔"赤子"形象，深情地表达了对祖国母亲的依恋之情。这一内容成为达斡尔民族精神风貌、情绪状态在那个时代的缩影和见证，成为中华民族颂歌这一大合唱中的不同声部，与众多少数民族诗人的强音共同构筑了新中国颂歌与赞歌的主旋律。这一时期的达斡尔族诗歌表达了认同当时主流意识文化身份的情感，对党和政府无比崇敬和赞美，表达了达斡尔民族作家作为新中国主人翁的强烈的身份使命感和责任意识。在抒情方式上，这一时期的达斡尔族诗歌尽管普遍存在着直白、浅近，缺乏形象思维以及艺术表达较为显著的通病，但它从各个方面记录了一个时代的声音，真实地表达了达斡尔民族感受新时代灿烂阳光的甜美和欣悦。因而，单纯而明快的欢乐、豪迈和理想主义精神，成为20世纪50年代达斡尔族诗歌创作的基本抒情格调。

伴随着社会主义建设步伐的加快和深入，达斡尔族诗歌的题材开始相应地拓宽。20世纪50年代末、60年代初经济建设的大规模展开，沸腾生

---

①　蟒嘎斯：蒙古语音译，意为魔鬼、魔王。

活的感召，使达斡尔族诗歌的发展找到了丰厚的土壤，"双百"方针的提出特别是在全国形成的诗歌创作的小高潮，又为达斡尔族诗歌的前行创造了良好的氛围，使达斡尔族诗人获得了新的灵感，激发了一批有才华的诗人如雨后春笋般破土而出，开始形成一支诗歌创作的群体。其中，较有影响且保持较长创作生命力的诗人有巴图宝音、孟和博彦、乌云巴图、色热、乌嫩齐、孟德苏荣等，他们以激昂欢快的歌声和独有的风姿伫立于达斡尔族诗坛，创作出大量的优秀诗篇，组合成一曲气势恢宏的时代大合唱，展现了达斡尔族诗歌艺术的丰富性。这一时期达斡尔族诗人的创作，在感受生活的方式、摄取题材、构思立意以及艺术表现方面，比照之前的诗歌创作可以说是更为多姿多彩。在各具特色的同时，他们又有着共同的特点，那就是面向时代，着眼现实，以极大的热情，忠实地反映时代的风貌，再现了20世纪五六十年代的社会情绪和精神，传达了时代强音，唱响了颂歌的新旋律，这就是对社会主义建设事业的赞颂，对劳动生活的讴歌，对革命历史传统的深情缅怀。孟希舜的《自治旗五周年感怀》，索依尔的《本布日玛和她的小羊羔》《大兴安岭的赞美》《嫩江》，巴图宝音的《猎人的一天》《勇敢的交通员》《欢乐的鄂伦春》，乌云巴图的《鲜花献给谁》《追风马》，色热的《歌唱英雄黄继光》《歌唱英雄邱少云》，乌嫩齐的《毛主席，达斡尔人民最爱您》《想起毛主席》《人民公社好》，哈斯巴图尔的《保卫祖国建设》等，都纷纷唱出对社会主义新生活的喜悦和激奋，"没有佳节跳哈库麦舞/没有庙会唱呢呦呀/人民公社建在达族乡/男女老少欢舞又狂唱"（思勤孟和《人民公社建在达族乡》）；"捕来鹿狲满圈养/猎来野味贮满仓/公社鲜花吐芬芳/天堂楼阁平地长"（巴图宝音《兴安岭赞歌》）。尽管这一时期的诗人急于为生活而歌唱的愿望远胜于对艺术表现力的追求，但他们并不缺乏现实生活所赋予的冲动，不缺乏真情实感。火热的新生活推促他们跨入诗坛放声而歌，正是这种可贵的真情和实感，使这一时期达斡尔族诗人所歌所唱毫无虚假造作。因此，田野里的欢歌笑语，工地上的炮声灯火，嫩江沿岸的哈库麦舞①，莫力达瓦

---

① 哈库麦舞：达斡尔族民间舞蹈，也称作"鲁日格勒"，意为"燃烧"或"兴旺"，达斡尔语"鲁日格勒"亦可引申为"跳起来吧"。因为表演时边舞边唱"罕伯、罕伯"，所以又有"罕伯舞"之称。"鲁日格勒"是达斡尔族具有代表性的民间舞蹈。它因地而异，有"阿罕伯""郎突达贝""哈库麦""哈根麦勒格"等多种不同称谓。

的扎恩达勒①，以及昔日挥舞长枪、猎刀为达斡尔民族解放而英勇献身的士兵、战马，都成为达斡尔族诗人们笔下富有时代特征、民族色彩的抒情意象。

可以说，诗歌这一文学艺术的先锋军，以其前所未有的感召力，影响着人们的生活方式和道德意识。从整体上讲，达斡尔族诗歌无论从所反映的时代精神，还是就其发挥的巨大的社会效能，都无可辩驳地印证了 20 世纪五六十年代是达斡尔族当代诗歌的一次创作高潮或"黄金时代"。达斡尔族诗人在弹响颂歌的琴弦、礼赞社会主义建设，表达鲜明的主流政治意识倾向的同时，还对达斡尔民族赖以生存的壮美自然表现出极大的钟情和爱戴。高山、密林、雪海、草原、江河，无不充溢着诗情画意，使达斡尔民族的幸福生活与丰富多彩、斑斓瑰丽的生活景致，欣欣向荣的祖国壮丽山河相得益彰，"载着满车'团结'牌的米面/载着满车'友谊'牌的绸缎/给小二沟带去尼尔基的情谊/从鄂伦春带回猎人的心愿"（巴图宝音《长长一串大轮车》）。丰收的喜悦，富足的生活，浓浓的情谊，代表着达斡尔人民最为美好的期待与心愿，"新村新镇喜讯传/农田工厂呀遍地起/铁矿铜矿呀掘不完"（巴图宝音《猎人新歌》）。达斡尔族众热火朝天地投入社会主义建设的大潮中，鼓足干劲，力争上游，不仅推动着他们的生产、生活的发展，而且打造出一派新的生活图景，"美丽的山雀歌声婉转/天空披着彩色的云衫/金色的田野环绕着村庄/绿色的河流穿过门前"（多金成《家乡》）。动人妩媚、如痴如醉的画面，在"歌声"中找到回音，在"田野"中找到归宿，壮美山河拨动着勤劳朴质的达斡尔族人民的心弦，"在乱草丛生的山径边/野鹿奔来悄悄饮着甘泉"（多金成《家乡》）。崎岖的山路，丛密杂乱的草丛，以及跳跃于其中的生灵，无不是生机盎然的美好自然的呈现。

达斡尔族诗歌的颂歌主题中，歌颂民族团结的旋律也表现得颇为强劲。从某种意义上讲，达斡尔民族的历史就是各族人民团结互助、荣辱与共、同舟共济的历史。但是，我们也毋庸讳言，由于种种复杂的原因，历史上不同民族之间也存在着事实上的隔阂。因而，让人们正确认识民族关

---

① 扎恩达勒：达斡尔族类似山歌和小调类歌曲的统称，通常是在山林里采伐、打柴、放排、放牧和野外途中以及劳动女性在采集时吟唱。

系发展的实质，是建立新型民族关系的基础。达斡尔族诗人敏锐地意识到这一时代命题，以切身感受抒唱了对民族团结的体认。孟和博彦、巴图宝音等以朴实无华的诗句，巧妙地将历史、现实和民族未来以及新时代崭新的民族关系融为一体，深情地讴歌了各族人民情同手足的骨肉情谊，传达了他们对和平、民主、自由、平等和繁荣富强的祈愿。民族团结这一主题内容，是达斡尔族诗坛上传唱时间最为久远的颂歌。

如果我们将这一阶段的达斡尔族诗歌的抒情主题进行汇总，不难发现，在颂歌大旗的辉映下，中国共产党和伟大领袖毛主席的丰功伟绩、抗美援朝保家卫国的英雄、合作化和人民公社化运动、时代跫音下社会主义建设大潮、民族风情与地域风貌以及各族人民亲如兄弟般的深情厚谊，无一不在当时的达斡尔族诗歌创作中留下印记。达斡尔民族生活的每一隅、每一步，都纷纷涌入诗人们的抒情视域，成为他们取之不尽的抒情资源。可以说，这些内容构成了达斡尔族20世纪五六十年代多侧面、多层次的历史画面，提供了可供后人认识当时社会与时代风潮的具象素材，具有不可替代的历史价值和认识价值。20世纪五六十年代的达斡尔族诗歌，不仅在诗歌题材内容上有所拓展，而且诗歌艺术表现方式也日益受到重视，不论诗歌体式还是表现技巧都有深入探索，诗歌的意象和抒情艺术亦趋于丰富。无论是巴图宝音以简短精悍的"好车，轻车"（《长长的一串大轮车》）开篇，到"你在兴安岭宽广的路上奔跑"的长言散体，还是那音太《达呼尔人的歌》每节诗句错落其间，构成参差有致的文面展示，都能让我们感受到这一时期达斡尔族诗歌艺术表现的摇曳多姿与自由活泼。其次，从民间口传文学"乌春"、民歌和英雄史诗中汲取滋养，运用比兴、象征艺术创造意境，也是达斡尔族诗人们的自觉追求。特古斯《感谢恩人毛主席》中以"黑龙江水长又长呦/千载万载流不尽呦"起兴，含蓄地传递出达斡尔族人民对毛主席的绵厚情感，而且十分生动传神地将这种情绪具象化。巴图宝音在《猎人新歌》中通过"鱼水关系"形象地比拟出达斡尔人民与伟大祖国密不可分的关系。因而，无论何时，"民族性"这一因质，既是达斡尔族诗人"能和别人并排行走"的力量，也是我们把握达斡尔族诗歌艺术的一把钥匙。有了这把钥匙，我们能够真切地认识达斡尔族诗歌所呈现的民族特性与抒情意象，也就遽晓了达斡尔族诗歌的艺术魅力，以及这种魅力呈现出的艺术精神在整个达斡尔族书面文学发展历程中的意义。

达斡尔族诗歌的这种创新局面，随着20世纪60年代中期那场风暴的到来，遭到了毁灭性的打击和破坏。实际上，达斡尔族诗歌被抛荒、被疏弃的命运，在20世纪60年代初被人为强化的"斗争"中就已初露端倪。当时的"斗争"意识荡涤了生活的所有情趣，排除了"阶级"和"斗争"以外的一切美感。达斡尔族诗歌与其他少数民族诗歌一样，主体意识亦逐渐被消融于政治共性，审美标准开始向政治功利倾斜甚至变异。十年狂乱岁月里，达斡尔族诗苑收获的许多优秀成果遭到挞伐，诗人们被无情剥夺了创作的权利。取而代之的是标语口号式或图解政治概念的"诗歌"，即使是在20世纪70年代初的短暂复苏，而后出现的一些如《我们心中的歌》《永远跟着党》《嫩江美》等诗歌，年代印记亦清晰可见。

20世纪80年代，达斡尔民族与祖国各族人民共同迎来了复兴的光明与前景，达斡尔族诗人意气风发走进了新时代，达斡尔族诗歌亦由此走向了繁荣与多元发展的时代，进入一个文学史意义上的真正的历史新时期。"这种真自由、真解放，才能把我们的胸襟像一朵朵鲜花似地展开，接受宇宙和人生的全景，了解它的意义，体会它深沉的境界。"美学家宗白华在《美学散步》中的这段话不仅适用于远去的年代，也从某一方面道出了新时期文学的特征。达斡尔族诗歌在这样一种"真自由""真解放"的时代语境中，迎来了它的又一次创作高潮。其显著标志是沉默多时的诗人孟和博彦、巴图宝音、乌云巴图、色热、孟德苏荣以及在20世纪六七十年代崭露头角的额尔敦扎布、娜日斯、鄂明尔等纷纷重操诗笔，一如既往地颂扬着重获新生的国家与民族，而且增添了一份对惨痛历史的深刻反思、对光明前途的美好祝福。孟和博彦以诗为媒，在感喟"假若我正值青春年少"（《小泉》）的背后，袒露出曾被剥夺的青春一去不复返的严酷与酸楚，表达了一个诗人对社会人生、命运的叩问与深思。巴图宝音则以直语方式，将内心深处汹涌的感激之情一泻而出，"报春的布谷鸟/一年只来叫一次/达斡尔的荞麦花/一年只会开一次/达斡尔热爱祖国的颂歌/一天不知要唱多少次"（巴图宝音《我们心中的歌》）。象征着美好新生事物的布谷鸟、荞麦花，形象地表达了达斡尔人民劫后重生的喜悦、兴奋、激动和憧憬之情，传达出达斡尔人民热爱祖国、九死而不悔的豪情壮志。诗人鄂明尔在"风浪把人变成了鱼"的吟咏中，揭示出特殊年代带给一代人的精神痛楚，"人与人/像楼房和楼房/不能靠近/也无法交心"。可喜的是，乌云终究遮不住太阳的光辉，"在这平静而又紧张的时刻/正孕育着一支欣喜的歌"（鄂明尔《冬渔之歌》）。在这里，诗人说其"平静"是因为自由、正义终究会到来，言其"紧张"是因为苦难中的达斡尔人民等待这一天已经很久，不以"紧张"来形容其意义之重大，就不能彰显诗人全部的精神情感。恰如当代诗人公刘所慨叹，"既然历史在这里沉思，我们怎能不沉思这段历史"。因而，这一时期达斡尔族诗人的每一首诗，每一个旋律，都是他们内心情感的自然流露，"寂静的山谷安闲地合上眼/白鸟在地平线上挥动记忆的手"（娜日斯《秋二首》）。历史与惨痛教训的回想，虽一生难忘、刻骨铭心，然而在整个人类发展的历史长河中，又显得多么渺小，这种缩略又简白的表达，不是解构和蔑视历史，而是让人们明白，教训无疑是惨痛的，然而这一惨痛又不是不可医治的，即使是发生了的悲剧，我们仍然能够重拾信心，重建我们的家园，因为，"白鸟"已经"挥动记忆的手"，向我们昭示着达斡尔民族的幸福前景。

在那段特殊的年代，造神运动和现代迷信的极度猖獗，人性遭到严重扭曲，人类被异化为"神"的附属品和工具。出于对这一历史现象的反拨，伴随着历史反思的深入，作为生命个体的"人"的重新被发现，人性的解放和复归，在社会变革的历史坐标中，对"人"的价值与尊严的思考，不仅作为一种社会思潮，而且作为一种文艺思潮，带给新时期达斡尔族诗歌的冲击是巨大的。这种"冲击"表现在创作上，便是"自我"的恢复，使达斡尔族诗人得以在更高的层面上，塑造"自我"的精神形象，最大限度地探索和展示人的心灵世界。孟和博彦的《春的使者》从一个层面标志着达斡尔族诗人主体意识的觉醒，精神的真正复苏。这首诗作的核心意象是北国常见的兴安杜鹃。它生存"在丛木杂沓的陡坡上"，不顾"漫天飞雪"和"山风凛凛"的严酷气候，勇敢地"绽放出紫色的花冠"，以顽强的生命力以及对世界始终如一的热爱而成为春的使者，给冰雪覆盖的北国、沉寂古老的大兴安岭带来了新的色彩和春的气息。兴安杜鹃其实也是生生不息的生命力量的化身，不管有过怎样的苦难和挫折，总是相信希望、期待未来。多向度的情感和思考，使孟和博彦的这首诗作在清新自然之间又带着些许忧郁、伤感，这一情愫不仅仅来自诗人一己的悲欢，而是代表着经历过特殊岁月的许许多多的个体生命的经验及其反思、感慨和叹息。

20 世纪 80 年代中期，当代中国诗坛掀起了"朦胧"诗潮。达斡尔族又一代诗人苏勇、孟根、慕仁、多莲荣、高志军等，在此时相继登上诗坛。这一创作群体中的成员大都成长在一个断裂和丧失的年代，或经历过那场特殊年代的狂热、无助与迷惘。噩梦醒来之后，他们开始反思、审视，开始发现新的自我价值。这一时期的诗人努力突破原有的规范和窠臼，在审美、思维和表现方式上进行了多层面的艺术寻觅。其中，观照方式的变革是崛起于新时期的达斡尔族诗人最先开始的艺术探索。诗人将延续多年的外在表现化为内心展示，将诗歌对"神"与英雄的歌颂转为对普通人、对鲜活的"自我"生活与经验的记录。诗人们不再把表现"自我"与时代精神相对立，不再追求诗歌抒情形象与生活原型的直接印证，不再"看重革命的功利主义"以致忽略了诗歌创作的艺术规律。他们的艺术探索，使这一时期的达斡尔族诗歌更富主观性和意象性。达斡尔族诗歌由此开始担当起满足人们对精神世界多方面需求的使命。孟德苏荣的《金星》、阿拉腾索德的《古老的达斡尔勒勒车》、色热的《斡包歌》、鄂明尔的《富拉尔基红河赋》、苏勇的《莫力达瓦之鹰》、多莲荣的《野百合》、孟根的《我心中的夏日莫力》、慕仁的《啼音与嘶鸣》、高志军的《血肉草原》等诗作可视为这方面的代表。它们的抒情意象具体而细微，但与之相对应并借以呈现的却是诗人的整个心灵，而且诗歌结构也不再是"一个场景""一段描绘""一个观念附会"的叠加模式，也不再拘囿于褊狭自足的空间涡旋，而是倾力展开想象的翅膀，在一片开放又敞亮的情感、幻想世界里自由翱翔。"单一的再现实际生活的样子不再是它的唯一的基本功能。人的内心世界受到关注。人们确认，这一内心世界若与外部可感的世界相通，它可以成为一个袖珍社会并拥有和外在世界同样的广阔和丰富"①。

民族文化是生活赐予诗人的最富集的滋养和恩惠。然而，20 世纪 80 年代末，伴随着全球经济一体化，"现代"强势文化带给达斡尔民族的巨大冲击是有目共睹的。自然资源的破坏、民族语言的退化，既改变了他们原有的生存与生活方式，也冲破了他们与其他民族之间的界限，使达斡尔

---

① 谢冕：《谢冕文艺评论选》，湖南文艺出版社 1988 年版，第 69 页。

族传统文化走向衰萎。这些对达斡尔民族成员的心理造成了极大的刺激和伤害。另一方面，深层的民族自我意识和民族认同感，在现代性强势文化的"挤压"下以特殊的方式得以表达。因此，为民族尊严而写作，为民族精神而歌唱，必然会成为达斡尔族诗人的立场和选择，使达斡尔族诗歌对民族历史、民族文化的情感表达和认同，在这一时期再度深化。这不仅表现在达斡尔族诗歌以民族历史文化为资源和抒情意象的篇幅的增多，还表现在诗人们痛心地体悟到当下现实情境之中，大起大落的历史命运与顽强不屈的精神，应当是达斡尔民族的一种"记忆的参照和记忆参照中建立起来的价值体系"①。苏勇最先以散文诗颂扬了达斡尔民族立志有为的豪迈情怀。历经坎坷的达斡尔民族，以他们不变的"狍皮色的肌肤，岩石般的骨骼"，在先辈"以仅存的生命捍卫国土""乘木排激流险滩飞过"这一不屈精神的激励下，"在开拓的时代终于昂起了头"，"猎乡/经过痛苦的分娩/遗弃了萧条/遗弃了闭塞/遗弃了浇愁的酒碗/开始聆听山外那五彩缤纷的世界"（苏勇《猎乡》）。巍巍兴安岭，滔滔纳文江，漫漫莫力达瓦，升腾着对美好未来的憧憬，诗人坚信，他们的莫力达瓦将"披挂着一叠彩虹"，"成熟一个信念/成熟一个辉煌如火的太阳"（苏勇《猎乡》）。不屈的达斡尔民族精神之外，辉煌的民族历史也拓展了这一时期达斡尔族诗歌的艺术视域。达斡尔族民族学家乐志德的旧体诗《沁园春·祭桂古达尔人》②重现的是达斡尔先辈以弱抗敌的悲壮历史。民族大义面前，400年前的达斡尔人铁骨铮铮，当侵略者用长枪大炮胁迫和进攻时，达斡尔人"寸土相争"，甚至为了不给敌人留下歇脚之处，愤而将各自的城堡烧毁。在奋勇抵抗的过程中，1500人的桂古达尔城寨仅有15人得以突围，如此惨烈的民族往事，当诗人以"只有烟云"概括时，也就字字千钧。而"气贯长虹，光齐日月"与"天敌悠悠难为春"则是豪气

---

① 伍世昭：《民族灵魂的建构——中国现当代文学批评》，人民出版社2013年版，第55页。

② 桂古达尔城：清朝达斡尔族酋长桂古达尔的城寨。1651年6月，奉沙皇旨意，雅库茨克督军指派哈巴罗夫率领900名俄兵强占雅克萨城寨后，继续深入侵略中国北部达斡尔的另一重寨桂古达尔城，用大炮和步枪进攻手持弓箭的达斡尔人。城寨头人桂古达尔先以严词驳斥诱降，后进行顽强抵抗。据沙俄相关资料记载，达斡尔人射出的箭矢落在地上，就像田野里长出的庄稼那样密集。经过激战，城门被大炮轰开，俄兵攻入城寨。达斡尔人浴血奋战，酋长桂古达尔战死，1500人的城寨最终突围的仅有15人。

与感喟并举，又因其"难为春"才突出了桂古达尔人宁死不屈、义薄云天的可贵可敬。乐志德的另一首旧体诗《念奴娇·乌尔阔颂》则是诗人在"大江南去，望山北如画，丽霞如血"的情境中，看到"千里奇观，乌尔阔，达里带城难越"后，对流传至今的边壕传说的再解读。其意义在于民族英雄萨吉哈尔迪汗与儿媳分兵筑边壕，带给达斡尔族胞的不仅仅是安全，更是为达斡尔民族的和平与发展提供了有力的保障。色热的《瑷珲行》、莫德尔图的《故乡啊，故乡》、高志军的《达家的哈肯麦勒》、阿拉腾索德的《达斡尔颂》、孟根的《父亲的扎思达勒　母亲的鲁日格勒》、吴志君的《念奴娇·辽上京怀古》等诗作也从不同的视角，表达了诗人对达斡尔民族文化的张扬与推重，那种"逐水草而居/循水鸟而渔/把云朵放牧成羊群/把风雪驯化成猎犬/用烈酒取暖/用篝火烤肉/心在马背上舞蹈/歌在草原上流淌"（高志军《达斡尔人》）的大美景象，"我要用纯粹母语/高声朗诵/你精彩的段落/和华美诗章"（慕仁《啊，故乡》）的高歌与明誓，在达斡尔族诗人笔下化作一种源于血脉的民族尊严感的直接宣泄。最为可贵的是，诗人们对达斡尔族民族文化的认同，还在一种担当意识的不断激发中得以呈现，"我是山鹰/我来了/遥望天边沧海桑田/俯瞰世间万物苍茫/我是山鹰/我来了"（鄂胜华《山鹰之歌》）。在民族传统、民族文化渐行渐远的当下，更多的是喧嚣浮躁和世俗娱乐化的泛滥，而作为推动人类、民族发展动力之一的豪情壮志和英雄气概，在此时就显得尤为可贵。鄂胜华直抒胸臆，以"我是山鹰"为责任和担当，以"我来了"为抒情载体，告知世间，时光可以流逝，但来自达斡尔民族灵魂深处的坚守与坚忍是不可销蚀的。

在这些饱含民族情感的诗歌里，最能打动人心的，莫过于达斡尔族诗人以民族文化意象所表达的大美民族情怀。而且，诗人们还常常将这种情怀置于细水长流式的日常生活之中，如慕仁诗歌中一具闲置已久的马鞍（《闲置的马鞍》），一个别具特色的柳帐（《柳帐》），一条汇入大海的河流（《深夜，梦见一条河》），甚至是村庄的细小或平常如一草一木，均可入诗，并成为诗人笔下饱满的抒情意象，或含蓄内敛，或朴素简约，或旷达奔放，无不呈现出别样的意味，传递给读者一种对民族文化不动声色的赞美和推崇。这方面，孟根的诗歌颇具新意。新时期之初，孟根就在叙事诗《莫日登大叔的新房》中以"建房"历程，再现了改革开放带给达斡尔民族生活方式、价值观念、精神状态的深刻变化。孟根不论言志、叙事，还是借古典词牌抒发心曲，都善于以历尽民族悲喜的如纳文江、扎恩达勒、鲁日格勒、放排舵手、雅克萨城堡、山鹰等为象征实体，表达对达斡尔先民自由和谐、乐观向上的生活态度的敬慕之情，抒发对那种远逝而去的民族生命活力的无尽追念。女作家孟大伟的诗歌，则是自觉或非自觉地选择那些能够最大限度呈现其民族特性的独特景致，抑或是拣选达斡尔民族如常的生活场景为抒情意象，来实现其诗歌的意义，表达对达斡尔民族原始生命状态、传统文化的深深眷恋。这一时期的达斡尔族诗人还以对家园故土那些瑰丽、壮阔的自然物象的深情歌唱，为读者打开了一扇洞悉另一片绚丽风景的窗口，使读者在诗情与画意的交融中，感受诗人于风景深处对生命、对民族生发的哲思。著名诗人孟德苏荣在抒情诗《山》中，将大自然所赐予的"山"提升到更具普遍意义的层面。山，在诗人心中的重要地位既源于有灵之万物的崇拜，更在于它的恒长与坚定。不管四季如何轮回，山的景色始终是宜人的，而且对于亿万年的沧海桑田而言，它在漫长的风雨雷电中始终都是巍然屹立的。这就是"山"的精气神，这也是达斡尔民族安身立命之本。生活在樟子松林的女诗人多莲荣，将弥漫着松脂清香的林间小径、清清泠泠的伊敏河水、雄浑高亢的松涛歌唱浸润于诗歌，把女性特有的温婉知性隐匿于诗句中，以《林海拾贝》《走向森林》等童话般的清新和绿意，写尽北疆森林的富饶与美丽，深情礼赞了达斡尔民族独有的精神气质。

20世纪90年代始，达斡尔族诗歌呈现出对普世价值的热切关注。这一特质从另一层面拓宽了达斡尔族诗歌的表现领域。关于自由、信念、命运以及友情、爱情、勇气、梦想等命题，常常被达斡尔族诗人所提及并以具体的诗作予以表现，给人耳目一新的感觉。需要我们正视的是，由于外在环境的巨变，诗歌这种最不具有娱乐性、实用性的艺术表现形式，在物质渴望远大于精神需求的年代，成为当下生存环境中最为艰难的"边缘性"文体。由此而来的是达斡尔族诗人的再次"自我定位"，致使一些诗人转向了小说、散文或影视文学创作。另一个现象就是达斡尔族诗歌的主题旨向亦渐渐发生了变化，满怀苦难与不屈的历史承担者形象开始淡出诗坛，取而代之的是对个体生命的具体而现实的即日常、凡俗生活经验和场景的关注。诗人们更多的是强调自我在诗歌中的地位，以寻求自身发展的最大可能和空间。

体现在创作上，达斡尔族诗歌的深度、力度等要素，在这一阶段也得到一定程度的强化。达斡尔族前辈诗人巴图宝音一改之前的"外倾型思考"和"观念型表达"，以抒情诗《母亲的早逝》歌颂了母爱的无私与圣洁，同时由此引发了诗人有关生命的思考，使诗歌具有了较为开阔的艺术视野，显现了巴图宝音诗歌创作的新突破。吴宝良以饱含民族文化光亮的抒情诗《藏胞印象》，展示出生命的现状和可能的流向，"血，还要深些的/是信念"（《藏胞印象》），既发人深思，富有深远的历史感，又有诗人内心强烈的主观体验。直抒内心最细微的情感，流泻最微妙的心理以及人生际遇中的迷惘、痛苦、失望、喜悦等种种情感体验，在诗人网织的个体生命体验的多侧面的现实与梦想的景致中得到印证。因为，时代行进的步履已将人们带向了一个"变幻莫测的新世纪"，诗歌也缘此告别了激情宣泄的阶段，诗人们认识到诗歌不能仅仅是生活图景的注解，它"应当还是自足的实体"。孟根从旧体诗集《清雅斋诗词选》到抒情诗集《莫力达瓦，我眷恋的土地》，不遗余力地从惯常生活中发掘达斡尔民族历史意义和思想精华，他的诗歌追求雍容、豁达与沉着，于细柔之间隐现出刚毅，这使孟根的诗歌在浮躁的时代氛围中体现出一种独特的人文关怀。杜才德的《远方的亲人》，无论我们将其视为诚恳而飘逸的情歌，还是视为铭志的宣言，都不难发现，诗作以丰富新鲜的意象，哀而不伤的情感基调，表达了他对"花丛偷听其私语/彩霞拥抱一对恋人/蓝天见证其爱情/时钟记下难忘的时刻"这一美好情感的怀念。如果说杜才德的爱情诗是以美丽忧伤且无处不在的思念而产生较强的艺术感染力，青年诗人慕仁则在不断的"行走"中领略别样的人生。他以流畅的诗句表达瞬间的感觉，在不老的诗行里寻找一路的希望和梦想。《迎风行走的路上》《一个人在路上》等，是慕仁表达"行走"这一主题的重要作品。诗人在作品中没有无限渲染其间的孤寂感，而是以更多的笔墨来表达"行走"过程中的温暖与满足，在《一棵行走的树》中，坚定地表露出对"行走"的执着，"一棵树/你看不见行走的姿势/它总是不经意间/渐行渐远"。这一株行走的树，成为诗人对自己所热爱的诗歌的深情表白，"跋涉的愿望/在阳光下蓄谋已久/智慧的年轮/经历多少季节的风霜/当你抬头仰望的时刻/远处的山峰/早已是它选定的目标"。诗人渴望自由，渴望摆脱束缚，坚信这不断跋涉的树终有一天会成为"高扬的旗帜或者火炬"，引领人们走出迷茫、走向纯正、走向完善。在当下文学日益式微，诗歌步履维艰，诗人的地位受到前所未有的挑战之际，慕仁仍在坚守对诗的膜拜，游弋在诗歌的海洋中笔耕不辍，用诗歌书写着现实人生、寻找着灵魂净土。诗人的这种执着，对诗歌的据守，使慕仁成为新时期到新世纪达斡尔族诗坛上最富生命力和感染力的诗人。

　　这一时期的达斡尔族诗苑，女性诗人也是一个特殊而具体的存在。她们以知性的目光和民族的韵味，令人惊异地表现出达斡尔民族多层面的生活现实。她们的声音既来自心灵深处，也来自人生的困苦与孤独。在达斡尔族女性诗人展露和谛听内心风雨的过程中，没有任何一种精神心态、情感现象和心理行为，比"爱"能更集中而深刻地反映文化流变与人格模式的内在关系了。作为诗人的苏华，在《来吧，我的猎人》中，将那双"凝神屏息"的眼眸定格在充满回忆的声音里，连用多个"多希望"和"多渴望"，充分表达出对真挚、自由、纯美与和谐生活的畅想和盼望。而命运，这个关乎每一个个体生命的命题，在青年诗人晶达看来，苦难负重下的命运，尽管来势凶猛，尽管能"得逞一时"，但它最终会在智慧坚毅的人类面前丧失力量，低下它昂贵的头颅。而作为人类必须戒掉虚弱愚懦之习气，才能积聚起足够的信心，持久地同各种艰辛困苦作斗争。可以看出，晶达的思想观念与上一代诗人有着明显的距离，这种呈开放型的距离给达斡尔族女性诗歌带来了更多的心灵释放和更多样的追求。在晶达诗歌中，对父爱的渴望、对母爱的感激以及对纯真爱情的憧憬与体验，表达得最为真挚。她的《人鱼的祈祷》之所以能引起广泛的瞩目与认同，不仅在于诗歌展现了爱情最华美的舞姿，更为重要的是景象与心像相交融，并使意象的确定性与模糊性并存，具体而空灵，为读者的思维与情感留有弹性空间，从而生发出温婉动人的艺术力量。爱情作为人类共通的生命体验，在孟大伟的诗歌中亦频频出现，与很多女性诗歌常见的纤纤气质相比，孟大伟的爱情诗有着我们不曾多见的阳刚，少了许多怨艾，显现出一种达斡尔女性特有的刚直和坚毅。诗人从《方式与表达》对虚妄世界的质疑，到近期《初春》的"整个春天我都会很忙/劳碌我的身体/动我的心脏/想我的爱人们"，到"我爱冬天/它温柔如雪/它坚硬如冰/在冰与雪的世界里/我沉静如大地/从容如静物"（《冬》），再到《那个人》"有一个人/知道我对世人厌倦了/特地来探望我/只为让我/亲近这人世间的美好",无不表现出诗人的淳朴本色以及在爱情追寻中的成熟与从容之美。另外,远在新疆的女诗人娜拉,以其《你就是我的李白》《张家川的兄弟》《一生》和《她来自海上》等抒情诗作,也从一己情感视域,抒发了女性独有的生命经验和意绪。在新世纪的达斡尔族诗苑,吴颖丽是一个特别的存在。吴颖丽(1967—),女,内蒙古自治区呼伦贝尔市人。吴颖丽的创作始于新时期初年,以诗歌创作为主,相继出版有《我在云上爱你》《我看到了你的麦田》《向日葵》《温暖的世界》《在那彩云之南》《一个热爱太阳的民族》《达斡尔艾门之歌》等多部诗集。吴颖丽的诗歌干净美丽,自然真诚,唱出了达斡尔民族的心声,表达了一个游子对所属民族文化的极大认同。她的诗歌意象丰盈,率真而又有所节制,充溢着浓浓的民族意蕴。因而,"追慕达斡尔族历史、礼赞达斡尔民族文化,歌唱达斡尔民族日常生活"①,成为吴颖丽诗歌最重要的抒情内容。

在新世纪的阳光烛照下,达斡尔族诗人以不懈的努力和艺术追求,改变了达斡尔族诗歌的原有格局,群体意识对这一代诗人的束缚力越来越小,他们对诗歌的坚守和追求亦更加趋向于个人表达而不再希求轰动。艺术大师毕加索的"我们只想表现出我们内心的东西"或许最能印证这一时期达斡尔族诗人的创作与追求。与此相应,达斡尔族诗歌题材的丰富和扩展也带来了抒情方式的变革。呈现在创作与审美表现上,就是达斡尔族青年诗人在忠实于内心、抒发心曲的同时,不再满足于抒情方式的陈旧,不再满足于整齐划一的诗歌制限,他们在当代中国诗歌艺术求新求变的现实环境中,"从诗歌堕落为附庸政治、图解政策的工具,艺术思维退化到胶着在现实平面或机械呆板地充当理论观念的伪文学王国里反动出来"②。审美范式上有意更新,开始大量地采用隐喻、象征、通感、改变视角和透视关系、打破时空秩序等表现艺术,以各自的式样来建构新的抒情艺术世界。在新世纪达斡尔族诗苑中,最显著、最重要的审美意向是象征艺术的大量运用。来自黑龙江的达斡尔族诗人高志军在这方面颇具代表意义。他的《故乡行》呈现的象征关系十分丰富,"老榆""井水""池塘""山

---

① 范希春:《那颗来自达斡尔民族的向日葵》,《文艺报》2019年11月4日。
② 毕光明:《文艺复兴十年》,海南出版社1995年版,第73页。

路""石磨""柳笛"等多重繁复的意象与象征叠加、组接在一起,将"世俗性"物象置于更广泛的视野中加以提炼和升华。高志军还常常以向上的"白杨树"、耐寒的"兴安松"、珍奇的"银杏树"、抒情的"棕榈树"等,与他的生命感受相呼应的意象构成达斡尔民族的象征。高志军这种颇具主观性和直觉性的意象营造,不仅各自象征和对应着民族的性格特质,而且彼此间还存在"你中有我、我中有你"的关系,展露出诗人独特的主观直觉体验。注重表现通感,捕捉瞬间的直觉和印象,也是这一时期达斡尔族诗人的诗情艺术方式。所谓通感,是把不同感官的感觉沟通起来,借联想引起感觉转移,"以感觉写感觉",以一种感觉引起另一种感觉的心理现象。晶达的"共同释放如繁星般璀璨的情绪"(《我们的青春扬长而去》),"熄灭火种/烫下一个伤疤"(《诞生》)使视觉和听觉有了可触可感的质感。再如吴志君的"烟云飘过空寂的山冈"(《契丹的玫瑰》)、吴宝良的"肌肉/饱啖过阳光/起伏着山峦/鼻梁的太阳/滑得很慢"(《藏胞印象》)、苏华的"五线谱刻在河底的卵石上"(《渴望歌唱》)等,将抽象的观念拉回可知可感的平面上,使抽象得到了感性的凸显,感觉也被引向抽象意义的纵深之处。直觉和印象是感受世界的一种方法,认识世界的一个阶段,它总是伴随着形形色色的意象而闪现,带有内心深层情感的强烈个性,是瞬间开启的可窥视心灵真实的小窗。它在20世纪五六十年代的诗歌创作中,总是被循规蹈矩的时代理性所束缚,使许多宝贵的瞬间感受被拒于诗门之外。新世纪的达斡尔族诗人大胆创新,他们绝不忽视和放弃瞬间的直觉、感受乃至由此构建而成的情绪与体验。另外,诗歌结构的重视以及修辞功能的强化,也是新世纪达斡尔族诗人带给我们的艺术盛宴。他们不再简单地把结构视为抒情内容的载体或附庸,认为内容制约和决定结构的同时,结构也在规范和创造着诗歌的抒情内容。因而,在诗行和诗句的链接方式上,诗人们不再满足于直线性、因果性和单一性,追求的是非现实或非逻辑的隐喻思维与自由联体,以句行变化、排列方式、标点符号及音韵的转换或内在的节奏,来表现诗人的情绪、感觉、印象,从而设定一种特殊的情感氛围,造成意蕴的多义性。达斡尔族诗坛新锐娜拉、孟慧君、乌古力那热、苏程明、哈林、吴志君等,其创新与艺术实践为新世纪达斡尔族诗苑注入了现代主义的性灵,显现出达斡尔族诗歌的未来和希望。

　　经过较长时间的艺术实践和探索，达斡尔族当代诗歌取得了巨大的创作实绩，且累积了代际的、不同聚居区民族文化共同体的宝贵经验，尤其是新世纪以来的达斡尔族诗歌，在多元文化语境中呈现出令人欢欣的景象。同时，随之而来的隐忧也不容忽视，"商品消费代替文化消费、知识分子对文化市场和文化传播的影响力明显萎缩的背景下"①，诗歌精神的旁落与沉沦，使达斡尔族诗歌的气势在近年有所减弱，而且与其他民族的诗歌界限不够明晰，甚至较少能够看到反映达斡尔民族自身心理发展的线索，以及时代变迁对达斡尔民族深刻而广泛的影响。这既是当代中国诗坛所面临的普遍问题。也是达斡尔族诗歌的现状，有学者认为，当下诗歌现状除外部因素之外，诗歌的内部因素为其主要根由，是诗人"对重大的人生、民主、命运问题的兴趣和发言能力不足；对我们主要的生存真实、心灵悲欢乃至人类前途的深刻思考力和表现力不足"②。也有诗歌评论家认为，诗歌隐藏在"个人化写作"麾下，个体经验与情感膨胀，甚至"拒绝诗歌意义指涉，丧失了诗歌精神建构的勇气与责任感"③。就达斡尔族诗歌而言，问题与不足或许就是前行的动力目标。因为历史并没有终结，达斡尔族诗歌也在创作中前行。在意识到成绩与不足的时候，重新复活诗歌精神，进而从生活实际出发努力在民族书写中建构达斡尔民族精神和价值，在清醒的现实和理想主义的蓝图中，想象并书写对自由的向往，对公正的追求，对幸福的愿景，可以说这是新世纪达斡尔族诗歌发展与飞跃的最佳路径。令人欣喜的是，人口较少民族之一的达斡尔族群内，仍有一些如孟根、慕仁、吴颖丽、娜拉、乌古力那热等为代表的中青年诗人在苦苦地思索和坚守着诗歌这片净化心灵的艺术。因此，我们有理由为达斡尔族诗歌创作的辉煌前景抱有坚定信念，坚信达斡尔族诗歌在外部生存环境得以改善以及自身创作的反思中，势必会以自己的歌唱和铿锵之声做出应答。

---

① 程光炜：《不知所终的旅行——90 年代诗歌综论》，《山花》1997 年第 11 期。
② 高慧斌、杨匡汉：《好诗要有更高的标杆》，《待客文化传媒》2016 年 11 月 18 日。
③ 宋宝伟：《新世纪诗歌的问题与隐忧》，《北方论丛》2014 年第 1 期。

三　小说的成长与审美视界

　　达斡尔族当代小说以傲人的创作实绩，冲破了达斡尔族文学长久以来以诗歌为中心本体的定式，为达斡尔族文学声誉日隆做出了贡献。与中国少数民族文学总体发展进程基本趋于一致的达斡尔族小说，无论是在 20 世纪五六十年代兴起和初步发展过程中所收获的硕果，20 世纪八九十年代恢复、重建于凋零之上的盎然生机，还是新世纪以来呈现的历史机遇、时代需求、主观愿望、客观效果之间的复杂情势，达斡尔族作家都努力以小说为载体，展现所属民族的理想追求，表达他们在天地之间安身立命的价值与理念。这已成为当代达斡尔族小说发展历程中不可变更的现实存在。"文变染乎世情"（刘勰《文心雕龙·时序篇》）。反之，"世情"的变化亦催促着"文变"，中国少数民族文学如此，达斡尔族小说也概莫能外。为便于厘清当代达斡尔族小说的脉络走向与内容体系，我们将达斡尔族小说的发展与历史进程划分为如下两个时段，总结和分析达斡尔族小说取得的成就及其发展规律。

　　20 世纪五六十年代，是达斡尔族小说创作的兴起和初步发展阶段。1949 年中华人民共和国成立，伴随着达斡尔族人民政治上的解放，中国共产党和人民政府实行民族平等、民族团结和各民族共同繁荣发展的政策，达斡尔族各聚居区①的生产力得到迅速发展，文化教育渐趋普及，文学事业也进入一个全新的历史时期。富有悠久历史和文化传统的达斡尔族人民的"文学潜力"，也在此时"有了惊人的发现"②，相继涌现出索依尔、孟和博彦、吉雅、巴图宝音、乌云巴图、哈斯巴图尔、奇克尔·尼晓

---

　　① 达斡尔族主要分布在内蒙古自治区呼伦贝尔市莫力达瓦达斡尔族自治旗、扎兰屯市和鄂温克族自治旗；黑龙江省齐齐哈尔、讷河、富裕、龙江等市县；新疆维吾尔自治区塔城市。

　　② 中国作家协会：《中国作家协会第二次理事会会议发言、报告集》，人民文学出版社 1956 年版，第 423 页。

等以蒙古、汉、哈萨克等文字创作的一批作家，他们带着达斡尔民族文化的精神血脉，在新生活、新时代的感召下，于祖国各项事业繁荣兴旺、自由幸福的时代情境中，投身火热的建设生活，以小说这种能够较全面而细致地展示达斡尔民族现实生存境况、满足自身审美需求的叙事文体为"利器"，描写出许多达斡尔族和其他兄弟民族"认同当时主流意识形态"的场景，展现了他们丰美与自足的美好生活景象。这些场景往往都热烈而欢腾，有极大的情绪感染力，有效地渲染出达斡尔民族成员对新政权、新国家的无比热爱和认同之情。

达斡尔族作家文学的奠基者索依尔，以一个文化人的敏感，捕捉时代跳动的脉搏，"毫无例外"地表现了所处时代各族人民对新制度新文化的一致赞美和体认。他最先以短篇小说《曾都老妈妈的家庭会议》（蒙古文）①，热情歌颂了内蒙古草原人民的新人新事新风尚。之后，又以《牧马人道尔吉》（蒙古文）② 填补了达斡尔族中篇小说的空缺。在这部作品中，索依尔以朴素、真挚的情感表达了自己的社会理想，鞭挞了利己主义者的渺小卑琐，颂扬了社会主义一代新人大公无私的高贵品质。索依尔还在《青年猎人》《达斡尔沙丘》③ 等短篇小说中，再次唱响颂歌主题，深情地揄扬了青年猎人余尔吉、达斡尔青年牧民纳勤宝忘我的劳动热情以及不畏艰险、开拓创业的献身精神。索依尔的小说代表了达斡尔族小说兴起阶段的成就。这是在当时的历史条件下，作家对新生活所作出的唯一可能的反映。在达斡尔族小说歌唱新时代、新生活、新风尚的合唱队伍中，孟和博彦依凭其丰厚的生活基础，以民族生活为"躯体"，以时代精神为"灵魂"，相继写出《乌聂尔额吉》《喀尔沁老人》《一棵老柳树的故事》《奔腾的激流》等短篇小说，从不同侧面反映了各族人民翻天覆地的变化和社会主义建设的新风貌，表达了对新生国家的感恩之情，他的小说有着极强的情绪感染力。孟和博彦在达斡尔族小说的成长与发展阶段，始终保

---

① 索依尔：《曾都老妈妈的家庭会议（蒙古文）》，《新内蒙古》1951 年第 18 期。

② 索依尔：《牧马人道尔吉（蒙古文）》，原名为"初夏的惊雷"，连载于《内蒙古日报》（蒙古文版）1954 年 4 月 18 至 28 日。后更名为"牧马人道尔吉"，1955 年由内蒙古人民出版社出版。

③ 索依尔：《青年猎人（蒙古文）》，《花的原野》1961 年第 3 期；索依尔：《达斡尔沙丘（蒙古文）》，《花的原野》1963 年第 1 期。

持与生活的紧密联系，将目力集中于新生活的歌颂。在孟和博彦笔下，无论是积极消灭害虫的少先队员、以奴隶时代破旧蒙古包进行传统教育的老额吉，还是在洪水中奋不顾身抢救集体财产的劳动女性，抑或心地善良的老匠人，都充满了一种生活在新社会、新体制下的幸福感、自豪感和活力感，呈现出单纯、喜悦而又充满激情的社会文化心理，他们"像一股奔腾的激流，掀起巨澜，发出阵阵呼啸，以排山倒海之势向着一个伟大的目标前进"①。短篇小说《奔腾的激流》集中体现了孟和博彦这一时期的创作成就。作品以"沉睡的湖"的传说故事及其历史变迁，草原牧民的幸福生活，紧张且愉快的劳动场景，人际间真诚坦率、友好互往的由衷赞美，使读者真切地感受到了"一个富有激情和期待的年代"②。巴图宝音则着意描绘大兴安岭山麓的旖旎风光，抒写森林的狩猎生活，塑造了众多"勇敢的鄂伦春"猎民、儿童和女性形象，极大地丰富了达斡尔族书面文学的人物谱系。他的短篇小说《炕》《猎人的布票》《勇敢的交通员》和《抗联爸爸》，在达斡尔文坛产生了广泛影响，为达斡尔族当代小说带来了新的生机和活力。擅长以蒙古文、汉文两种文字创作的乌云巴图，为20世纪50年代的达斡尔族文坛奉献了《莫克图河畔的达斡尔牧民》《生活的浪花》《额吉的心愿》《呼德勒》等短篇小说。乌云巴图的小说以细腻的笔触，描画出北疆各族人民的幸福景象，赞誉了新生活，歌颂了真善美。20世纪60年代初，乌云巴图的中篇小说《红色江岸（蒙古文）》③得以问世。这部小说是达斡尔族当代文学史上的一个重要收获，作品以抗日战争为背景，歌颂了达斡尔民族高尚的爱国主义情操以及不畏强暴、勇于献身的大无畏的英雄主义精神。此外，吉雅、哈斯巴图尔等新闻工作者、文学爱好者经过几年的学习、观察和体验，也在这一时期开始提笔抒写他们虽不很熟悉但确有真切感受的新人新事和新生活。吉雅的《诺敏河畔"扎莫"花》、哈斯巴图尔的《谢伦山上》以及身居新疆塔城的奇克尔·尼晓的《达斡尔青年》《我们的时代》等短篇小说，都写得意趣横生，生活气息浓郁，展现了新中国、新时代的美好。可以看出，这一时期的达斡尔族小说，"都比较强烈而鲜明地反映了各族人民在获得翻身

---

① 孟和博彦：《孟和博彦文集（第三卷）》，内蒙古人民出版社2008年版，第219页。

② 张英进：《审视中国》，南京大学出版社2006年版，第205页。

③ 乌云巴图：《红色江岸（蒙古文）》，《花的原野》1963年第6、7期。

解放以后的那种真挚热烈、欢欣鼓舞的感情，反映出新中国如太阳般刚刚升起的日子里，人民迎着灿烂的霞光走向新生活的那种由衷的喜悦和幸福，反映出新时代刚刚拉开大幕时，人民对未来充满幻想、希望和自信、乐观情绪以及他们那种决心为实现自己的理想而排除万难、积极进取、奋发向上的精神"①。

　　总体上看，20 世纪五六十年代的达斡尔族作家在新中国莺歌燕舞的良好背景之中，不遗余力地从繁荣富强的民族生活中汲取写作资源，以饱满的幸福感、强烈的社会责任感和使命感，孜孜耕耘，使达斡尔族小说从无到有并得以成长和发展。这一时期的达斡尔族小说表现了时代的主题和对社会理想的自觉承担，真实地再现了达斡尔人民的喜悦之情，展现了达斡尔族众在新生活光辉照耀下乐观、豪迈的气概，反映了达斡尔人民在新旧交替、社会变革时期的心理变化和矛盾斗争。在艺术表现上，多偏倾于现实主义手法，极善于以朴实、简约的语言"表情达意"，注重作品的大众化和通俗易懂。需要说明的是，20 世纪五六十年代的达斡尔族小说作品亦不可避免地烙有时代的印迹，其局限与不足也颇为明显。由于当时主流意识下形态文艺政策的倡导和"规范"，极大地妨碍了达斡尔族作家在思想和艺术方面的探索，致使达斡尔族小说创作与其他民族文学一样，体现为一种在政治意识形态驾驭下的与时代潮流紧相合拍的性质，反映生活的深度和广度不足、题材的狭窄性、主题的功利性以及概念化、雷同化现象均有显现。20 世纪 60 年代初，"阶级"与"斗争"再次被提及和强调，以及随之而来的各种批判运动，使达斡尔族小说创作日渐失去了朝气，进入到一个进退维谷、举步维艰的时期。特别是之后的十年特殊岁月，使达斡尔族小说遭遇了前所未有的重创。达斡尔族文坛的沉寂、萧疏之状，至今回望仍令人深感惨痛。综上，我们认为这一时期的达斡尔族小说，有以下几个现象值得关注：一是经过 20 世纪五六十年代历练和形成的达斡尔族作家队伍遭到摧毁，许多作家受到严酷迫害，被剥夺了发声和写作的权利。二是在此之前历经苦心耕耘、收获的达斡尔族小说被全盘否定，被打成"民族分裂分子"或"内人党"宣言书，遭到无情鞭挞。三

---

① 晓雪、李乔、玛拉沁夫：《中国新文学大系·少数民族文学集 1976—1982·导言》，中国文联出版公司 1986 年版，第 3 页。

是达斡尔族作家在"政治唯一"的意志之下，小说创作成为一种抽象、虚拟的存在，业余作者的创作被裹挟于"命题作文"或"征文"形式之氛围中，完全被纳入了无产阶级文学必须遵守的"根本任务论"和"三突出"①的轨道。四是在当时主流意识形态及文艺思想的严控和文化专制的罗网中，达斡尔族胞阅读、欣赏文艺作品的权利都被无情剥夺，达斡尔族文学完全无法生存和喘息，小说更是濒临消亡。

　　新时期的到来，为文学发展开创了新的历史空间。达斡尔族作家生逢盛世，他们出色地感应时代脉搏的跳动，扣合时代主旋律，担负起先锋和启蒙的使命，以不懈的探索和创新精神，使达斡尔族小说取得了长足的进步。而创造这种种成就的是一支聚居区域广泛、人数可观、多梯队的具有持续创作生命力的达斡尔族作家群。他们是达斡尔族小说得以发展和繁荣的最基本条件。同时，这一支空前壮大、活力四射的达斡尔族作家队伍的形成与存在本身，也构成了新时期达斡尔族文学的一项重大成就。

　　在20世纪80年代崭新的社会语境中，达斡尔族作家以各自的人生经历、代际差异、性别特征，开辟出许多鲜为人知的题材领域，形成了多种板块的小说格局。20世纪五六十年代活跃于达斡尔族文坛的孟和博彦、巴图宝音、乌云巴图、哈斯巴图尔等老一辈作家，以深熟的人生体验，表现出强烈的自省与社会关怀意识。他们在新时期的阳光雨露中，再次焕发出青春活力，"及时地反映了生活的重大变化"以及"新时代、新人物、新道德的出现与成长"②。从而使新时期之初的达斡尔族小说染上了凝重、厚实的历史色彩。起步于20世纪八九十年代的李陀、额尔敦扎布、奥登挂、白杉、娜日斯、巴雅尔、阿凤、苏华、阿军、鄂玉生、杜娟、敖继红、敖文华、苏莉、张华、萨娜、赵国安、苏雅、包玉霞、孟晖、杜伟军等小说创作的重要力量，与崛起于新世纪的

---

　　① 根本任务论是十年"文化大革命"文学理论的核心命题。《部队文艺工作座谈会纪要》规定，"要努力塑造工农兵的英雄人物，这是社会主义文艺的根本任务"。三突出是"文化大革命"中流行的创作原则，即"在所有人物中突出正面人物；在正面人物中突出英雄人物；在英雄人物中突出主要英雄人物"。这是从"根本任务论"出发制定的形式主义的创作模式。

　　② 张光年：《社会主义文学的新进展——在四项文学评奖授奖大会上的讲话》，《人民日报》1983年3月29日。

晶达、达拉、安正雨、郭白玲、富永生等达斡尔族文学新锐，共同擎起达斡尔族文学的大旗，抒发他们对生活的独特思考，为达斡尔文坛带来了生活经验的多样性和审视生活的多视角。他们对当下现实以及在此背景之下的达斡尔民族的精神状态给予了极大关注，如市场经济活动中的坑蒙拐骗、尔虞我诈，人类在巨大经济利益面前的堕落和道德沦丧，现代化进程中人类疯狂增长的欲望之壑，导致大自然不可弥补的破坏，以及市场经济发展下民族自信与民族自强意识的丢却与丧失的大量描写，是与达斡尔族作家对传统价值意义系统被解构之思考和困惑紧密相连的。这批作家是达斡尔族小说创作队伍的中坚。他们之中有的是 20 世纪 80 年代初崭露头角，有的起步于 20 世纪 90 年代，另有一些是新世纪涌现出来的新锐。达斡尔族作家群的这一构成，是达斡尔族小说血脉绵延、后继有人的有力保证。就其创作实绩而言，尽管其成就与不足互现，但他们是当下达斡尔族小说创作队伍中最富创造力的一代，在他们身上蕴藏着巨大的创作潜力。这批作家中的大多数，青少年时代正值十年特殊岁月，其成长期所遭遇"文化沙漠"的现实，使他们的身心都受到了不同程度的戕害。在新时期宽松的历史沿革中，他们的人生审美自由才逐步得以实现，而新旧交替、社会与经济体制的转轨变革，社会生活空前纷繁复杂，又使他们对生活存有困惑，对价值取向也把握不定，对民族传统的诸多方面也总是在个体生存经验之中去探求、追索。凡此种种，都反映在这一时期的达斡尔族小说中，也从一个方面体现着他们对生活、对民族文化的整体认识的多元，而且在接受环节上达斡尔族小说也因此获得了较大的认同。

　　在新时期达斡尔族小说家队伍中，有两个较为突出的特点值得关注：一是女作家的成批涌现，形成了以奥登挂、娜日斯、阿凤、苏华、张华、苏莉、苏雅、杜娟、包玉霞、敖文华、敖继红、萨娜、孟晖、晶达、安正雨、达拉、郭白玲等为代表的女作家群。她们以女性捕捉生活细节的敏锐与细腻，向生活深处掘进，并以女性特有的温婉、丰富又灵敏的感受力和表现力，为新时期达斡尔族小说创作平添了一份充满爱意的阴柔之美。二是达斡尔族作家的生活区域广泛，不仅"纳文慕仁"沿岸的内蒙古自治区呼伦贝尔以高山丛林、黑土和涓涓嫩江孕育出几代达斡尔族小说家，而且黑龙江省、新疆塔城等地区的达斡尔族聚居区也有了自己的小说家，如赵国安、吴玉、巴尔登、甲孜、郭白玲、富永生等。他们驻守于本土，勤力笔耕，以不同的视角和不同的叙事经验，展现了不同的文学场景和文学魅力。

　　新时期达斡尔族作家队伍的壮大及其创作实绩，标志着新时期小说的基本成就。新时期达斡尔族小说的开拓者李陀，以短篇小说《愿你听到这支歌》在伤痕文学大潮中，控诉了极"左派"的专制主义，第一次喊出了"我们要民主，不要法西斯"这支悲壮又高亢的"歌"，高扬了"人"的大旗，表现了人的主体意识的觉醒。之后，李陀又以《自由落体》《余光》《七奶奶》等短篇小说表现出对人的心理深层的关注。曾引起文坛反响的《七奶奶》是借鉴现代主义小说的艺术技巧，在新时期文学"意识流"小说潮流中脱颖而出的重要代表。随之，达斡尔文坛宿将孟和博彦，也掇拾起搁置已久的笔触复出，写出了《奶，洁白的奶》《库莫力浅的故事》《失误的伯乐》等享誉文坛的短篇小说。中篇小说《鹰的传奇——遥远年代的故事》更是凸显了孟和博彦小说创作的爆发力。作品以清新素淡的笔致，塑造了达斡尔青年勇士敖布库与少女南妮格的生动形象，展示了作家对于祥和、自由、永恒之人生理想与幸福的执着追求。在这部小说问世的年代，既有的价值体系在世俗社会中渐渐失去了权威性，新的价值体系尚未建构，每个人都不得不在精神的荒原上构筑其安身立命之所。在日益商业化、世俗化的世界里，人们深切体会到"无家可归"的精神苦痛。对孟和博彦这样一位族群意识颇强的作家来讲，终极意义和价值是至关重要的，于是，这种深层的民族情结，使孟和博彦以达斡尔民族图腾"鹰"为寄托，找到了自我救赎之路。民族情怀同样蕴蓄在额尔敦扎布的小说创作之中，而且额尔敦扎布写于新时期的小说基本都有局部突破的意义，他对达斡尔民族历史的反思，在长篇小说《伊敏河静静地流》《霜秋》中得到了较为完整的呈现。这两部小说的故事与言说，基本出于对极"左"路线的实质与危害的揭示，从还原当代中国社会政治的荒谬，上升到历史经验教训的总结这一社会情境。作品在相对狭小的经验尺度内，精确地建构起饱满的心灵空间，精心描述了达斡尔族敖雷一家三代女性的婚姻爱情悲剧，其思想内涵也在一定层面上超越了作者设定的批判具体制度与"血统论"观念的意图。以李陀、孟和博彦、额尔敦扎布等为代表的一批小说家，作为新时期达斡尔族作家队伍的精锐，始终保持着对祖国、对社会、对达斡尔民族的一种"天然"的责任感与使命感。他们思想敏锐，艺术功底深厚，在新时期"伤痕文学""反思文学""改革文学"大潮中都有积极参与和投入。

令人骄傲的是，崛起于新时期之初的达斡尔族作家开始放弃形而上的理性立场，由人性呼唤的"启蒙"转向了"似曾相识的生命体验"。他们以小说这一最具活力和创意的文学样式，表现了民族历史的风涛、现实变革以及自然山川在内的艺术景致，从而使新时期达斡尔族小说呈现出空前繁荣的局面。尤其是叙述人文与地域民俗风情、讴歌人情与人性美、展示理想生活的"田园牧歌式的平民小说"成为巴雅尔、白杉、阿军、鄂玉生等达斡尔族作家自觉的、共同的审美追求。他们的小说改变了过去单一、呆板的创作格局，让我们看到了达斡尔民族生活本身的样貌。白杉的小说颇具个性，极善于展示浓郁的人情与人性美。白杉（1939—　）的短篇小说《洁白的仙鹤》《雪，柔情的雪》可视为其代表作。《洁白的仙鹤》① 以 20 世纪三四十年代我国东北地区抗日救亡运动为背景，描写了东北抗日联军和鄂伦春人民团结一致，奋勇抗击外侵者的英雄事迹，歌颂了民族团结的伟大。作者对鄂伦春人民勇敢顽强、疾恶如仇、重情信义的民族品格，表现出由衷的赞赏。《雪，柔情的雪》② 则充溢着北国壮美自然风光和达斡尔民族的生活情调。在这篇小说中，白杉对少数民族生存环境与自然生态的忧思、通过甘布库这一形象所挖掘的那种超越个人恩怨而勇于救助危难、保护弱小的达斡尔民族优质心理的呈现，既是对人物内心世界的拓展，也从一个方面体现了白杉小说的深刻性。巴雅尔（1945—　）的小说创作始于 20 世纪 80 年代初。他的小说擅长在巧妙的故事讲述中，通过富有个性色彩和乡土气息的人物对话，表现人物的精神世界，传递人性的善美。他的短篇小说《玉石烟袋嘴》③ 另辟蹊径，以一枚玉石烟袋嘴的"失而再得"为整体象征，并由此构筑全篇故事情节，选择特定历史时期内最具典型意义的场面来烘托主旨，给人以平中见奇、推陈出新的审美愉悦。较之同类题材的伤痕、反思小说，作品以由"深

---

① 白杉：《洁白的仙鹤》，《呼伦贝尔文学》1982 年第 2 期。

② 白杉：《雪，柔情的雪》，载刘迁《20 世纪达斡尔族鄂温克族鄂伦春族小说集萃》，内蒙古文化出版社 2000 年版。

③ 巴雅尔：《玉石烟袋嘴》，《草原》1981 年第 12 期。

红”而变得“淡一些”的那枚“玉石烟袋嘴”，象征着那场风雨年代带给少数民族之间、党和群众之间生死与共、肝胆相照关系的毁损，有着相当深厚的历史纵深感。这篇作品体现了作者创作技巧的挥洒自如，写作心态的冲淡平和，有意净化了环境和时代背景的巨大冲突，使“伤痕”和“爱”在民族团结中流淌。这不仅与巴雅尔一贯追求和重申的善与美、不断探求人性善美有关，而且从某一角度讲，巴雅尔的这种艺术审美，更切近于小说的内质和精神。巴雅尔的另一篇小说《猎狐》①以清淡的语言，歌颂了人性中相亲相爱的温暖。作品通过描写少年儿童“我”、敖保哥，还有童心未泯的苏龙满姐夫，一次雪后出猎打狐的活动，展示了达斡尔族少年儿童乐观、阳光而美好的内心世界。小说写得趣味盎然、生动活泼又不乏幽默。作品营造的温暖和感动，还有作者亲和的文字之间所充溢的祥和的民族韵味，表明巴雅尔努力以写作的方式留存达斡尔民族生活的美好和“远去”的一切。阿军（1954—2000）是崛起于新时期的青年作家，写有短篇小说《奎腾河边》《沙荒》《买油记》《静静的流水》《掉进钱窟窿里的人》《静静的毛胡赉河》《草绿了》等。阿军的小说不事雕琢，擅以白描手法描绘人物，反映社会生活的变迁。《呼德呼》《奎腾河边》是阿军的代表作。《呼德呼》②在今昔对比中歌颂了家庭联产承包责任制在草原牧区的重大意义，揭露了激进年代的失误带给草原牧民的巨大伤害。作者择取两个特殊的历史时期来表现草原牧民呼德呼的命运遭际，一是“东西南北风乱刮的年代”，一股“割尾巴”风像一场无情的暴风雪席卷着广袤草原。二是改革开放后家庭联产承包责任制在草原的实施，呼德呼和牧民们的生活掀开了新的一页。小说最为精彩的是叙述语言和人物对话，明快流畅，而格言俗语的引用则为作品增添了独特的艺术魅力。《奎腾河边》③是一篇极具民族文化意识的作品。小说以“我”返乡探友的故事，深情地咏唱了蒙古民族与大自然和谐共生、勤劳进取和诗意栖居的生存方式，歌唱了洋溢在其中的人性美和人情美。作品为我们构建了一个和谐宁

---

①　巴雅尔：《猎狐》，《呼伦贝尔文学》1981 年第 1 期。

②　阿军：《呼德呼》，载刘迁《20 世纪达斡尔族鄂温克族鄂伦春族小说集萃》，内蒙古文化出版社 2000 年版。

③　阿军：《奎腾河边》，载刘迁《20 世纪达斡尔族鄂温克族鄂伦春族小说集萃》，内蒙古文化出版社 2000 年版。

静的乡村世界,在叙事方式上呈现出一种散文化倾向,自然随意,语言简约、质朴。从主人公"我"返乡探友,引出友人哈达在奎腾河边读书、打渔、养家、修身的安定状态,以及哈达的妻子,一个知性又善良的女性为改变生活与命运所做出的不懈努力。整个叙事随时序而流动,毫无刻意求工。小说的另一个特点是将劳动生产与日常生活场景如打渔、炖鱼、放生、捉水耗子、卖鱼等诗意化,而且大自然的一切,在阿军笔下也被赋予了生气和灵性。鄂玉生(1965—2011),本名哈普,以小说创作为主。他的小说极力推重达斡尔民族重群体、重情感、重信义、轻个体、轻功利为基本特征的生存与价值取向,同时对所属民族循规蹈矩、安贫乐道的遗风也予以一定的批判。鄂玉生写有短篇小说《暗褐色的木屋》《一个古老的故事》《木船,向前划去》《木都日河畔》《猎人·鹿》《绿色的草场》《老人的土地》等。鄂玉生的小说笔法质朴自然,多以身边熟知的生活为素材,且善于在叙事和对比中展示人物的内心世界。鄂玉生的《木船,向前划去》《木都日河畔》表达了对达斡尔民族的敬意与厚爱之情,表现了作者对所属民族由衷的崇敬之感。《木船,向前划去》① 讲述了一个达斡尔族汉子莫敦布的爱情故事,并借此讴歌了达斡尔民族传统文化中"仁爱"的力量。小说的题目《木船,向前划去》本身就是一个意味颇丰的象征组合,"木"是质朴敦厚的象征,"船"则象征了途径,"向前划去"意味着抵达彼岸。作品的整体意象鲜活,旨在阐明作者的美好祈愿,只有拥有至纯至善的人格品质,才能真正开拓出生命的诗性境界。有人说,一个作家只有将个体的感受和认知融入民族生存与命运的思考中,才能"讲好一个故事",塑造好一个人物形象。阿军就是这样一个作家。他的作品充满对达斡尔民族生存状态、生存态度、生存出路的深层探索。他的短篇小说《木都日河畔》② 以理性精神重新审视达斡尔民族的传统文化和习俗,并于此寻找"生存困境的方式和精神通道"。作品通过三名达斡尔人进山伐木途中遇到困难、解决困难的曲折经历,反映出鄂玉生对积极进取以及努力改变命运者的拥戴。遗憾的是,由于种种原因,白杉、巴雅

---

① 鄂玉生:《木船,向前划去》,载《达斡尔族鄂温克族鄂伦春族短篇小说选》,内蒙古人民出版社 1991 年版。

② 鄂玉生:《木都日河畔》,载刘迁《20 世纪达斡尔族鄂温克族鄂伦春族小说集萃》,内蒙古文化出版社 2000 年版。

尔、阿军、鄂玉生的小说创作未能得以继续，他们的创作亦不再作为更加突出的成就而被学界描述。但白杉、巴雅尔、阿军和鄂玉生小说的审美价值是值得肯定的，特别是他们为新时期达斡尔族小说发展做出的独特贡献是不容忽视的。

新时期达斡尔族小说创作阵营中，女作家的成批涌现，且创作数量和艺术质量亦颇为引人注目。不同年龄、不同阅历的女作家在新时期各个阶段都有不同凡响的表现。究其根由，"主要得益于整个社会和文学环境的变化。社会文化上'女性性别'的重新发现和文学题材、风格的'开放'趋势，破除了女作家进入文学创作领域的若干障碍"①。就达斡尔族女作家的创作而言，她们宽广的文学视界已内化为作品的生活信息量与思想涵容量，不仅带来了题材视域的拓展，也带来了生活的深度开掘。因而，达斡尔族女作家笔下的小说视界，不论是观照社会生活的层面，还是审视"人"包括女性自身的精神世界方面，都达到了一个新的高度。女作家杜娟的小说直面改革开放时期达斡尔族众的精神生活的嬗变，揭示了人性的异化与迷茫。杜娟写有《虹》《在杜鹃飘香的时候》《扎布老伯的孙子和孙女》《棕褐色的狍子》等短篇小说。《琳娜呀，毕竟是琳娜》《棕褐色的狍子》代表了杜娟小说创作的成就。《棕褐色的狍子》② 重现了 20 世纪60 年代初每个中国人都记忆犹新的历史场景，着重表现了人性在特定情境中的善美。在艰难的生存形势下，对温饱的本能需求被主人公爷爷所抛掷，而将信义凌驾于口腹需求之上，作品一方面以细腻的笔触描写了小叔叔"有能力吃饱"却为了守住信义和尊严甘愿付出生命的悲剧；另一方面细致入微地展现了爷爷面对亲情和集体，毅然为维护公平、正义这一达斡尔民族古老生存法则的神圣信条，而严守先人后己的高尚情操。《琳娜呀，毕竟是琳娜》③ 是一篇极具批判意识的小说。作品真实地再现了当下青年盲目追求虚荣、不切实际的幻想和自欺欺人的处事与生存方式。小说在比照中对"男友"这一人物形象表现出一种否定的倾向，在淳朴、自然的叙事中寄予琳娜所代表的青年女性积极向上、求真务实的期待与希冀。作品的深刻性主要体现在作者赋予琳娜这一女性形象对爱情有更多的

① 洪子诚：《中国当代文学史》，北京大学出版社 1999 年版，第 356 页。
② 杜娟：《棕褐色的狍子》，《草原》1985 年第 10 期。
③ 杜娟：《琳娜呀，毕竟是琳娜》，《呼伦贝尔文学》1987 年第 5 期。

真情与投入，因而小说不仅使我们为琳娜的虚荣和"爱情"结局发出些许感慨，也让我们对人性有了更为深切的认识。

在达斡尔族女性作家创作群体中，苏华被认为是艺术视野颇为开阔，且能够驾驭多种文学形式的作家。她的短篇小说集《牧歌》中收录的《母牛莫库沁的故事》《缀满秋香的山坡》《今夕何夕》等作品，大都取材于达斡尔民族生活，且叙事笔调轻倩灵活又意蕴隽永，感情细腻澄澈而又略有忧悒，语言清丽简约且朴素晓畅，体现出苏华观察生活、体悟生活的超卓能力。女作家苏莉专事散文创作之外，另写有短篇小说《达斡尔女人》《绿色的星期六》《邻人》以及短篇小说集《仲夏夜之温凉时分》等。苏莉荣获内蒙古自治区第三届文学创作索龙嘎奖的短篇小说《红鸟》是一篇颇具现代意识的小说。作品借助家庭琐屑透露出对以父辈为代表的男性生存方式的批判和扬弃，表达了苏莉对社会、对人生以及家庭、婚姻的独特思考。苏华、苏莉的小说，为新时期达斡尔族小说的艺术格局拓开了新生面，注入了新的审美视界，也标志着新时期达斡尔族作家创作实力的增强。阿凤是新时期达斡尔族文学中颇具女性意识的作家，她以女性视角和立场，关注现实，言说百态人生。在《遥远的月亮》《咳，女人》《五叔和系白纱巾的女人》《娜木日》和小说集《木轮悠悠》等反映达斡尔女性生活的作品中，自觉地从达斡尔民族传统与现实生活的双重视域来观照、探索达斡尔女性的心理与命运遭际，展示达斡尔女性在婚姻爱情中，由懵然被动到主体意识觉醒，直至独立与自尊意识形成的全过程，尤推崇达斡尔女性自尊自强的独立精神。

20世纪90年代，达斡尔族小说出现了一些新的变化。简要说来就是，一些达斡尔族作家开始有了自觉的民族文化意识，而不再简单地把民族文化视为写作的一种背景。在这方面，萨娜、张华两位女作家的小说颇具代表性。张华写有《荒原》《母亲家族》《越出生命的轮》《上帝不是耶和华》《童年里的童话》和中短篇小说集《初春的夜晚寒凉》等。张华的小说抒写了女性生命历程中的求索、拼搏与挣扎，展示着她对民族、对人生、对命运的体悟。中篇小说《母亲家族》从文化视角反思了达斡尔民族自古以来苦难挣扎与抗争图存的内在精神。短篇小说《童年里的童话》重现了当代人的"迷失"。在表现追求高度的物质文明、又渴望回归原始质朴生活的两难之间，作者在试图寻找一个精神的契合点即最本质、又美好的生活状态，以安抚和慰藉一颗颗矛盾而不甘平庸却又日渐麻木的心灵。在多元文化与现代文化的冲击和挑战中，张华的小说表现出强烈的民族认同与坚执的民族立场。在小说《霍日里山啊，霍日里河》① 中以对达斡尔造房工程的细针密缕般的精细描写，表达出对远逝而去的民族文化的无尽怀恋。1993 年以短篇小说《鞭仇》走上文坛的萨娜，其功绩首先表现在突破了达斡尔族小说多在社会生活层面进行"启蒙"的话语传统，以婚姻爱情、家庭生活为切入点，从民族历史文化视域对现实人生进行了深入探索。她在小说集《你脸上有把刀》及《山顶上的蓝月亮》《伊克沙玛》《金灿灿的草屋顶》等中篇小说中，描画了纷繁的社会人生图画，批判了来自男权的压迫，展示了达斡尔民族在现代化进程中所面临的种种冲击与挑战。萨娜是达斡尔族当代文坛上第一位真正审判父权、把父权钉在历史耻辱柱上进行无情批驳的女作家。萨娜笔下的"父亲"形象，浓缩了父权社会男性家长的所有丑恶。作为比照，萨娜还以女性特有的生命体验和情怀，带着对女性的极大关爱，歌颂了女性坚韧、刚毅、自信、独立和勇于担当的特质。此外，萨娜还试图以"小说的方式，来追溯民族的历史，追溯以萨满为标志的精神渊源"②。因而，作为小说家的萨娜总是在作品中把天地山河、自然万物的灵性与人物内心的友善交相辉映，并在此间找寻拯救灵魂和生命的支撑。

达斡尔族文学新锐达拉（1973— ），在新世纪达斡尔族小说中展露出不凡的潜质。达拉生长于内蒙古自治区呼伦贝尔市的莫力达瓦，但她有在都市生活十余年的经历，因此她的小说呈现出以所属民族和他者文化相交融的文化心理来体认达斡尔民族文化的特点，而且达拉的文化体认体现着一种对自我民族高度肯定的态度，甚至是一种对达斡尔民族精神的痴恋与迷狂。达拉的小说长篇、中篇和短篇兼备，写有长篇小说《白手帕红了》和《冷河》《你的呼号，你的柔美》《乌日玛的风声》《等待被赎的黑羊》等中短篇小说。2015 年，达拉的小说集《飞过马鞍去扑火》③ 被辑入"鲁迅文学院精品文丛"得以出版。达拉的小说《等待被赎的黑羊》被改编为电影《哈布库的羔羊》上映，引起学界关注。达拉小说最为显著的特

① 昳岚：《霍日里山啊，霍日里河》，《骏马》2006 年第 5 期。
② 萨娜：《没有回音的诉说》，《作家》2002 年第 3 期。
③ 达拉：《飞过马鞍去扑火》，敦煌文艺出版社 2015 年版。

征就是对达斡尔民族原初精神的倾力歌颂，从《你的呼号，你的柔美》①中现代意识掩映下的达斡尔族文明的强劲粗犷，再到《乌日玛的风声》②中悲凉唯美的原始道德迷恋，让我们见识到她超强的文学造诣。中篇小说《你的呼号，你的柔美》讲述了一位亚美尼亚男子为达斡尔民族原生态的舞蹈和呼号所吸引，并在民族舞蹈激越呼号的引领下走进达斡尔族聚居区，由此深深喜爱达斡尔民族的故事。在这篇小说中，达拉刻意以现代意识观照达斡尔民族的原生态文化，展现了达斡尔族原生态文化中"力"与"美"的特质，意在为现代人流离失所的精神重筑家园。在《乌日玛的风声》中，达拉发挥原乡想象，表现了狩猎民族的古老习俗，以及这种文化背景下滋生的独特的民族心理。作品有意设置昆布拉在自然天性的爱慕和道德习俗的约束中挣扎，并以卡腾之死来扩大这种张力，以求证昆布拉对于道德习俗的维护与尊奉。这篇小说冲击了人们素常的审美经验，加之题材切入角度的独特新颖，情节跌宕，意蕴深厚，使作品显示出一种直趋情感内核的力度。在新世纪达斡尔族女性小说阵营中，晶达是一个特别的存在。晶达是达斡尔族，但她从小接受的是汉语教育，现居住在繁华的都市，远离了那方蕴含着民族文化的土地和家园。晶达的这种成长经历和背景，为她带来心灵释放和多样化的艺术追求的更大空间。因此，晶达的小说把"辽远"的艺术目光拉回现实，不再把民族的"宏大叙事"作为唯一的写作法则。不论是以长篇小说《青刺》写出"成长"之痛，还是带有纪实色彩的长篇小说《大猫就是这样逃跑的》，抑或《请叫我的名字》《上帝是个好买家》《吃喝》等中短篇小说，晶达写作的基本面均为都市题材，那种民族文化的对话与民族记忆的召唤则退隐其后。

　　女作家之外，在新时期到新世纪大好的文学环境中，新老作家"春风得意"，携手并进，在纷纭缭乱的外界世界面前不曾迷失，创作热情不减。巴图宝音的《挚友》、乌云巴图的《金摇篮》《向往》、哈斯巴图尔的《枣红马和勒勒车》《纳文蛟龙》、额尔敦扎布的《牛老汉》《知交》、苏日台的《牵牛记》、娜日斯的《楚罗的奇遇》、赵国安的《那圆圆的月亮》《女村长》、苏勇的《山村是他的归程》《在交叉路口》、包玉霞的《车铃奏鸣曲》

① 达拉：《你的呼号，你的柔美》，《纳文慕仁》2009年第2、3期合刊。
② 达拉：《乌日玛的风声》，《纳文慕仁》2009年第1期。

《布库老汉的一天》、敖文华的《困惑》《假若不是那场雨》、苏雅的《波斯菊》、苏晓英的《丝巾上的图案》《新娘的那双眼睛》、郭白玲的《桑吉》、杜伟军的《布洛古鸠山中》《铁骑远戍》、富永生的《冬日暖阳》、鄂胜华的《骑兵与勋章》《葛根庙的枪声》等，都彰显了这一时期达斡尔族小说创作的成就。它们以诗的意境和画的气韵，从多个层面揭示了 20 世纪八九十年代社会变革时期各色人等的心灵变动，描摹了既往岁月的艰辛苦涩以及辉煌的民族历史，再现了达斡尔民族在时代风起云涌中的生存景象。值得提及的是，一些作家还对现代化进程给予达斡尔民族文化传统的冲击和挑战表现出极大的关注。在现代化日新月异发展的进程中，人口较少的达斡尔民族面临着两难选择：一方面渴求经济的高速发展，尽快实现现代化以求得经济繁荣；另一方面又希望保留自我民族文化与传统，担忧甚至恐惧传统文化的消失。这种心理焦虑在这一时期达斡尔族作家的小说中有相当的显现，他们对即将被现代化"湮灭"的民族文化流露出无限眷恋之情。这一价值取向不仅表现在对山川风光与人文景观的深情描绘，亦包括对淳朴绵厚的达斡尔民族传统与文化的倾力高歌。他们的写作为留存达斡尔民族特有的文化与审美心理提供了范本。可以说，这一时期的达斡尔族小说一改 20 世纪五六十年代的虚华旧观，书写了达斡尔民族生活的方方面面，从民俗风情、高山森林、历史烟云，到日常琐屑以及当下商品经济大潮带给人们的痛楚与欣悦、期待与失落，无不包揽于达斡尔族小说的艺术视域之中。当然，以单篇作品的艺术规模是不可能构成全景式的社会生活图画的，但如此众多的优秀小说，无疑是以集结的方式，从整体上展示了达斡尔民族现实与历史生活的全貌。

达斡尔族长篇小说的繁盛，从另一方面印证了新时期到新世纪达斡尔族小说创作的重大进步和发展。从 20 世纪五六十年代初达斡尔族小说的兴起与创建，到新的历史时期之前的 20 世纪 70 年代末，达斡尔族长篇小说留下了长达 30 年的空白。20 世纪 80 年代始，佳作联袂而来。据相关研究资料统计，自 1977 年身居宝岛台湾的达斡尔民族学家胡格金台，以长篇小说《达斡尔故事》① 填补空缺以来，陆续有《达斡尔酋长》（凌

---

① 胡格金台：《达斡尔故事（满文）》，文史哲出版社 1977 年版。该小说 1988 年由达斡尔族学者巴达荣嘎汉译，现以手抄本行世。

申)、《伊敏河静静地流》（额尔敦扎布）、《霜秋》（额尔敦扎布）、《凌升》（额尔敦扎布）、《达米家族的毁灭》（孟和博彦）、《草原人的爱》（乌云巴图）、《没有墓碑的墓》（赵国安）、《骁郎与岱夫》（吴玉）、《西征》（赵国安）、《东迁》（赵国安）、《盂兰变》（孟晖）、《多布库尔河》（萨娜）、《白手帕红了》（达拉）、《青刺》（晶达）、《大猫就是这样逃跑的》（晶达）、《纳米比亚上空之舞》（杜伟军）、《以父之名》（鄂阿娜）、《塔斯格有一只小狍子》（晶达）、《雅德根：我的母系我的族》（昳岚）、《无名指》（李陀）以及额尔敦扎布的历史小说《阿澜豁阿》问世。长篇小说已经成为新时期达斡尔族文学最具代表性的重量级文体。它作为承载丰富的时代变迁和社会内容的艺术形式，责无旁贷地担当起书写民族历史、揭示人性的重任。新时期达斡尔族长篇小说数量的突飞猛进，显示了达斡尔族文学在艺术审美层面上的突破，同时也表明长篇小说作为展示和衡量作家综合实力的文体，越来越受到达斡尔族作家的重视和青睐。关于达斡尔族长篇小说的思想内涵与基本特征，另有详析。

　　新时期到新世纪达斡尔族小说的另一显著特征是，达斡尔族作家艺术创新的自觉性普遍有所提高，题材、形式、审美和艺术表现方面呈现出多元发展的新局面。在充溢着绮丽光彩的文学新时期，现实主义作为一种传统的创作方法，仍为达斡尔族前辈作家所沿用，而身处新时代的达斡尔族青年作家，则打破了以往小说创作的自我封闭状态，表现出较强的求新求异意识。他们在 20 世纪 80 年代"先锋文学"与西方现代文艺思潮、拉美魔幻文学的熏染下，勇于创新，力求在艺术实践中以全新的视角反思民族历史，表达对现实人生的独特感受，展示社会变革给予达斡尔族众在生活方式、价值观念、精神追求和生存层面带来的深刻变化，着力塑造多种多样的艺术形象，尤专注于人物内心世界的展露与剖析，从而使这一时期达斡尔族小说的艺术表现方式逐步从单一走向了多元。

　　达斡尔族小说的成就是突出的，发展路向是清晰的，艺术审美特征也是较为鲜明的。在归纳其成长与发展的基本轮廓时，我们感受最深的有以下几方面：一是这一时期达斡尔族小说的发展与繁荣，归功于前辈作家创造的基业，也得益于制度与当下文艺政策的扶植，各种奖励机制以及学界的广泛眷注。20 世纪 80 年代至今，为鼓励达斡尔族作家的创作，各地区的文学期刊增设园地，以多种形式刊发或出版达斡尔族作家的小说（集），多次组织开展达斡尔族作家与作品研讨会，相关机构有针对性地为达斡尔族文学创作者组织研讨、讲习、改稿会，鲁迅文学院民族文学研究班、南京大学中文系作家班、内蒙古师范大学文艺研究班、内蒙古大学文学创作研究班等，为培养更多的达斡尔民族创作人才，尤其是对提升达斡尔民族作家的可持续发展，起到了重要的帮扶作用。二是在题材内容方面，新时期到新世纪的达斡尔族作家突破了以往"颂歌"为主的框架，开拓出新的创作领域。民族历史与现实生存、社会与自然、农村牧区与城市生活、知识分子命运与底层民众的挣扎、婚姻爱情与家庭纷扰、群体与个体困境等种种，在达斡尔族作家笔下都获得了独特的艺术再现。三是从表现生活的艺术容量看，长篇小说、中篇小说和短篇小说俱制，而长篇小说和中篇小说的巨额"生产"，是这一时期达斡尔族小说丰收与艺术审美得以提升的重要显现。四是达斡尔族女性文学的勃兴，也可被认为是题材领域的一次新的"圈地运动"，而且，达斡尔族女作家鲜明的性别意识、女性关怀的真切深微作为文学想象的另一个基础，正在成为主体性的另一构成元素，展示出她们自己的艺术空间和独立的文学品格。五是新时期到新世纪的达斡尔族小说的主题及反映生活的广度和深度方面也有了一定的开拓。新时期的作家特别勇于探入达斡尔民族文化和民族精神深处，挖掘"族人"丰富的心理内涵。另有一些作家则努力追求思辨性，挣脱单纯赞美和歌颂的羁绊，大胆抨击现实生活的非完美之地，创作基调由乐观转向悲壮，由明快转向深沉。六是新时期达斡尔族作家的艺术创新精神亦可圈可点。简言之，新时期达斡尔族小说家的艺术探索是沿着两个路向演进的：一是借鉴西方现代艺术手法结构故事，表现人物的情绪和感受；二是在传统创作手法的基础上革新与创造，而且他们在传承所属民族优秀传统文化方面更见主动和积极。之外，新时期达斡尔族小说还明显地表现出民族性、地域性、开放性、兼容性等特质。在新世纪社会转型期的主旋律激励下，达斡尔族作家坚守文学立场，其精品意识得到一定的强化，他们努力调适现实语境下的困顿焦虑，把时代精神与独具特色的民族精神品格相融合，从而表达了达斡尔民族的多种声音。

　　总之，这一时期达斡尔族的小说已达到中华人民共和国成立 70 多年来的最好状态，特别是 20 世纪 90 年代以来，达斡尔族小说已经从一个"井喷"状的迸发，开始趋于一种比较平和、稳中有进、进中向好的创作态势，作家们无须再为一些外来的抑制或束缚而左奔右突，可以更为专心地思考如何以独创的艺术经验进入中国少数民族文学的广阔殿堂。然而，如同生活本身的纷繁，文学自然也不可能是直线发展的，文学与生活的联系也不可能是一个简单的线性过程。新世纪和新时代的开始，意味着作家必须适应时代的变革和发展，按照文学自身的规律认识现实、思考生活，才能找到自身创作的立足点，从而在更高的艺术层面上，与时代精神和现实生活保持一种绵长而坚实的联系。在这一意义上，我们在回视新时期达斡尔族小说成就的同时，也清醒地认识到当下达斡尔族小说所面临的挑战。比较显而易见的，首先是价值观问题，这是困扰达斡尔族小说取得新突破的首要原因。"现代性"对达斡尔民族传统文化的冲击逐步加剧，但达斡尔族作家在社会价值观念普遍处于变异之时，仍习惯于更多地考虑如何艺术地体现和适应社会普遍认同的价值标准，而缺乏选择和确定自己认识、判断和评价现实生活的新的坐标系。其次是不适应性。身处急遽发展的市场经济语境，一些达斡尔族作家的不适应感反映到创作中，就是对时代把握出现了一定的偏差，过多地体现在对民族历史的描述，流连于达斡尔民族辉煌的过去尤其是清王朝屯垦戍边这一段历史，而忽略对当下"巨大时空"中达斡尔民族命运的关注与思考。而新一代达斡尔族作家对所属民族历史文化的了解还多限于浅表层面，在他们的小说中，更多的是浮光掠影式再现所属民族宗教的风俗习惯，缺乏对达斡尔民族精神本质的精准把握。审美主体意识的欠缺，也是达斡尔族小说显在的问题与不足。新世纪以来的各民族文学已发生了前瞻性、使命性的变化，与此同步，单一的创作方法正在演进为多样化的艺术表现态势。这种文学氛围对达斡尔族作家的审美追求产生了一定的影响，一些作家开始在审美主体意识与民族文化沃土的契合点上，追求一种个性思维，追求独特、真诚的情感，但仍有一些达斡尔族作家特别是新世纪脱颖而出的新锐作家，对于自身审美尺度的认识和把握陷入了难以确定的窘境，难以找准自己创作的题材内容和艺术表现形式之间的契合点。致使近年的达斡尔族小说从整体上已经暴露出较为明显的无所适从感。文学浮躁情绪的蔓延，同样也局限影响着达斡尔族小说的前行与发展。"这是一个寻找的时代，转型期价值观念的变化不居，几乎令所有的中国人都产生了某种焦虑的情绪。"① 达斡尔族小说家也不例外。诸多问题横亘在他们前行的创作过程中，特别是在一种为我所用的急切心态下，盲目自恋，导致了部分小说的空虚浮泛。"这一切都将成为达斡尔族小说进一步发展与进步的阻碍。"② 变革的时代要求作家去熟悉新的生活、新的人物和新的世界，去认识、理解和把握生活的发展趋势。反之，只是满足于亦步亦趋地作局部的、孤立的、显浅的再现，必然会被弃于迅速变化和前行的生活之外。时代的每一次前行，都会向文学提出更新、更高的命题。达斡尔族作家肩负的责任则在于，充分发挥主观创造精神，洞察社会与时代，以文学超越时空的预见和想象，再现达斡尔民族的生活，书写达斡尔民族的精神，触摸达斡尔民族的灵魂，开拓达斡尔族小说的新路径。

---

① 王万森、熊忠武：《新时期文学》，高等教育出版社 2001 年版，第 130 页。

② 托娅、阿茹汉：《达斡尔族文学与研究现状分析》，《内蒙古社会科学》2009 年第 6 期。

四　异军突起的新时期长篇小说

检视新时期达斡尔族长篇小说的实绩和发展过程，把脉由其具体作品所呈现的深层寓意，可以看出，达斡尔族长篇小说总体上呈现出一条清晰的发展轨迹，无论是"题材宽度"还是"主题深度"，都有相当深入的拓展，而且达斡尔族长篇小说所提供的思想资源、文化积储和民族智慧，已不再被具体的民族与地域空间、特定的达斡尔文化符号所限定，在创作空间和接受空间上，都体现出一种"共享性"。在当下广袤的时空中，达斡尔族长篇小说家们以如诗如画的彩笔，浓烈清新的笔致，向历史向生活的纵深掘进，其文学史意义不仅在于塑造了一系列具有独特民族心理特征及富有个性的人物形象，丰富了中国少数民族文学的人物画廊，更重要的是，开拓了达斡尔族书面文学的新境界。在学界，人们总习惯性地将长篇小说喻为"文学的重器"，视其为一个时代文学成就的重要标志。因而，新时期达斡尔族长篇小说的收获，就是达斡尔族文学的重大成就。

1977 年，身居宝岛台湾的达斡尔族学者胡格金台用满文写出长篇小说《达斡尔故事》，从而结束了达斡尔族书面文学史上长篇小说的空白。之后，又有凌申的《达斡尔酋长》①、额尔敦扎布的《伊敏河静静地流》相继问世。20 世纪 90 年代，达斡尔族长篇小说开始进入它的催花期，一批有艺术准备的达斡尔族作家纷纷推出他们的长篇力作：额尔敦扎布的《霜秋》《凌升》、赵国安的《没有墓碑的墓》《东迁》《西征》、乌云巴图的《草原人的爱》、吴玉的《骁郎与岱夫》、孟晖的《盂兰变》、孟和博彦的《达米家族的毁灭》、萨娜的《多布库尔河》、达拉的《白手帕红了》、昳岚的《雅德根：我的母系我的族》、晶达的《青刺》《大猫就是这样逃跑的》《塔斯格有一只小狍子》、鄂阿娜的《以父之名》、杜伟军的

---

① 长篇小说《达斡尔酋长》作者凌申的族属有待学界做出进一步了解。

《纳米比亚上空之舞》、李陀的《无名指》以及额尔敦扎布的历史小说
《圣主——成吉思汗》《阿澜豁阿》等。它们既有对改革开放巨大成就的
再现，又有对社会新发展新变化的思考；既有对达斡尔民族重大历史与人
物的艺术呈现，又有对人的命运、民族未来的关切。当我们面向新时期达
斡尔族长篇小说的整体形貌，试图描述达斡尔族长篇小说的内容与轮廓
时，遇到了一个不可回避的问题，那就是怎样对达斡尔族长篇小说做出深
入而准确的把握，如何提升对达斡尔族作家的每一部长篇作品的认知，理
解他们所提供的历史与现实的原生经验和个人记忆。这方面，我们认同美
国当代文学理论家保罗·德曼"对理论的抵制"，他认为"试图从理论上
看待文学，倒不如索性让它自身听由下面的事实摆布：它必须从经验的考
虑出发"①。因而，力求从阅读出发，从文本分析出发，将新时期达斡尔
族长篇小说置入中国少数民族文学发展与历史框架之中加以梳理和总结，
同时择选最具代表性的达斡尔族长篇小说进行横向论述，无疑是切近实
际的。

　　新时期达斡尔族长篇小说总体上呈现出向多、向广的特征，集纳了历
史特别是民族历史到当代现实题材的各类叙事类型。宏观上看，达斡尔族
长篇小说的艺术视域，主要限定在历史与现实的维度。微观上讲，博大精
深的达斡尔民族历史记忆，是新时期达斡尔族长篇小说最为丰实的书写资
源。达斡尔族长篇小说家尽管身处同一文化场域，但他们在创作与表现手
法上呈现出不同的审美取向，各类题材和不同创作类型构成了多个聚焦
点。催人泪下的中俄雅克萨战役的惨烈悲壮（《达斡尔酋长》）、为祖国
及民族光明未来抱憾而去的凌升（《凌升》）、勇于同恶霸豪绅不屈抗争
的农民英雄骁郎、岱夫（《骁郎与岱夫》）、为寻求自由民主而奋勇抗击
侵略和压迫的达斡尔勇士（《没有墓碑的墓》）、封建血统意识束缚下达
斡尔女性的悲惨命运（《伊敏河静静地流》）、达斡尔族知识分子的坎坷
遭际（《草原人的爱》）、女性理想人格与世俗人生的冲突（《达米家族
的毁灭》）、民族生存生活方式被改变被冲击的忡忡忧心（《多布库尔
河》）、达斡尔民族特有的雅德根文化与家族命运（《雅德根：我的母系

---

① ［美］保罗·德曼：《对理论的抵制》，载王逢振等编《最新西方文论选》，漓江出版社
1991年版，第213页。

我的族》）以及青春、叛逆、痛楚与希望并存的成长历程（《青刺》）、社会职场内里的波谲云诡（《大猫就是这样逃跑的》）、达斡尔女性的生存现场与价值关怀（《白手帕红了》）、达斡尔族飞行员血性精神的还原（《纳米比亚上空之舞》）等种种，无不是对民族文化的全方位的挖掘，使我们看到达斡尔民族较为真实、明晰的昨天和今天，进而生发出对当下民族生存现状的深刻思考。

穿过达斡尔族长篇小说所提供的生活场景，我们可以捕捉到达斡尔族作家无穷止的追寻。这种追寻，呈现在作家的具体创作中，就是在艺术上，现实主义写作手法日趋成熟，在不断接受民族文化滋养、承续优秀传统文脉的同时，艺术表现的边界得到一定程度的开拓。在叙事与主题意蕴上，新时期达斡尔族长篇小说呈现出题材旨向与设定相对稳定的特点。其中，达斡尔族历史题材的长篇小说，构成了新时期达斡尔族文学最为显目的艺术景观。胡格金台的《达斡尔故事》、凌申的《达斡尔酋长》、额尔敦扎布的《凌升》、吴玉的《骁郎和岱夫》、赵国安的《西征》与《没有墓碑的墓》等，代表着达斡尔族长篇历史小说的成就。达斡尔族历史题材长篇小说在叙事对象的选择上，或被纳入达斡尔族作家创作视野的历史人物和事件，大多与达斡尔民族发展有着重大的关联和影响，而且这种选择也取决于作家情感的倾向性，旨在通过历史小说表现民族身份认同，从他们视为立足之本的民族记忆和传统中找寻精神依托和力量。这一特质使新时期达斡尔族长篇历史小说在民族内质上体现出一种文化内聚力。同时，这种内质性又相互体现出一种接连关系，构成了新时期达斡尔族长篇历史小说判然有别于其他小说类型的特征。

对特定时代历史氛围的营造再现，对民族历史人物的艺术还原，是新时期达斡尔族长篇历史小说的主要特点。达斡尔族作家凭借卓越的艺术智慧和感悟才能，从那些可用的、需要发掘和发现的历史经验中，包括有形的载入史册的资料，或是存活于民间的各种口传及相关影像中挖掘出新的审美资源，借此表达对坎坷、悲壮的民族历史难以忘怀的念想。额尔敦扎布的《凌升》在真实的历史氛围的再造中，通过对民族英雄凌升大义凛然的人格精神的塑造，表现出重塑达斡尔民族精神的强烈渴求。作者还特别将叙事重点置于凌升不屈性格的形成过程，展现了凌升这一历史人物应有的丰富性和复杂性，再现凌升在阶级、民族矛盾中抱憾而去的悲剧。吴玉的长篇历史小说《骁郎和岱夫》在着力再现农民军领袖人物骁郎、岱夫的真实面貌，以及民国初年错综复杂、险象环生的权力斗争本相的同时，更多地体现出对历史人物的当代性认知，从而挖掘出骁郎、岱夫作为农民起义领袖的现代意义。吴玉的这部长篇历史小说，基本是以达斡尔族民间叙事诗《绍郎和代夫》为资源创作而成的。但吴玉认为，骁郎、岱夫起义大军队伍，在当时不断得以壮大和强盛，得到广大百姓的支持，除却历史因素之外，主要在于骁郎、岱夫为穷苦大众"挺身而出的圣行"，以及他们血液里留存的那种反抗强权与压迫的刚烈秉性。因而，吴玉从这两位挣扎在生存边缘的"农人"身上，发现了与凡俗胎气判然有别的坚韧与不屈之美，并有意将"力、义、勇"这一达斡尔民族的优秀基质集于一身，对骁郎、岱夫进行了全方位的提升。为使骁郎、岱夫的形象更加丰满，吴玉依据人物所处的时代，对骁郎、岱夫形象进行艺术还原的同时，还虚构了许多生动的细节，使人物的思想、性格和命运在生死荣辱、大起大落和进退失据中得以充分展现。赵国安的《西征》是一部讲述200多年前达斡尔民族戍边历史的小说。从某种角度讲，这部小说的思想意义超越了文学的范畴，它带给读者的不仅仅是文学的冲动，而是在物欲凸显，世俗化、娱乐化潮流汹涌而至的"荒芜的英雄路上"，颂扬了达斡尔民族听凭调遣，背井离乡，远赴西北，驻守边疆，保家卫国，勇于担当的英雄主义精神。

历史题材的小说创作，并不仅仅意在史料、典籍的搜寻与钩沉中追踪和复原历史，而是要在历史史实的穿越中，融入创作主体的魂魄，注入气韵生动的创作灵气，深度把脉鲜活历史气场中的"人"。因而，着力塑造具有鲜明性格特征的历史人物形象，是新时期达斡尔族长篇历史小说呈现的另一特色。额尔敦扎布的《凌升》对历史文献资料的二度书写，对历史空间的拆解重构，以及作品展现的混杂着历史荣耀和人物血性光芒的二重意味的诗性品格，既来自作家独特的史料措置方式，又与凌升智勇、刚毅、不屈的民族血性与大无畏的英雄气概相呼应，从而汇集成了一曲激昂的英雄颂歌。《凌升》的特出之处就在于，额尔敦扎布发挥艺术创造的自由想象，着力刻画了凌升落差极大的性格转变。清末民初内忧外患，爱国青年凌升立志报效祖国、保土安民。从对"满洲国"的美好幻想，再到看破其本相，一步步走向决裂和反抗，最终以鲜血和生命践行了"不做亡国奴"的铮铮誓言。人物性格脉络清晰，真实自然，显现了额尔敦扎布人物刻画的凌厉笔锋。而凌升的转变不仅仅是他个人的性格成长和完善，同时也谕示着达斡尔民族的精神成长，从这一角度看，凌升这一形象饱含着言外之"义"的象征意蕴。用小说来表现和再现历史人物，不仅需要以超越当代人的想象和体验去激活历史意象，填写史料框架中的空白，而且也需要以现代思考，表达今人对历史的审美发现和理性阐释，借助历史人物对当代生活起到镜鉴作用。凌申的《达斡尔酋长》适度有节地把握了这一点。作品以黑龙江流域雅克萨地区达斡尔民族的生活为背景，再现了中俄雅克萨战役期间，英勇善战的达斡尔部落族众在酋长阿木苏带领下，抗击沙俄侵略者而展开的自卫反击之战。《达斡尔酋长》的选材决定了它的纪实性，作者一方面做出去伪存真的史料鉴别，另一方面选取尽可能充分发挥主体性创造的写作方式，以最具冲击力的场景"金十字架""雅克萨城堡""宁古塔归来"，重笔渲染了民族英雄乌布利大无畏的抗争精神，讴歌了达斡尔民族拓疆土、抗强权的灿烂功业，同时又以乌布利对酋长孙女库茵花的似水柔情，衬写出乌布利的另一层人性。其意义在于，作者通过达斡尔民族史料的钩沉，试图通过碎片化的历史现象，在当下语境中反思、复活达斡尔民族精神。因而，这部作品不仅是一部历史小说，也是一次达斡尔民族文化的寻根之旅。胡格金台《达斡尔故事》的艺术匠心也突出地体现在对达斡尔民族历史的表达上。作品专注于对达斡尔民族原初力量的挖掘，以充耳可闻的生活质感，再现了17世纪达斡尔民族抗击沙俄的一幕幕悲壮画面，写出了达斡尔民族不可侮辱、不可征服的巨大力量。这正是达斡尔民族迈向现代化不可或缺的历史文化财富。

书写近现代革命历史的长篇小说，应首推赵国安的《没有墓碑的墓》。革命历史小说在当代中国文学史上被定义为，是在既定意识形态规限内的历史题材小说，以既定的中国革命历史为创作题材，挖掘和再现有关中国革命的历史记忆，书写中国革命的曲折历程和最终取得的胜利。赵国安的这部革命历史小说依托于宏大的社会历史背景和绝对的革命主题展开叙事。作品选取乌裕尔河北岸布拉日旗贝子这一背景，描写了贝子府奴隶莫日根、额吉勒、固乐库三个伙伴，因理想追求之殊异而走上不同的人生道路，生动地展示了达斡尔人民追求自由光明、奋勇抗击日本侵略者的历史画卷。尤其在人物塑造方面，这部小说显现出较高的艺术水准。勇敢豪爽的莫日根、沉稳开朗的额吉勒、温柔美丽的桑吉玛、重情讲义的布伦团长、威武不屈的库木勒、富有远见的白老师，还有粗鄙恶毒的老贝子、暴虐轻浮的吉尔格拉、阴险凶残的龟板、刁恶毒辣的川岛等，种种面目跃然纸上，清晰可见。而且作者在塑造人物形象时，较注重多重人格的显现，但居于主导地位的仍是社会和道德人格。

　　在新时期达斡尔族长篇历史小说中另有一特殊的类型，即以中国历史与历史人物传说与记载为因由，"凭空结构"撰为故事。这方面，额尔敦扎布等的长篇历史小说《阿澜豁阿》、孟晖的《盂兰变》值得我们关注。孟晖（1968—　）是出生于北京的达斡尔族女作家，著有长篇小说《盂兰变》及《维纳斯的明镜》《潘金莲的发型》《花间十六声》《画堂香事》《贵妃的红汗》《金色的皮肤》《唇间的美色》等散文随笔集。孟晖还写有《春纱》《谍影》《画屏》《十九郎》等中短篇小说。荣获第七届全国少数民族文学创作骏马奖的《盂兰变》是孟晖最重要的一部长篇小说。孟晖这部用心编织出来的虚构故事以武则天即位后的数年为背景，借助作者丰富的想象重构了一段惊心动魄的宫闱故事，颇为精细地"再现了唐朝生活诸多的真实细节"[①] 以及宜王李玮为追寻父母死因所经受的种种劫难，这其中既有大唐则天大帝时代富丽堂皇的宫廷生活，又有爱恨情仇，孤独、艰难和悲壮。可以说，"王子公主、佞幸男宠、彩女侍从所网织而成的错综复杂的关系，在孟晖笔下得到了真实可信的再现"[②]。就整部作品而言，其明暗双线的设置，由于符合生活的逻辑和艺术的规律，收到了非同一般的审美效果，既带来了小说结构的变化，构建了巨大的想象空间，也极大地丰富了小说的思想内涵。额尔敦扎布的《阿澜豁阿》（蒙古文）[③] 意味着作家本人在题材领域的突破与表现范围的扩大。作品通过文献史料、民间传说和艺术想象，将公元 10 世纪时期的生活碎片连缀成一部鸿篇巨制。阿澜豁阿是一代天骄成吉思汗的第十一世祖母，也是缔造伟

---

　　① 张慧、李萍：《唐朝历史的重建与审美想象——对孟晖〈盂兰变〉艺术价值的解读》，《长春师范学院学报》（人文社会科学版）2010 年第 3 期。

　　② 张慧、李萍：《唐朝历史的重建与审美想象——对孟晖〈盂兰变〉艺术价值的解读》，《长春师范学院学报》（人文社会科学版）2010 年第 3 期。

　　③ 额尔敦扎布：《阿澜豁阿（蒙古文）》，内蒙古教育出版社 2008 年版；该小说由作者汉译，2017 年内蒙古人民出版社出版。

大蒙古、缔造孛儿只斤氏家族的古代思想家。阿澜豁阿"折箭教子"的典故至今流传于蒙古民间，它表达了蒙古部落之间争取团结、反对分裂的美好愿景。这部作品之所以能给读者以较强的审美冲击力，很大程度上源自作者以现代性视域，将蒙古民族家喻户晓的缔造伟大孛儿只斤氏的圣母阿澜豁阿"去英雄化"，对这位蒙古族古代思想家做出了全新的解读与诠释。

关注当下，直面现实，是新时期达斡尔族长篇小说的另一内容。新时期达斡尔族长篇小说在总体审美上趋向于现实实际，许多作家在小说创作观念上，秉持一种面向现实、切入人生的比较直接的社会价值取向，自觉或非自觉地延续着追随时代、介入当下的创作热情，以各自的言语方式，将创作的视点集中于当下生存，追踪并表现社会世情。这方面，除反映 1945 年内蒙古草原那场巨大的历史变革（孟和博彦《达米家族的毁灭》）、以敖雷家族三代女性爱情悲剧抨击"血统论"对人性的禁锢（额尔敦扎布《伊敏河静静地流》）、表现改革进程中不同生活方式和不同价值观念的矛盾与冲突（乌云巴图《草原人的爱》）之外，萨娜的《多布库尔河》、昳岚的《雅德根：我的母系我的族》、晶达的《青刺》、达拉的《白手帕红了》、安正雨的《以父之名》、杜伟军的《纳米比亚上空之舞》也有相当不俗的表现。

萨娜的《多布库尔河》是新时期达斡尔族长篇小说的重要收获，其思想意蕴颇为丰赡。小说在鄂伦春民族从原始公社制一跃跨入现代社会的历史框架中，以鄂伦春族少女古迪娅的成长为叙述视角，通过一个居住在多布库尔河沿岸、世代以狩猎为生的鄂伦春猎民家庭及其所属部落柯尔特依尔氏由盛而衰的历程，展现了鄂伦春这个古老民族的生活与信仰，以及他们在现代文明"侵蚀"下的挣扎，表达出"对生命、爱情、命运、自然、社会等诸多问题的思考与感悟"[①]。学界认为，萨娜的《多布库尔河》是多义的，它既是一曲哀婉沉痛的文化挽歌，也是一阕鄂伦春民族坚强不屈的生存意志的赞歌。作者一方面面对当下潸然泪下，"心中涌起一股悲伤的激情"，为"一个古老部落"及其文化的远逝而感到无比惋惜甚至哀伤，从而生发出"一个民族的发展难道是要彻底和它的历史说再见"的

---

① 包斯钦：《鄂伦春游猎部落的命运交响曲》，中国作家网，2015 年 6 月 26 日。

追问，另一方面又不可能一味地质疑文明进步的历史意义，不能不为鄂伦春人告别狩猎、下山定居，开始穿布衣、住暖房、舒适安逸的生活而庆幸和欢呼。

　　自叙策略的巧妙处置，是《多布库尔河》最主要的艺术特征。为了使故事的叙述更切合鄂伦春人的自我感受，作品精心塑造了鄂伦春民族的第一位大学生、年轻画家古迪娅的形象，并特意让她以第一人称"我"的视角作为故事的亲历者和叙述者。小说从"我"的出生开始写起，直到"我"最终走出世代生活的森林，来到城市求学、开始全新的生活而结束。"我"不仅仅是讲述者，还是鄂伦春人生活与命运的亲历者，而且"我"在很多时候又是非理性、非逻辑的，听凭于内心的，所以"我"讲述的故事基本是片段式的，又因为加入了"我"心灵深处最为隐秘的感受，使得这种片段式的呈现并没有阻碍所述故事的流畅，反而使作品的艺术表现更为随性自然。古迪娅是整个家族命运的讲述者和亲历者，是一个有别于其他族人的角色，是一个神一样的存在。"我"有绘画的天赋，白布围子、树干、果汁都能成为"我"绘画的工具，能把花儿画成"狂风里跳舞的妖怪"，也能让野鹿的犄角"长出蓝色的月亮"，以至于"我"创作的山神画像，男人们发现后身不由己地向它跪拜，他们甚至认为"我"就是未来的萨满。"我"的特别注定了我的孤独，即便来到繁华的城市也依然如故。因为"我的孤独"是那种来自"在森林里、在河流里、在岩石中生长的孤独"，这也是多布库尔河流域鄂伦春民族的"孤独"。正是这份与众不同的孤独，让"我"一次次回归精神故乡，与逝去的灵魂对话。在苦苦寻觅之间，"我"最终"在都市找到了从原始绘画的原始思维到现代绘画的艺术思维之间转化的心灵通道，在现代都市的他者镜像中确立了自我的价值与意义"①。萨娜的这一叙事方式，使小说既具有"亲历性"的亲和力与接受的真实感，又具精雕细刻的细节之美和彼此心灵对话的共情效果，即在一瞬间，生与死、爱与恨交汇一处，作者、"我"以及众多鄂伦春人、读者共同进行着心灵的舞蹈，一起把森林留在精神深处"完整着自己"，共同寻觅着他们"新的命数"。这部小说还成

---

　　① 张丽军：《鄂伦春族的心灵秘史——评萨娜长篇小说〈多布库尔河〉》，中国作家网，2015年10月20日。

功地塑造了卡思拉、各罗布、乌恰、库列、苏妮娅、查鲁等众多淳朴善良、坚韧不屈的鄂伦春人的艺术形象。其中，母亲卡思拉尤值得关注。卡思拉的命运是苦难多舛的。当她怀上第四个孩子时突遭不幸，丈夫在打猎时意外掉下万丈悬崖，抛下了她和几个年幼的孩子。好不容易盼着儿子长大能肩负起家庭重担时，儿子各罗布意外地误死在朋友的猎枪下，让母亲卡思拉又一次尝尽了生离死别的悲苦。日趋恶劣的自然环境，严寒、猛兽、瘟疫的不时侵害，使卡思拉一家的生活雪上加霜，艰难地承受着生存极限的磨砺。鄂伦春母亲是坚忍的，卡思拉没有妥协，而是选择挺身而起，像男人一样拿起猎枪，一次次走进森林深处找寻猎物。其间，卡思拉为了让大女儿苏妮娅顺利生下孩子，甚至不顾鄂伦春生育禁忌，毅然将女儿留在自家"斜仁柱"内生产，这一决定是否"给全家惹来麻烦，这个死去丈夫和儿子的女人根本不在乎了"。后来女儿苏妮娅因无法承受丈夫库列生病离世的悲惨现实而自尽，给卡思拉留下了一双儿女。接踵而至的灾难，使卡思拉一夜之间白了头，"像覆盖着一层霜雪"。她不断地向玛鲁神①叩拜，祈祷神灵的护佑。母亲是悲情的，更是坚强和担当的，她始终以柔弱的身躯与命运进行着抗争。她曾在儿子各罗布的身上看到丈夫的影子，儿子各罗布、女儿苏妮娅、女婿库列相继离世后，卡思拉在两个外孙身上看到了儿子和女儿的身影，为他们分别取名"各罗布"和"苏妮娅"，让逝去的至亲至爱重获新生。这既是鄂伦春人信仰中的生死观念，也是卡思拉这样一个普通女性面对苦难命运所能做出的唯一抗争方式。卡思拉生命中最为闪光的瞬间，是在小女儿"我"决定到北京上学那一刻，她义无反顾地承担起全部的家庭重担，全力支持女儿实现自己的理想，使鄂伦春民族走出了第一代大学生。母亲体现的担当、大义、泰然与坎坷命运，既是属于卡思拉个体的，"又是整个鄂伦春人的具象"②。因为任何一个民族生生不息、绵延不绝，一定是以强大的精神力量为依托而得以延续的。这也是《多布库尔河》的意义所在。

　　生存焦虑，是这部小说表现的一个时代命题。小说以"我"的视角再现了鄂伦春人对精神家园渐趋流失的担忧和恐慌。作者试图找寻一条两

---

① 玛鲁神：鄂伦春民族的保护神。

② 俞杰：《诗笔透视下的一颗母亲的心——读萨娜的〈多布库尔河〉有感》，中国作家网，2013年9月3日。

全其美的前程，即在不同文化的碰撞中，既能够保留鄂伦春的文化传统，同时又能使鄂伦春的文化传统与现代文明相融合。因而，作者智慧地让"我"勇敢地向城市迈出历史性的"一步"。而"我"孤身一人来到城市，就如同一个未被沾染的"我"来到尘世一样，显得有些不合时宜。但每每看到身旁飞驰而过的运送木材的车辆，又促使"我"坚定了留下来的决心。在陌生的城市"我"是孤独的，但"在这里我会保护好自己，把家庭和森林留在我的身体里、精神深处，它是我能够画下去，能够作为自己而不与别人混淆的理由"。这是"我"和鄂伦春民族在现代文明的挤压下，奋力挣扎却又无可奈何的尴尬与悲凉心理的真实呈现。同萨娜以往的作品一样，《多布库尔河》也表现出对自然环境遭受破坏，致使"原住民"的生存方式被改变的焦虑。长久以来，鄂伦春人挚爱并崇拜大自然，保持着人与自然的和谐关系。他们依凭自然与森林的滋养和赐予而得以世代延续，因而对自然有着一种与生俱来且难以割舍的情结。然而，现代文明的重重挤压，使森林资源遭受了前所未有的破坏，由其信仰、人与自然、人与人之间和谐关系所构成的自在自为的生存方式，在现代文明的进击下开始坍塌崩毁。生存的焦虑，在作者笔下成为鄂伦春人剪不断、理还乱的心理纠结。当古老的鄂伦春民族为了生存而无奈地选择与陌生的现代文明结缘，作为现代文明的旁观者，或许在为传统和民族文化渐渐消弭而哀叹的同时，也在切身感受着其间的艰难与痛苦。

与之相应，萨娜对鄂伦春民族文化表现出相当的关注和推重，甚至不惜笔墨，有意地对鄂伦春传统文化、宗教信仰、风俗民情做出了比较细致的描写。因而，这部作品也可视为鄂伦春民族的风俗画卷。在多布库尔河沿岸，茂密的原始森林中栖息着鹿、狍、犴、虎、豹、熊、狐狸等野生动物，纵横交错的河流中繁殖生长着各种鱼类，为狩猎的鄂伦春人提供了丰富的衣食之源。而世世代代繁衍生息于此的鄂伦春人，靠着一杆枪、一匹马、一只猎犬，一年四季追逐着獐狍野鹿，游猎在这茫茫的林海之中。他们也在这种游猎生活和一次次的迁徙中创造了具有自身特色的文化形态。从《多布库尔河》文本表现来看，它几乎涉及了鄂伦春人生产生活的方方面面。他们信仰万物有灵的萨满教，信奉"玛鲁"神，他们有汇聚着天地日月、飞禽走兽等大千世界所有生命存在的精华，能够与天地神灵进行精神沟通的"雅德根"发出的祷告与呼唤，有鄂伦春人面对死亡降临时的超然与达观，有鄂伦春人对赖以为生的大自然视若神明的敬畏与崇拜，即便是自然界的草木，都是有灵的存在，都在释放着生命的光芒。日常生活中的鄂伦春人，绝不会把"活生生的树木砍下当柴火"，而是把已经倒下的"枯木当柴烧"。如果他们在游猎中无意间猎杀了被认为是祖先的黑熊时，内心都会长久地充满愧疚与不安。对生命的敬畏，对自然万物的爱戴，是鄂伦春人生存的核心价值与理念。"鄂伦春人的生活古朴、恬淡而色彩斑斓，虽然艰辛但生机盎然，浪漫中透出几分坚毅，富有诗意而略带忧伤，真实自然还有些神秘。"① 他们住在一种叫作"斜仁柱"的帐篷里，部落"奥伦"用来储存食物，欢庆时分他们跳起"鲁热格尔格"舞。日常生活中的他们尊老爱幼，体恤弱小，有以信仰和禁律协调部落成员的规约，过着共同劳动、平均分配的生活，还有口口相传延续民族文化的方式，还有鄂伦春人在极其艰难的生存环境中激发出的淳朴率真、阳刚大气、团结友善、坚韧不屈的民族性格与生存意志。

萨娜的《多布库尔河》为我们展示了一种完全不同于其他民族的文化生态，使我们感受到了鄂伦春民族文化中悠远而古老的生活气息。当然，作者将它们呈现于读者面前的预期绝非猎奇，而意在表达对鄂伦春文化与鄂伦春民族悲情命运的哀怜与悯恻。作品中多次出现的冬天、雪地等意象，也应予以一定的关注。冬天、雪地既是构成这部小说的自然环境要素，也奠定整部作品的情感基调。冬天、雪地中的"多布库尔河"是苍凉的，而它的苍凉较之张爱玲笔下琐碎、阴冷的"挥手间的苍凉"，更多了一份北国大地的壮阔、硬朗与凌厉。零下40多摄氏度的严寒，猎猎长风，似乎将北疆漫长的冬季凝固，而大雪的介入更使整个冬季茫茫而无尽，透露出忧伤、寂寥。鄂伦春人却并未为之所动所变。他们在漫长的冬季里，身着"苏恩"（皮袍）端坐于斜仁柱，眼望凛冽的罡风吹动帐围，聆听着大雪滑向大地的震颤，静静地守护着这一方圣洁之地。鄂伦春人裹挟着原始的气息，依赖自然的节候，创造着属于他们自己的生命价值。在这里，"多布库尔河"的冬天、雪地有了具象和抽象的双重特征。当鄂伦春人被迫放下猎枪、脱下"苏恩"，走出森林，步入城市，冬天、雪地不再成为他们的生活风景时，也同样意味着这个民族的文化正面临被现代文

---

① 包斯钦：《鄂伦春游猎部落的命运交响曲》，中国作家网，2015年6月26日。

明所"熔化"甚至彻底消亡的窘境。

在这一时期的达斡尔族长篇小说创作中，昳岚的《雅德根：我的母系我的族》也值得提及。这部作品可以看作是昳岚小说创作的一个里程碑。这部作品延续了昳岚在民族文化时空中对"母族"命运进行观照的一贯主题。作品在"乡土怀旧"或家族史书写中突出了达斡尔民族的宗教信仰与文化传承。《雅德根：我的母系我的族》这部小说的核心内容是以一个达斡尔萨满世家及其子孙后代近百年的兴衰，以及疾病夭亡等诡谲现象，展现"萨满不灭的灵魂致使几代人乖舛离合的遭际"①。从这个角度讲，这部长篇依然可归为"家族史"小说。其特出之处在于，作者为它设计了一个新颖的结构形式，即以"雅德根"建构了涵盖众多人物的、从清末至今一个世纪的家族的聚散离合、兴衰起伏的"母族"历史时空结构，并以此折射出整个达斡尔民族坎坷不屈的历史命运。之外，也是小说最重要的一点，那就是从小说结构形式上把家族里"母系"推向主体与前沿位置，让我们感受"母系"成员包括苏如勒、阿尔特、衮伦生命跳动的脉搏，触摸他们艰难的有苦有乐的生命挣扎，以及所承受的种种天灾人祸等。作者还有意回避宏大叙事，将作品言说的权利，还原于"母系"成员并赋予笔下人物坚韧、美好的特质，让他们直面一次次煎熬、疼痛、哀伤等种种人生苦难。作品中俯拾皆是的对达斡尔族丰富多彩的如放排、渔猎、游牧、农耕等传统生活描写，也为小说的很多场景营造出富有民族特色的意境，带来了颇有诗意的审美冲击力，更重要的是，这些民俗生活引导读者的情感重点，放慢了读者的思维进度，使读者有足够的可能在接受昳岚小说语言所承载的信息的同时，品味它附着的生命体验和独特的艺术魅力。

作为新时期达斡尔族文学的承前启后者，女作家安正雨、达拉也展露出不凡的创作潜质。达拉的创作长篇、中篇和短篇兼备，且学养深厚，功底扎实，视野开阔。达拉的小说多以达斡尔族和北方少数民族生活为题材，关注底层群体，内涵深刻，寓意深远。达拉小说最为显著的特征，就是对达斡尔民族传统文化孜孜不倦的歌颂。2007 年达拉发表于小说阅读网的长篇小说《白手帕红了》极有必要在此提及。作品以一只千年银狐

---

① 昳岚：《谈〈雅德根〉》，《超文学》2017 年 7 月 3 日。

附体于花季少女的故事为主线，关注女性生存状态为辅线，书写了北方民族在迥异的文化环境中，亲情伦理、生活本真与现代文明的冲撞，着力表达出作者挖掘、重拾民族文化根脉的美好理想。在这方面，达拉与萨娜可以说是"殊途同归"，对生态文化意义上具有突出价值却几近衰亡的北方古老民族文化表现出彻骨的痛惜。被誉为内蒙古自治区首批新文艺群体领军人才的安正雨，是一位被评论界认为具有"优秀作家的品位品相和气质底蕴"[①] 的作家，她以散文创作成名，近年多专注于小说写作并于2019年出版有长篇小说《以父之名》，这部主题内容和思想养分源于其情感深处的作品，是一部反映达斡尔母族文化的小说。作品通过对主人公讷克宝坎坷一生的描写，讲述了一个达斡尔青年从参加革命，为东北抗日联军传送情报、抗击光复军，写到南下参加淮海战役后，在攻打金门之战中不幸被"滞留"台湾，至死不忘故乡，最终"魂归故里"的故事。作品话语质朴，思想容量颇大。尽管小说的表现时空仍是"那个时代达斡尔民族生活的缩影"，但作者用心用情用爱和一种历史担当，展示了达斡尔民族多彩的记忆，表达的是对所属民族纯净情怀的念想和敬意。值得赞许的是，这部作品潜匿于其中的民族历史如英勇顽强、浴血奋战抗击沙俄的战争、保家卫国的英雄气概以及顽强、乐观向上的民族特质，体现得相当智巧而有趣。小说的叙事思维也颇有创造性，作品语言表达亦较少受到民族历史"定式思维限制"，而是充分利用所属民族生活积淀，开掘深埋于其中的文化意义，使达斡尔民族的历史题材优势发挥到"一定程度的极致"。安正雨步入文坛至今，从最开始的重叙事重情绪，到现如今故事、情感、艺术技巧样样精湛，可以说，她的创作一直在进步、变化。然而，有两个突出的特点是一直延续在她的写作中，那就是对民族书写的坚持，以达斡尔民族人性美、人情美作为衡量民族文化准绳，对爱与友善的诗性描写，开掘达斡尔族文化的魅性。再有就是过滤了当下文学"通病"即浮躁、焦虑之后，那种沉稳、自然和从容的文学表达。

　　新时期达斡尔族长篇小说的创作阵营中，晶达的创作与前辈作家存在着明显的代际差异，她的小说在观念、技巧与表现手法上都受到后现代主

---

① 余继聪：《呼伦贝尔达斡尔族女作家阿娜的散文简评》，http：/blog. sina. com. cn/. 2015年11月27日。

义的影响，比如叙述的"平面化"和"意义消解"，打破时空的连续性，事实与虚构的混淆与模糊，以及夸张、反讽等艺术表现方式的运用。由于生长环境和教育背景所致，晶达的小说较少民族历史记忆，更倾向于感性原则，更多地关注个体经验，将艺术想象力和心灵体验置于创作的首要位置。在考察晶达的《青刺》之前，先让我们对晶达带有一定纪实色彩的长篇小说《大猫就是这样逃跑的》做一简要评介。这部小说2013年辑入白烨主编"星座角·都市言情系列"出版。作品讲述了一个不谙世事的白领女性许诺的书生意气及"当下社会职场内里的云谲波诡"①。就其立意而言虽无特异之处，但小说所揭示的人性之弱点，无疑会引发我们对生命意义和人生价值的思考。而"大猫"的逃跑，或可以说许诺的恬静、不争，恰是对物欲所操控的人性弱点的有力反拨。晶达问世于2012年、聚焦于成长主题的长篇小说《青刺》，以离异家庭女孩唐果的情感经历，书写了一个关于青春、叛逆还有伤痛的故事。爱与恨交织，痛楚与希望并存，唐果迷茫、青涩以及放纵的青春背后隐匿着对世间大爱的真切渴望。小说以第一人称展开叙事，将"我"的内心感受作为推动整个故事发展的线索。"我"的哭，"我"的笑，"我"的情绪波动，在作者笔下有清晰的呈现。小说的主人公唐果是一个处在青春期的女孩，五岁时父母离异，跟着父亲一起生活。母亲的离去给了唐果巨大的打击，而继母的介入让原本孤苦的唐果变得更加不幸。唐果极尽能事试图逼走继母，结果却是徒劳。同父异母的弟弟唐卡的出生，彻底打破了家庭内部的平衡。被冷落的唐果开始抽烟、喝酒、泡吧、打架、文身，这些似乎是唐果释放痛苦与愤懑的唯一渠道。唐果是孤独的，她既没有亲情之爱，亦缺少友情的温暖，所谓的好姐妹也背叛了她。原本渴望在异性之爱中得到抚慰，但男友贝音责任与担当的缺失，让唐果陷入痛苦的深渊。这个世界让唐果看不到真情，只能在绝望中选择放弃生命。就在这个节点，久未露面的母亲现身，拯救了绝望中的女儿，让伤痕累累的唐果慢慢地懂得爱，学会爱，并最终收获了亲情和爱情的幸福。

　　作者以个人经验的叙述还原了唐果青春叛逆的无所顾忌，为"青春"

---

① 白烨：《青春文学新硕果——关于"星座角·都市言情系列"》，中国作家网，2015年8月6日。

做出了真实可信的诠释，"勇敢地用作品和有限的人生经验向自以为是的年轻展开深痛的反省和清算，哪怕将青春变得伤痕累累也在所不辞"①。这正是小说《青刺》的可贵之处。青春，无论曾经经历有怎样的苦楚，当我们以回望的姿态去看待那一段青葱岁月时，再难过的日子亦会充满值得回味的音符。为此，青春必定是一个经久不息的文学命题。而晶达笔下唐果的青春字典里，满是迷惘伤痛与愤世嫉俗，唐果不知道自己想要什么，只得在这个丰富多彩的世界中游走，这恰恰是"唐果"们也是我们曾经在探寻未知世界的过程中要经历的。"青春"是一个充满旺盛力量的话题，也是一个沉重的话题。每个人面对青春都有不同的生命体验。作家晶达对"青春"的体验是敏感的、细腻的，在她的体悟中，青春一方面是无法选择的，另一方面青春又如美酒般甘醇，令人迷恋、回味，同时青春又是仓促的，是令人叹惋的。他们在一次次出走，甚至在自以为是之间做了很多错事，或许这才是青春最真实的定义。"雨又下了起来/从天际落下/再次淋湿了我的伤痛/变成我们现在的样子/记忆虽暂时停顿/却难忘我流失的岁月"，这是小说第 21 章的开篇词，它准确地表达了"唐果"们回望青春岁月时的感受。再如作品"后记"中的一段告白："也许这个故事让你觉得疼、觉得难受，可这就是自以为是的青春以及自以为是的生活。""自以为是的青春就是要伤痕累累。"这段话看似寻常，却隐匿着深厚，这也可以成为我们解读青春主旨的一个重要的增补。

晶达在谋篇布局上付出的理智和努力，我们还可以从另一个视角寻觅，作者将"成长"作为整部作品的核心，并为之赋予了浓重的"朋克"韵味。朋克（PUNK），又译为庞克，是诞生于 20 世纪 70 年代中期的摇滚乐类型，朋克音乐并不讲究音乐技巧，更加倾向于思想解放和反主流的尖锐立场，它带有颠覆性、叛逆性以及无政府主义。它取材于诸如面对社会的问题、下层阶层的被压迫等主题，这一初衷在当时的欧美国家特定的历史背景下得到了呼应和效仿，最终形成了朋克风格和朋克文化。朋克文化是向社会传达一个讯息：不是所有人都过得很好，不是所有人都一样。《青刺》总计 21 章，每一章的篇目都以一首朋克音乐为标题，并借其歌

---

① 兴安：《实践与经验的等待：从照日格图、鲍尔金娜、苏笑嫣再到晶达的〈青刺〉》，中国作家网，2012 年 7 月 30 日。

词开启故事。这些歌词或愤怒，或悲伤，或颓废，或激烈，直白明了地折射出人物的内心情感，与小说所要表现的总体情绪及"青春"的反叛精神相呼应。作品还随处可见烟蒂、舌钉、文身等，人物的装扮也是滑板衣、马丁靴、皮夹克的朋克风格。小说的人物要么是朋克音乐的粉丝，要么是朋克音乐的演奏者。而作品中的人与人之间的关系也充满了戏谑、欺凌、背叛等许多负面的情感，甚至他们表达情感的方式亦直接而激烈，"杨夕可能已经睡了，他趴在桌子上一动不动，没有听见我对他爸说的话。我把剩下的半瓶黑啤，对着他的脖子和头倒了下去，冰凉的酒让他清醒了一些，他抬眼看着我，满脖子的酒，'唐果你干吗?''去死吧!'我大吼"。"第四天，厕所的墙上、镜子上用红色的不知道什么染料写了很多污言秽语，很恶心的骂人话，每句话都跟生殖器有关，当然，主语都是'唐果'。这些字水洗不掉，看来还是油漆，我用略长的指甲狠狠地把'唐果'两个字抠掉，直至我的指甲塞满红色的粉末，我的指甲磨掉很多并且磨得发白，我的指尖火辣地疼痛。"这就是"唐果"们的方式，朋克的方式。

　　没有恰到好处的细节，也就没有直击心灵的小说。长篇小说《青刺》的艺术感染力还体现在作者极擅长以生活细节来刻画人物，挖掘人物深在的情感与心理。寒假来临，父亲从学校把"我"接回家，在见到同父异母的弟弟唐卡之前，"我真以为我会杀了他"，因为这个弟弟就是"我"的敌人继母的帮凶。当真的看到了奶油般柔软的小肉球唐卡之后，"我心情复杂地伸出了手指，我也不确定我是迷恋上了那种柔软，还是真的希望他像个水泡一样消失"。我的这一举动被走进房间的继母误以为要蓄意伤害，跑到爸爸面前告了状，"爸爸深沉地看着我，我知道他在向我索要答案，我说'他是我弟弟。'"说完这句话的唐果，豁然明白，"一场由我挑衅开始的战争，现在又由我先举了白旗，就是为了这个奶油般的香甜且温暖的小家伙"。全新而脆弱的生命使唐果内心经历了一段复杂的旅程。孤苦又脆弱的唐果，被冷落、被分割的亲情让她心怀憎恨，然而当看到唐卡这个毛茸茸的可爱而无辜的小生命时，所有的怨恨又被唐果抛诸脑后，随之涌上来的是内心最为柔软的涟漪。晶达对人物的把握更多得益于她对生活所持有的细腻感觉，也基于天性中的善美禀赋。正是凭借着这一点，晶达的《青刺》才告别传统叙事，成为一部现代意味颇强的优秀作品。

我们之所以肯定《青刺》这部小说不再是一部传统意义上的长篇小说，其根由在于，作品在揭示人物心理状态时，摒弃了传统长篇小说故事情节的跌宕起伏，以及通过人物的外在特征揭示其内在心理的表现方法，取而代之的，乃是叙述者对于笔端人物灵魂深处的"奥秘"所进行的堪称精彩的精细描写。

达斡尔族特级飞行员杜伟军（1956— ）的《纳米比亚上空之舞》①是在物欲横流、文学边缘化的当下，最早反映达斡尔族飞行员生活的长篇小说。近年，杜伟军的创作势头颇为强劲，收获颇丰，相继发表有《天地线·蜜蜂》《布洛古鸠山中》《铁骑远戍》《环形彩虹》《飞战斗机的姑娘》等小说、散文、电影文学剧本多篇。长篇小说《纳米比亚上空之舞》代表着杜伟军小说创作的成就。这部作品既是一部称扬中纳友谊的充满正能量的主旋律作品，也是一阕纯真爱情的颂歌。作者饱含激情，讲述了年轻飞行教官桑飞，在非洲纳米比亚执行培训任务期间，与纳米比亚美丽活泼又充满热情的女飞行学员伦芭相识相恋的爱情故事。杜伟军的这部小说在表现飞行员特殊使命的酸甜苦辣与情感方面是开先河之作。叙事结构上，作者继承了以情节为中心的传统，但又在一定程度上解构了这一传统，以大量篇幅表现了纳米比亚的风土人情以及人与自然和谐相处的美好景象，并以适当的心理描写制造出非同寻常的阅读氛围，这其中不乏传奇色彩和审美愉悦，但让我们唏嘘不已并引起强烈共鸣的，还是飞行教官桑飞精湛高超的飞行技术、沉稳严谨的工作作风，他的那种"把人类的智慧、意志力、体能、技能等都发挥到了极致"的职业技能和精神操守。《纳米比亚上空之舞》的创作计划和构思，在杜伟军这位达斡尔族特级飞行员的内心酝酿了多年，据本人所述，写一部反映飞行员生活的长篇小说，是长久以来的心愿。作为飞行员，杜伟军曾多次战胜过一次又一次的险情，安全飞行达1700多小时。杜伟军多年的空中飞行经历和积累的飞行知识与经验，令他对飞行生活的情感越来越深，认为应该描写并歌颂它，并在长篇小说领域中做些"力所能及的工作"。杜伟军这种对蓝天、对飞行的感情和依恋，使他从题材择取到执笔为文的那一刻，始终都执着于自己生命体验的传达，而不是迎合文学潮流所需。仅就这一点而言，杜

---

① 杜伟军：《纳米比亚上空之舞》，作家出版社2015年版。

伟军的这部《纳米比亚上空之舞》在达斡尔族书面文学史上就留有了独特的价值。

达斡尔族作家的上述种种努力，其意义也许不在于多种审美风格、多种创作方法的实践，而是在于个性化的、互不相同又相互补充的审美时空，即每一个作家笔下的现实和民族历史，都不是简单的对表象的临摹，而重在每一个作家所重铸的生活与历史。新时期达斡尔族长篇小说的这种"多元精神寻觅"，从一个侧面显现了达斡尔族作家在艺术探索方面的坚执和勇气，为转型时期达斡尔民族的心灵所向，提供了一个可供选择的艺术思想新启蒙，并以现实和民族历史这两个不同视阈，推进了达斡尔族小说现代性建设的重新上路。

五 散文的民族观照与创作进程

伴随新中国的诞生，当代达斡尔族散文开启了它的新进程。在 20 世纪五六十年代达斡尔族散文的创建阶段，散文仅是达斡尔族作家偶涉的艺术样式，并未形成以此为"专业"的创作群体。这一时期，索依尔、孟和博彦、巴图宝音、乌云巴图、哈斯巴图尔等达斡尔族作家在致力于小说、诗歌创作的同时，在散文创作方面亦有一定的涉猎。总的来说，这一时期达斡尔族散文创作的成就远不及小说、诗歌突出。其缘由除悉力于散文创作者数量匮乏之外，达斡尔族散文的表现空间也是相当有限的，几乎都是对"光辉灿烂""如花似火"般新生活的赞美之声，"重大而统一的时代主题深刻地涵盖了一个时代的精神走向"①。

歌颂伟大祖国，歌颂新生活，歌颂党的民族政策的胜利，成为与中国少数民族文学同进程、共节拍的达斡尔族散文创建期的主旋律。

孟和博彦率先以散文《啊，我亲爱的祖国》深情地表达了对祖国大好河山的无比热爱之情，讴歌了各族人民创造新生活的宏伟业绩。而火热的建设热潮，生活的飞跃发展，为达斡尔族作家纵笔驰骋提供了一番新天地。孟和博彦的另一篇散文《献给财富创造者的诗》是对社会主义建设者的深情赞歌，只是其中的主人公有些特殊。他们既"不是那些守护在机床旁边的工人，不是那些劳动在田野上的农民，也不是埋首实验室的科学技术工作者，而是骑马驰骋在内蒙古大草原上的牧民"。在伟大祖国的建设队伍中，他们属于"少数"，但他们同样是祖国财富的创造者。长期从事新闻工作的吉雅，走遍祖国大江南北，而最能牵动其情思的是家乡的自然山水和故乡发生着的巨大变化。吉雅在散文《巨大的变化》中通过描绘中华人民共和国成立以来，呼伦贝尔草原在工业经济方面的大发展以

---

① 洪子诚：《中国当代文学史》，北京大学出版社 2001 年版，第 4 页。

及带给农牧民生活的益处，赞美了新生的祖国，歌颂了党的富民政策。在《我回到了故乡》中，吉雅以今昔对比的艺术方法，以旧日的混乱无序，街市的破败不堪，国民党匪军的横行无忌，比照出今日家乡的和谐安宁、繁荣昌盛和农林牧畜的大发展，水运经济的大跃进，精神生活的富足与多彩。乌云巴图的《达斡尔族婚礼》从达斡尔民族日常生活起笔，赞扬了达斡尔族人民的幸福生活。哈斯巴图尔的《永不熄灭的火花》《青春的火花》《群山雄鹰》等，也都是从生活海洋中撷取浪花，反映时代变革的涛声，热情歌唱达斡尔民族"花团锦簇"般美好生活的篇章。这些充溢着淳朴、欢乐、豪情和理想主义精神的颂歌，以前所未有的感召力，为当时所提倡的共产主义道德以及热爱祖国、建设祖国的思想教育，起到了积极的宣传和鼓动作用。

礼赞祖国北疆，唱颂大美自然，也是这一时期达斡尔族散文的内容之一。孟和博彦的《青山永青》浓墨重彩地描绘出大青山的巍峨峻拔。其特出之处主要体现在，作者不仅书写大青山的壮丽，描绘它的深邃与动人，更重要的是从不同层面展示出大青山承载的那段波澜壮阔的近现代革命历史，从而得出大青山这座雄伟而壮丽的山是一座"英雄的山"。在这里，作家将理性思考与感性表达融为一体，极富自然美与情趣美，写景、状物、叙事、抒情鲜明而生动，加上作品所富有的珍贵的史料价值，使得这篇散文在达斡尔族文苑产生了相当广泛的影响。巴图宝音的《鄂伦春赞》是一篇展示鄂伦春民族新生活的优美散文。作品通过描写鄂伦春人一年四季晨起围猎的情景，嘉赞了大兴安岭的美好，绘声绘色地描写出鄂伦春猎人捕鹿、猎熊、打狂的生活经验和狩猎智慧。作家在娓娓道来之间，渗透着对鄂伦春民族浓浓的爱意，特别是对鄂伦春人高超的狩猎技艺以及勤劳朴实的民族精神，表现出极大的奖饰和推重。此外，巴图宝音的《大兴安岭晨曲》、伊克艾利的《美丽的扎兰屯》、吉雅的《鄂尔多斯高原纪行》《满洲里之冬》等散文，驻足于"三少民族"和祖国北疆各少数民族生活，描绘了迷人的北国风光，反映了北疆各族人民的新思想、新面貌，展示了他们在社会主义建设道路阔步前行的雄姿。以上达斡尔族作家的散文创作，就其数量而言并不是很丰硕，但他们通过不同的人物和画面，构筑而成一幅幅优美的画卷，为中华人民共和国成立之初的达斡尔族与北疆少数民族的新生活留下了珍贵的记录。这一时期的达斡尔族散文因为一些文化素养较高的如吉雅、伊克艾利（耶拉）、额尔敦扎布等新闻工作者、文学爱好者的加盟，使略显稀薄的达斡尔族散文有了一定的起色。从艺术层面上讲，这一时期的达斡尔族散文所表现出来的激情、真挚和淳朴，以及鲜明的民族色彩与地域特色，为达斡尔族散文开拓了美好的发展前景。

　　在达斡尔族散文的创建阶段，另有一个重要的收获值得我们关注。文学爱好者安自治（1929—1969）以散文集《访苏见闻录》①，极大地丰富了 20 世纪五六十年代的达斡尔族散文。安自治的这部散文集以时间为序，记叙了 1954 年赴苏联参观近一个月之间的所见、所闻和所感。这部《访苏见闻录》如同一部大型的纪录片，无数个画面不时切换，向人们展现了社会主义新型国家苏维埃共和国蓬勃发展的景象，工厂里自动化、半自动化机械的运作（《技术上最先进的工业》），集体农庄热烈、欢快的劳动景象（《繁荣富裕的集体农庄》），少年宫里孩童们甜蜜、快乐的勃勃生气（《幸福的苏联儿童》），加之苏联社会主义建设过程的次第描述，使整部作品集呈现出振奋人心的力量，从而使我们更加坚定了坚持走社会主义道路的决心和勇气。其中，还有很多细节描写如苏联各族人民欢迎参观团的热烈场景（《热烈的欢迎，伟大的友谊》），以精密的数据印证了列宁伏尔加河、顿河运河建设历程的艰辛（《伟大的共产主义建设工程——列宁伏尔加——顿河运河》），以较强的说服力和真实性，使读者能够真切地了解苏联人民的幸福生活与激昂的建设热情。同时，作者还在一个个短小精悍的篇幅中，浓缩了苏联在工业、农业、文化、运输等各个方面的发展面貌，并结合苏联在其社会发展进程中不懈努力与奋斗的实例，为中国社会主义建设置入了榜样的力量。这些历史事件包括经历了漫长岁月的运河的修建过程，彼得大帝时期受到保守王公阻挠半途而废，沙皇俄国时期，几次提议修建，直到苏维埃共和国建立，运河最终得以"见天日"（《伟大的共产主义建设工程——列宁伏尔加——顿河运河》）。打响"十月革命"第一炮的阿芙乐尔号巡洋舰（《阿芙乐尔巡洋舰》）以其丰功伟绩，抵抗了时间的"冲刷"，见证了苏联人民伟大而悲情的民族历史。它曾亲历日俄战争、第一次世界大战，经历过大大小小的

---

① 安自治：《访苏见闻录》，内蒙古人民出版社 1954 年版。

翻修，也见证过苏联的变革。在参观了整个舰体，尤其是作者回顾巡洋舰所经历的历史事件中，让我们深切地感受到阿芙乐尔巡洋舰所蕴含的俄罗斯人民坚韧不屈的民族精神。阿芙拉巴尔印刷所（《阿芙拉巴尔秘密印刷所》）则向我们讲述了苏联革命者为走社会主义道路而付出的不懈努力。这些历史画面被作者巧妙地穿插于整个叙事之中，构成了现实与历史不可分割的联系，使作品充满了厚重的历史感。加之《访苏见闻录》朴实、简洁的语言风格，作者在叙述过程中又夹杂着抒情和议论，使每一篇作品的思想内蕴都呈现出理性的光彩。比如《莫斯科印象》一文，作者感叹迄今已有 800 多年历史的莫斯科已经不仅仅是俄罗斯民族的一座城市了，它承载的是整个俄罗斯人民不屈的魂灵和气质，代表着他们浴血奋战，为守卫家园而不屈抗争的俄罗斯民族精神。同时，莫斯科的光荣历史也鼓舞着"苏联人民、中国人民、全世界爱好和平的人们"，成为"全世界进步人类所向往的地方"。在表现方法上，作者较少借助华丽的描述语汇增添作品的文学色彩，而是凭借大量的事实和数据，从政治与经济、民族与国家、现实和历史、自然或人生的相互关联中，表达对俄罗斯人民的关切，呈现作者对俄罗斯这一伟大民族的无比热爱和崇敬。正如作品集所示的"见闻"两字，参观、访苏是学习的过程，同时也是信心不断树立的过程。除此之外，安自治笔下的"见闻"也不乏抒情性描写，在对苏联人民特有的热情好客、给予中国人民慷慨支持、援助的赞美之间，传导出对苏联人民深挚的感激与爱戴之情。

　　从总体上看，20 世纪五六十年代的达斡尔族散文，在艺术表现上，善于以朴实、精练的语言"表情达意"。在题材内容上，时代的变革、沸腾的生活、创建社会主义大业的新人新事新风尚，在达斡尔族作家笔下都有反映。而且他们尤擅长从自己有深切体验的生活中撷取创作资源，表达达斡尔民族与其他兄弟民族在摆脱精神与肉体重创之后的喜悦之情，且随着作家足迹之所至，其艺术视野还延伸于社会生活的多个方面。这一时期达斡尔族散文也有一定的多样化趋向，叙事散文占有较大比重，并有一定篇幅的抒情散文、山水游记和随笔问世。一些作家亦不再满足于对生活的简单描摹，有所注重散文的审美价值，显现了达斡尔族散文的进取和进步。当然，无论我们怎样肯定这一时期达斡尔族散文所取得的成就，也都不能忽略一个现象，那就是在 20 世纪五六十年代的社会文化背景中，由于过度强调文艺从属于政治的功利观念，导致文学创作为主流意识形态所拘牵。这一取向表现在达斡尔族散文创作中，就是思维走向单一，情感表达单一，题材内容单一，只能歌颂，不能揭示，疏于表现人物内心世界的波澜，甚而把表现时代精神与展示作家的个性对立起来，把演绎某些流行概念与表现时代精神等同起来，使达斡尔族散文创作与其他少数民族文学一样，受到主流意识形态强势话语的覆盖，尤其是在众所共知的狂乱年代，散文的命运与小说、诗歌一样，遭到了毁灭性打击，达斡尔族散文文苑可谓满目荒凉。

令人欣喜的是，在新时期的凯歌声中达斡尔族散文掀开了新的篇章。达斡尔族散文在这一时期呈现出勃勃向上的发展态势，特别是随着文学观念的变革，这一时期达斡尔族散文卸去了附加的沉重的政治意向的负累，创作观念和艺术思维不断得以更新，开始进入了一个自由、灵动的发展空间。

新时期达斡尔族散文最为显著的成就，体现在一支阵容庞大、代际清晰、创作势头强劲的达斡尔族散文作家队伍逐步得以形成。新时期达斡尔族散文创作队伍大致由四部分组成：一是活跃于 20 世纪五六十年代德高望重的前辈作家如孟和博彦、巴图宝音、乌云巴图等重拾旧笔，再创辉煌。这批作家虽经历有不同的命运与遭际，但他们有着大体一致的创作追求，有着丰富的生活积累和不为名利所拘牵的文学操守。二是起步于 20 世纪 80 年代的奥登挂、娜日斯、敖文华、苏华、额尔敦扎布等作家。他们大都重视从有深切体验的自身生活择取写作资源，力求多角度地展现社会变革，展现民族的历史、现状与未来。这批达斡尔族作家凭借成熟与厚重，极大地丰富了新时期的散文创作，为达斡尔族散文增添了夺目的光彩。三是崛起于 20 世纪 90 年代的敖继红、阿凤、苏莉、张华、孟晖、苏晓英、苏雅等被学界认为成绩突出，为新时期达斡尔族散文做出较大贡献的一批作家。四是新千年之后涌现的达子、安正雨、傲蕾伊敏、莫日根、娜拉、富永生等，他们作为新时期达斡尔族散文的生力军，起步不凡，且勇于探索，具有开阔的艺术视野，极善于将民族的发展和个人命运置于祖国历史前行的大背景中加以表现。他们的写作为新时期达斡尔族散文带来了生活经验的多元与审视生活的多视角。新时期达斡尔族散文创作成绩斐然，一批有影响的散文集相继得以出版，如《走出方格》（张华）、《哀鸿阿穆尔》（张华）、《追寻你的踪迹》（张华）、《母鹿·苏娃》（苏华）、《旧屋》（苏莉）、《天使降临的夏天》（苏莉）、《万物的样子》（苏莉）、《心之虹》（敖继红）、《木刻本色》（阿凤）、《书写本色》（阿凤）、《嫩江，我蓝色的摇篮》（敖文华）、《达紫香》（达子）、《嫩水清悠》（苏晓英）、《情深不寂寞》（傲蕾伊敏）、《尼尔基湖边的遐想》（孟根）以及《画堂香事》（孟晖）、《维纳斯的明镜》（孟晖）、《花间十六声》（孟晖）、《唇间的美色》（孟晖）、《贵妃的红汗》（孟晖）、《古画里的中国生活》（孟晖）、《花露的中国情缘》（孟晖）等，印证了新时期达斡尔族散文取得的巨大成就。

　　新时期达斡尔族散文创作的实绩，还体现在达斡尔族作家突破了以往单一的写作范式，扩展了散文的艺术表现力。讲真话、诉真情，成为新时期达斡尔族散文作家最为普遍的追求。达斡尔族作家以丰富多彩的民族生活、奇异的风土人情、独特的山光水色为写作资源，将他们的“一段经历，一丝感触，一撮悲欢，一星冥想，往日的凄惶，今朝的欢快”[1] 都移于纸上，从各个层面反映出达斡尔民族多姿多色的生活。巴图宝音的散文《勒勒车·白帆》从大处着眼，细处落墨，以一位阔别故乡多年的游子视角，描绘出达斡尔民族的进步与发展。乌云巴图的《阿尔拉人的风采》从莫力达瓦达斡尔族聚居区小镇阿尔拉开笔，展现了阿尔拉达斡尔人的温情与善良，表达了作者对达斡尔族胞的敬爱之情。赵国安《龙涎泉月色》、孟根的《嫩江渔歌》也表达了同样的主题。这些作品在对家乡自然风光以及达斡尔民族英雄历史的真切描绘中，含而不露地表现出作者的自信与自豪。此外，苏晓英的《伍佰元的嘱托》《玛拉》、苏雅的《小舅》、达子的《奴娃·诺绰》《红玫瑰白茉莉》、吴刚的《温暖的冬天》、孟根的《尼尔基湖边的遐思》《老屋的印迹》、吴志君的《邂逅美丽》以及新疆达斡尔族作家富永生的《雪花飘落的地方》《梦中的巴克图》《库尔勒往事》、娜拉的《在路上》《包家槽子》等散文，都写得真实朴素、自然而深切。它们或记述往事，表达对亲人的深情厚谊，生发对多舛人生的感喟，或以日常生活的描述，发掘人生的哲理。这一时期的散文，在展示达斡尔族独有的民情民俗，并由对故土、乡情特别是民族历史与生活的

---

① 周立波：《1959—1961 散文特写选·序》，人民文学出版社 1963 年版，第 3 页。

描绘，生发出对达斡尔民族历史文化的极大认同。苏雅的《柳蒿芽新吃》、孟根的《莫力达瓦的五月》、乌云巴图的《库米勒的馨香》、娜日斯的《达斡尔人与昆米乐》可视为这方面的代表。它们在对赓续祖先传承的饮食习惯，合理支配"大自然赐给的绿色食品"库米勒（柳蒿芽）及相关生活习俗的描写中，挖掘其独特意义，生动地展现了达斡尔族坚韧、乐观、向上的民族精神。张华的《达斡尔族与契丹》、苏莉的《猎事遗歌》、苏华的《籍贯或老家》、敖文华的《金长城的传说》，以全新的时代意识和从容雅驯的笔致，回视了达斡尔民族的族源，再现了达斡尔民族坎坷、沉重而不屈的历史命运，寄寓了作家对达斡尔民族当下生活的敏感与关切。达子的《映山红记忆》以女性作家特有的温婉又不失哀伤的笔触，书写了大雪中"愈发想念那远去的时光"的心绪，于寒冬季节怀想"被历史带走"的达斡尔皮制靴子"其卡密"，引发出对达斡尔族民族命运与未来的诘问"我不知道历史还将要带走什么？"达子的另一篇散文《一个人的舞台》首次完整地记录了达斡尔族萨满"斡米南"① 仪式的全过程，并在仪式终了时"令人泪流满面的萨满神歌"中，作者领悟了达斡尔民族"视一山一水万物为朋友"的生存理念。孟根的《"石海"上的生命之花》在回望达斡尔民族古老而远逝的"渔猎生活"、惊异于五大连池鬼斧神工般的"连绵起伏的石海"之时，亦不忘对生长于顽劣环境之下的"有如此顽强生命力""有如此乐观向上的精神"的"绿色植物"予以盛赞，更不忘以此比拟达斡尔民族顽强的生存意志。苏勇的《姥姥的庹烟》《炕沿儿上的榛子坑》、达拉的《母亲的扎恩达勒》也有异曲同工之妙，在对劳动生产与日常生活的描写中，表达出对民族往昔的深深眷恋。之外，赵国安的《我与达斡尔语言》关注于达斡尔族民族语言受到的冲击，体现出一个民族作家的责任心。安正雨的散文《勇敢者的游戏》对达斡尔民族创造并享用至今的曲棍竞技的生动描述中，表达了对勇敢的达斡尔民族精神的由衷热爱。孟晖的散文创作，凸显了达斡尔族作家艺术视野的多元与丰富。她的散文作品，历史文化底蕴丰厚，无论是《文学启动想象的地方》《古画闲语——书生的蔷薇架》《古画闲语——更无人处一凭

---

① 斡米南：达斡尔语音译，是达斡尔族萨满举行的最大祭奠仪式。一般每三年举行一次，时间在农历三四月间，地点多选在同族或村屯附近进行，持续三天。其目的是给诸神献礼，给新萨满和同族或村屯的人们消灾祈福，培训新萨满。

栏》《古画闲语——在酒楼上》，还是散文集《维纳斯的明镜》《画堂香事》《花间十六声》《唇间的美色》，无不表现出对中华民族历史与文化的熟稔。

表达对民族文化的崇敬与热爱，是一个民族作家的民族情感最为直接的体现，是新时期达斡尔族散文创作一道永不褪色的风景。新时期达斡尔作家执笔为文始，就将艺术触角深置于养育他们的故土，怀着对达斡尔家园深深的眷恋，热情歌颂养育他们的一方山水，并借此表达其理想与信念。这类散文或追忆童年往事，或抒写温情岁月，或描写家乡具有实感和象征意义的人与事，无不渗透出达斡尔族作家对诗意人生的深切向往。敖继红《草原春日》、孟根《莫力达瓦冬晨一瞥》、安正雨《阿尔拉的星空下》《莫力达瓦的原野》、孟大伟《莫力达瓦深深处》，都是达斡尔作家植志故乡莫力达瓦与所属民族，触景生情，生出感慨而作。敖继红笔下的"草原"（《草原春日》）远不是一个具象的实体，在生命的漂流和流逝中，它早已幻化为时间长河的一个港湾，带着特有的情调和意味，载入作者记忆深处与对美好人生的追寻之中。安正雨的散文写得很有生活细节。《阿尔拉的星空下》描写了达斡尔女子去山野里采摘野菜野果的快乐和所见美景。作品以细腻传神的笔触，写出了大美阿尔拉的风景，写出了一群达斡尔女子在原野采集、大口抿酒、释放平日家中隐忍的小委屈的生活实景。安正雨在作品终结处，以达斡尔女子最后因美景美酒洗尽心中郁闷和对生活的怨气，内心再次得以阳光温暖，表达出达斡尔女性的豁达心胸和善美心灵，作品真实感人，体现了作者点铁成金的艺术功力。孟大伟的《莫力达瓦深深处》《捉鱼记》也体现出与之相似的情怀，感慨莫力达瓦这片雄浑的平原大地不止于景致壮丽，更是形塑了达斡尔民族淳朴、善良、乐观、向上的人格，培养了他们坚强的生命意志乃至思维与情感方式。阿凤的《记忆中的季节》抓住不同季节的特点，抒写了故乡即一个位于大兴安岭中南部小镇的四季风光，描绘了故都的绮丽多姿、色彩斑斓。尤为可贵的是，作者不只是客观展现它的美丽、富饶和勃勃生机，更是在描写对象之中融入自我，并以此获得一种自在完满的人生体验，使为物欲所累的心灵得以安宁栖息。钟情于散文的女作家苏莉，在这一时期达斡尔族散文的题材开拓上可谓功不可没。她的散文多书写自我生活经验，且常常从具体的生活碎屑切入，寻访具有普世价值的人生命题。苏莉对往昔岁月的眷念尤具深意，远走的"风筝"（《风筝远走》），奶奶和"老蟑"的"斗争"游戏（《老蟑和干菜》），伴随寂寞童年的"牛"（《牛的故事》），记忆中充满温情、阳光与宁和的老宅子（《旧屋》），犹如一幅幅珍贵的老照片，绽放出缕缕美好的韵味，令人萦怀追思。

20世纪90年代始，达斡尔族散文有了更深的思考，开始化绚烂为平淡，多以超然、平和的眼光洞察人生悲喜。敖继红、张华、敖文华的散文在这方面以较为相似的审美旨趣而引人注目。敖继红独特的人生经历，使她的作品较少停留于对理想、完美人生的追求，而是直面生活的多种色调，正视人生苦难与坎坷。在敖继红的散文中，苦难亦成为生命的重要构成，成为美丽人生中不可或缺的一个组成部分。这一人生态度，使她的散文如《落日辉煌》《精彩与"无奈"》《残缺与美丽的启示》《撑起每一天的太阳》等，超越了伤残者对命运的哀怜和自叹，将散文艺术提升到对普泛性的生存意义的探求和思考上，从而具有一种浓郁的哲理意味。较之敖继红，张华的散文则颇为理性，她的散文善于冷静地展示个体与周遭世界形色各异的生态和灵魂。张华的《灵魂隅谈》对当下刻板又平庸的生存状态表现出腻烦与不满。在《荷花淀印象》《历史在这里淡漠》中，借昔日白洋淀保家卫国、铮铮铁骨、一身正气的男子汉，而今却变成一个边讲着令人肃然起敬的抗日经历，一边厚颜向游客讨要"小费"的老人的故事，抨击了商品经济大潮冲击下，人文精神的缺失和道德的沦丧。即便是曾经历史功用显著、代表古代人民智慧和劳动结晶的长城，也成为商业价值不菲的交易场所，登临的游客也鲜有为之骄傲自豪的历史文化情感了。张华还不无痛心地表达出当下愈演愈烈的追逐名利之风，甚至已经严重影响和波及孩子们的精神世界，幼小心灵早早埋下"挣大钱、当大官、管好多人"的种子（《女儿·朋友》）。敖文华的《莲妹》《苏醒》、苏莉的《市声》、孟根的《行走在莫力达瓦山水间》、达子的《村庄的颜色》、萨娜的《往事难如烟》、孟大伟的《失眠岁月》、苏晓英的《心河》等，也都在"眼之所见，身之所经"的娓娓道来中，展露出关于人生、人性的丰厚内涵和思考。

新时期达斡尔族散文的成就，还表现在以自由无拘的姿态和多样的艺术追求，彰显出达斡尔族散文鲜活的生命力。这一时期的达斡尔族散文从对社会主题的呼应开始转向对个体经验的表达，而且逐步有了"美文"

意识，努力以"美文"再现自然之美、社会之美、人情之美和人性之美。这一特点可以说是新时期达斡尔族散文艺术审美不断深化的总路向。许多作家努力不再受缚于"托物言志"的范式，有意打破惯常的"物—人—理"三段式结构模式以及"起承转合"或"首尾照应"的套路，而多随心绪、心灵的流动进行各种形貌的自由书写。20世纪90年代达斡尔族散文的另一特点是，作家的创作视点逐步回归于"自我"经验的书写，日常时态和心绪的展露。这一特质在敖海鹰的《家乡的四季》、阿荣的《路上》、昳岚的《像梦里的钟声》《多色生旅》、敖文华的《记忆中的外祖父》等许多散文中得到了映现。达斡尔族作家将真情实感作为散文创作的要义，不追羡潮流，不踵武大家，多是依照自己的言说方式，表达个体生命的种种体验。

　　新千年以来，商业文化语境使得达斡尔族散文也面临着前所未有的挑战和考验。随着社会经济中心的确立和商业经济时代的来临，人们的价值观念、行为方式都发生了重大转变，尤其是在文学"边缘化"的进程中，达斡尔族作家不得不接受商品经济法则对文学创作的侵扰，然而也正是这一"侵扰"和"边缘化"，使新世纪之后的达斡尔族散文意外地步入了一个真正"自由"而宽松的时代，一个真正展示个性和真正多元发展的时代。时代环境的改变，突出地表现在达斡尔族作家锐意拓宽散文创作的思维空间，首先在艺术审美层面有了新的探索和突破。他们在姊妹文学艺术技法的借鉴和交融中，不断丰富自身，增强散文的艺术表现力。散文是与创作主体的生命律动一脉相承的非虚构性文本，决定成败的重要因素之一便是一个"真"字。"随物以宛转"是古代文论家刘勰对散文的十分贴切的概括。在认同这一观念的基础上，这一时期的达斡尔族散文作家，使更多的生活素材进入创作，人生种种、民族与社会历史的演进、山水风光都集纳于他们的创作视野，并"借由小说、诗歌艺术，使散文真正成为一本生活的'大书'"[①]。达斡尔族小说家苏华、苏莉、阿凤、张华的散文，人物剪影犹如素描，不像小说中的人物具有立体感，但散文与小说的融合与渗透，是散文摆脱单一、窄小的叙事模式，向着更深层面突进的一种表现。至于在散文中借鉴诗歌的表现手法，主要是于再造诗的意境、诗的想

---

　　① 李晓虹：《中国当代散文审美建构》，海天出版社1997年版，第69页。

象中得以凸显。如莫日根、孟根等的散文，常能从中捕捉诗的想象和诗的意蕴，突破平面的线性结构，给人以迷离的诗意美。另有一些达斡尔族散文作家还吸纳了现代艺术的表现手法，突破时空限制，剖析内心心理，展示意识流动。这些表现手法的借用，极大地丰富了新世纪达斡尔族散文艺术的新天地。其次，艺术风格的日趋多样。由老中青和新锐作家构成的散文队伍中，前辈作家乌云巴图、奥登挂、赵国安、额尔敦扎布、娜日斯等，不再追求尊崇社会意识层面的审美时尚，而是强调对社会人生、民族文化的思考。青年作家苏莉、苏华、张华、阿凤、孟根的散文不仅保持了相当的数量，而且在艺术风格上也更为成熟。新锐作家达子、晶达、安正雨、孟大伟等，他们的最大特点在于自我关照、自我表现的愿望更加强烈，甚至这种愿望成为他们散文创作的原初与内心动力。

女作家的成批涌现，为新时期到新世纪的达斡尔族散文增添了一份别样的柔美。她们锦心绣口，辞章华美，写出《梦境二十年》《牵牛花的计谋》（苏莉）、《我心中永不褪色的画卷》（苏华）、《季节的风》（昳岚）、《花儿》《情感规格》（阿凤）、《追寻大海》《小站夜雨》（敖文华）、《女子驿站》（敖继红）以及《我们离草原到底有多远》（萨娜）、《闲话家谱》（苏雅）、《天使离去之后》（孟大伟）、《老莫日根家的新年话》（达拉）、《二分之一的血统和孤独的舌头》（晶达）、《苹果树的梦》（鄂晓萍）、《我的乡村》《我的河流》（昳岚）、《梅表姐》（达子）、《我的初恋献给"牛虻"》（傲蕾伊敏）、《阿尔拉的星空下》《乐之养》（安正雨）、《最后的莫日根》（晶达）等一大批优秀作品，以个人的体验远离了政治意识形态的影响，对传统叙事经验进行反拨与抵抗。再如苏莉、苏华的散文，在表现人类恒久的爱情主题时，将笔触涉及男女生命领域，运用似真似幻的梦境和隐喻的意象，展示了初恋的幻想、涌动的爱欲与生命意识，展现了她们自由奔放的艺术追求，从一个方面实现了"文学创作"的真解放，也使这一时期达斡尔族女性散文创作获得了更高层次的深化。

伴随着达斡尔族散文作者年龄、性别结构的多元和艺术审美的变革，达斡尔族散文一方面不为时下"文化"和"闲适"风潮而动，积极关注普世生活，洞察人心与世情。阿凤的《没有记忆的经历》、敖文华的《在草地的日子》、莫日根的《我的童年》等散文，记录着浓浓的亲情和友情，或再现底层"草根族"生活的不幸与坎坷，进而追问生命、生存的意义和价值，体现出文学家的良知和责任。也有一些作家延续着一贯的对故乡山水、风物、人情和世态的描写，记叙游历祖国大好河山的所见、所闻与所感，回忆逝去的童年或过往时光，赞叹民族和故乡的发展与进步。另一方面对达斡尔民族的生活方式、生存环境以及民族文化传承给予了深切关注。"在全球化的进程中，在人类社会和中国向着现代化迈进的历史路途中，如果说中国的汉族文化要经历保卫本民族文化与接受现代化洗礼的阵痛，那么中国少数民族文化更要经历被汉族文化同化和遭受全球化打压的双重阵痛。"① 其间的焦虑、痛苦和不安必然成为作家表现的主题与要旨。莫日根的《猎村轶事》《野鸭飞来的时候》、苏雅的《正在悄悄流失着的痕迹》《不要紧张，还是笑着看将来吧》、苏晓英的《往昔的日子》、昳岚的《止息的鼓声》《乌力萨满》、安正雨《原来你是她》等，是新千年以来达斡尔族作家源于对大自然、对民族文化的由衷爱戴而迸发的呼唤，以对生态的恶化、人文环境的破坏、民族文化的消弭与"湮灭"的真切描绘，表达了她们"像隔着无法逾越的大江看着娘家着大火一样，忧心如焚"②。"大鹅带头大踏步地走过来，一脚踩在人熟睡的脸上，像军队一样蔓延过去，一大片动物，吱吱叽叽咕咕傲慢无情地走过去后，人就变成一摊什么也不是的东西"③ 的深深恐惧和忧虑。不难看出，这一时期的达斡尔族散文，将创作视镜聚集于民族自我深层的文化思考和认同，开始进入了一个"民族热情高涨的新阶段"④，一些达斡尔族散文作家在物欲横流、世风日下的时空中，倾心营造精神之塔，挖掘达斡尔民族历史与文化之泉。对所属民族强烈的认同和维护意识，成为这一时期达斡尔族散文作家创作的母题。鄂温克族作家乌热尔图的"在我的身后站着一个民族"，凝聚着包括达斡尔族在内的"三少民族"作家对所属民族文化的认同。达斡尔族作家讲到自己的根脉，会骄傲地宣称，莫力达瓦"充满了我祖先的印迹"，"以拥有这个名字为荣"⑤。在这方面，张华"以笔为旗"，为达斡尔族散文开创了一片精神的新天地。她的散文表现出深深的

---

① 蒋巍：《谁能接近我——试谈少数民族文学的发展空间》，《纳文慕仁》2008 年第 1 期。

② 苏雅：《正在悄悄流失着的痕迹》，《纳文慕仁》2005 年第 4 期。

③ 苏莉：《旧屋》，作家出版社 2000 年版，第 9 页。

④ 严英秀：《论当下民族文学的民族性和现代性》，《民族文学研究》2010 年第 1 期。

⑤ 苏莉：《旧屋》，作家出版社 2000 年版，第 12 页。

"达斡尔情结"，以一颗虔诚之心，怀着对达斡尔民族的深厚情感，将目光投向所属民族的沧桑历史，在对达斡尔民族坎坷命运的追寻和生存现实的描述中，传达出关于民族历史与未来命运的深刻思考。当下的"现代性"趋势，已使达斡尔民族优良的传统文化所剩无几，没有自己民族文字的达斡尔人，语言也将濒临消弭。张华深感忧虑，也许不久的将来，当提到"达斡尔"三个字时，它存在的意义恐怕只是符号概念了。为此，张华不得不发出"保留我们的语言"，光大达斡尔民族精神，以免淹没于强势文化的呼吁。从这个意义上讲，张华、苏莉等为代表的达斡尔族作家用散文记录自我民族的生存与生活方式，"对于防止本土化的文化被所谓的强势文化同化、瓦解，具有不可低估的意义"①。

新世纪达斡尔族散文呈现出素朴、率直、不事雕琢且求美的艺术特色。无论是表达对所属民族的深挚热爱，还是对达斡尔民族风俗人情的诗意张扬，达斡尔族散文都呈现出书写视角与情感关注的不断内化，叙事状物、议论抒情都立足于真切细致的感受力之上，完全打破了达、汉两种语言技巧在散文中的界限。换言之，达斡尔族散文是一种没有任何装饰的原创语言的表达，甚至他们那些带着生命本色的写作，往往会模糊虚构与纪实的分野，多以个人的生命体验和观点来审视生活，以至"分不清哪些是虚构，哪些是真事"②。当然，我们在总结新时期到新世纪达斡尔族散文所取得的实绩时，也不难发现其不足与缺失，如当下达斡尔族散文创作园地日渐萎缩，对原本应加大扶持力度的达斡尔族散文创作，造成了相当不利的影响。就创作主体而言，书写题材和表现内容的日趋褊狭，以及"静止的文化守卫立场"③，难以适应变革时代读者的阅读期待等，亟待达斡尔族散文作家做出相应的努力和改观。

---

① 范咏戈：《湛蓝的文学景观——在莫力达瓦旗作品研讨会上的发言》，《纳文慕仁》2008年第1期。

② 苏晓英：《没谁为死者判刑》，《纳文慕仁》2005年第3期。

③ 严英秀：《论当下少数民族文学的民族性和现代性》，《民族文学研究》2010年第1期。

六　儿童文学的起步和展开

儿童文学，是达斡尔族书面文学版图中不可或缺的重要构成。客观地讲，达斡尔族儿童文学创作的开端是非自觉的，它是在国家主流意识形态较为明确的文艺政策的倡导和指引下开始起步的。新中国崭新的社会制度，少年儿童被视为"祖国的花朵"和"民族的希望"，国家主流意识形态更是把少年儿童的培养问题提到了新中国建设的议事日程上来，决心把少年儿童培养成"共产主义事业的接班人"，"有社会主义觉悟的有文化的劳动者"。1950年，郭沫若在共青团中央第一次全国少年儿童工作干部大会上，发表了《为小朋友写作》的重要讲话，认为当前的"少年儿童在精神食粮方面可以说是处在饥饿与半饥饿状态"，呼吁"作家们或是少年儿童工作者必须多多创作以少年儿童为对象的好的文艺作品"，"解救少年儿童精神上的饥饿"[①]。为更好地推动儿童文学的创作，党和国家出台了一系列指示和要求，1955年9月6日《人民日报》发表社论《大量创作、出版、发行少年儿童读物》，要求"中国作家协会拟定繁荣少年儿童文学创作计划，加强对少年儿童文学创作的领导"。"要在作家当中提倡为少年儿童写作的风气，克服轻视少年儿童文学的思想。"在这一方针指导下，中国作家协会于同年召开了会议，专门讨论了发展少年儿童文学创作的问题，向中国作协各分会下发了《关于发展少年儿童文学的指示》，制定了发展少年儿童文学创作（1955—1956）计划。与此同时，中国作家协会还召开了少年儿童文学座谈会，儿童文学家张天翼做了《关于作家深入少年儿童生活问题的报告》；《文艺报》发表了《多多地为少年儿童们写作》一文。之后，又有全国文联主席郭沫若撰文《请为少年儿童写作》，作家冰心写出《"一人一篇"》表示积极响应，张天翼更是

---

① 郭沫若：《为小朋友写作》，《人民日报》1950年6月1日。

一马当先，对儿童文学创作提出了更为具体的写作标准：一是对孩子要"有益"，二是作品要"有味"。以上举措，表现出国家主流意识形态是在用一种特殊的、显在的方式，营造儿童文学创作的氛围，提高儿童文学的地位，繁荣儿童文学的创作。在这里，我们无须对当时促进儿童文学发展的种种措施及其重要意义做出更多的描述。需要说明的是，中华人民共和国的成立，国家主流意识形态的积极倡导，实质性地改善了少年儿童文学的生态环境。达斡尔族儿童文学的生成与发展，完全得益于这样一个时代背景以及"舆论"环境的哺育与催化。因而，达斡尔族儿童文学的发展路向，既与当代中国儿童文学的气脉"合辙同构"，也在一定程度上显现了自身发展的殊异性。

回望 20 世纪五六十年代达斡尔民族的儿童文学，与其他少数民族儿童文学一样，其显著特点是"以充满着感激、崇拜和青春的激情，歌颂中国共产党，歌颂新中国，歌颂新人新事新社会，立志做共产主义事业接班人"①。因而，书写达斡尔族和兄弟民族少年儿童的精神成长，礼赞他们的集体主义精神，成为这一时期达斡尔族儿童文学的重要主题。描写少年儿童在集体生活中所接受的正面教育和帮助，克服缺点，进步和成长，以及"关心集体，热爱集体，为集体做好事，向破坏集体的行为作斗争"②，成为达斡尔族儿童文学不断被演绎、深化、重复和张扬的基本内容。吉雅的《小猎人》、孟和博彦的《少年劳动先锋》、巴图宝音的《勇敢的罗儿拓》等短篇小说，以及在当时产生较大影响的儿童诗歌《鄂伦春儿歌》（巴图宝音），是体现当代中国对民族未来"进行设计和文化规范"的重要代表。另外，这一时期搜集、整理和翻译的达斡尔族民间口传儿童文学作品如《谁有本事》《花喜鹊与狐狸》《敖力胡和小白兔》等一批儿童故事和歌谣，也从一个层面丰富了达斡尔族儿童文学。我们在欣喜于达斡尔族儿童文学的收获之时，亦不难发现这一时期达斡尔族儿童文学存有的问题，在国家主流意识形态的倡导和"要求"下，达斡尔族儿童文学呈现出"偶涉"式的创作态势，其结果就是达斡尔族作家在儿童文学创作领域难以长久坚持，导致专职的、稳定的儿童文学作家的极大空

---

① 张炯主编：《新中国文学五十年》，山东教育出版社 2001 年版，第 370 页。

② 张炯主编：《新中国文学五十年》，山东教育出版社 2001 年版，第 373 页。

缺，他们的作品无论在数量上还是质量上，自然不足以在文坛得到长久的关注。因而，在达斡尔族书面文学发展历程中的一定时段内，达斡尔族儿童文学的声音显得相当微弱。

1978 年金秋，由国家出版局、教育部、文化部、中国文联等各部门联合召开的"全国少年儿童读物出版工作会议"，掀开了儿童文学创作的新篇章。这次会议被学界视为中国儿童文学发展历史上的一个重大事件，它宣告了十年黑暗岁月带给儿童文学的灾难性局面的结束，预示着儿童文学的春天即将到来。这次会议，为儿童文学设立了专门的机构以加强作家队伍建设，强化认识和管理；更为重要的是，针对儿童文学的现状和发展做出了具体的规划和部署，确立了理论研究、评奖、作家与作品研讨会等促进儿童文学发展的重大举措和多种平台。这次会议，标示了儿童精神食粮以及儿童文学艺术规律等问题再度受到社会各界的重视，儿童和儿童文学的"再一次被发现"[1]。另一个益于达斡尔族儿童文学发展的利好因素，是学界对儿童文学理论的深层探索。儿童文学家曹文轩认为"儿童文学承担着塑造未来民族性格的天职"，"只有站在塑造未来民族性格这个高度，儿童文学才有可能出现蕴涵深厚的历史内容、富有全新精神和具有强有力的作品"[2]。儿童文学理论研究家汤锐，研究和探讨了有关新时期儿童文学"人的主题"问题，提出"儿童的一切均指向未来，儿童的存在和意义与民族的生存和意义是融为一体的"[3]。经过理论家与作家的合力推助，厘清了儿童文学的本体性，确立了儿童文学的多元价值与功能，特别是在"重建人的意识，塑造未来民族性格"的鼓与呼中，旧有的思维定式终于瓦解，儿童文学突破了"教育工具论"，逐步回归其"文学性"。精神桎梏被打破，创作激情被点燃。作家们大胆地突破了束缚创作的樊篱，而不再将那些有悖于儿童文学特点的创作规约视为圭臬。在此背景下，达斡尔族作家振奋起精神，把自己的创作实践投向儿童文学的创新与探索，无论是儿童小说、诗歌、散文、童话，还是分属不同年龄阶段的少年文学、儿童文学和幼儿文学，都推出了不少佳作，以其浸润了民族生活情味、民族文化情韵和民族儿童情趣的语言，生动地描述了达斡尔民族少

[1] 王泉根：《现代中国儿童文学主潮》，重庆出版社 2000 年版，第 177 页。
[2] 曹文轩：《中国八十年代文学现象研究》，北京大学出版社 1988 年版，第 309 页。
[3] 汤锐：《比较儿童文学初探》，湖北少年儿童出版社 1990 年版，第 31 页。

年儿童生活的新天地。

新时期达斡尔族儿童文学是以小说这一艺术形式打头阵、各种文体齐头并进的势头走向繁荣和发展的。20世纪80年代以来，达斡尔族儿童小说或以少年儿童视域展现民族生活的小说，空前活跃。张华的短篇小说《童年里的童话》，以儿童视角，把一个个淳朴、自然、恬静的生活画面一一展现给读者，如童年时代的伙伴，德高望重的古热大伯所述故事的魔力，神奇的达斡尔猎鹰，还有妈妈引以为荣的焦黄烟叶等。达斡尔民族那些远逝的生活景象，散发着自然和原始的生命张力，给予小读者无限的冥想空间。巴雅尔的短篇小说《猎狐》在叙事与话语之间流露出浓浓的爱意。作品书写了儿童眼中诗意、单纯的世界。作品通过少年儿童"我"、敖保哥还有童心未泯的苏龙满姐夫出猎打狐的一次有趣活动，表现出达斡尔族少年儿童阳光美好的内心世界。"我"身上所呈现的勇敢、善良、倔强而朴厚的秉性，既是童心童稚的再现，更是美好人性的昭示。由于作家纯熟的表现技巧以及对儿童心理、儿童语言的生动刻画，极大地避免了以往儿童小说创作中的说教模式。以上作品之所以能赢得少年儿童读者的青睐，主要是达斡尔族作家的艺术个性不再为一般的"共性"所湮没，而是鲜明地呈现在各自的作品之中，更为关键的还在于达斡尔族作家写出了那种基于民族文化心理、浸渍了民族情感汁液、饱含着达斡尔民族意蕴的鲜活的生活气息。

在这一时期的达斡尔族儿童文学中，还有一些儿童小说，并不是达斡尔族作家有意写给少年儿童的，但他们秉持现实主义的精神，心存爱意，同情弱小，关怀儿童和下一代的生存境遇，真实地反映出达斡尔民族少年儿童天地里的现实生活，以理想之光照亮了黯淡的生活场景，并借此反映出一段历史、一个时代的民族心理的变化。这样的作品其实是达斡尔族儿童文学中相当宝贵的一个部分，应该引起足够的重视。苏华的短篇小说《母牛莫库沁的故事》在淡淡的忧伤中，展示和抒写的不仅仅是"牛"的命运，不仅仅是特殊年代人际关系变得残忍、冷漠而疯狂的个体生命体验，更重要的是作家借此表达出对亲人的关爱和怀念，对人类自身、对生命万物的眷恋以及对世间"同情、谅解和爱"的深切向往。杜娟的短篇小说《棕褐色的狍子》重现了20世纪60年代初那段让每个中国人都不能遗忘的历史场景。当时，乌娜吉和她的小叔叔还是两个10岁的孩子，本应是无忧无虑的年龄，但生不逢时，他们每一天面对的只有"饥饿"。而乌娜吉的爷爷即小叔叔的爸爸，每次打猎归来，总是"大公无私"地把自己的猎物全部上交集体。乌娜吉和小叔叔在忍饥挨饿的日子里不时埋怨着爷爷的"仁义"之举。即便是这样，小叔叔依然不忘乐观地向乌娜吉描述着自己"念完书后开着飞机去打猎"的理想。然而，小叔叔最终还是没有等到这一天，终因饥饿而亡。这篇悲怆而不失童真童趣的作品，不是一篇简单意义上的伤痕或反思小说。一方面它以细腻的笔触叙写了小叔叔"有能力吃饱"但却饿死的悲剧，另一方面细致入微地展现"爷爷"面对亲情和集体，毅然恪守"公平、正义和真诚"这一达斡尔民族古老的生存法则和信条，从而歌颂了达斡尔民族大义仁心的民族品格，对以物欲为核心的当下低俗文化，也做出了一定的批判和反思。巴图宝音的儿童短篇小说《我的黑姥姥去哪儿了》生动地体现了作者择取生活题材的艺术智慧，以及敢于揭示生活中"不和谐音符"的勇气。小说讲述的是一个令人唏嘘的拐卖儿童的故事，但作家却能在似乎颇为"见惯"的生活素材中，发掘被拐儿童的善美与无邪。作家以慈父般的爱心观察儿童，感受儿童的心灵世界，以富有民族特点的儿童语言，反映被拐儿童敖歌的心理和行为，特别是对敖歌心理的刻画以及被拐过程中的表现，描写得相当真实可信。苏莉的成名作《红鸟》曾引起文坛广泛关注，但对于苏莉而言，小说已不再是自抒胸臆的媒介，更是她切入生活内里、展示生命体验的一条路径。因而，苏莉的这篇小说由个体经验进入到具有普世意义的人类关怀之中。小说中父亲和母亲对于不幸婚姻与家庭纷争委曲求全，父亲终日以醉酒遮掩自己的"不如意"，母亲是缄默无言，儿子陈桑对父辈这种生存方式表现出极大的"厌恶"。苏莉的这篇小说展示了少年儿童成长过程中的酸甜苦辣，特别是无爱的原生家庭带给下一代的情感缺失以及精神痛苦。

　　儿童散文方面，达斡尔族作家自觉地打破长期以来片面的"强调教育功能而轻视审美和娱乐作用，过分推崇共性而排斥个性、简单地强调理念先行而抑制丰富性情的狭隘格局"①。以广阔的审美视野，使达斡尔族儿童散文真正回到儿童本位，从而为达斡尔族儿童文学增添了一道亮丽的

---

① 李力：《当代内蒙古儿童文学研究》，内蒙古人民出版社 2010 年版，第 15 页。

风景。在这一时期的达斡尔族儿童文学中，一些非专事于儿童文学的作家，以他们笔下的动物散文及由此彰显的诗性之美，受到少年儿童读者的由衷喜爱。苏华的《动物素描》、苏程明的《阿黄》、鄂胜华的《虎妞》、安正雨的《伙伴》等散文，以别样的写作姿态和悲悯的人文关怀，呈现出一种温暖、喜悦的感觉。作品题旨深刻而厚重，显现了新时期达斡尔族儿童文学家思想观念的新锐和艺术个性的日趋成熟。德国文艺理论家姚斯在《文学史作为向文学理论的挑战》中指出，"文学即人学，写动物不过是从另一个角度来表现人、体察人性，每一位读者都能从作品中的动物身上反观自身，并受到强烈感染和道德洗礼，无疑这才是'动物叙事'的存在意义与真实使命之所在"①。作家写动物，说到底动物仅仅是一个载体，它所传导的是人类需要表达的声音。因而，达斡尔族儿童散文的"动物叙事"，实则也是从另一个角度来表现人类，并在他们强烈的赞美与批判中，唤起小读者的思考。还有一些是达斡尔族作家书写的适于儿童阅读的散文作品，如孟和博彦的《生命历程》、孟根的《秋叶为什么这样红》《美好的东西在对岸吗》、苏晓英的《往昔的日子》《二闺女》、苏程明的《又是野鸭飞来时》、傲蕾伊敏的《点点和圣诞老人的故事》、苏莉的《老蟑和干菜》《风筝远走》、达子的《灰白记忆里的童年》等，都表现出人与人之间朴素而温暖的情感，表现出作者对单纯美好、自然和谐生活的憧憬，同时也曲折传导出对世事变迁、梦想失落的感慨。它们极符合少年儿童的接受心理。在这方面，苏莉的《早春纪事》被认为是一篇令人耳目一新的作品。它通过一个孩子的目光折射出草原的特色、季节的变化以及日常生活的情态，文字清新，感觉独到，于细微之处挖掘诗意，并在儿童情感的表达中营造出一种细腻多情的基调。上述作品描述的虽是儿童天地中的种种故事，却因展示了不同地域的、不同于其他民族少年儿童的心灵世界，从而令人感受到达斡尔民族地区自然与人文的别致，以及达斡尔民族历史文化的幽深。这些散文对达斡尔族少年儿童的心理与生存方式的描写，赋予了达斡尔族儿童文学以现实和历史的厚度，使略显薄弱的达斡尔族儿童文学开始走向充实和丰满。

---

① ［德］H. R. 姚斯、［美］R. C. 霍拉姆：《文学史作为向文学理论的挑战》，《接受美学与接受理论》，周宁、金元浦译，辽宁人民出版社1987年版，第24页。

　　达斡尔族儿童诗歌和童话也有一定的收获。敖继红的童话《远远的朋友》《大黑熊认错了》《灵感》，在动与静、虚与实、美与丑的对比之中，让小读者感受到童话的幻想魅力与艺术形象的亲切。达斡尔族儿童诗歌和童话虽数量有限，但它们各有异彩，又有共同的底色。从这些饱含民族情感、地域色彩和洋溢着童稚情趣的作品中，可以体悟到慧眼独具的达斡尔族作家的思考，以及敢于正视生活的种种矛盾并予以反映的勇气。这片天真、温馨的天地，令人深切地领略到祖国大家庭中达斡尔民族少年儿童殊异的心理。可以看出，神圣的责任和强烈的使命感，使非专事儿童文学的达斡尔族作家能够着眼祖国和"民族的未来"，直面驳杂的世界，描写一种生命体验，感受一种审美愉悦。他们笔下承载着达斡尔民族的未来与梦想，承载着时代的精神与生命重量。达斡尔族作家的这一艺术选择，使他们能够观察到所属民族少年儿童心目中的大自然和小生物、大宇宙和小生命，能够感受到历史大步前行中的细小变动、现实剧烈变革中的微妙变化。需要提及的是，新时期之初，内蒙古人民出版社还特别推出了改编自达斡尔族民间故事的五册连环画，即达斡尔族民间故事之一《智斗害人精》（史殿生绘）、达斡尔族民间故事之二《巴列金的悲欢》（王玉泉绘）、达斡尔族民间故事之三《神箭手》（马德林绘）、达斡尔族民间故事之四《神奇的棒槌孩》（关麟英绘）、达斡尔族民间故事之五《献计战王爷》（吴团良绘）。它们为新时期达斡尔族儿童文学增添了别样的光彩。

　　在达斡尔族书面文学发展史上还有一个创作现象不容忽视，那就是达斡尔族儿童文学中民族革命与历史题材的创作一直是作家们所热衷的。究其原因有二：一是中华人民共和国成立以来，呼应着国家主流意识对祖国下一代、未来的革命接班人的革命传统教育，儿童文学创作始终以革命历史为"形象教材"，表现集体主义、理想主义、英雄主义和爱国主义，达斡尔族儿童文学亦不例外。二是达斡尔族作家的责任感与使命感，使他们怀着对英雄先烈、惊心动魄的民族革命历史的深厚感情，以儿童视角记录了宝贵的民族文化遗产。在这方面，我们不能不提及巴图宝音、奥登挂这两位达斡尔族作家。巴图宝音的《漫画山上人》、奥登挂的《莫力达瓦山下》不仅代表着新时期达斡尔族儿童文学的成就，而且这两部作品集还是将现实与想象、成人世界与儿童世界完美融合的艺术结晶。其独特之处不仅是从历史和现实的角度写出了北疆少数民族少年儿童的生活变化和情感取向，更在于他们将民族与地域书写变成了一种文化审视，巧妙地以达斡尔族、鄂伦春族少年儿童的生活为切入点，以一种隐喻、暗示的方式，呈现他们对民族与革命、历史、文化、宗教以及生命存在方式的思考。此外，巴图宝音、奥登挂还非常注重少年儿童的阅读与欣赏特点，善于把传统的道德理念和对新一代人的殷切期望，潜匿在为少年儿童所创作的文学形象之间，在历史和现实的烟云中凿开生活潜藏的暗道，开拓出一片前所未有的崭新的艺术空间。

由此顺理成章的是，新时期达斡尔族儿童文学在突破"教育工具论"的进程中，作家的创造力不断得以释放。他们不再信奉单纯的教化和信条，而是直接从生活的感性、知性层面，向民族未来和国家主人的精神性格、心理层次做出尽可能的开掘，从而使达斡尔族儿童文学的艺术格局有了较大改观，"除了原有的以故事新奇、强烈或以问题尖锐、深刻取胜的写法仍然运用并拥有广泛的读者以外，一些脱颖于塑造典型性格的传统手法，又揉进了自如、奔放的意识流、散文化手法的作品，也颇受读者赏识，应该说是一种值得倡导的创新，它既不拘泥于传统，也不照搬舶来品"①。达斡尔族儿童文学基本摆脱了线性叙事，"笔触像摄影师的特写镜头，常常把人物放在纷繁、复杂的生活背景上，不追求离奇事件，而注重生活真实，也不受时序约束，以写人物需要随意调转镜头，集中焦距刻画人物的内心世界，加之凝练、抒情、带哲理意味的语言，使作品的艺术趣味和可读性随之升华，主人公也就像突现在秋天色彩斑斓的原野，格外刚健英秀"②。敖文华的《故园》、苏雅的《平凡的敬意》、孟大伟的《天使离去之后》、鄂胜华的《失落》、孟琳琳的《人生如若初相见》、孟佳园的《不被风化的记忆》、晶达的《童年里不可褪色的渴望》及长篇小说《塔斯格有一只小狍子》③ 等儿童作品，各有特色和追求，或以闪烁着崭新时代光泽的鲜活的人物形象，"或以当代少年儿童丰富复杂的内心世界的传神刻画、细致展示，或以浓郁的情趣、机智的幽默感、温馨的人情美，或以深刻的社会内涵、深邃的哲理意蕴，或以高雅流利的语言、奇崛峭拔的

① 王一地：《获奖作品浅议》，转引自李力《当代内蒙古儿童文学研究》，内蒙古人民出版社 2010 年版，第 55 页。

② 李力：《当代内蒙古儿童文学研究》，内蒙古人民出版社 2010 年版，第 55 页。

③ 晶达：《塔斯格有一只小狍子》，北京少年儿童出版社 2016 年版。

想象、幽深蓊郁的意境，赢得了小读者的由衷喜爱"①。因而，这一时期达斡尔族作家笔下的儿童文学创作，也被理所当然地认为是达到了一个新的艺术水准。在这一时期的达斡尔族儿童文学中，晶达荣获内蒙古自治区第十二届文学创作索龙嘎奖的《塔斯格有一只小狍子》是一部颇为独特而又十分精彩的长篇儿童小说。有评论认为，这部小说不仅是达斡尔族儿童文学的可喜收获，同时也展现了少数民族儿童文学的新风貌，代表了达斡尔族儿童文学新发展的良好趋势。作品讲述了一个名曰塔斯格的达斡尔族小男孩在暑期的"奇遇"，其中既有塔斯格与小狍子之间的深情，也有家庭成员之间的和睦相处，"也写了偷猎者对生态的破坏"，"塑造了一个热爱生活、热爱动物、热爱亲人的达斡尔族儿童形象"②。作品渗透着对家乡、对民族的深爱之情，且故事性与民族性并重，饱含作者晶达对所属民族文化的眷恋，对世间万物的感恩之情。这部作品也标志着在当代少数民族儿童文学回归自然与乡土家园之潮中，是晶达对达斡尔故乡的"寻根"和"回归"、对自然故土的眷恋在新时代的重新展现。

众所周知，20世纪90年代的儿童文学，在时代大潮的裹挟下发生了较大的变化。社会的急剧变革，社会主义市场经济体制的建立，深刻地影响着社会生活的方方面面，多元传媒如网络、卡通、电子游戏的挑战，迫使文学跌入低谷，走向"边缘"，这些对本已是"弱势"的儿童文学创作的冲击更是毋庸置疑，令人欣喜的是，达斡尔族儿童文学最终在喧闹、困惑、求索、变革和新世纪的曙光之中，再次被激活，达斡尔族作家重新扬起了创作的风帆。新世纪达斡尔族儿童文学持续不竭的创作生机与活力得力于安正雨、达拉、晶达、达子等一批作家的执着与不懈努力，他们带着最新的创作理念和正能量，在一个开放的、动态的艺术空间中，不断追寻、充实自我，营造出新的艺术视界。另有一些文学艺术爱好者还努力将儿童文学与其他媒体相结合，进行了新的艺术尝试，以适应不断求新求变的达斡尔族少年儿童的审美能力。虽然这一艺术实践成果还有待进一步发展，但它带给达斡尔族儿童文学的信心是不可低估的。在新世纪达斡尔族儿童文学创作中，达斡尔族文坛新秀安正雨的儿童散文尤值得我们瞩目。

---

① 樊发稼：《中国儿童文学发展史概述》，载《樊发稼儿童文学评论选》，贵州人民出版社1996年版，第223页。

② 张锦贻：《民族儿童文学的新风貌新风格（下）》，《内蒙古日报》2018年5月28日。

安正雨（1976— ），女，原名鄂阿娜，内蒙古自治区呼伦贝尔市莫力达瓦旗达斡尔族自治旗人，以散文、小说创作为主。安正雨的长篇小说《以父之名》列入内蒙古自治区宣传部、内蒙古文联、内蒙古作家协会共同推出的"草原文学重点作品创作扶持工程"，于2019年由作家出版社出版，作品深情地表达了作者"对祖国，对达斡尔民族最虔诚的敬意和祝福"①。近年，安正雨的另一部长篇小说《荣耀之光》已列入中国作家协会"少数民族文学发展工程"重点作品扶持项目。作品有感于达斡尔民族传统竞技项目"曲棍"的感人心魄，写出了曲棍人为荣耀而战的奋斗精神。小说之外，安正雨还写有《种下脐带的地方》《莫力达瓦的原野》等多篇散文。其中《故乡的火盆》《勇敢者的游戏》《再见，阿优》《带娃看云朵的日子》等儿童散文，并非是作者"有意识地写给少年儿童"，但是，安正雨在确立以叙事为前提之下，充分调动散文抒情、诗化的语言以及纪实文学的写实风格等诸多文学要素，突破了通常儿童散文的文体边界，构建起一个开放的艺术空间，为达斡尔族儿童文学提供了新鲜的写作经验。她的儿童文学作品以民族世代居住的地域为出发点，从民族精神和民族审美维度拓宽了达斡尔族儿童文学的艺术空间，带有明显的寻找民族文化之根的倾向。安正雨儿童散文在其高远俊美的精神目标之后，所传递的达斡尔民族信息，对于达斡尔民族意识的彰显是自觉而强有力的。她不满足于蓝天白云、骑马射箭、能歌善舞等少数民族生活的表层呈现，而是在达斡尔民族生活的倾情书写中，展示出达斡尔族少年儿童身上涌动的不屈不挠的民族精神，还有他们那种淳朴率真、奔放豪爽、同情弱小、珍视友谊、渴望自由、崇尚武力、敬重英雄、讲求诚信的人格魅力。"迷惑的时候回到大自然中，找一块石头坐下，看云朵。其实幸福一直在我们身边，只是很多时候，我们只顾低头抱怨哀伤，却忘了抬头看一眼。"② 这些充溢着人文意识的至真至美的"诗意空间"，饱含着作家的悲悯情怀和审美理想。安正雨儿童散文的特出之处也正在于此。达斡尔民族生活的情状、达斡尔民族文化的特质与达斡尔民族"力、义、勇"的精神，不再是"为文学镶嵌的花边"，而是安正雨更加自觉地强化、提升和

---

① 鄂阿娜：《以父之名·后记》，作家出版社2019年版，第183页。

② 安正雨：《看云朵的日子》，《草原》2010年第8期。

表现人性善美与达斡尔民族内聚力、民族荣耀感的广阔舞台。

以上，大体可以看出新时期达斡尔族儿童文学所取得的实绩。我们在梳理达斡尔族儿童文学发展脉络、描述其得失的同时，不无遗憾地发现，在达斡尔族书面文学的整体格局中，儿童文学也存在着现实的隐忧。除面临创作人才的断层外，那种视儿童文学为无足轻重的"小儿科"的片面看法也有相当的市场，队伍建设、社会重视、文化语境、经济投入等诸多因素制约着达斡尔族儿童文学的进一步发展。具体而言，主要有以下三方面：一是儿童文学作家队伍培养力度的缺乏。达斡尔族文苑至今没有专事于儿童文学创作的作家，即使是曾经写过不少儿童文学作品的作者，如今亦较少涉足这一领域。作家是文学作品的直接生产者，因此，儿童文学作家队伍的建设是确保儿童文学发展、繁荣与兴旺的最基本条件。二是儿童文学理论研究和评论工作的忽视和滞后。文学批评指导创作，帮扶作家总结创作经验，反之，作家的创作实践又可以丰富理论、发展理论。新时期以来，儿童文学理论研究和评论取得了一定的进步，但达斡尔族儿童文学研究和评论仍然是一个相对薄弱的环节。这种状况的长久延续，使得理论对于儿童文学创作的推动与促进作用难以发挥。三是达斡尔族儿童文学的生态环境亟待改善。儿童文学是民族文化振兴的一个不可忽略的元素，也是一个国家、一个民族持续发展的精神动力之一。随着社会的发展，达斡尔族少年儿童对文学作品的需求越来越大，积极创作儿童文学作品已成为时代的需求，而新传媒的介入，为儿童文学创作提供了广阔的艺术空间，也为少年儿童成长及教育注入了新的活力，带来了儿童文学创作的新路径。因而，儿童文学特别是人口较少的达斡尔族儿童文学的进一步发展与繁荣，有赖于相关职能部门提高对儿童文学重要意义的认识，予以精准的关注和帮扶，也有赖于更多的达斡尔族作家不辱使命，为少年儿童创作更多更好的精神食粮，以满足少年儿童日益增长的需求，给予他们更切实的启示和教益。

七　报告文学的发展轨迹

　　新中国的秧歌锣鼓，为达斡尔族报告文学带来了新生与青春。报告文学这一在 20 世纪 50 年代被称为通讯、特写的纪实性文体，较之达斡尔族小说、诗歌和散文乏善可陈。直到 20 世纪 50 年代中期，达斡尔族报告文学方渐渐兴起，出现了一批初具报告文学雏形的作品，他们担负起反映社会主义建设的使命，歌颂了社会主义新人新事新面貌。这一时期，达斡尔族新闻工作者、文学爱好者，出于对祖国、对达斡尔民族新生的无比喜悦之情，以前所未有的热情，为焕发青春的达斡尔民族与各族英雄儿女谱写了一曲曲颂赞之歌。时任新闻记者的吉雅，以特写《鄂温克人在前进》记录了鄂温克人民一日千里的前行与脚步，颂扬了他们淳朴、美好的心灵。之后，吉雅又多次深入北疆少数民族聚居区实地采访，陆续写有《三十二年间》《有这样一家人》《家乡好》等多篇通讯和特写，深情地赞颂了新中国的历史性巨变，讴歌了社会主义建设进程中各族人民的进取精神和创造热情。此外，身居呼伦贝尔草原的文学爱好者多成贵，以达斡尔族邮递员鄂明海的感人事迹为资源，写出文艺通讯《草原雄鹰鄂明海》，揄扬了社会主义新人鄂明海的崇高品德。一个人一条路，靠着一副不算高大的身躯，鄂明海在孤寂的草原、森林，艰难奔波，一次又一次拼上性命，但他从未有过后悔。作者以鄂明海 1955 年从部队复员，自愿奔赴鄂温克族自治旗邮政局孟根楚鲁支局扎根草原、服务草原人民的动人事迹，鼓舞青年一代积极进取，用行动诠释自己的青春与梦想，进而确立和创造辉煌的人生价值。多成贵的这篇作品人物性格鲜明，富有强烈的时代色彩和民族特色。这一阶段的达斡尔族报告文学大多以作者亲历生活为素材，叙事性较强，但文体意识薄弱。在 20 世纪五六十年代的达斡尔族报告文学中，无论描写热火朝天的社会主义建设景象，还是以娴熟的艺术笔触，匠心独运地揭示建设者的美好心灵，呼思乐的《阿彦浅的变迁》、巴图宝音的《伦坤保》《特别向导》都值得推许，他们的作品以高昂的政治热情颂扬了社会主义新人，反映了社会主义新政权新制度的优越性，曹玉宽、敖连保（《阿彦浅的变迁》）、孟庆海（《特别向导》）伦坤宝（《伦坤保》）等新人形象，真实地反映了少数民族走向新生活、融入祖国大家庭的心路历程。

这一时期的通讯、特写"还处于向报告文学演变的'蝉蜕'过程"①，因而在报告文学的新闻性与文学性的融合上显得心余力绌。再就是国家主流意识形态提倡的"从正面歌颂先进人物、先进事迹"的内容框架，在一定程度上束缚了达斡尔族作家的艺术创造力，尤其是对人物的理想化拔高，致使这一时期的达斡尔族报告文学缺少鲜活与丰满。即便如此，我们认为20世纪五六十年代的达斡尔族报告文学仍有一些特色值得回视。在题材内容上，达斡尔族报告文学以真挚的情感，热情地赞美了劳动者的社会主义建设热情，讴歌了无私奉献的集体主义和爱国主义精神。其中有相当一部分作品，反映了达斡尔人民在社会主义建设时期的新思想、新风尚，且有浓郁的地域与民族特色。在艺术表现上，既擅长在事件的叙述和比照中凸显人物的"英雄本色"，也善于在真实的细节描写中呈现人物闪光的精神品质。

20世纪60年代，在国家主流意识形态对报告文学这一"文艺轻骑兵"的大力提倡下，作为"大搞报告文学"②运动的孪生姐妹，文学界一个大写"革命回忆录"和"四史"③运动相继得以勃兴。各地区的文化团体、作家协会等相关机构，也将"各个历史时期的革命英雄事迹的描述，斗争回忆"等列为创作的重要内容之一，并"提倡各个工厂编写工厂史"，"农村和牧区写本乡本社的新旧对比和面貌变化的历史"④。从这一时期达斡尔族报告文学创作队伍的构成来看，由撰写革命回忆录和

---

① 王庆生主编：《中国当代文学史》，高等教育出版社2004年版，第194页。

② 1958年10月《文艺报》发表了"大搞报告文学专论"，开辟了"大家来写报告文学"专栏。1962年2月，《文艺报》再次发表题为"迫切需要反映人民公社新气象的报告文学作品"的短评，号召、鼓励作家和业余作者迅速以报告文学这一形式，反映"大跃进"中的现实生活。

③ 四史：指家史、工厂史、公社史、部队史。

④ 内蒙古大学中国语言文学系：《内蒙古自治区文学史》，内蒙古人民出版社1960年版，第248页。

"四史"为中心的群众性报告文学创作活动的展开，使一些业余作者得以涌现，其中也有一些人由此走上了专业创作道路。在这方面，哈斯巴图尔的创作颇具代表意义。哈斯巴图尔时任新闻记者，足迹遍及整个呼伦贝尔大草原，亲历祖国北疆特别是呼伦贝尔草原日新月异的巨变，有感于此，哈斯巴图尔陆续写有《永不熄灭的火花》《青春的火花》等多篇特写和报告①，深情讴歌了呼伦贝尔草原涌现出的新人新事，展现了达斡尔民族发生的历史性巨变。这一时期，哈斯巴图尔还以《血泪荒原换新天》（与王子述、白文达合著）②开启了历史题材报告文学的先河。这部作品首次以长篇纪实文学，揭露了第十四代图什业图亲王色旺诺尔布桑卜"嗜杀成性"、横征暴敛、无恶不作的滔天罪行，反映了科尔沁草原蒙古族牧民深重的苦难。这部忠实于原有史实，记述真人真事，且颇具艺术感染力的纪实文学作品，作为一种"新型的报告文学"③，在20世纪60年代文坛引起了较大的反响。

十年风雨年代，达斡尔族报告文学和其他文学品类一样，受到政治气候的干扰，走过一段曲折的坎坷之路。报告文学在当时被变异为"高度的真实是阶级斗争的真实"，成为图解"两种对立思想和两种对立路线"的工具。20世纪70年代初，文学创作得以短暂恢复，达斡尔族文苑也曾出现过被称之为报告文学的《千里草原处处香》《把青春献给农村》《北国处处盛开大寨花》《阳光灿烂照草原》④等作品，它们作为特定时代的产物，特别是在报告文学的具体构思要从"紧张、激烈的斗争中来突出表现英雄人物的品格"这一创作规约中，失去了应有的审美风范，达斡尔族报告文学的凋敝局面，亦没有因文学被"恢复"和"大力提倡写英雄人物"而得以改变。

时间推进到20世纪80年代，作为一种善于应对时代挑战、有较强适应性的文体，报告文学进入了发展时期。最为重要的是，报告文学终于在这一时期成为与小说、诗歌、散文并列的独立的文体样式。就达斡尔族报

---

① 娜日斯：《文学奇葩》，内蒙古文化出版社1993年版，第5页。
② 哈斯巴图尔、王子述、白文达：《血泪荒原换新天》，内蒙古人民出版社1966年版。
③ 内蒙古大学中国语言文学系：《内蒙古自治区文学史》，内蒙古人民出版社1960年版，第258页。
④ 娜日斯：《文学奇葩》，内蒙古文化出版社1993年版，第6页。

告文学而言，其重新崛起与繁荣，自然是得益于新时期社会政治、经济与文化的开放，也离不开文学与社会各界的关注和积极参与，报告文学首次"成立了自己的社团——中国报告文学学会；创作发表的园地日益扩展，在任何一种文学报刊上，报告文学都占据着相当重要的版面；在各种文学研讨会和文学评奖中，报告文学都具有举足轻重的分量"①。而且从更广泛的意义上讲，这些利好因素大大激活了达斡尔族报告文学创作的内在生命力。首先，长期蛰伏的达斡尔族作家呼吸着思想解放的清新空气，伸展出灵动的艺术触角，成就了新时期达斡尔族报告文学的发展与繁荣。其显著标志是孟和博彦、乌云巴图、海鹰、娜日斯、张华、苏雅、苏华、杜娟、孟根、赵国安等作家加入报告文学创作队伍的行列，肩负起光荣使命，热情拥抱急剧变化的社会生活，并以诗人或小说家的大手笔直面世间百态，关注和表现生活中的矛盾与斗争、困惑与抉择。诚如萧乾所言，"不少有才华的作家献身于这一文学体裁的创作。这是几年来我们文艺界最为可喜的事物之一，我深切地感到我们在为人类开拓着一条崭新的写作之路。因为它比其他形式与现实生活结合得更为紧密。它能及时地并且无情地揭露经济建设及社会生活中的消极因素，能更为有力地推动积极面"②。其次，在新时期文学大好环境的激励下，报告文学作为一种运用多种艺术表现形式真实反映生活、揭示社会问题、传达社会信息的文体，以其真实性、新闻性、文学性表现出强烈的人文关怀。

　　新时期达斡尔族报告文学的整体面貌，可以用重新崛起、多元发展来概括，它既与中国少数民族文学同一时期相同文体在题材表现方面相呼应，又带有达斡尔民族特色和地域特色。从发展路向上考察新时期的达斡尔族报告文学，它先是以孟和博彦的《足迹》《走进知识宫殿的人》、娜日斯的《坎坷创业曲》《兴华之歌》、杜娟的《啊！巴特罕》等为代表，标志着新时期达斡尔族报告文学的突起。达斡尔族报告文学推进到20世纪90年代，由振兴走向了多元发展阶段，出现了哈斯巴图尔的《贝阔之歌》、孟根、田过的《震撼林海的达斡尔女检察长》、娜日斯的《达尔滨一家》、张华的《万绿丛中一枝红》、海鹰的《精神永驻》《公仆的情

① 张锲、周明：《报告文学的繁荣与发展》，《光明日报》2000年4月13日。
② 萧乾：《报告文学小议》，《时代报告》1983年第7期。

怀》、赵国安的《他就是"寻富"》、苏雅的《任重道远无怯意 扶贫攻坚奏凯歌》等一批优秀作品。这一时期的达斡尔族作家贴近生活，以真诚的创作态度，感应时代脉搏，不断开拓创作题材，开启了达斡尔族报告文学的新阶段。他们描写改革开放中涌现的教育、文艺、体育、司法和企业等各行各业的风流人物，也能踏着时代节拍而迈进，迅捷地反映社会生活的各种现象，从而使达斡尔族报告文学的社会意义和思想内涵趋于厚重。新千年以来，达斡尔族报告文学家由热烈、激情回落到平稳、多维和宏观。敖继红的《界河军魂》、乌云巴图的《命运笔记》等长篇纪实报告文学的问世，表明达斡尔族报告文学开始向更深层演进与嬗变，这主要表现为从宏大的社会主题回归到对人生普世价值的探索，开始远离传统的"报告文学观"，以全新视角审视现实与历史，从题材重心偏于主流意识相态话语到面向现实、面向个体经验的重大转移，从而实现了达斡尔族报告文学的"某种意义上的革命"①。在新世纪达斡尔族报告文学创作中，昳岚的报告文学《消逝的霍日里》②带给我们一种别样的艺术经验。这篇作品一改往日达斡尔族报告文学批评与歌颂之风，写出了达斡尔故乡在现代化进程中所遭遇的生存危机，描绘了莫力达瓦乡村底层族群的身份焦虑，表现了作家在当下生活中被压抑的情感和不能实现的梦想。作品笔锋犀利，切中当下敏感与要害，颇具洞察力。

由于新时期再到新世纪内外因条件的"化合"，使这一时期达斡尔族报告文学呈现出前所未有的大好景观。其显著特征首先表现在，达斡尔族报告文学家们不再拘囿于"一人一事"和政治内容主导下的题材标准，而是将历史转折期的深刻变化着的"人"的精神世界作为他们主要的反映对象，使达斡尔族报告文学开始向社会的深层和人物的精神世界拓进。这一特点在孟和博彦的报告文学《足迹》中得到了鲜明的体现。20 世纪80 年代的报告文学，以书写实现强国梦、表现为中华民族的复兴及发展而努力拼搏者，显得尤为突出和重要，他们的成就和精神带给读者巨大的精神力量和鼓舞。孟和博彦笔下的恩和就是这样一位颇具赤子之心的改革者。恩和这位以锲而不舍的奋斗为生命底色的人物，在作者笔下真实而丰

---

① 丁晓原：《论新时期报告文学的开放性》，http://www.chinawriter.com.cn，2011 年 11 月 30 日。

② 昳岚：《消逝的霍日里》，《时代报告·中国报告文学》2013 年 5 月号中旬刊。

满，闪烁着文学典型的光彩。同时，我们也不能不佩服孟和博彦对社会生活、对恩和这一人物细致入微的观察和理性观照。哈斯巴图尔的《贝阔新歌》从 1982 年举行的国际男子曲棍球邀请赛起笔，描写了达斡尔族教练尹立德率中国男子曲棍球甲队，克服种种困难在国际比赛中获得优异成绩的艰辛历程。这篇报告文学一方面忠实地记录了尹立德为发展曲棍球事业而默默奉献的感人事迹，另一方面歌颂了以尹立德为代表的达斡尔族曲棍球健儿，使古老的达斡尔民族"贝阔"这一传统竞技项目在新时代焕发出青春，为祖国体育事业所建立的卓越功勋。娜日斯的《达尔滨一家》以诗意化的叙事方式，通过"达尔滨一家"即达斡尔族何凤花、孙维东夫妇，不惜任何代价照顾山东籍汉族老人多年，并数次举债往返莫力达瓦旗和山东乡村为其找回儿女亲情的传奇经历，歌颂了"人性之爱"的伟大，展示了达斡尔民族弥足珍贵的善美良质。最为可贵的是，作品以开放的结构艺术方式，"报告"了现实的生活，摆脱了以往报告文学程式化的写作规范，且力避明确和单向，以丰盈的生命血色，呈现了人物的原色魅力。映岚的报告文学《书写生命》《美丽的特莫呼珠》《国有难，我必冲上前》或歌颂或批判，真实地揭示了社会转型带给达斡尔民族文化生态的全方位冲击，歌颂了正义与担当。

新时期达斡尔族报告文学在倾力书写和表现社会价值的同时，还努力突破现实表层，为改革者和奉献者树碑立传，展现改革浪潮中先行者的崇高精神。海鹰的报告文学呈现出积极向上、促人奋发的节奏和旋律，无论是歌颂罗金发这一廉洁奉公、务实肯干的共产党员形象（《精神永驻》），还是颂扬为受灾群众、失学儿童、孤寡老人等倾注心力的人民公仆达斡尔族优秀青年敖拉柱（《公仆的情怀》），她都注重从生活细节中开掘深层内涵，理性观照多于情感表达，即便有感情流露，一般也使其在理性的渠道之中流淌。而包含这些生活内容的形式，又质朴得近乎直白，毫无"刻意"为之的痕迹。孟根、田过的报告文学《震撼林海的达斡尔女检察长》的成功，既来自达斡尔族女检察长郭凤琴的人格魅力，也来自作者以平淡朴实的叙述方式歌颂了郭凤琴这一人物身上所蕴含的疾恶如仇、侠骨柔情兼备的担当精神。与此同时，达斡尔族作家还深入基层第一线，及时反映改革的进程以及由此产生的矛盾和问题。娜日斯的《坎坷创业曲——记海市工商联顺昌贸易公司副总经理、昌盛园大酒店总经理田幼

岚》、杜娟的《啊！巴特罕》、赵国安的《他就是"寻福"》代表着这方
面的创作实绩。娜日斯的《坎坷创业曲》是一曲女性奋斗与励志的赞歌，
作品表现出一种积极进取的生命存在的意义。当一个人在身处逆境的时
候，是选择逃避、激流勇退还是迎难而上，作者以田幼岚的事迹，给出了
答案。作者还以深切的同情和挚爱，捕捉了主人公田幼岚身上闪光的细
节，并以女性作家独有的细腻笔触展示了田幼岚丰富的内心世界。杜鹃的
《啊！巴特罕》可以说是达斡尔族报告文学史上的一篇"乔厂长上任
记"①。较之同类题材，这篇报告文学的新闻性较弱，文学色彩和抒情意
味颇为浓郁。作品选取企业家刁佳振将"五·七厂"② 转型为啤酒制造业
这一创业型题材，展示了改革者刁佳振艰苦创业的历程以及民族工业改革
的举步维艰。赵国安的报告文学《他就是"寻福"》以富于想象力的艺
术笔触，描写了"位卑未敢忘忧国"的知识分子丛树生毅然放弃辉煌前
途而立志家乡教育事业的事迹，歌颂了他不顾病痛而拼搏、奉献的崇高精
神。作者还深入丛树生的生活实际，倾力描绘了知识分子"对生命意义
的坚守"。

　　新时期达斡尔族报告文学在艺术表现方面也出现了新变化。艺术表现
的丰富性是新时期达斡尔族报告文学的主要特征。有许多达斡尔族报告文
学家撷取小说、散文、戏剧和电影文学等诸多艺术门类之长，钟灵毓秀于
一身，充分发挥了报告文学这一文体的优长。张华的报告文学《万绿丛
中一枝红——记莫力达瓦达斡尔族自治旗乌兰牧骑》③ 表现了莫力达瓦旗
乌兰牧骑人在改革开放以来取得的巨大成就，歌颂了他们的团结与进取精
神。张华以散文起家，以小说蜚声达斡尔文坛。在注重真实性的报告文学
创作中，是否可以借重建立在虚构基础上的小说技法写人叙事，张华以她
的创作印证了这一点。想象与写实，诗情与实景，在张华笔下不再相互掣

---

　　① 蒋子龙：《乔厂长上任记》，《人民文学》1979 年第 7 期。

　　② 五·七厂：即"五·七工厂"。源自毛泽东"五七指示"。1966 年 5 月 7 日，毛泽东给
林彪写了一封信，这封信被称为"五七指示"。在这个指示中，毛泽东要求全国各行各业都要办
成一个大学校，学政治、学军事、学文化，既能从事农副业生产，又能办一些中小工厂，生产自
己所需产品。为响应该"指示"，当时全国许多学校、部队、企业、地方都创办了"五·七工
厂"。

　　③ 乌兰牧骑：蒙古语音译，原意为"红色的嫩芽"，后引申并特指"红色文化工作队"。
乌兰牧骑，1957 年诞生在内蒙古自治区锡林郭勒盟苏尼特右旗。现主要活跃于农村牧区。

肘、自相矛盾，而是完美地融合为一体。乌兰牧骑人的原生态生活为张华想象的画笔提供了丰富多彩的颜料，飞翔的翅膀在真实的天空里描画出了一道道绚丽的风景。昳岚的纪实报告文学《纤手灵光》也以全新的写人叙事艺术，丰富了这一时期的报告文学创作。乌云巴图的长篇纪实报告文学《命运笔记》则以"命运"为主题，通过达斡尔族知识分子克印的坎坷遭际，表现出对知识分子生存环境的深切忧虑，谱写了一曲中国式知识分子爱国、敬业的恢宏乐章。敖继红的《镌刻在心底的忠诚》如优美动人的长篇散文，孟和博彦的《走进知识宫殿的人》如同一部散文化的小说。总之，除虚构以外的一切艺术表现手法，都在新时期达斡尔族报告文学中有了用武之地，使达斡尔族报告文学不仅以真见长，以理服人，还能以美取胜，以情感人。而且这一时期的达斡尔族报告文学亦不再是一张平面图，而是一面多棱镜，读者借此可见斑驳生活、世象百态。

结构艺术的求新求变，是新时期达斡尔族报告文学的另一特征。社会生活的复杂多变和千姿百态，从某种角度上决定了报告文学的结构也应不拘一格。结构艺术的创新体现着作家理解生活的独到思路。新时期达斡尔族报告文学突破了以往创作的范式，过去那种"结构完整，首尾照应，环环相扣"的观念逐步被打破，开始从小格局的封闭的结构模式中走出，尝试从宏观上统摄生活，着眼于整体和全面，创作出灵活自如、不一而足的开放性结构。具体而言，新时期达斡尔族报告文学的结构艺术呈现出以下几种样式：一是全景式。苏雅的报告文学《任重道远无怯意　扶贫攻坚奏凯歌——记莫力达瓦达斡尔族自治旗扶贫攻坚纪实》，与社会生活中杰出人物事迹的报告文学不同，作者以从事扶贫工作的切身体验，追逐时代的发展潮流，真实地反映了莫力达瓦旗扶贫工作面临的种种困境。作品冲破以往报告文学的思维定式和书写传统，以一种全新的多层次、全景观、全方位的表现方式，综合众多纷繁复杂的事件、人物、数据等素材，集中表现了扶贫工作的艰辛历程及取得的实绩。作者采用了具有一定自由度的全景式结构，摆脱了以往以某一人物为主的结构方式，扩展了报告文学的信息容量。作品并未从微观视角构篇，而是从宏观鸟瞰莫力达瓦旗扶贫攻坚的全貌。从农业灾害、科技教育、人口增长等层面分别展开描述，将相关人物穿插其中作为典范加以颂扬，使其成为扶贫措施切实可行的一例佐证。这种结构方式，使作者无须过多推敲人物形象的完满，也不必讲究结构的"严谨",尤其是过渡、照应、层次等结构性技巧的酌量。二是板块式。这种结构方式在新时期达斡尔族报告文学中运用得颇为广泛,以结构紧凑、视觉感强、信息量大等特点受到达斡尔族报告文学家的青睐。孟根和田过的《震撼林海的达斡尔女检察长》采用的即是"板块式"结构。作品以达斡尔族民谣"像箭杆上的羽毛一样爽快,像箭杆一样笔直,像钢铁一样坚强;走过的地方光明,做过的事情清白"为统挈全篇的"红线",在秉持真实性的前提下,依据情感表达的需要,在总题下划分出四个"板块",且"块"与"块"之间又是并列的。每一"块"表达一个意群,每一个意群又有相应的材料支撑,从而使作品呈现出情节曲折、感情充沛的风貌。三是开放式。报告文学的这种结构方式,其优势在于可以避免"宏观作品易生的结构芜蔓之害"。乌云巴图的长篇纪实报告文学《命运笔记》在这方面堪为经典。作品描写了知识分子长期以来遭受的冷漠、歧视和摧残,披露了历史的欺骗和荒谬,高度评价了"中国牌"知识分子克印为理想而忍辱负重、无私奉献的崇高品德。由于作者点面统筹、结构全篇,所以尽管表现的是知识分子命运这样一个"重大"命题,但是篇幅却很节制。作者没有展现克印这一人物更多的生活细节,而是由点及面、由面及点地叙写,加之用笔精细,使其成为达斡尔族书面文学史上第一部为知识分子鼓与呼的悲情乐章。

　　当然,我们在梳理新时期到新世纪达斡尔族报告文学的发展路向并为之喝彩的同时,也不能忽视达斡尔族报告文学的短缺之处。首先是缺乏介入社会的深度。报告文学自问世以来,就以其思想的深刻性而先声夺人,然而达斡尔族报告文学中的一些作品略显无力,没有穿透民族生存与未来的深度和力度。其次,较之达斡尔族小说、散文、诗歌,报告文学的艺术审美局限较为显在,达斡尔民族文学的诗性与刚性品格在报告文学的创作中没有更好地得以突出。报告文学特别讲求作品的真实性和时效性,要求作品能够真实而迅速地反映社会现实生活。然而,这并不意味着不能反映历史尤其是民族历史,恰恰相反,那些具有"报告"价值的民族历史事件同样也是报告文学再现的优质资源。因此,挖掘并书写达斡尔民族那些被"冰冻"的历史,成为达斡尔族报告文学家的一项重大使命。对达斡尔民族生存境况的表现也有欠缺。在当下现代性大潮已将达斡尔民族传统文化推向"湮灭"的窘境下,亟须达斡尔族报告文学家直面矛盾,更不能以失去自我、失去责任为代价，而无视民族精神危机以及达斡尔民族自身的生存实际。因此，寄希望于达斡尔民族文学的后起之秀，以从容、精致而刚性的笔力表现达斡尔民族的现实，在更高的美学层面上拥抱这个缤纷而多彩的伟大时代。

八 戏剧与影视文学的生成

　　从达斡尔族作家文学发展的整体路向考察，作为综合艺术的戏剧、影视文学创作①，其发展速率与成就难以与小说、诗歌、散文相匹比。就其实际，对达斡尔族戏剧、影视文学的生成与发展作一简要梳理。达斡尔族戏剧、影视文学在所经历的各个不同的历史阶段中，唱出了对新生活的由衷赞歌，从不同侧面记录了达斡尔族与其他少数民族翻天覆地的变化，展现了社会主义建设者的拼搏与奋斗精神。话剧，是达斡尔族作家较早接触的一种艺术形式。1945 年，在呼伦贝尔盟（今呼伦贝尔市）地方政府从事文教工作的索依尔，"为宣传抗日战争的胜利，自编自导了多部话剧"②，带领呼伦贝尔盟文工团在布特哈、莫力达瓦旗和海拉尔地区巡回演出，以"传播革命的思想"③。走进新中国的索依尔，毅然舍弃都市生活，植根呼伦贝尔草原，投身于社会主义建设的伟大事业。新的生活赋予索依尔这位达斡尔族剧作家以新的艺术生命。1951 年，索依尔切身体会到党和政府提出的"发展人口""发展畜牧业"等富民政策带给草原人民的福祉。于是，他以自己亲历的草原生活为资源，写出话剧《人畜两旺》，通过人口与牲畜头数的激增，反映了呼伦贝尔草原的巨大变化。抗美援朝战争爆发后，索依尔为志愿军保家卫国、赴朝参战的爱国精神所牵动，以话剧《中朝友谊》歌颂了志愿军官兵的英雄主义精神，颂扬了中朝人民的血肉情谊。这一时期，索依尔还写有话剧《模范牧民钟迪》《巴拉珠尔参加了互助组》《草原上来了"白衣战士"》等，展现了草原人民

---

　　① 戏剧：早先专指戏曲，后用为戏剧、话剧、歌剧、舞剧、诗剧的总称；影视文学则是电影文学和电视文学的合称。文学上的戏剧、影视文学概念是指为表演所创作的脚本，也指一种运用影视思维创造银幕形象的文学样式。

　　② 阿拉腾索德：《我的父亲索依尔》，打印稿，未经发表。

　　③ 阿拉腾索德：《我的父亲索依尔》，打印稿，未经发表。

的新思想新面貌。索依尔还写有歌剧《大兴安岭游记》。这是一部洋溢着欢乐与时代激情的作品。剧作深情地描绘了兴安岭沿路到草原明珠海拉尔小城的建设美景，富有新生活气息的蓝天草原，加之谋篇布局的谨严，使这部歌剧呈现出浓郁的抒情意味和鲜明的民族特色，给人以至真至美的艺术享受。

索依尔的创作，代表了 20 世纪 50 年代达斡尔族戏剧文学的成就。他的剧作以草原儿女喜闻乐见的艺术形式，再现了呼伦贝尔草原的新人新事新气象，尤其是在社会主义建设、抗美援朝和互助合作化运动中，起到了宣传和鼓动作用。总的来说，从中华人民共和国成立到 20 世纪 50 年代初的创建阶段里，达斡尔族戏剧文学基本实现了"从无到有、从有到优"的变化，显现了达斡尔族戏剧文学的生机与希望。索依尔的话剧《巴拉珠尔参加了互助组》影响颇为广泛。这部剧作汇入当代中国戏剧文学的主旋律，表现了呼伦贝尔草原牧业合作化运动中"两条道路"的矛盾和斗争。剧作以对比艺术，反映了草原牧民的思想变化。贫苦牧民以对组织的天然亲和，拥护党的领导，积极参加互助组，坚定不移地走合作化的道路；而生活富有的牧民或坚持单干，或持观望态度，或内心挣扎犹豫，备受煎熬。最终，在事实的教育下，他们放下思想包袱，走向了进步。剧作还特别刻画了牧民巴拉珠尔这一艺术形象，描写了他从一开始不愿参加互助组到主动要求加入互助组的转变过程，显示了集体主义的胜利。这部剧作以真实生动的人物形象，颇具喜剧性的戏剧冲突，表现了富有社会意义的思想主题。在人物塑造上，摒弃了脸谱化的弊端，揭示了巴拉珠尔内心情感的复杂性。在艺术表现上，呈现出情节自然流畅，生活气息浓郁，结构完整严密，语言活泼风趣的特征，从而极大地提高了剧作的认识价值和教育意义。

1956 年"双百"方针的提出，特别是 20 世纪 60 年代初国家主流意识相态对文艺政策进行的调整，大大调动了达斡尔族作家的创作热情，鼓舞了他们艺术探索的勇气，使这一时期反映现实与民族革命历史题材的达斡尔族戏剧、电影文学创作初见成效。1963 年上演的话剧《巴腾保》（思勤孟和）①，是达斡尔族书面文学史上第一部以达斡尔民

────────────

① 巴腾保：又译作巴腾格宝。该剧作在 1963 年内蒙古自治区呼伦贝尔市莫力达瓦达斡尔族自治旗成立五周年时演出。演出剧本现已佚失。

族语言反映本民族历史的话剧。这部剧作的问世，开创了以达斡尔民族语言创作话剧与演出的先河。思勤孟和（1934—1964），内蒙古自治区呼伦贝尔市莫力达瓦达斡尔族自治旗人。曾在内蒙古呼伦贝尔市莫力达瓦旗《莫力达瓦报》、莫力达瓦旗旗委办公室从事新闻编辑、文秘工作。20世纪50年代末开始业余创作，写有《人民公社建在达族乡》等诗歌多篇，热情歌颂了家乡莫力达瓦的新面貌，赞美了社会主义新制度新生活。思勤孟和创作于内蒙古自治区呼伦贝尔市莫力达瓦达斡尔族自治旗成立五周年的歌词《歌唱莫力达瓦》（王浩曲）曾广为传唱。达斡尔族民族话剧《巴腾保》代表着思勤孟和业余创作的成就。《巴腾保》这部剧作取材于达斡尔族民间传说《巴嘎布支援红军的故事》①，作品以抗日战争为背景，讲述了撑摆渡船的达斡尔族抗日英雄巴腾保（也译作巴嘎布）老人在危急关头，不顾个人安危，勇敢掩护抗联战士并运送战利品的事迹，歌颂了中华民族同仇敌忾，抗击日本侵略者的爱国主义精神。令人欣慰的是，在达斡尔族书面文学发展进程中，一直处于低迷状态，以至有着达斡尔族文坛"灰姑娘"之称的电影文学创作，也在这一时期有了起色。电影文学剧本《嘎达梅林》②（孟和博彦）、《马背上的姑娘》③（吉雅）的问世，填补了达斡尔族电影文学的空白。荣获1981年内蒙古自治区文学戏剧电影创作奖电影剧本奖的《嘎达梅林》（孟和博彦）取材于以民歌、叙事诗、说唱等艺术形式，在蒙古族民间广为流传的现代历史上发生的真实事件。作品紧扣嘎达梅林从一个王爷梅林（护卫军统领）成长为发动起义的民族英雄为线索结构全篇，通过嘎达梅林肩负草原百姓的重托、请愿相谏、罢黜入狱、率兵起义，进而奋起反抗达尔罕王公贵族勾结腐朽的民国政府以"放垦"为由，出卖草原、鱼肉百姓的暴行，以及为保护家园、争取自由与幸福，与屯垦军决一死战，最终献出年轻生命等场面的描写，栩栩如生地表现了嘎达梅林一心为"蒙古族人民的利益"、为保护科尔沁草原而勇于反抗军阀掠夺、反抗封建压迫的大无畏的英雄主义精神。嘎达梅林这一鲜活的英

① 赛音塔娜、托娅：《达斡尔族文学史略》，内蒙古大学出版社1997年版，第24页。

② 孟和博彦：《嘎达梅林》，载《孟和博彦文集》（第四卷），内蒙古人民出版社2008年版。

③ 吉雅：《马背上的姑娘》，《电影文学》1964年第2期。

雄形象的成功塑造，是达斡尔族书面文学史上的一个重要收获。吉雅的电影文学剧本《马背上的姑娘》择取的是马术运动员这一鲜为人知的题材。剧作通过马术运动员青色玛成长的故事，把读者引入一个充满激情与诗意的审美视界。青色玛生于草原、长于草原，后被选送到呼和浩特市业余马术队经过刻苦训练，终于在全国运动会比赛中获得了第一名的优异成绩。成长，是这一剧作的核心题旨。而这部剧作的成功，主要得益于青色玛这一形象的成功。青色玛从一个天真、活泼、充满稚气又有些任性的女孩，蜕变为一个成熟、有理想、有进取精神的马术运动员，是源于集体的力量和温暖。马术队最先教会青色玛的是团队意识和组织纪律性，宽广无垠的大草原滋育了青色玛洒脱的个性，她在马术队说得最多的一句话就是"在草原上多自由！"而这种个性恰恰与马术队纪律严明的特质相悖。初来乍到的青色玛以我行我素来表达内心的抗拒，她听不进教练的训导，缺乏基本的生活规范，导致与队友失和。这既符合人物性格真实，也符合来自草原深处的青色玛走入城市文明，融入集体必然要经历的心路历程。在结构艺术上，剧作采用了传统的"线式"模式，即以开端、发展、高潮、结局为结构链条创作而成，换言之，就是按照青色玛从收到马术队的信件展开描写，以时间发展作为贯穿整个剧本的主要线索。另外，全剧戏剧冲突跌宕起伏，情节动人心弦，加之蒙古族民歌《小青马》的穿插与象征，富有蒙古民族特色的格言俗语，充满诗意的人物内心独白，使剧本洋溢着青春的气息和鲜明的民族色彩。

20 世纪五六十年代的达斡尔族戏剧、电影文学大都注重从生活真实出发，反映民族历史与现实，塑造的人物形象亦多有崇高的理想情操和较强的思想教育意义。巴腾保（《巴腾保》）、嘎达梅林、牡丹夫人（《嘎达梅林》）、青色玛、敖力玛、巴塔尔、旺钦（《马背上的姑娘》）以及钟迪（《模范牧民钟迪》）、巴拉珠尔（《巴拉珠尔参加了互助组》）等颇具个性的艺术形象，不仅使我们感受到特定时代的生活气息，也为达斡尔族书面文学带来了新的收获。尤其是吉雅的电影文学剧本《马背上的姑娘》，打破了当时艺术创作的教条与束缚，成功地塑造了"成长中的人物形象"，成为当时达斡尔族电影文学创作的一枝独放异彩的艺术之花。但是，我们也不能不看到，在达斡尔族戏剧、电影文学创作由初创开始走向成熟之际，由于当时阶级斗争理论的不断强调，使一些剧本常以现成的概念和框架编织故事、设置冲突，且"带有人为制造阶级斗争"的印痕。加之国家主流意识形态又荒谬地提出"大写十三年"的口号，致使刚见起色的达斡尔族戏剧、电影文学创作置于被"规范"的状态，甚至从一定程度上遏制了达斡尔族剧作家的创作热情。而且这一时期达斡尔族戏剧、电影文学所取得的成绩与不足也是互现的，如对新时代、新生活的表现缺乏应有的深度，"只是作了浮光掠影的反映"①，艺术表现手法也尚嫌稚嫩等诸多缺失。在接下来的十年狂乱年代，更是造成了中国文学艺术史上罕见的荒芜与荒诞景象，8 亿人口的中国大地，举国上下戏剧舞台和银屏上仅有"八个样板戏"以各种形式在反复演出和上映。同样，这一时期的达斡尔族剧苑也只能是以出演"样板戏"为己任，也曾有过把当时盛行的《杜鹃山》《龙江颂》等京剧，以达斡尔语或达斡尔族民间曲调移植、翻唱或演出的事实发生②。

20 世纪 80 年代，达斡尔族剧作家在改革开放的利好语境中，潜心探求，刻意求新，达斡尔族戏剧、电影电视文学创作进入了一个新的发展时期。从创作题材来看，反映改革的艰难与曲折，再现生活中的矛盾，成为新时期达斡尔族戏剧、影视文学创作的主要内容。农村经济体制变革是中国全面推行改革的突破口，不仅带来了经济的振兴，而且也带来了人们思想观念的变化。巴雅尔的电视文学剧本《纳文江牧歌》，在反映这场伟大历史变革时，不仅写出了嫩江大地农村变革与转型期的价值观念的冲突，展现了达斡尔族众在创新与守旧、挣扎与奋斗中复杂微妙的心理，更重要的是有力地揭示了这样一个真实，即改革是在普通人的日常生活、精神世界产生巨大影响的事件。较之那些胸怀远大抱负的改革家，普通百姓对改革的期待常常出于改善生存条件、追求新生活的朴素愿望。这部剧作也绝不是单纯的"改革"颂歌，融于其中的是作者对社会现实的深切忧虑，以及对达斡尔民族历史文化的深层思考。之外，这部剧本还通过各色人物在"改革"背景下的历史命运的转折，比如对达斡尔民族传统文化的"流逝"表现出痛惜不已的邦格烈，积极投身改革的哈塔、萨娜等努

---

① 冯雪峰：《五年来我国文学创作的发展方向》，《人民日报》1954 年 10 月 1 日。

② 乐志德：《万里雪飘》，民族出版社 2005 年版，第 258 页。

力上进具有变革意识的人物，力图唤起民族深层的记忆，表达对所属民族的拳拳爱意。苏华的话剧《税收风波》对主题和题材的选取，不再是近距离地、简单地着眼于对某一现实问题的揭示，而是超越了表层结构与矛盾，将艺术触角伸入现实生存实际。在物欲横流的当下，老百姓对税收工作者多有误解，特别是个别人员"吃、拿、卡、要、报"的违法行径，使国家税收人员的形象在老百姓心目中大打折扣。剧作通过税务领导小李、税务征管员格丽亚向酒店经理娜日斯征税而引发的冲突，展示了生活中的"不和谐音符"。剧作没有设置剑拔弩张式的戏剧冲突，而是在自然流动的生活隐层，在善与恶、美与丑的对峙中构成了剧作的结构内核。剧作还设置了不少人物之间颇具喜剧色彩的矛盾纠葛，比如酒店经理娜日斯以各种理由"拒税"不成后，又使出了她的杀手锏，"这少数民族开饭店国家就没什么优惠政策吗？比如说减税、免税啥的？"娜日斯的最后一计，是对一部分少数民族多年养就的一种依赖心态的真实写照。作者指摘了达斡尔民族中普遍存在的一种心理，即试图通过弱势言说赢得他者的尊重、支持、理解和照顾，甚至是依靠他人的施舍而取得自身权益的合理性和话语权。剧作还特别借由税务征管员格丽亚的批评，表达了作者对达斡尔民族的期许，"你为什么觉得少数民族就应该像一个总也长不大的孩子，让国家来照顾你呢？你为什么不长长志气，把生意越做越红火，上交的税款比汉族人还多，让人佩服你是一个了不起的达斡尔人呢？"苏华的这种反思式批评体现了对所属民族文化更深刻的认识。换言之，苏华对自己民族在根本和整体上是认同的，而对民族文化的某些局部又持一种批判的态度，但这种态度其实是作者出于维护民族更好发展的初衷，体现了一种更为深刻的民族认同。剧作还以富有民族特色、自然灵性的语言表达，揭示了剧作的题旨，使娜日斯这一形象获得了多层面的寓意。

达斡尔民族历史是新时期达斡尔族剧作家倾力书写的题材内容。民族历史、革命历史无疑可触发我们对历史生活的纵向审视和对现实的横向比较，因而剧作家大胆反映历史的真实和现实的真实，还原人物的生活，在表现形式上则打破传统的叙事与结构模式，从而大大增强了作品的艺术容量。乐志德的歌剧《赫日额特》《壮行曲》《车尔泪舞春》、巴图宝音、色热、吴玉的15集电视连续剧《骁郎岱夫传奇》、白杉的话剧《高高的加格德岭》、多成贵的电影文学剧本《木克兰的颤音》等，以新的表现方式再现了达斡尔族与其他少数民族波澜壮阔的民族历史。歌剧《赫日额特》独辟蹊径，将民族历史发展的轨迹和揭示民族心灵历程相结合，通过达斡尔民族抗俄历史的展示，扩展为对整个民族历史生存空间的整体观照。电视连续剧《骁郎岱夫传奇》不再满足于一味地追求逼真地、具象化地再现达斡尔民族英雄骁郎、岱夫起义这一家喻户晓的民族历史，而是注重表现剧作家对历史人物的个性化解读。电影文学剧本《木克兰的颤音》成功地描写了新民主主义革命时期，达斡尔人民奋勇抗击国民党反动派的进攻，坚守祖国北疆的英雄事迹，揭露了国民党残暴、腐朽的丑恶本质，表现了革命事业必将冲破种种艰难险阻而取得最后胜利的历史发展趋势。这是达斡尔族书面文学的一个重大题材，不少达斡尔族作家为此挥洒过笔墨。多成贵的特出之处在于，剧作将"史"巧妙地糅合于达斡尔民族风情和日常劳动生产与生活的描绘，使整部剧作闪现出悲壮且富有诗意的光芒。

爱情与民族团结也是新时期达斡尔族戏剧、影视文学表现的主题之一。乌云巴图的电视文学剧本《白蘑菇与苦木乐》的成功，不仅在于讲述了一个悲喜交加的爱情故事，更是通过苦木乐与白蘑菇的爱情与婚恋，揭示出苦难命运中忠贞、坚守的意义。白杉的电视文学剧本《开在心中的南绰罗花》也是一曲美好爱情的颂歌。南绰罗花是爱情之花，作者以此为剧作题目，并以南绰罗花为情感线索结构全剧。一面是纯真的爱情，另一面是置爱情于神圣境地的南绰罗花，它如同充满生机的常春藤，盘绕在爱情这棵主干，蕴积着经久不息的正能量。多成贵的《木克兰的颤音》在高亢的"英雄"与"抗战"主线之外，还以曲折、动人的故事，深情地歌颂了达、汉民族用鲜血凝聚而成的团结和友谊。而且，这种友情之真之纯，是与革命战争的残酷性、达斡尔民族的善美与凛然大义的崇高品德紧紧拴挽在一起的，从而为我们解读达斡尔族人民的情感、道德和文化因子，提供了更多一重可能。

展示达斡尔民族独有的风俗人情，是新时期达斡尔族剧作家共同追求的目标。达斡尔民族的聚居地不仅有令人欣羡的自然风光，而且在长期的历史发展过程中，还形成了富有独特文化特色的民俗风情。在《木克兰的颤音》中，嫩江流域的达斡尔人从小就培养了对民族民间体育活动的热爱，对美好事物的追求，这也成为达斡尔族众优良品质的强大根基。剧作者在描写达斡尔族聚居地的自然风光时，往往赋予它象征的寓意，既勾画出人物行动的生活环境特征，同时又是人物关系的政治气候象征，还常常借渲染嫩江两岸大美风光，抒发作者或主人公的内心感受。《白蘑菇与苦木乐》中对鄂温克民族婚俗的精细描绘，为剧作增添了浓郁的民族特色。皓月当空，草原夜色一片银白。在木刻楞琴的悠扬声中，男女青年环围新郎新娘挑起了欢快的阿罕拜舞。年长者用古老的婚礼歌祝福着一对新人，新郎母亲则端出一盘羊尾，按照乡俗民约给一对新人品尝如意食；送亲与娶亲队伍中"抢枕头"的游戏更是热闹非凡，亦将婚礼推向了高潮。鄂温克人的淳朴、善良，邻里和睦与团结，表现得淋漓尽致，使人们在尽情感受婚礼欢乐气氛的同时，对鄂温克民族的风俗民情也有了更深入的了解。

达斡尔族戏剧、影视文学跨入新世纪以来，出现了一些新的气象。擅长以小说书写达斡尔民族生活的女作家达拉，率先为新世纪达斡尔族文坛献出了电影文学剧本《麻绳》。这部获得 2013 年第二届全国少数民族题材影视文学剧本遴选"入围奖"的剧本，讲述了清朝时期 500 名达斡尔勇士肩负戍边使命，纵马西征，从布特哈故乡转战跋涉，历时一年零三个月抵达祖国西部边陲新疆伊犁保家卫国的故事。剧作还特别描述了扎巴兄弟的离别之情，他们以一段麻绳为信物，"一半留在这头，一半随迁留在那头"。历经分别与思念之苦的达斡尔勇士后裔，终于在 200 多年后的今天，带着坚守和珍藏的"麻绳"，回到了开满映山红的布特哈老家，亲人之间终得以相认。达拉的小说《等待被赎的黑羊》也在这一时期被改编为电影《哈布库的羔羊》①并于 2013 年上映。影片记录了一位热爱曲棍球运动的达斡尔族少年的成长历程。作品以曲棍球运动起笔，反映了达斡尔民族经过一代又一代人的不懈努力，为祖国曲棍球事业发展所做出的巨大贡献。近年，达斡尔族特级飞行员杜伟军从自身经验出发，写出电影文学剧本《飞战斗机的姑娘》②，反映了中国空军女战斗机飞行员的生活。这部剧作曾在 2016 年首届"八一杯"中国军事题材电影剧本征集评选活动中，荣获"优秀剧本提名奖"。

---

① 该影片由达斡尔族导演杨明华执导，莫力达瓦旗旗委旗政府、北京民族文化交流中心、北京真光宝映影视策划有限公司联合摄制。

② 杜伟军：《飞战斗机的姑娘》，《中国作家》2019 年第 1 期。

　　达斡尔族戏剧、影视文学创作在老中青几代作家的不断探索和进取中不断前行，所取得的成就得益于达斡尔族作家对戏剧、影视文学创作的重视和积极参与，以及在民族文化背景中重新思考戏剧、影视文学的个性，对戏剧、影视文学的文本、形态、功能等方面的认识日趋加深。在此基础上，达斡尔族剧作家在创作实践中进行了多方努力和探索，而且这种探索既有内容的拓展，又有形式的创新。他们不再满足于精细地描绘外部世界和人物的外在行为，开始着重于人物内心世界的开掘，表现一定情景下的人物的情感与心理。在艺术表现上，在保持民族和地域特色这一优势的同时，走向多因素、多层面的艺术综合，趋向于融歌、舞、诗、剧于一体的态势。尤其是新世纪以来，达斡尔族剧作家以写意手法完成叙事的探索和尝试，使达斡尔族戏剧、影视文学摆脱了自我封闭状态。但从另一方面看，达斡尔族戏剧、影视文学也存在着如没有形成一支稳定的创作队伍，创作题材多囿于民族历史，达斡尔族寻常人家的日常生活几乎成为被遗忘的角落，对社会进程中达斡尔民族心理与人情事态的变化缺乏关注等诸多不足。

九　文学批评与理论建设的总体走向

作为达斡尔族书面文学重要支脉的达斡尔族文学批评与理论建设，始于中华人民共和国成立之初。检讨起来，20 世纪 50 年代达斡尔族文学批评与理论建设，是以民间文学搜集、记录、翻译和整理取而代之的，书面文学特别是作家文学批评与研究基本处于空白状态。当然，这与达斡尔族作家文学发展的实际影响不大等客观现实也有着直接的关系。学界认为，在当时包括达斡尔族在内的民间文学研究是"兼顾了作为文学创作的源泉和参照与作为学术研究的资料这两个方面的功能"①的，现代意义上的研究特别是探讨民间文学内部问题的理论批评无可称道。时间推进到 20 世纪五六十年代之交，达斡尔族文学批评与研究仍囿于"民间文学的社会历史价值"和"主题思想、教育意义的阐释和演绎"②，未能挣脱当时以社会政治观点研究民间文学的窠臼，再就是一些文学研究者因"理论修养的缺乏"③，使得达斡尔族文学研究内部的主体意识乏力，研究视野和研究方法狭小、单一。其原因主要在于主流意识形态激进的文艺政策，对文学和文学研究过多不适当的干预，使这一时期的达斡尔族民间文学研究多限于政治和社会意义的功利性阐述。达斡尔族民间文学研究的境遇，与当代中国少数民族文学研究遇到的问题颇具共性。从 20 世纪 50 年代中期始，包括民间文学研究在内的所有文学艺术形式，均被纳入"文艺为政治服务"这一框架，使"文学'工具'论，在民间文学领域变得畅行无阻"④。从 1957 年开始的"反右"斗争，到 1958 年发动的"新民歌

---

① 张炯主编：《新中国文学五十年》，山东教育出版社 1999 年版，第 550 页。
② 张炯主编：《新中国文学五十年》，山东教育出版社 1999 年版，第 551 页。
③ 钟敬文：《民间文艺上的新收获》，《新建设》1951 年第 1 期。
④ 张炯主编：《新中国文学五十年》，山东教育出版社 1999 年版，第 559 页。

运动"用以配合"三大政治运动"①，到组织创作新歌谣以配合反修防修
斗争，再到 20 世纪 60 年代初毛泽东关于文艺工作的"两个批示"出台，
认为文艺界"最近几年，竟然跌到了修正主义的边缘"。自此，整个文艺
领域的斗争形势严重加剧，正常的文学研究秩序被打破，专家、学者完全
没有了独立思考的空间，自然谈不上有效的、系统的理论建设。达斡尔族
文学研究亦毫不例外。任何一种文学活动，总是与整个社会政治、经济、
文化发展密切相关的，社会变革和主流意识形态的文艺政策与导向，势必
影响到文学研究的开展。因此，主流意识形态的规约，与达斡尔族文学研
究内部乏力所构成的"交错"，成为 20 世纪五六十年代达斡尔族文学研
究的基本特征。这一时期达斡尔族文学批评所收获的少许成果，主要归功
于 1956 年"双百"方针的提出，再有就是 20 世纪 60 年代初党中央对文
艺政策进行"调整"之后，文艺界于 1962 年相应地出台了"文艺八
条"②，以调动文学艺术界的一切积极力量；加之主流意识形态推行的民
族和睦与平等团结的政策，积极帮助少数民族发展自己的经济与文化，包
括培养少数民族作家、繁荣少数民族文学等。这些政策和措施是开展达斡
尔族文学研究的政治背景和基础。其中最重要和最直接的工作是，1956
年到 1959 年由政府组织的少数民族历史、社会和语言文字调查，它培养
了一批民族研究和民族语言的骨干力量。再有就是，1956 年 2 月，分管
少数民族文学的中国文联副主席老舍，在相关会议上作出了《关于兄弟
民族文学的报告》，在这个中国有史以来的第一个有关少数民族文学的系
统报告里，提出了民族文学的遗产和新文学兴起、开展搜集、整理和研究
等八项措施。以上为达斡尔族文学批评与理论建设带来了新的契机，起到
了直接的推动作用。随之，达斡尔族专家、学者相应地开展了一些研究工
作，以往限于"罗列材料""没有什么新颖精确的解说"③ 的弊端有了一
定的改善，积累了一些文学研究特别是民间文学的研究资料。遗憾的是，
不久之后发生的十年政治风暴，中断了达斡尔族文学研究刚刚兴起的势

---

① 三大政治运动：指中华人民共和国成立初期三次大规模的政治运动，即土地改革运动、
抗美援朝运动、镇压反革命运动。

② 文艺八条的内容包括：贯彻执行百花齐放、百家争鸣的方针；正确地开展文艺批评；批
判地继承民族遗产和吸收外国文化；改进领导作风；加强文艺界的团结等。

③ 钟敬文：《民间文艺上的新收获》，《新建设》1951 年第 1 期。

头，许多有才华的达斡尔族专家、学者无一例外遭到残酷打击和迫害。达斡尔族文学研究的整体生产力遭受了难以估量的损失。

在达斡尔族文学批评与理论建设的初创阶段，孟和博彦是一个需要特别言说的存在。孟和博彦是达斡尔族书面文学史上具有持久创作力、成果丰富且最为接近理论批评的一位文艺评论家。20 世纪 50 年代，孟和博彦在创作之余，写有大量的文艺评论，相继结集为《欣欣向荣的内蒙古文学》① 及《孟和博彦评论文集》② 出版。孟和博彦文学造诣丰厚，治学严谨，其理论批评涉及内蒙古自治区文学及蒙古族、达斡尔族、鄂温克族、鄂伦春族等少数民族文学创作，以及中国共产党在少数民族地区的文艺政策阐释，社会主义文艺理论建设、文学创作发展与文学批评意义等诸多方面，而且在每一个领域里都有引人注目的建树。孟和博彦与同时代许多文艺领导者兼理论批评家一样，由于要体现两种角度的意识，履行双重身份的任务，因而，孟和博彦在文学评论与理论批评活动中，力求鲜明的"党性原则"，又能保持务实的文学精神，把握宏观大局，切合文学创作实际，引导和影响内蒙古区域文学与少数民族文学的发展。他认为，"内蒙古文学的根脉，要生长在内蒙古的土壤里，因此不仅要反对民族保守主义，同时也要注意克服忽视民族特点的倾向"③。因为一切文艺，都是民族的文艺，文艺只有是民族的，才有可能是全人类的，才会获得持久的生命力。为浓厚的创作实践和兴趣所决定，孟和博彦的文学评论最为关注的是文学创作的繁荣与发展。他立足现实，以自身创作经验，或从艺术的角度评价一个时期的区域与民族文学走向，或以真挚的情感，培养和提携不断涌现的新人新作，或从作家视域阐发与创作有关的理论问题，为包括达斡尔族文学在内的少数民族文学创作和理论建设予以广泛而深刻的影响。孟和博彦的文学评论多次获奖，《充满山林的狩猎者之歌》获 1985 年内蒙古自治区首届文学创作索龙嘎奖，《人民性与民族性》获内蒙古自治区第二届文学创作索龙嘎奖。

新时期的到来，使达斡尔族文学批评与理论建设得以重新崛起。其特点在于，这一时期的达斡尔族文学批评与理论建设是伴随着达斡尔族历史

---

① 孟和博彦：《欣欣向荣的内蒙古文学》，内蒙古人民出版社 1959 年版。

② 孟和博彦：《孟和博彦评论文集》，内蒙古人民出版社 1987 年版。

③ 孟和博彦：《孟和博彦评论文集》，内蒙古人民出版社 1987 年版，第 34 页。

文献、民间文学和文人书面作品搜集、翻译、整理与出版，以及新时期达斡尔族作家文学的繁荣和发展而相生相长的。这一成就首先归功于改革开放的历史机遇以及前辈学者开创的学术基业，也得益于相关研究机构的成立和相关刊物的创办，学术会议与文学研讨会的兴起。它们既带来了达斡尔族文学事业的生机与活力，亦带动了达斡尔族文学批评与理论建设的前行与发展。从 1979 年中国少数民族文学学会的创立，再到中国社会科学院少数民族文学研究所的成立，第一次使少数民族文学有了专门的国家层级研究机构。具体到达斡尔族文学研究，首先就是 1980 年内蒙古自治区达斡尔学会成立①，之后又有黑龙江省、新疆维吾尔自治区塔城等省市自治区、莫力达瓦达斡尔族自治旗以及达斡尔族各聚居区相继成立达斡尔族学会，为达斡尔族文学研究落实了组织机构。这一时期，内蒙古师范大学中国少数民族作家研究中心的成立颇具象征意义，显示了包括达斡尔族在内的少数民族文学研究愈渐兴旺的态势。其次，新时期达斡尔族文学批评与研究的深入与发展，也有赖于相关文学理论刊物的兴办和大力扶持，如《民族文学研究》《民间文化论坛》《民间文艺季刊》《民族文化》《民间文化》《黑龙江民族丛刊》《达斡尔族研究》《达斡尔资料集》《草原》《骏马》《纳文慕仁》以及其他相关科研机构创办的刊物，都是达斡尔族文学研究者最早的成长点。相关出版机构和高校学报也为达斡尔族文学研究与理论批评提供了出版、刊发的园地。新时期以来，相关学术团体、高等院校相继召开文学与学术研讨会，如"达斡尔族、鄂温克族、鄂伦春族民族文学创作会议""达斡尔族女作家作品研讨会""达斡尔族、鄂温克族、鄂伦春族女作家作品研讨会""额尔敦扎布《伊敏河静静地流》专题讨论会""萨娜长篇小说《多布库尔河》研讨会""敖拉·昌兴诞辰 200 周年学术研讨会"以及内蒙古自治区社会科学院、内蒙古自治区民族事务委员会举办的"多元文化视角下的达斡尔族、鄂温克族、鄂伦春族研究""守好达斡尔族、鄂温克族、鄂伦春族美好精神家园""达斡尔、鄂温克、鄂伦春'三少民族'作家铸牢中华民族共同体意识主题文学研讨会"等学术讨论会，为达斡尔族文学批评与研究开辟了学术交流的平

① 内蒙古自治区达斡尔学会：成立于 1980 年，原名为"内蒙古达斡尔历史语言文学学会"，后更名为"内蒙古自治区达斡尔学会"。

台和发展路径，亦从理论层面促进了达斡尔族文学研究向纵深发展。再有就是，新时期开展的相关少数民族文学创作与研究成果的评奖活动，如中国文联和中国民间文艺家协会主办的"全国民间文学作品奖"，中国作家协会和国家民族事务委员会主办的全国少数民族文学创作"骏马奖"，内蒙古自治区政府设立的文学创作（含文学评论）"索龙嘎"奖，中宣部主办的"五个一工程奖"等，也都大大激发了达斡尔族作家的创作和文学研究者的热情。

　　新时期达斡尔族文学批评与理论建设的另一成就，还表现在研究队伍的成长和壮大。达斡尔族文学研究队伍，是由达斡尔族民间文艺家、民族学家、历史学家、文化学家、语言学家、文学评论家以及其他民族如蒙古族、汉族、满族等专家、学者共同组成的多路梯队的研究队伍。研究队伍的形成，使达斡尔族文学批评与理论建设在总体发展上呈现出完满和自足的健康态势。达斡尔族文学研究队伍有三个较突出的特点值得关注：一是成员分布广，二是民族多元，三是形成梯队和系统分工。成员的地域分布上，包括内蒙古自治区莫力达瓦达斡尔族自治旗、黑龙江省齐齐哈尔市、新疆维吾尔自治区塔城市、内蒙古自治区呼伦贝尔市等达斡尔族"四方言区"及各省市地区文化单位的基层科研人员，也包括中国社会科学院少数民族研究所、内蒙古社会科学院民族研究所、黑龙江省民族研究所、新疆塔城市文化馆、内蒙古社会科学院达斡尔族、鄂温克族、鄂伦春族"三少民族"研究中心、内蒙古师范大学中国少数民族文学研究中心、内蒙古大学文学与新闻传播学院北方少数民族文学研究中心等研究机构，以及高校专事达斡尔族文学研究与兼职的研究人员。民族多元，指的是这支研究队伍成员的主体构成是达斡尔族，亦包括其他民族如蒙古族、汉族、满族学者和专家。这支队伍还明显地形成了研究梯队和一个有系统分工的新格局。达斡尔族文学研究队伍中，不但有孟志东、奥登挂、巴图宝音、巴尔登等领军层级的研究者在从事本民族文学研究并著书立说，萨音塔娜、恩和巴图、何文钧、杨士清、白杉等理论研究中坚也在辛勤耕耘。他们的不懈努力及将学术事业与文化事业相结合的路径，为达斡尔族文学研究的开拓和创新，奠定了坚实的基础和广阔的前景。这支队伍的新生力量如毅松、丁石庆以及吴刚、德红英、孟荣涛、鄂燕、孟盛彬等脱颖而出的中青年学者，学历层次高，知识结构相对完整，学术视野开阔，且处于最具创造力的适龄阶段，他们迅速成为达斡尔族文学研究与理论批评的新的学科带头人，加之这批学人能够熟练地运用现代科研手段，尤利于他们在达斡尔族文学研究领域迅速跟进。这支研究队伍中的中青年学者，正是未来达斡尔族文学批评与理论建设工作取得更大成就的可靠保证。而且达斡尔族文学研究队伍已基本形成了有系统分工的新格局，包括搜集记录队伍、翻译整理队伍、研究队伍，阵容颇为强大且自成一体。

时间推进到新世纪，达斡尔族文学批评与理论建设呈现出诸多可能性与巨大潜能，也得到了来自创作与研究、体制与民间、不同民族与人员构成、学理脉络的合力推进。这一时期，包括达斡尔民族在内的少数民族文学日益受到重视。其成就主要得益于制度扶持、关注与资助力度。从学术脉络自身发展来讲，在少数民族文学研究的多元范式、各门类知识不断刷新、理论资源丰沛、不同话语与"价值纷出"、思想观念多样的新时代语境中，达斡尔族文学研究日益获得学科自觉并努力追求自身的主体性，历史的学术传统水到渠成并"隐然成型"，特别是非物质文化遗产话语，成为新世纪达斡尔族文学评论与理论研究的重要依据和大力发展的重要内因。这一时期的许多达斡尔族文学研究者，不再满足于一般性的史料梳理，或对文学发展脉络的描述，对作家创作历程与代表性作品的一般性总结，而是在理论层面追索达斡尔族文学形态和所发生的新变化。从某种意义上讲，新世纪达斡尔族文学批评与理论建设出现的上述变化，实现了"新时期到新世纪的跨越"，开始吸收现代理论资源，形成了达斡尔文化研究、身份研究、文化遗产保护与传承等多元的研究路径。国家认同、民族认同、生态与性别成为这一时期最为突出的学术话语。达斡尔族文学所蕴含的多元信息被解读，达斡尔族文学批评论与理论研究的深度得到提升和加强。

总体上看，从新时期到新世纪的达斡尔族文学批评与理论建设的发展状况是良好的、稳定的、有创造性的。就研究方法而言，新时期达斡尔族文学批评与理论研究基本是在社会学、历史学、文化学、语言学、文艺学的框架内进行的，而且相关专家和学者积极探索，努力求新，对于达斡尔族文学的多层本质和规律，达斡尔族文学多门类的特点，新兴的文类如报告文学、影视文学等也有一定的研究。再就是研究视野的拓展，不仅从语言艺术和民族文化层面，还努力将达斡尔族文学作为一个具有历史发展过

程的动态现象，从它与人的心理、人的社会生活和人的经济、政治和文化
活动的相互联系与制约中，考察其内涵，揭示其流转、接受的过程与规
律。另外，新时期达斡尔族文学研究开始逐步由民间文学转向达斡尔族书
面文学即文人书面文学、当代作家文学研究，形成了民间文学、文人书面
文学、当代作家文学分类较为明确的研究方向，首次构成了历史性的科学
分工。如果说 20 世纪五六十年代的达斡尔族文学研究着重于对民间文学
的搜集、整理以及社会政治、历史意义的开掘与阐述，新时期到新世纪的
达斡尔族文学研究与理论批评，则更多地关注达斡尔族文学整体以及它所
包含的民族文化因素的阐发。文学历史、专题研究到个案阐释，都有一定
的创新和突破，这一趋势目前仍在发展之中，方兴未艾。

　　综上，可以看出，新时期到新世纪的达斡尔族文学批评与理论建设取
得了显著的成就。为便于描述，我们依据其研究实际，将其划分为综合研
究、民间文学研究、文人书面文学与当代作家文学研究三类，并依次做出
简要归纳与分析。

　　一、综合研究。在新时期达斡尔族文学评论与理论建设向前延展的过
程中，相继出版有多部达斡尔族文学研究专著。它们在民间文学和书面文
学的双重视镜中，从不同视域对达斡尔族文学进行了探讨，从而推动了达
斡尔族文学批评从现象研究进入理论研究层面。赛音塔娜、托娅的《达
斡尔族文学史略》，何今声的《达斡尔民歌研究》，娜日斯的《文学奇
葩》，托娅、李树新、赵延花主编的《达斡尔族当代文学研究丛书（四
卷）》，托娅、阿茹汉的《达斡尔族文学与研究资料总目及提要》，杨士
清、何文钧、鄂忠群的《达斡尔族"乌钦"说唱》，敖·毕力格主编的
《达斡尔族文学宗师敖拉·昌兴资料专辑》，娜日斯主编的《达斡尔文
集》，宜日奇和娜日斯主编的《敖拉·昌兴诗文研究集》，白杉的《北方
民族文艺论集》等都是这一时期的重要收获。另外有吴刚主编的《汉族
题材少数民族叙事诗译注（达斡尔族　锡伯族　满族卷）》，吴刚、孟志
东、那音太搜集、整理、译注的《达斡尔族英雄史诗》被纳入中央民族
大学"985 工程"中国少数民族语言文化教育与边疆史地研究创新基地文
库"中国少数民族非物质文化遗产研究系列"出版。上述研究成果填补
了达斡尔族文学批评与理论建设的多项空白，并以资料的翔实和论述的客
观和深入，拓宽了达斡尔族文学研究的视野。工具书编撰方面也有值得圈

点之处。中国社会科学院民族学家、人类学家满都尔图（1934—2007）主编的《达斡尔族百科辞典》，是迄今唯一一部系统、科学、完整阐释达斡尔民族文化和历史知识的综合性工具书。它收录词目有2300条，分为自然环境、历史、社会、经济、文化、人物六大类别。该词典选收范围广泛，条目表述言简意赅，事实充分且以材料翔实见称。呼伦贝尔盟文联编写的《呼伦贝尔文艺家名录》，杜兴华和巴图宝音主编的《达斡尔族名人风采录》，卜林主编的《中国达斡尔族人物录》亦属于达斡尔族文学研究的基本建设。其中，《达斡尔族文学史略》（赛音塔娜、托娅编著）、《达斡尔民歌研究》（何今声著）、《文学奇葩》（娜日斯编著）、《达斡尔族文学宗师敖拉·昌兴资料专辑》（敖·毕力格主编）、《达斡尔族当代文学研究丛书》（托娅、李树新、赵延花主编），从一个方面代表着新时期达斡尔族文学批评与理论建设的实绩。

荣获1998年内蒙古自治区哲学社会科学优秀成果奖二等奖的《达斡尔族文学史略》（赛音塔娜、托娅编著），作为达斡尔族文学研究发展的重要标志，建立了口传文学和书面文学并重的整体文学观，奠定了达斡尔族文学研究最初的也是最重要的基石。赛音塔娜（1939—　），女，亦写作萨音塔娜、塔娜，达斡尔族，黑龙江省齐齐哈尔市讷河人。20世纪80年代始，在内蒙古大学从事中国民间文学教学与研究工作。其间，萨音塔娜还搜集、整理、出版有《达斡尔族民间故事选》《敖拉·昌兴诗选》（与陈羽云合译）和《达斡尔舞春（钦同普诗选）》（与陈羽云合译）等。1993年，萨音塔娜调内蒙古社会科学院民族研究所，专事达斡尔族文化研究，撰写出版有《内蒙古民俗》（与托娅合作）《达斡尔族萨满文化遗存调查》（与丁石庆合作）《达斡尔族民间文学概论》等；发表有《达斡尔族传说故事的民族特色》《论达斡尔族诗人钦同普》《清代著名诗人敖拉·昌兴及其诗歌》等学术论文多篇。《达斡尔族文学史略》的成就主要在于，它首次完整地描述了达斡尔族文学的发展路向，准确地划分出达斡尔族文学的历史分期，认为达斡尔族文学前期经历了口传文学、中经晚清文人书面文学再到当代作家文学两个发展阶段。其次，确定了达斡尔族文学特别是达斡尔族民间文学研究的对象和范畴，认为达斡尔族民间文学从表现形式上可分为散文和韵文两大类，散文类包括有原始神话、民间传说、民间故事；韵文类有民歌、民间舞春、民间谚语和谜语。基于此，

《达斡尔族文学史略》着重对达斡尔族口传文学、文人书面文学和当代作家文学眉目清晰地进行了梳理和分析。该史著还特别指出，莫日根故事在达斡尔族口传文学中具有独特价值，设专章对莫日根故事进行了深入研究，勾勒了达斡尔族莫日根故事的嬗变轨迹。此外，这部史著归纳和总结了达斡尔族书面文学的基本脉络，廓清了达斡尔族书面文学的内容体系，认为达斡尔族书面文学极大地丰富了祖国文学的宝库，扩充了中国少数民族文学的精神版图，填补了中国少数民族文学史上从未反映过的空白。不可否认的是，由于达斡尔族书面文学特别是当代作家文学研究基础薄弱，可供参考资料稀少，加之研究视野所限，致使本书存在着缺失与不足，如部分当代作家有所疏漏，以及全书语言风格前后不够统一等。尽管如此，《达斡尔族文学史略》这部文学史著的价值仍不可忽视，它改变了达斡尔族文学研究与理论批评的弥散状态，使达斡尔族文学研究得以结构性完整。

何今声在达斡尔族民歌研究方面卓有成效。何今声（1939—2003），达斡尔族，黑龙江省齐齐哈尔市人。1964 年毕业于中央民族学院（今中央民族大学）音乐系。何今声长期从事达斡尔族及北方少数民族民歌的搜集、记录、整理和研究工作。1987 年，何今声编写的《达斡尔族传统民歌选》[①] 问世，之后，他还从搜集、记录的达斡尔族民歌中，择选出流传于不同聚居区的达斡尔族民歌加以研究分析，以专著《达斡尔民歌研究》[②] 完整地呈现了达斡尔族不同方言区民歌的基本类型、艺术表现特色和流传变异。《达斡尔民歌研究》除《达斡尔族音乐史》之外，收录有《达斡尔族的雅得根伊若》《达斡尔民歌中的诙谐歌》《达斡尔民歌推本溯源谈》《达斡尔近、现代民歌述略》《黑龙江省达斡尔族传统民歌概述》《新疆塔城达斡尔族民歌的地方特色》等研究论文 17 篇。其中，《黑龙江省达斡尔族传统民歌概述》《新疆塔城达斡尔族民歌的地方特色》和《达斡尔族的雅得根伊若》代表着何今声民歌研究的主要成就。《黑龙江省达

---

①　何今声：《达斡尔族传统民歌选》，收录于"黑龙江少数民族古籍丛书"，1987 年由黑龙江省民族研究所印制，后收录于达斡尔资料集编委会、全国少数民族古籍整理研究室编《达斡尔资料集（第四集）》，民族出版社 2003 年版。

②　何今声：《达斡尔民歌研究》，收录于达斡尔资料集编委会、全国少数民族古籍整理研究室编《达斡尔资料集（第八集）》，民族出版社 2008 年版。

斡尔族传统民歌概述》首次清晰地划分、厘定出黑龙江达斡尔族民歌的
表现类型，认为黑龙江达斡尔族传统民歌大致划分为扎恩达勒、哈库麦歌
曲、乌钦、雅得根依若四种。何今声认为，对民族英雄的崇拜、对大自然
的赞美是黑龙江达斡尔族民歌的重要主题。《新疆塔城达斡尔族民歌的地
方特色》对新疆塔城地区达斡尔族民歌的艺术特征与流传演变进行了分
析，认为新疆塔城达斡尔族民歌在流传过程中，保持达斡尔民歌的传统风
格与特点的同时，还大胆汲取其他民族如哈萨克、维吾尔民族文化的精
华，改造和发展了达斡尔民歌的固有形式，使新疆塔城达斡尔族民歌在内
容、调式节拍与旋律结构方面出现了新的变化。《达斡尔族的雅得根依
若》对雅得根依若即萨满词曲的内涵与特征，提出了自己多年探赜索隐
的独到见解。娜日斯编著的《文学奇葩》是新时期达斡尔族文学研究与
理论研究的重要收获。文学编辑与创作之外，娜日斯撰写有《可观的达
斡尔族作家群》《达斡尔族长篇小说及其作者》《新时期的达斡尔小说创
作》等评论多篇。娜日斯的文学研究关注较多的是与达斡尔族文学发展
有关的问题，而且她是老一辈评论家中，对培育达斡尔族文学青年花费心
力最多的一位。娜日斯始终把扶植文学新人视为己任，在发现、培养达斡
尔族文学生力军的事业中，发挥了自己独特的作用。仅就《文学奇葩》
中"论达斡尔族作家作品"一辑而言，评论、推介如阿凤、苏华、杜娟
等文学新人与新作就有 60 篇之多。娜日斯还提出了"柳蒿芽文化"的命
题，认为达斡尔族作家有感于柳蒿芽坚韧的生命活力，在创作实践中以
"柳蒿芽"精神，深刻地揭示了达斡尔民族积极向上、善良正直的美好心
灵，展示了达斡尔人民顽强不屈的生存意志，歌颂了达斡尔民族的英雄主
义精神。在研究方法上，娜日斯的文学批评与理论研究带有明显的社会学
批评色彩，但娜日斯总能秉要执本，又深入浅出，并适当把握尺度，常常
对研究对象的思想意义、艺术价值有中肯的认识和评价。

　　敖·毕力格主编的《达斡尔族文学宗师敖拉·昌兴资料专辑》是一
部有着重要学术价值的资料汇集。敖·毕力格（1937— ），达斡尔族，
内蒙古自治区呼伦贝尔市鄂温克族自治旗人。1962 年毕业于内蒙古师范
大学。敖·毕力格多年致力于达斡尔族文人书面文学研究，1987 年搜集、
整理、翻译、出版有《达斡尔传统文学》（与毕力德、索娅合作）；发表
论文有《论达斡尔族著名诗人昌兴的事迹》《呼伦贝尔佐领昌兴题词的三

个碑》等。截至目前，《达斡尔族文学宗师敖拉·昌兴资料专辑》是达斡尔族书面文学创始人敖拉·昌兴最为完整的作品与评论资料汇集。它不仅包括敖拉·昌兴原已翻译的诗歌 49 首，另增添有新译敖拉·昌兴诗作 12 首。敖·毕力格还将每首诗作分别附以蒙古文、汉文翻译并以拉丁字母标注，以便相关学者、民族学家对敖拉·昌兴做出更为深入的研究与解读。这部凝聚着达斡尔族文学研究者敖·毕力格多年心血的资料专辑，对多元共生、多元一体的中国少数民族文学生态全局来说，有着较为重要的纠偏补弊作用。

在达斡尔族文学批评与理论建设队伍中，还活跃着一批蒙古族、汉族、满族等专家、学者构成的达斡尔族文学研究人员，他们对达斡尔族文学批评与理论研究亦有较大的贡献。托娅、李树新、赵延花主编的《达斡尔族当代文学研究丛书（四卷）》，即李树新、林琳著《达斡尔族小说研究》，赵延花著《达斡尔族散文研究》，崔荣、包薇著《达斡尔族诗歌研究》，托娅、刘志中著《达斡尔族报告文学戏剧文学研究》辑入"北部边疆历史与现状研究文库"，于 2012 年由内蒙古大学出版社出版。该丛书的问世，为达斡尔族书面文学史的问世提供了重要的经验与准备。其成就与功绩，诚如达斡尔族民族学家、文化学家吴团英所评定，"开拓、创新的学术视野"① 是《达斡尔族当代文学研究丛书》最为显著的特征。这部丛书对达斡尔族当代文学的基本特质、创作经验、文学个性做出了总结和描述，清晰地梳理了达斡尔族小说、诗歌、散文、报告文学、戏剧与影视文学的发展路向，再以甄选的作家与作品所呈现的殊异性民族特质加以理论概括，从而对达斡尔族作家文学的审美生成、叙事特征及其相关问题进行了尽可能的探源。

二、民间文学作为达斡尔族文学的重要构成，深深吸引了文学研究者的目光，从宏观到微观，从整体到个案，从思想到艺术，在达斡尔族文学研究平台上得到了多层面的展示。达斡尔族民间文学的理论研究取得了较大成绩。呼思乐、奥登挂《达斡尔族文学》，莫日根迪、巴图宝音《达斡尔族民间文学概论》，巴尔登《新疆达斡尔族口头文学》，苏勇《嫩江流域达斡尔族民间文学概述》，王咏曦《浅谈达斡尔族的民间文学》，王晓

---

① 吴团英：《评〈达斡尔族当代文学研究丛书〉》，《草原》2013 年第 7 期。

明《谈谈达斡尔族的民间文学》，群讴《达斡尔民间文学》以及晓星《论达斡尔族民间文学艺术调查报告》，巴图宝音《论达斡尔族民间文学所反映的祖先足迹》，谷文双《达斡尔族民间文学与狩猎经济》以及阿茹汉《达斡尔族民间文学资料建设的回顾与总结》等，从不同研究视域，深化了达斡尔族民间文学的理论研究。其中，呼思乐、奥登挂《达斡尔族文学》，莫日根迪、巴图宝音《达斡尔族民间文学概论》可视为达斡尔族民间文学研究的理论奠基。呼思乐、奥登挂依据达斡尔族文学的流传和记载方式，将达斡尔族文学分为民间口头文学、文人书面文学两大类，认为达斡尔族只有自己的语言而没有本民族的文字，所以达斡尔族民间文学占比较大，文人书面文学创作始于清中期，创作数量较少。这篇文章还对达斡尔族文人书面文学做出了一定范围内的界说。莫日根迪、巴图宝音的《达斡尔族民间文学概论》着重对达斡尔族民间文学的体裁、内容特征做出了分析和归纳，对相关资料的占有翔实而充分，对庞杂的达斡尔族民间文学资料梳理得清晰显豁。巴尔登的《新疆达斡尔族口头文学》、苏勇的《嫩江流域达斡尔族民间文学概述》有较强的地域性和宏观俯瞰的整体性，这两篇研究成果以持重而理性思维力，分别勾勒出流传于新疆塔城地区、莫力达瓦嫩江流域达斡尔族民间文学的轮廓，厘清了新疆塔城和嫩江流域达斡尔族民间文学的内容体系。以上研究对深入探讨达斡尔族文学的自身发展规律提供了有力的理论依据。

达斡尔族民间故事、民间传说资源也得到了研究者的关注。莫日根迪《达斡尔族民间故事简论》、塔娜《达斡尔族传说故事的民族特色》、苏勇《达斡尔族民间故事刍议》、巴图宝音《论达斡尔族神话和传说》、萨娜《试论达斡尔族民间故事》、娜日斯《谈达斡尔族民间故事人物形象》和《论达斡尔民间故事原始信仰观》、毅松《试述达斡尔族民间故事中的伦理道德思想》、李之惠《谈达斡尔族的魔法故事》、安家寰《达斡尔族民间故事研究三题》、安家寰和安恒亮《达斡尔族民间故事与萨满教》、希德夫《论达斡尔族民间故事中马的人格化表现形式》、乔志成《达斡尔族民间故事体裁特点分析》、德红英《达斡尔族民间故事中的女性形象》、托娅和李文娟《试论达斡尔族莫日根故事》、陈红《从人类学角度分析达斡尔族民间故事中的女性个性倾向》、乌云格日乐《达斡尔族神话传说的萨满教思想》等，在研究内容与方法上都有一定的创新。达斡尔族民族学家毅松、蒙古族学人陈红的研究，为达斡尔族民间故事的文化伦理学、文化人类学解读提供了一个范例。在研究内容方面，以上研究也有值得肯定之处。达斡尔族青年学者德红英的《达斡尔族民间故事中的女性形象》，体现了民间叙事对达斡尔女性的另一种诠释，归纳出达斡尔族民间故事中的女性形象大致有慈母、发明创造者、善于智斗者、反抗者和爱情忠实者五种类型，并由此得出达斡尔族女性在社会和家庭中有着较高的地位和自主权，而且尊崇女性这一观念在达斡尔民族生活中一直得以存续。托娅和李文娟的《试论达斡尔族莫日根故事》对达斡尔族民间传说、民间故事中留存的莫日根故事进行了对比研究和类型分析，认为莫日根是达斡尔民族精神的自我审美与观照，寄托了达斡尔族众对力量、勇气、善良、智慧与正义的崇尚，展示了达斡尔民族战胜困难、追求美好生活的愿望，体现了达斡尔民众尚武崇智、勇于反抗和顽强不屈的民族精神。

达斡尔族民歌研究方面也有收获。多涛《论布特哈和新疆达斡尔民歌的风格极其形成》、吴之帆《试论达斡尔族民歌》、张平《黑龙江内蒙古两地达斡尔民歌地域性特色比较研究》、阿尔滕《达斡尔族民歌初探》、安英《试述达斡尔族民歌的起源与发展》等，在探索达斡尔族民歌的起源、类型、流变等方面颇有见地。安英的《试述达斡尔族民歌的起源与发展》一文，材料丰富，论述缜密，认为达斡尔族民歌源自先民在生活、劳动和收获中的快乐，是在对万物神灵般的敬仰中伴随着劳动和生产之余"手舞足蹈"而产生的，经历了由简单、雅拙到成熟、完美的过程。该文还依据题材内容将达斡尔族民歌划分为劳动歌、仪式歌、情歌、生活歌、萨满歌、祝赞歌、教诲歌、儿歌八种类别。恩和巴图《关于达斡尔族英雄史诗〈阿勒坦嘎勒布日特〉》、陶克顿巴雅尔《论达斡尔族的两篇英雄史诗》，对达斡尔族现存两部英雄史诗的流传、文化内涵、人文价值做出了考释。他们的研究为达斡尔民族英雄史诗的研究提供了范本，带来了相对陌生的一些民间文学研究讯息，显示了达斡尔族学者的理论敏感和真知灼见。庄树谦和王希奎《一部达斡尔族人民抗暴斗争的英雄史诗——简评达斡尔民族乌钦体民间叙事诗〈少郎和岱夫〉》、塔娜《达斡尔族长诗〈少郎和岱夫〉分析》、吴刚《达斡尔族"乌钦"〈少郎和岱夫〉》、安丽《民间叙事诗〈少郎和岱夫〉的历史背景及内容浅析》等，挖掘了达斡尔族民间叙事诗中最为可贵的精神资源，择取流传于近现代达斡尔族聚居区的民间叙事诗《少郎和岱夫》进行了分析，认为达斡尔族农民起义领袖少郎、岱夫英勇无畏的反抗精神，对达斡尔族众的精神生活产生了巨大影响，其历史与人文价值迟早会被学界重新捡拾。在这一时期的达斡尔族民间文学评论与研究中，莎音卓日格和巴音何什格《达斡尔族谚语初探》、娜日斯《从达斡尔、鄂温克、鄂伦春狩猎谚语谈起》等，在一定程度上改变了达斡尔族民间谚语研究方面的空缺。回顾这一时期的民间文学研究与理论批评，研究成就最为显著的莫过于民间故事和民间传说，而这一领域之所以取得令人瞩目的成绩，除相关资料建设的完善、研究领域的拓展、研究力量的雄厚等因素之外，还得益于研究内部多学科研究如文化人类学、语言文化学、文化伦理学、民族学等学科对达斡尔族民间故事、民间传说的多重价值的"交叉性"探索。

三、达斡尔族文人书面文学与当代作家文学研究也有较大的突破。20世纪80年代以来，伴随达斡尔族文人书面文学资料建设以及当代作家文学所取得的实绩，达斡尔族文学研究与理论批评的重心逐步向书面文学迁移，晚清文人书面文学、当代作家文学研究取得了令人瞩目的成就。文人书面文学研究资源主要集中在敖拉·昌兴、钦同普这两位诗人。奥登挂《达斡尔族的书面文学"乌钦"》、塔娜《清代著名诗人敖拉·昌兴及其诗歌》、恩克巴图和额尔很巴雅尔《爱国诗人敖拉·昌兴生平述略》、碧力德和碧力格《关于达斡尔族诗人昌兴》、萨音塔娜《论达斡尔族诗人钦同普》、巴图宝音《论阿拉布坦的诗作》、娜日斯《拳拳爱国心——评史诗〈巡边诗〉》、孟德苏荣《关于阿拉布坦的〈巡查额尔古纳河〉》、恩和巴图《论阿拉布坦和他创作的〈额尔古纳格尔必齐及乌第河巡查记〉》、宜日奇《敖拉·昌兴的格言警句》、孟盛彬《情投不晓长日落意合唯知拍手笑——读敖拉·昌兴的友情诗》、吴刚《从口传到书面：达斡尔族文人敖拉·昌兴的乌钦创作》、吴刚《敖拉·昌兴与满文》《从色热乌钦看达斡尔族口头与书面文学关系》、阿茹汉《达斡尔族书面文学的生成与起源：文人书面创作》、崔荣《论达斡尔族文人诗歌的知性特征》等，都是这方面的重要收获。这些研究在精准把握文学、历史资料的基础上，以历史的、美学的、文化的批评方法为主导，深入挖掘了达斡尔族文人书面创作在达斡尔族文学历史上的多重价值和意义。近年来，对国内外相关文学理论的借鉴，为达斡尔族文学研究提供了许多新的思路，而研究者日益具备了理论自觉，并尝试"学以致用"。比如吴刚的《清代达斡尔族诗人敖拉·昌兴对杜甫及其他唐代诗人的接受》《达斡尔族蒙古书面文学述论》《达斡尔族满语书面文学述论》等系列论文，以接受学理论切入文人书面文学创作，认定汉语、蒙古语、满语及其文化给予达斡尔族书面文学创作的重要影响，并对其整体的文学活动做出新的把握，从而阐释出达斡尔族文学的多重价值，以及中华民族文化彼此交流融合、互助互动的历史。

当代作家文学研究与理论批评尤有深致的见解。归纳起来，达斡尔族当代作家文学的研究主要有两类：一是即时性颇强的评论，其价值在于发现、奖掖新生的作家及其作品，对当下的创作现象做出迅速反应。二是一些带有总结和梳理性的评论文章，这类研究如托木·瓦韧·泰波《回顾二十世纪的达斡尔族文学》、巴图宝音《达斡尔族当代作家的创作》、孟和博彦《达斡尔、鄂温克、鄂伦春文学的崛起》、托娅《达斡尔族当代文学概评》、阿茹汉《中国当代儿童文学视域中的达斡尔族儿童文学》、吴刚《新时期达斡尔族作家的成就及特点》、托娅《达斡尔族当代诗歌创作论》、托娅《达斡尔族报告文学、戏剧文学创作论》、托娅和李树新《达斡尔族小说创作论》，托娅和赵延花《达斡尔族当代散文创作论》、阿茹汉《新时期达斡尔族长篇历史小说浅论》等，在研究视野与理论深度上都令人耳目一新。托木·瓦仁·泰波的《回顾二十世纪的达斡尔族文学》，总结了20世纪达斡尔族文学的成就、达斡尔族作家的思想倾向和创作轨迹，特别是对如何改变作家文学现有状态，提出了自己的真知灼见。在达斡尔族当代作家文学研究方面，文学评论家刘迁的理论研究不可忽视，他是最早关注达斡尔族文学创作的研究者之一。刘迁（1940—　　），汉族，安徽合肥人。1963年毕业于安徽大学中文系，同年分配到内蒙古自治区呼伦贝尔市工作。曾任呼伦贝尔市文联《骏马》文学编辑部主任、主编等职。刘迁多年致力于"三少民族"文学研究，许多达斡尔族作家如阿凤、苏华、苏莉等作家的创作，都曾得到刘迁的热情鼓励和帮扶。他在《莫力达瓦达斡尔族自治旗作者小说创作》《达斡尔族、鄂温克族和鄂伦春族文学的发展和成就》《达斡尔族女作家群一瞥》等一系列评论中，为达斡尔族作家鼓与呼，认为"莫力达瓦意识"支配着达斡尔族作家的心理行为和创作热情，是莫力达瓦独特的人文景观与地理环境，铸就了达斡尔族作家与其他民族作家的风格差异。托娅的《达斡尔族当代文学概评》，立足于达斡尔族当代文学的发展实际，挖掘了达斡尔族当代文学的审美新质，认为在当代中国文学的整体格局中，达斡尔族当代文学既有其自身的殊异性，也有与之同频共振的特点。此外，托娅的系列研究论文《达斡尔族当代诗歌创作论》《达斡尔族小说创作论》（与李树新合作）、《达斡尔族当代散文创作论》（与赵延花合作）、《达斡尔族报告文学、戏剧文学创作论》等，切入达斡尔族诗歌、小说、散文、报告文学、戏剧与影视文学内里，就其发展路向、艺术审美特性做出了必要的理论概括，对达斡尔族作家文学的创作现状及其成因进行了分析，并提出了相关应对措施和建议。

达斡尔族作家与作品的即时性评论与研究也有不俗表现。惠芬和之初《评孟和博彦的小说创作》、张锦贻《独具特点的达斡尔族作家孟和博彦》、包继民《孟和博彦文学评论研究》、托娅《评达斡尔族青年诗人苏勇的散文诗》、托娅《试论达斡尔族女作家阿凤小说的女性意识》、卢舟《走进灿烂的文明——对苏莉创作的思索》、吴刚《达斡尔族三姐妹（苏华、苏莉、苏雅）独特的文学风景》、托娅和赵筱彬《论达斡尔族女作家萨娜小说的审美追求》、包斯钦《鄂伦春游猎部落的命运交响曲》、刘志中《萨娜小说的神秘色彩》、李圆圆《达斡尔族作家文学创作的生态解读》、王春华《内蒙古新时期达斡尔族小说作家创作心理研究》、张男《论新时期内蒙古地区达斡尔族女作家小说创作》、俞杰《诗笔透视下的一颗母亲的心——读萨娜的〈多布库尔河〉有感》、张丽军《鄂伦春族的心灵秘史：评萨娜长篇小说〈多布库尔河〉》、林琳《民族与人性回归之路：论达斡尔族女作家昳岚的散文》、张慧敏和李萍《唐朝历史的重建与审美想象——对孟晖〈盂兰变〉艺术价值的解读》、杨青《游走于语言之间——达斡尔族作家苏莉散文的艺术特色》等，从不同层面探讨了达斡尔族作家的艺术实践。以上评论和研究，对引导和促进达斡尔族当代文学的健康发展，沟通创作界与读者层的联系，帮助读者解读或鉴赏达斡尔族作家作品、正确认识达斡尔族文学现象等方面起到了重要的作用。在当代作家文学研究中，阿凤、昳岚、萨娜、苏华、苏莉等达斡尔族女作家一直是达斡尔族当代文学研究的热点，且占据了较大部分的研究资源。林琳的《民族与人性回归之路——论达斡尔族女作家昳岚的散文》认为，族群文化的黄昏处境引起了达斡尔族作家的高度警觉，为拯救濒临破损、消亡的族群文化，昳岚以散文进行着不懈抗争。托娅的《试论达斡尔族女作家阿凤小说的女性意识》，对阿凤小说显露出的女性意识给予了及时的肯定，认为阿凤既注重描写达斡尔族女性的生活即社会地位、命运和作为人的权利，也较深刻地反映了达斡尔女性隐秘而活跃的情感世界。吴雪丽在《漂移的书写者——达斡尔族女作家萨娜论》中认为，萨娜以族群文化的守护者、对现代性的质疑者等多重身份构建了她的小说世界。萨娜的写作不仅对整个少数民族的文学书写具有症候意义，而且与主流文学构成了颇有意味的对话关系。另有硕士学位论文如《达斡尔族作家萨娜小说研究》（杨眉）、《归去来：萨娜小说及其转型研究》（樊文熙）、《生态批评视阈下的萨娜小说研究》（李解）等，其精彩之处在于不落陈臼，尝试新的研究方法，从而为达斡尔族当代作家研究与理论批评带来了新生力量，为达斡尔族文学批评与理论建设的发展增添了活力。

　　在达斡尔族民族学家、文化学家、文艺评论家以及相关专家、学者的坚守与合力推促下，达斡尔族文学批评与理论研究水平日渐提高，学术专著及研究论文频出，特别是新世纪以来，有关达斡尔族文学研究的各级别研究课题不断立项，理论深度也在不断得以推进，而且达斡尔族文学研究渐成新的学术增长点。不过，在蓬勃涌现的研究成果中，也存在着缺乏理论创新与范式突破，日益受限于既有思维定式和沿袭已久的学术套路，还有一些研究成果停留在资料的叠加、数量的积累、封闭式的内向生长，而缺少横向开拓与质的飞跃等诸多问题。我们认为，在"铸牢中华民族共同体意识"的时代新语境下，重新认识达斡尔族文学的国家、民族、社会责任与使命，是今后相当一段时期内达斡尔族文学研究者无法回避或应当直面的理论问题。之外，达斡尔族文学评论与理论建设是一项需依托相关研究领域共同协作和努力才能进一步提升发展的"巨大工程"，因而达斡尔族文学评论与研究存在一些难题也是不争的事实，如缺少定量及持续性的研究，研究力量未能发挥整体优势，批评队伍"散布于不同的行业""散兵游勇需要整合""批评的断档、断代"[1] 以及批评新人的扶持与成果展示平台的缺乏，研究目标的随意和非确定性，对达斡尔族文学多重价

---

① 白烨：《对当下文艺批评的四句话》，《文艺理论与批评》2014 年第 1 期。

值挖掘不力等。因此，仅就达斡尔族文学研究内部来讲，亟待以评论与理论研究路径实现达斡尔族文学与中华民族文学共担重任，为实现中华民族伟大复兴的"中国梦"提供重要支撑，以新的对策迎接社会转型时期受到的严峻考验，需要直面不断变换的文化语境，整合并优化研究队伍，注重后备学科力量的建设及相关学科研究者的积极参与，也需要更新的理论导航，构拟学识根底，强化自身学术和理论素养，不断获取前沿信息，内外互动，使达斡尔族文学评论与理论研究进一步走向深入，为实现中华民族伟大复兴提供"具有原创性的、思想穿透力的学术成果"① 和深沉理性的文化思考，让包括达斡尔族文学在内的中国少数民族文学研究"在新时代大放异彩"。

① 范利伟、刘晓：《让中国少数民族文学研究在新时代大放异彩》，中国社会科学网，2021年5月31日。

十　民间文学、文人书面文学作品的
　　搜集、翻译和整理

　　达斡尔族民间文学、文人书面文学作品是达斡尔民族文化体系中极富生命力的组成部分。因历史、民族文化变迁等诸多因素，致使达斡尔族民间文学、文人书面文学作品大量留存于民众口头或在民间流转，因此，把流传在民众口头的作品加以搜集、翻译和整理，是保护和存续达斡尔族民间文学、文人书面文学资源的重要手段之一，是研究达斡尔族文学不可或缺的基础与前提，同时也是丰富中国少数民族文学宝库，认识达斡尔民族的生活历史、伦理观念和思维方式的沿袭与变迁，促进达斡尔民族优秀文化传统得以延续和发展的最佳路径。

　　达斡尔族民间文学、文人书面文学作品搜集、翻译和整理的历史进程，大致经历有 20 世纪 50 年代至 70 年代的创建、20 世纪 80 年代至 90 年代的繁荣兴旺以及新千年以来"非物质文化遗产"保护下的多元发展三个不同阶段。而且，达斡尔族民间文学、文人书面文学作品的搜集、翻译和整理，在每一个不同的时期都各有特色与侧重。

　　20 世纪 50 年代至 70 年代，是达斡尔族民间文学、文人书面文学作品搜集、翻译和整理的创建阶段。新中国的成立，使该项工作在国家主流意识形态较为明确的倡导、多项措施与方针指引下开始起步。1950 年 3 月 29 日，国家层级民间文艺工作者的学术团体"中国民间文艺研究会"成立，① 周扬在开幕词中特别强调："通过对民间文艺的采集、整理、分析、批判、研究，为新中国新文化创作做出更优秀的更丰富的民间文艺作品来。不仅让对民间文艺有素养的文艺工作者来参加，还让那些只爱好民

---

① 中国民间文艺研究会，于 1987 年更名为"中国民间文艺家协会"。

间文艺并非文艺工作者来参加。"① 这次会议上，郭沫若发表了题为"我们研究民间文艺的目的"的重要讲话，认为研究民间文艺的目的归纳起来有五点：一是保存珍贵的文学遗产并加以传播；二是学习民间文艺的优点，学习它表现人民情感的手法，学习改正自己创作的立场和态度；三是从民间文艺里接受民间的批评与自我批评；四是民间文艺给历史学家提供了最正确的社会史料；五是将民间文艺加工、提高、发展，以创造新民族形式的新民主主义的文艺。以上种种，印证了达斡尔族民间文学、文人书面文学作品搜集、翻译和整理工作的起步与创建，基本得益于时代氛围和"舆论"环境的浸染与催化。据相关研究资料记载，一些文化部门和相关机构在当时组织各种调查队、采风队，开始深入达斡尔族各聚居区展开搜集工作。这一时期的达斡尔族民间文学、文人书面文学作品的搜集、翻译和整理，在内容层面上多集中于民歌、民间"乌春"、民间故事和文人书面文学作品。在形式上，以有组织有目的的搜集、整理为主，自发为辅。客观地讲，早在 20 世纪三四十年代，这项工作就已得到额尔很巴雅尔、孟希舜等达斡尔族文化工作者的关注，他们自发地搜集、翻译和整理有许多达斡尔族民间文学和文人书面文学作品。额尔很巴雅尔（1911—1997），达斡尔族，内蒙古自治区呼伦贝尔市鄂温克族自治旗人。他在"1926 年根据本家一位祖父的口述，记录有敖拉·昌兴的 42 篇作品"②。1933 年，额尔很巴雅尔"再次缮写而成一册《敖拉·昌兴诗歌集》"，这部诗集后被复印并用斯拉夫、拉丁字母转写，在达斡尔族群中广为流传③。可以说，额尔很巴雅尔的《敖拉·昌兴诗歌集》开启了达斡尔族文人书面文学搜集、记录、整理的先河。之后，达斡尔族民间文学、文人书面文学作品的搜集、记录和整理工作逐步在文化界零星展开。1946 年，内蒙古文艺工作团团员、达斡尔族作曲家通福（1919—1989）与民间文艺家陈清漳搜集、记录有达斡尔族民歌《四样红》。1952 年，时任冀察热

---

① 周扬：《中国民间文艺研究会成立大会开幕词》，载《周扬文集（第二卷）》，人民文学出版社 1985 年版，第 10 页。

② 恩和巴图：《清代达斡尔人使用的一种文字——达呼尔文》，载敖·毕力格主编《达斡尔族文学宗师敖拉·昌兴》，内蒙古文化出版社 2010 年版，第 888 页。

③ 恩和巴图：《清代达斡尔人使用的一种文字——达呼尔文》，载敖·毕力格主编《达斡尔族文学宗师敖拉·昌兴》，内蒙古文化出版社 2010 年版，第 889 页。

辽鲁迅文学艺术学院党委副书记的安波（1915—1965）与青年教师许直合作，在 1949 年出版的《蒙古民歌集》基础上，进一步充实、完善并出版有《东蒙民歌选》①，其中包括以"达古尔蒙古民歌"族属称谓的 6 首达斡尔族民歌。这也是最早公开发表的达斡尔族民歌。1952 年，黑龙江省歌舞团魏作凡、靳蕾等在齐齐哈尔地区又采录有近 100 首达斡尔族民歌。翌年，达斡尔族著名学者孟希舜（1901—1968）在撰写《达斡尔民族志略（初稿）》间隙，借公余搜集、记录和整理出以满文字母拼写达斡尔语诗歌集《达斡尔族乌春辑录》一册，收录有达斡尔族文人敖拉·昌兴、钦同普、玛孟奇、布库郭鲁等创作的诗歌 40 首。此外，达斡尔族民间故事、民间叙事诗、民歌等也在这一时期被民间艺术家、民间文艺爱好者搜集、翻译和整理，如民族学家巴达荣嘎搜集、整理的《达斡尔民间故事资料》②、1951 年《黑龙江文艺》连载达斡尔族民间艺人色热搜集、翻译和整理的民间故事《皮阿特魁》，另有黑龙江省齐齐哈尔地区达斡尔族民间艺人那音太搜集、记录、翻译、整理有《海里莫与梅花鹿》《魔鬼勾不去的灵魂》等民间故事多篇③。

1954 年，全国性少数民族调查与识别工作开始。取得初步成果之后，1956 年，全国人大民族委员会和国务院民族事务委员会组织 1000 多名民族工作者和专业人员，分为 16 个调查组，对全国范围内各个少数民族的历史和社会文化，进行了一次规模空前的调查，搜集到数以千万字的调查资料和一批宝贵的少数民族文化史料。从 20 世纪 50 年代至 60 年代初在全国范围内开展的这次少数民族历史和社会文化调查，"其规模之大，调查搜集到的材料之丰富，在中国是空前的"④。这一调查任务的提出，源于 1956 年 3 月，毛泽东主席在一次会议上指出，要在全国范围内开展少数民族社会历史调查。同年 4 月，全国人大民族委员会制定出《关于在

---

① 安波、许直合编：《东蒙民歌选》，新文艺出版社 1952 年版。

② 巴达荣嘎：《达斡尔民间故事资料》，未经发表刊印，以手抄本形式留存。

③ 托木·瓦韧·泰波：《回顾二十世纪的达斡尔族文学》，载何文钧、杨优臣主编《二十一世纪达斡尔族发展研究》，黑龙江省达斡尔族学会、齐齐哈尔达斡尔族学会，2000 年印制，第 134 页。

④ 梁庭望、汪立珍、尹晓琳主编：《中国民族文学研究 60 年》，中央民族大学出版社 2010 年版，第 121 页。

少数民族地区进行各民族社会历史情况调查研究的初步规划》，报经中央批准后，以少数民族社会历史调查为核心的辅助性少数民族民间文学调查工作也得以全面展开。8 月，全国人大民族委员会在全国范围内组建八个调查组，内蒙古自治区东部少数民族社会历史调查组系其中之一。内蒙古调查组下设蒙古、达斡尔、鄂温克、鄂伦春四个民族调查分组。达斡尔族调查分组①按照调查工作的总体部署，于 1957 年开始，相继在内蒙古自治区呼伦贝尔市莫力达瓦旗、呼伦贝尔市海拉尔区南屯、黑龙江省爱辉县进行调查，并陆续写有《达斡尔族情况——达斡尔族调查材料之一》《巴彦托海索木达斡尔族情况——达斡尔族调查材料之二》《爱辉县西岗子乡友谊社达斡尔族情况——达斡尔族调查材料之三》。1958 年，中央民族大学、北京大学部分教师和学生也参加了达斡尔族调查，他们分成两个小组分赴莫力达瓦旗哈布奇屯、齐齐哈尔市梅里斯区哈拉屯开展调查，写有《莫力达瓦达斡尔族自治旗哈布奇屯达斡尔族情况——达斡尔族调查材料之四》《齐齐哈尔市郊区达斡尔族情况——达斡尔族调查材料之五》等。1963 年，达斡尔族调查分组成员即中国社会科学院民族学与人类学研究所研究员满都尔图赴齐齐哈尔市富拉尔基区全和太屯调查，编写有《齐齐哈尔市郊区全和太屯解放前经济情况——达斡尔族调查材料之六》。这项调查工作从 1956 年开始着手，一直持续到 1964 年结束，历时八年之久。达斡尔族调查分组在各地调查过程中，收集到汉文和满文文字资料多种，其中包括相当篇幅的达斡尔族民间文学资料。1983 年，按照国家民委统一部署，将 1956—1964 年内蒙古自治区东部少数民族社会历史调查组达斡尔族调查分组编写的六份调查报告综合整理，编写为《达斡尔族社会历史调查》（国家民委民族问题五种丛书之一；中国少数民族社会历史调查资料丛刊)② 出版。在这部《达斡尔族社会历史调查》中，收录有《关于人类起源的传说》《伊玛迪》《阿尔塔尼莫日根》《心上人》等达斡尔族神话、传说、民间故事、民歌和文人书面文学作品共计 16 篇。这一阶段的达斡尔族民间文学、文人书面文学作品的搜集、翻译和整理，显然不是作为此次调查任务的重点来进行的，而是作为达斡尔族社会历史、经

---

① 达斡尔族调查分组，人员构成有：组长珠荣嘎（蒙古族）、副组长额尔登泰（达斡尔族）、组员满都尔图（达斡尔族）、组员包鹤亭（蒙古族）。

② 内蒙古自治区编辑组：《达斡尔族社会历史调查》，内蒙古人民出版社 1985 年版。

济生产、民俗文化等历史问题的佐证的一种附带性成果。这一性质势必导致这一次达斡尔族民间文学、文人书面作品的搜集、记录、翻译和整理缺乏专业性。但不可否认的是，这次搜集、翻译和整理工作，为达斡尔族民间文学、文人书面文学资料建设奠定了基础，积累了一定的经验。

与此同时，全国少数民族语言调查队第五队达斡尔语调查组，于1955 年开始在黑龙江省齐齐哈尔市、内蒙古自治区呼伦贝尔市莫力达瓦旗等达斡尔族聚居区展开语言调查工作，主要任务是为民族识别工作做准备①。在中央民族学院（今中央民族大学）工作的达斡尔族语言学家欧南·乌珠尔（1922—2001）率先在语言学家傅懋勣、马学良和苏联专家的指导下进行达斡尔语调查研究。之后，又有乌兰巴图（孟志东）、巴达荣嘎、奥登挂、呼思乐、恩克巴图等多位达斡尔族历史语言文字工作者，有组织、有目的地分赴内蒙古自治区呼伦贝尔市莫力达瓦旗、鄂温克旗、海拉尔市等地进行实地调查。达斡尔语调查组所得材料中，包括一批达斡尔族民间文学和文人书面文学作品。其成效主要体现于内蒙古语言文学研究所编印的《达斡尔族文学资料汇编·民间故事卷一》（第一辑）。这部《达斡尔族文学资料汇编》收入了上述达斡尔族语言文字工作者在 20 世纪五六十年代初搜集、翻译、整理的达斡尔族民间故事 55 篇。这部资料汇编的编印，使达斡尔族民间文学的珍宝第一次得到完整的翻译、整理和文字记载。

1957 年，为响应中央改革和创造民族文字的方针政策，内蒙古自治区政府成立了"达斡尔语文工作委员会"，以"负责协调与领导内蒙古、黑龙江省、新疆三地达斡尔文字方案的推行工作"②，并在内蒙古自治区呼伦贝尔市莫力达瓦达斡尔族自治旗、黑龙江省达斡尔族聚居区进行了实地试验、推行达斡尔文字（亦称达呼尔文）的具体方案和措施，除制定出"达斡尔文字方案"及《达斡尔文正字法》之外，达斡尔文字教科书的编写工作也被提上了议事日程。齐齐哈尔地区的达斡尔族民间艺人色热最先以试行的达呼尔文（斯拉夫字母）编写出教科书《扎恩德勒与午春选集》一册。同年，孟希舜、恩和巴图、达斡尔语言调查队、达斡尔语

---

① 梁庭望、汪立珍、尹晓琳主编：《中国民族文学研究 60 年》，中央民族大学出版社 2010年版，第 126 页。

② 吴刚：《达斡尔文字的发展历程》，《满语研究》2015 年第 1 期。

文工作委员会搜集、编撰的达斡尔文读物《达斡尔族舞春和扎恩达勒（第一集）》① 问世，收录有达斡尔族文人诗歌 18 篇、达斡尔族民歌若干篇。由达斡尔语言调查队搜集、乌兰巴图整理、白生财绘图的达斡尔文普及读物《达斡尔族民间故事（第一集）》② 也在这一年出版，收有达斡尔族民间故事 18 篇。这些以文本形式得到记录和出版的达斡尔族民间故事、民歌和文人诗歌，以推行达斡尔文字为宗旨的教科书，在达斡尔族群中广为流传。因社会发展和生活实际应用范围等种种原因，创建的达斡尔文字没有被推广开来，在 1958 年被中断，但这项工作对达斡尔族众的精神生活产生了极为深远的影响，对达斡尔族民间文学、文人书面文学作品的搜集、翻译和整理工作起到了相当大的推促作用。

　　1958 年，全国上下掀起了民歌采风热潮。同年召开的第一次全国民间文学工作者代表大会上，提出了"全面搜集、重点整理、大力推广、加强研究"的民间文学工作方针。《人民日报》发表了《大规模地收集全国民歌》的社论。在这一时代语境中，一些达斡尔族文化工作者自发地投身于此，新闻工作者吉雅在此期间翻译有叙事诗《薄坤绰》《农夫谣》③、民歌《囚狱歌》《想念情人》④ 等；另有晓星搜集、斡登挂翻译的《大狍和小狍》《齐尼花如》《达斡尔人的心歌》《心上人》⑤ 等民歌；伊桑搜集、记录达斡尔民歌有《怀念的歌》《小宝宝》《四样色》⑥ 等多篇。这一时期，少数民族长篇叙事诗引起了相关部门的重视。20 世纪 60 年代初，黑龙江省齐齐哈尔市民间文艺研究会开始了叙事诗《少郎与岱夫》的搜集、整理工作。当时齐齐哈尔市民间文艺研究会配合黑龙江省著名诗人方行等人，曾在黑龙江省齐齐哈尔市梅里斯达斡尔族区雅尔塞镇一带搜集、记录《少郎与岱夫》这一颇具经典意义的达斡尔族民间叙事诗，历

---

　　① 孟希舜、恩和巴图、达斡尔语言调查队搜集，达斡尔语文工作委员会编：《达斡尔族舞春和扎恩达勒（第一集）》，内蒙古人民出版社 1957 年版。

　　② 达斡尔语言调查队搜集，乌兰巴图整理，白生财绘图：《达斡尔族民间故事（第一集）》，内蒙古人民出版社 1957 年版。

　　③ 吉雅译：《薄坤绰、农夫谣》，《民间文学》1956 年第 6 期。

　　④ 吉雅译：《囚狱歌、想念情人》，《草原》1958 年第 10 期。

　　⑤ 晓星搜集，斡登挂译：《大狍和小狍、齐尼花如、达斡尔人的心歌、心上人》，《草原》1964 年第 4 期。

　　⑥ 伊桑搜集：《怀念的歌、小宝宝、四样色》，《草原》1964 年第 4 期。

时数月，收获颇大。遗憾的是这项工作因历时十年的寒冬岁月而被迫中断。① 直到 20 世纪 80 年代，黑龙江省民间文艺家协会、齐齐哈尔市民间文艺征集小组再次深入实地调查，经过两年多的努力，由色热、何德林、刘兴业、李福忠等搜集、记录、翻译和整理出五种变体的长篇叙事诗《绍郎和岱夫》，于 2002 年得以出版。在 20 世纪五六十年代达斡尔族民间文学、文人书面文学作品搜集、翻译和整理的创建阶段，一些地方部门、高等院校组织的调查队，也深入达斡尔族聚居区承担了搜集、记录达斡尔族民间文学的任务。1961 年，哈尔滨艺术学院王羊老师率领一批学生赴黑龙江省齐齐哈尔市梅里斯达斡尔族区采风，将搜集、记录到的达斡尔族民歌整理为《达斡尔族民歌选》② 编印成册。

总之，20 世纪 50 年代至 70 年代达斡尔族民间文学、文人书面文学作品的资料建设工作，是以民族学家、民间艺人、作家、语言文化工作者和专业人员有组织、有目的地进行搜集、记录、翻译和整理的，并辅之以自发行为，发掘了一些重要的达斡尔族民间文学和文人书面文学作品，特别是在注重田野调查、资料积累方面打下了良好的基础。

我们将 20 世纪八九十年代，视为达斡尔族民间文学、文人书面文学作品搜集、翻译和整理工作的繁荣与兴旺阶段。新时期之始，曾被迫中断的相关工作逐步恢复和展开。短短几年，就有不少成果得以出版和刊印。以下实例从一个侧面可以印证这一时期达斡尔族民间文学搜集、翻译和整理工作的实绩：1978 年由陶涛、敖登挂、仁亲整理的《莫力达瓦达斡尔族民歌选》问世，收有达斡尔族民歌 49 首。翌年，陶涛、敖登挂、仁亲整理，那日松记谱，内蒙古自治区莫力达瓦旗文化馆编印的《达斡尔族民歌选》油印成册，收入达斡尔族民歌和新民歌 81 首。1980 年，达斡尔族音乐家杨士清编撰的《达斡尔族民歌选》由内蒙古人民出版社出版，收有流传于黑龙江省、内蒙古自治区、新疆塔城地区的达斡尔族民歌 128 首。之后，内蒙古人民出版社出版了由呼伦贝尔盟文联、呼伦贝尔盟文化局编撰的《达斡尔鄂温克鄂伦春民歌》，这部民歌集收有郭纯、仁亲、敖登挂搜集、整理的达斡尔族民歌 70 首。1983

---

① 李福忠、刘兴业：《〈少郎和岱夫〉搜集整理纪实》，载沃岭生主编《少郎和岱夫》，民族出版社 2002 年版。

② 张天彤：《关于达斡尔族民歌搜集与现状》，北京达斡尔学会网，2013 年 1 月 6 日。

年，中国民间文艺研究会黑龙江分会编的《黑龙江民间故事选》，由黑龙江人民出版社出版，收有多篇达斡尔族民间故事。1984 年，新疆维吾尔自治区塔城县文化馆阿西尔文化分馆的巴尔登、甲孜、阿祥编的《达斡尔民歌选编》编印成册，收有流传于新疆维吾尔自治区塔城地区的达斡尔族民歌 35 首。在达斡尔族民间文学、文人书面文学资料建设的恢复阶段，另有两个举措值得提及，一是为编撰少数民族文学史，学界开始有计划地搜集和出版民间文学资料集。1979 年始，上海文艺出版社推出全国规模的"少数民族民间文艺丛书"。其中，达斡尔族民族学家孟志东编的《达斡尔族民间故事选》得以入选，该书包括莫日根故事、传说、笑话等多种类型。这部民间故事选陆续被译为蒙古文、英文、日文和哈萨克文出版。另一个是民间文学首次被学界视为综合的、独立的学科对象，从而开启了较为全面的民间文学资料建设工作。1979 年中国社会科学院少数民族文学研究所创立，1983 年《民族文学研究》创刊，颇具象征意义。1980 年内蒙古大学汉语系（今文学与新闻传播学院）以达斡尔族民间文学专家赛音塔娜为学科带头人的民间文学专业课程的设置以及相关教材的编写，如赛音塔娜首次将达斡尔族长篇叙事诗《绍郎与岱夫》写进大学教材①，把达斡尔族民间文学推向大学课堂教学，从而印证了民间文学学科在内蒙古自治区学术与教育体制中的正式确立。以上储备为达斡尔族民间文学、文人书面文学资料建设队伍的培养，为达斡尔族民间文学、文人书面文学研究走向系统化、学术化、专业化奠定了基础。

各地区民间文艺研究机构、相关刊物也在这一时期相继得以恢复，内蒙古自治区、黑龙江省、新疆维吾尔自治区所属地区以研究达斡尔民族文化为宗旨的达斡尔学会的相继成立，极大地推动了达斡尔族民间文学、文人书面文学作品的搜集、翻译和整理工作。从中央到地方的民间文学研究会逐步恢复并积极展开各项工作，取得了可见的成绩，如全国民间文学作品评奖活动，内蒙古自治区文学创作"索龙嘎"奖也设有民间文学奖项，孟志东的《达斡尔族民间故事简论》、赛音塔娜的《达

①　吴重阳、陶立璠主编：《中国少数民族民间文学作品选讲》，云南人民出版社 1984 年版，第 186 页。

斡尔族民间故事》、白杉的《尼桑萨满传》、白杉的《鄂伦春民歌格律》、苏勇的《达斡尔族民间故事专集》曾相继获此殊荣。这些都极大地激发了达斡尔族民间文艺工作者的热情，促进了民间文学搜集、翻译、整理和出版水平的整体提升。相关刊物的创办如中国民间文艺家协会主办的《民间文学》，山东大学主办的《民俗研究》，广东省民俗文化研究会主办的《神州民俗》，达斡尔资料集编委会、全国少数民族古籍整理研究室编的《达斡尔资料集》，内蒙古文化厅主办的《内蒙古文化》，内蒙古达斡尔学会主办的《达斡尔族研究》，莫力达瓦旗达斡尔学会的《达斡尔学会会刊》等，都为达斡尔族民间文学、文人书面文学搜集、翻译和整理工作提供了交流与展示的平台。特别是1980年内蒙古达斡尔学会的成立，齐齐哈尔市达斡尔族学会、黑龙江省达斡尔族学会、新疆塔城达斡尔学会、莫力达瓦旗达斡尔学会、北京达斡尔学会等民间学术团体的成立，在致力于保护、传承、弘扬达斡尔民族民间文化方面功不可没。达斡尔族民族学家、民间文化工作者、专家、学者还依托各级学会，定期召开达斡尔族民族文化传承与相关学术研讨会，组织学者开展实地调研等活动，培养了一大批民间文学搜集、翻译和整理工作者，促进了此项工作的长足发展。

伴随相关机构的创立与设置，资料建设队伍也逐步得以扩大。20世纪80年代始，全国各地相继成立的少数民族历史研究所、文学研究所或研究中心都有相关的专职或兼职研究人员，他们组织并承担了多种形式的民间文学普查、搜集、记录、翻译和整理工作，积累了大量翔实可靠、弥足珍贵的达斡尔族民间文学、文人书面文学资料。需要强调的是，内蒙古大学恩和巴图等达斡尔族语言学家在这一时期制定、完善的达斡尔语记音符号，为达斡尔族民间文学、文人书面文学作品的抢救、存录和保护提供了必要的条件。尤其是1984年开始的全国民间文学"三套集成"的搜集与整理，加速了这项工作的推进。可以说，20世纪80年代达斡尔族民间文学、文人书面文学作品搜集、翻译和整理工作所取得的实绩，是围绕着中国民间文学集成而全面展开的。在1984年4月召开的中国民间文艺研究会第二届年会及工作会议上，正式决定编撰中国民间文学"三套集成"即《中国民间故事集成》《中国歌谣集成》《中国谚语集成》。这一倡议得到了文化部和国家民委的大力支持。

至此，中华民族文化史上规模最大、普及面最广、参加人数最多、成果最为显著的一项民族文化工程得以启动。这是一项包括普查、采集、翻译、鉴别、遴选、分类、编排、出版等多项内容的浩大的系统化工程。它不仅辑录、保存了中华各民族人民在漫长的历史发展中所创造的宝贵的民间文学财富，同时也体现了中国民间文学资料建设工作的最高成就。这一时期出版的《中国民间歌曲集成·内蒙古卷》《中国民间歌曲集成·黑龙江卷》《中国民间歌曲集成·新疆卷》中，共收录有达斡尔族民歌345首。其中，《内蒙古卷》收录有80首，《黑龙江卷》收录有213首，《新疆卷》收录有52首。由于分类原因，有一部分达斡尔族"乌春"被单独列入《中国曲艺音乐集成》（内蒙古卷、黑龙江卷、新疆卷）而未在达斡尔族民歌统计数目之列。以上这些"文字档案"已成为达斡尔族民间文学得以保存、发展、传承的重要资料。在此有必要提及的是，达斡尔族民间文学工作者杨士清、其那尔图、巴尔登投身于民间文学"三套集成"这项宏伟工程，并为之做出了重大贡献[1]。"三套集成"工程对于达斡尔族民间文学工作者而言，其意义在于推进了达斡尔族民间文学资料建设工作的前行，坚定了达斡尔族民间文学工作者的信念，使一大批如色热、巴达荣嘎、巴图宝音、满都尔图、孟志东、呼思乐、奥登挂、杨优臣、何文钧、杨士清、何今声、赛音塔娜、乐志德、巴尔登、甲孜、乔志成、白杉、娜日斯、斡登挂、毅松、毕力格、碧力得、吴刚、郭白玲等达斡尔族民间文艺工作者及相关学者信心倍增，使他们更加积极地投入到搜集、翻译、整理以及保护达斡尔民族文化遗产的工作之中，扩大了达斡尔族民间文学工作者的阵容。新疆塔城地区巴尔登、甲孜、郭白玲等达斡尔族民间艺术家的搜集、翻译和整理工作，极大地丰富和完整了达斡尔族民间文学资料建设的多样性和整体性。巴尔登（1935—2021），亦写作郭·巴尔登，新疆维吾尔自治区塔城人。专事新疆达斡尔族历史研究，与郭白玲合著有《中国新疆塔城达斡尔族》[2]一书，另搜集、记录和整理有流传于新疆塔城地区的达斡尔

---

① 托木·瓦韧·泰波：《回顾二十世纪的达斡尔族文学》，载何文钧、杨优臣主编《二十一世纪达斡尔族发展研究》，黑龙江省达斡尔族学会、齐齐哈尔达斡尔族学会，2000年印制，第133页。

② 郭白玲、郭·巴尔登：《中国新疆塔城达斡尔族》，新疆人民出版社2013年版。

族民歌 100 多首、民间故事 72 篇、谚语 500 多条。巴尔登还编有《塔城达斡尔族民歌选》一册。甲孜（1948—2014）也是新疆塔城地区的达斡尔族民间文艺家，他多年坚守新疆塔城市阿西尔达斡尔民族乡，搜集、记录、整理有流传于新疆地区的达斡尔族民歌 140 多首、民间故事 42 篇。

新时期达斡尔族民间文学、文人书面文学作品搜集、翻译和整理工作的兴旺繁荣，还突出地表现在一批质量较高、门类颇为丰富的优秀成果得以问世，而且这一时期的资料建设工作在有组织、有目的地搜集、记录、翻译和整理的过程中，呈现出从区域、局部逐步走向科学、完整的文字版本，建设方法从初始阶段的实地考察和规范化的文本记录中，呈现出学术化和专业化的特征。其中，达斡尔族民间故事的搜集、翻译、整理成就尤为显目，除以上提及的孟志东编的《达斡尔族民间故事选》之外，呼思乐、雪鹰编的《达斡尔族民间故事集》，萨音塔娜搜集编写的《达斡尔族民间故事选》，娜日斯采录整理的《达斡尔民间故事百篇》，苏勇搜集整理的《达斡尔族民间故事专集》，敖文华整理的《达斡尔族民间传说故事》，白杉搜集、记录、翻译和整理的《齐齐哈尔地区民间传说乌钦十部》，苏勇录译整理的《达斡尔族神话故事》等多部达斡尔族民间故事集陆续得以出版。另有呼伦贝尔盟文联民间文学研究会编的《呼伦贝尔民间故事》，中国民间文艺研究会内蒙古分会编的《蒙古族达斡尔族鄂伦春族民间文学资料汇编》，满都呼主编的《中国阿尔泰语系诸民族神话故事》，白杉、卜伶俐编的《北方少数民族萨满神话传说集》，刘万庆、吴雅芝编的《中国少数民族风物传说选》等民间文学作品集，也收有部分达斡尔族民间故事。达斡尔族民歌的搜集、翻译和整理工作也有相当的收获。杨士清编的《达斡尔族民歌选》，呼伦贝尔盟文联、呼伦贝尔盟文化局编的《达斡尔鄂温克鄂伦春民歌》之外，斡登挂等的《达斡尔民歌选》，何今声的《达斡尔族传统民歌选》，郭纯、仁钦、敖登挂搜集、整理的《达斡尔民歌 105 首》，何银柱编著的《欢乐的敖包会》①，孟志东、陶克敦巴雅尔编译的达斡尔族英雄史诗《绰凯莫日根》（蒙古文）代表着

---

① 何银柱：《欢乐的敖包会》，齐齐哈尔市群众艺术馆 1987 年编印，收有达斡尔族民歌 22 首。

这方面的实绩。达斡尔族民间谚语搜集、翻译、整理工作也颇有成效，娜日斯搜集、整理的《达斡尔鄂温克鄂伦春谚语精选》，巴音何什格、萨音卓日格搜集、整理的《达斡尔族谚语》，娜日斯编的《达斡尔族谚语》，马雄福整理、贺灵等译的《五民族谚语（塔吉克　俄罗斯　满　达斡尔　塔塔尔族谚语）》等也在这一时期陆续出版。达斡尔族文人书面作品的搜集、翻译和整理工作也有不俗表现，巴达荣嘎、孟德苏荣编译的《达斡尔族诗歌》（蒙古文），碧力得、索娅和碧力格搜集、整理和编译的《达斡尔传统文学》（蒙古文），奥登挂、呼思乐编译的《达斡尔族传统诗歌选译》，塔娜、陈羽云译的《敖拉·昌兴诗选》，塔娜、陈羽云译的《达斡尔族舞春（钦同普诗选）》等，为我们研究达斡尔族文人书面文学作品提供了宝贵的研究资料，也为拟议中的达斡尔族文学史的早日问世起到了推进作用。

新千年以来，达斡尔族民间文学、文人书面文学资料建设工作在"非物质文化遗产"保护的国际化语境中，进入多元发展时期。其显著标志就是达斡尔族民间文学、文人书面文学作品的搜集、记录、翻译、整理及存留方式发生了重大变化，开始从文本资料建设逐步转向声像资料建设阶段，即在积极推进田野调查与研究的基础上，从文字、图像、音声、视频等多个向度实现了资料建设的创新与发展，使达斡尔族民间文学、文人书面文学作品的搜集、翻译和整理工作得到了全方位的提升。另有一个特点是，无论文本资料还是声像资料，大多被包括在国家非物质文化遗产名录"乌春"之中得以记录和整理。总之，在专家、学者与民族文化工作者及社会力量的努力下，这一时期的达斡尔族民间文学、文人书面文学资料建设迈上了一个新的层级。首先是兴起于新千年之初的"非物质文化遗产"抢救、保护工程，带动了达斡尔族民间口传文学搜集、翻译、整理工作的创新与发展。联合国教科文组织在 2001 年首届评议《人类口头与非物质文化遗产杰作名录》项目时，将我国的昆曲列入世界非物质文化遗产，这一举措在我国引起极大的反响。特别是 2004 年 8 月我国政府接受联合国教科文组织《保护非物质文化遗产国际公约》以来，"非物质文化遗产"这一概念开始在我国盛行。《保护非物质文化遗产国际公约》指出，非物质文化遗产涵盖五个方面的内容：一是口头传说和表述，包括作为非物质文化遗产媒介的语言；二是表演艺术；三是社会风俗、礼仪、节庆；四是有关自然界和宇宙的知识和实践；五是传统的手工艺技能。其中特别强调的是，"非物质文化遗产"的"非物质性"含义，是与满足人们物质生活基本需求的物质生产相对而言的，它指的是以满足人们的精神生活需求为目的的精神生产这层含义上的"非物质性"。所谓非物质性，并不是与物质绝缘，而是指其偏重于以非物质形态存在的精神领域的创造活动及其结晶。至此，从国家到地方开始逐步认识到，丰富多彩的少数民族民间文学是我国得天独厚的宝藏，是我国乃至世界非物质文化遗产中的重要组成部分。需要申明的是，无论是联合国教科文组织的文件，还是中国政府与文化主管部门的相关文件，"民间文学"都被列为第一项，在世界各国的非物质文化遗产中都是最基本的一项。从《中国民族民间文化普查手册》到修订版的《中国非物质文化遗产普查手册》①所规定的16类非物质文化遗产中，民间文学都有着独特的地位。这对于科学有效地搜集、记录和整理民间文学是一次难得的契机。从国家到地方各级研究与文化机构、大专院校，都展开了新形势下的少数民族文学的调查与研究工作。据相关资料统计，国家社会科学基金以及国家教育部、地方科研项目自2003年到2012年设立的少数民族文学研究项目就已有100多项，其中包括有内蒙古大学文学与新闻传播学院托娅作为课题负责人承担的国家社会科学基金项目"达斡尔族文学研究"，内蒙古社会科学院民族研究所赛音塔娜承担的内蒙古自治区哲学社会科学规划特别项目"内蒙古民族文化建设工程项目"子课题"达斡尔族民间文学研究"和托娅承担的"达斡尔族书面文学研究"，以及中央音乐学院张天彤主持的教育部哲学社会科学重大攻关项目"我国少数民族音乐资源的保护与开发研究"子课题"鄂温克、鄂伦春、达斡尔族音乐资源的保护与开发研究"等。新世纪之初，内蒙古自治区社会科学院在"民族文化大区"建设的感召下，提出了建设"内蒙古民族民间文化遗产数据库"抢救、保护、继承民族民间文化遗产，以推进民族文化大区建设的建议。自治区政府对此给予高度重视，并于2004年获准立项。以抢救起步、以整合为重点、全面实现保护利用的国内第一家少数民族文化遗产数据库建设开始实施。相关学者、专家及工作人员以崇高的责任与使命感，在内蒙古自治区范围内开展了大规

---

① 中国艺术研究院：《中国非物质文化遗产普查手册》，文化艺术出版社2007年版。

模的民族民间文化遗产田野调查及资料搜集、记录、翻译工作，整合了大量珍贵的文字、图片和影音资料，并利用现代技术，对蒙古族、达斡尔族、鄂温克族、鄂伦春族丰富多彩的民间文化遗产进行了数字化分类处理，内容分为民俗、民间文学、民间艺术、民间文化传承人四大类型、三个级别、共547层目录。该数据库具有存储、演示、提取功能，以及开放式、互动式特点，能够不断扩充新的内容。同时设计运用了具有自身特点的软件平台，实现了数据库的系统性、科学性和完整性。截至2009年，该数据库录有文字、图片、音频、视频四种数据载体，其中，蒙古文、汉文文字资料1.2亿字、图片资料3000多幅、音频资料1060件、视频资料480部的设计规模①。在该数据库中，达斡尔族民间文化遗产数据占有相当的地位和分量。

　　与此同时，相关达斡尔族文学以及民间文学、文人书面文学资料建设的两个最重要的存留基地，即中国少数民族文学馆和莫力达瓦旗达斡尔民族博物馆的相继建立，对这一时期达斡尔族民间文学的发掘、保护起到了巨大作用。成立于2007年的中国少数民族文学馆充分发挥了少数民族文学作品及资料收集、珍藏、展示和交流的功能，激发了民族文学特别是民间文化的活力和传承性。落成于2008年的达斡尔民族博物馆，馆藏涉及达斡尔民族历史沿革、经济发展、饮食服饰、文化艺术、民族体育、宗教信仰等13项内容之多，全面系统地展示了达斡尔民族璀璨的民族文化以及经济、社会的发展面貌。达斡尔民族博物馆承载了达斡尔民族历时多年的诉求，它为达斡尔族民间文学、文人书面文学资料建设提供了一个集中存留和展示的平台。此外，2009年，内蒙古自治区文化厅设立的内蒙古自治区非物质文化遗产保护中心，内蒙古师范大学社会学民俗学学院成立的非物质文化遗产研究中心等专门机构，拓展和加强了包括达斡尔民族在内的少数民族民间文学的搜集、翻译、整理和研究工作。特别是随着2006年之后达斡尔族民间文学瑰宝"乌钦""扎恩达勒""鲁日格勒"，经国务院批准相继列入国家非物质文化遗产名录，使达斡尔族民间文学资料建设迎来了新的发展机遇。相关文化主管部门专门出资用于民间文学与艺术的保护、抢救、挖掘、搜集、记录和整理工作，为达斡尔族民间文

---

　　① 数据来源：内蒙古社会科学院网，2010年5月10日。

学、文人书面文学作品搜集、翻译和整理工作的顺利开展提供了资金支持。2015 年，内蒙古自治区人大常委会审批的《莫力达瓦达斡尔族自治旗民间传统文化保护条例》，在政策层面为保护、抢救、挖掘、传承达斡尔民族文化及达斡尔族民间文学资料建设提供了有力保障。该条例提出，受保护的达斡尔民族民间传统文化，包括达斡尔民族的语言、口头文学、表演艺术、医药医术、节庆礼仪、体育竞技、手工艺技能及制作技艺、具有历史文化价值的家谱、碑文等 13 类。条例还要求莫力达瓦达斡尔族自治旗人民政府建立专门的保护机构，将达斡尔族民间传统文化保护经费列入本级地方财政预算，经费主要用于达斡尔民族民间传统文化的普查、传承、宣传教育和濒危传统文化的发掘和抢救工作。互联网的兴起和普及，为达斡尔族民间文学、文人书面文学资料建设的创新步伐提供了利好环境。中国民族文学网、中国达斡尔族网、达斡尔文化网、北京达斡尔学会网的全面上线，为民族文化建设和非物质文化遗产保护提供了良好的信息共享平台。其中，中国达斡尔族网、达斡尔文化网、北京达斡尔学会网以相当数量的文本资料、音声资料、影像资料，多向度地实现了民间文学、文人书面文学资料建设和理论研究的互动与发展。

这一时期的达斡尔族民间文学、文人书面文学作品搜集、翻译和整理队伍也增添了新的力量。一些基层民族民间文化工作者多以"非物质文化遗产"传承人身份，走进资料建设行列，如内蒙古自治区呼伦贝尔市莫力达瓦旗"乌春"传承人阿尔滕桑（1954—2010），把退休后的全部精力投注于民间"乌春"的搜集、记录和整理工作，几乎走遍了莫力达瓦达斡尔自治旗的每一个村落，实地调查访问了多位民间"乌春"艺人，记录有大量的"乌春"声像资料。为了进一步做好传承、保护工作，阿尔滕桑还在莫力达瓦旗广播电视台的达斡尔语故事会《乌日格勒》栏目担任主讲，并亲自主持"达斡尔歌曲跟我学"栏目。2008 年，阿尔滕桑达斡尔语故事集《乌日格勒》的演播专辑（DVD 光盘）问世，收有达斡尔族民间故事 32篇，填补了达斡尔族用本民族语言讲述民间故事声像资料的空白。黑龙江省齐齐哈尔市的达斡尔民族文化保护者陶贵水（1954—　）也担当起抢救达斡尔民族民间文学艺术的重任，以现代科技手段，搜集、整理有大量的达斡尔族民歌音像资料。莫力达瓦达斡尔族自治旗的民间文化保护者图木热（1927—2018），通晓满文、汉文和达斡尔语，他为抢救和保护达斡尔族民族文化遗产做出了很大贡献。他把搜集到的民间故事和以满文字母记录的文人"乌春"，翻译成达斡尔语并用达斡尔族记音符号进行文本记录，陆续出版有《达斡尔语乌春》《达斡尔语会话本》《达斡尔语民间故事》《达斡尔语分类词汇》等。《达斡尔语乌春》收录有民间乌春42首，其中有一半是图木热收集的①。2011年，图木热还在北京民族民间文学艺术研究中心与中国音乐学院联合录制有乌春40首。近年，又有一些达斡尔族民族文化保护者如黑龙江省齐齐哈尔市梅里斯文化馆的鄂忠群、内蒙古自治区呼伦贝尔市鄂温克旗的敖淑珍、新疆塔城市的郭白玲以及呼和浩特市的乌兰托娅等，也加入到达斡尔族民间文学资料建设队伍之中，进行达斡尔民族文化保护、拯救、传承工作，记录和整理有相当数量的文本资料和音像资料。

达斡尔族民间文学文本资料也在这一时期有了新的成果。我们以出版时间为序，做一描述：2001年，乔志成编的《中国达斡尔族民间故事集》由内蒙古文化出版社出版，收有达斡尔族民间故事92篇。2002年，沃岭生主编、庄树谦执行主编的达斡尔族长篇叙事诗集《少郎和岱夫》由民族出版社出版。全书50万字，附有对少郎、岱夫起义背景的描述和历史人物少郎、岱夫的评介。该叙事诗集收有关于少郎、岱夫传说故事、叙事诗各6篇。其中一部依据各种版本整合而成，完整地描述了少郎、岱夫起义的全过程。2006年，毕力扬·士清编的《达斡尔族民歌汇编》由黑龙江省达斡尔族学会、齐齐哈尔市达斡尔族学会印制，收录有流传于黑龙江省、内蒙古自治区、新疆维吾尔自治区塔城地区的达斡尔族民歌128首。2007年，孟志东以达斡尔语记音符号编著的《中国达斡尔族语韵文体文学作品选集》（达斡尔族历史与文化研究丛书之二）由内蒙古文化出版社出版。这部作品集分上、下两册，正文内容有五部分，第一部分收有乌春和英雄故事118篇；第二部分收有民歌、扎恩达勒和歌词93首；第三部分收有谚语1099条；第四部分收有谜语147条；第五部分收有其他题材作品13篇。同年，孟志东编著的《中国达斡尔族民间故事选集》（达斡

---

① 《88岁老人潜心吟唱达斡尔乌春：访自治区级乌春传承人图木热》，呼伦贝尔新闻网，2014年4月10日。

尔族历史与文化研究丛书之三）问世①，收有达斡尔族民间故事 121 篇。2009 年，何文钧和吴钢锁主编的《达斡尔族民间故事》辑入"黑龙江民族研究论丛"，由哈尔滨出版社出版。2012 年，张新泰、马雄福编的《拇指孩儿（达斡尔族　俄罗斯族　塔塔尔族）》辑入"新疆民间故事系列丛书"，由新疆人民出版社出版，收有达斡尔族民间故事 26 篇。这一时期，达斡尔族民族学家吴团英、毅松等，语言文化学家丁石庆以及达斡尔族年轻学者吴刚、德红英、孟荣涛、孟盛彬等，虽然不曾具体参与达斡尔族民间文学、文人书面文学搜集、记录、翻译和整理工作，但他们在民族学、语言学、文化学、历史学、文艺学等学术研究框架内，极大地丰富和延展了达斡尔族民间文学、文人书面作品的多重价值，其研究成果亦不可忽视。

　　达斡尔族民间文学、文人书面文学作品搜集、翻译和整理工作，无论是文本资料的搜集、翻译和整理，还是影像资料的记录和留存，至今都在保护、拯救和传承之中。其间，我们看到了专家学者的不懈努力，也看到了达斡尔族众民族文化的自觉，同时，也必须正视达斡尔族民间文学、文人书面文学资料建设工作所面临的现实困境。首先是文化环境、生活方式的改变，商品经济的冲击，致使达斡尔族民间文学、文人书面文学作品的流传和生存土壤日渐萎缩。其次是传承出现严重断层，甚至可以说，迫近凋谢的边缘。许多达斡尔族民间艺人、民族文化工作者如色热、甲孜、阿尔滕桑、图木热、巴尔登等带着他们积累的民间文学珍品已相继离世，而且达斡尔族非物质文化遗产的一些传承人普遍趋于高龄，后继乏人。再就是达斡尔民族语言留存的濒危，成为保护、传承达斡尔族民间文学的瓶颈。达斡尔族民间文学千百年来都是口耳传承，包括文人书面作品也多流传于达斡尔族民间，达斡尔民族没有自己的文字可以记录本民族优秀的民间文学。因而，不得不承认这样一个现实，要想更好地保护、记录、传承达斡尔族民间文学和文人书面文学，必须先要保护好达斡尔民族的语言，否则损失将是不可估量的。另外，达斡尔族民间文学、文人书面文学资料

---

　　① 孟志东"达斡尔族历史与文化研究丛书"（三卷）分别为："达斡尔族历史与文化研究丛书之一"《中国达斡尔族古籍汇要》；"达斡尔族历史与文化研究丛书之二"《中国达斡尔族语韵文体文学作品选集》；"达斡尔族历史与文化研究丛书之三"《中国达斡尔族民间故事选集》，2007 年由内蒙古文化出版社出版。

的保管机制也亟待完善。据调查，在 20 世纪 80 年代达斡尔族民间文学、文人书面文学作品搜集、翻译和整理过程中，有为数不多的声像资料散存于各地文化馆或个人手中，因保管不善，破损、丢失的现象相当严重。因而，将保管一环亦视为达斡尔族民间文学、文人书面文学资料建设的有机组成部分，也是十分必要的。我们认为，从文化环境、生活方式的改变，到因文字的缺失尚未得到大范围传播，语言面临的濒危性，以及资料保管机制的不完善都是达斡尔族民间文学、文人书面文学作品保护、拯救和传承所面临的危机，亟待各级政府和相关文化部门有针对性地出台保护措施，也亟须达斡尔民族文化工作者倍加努力与奋斗。

下　编

民族视阈下的个案阐释

一 母族根脉催育的斑斓诗情

（一） 与主流话语和谐共生的颂歌与赞歌

中华人民共和国的成立，迎来了诗歌创作的崭新岁月，一种以正面称颂为主的诗歌创作潮流占据了 20 世纪 50 年代包括达斡尔族在内的当代中国诗坛。诗人们怀着巨大的喜悦，汇集到五星红旗下，齐声唱起献给新生祖国和领袖毛主席的颂歌。"我们告别了苦难的岁月。我们走上了新的路程。新的时代需要新的歌声。"① 诗人艾青的肺腑之言代表着各族人民的心声。20 世纪 50 年代形成的"颂歌"作为一股无法忽视的创作热潮，有其历史合理性。经过几十年的热切期待、艰苦奋斗和流血牺牲，终于迎来了伟大祖国的新生。当一个新的中国宣告成立的时候，热泪纵横的诗人们，满怀欣喜地唱颂美好未来，表达对这场翻身得解放运动的领导者毛泽东的感激和敬意是必然的。再从诗人所属民族的范围考察，达斡尔民族的历史与发展亦充满了坎坷和血泪，家园被剥夺，被迫迁徙，饱受战争与欺凌压迫之苦。达斡尔民族所走过的艰难岁月，以及他们目前所面对的与历史上任何一个时代都截然不同的幸福景象，都让这个民族的诗人在多方寻求生活与艺术的连接方式时，选择了赞歌与颂歌这一方式。诗歌评论家谢冕认为，一个时代的诗歌必定会有自己的主调，而颂歌"作为一个时代的诗歌现象，它突出了这个时代的基本精神，不能说没有贡献，至少在诗歌表现空间的开拓方面，它做了前人未能做出的贡献"②。说到歌颂党、歌颂伟大领袖、歌颂新生祖国，耶拉的《忘不了毛主席》、孟和博彦的

---

① 艾青：《中国新诗六十年》，载《艾青全集（第三卷）》，花山文艺出版社 1991 年版，第 494 页。

② 谢冕：《中国新文学大系（1949—1976）·诗卷〈序言〉》，上海文艺出版社 1997 年版，第 3 页。

《啊，祖国，亲爱的祖国》、巴图宝音的《谢谢您，毛主席》《鄂伦春自治旗诞生》《喜酒与红歌》《勇敢的交通员》等抒情诗作，在 20 世纪五六十年代达斡尔族诗坛产生了较大反响。它们不仅丰富了新中国少数民族诗歌的艺术长廊，而且为推动达斡尔族诗歌的发展与繁荣做出了贡献。

耶拉（1925—2008），又名安国梁，别名伊克艾利，黑龙江省齐齐哈尔市人。毕业于吉林师范大学绘画系，曾在扎兰屯师范学校任教。中华人民共和国成立后，耶拉曾在内蒙古军政大学学习。1955 年在中央戏剧学院学习舞台美术，毕业后一直从事舞台美术和绘画创作。身为美术家的耶拉志趣广泛，20 世纪 50 年代，以《忘不了毛主席》① 这首诗作，构建并丰富了达斡尔族诗苑的颂歌盛景。

诗人以真诚而饱满的激情，向创建新生活的伟大领袖毛主席献上了由衷的景仰和赞颂。诗人以无比感恩之心，最先表达出对帮助草原人民"结束那悲痛的命运"的"我们的领袖毛主席"的感激之情。在新中国成立周年这样一个旭日东升、彩霞满天的美好日子里，"第一个想起的不是别人，/就是你——/我们的领袖毛主席"。如此的深情，就是因为诗人"想起过去，/一片凄凉"，即便是"强壮的汉子也得泪洒胸膛！"特别是对"自由的大地，/任人抢夺，/人民落得饥寒交迫"的岁月回顾，给诗歌带来的不仅仅是历史纵深感，还有悲怆、厚重和辽远。诗人还反复以"我们"这一称谓为草原人民代言，希望草原人民感恩和恭祝的歌声犹如飞翼的神马，"飞过沙漠草原，/飞过高山峻岭，/飞到祖国的心脏——北京"，让铭刻于心的恩人、伟大领袖毛主席能够聆听到、感受到。与此同时，诗人还以满含幸福泪花的双眼，在比照中展示出新时代故乡万里河岸、千里草原发生的喜人变化，"从额尔古纳河的沙滩，/到西拉木伦河的岸边，/从呼伦贝尔边境，/到锡林郭勒大草原，/干涸的溪泉淙淙流水，/枯萎的鲜花放出清香"。这是草原人民迎来一个新时代的自豪之情的外化。与自然界的变化相适应的是人们精神面貌的改观，美丽的姑娘们穿上了新装，瘦弱的草原牧人恢复了健康，天真的儿童走进了学校。令人可喜的是，新时代还以自己的理想创造着生活，使千里草原新风尚、新气

---

① 耶拉：《忘不了毛主席》，载内蒙古自治区文艺作品选集编辑委员会《内蒙古自治区诗歌选集（1947—1957）》，内蒙古人民出版社 1957 年版，第 8 页。

象逐步形成，深受压迫的妇女们开始学习文化、识字读书，民间艺人扬眉吐气，还有新创作的"好来宝"①在传唱，劳动模范和打狼英雄也相继涌现，尤其是往昔岁月深受其害的草原人民"再也看不见行商者的暴利欺骗"，蒙汉民族团结一心、互助生产、共同进步。人们不禁要问"是谁给融结了各民族兄弟般的友谊，/三岁的孩子也会知道，/那就是你/我们的领袖毛主席"。诗歌以水到渠成的澎湃激情，具体地陈述了"忘不了毛主席"的理由，那就是各族人民的生活和精神面貌有了巨大改变，被带上前行与发展的快车，使他们的生活宛如加鞭的快马般奔腾。

历史和现实的对比，使这首颂歌掷地有声，而且声声都来自诗人最真切的体验和最真挚的情感。诗人还以铺陈、渲染、排比的艺术手法，直抒胸臆，表达出草原人民热烈、欢快、祥和的生活景象，"晨光替草原镶上金边，/无数蒙古包上红旗招展，/挤牛奶的妇女准备盛宴，/看羊的老人宰羊拜天"是想要"感谢毛主席领导咱，/生活幸福！/无苦无怨！"而诗人描摹的另一幅画卷"强壮的牧人跨上'骄勒梅利'，/美丽的姑娘们骑马扬鞭"②，则是用诗笔和言语让涌动在人们心中的豪迈与激情得以充分具象化。如果从诗歌艺术的表现技巧来看，镶着金边的草原、红旗招展的蒙古包、挤奶备宴的妇女、宰羊拜天的老人、欢腾跳跃的马儿以及强壮的牧人、美丽的姑娘，都在表达着处于全新时代的草原人民昂扬、幸福的欢乐之情。

在达斡尔族诗歌最初的颂歌中，耶拉这首诗歌的独到之处在于，诗人把颂歌主题表现得比较巧妙，而且能够以生活情趣动人。这是因为长期身居内蒙古草原得天独厚的优势，让诗人不自觉地避免了泛政治化艺术视角下习见的"隆隆炮声""屹立亚东"或"旭日东升""彩霞满天""灯光""宝塔"等意象带给读者的审美疲劳，以及对生活流于浮泛的歌颂。耶拉极善于抓取富有情趣的生活片断并从中提炼诗意，使抒情与多彩的艺术形象和谐交融。"挤牛奶的妇女准备盛宴""看羊的老人宰羊拜天"，为读者呈现出一幅幅草原牧民幸福的生活图景，形神兼备地表现出草原人民的欢喜与欣悦。而强壮的牧人跨上"骄勒梅利"，美丽的姑娘们"骑马扬鞭"，

---

① 好来宝：又作"好力宝"。蒙古语音译，蒙古族传统曲艺之一。好来宝是一种由一人或多人以四胡等乐器自行伴奏，用蒙古语进行说唱表演的民族曲艺形式。

② 骄勒梅利：蒙古语音译，意为走马。

则动态地写出了年青一代在这个特殊日子里的壮志豪情，犹如画家的速写笔法，于动静之间抓住了画中人在草原生活的神韵，引领读者体会他们"蒙古包里射进了阳光，/地上换了新的毛毡""从这包到那包，/欢腾跳跃"的生命活力，以及可以预见的未来一定是"马头琴的音韵四处飘扬，/年老的歌手随而欢唱"的美好景象。这一切，既给诗作增添了艺术魅力，也是它征服读者的重要原因。当然，在那样一个时代，诗歌也不可能远离政治现实。因而，诗人在描画草原人民与草原生活、民俗风情的同时，又反复咏叹对于"伟大领袖毛主席"的感佩与感恩，并选用"在草原牧场，/在美丽的村庄，/在市镇工厂，/牛羊遍野，/五谷丰登，/马达声震天响，/我们开始了新的远征!"这样富有时代和草原民族特色的意象，发出深情歌唱，希望欢庆的歌声、丰美的光景和劳动的热情都能够像神话里的飞马，越过千山万水到达恩人毛主席的身边。在表现伟大领袖毛主席英明领导下草原人民的生活变迁时，耶拉还以美术家对色彩、构型的敏感以及收放自如的笔触，描绘出草原壮丽的画卷。"我们站在辽远的边疆/内蒙古宽阔的草原上，/放声歌唱"，带给我们的是新鲜、独特又豪迈的阅读感受，其中，"辽远的边疆"和"宽阔的草原"等意象也让诗歌的格局变得宽广而壮阔。诗人在为草原的壮美而咏叹当中，又有近景的细致描绘，比如淙淙流过的溪泉和阵阵清香的朵朵鲜花，迅速拉近了读者和诗歌的距离，泉声、花香仿佛就在耳畔身前。而在表达草原人民的欣喜时，又以油画般的凝重和速写的精准，表现出年轻人与老年人的不同情态，可谓栩栩如生，带给人独特的阅读感受，为"颂歌"年代的达斡尔族诗苑带来了一份别样的美。

孟和博彦（1928—2006）是一位文学创作的多面手。20世纪50年代，孟和博彦以抒情诗《啊，祖国，亲爱的祖国》①汇入"新华颂"为主调的颂歌浪潮，深情地表达了对新生祖国和伟大领袖的感恩与依恋之情。作品以"我"这样一个从"丑恶的蟒嘎斯"时代走过来的抒情主人公形象，深情地讴歌了给予他力量、荣耀和骄傲的伟大祖国。这首诗歌里，诗人着笔最重且色彩最为浓郁的是新时代民族生活的变迁。"这曾是

---

① 孟和博彦：《啊，祖国，亲爱的祖国》，载内蒙古自治区文艺作品选集编辑委员会《内蒙古自治区诗歌选集（1947—1957）》，内蒙古人民出版社1957年版，第13页。

多灾多难的土地"而今终于有了"称呼",内蒙古草原民族终于有了可以依靠、信赖的"祖国"。此时的诗人沉浸于巨大的幸福、甜美和感激之中,以至于不忍"在快乐的心田上,/勾起过去的苦痛",而让这种快乐和喜悦深化的则是草原民族生活日新月异的巨大变革,是"我们至爱的父亲"毛泽东消灭和取代了"皇帝、军阀、天皇、蒋介石",因此,内蒙古人民"才这样欢腾鼓舞地呼唤/祖国!这至亲至爱的名字"。诗人由精神层面深入草原生活领域,具体而细微地描摹出内蒙古草原的崭新面貌,在"雪白的毡包里"传出新生婴儿娇嫩的啼声和家人欢乐的喧闹,在肥硕的羊群里奔跑着的拥有如花笑靥的年轻姑娘,以及让那曾经荒凉的戈壁沙滩"矗立起吐着火花的烟囱"和"发着黑色光亮的勘探钢塔"。面对这一幕幕大美景致,诗人"压制不住内心的沸腾"放声高歌,"啊,祖国,亲爱的祖国!/你给了我们何等的繁荣和幸福呵!"这是一个新生的、优裕的、自信的草原儿女对祖国的深情诉说。由于草原人民劳动生产与生活方式的独异性,使得这一诉说也必然是由敖包、羊群、毡包等富于民族和地域特性的意象来呈现,其情感表达也是极具民族与地域文化特点的心理状态的外化,率真而热烈,厚朴而深沉。而任何一个民族的独立、自由和幸福,都不只在于物质生活的富足与繁荣,更需要精神层面的自尊、自立与自强。当抒情主人公"我"惊喜地看到"灿烂的五星红旗,/像太阳似的从东方升起""草原的子弟兵骑着高头大马,/从那雄伟的天安门前走过"[1] 时,内心的骄傲和荣耀终于被唤起,豪情激荡的抒情主人公再次向"亲爱的祖国"倾诉,"啊,祖国,亲爱的祖国!/你给了我们多少的荣耀和骄傲呵!"可以说,恰恰是时代脉搏和民族心音的和谐共振,让诗人建立起热情、豪放又不失温情、深邃的民族根性,为当时日渐一致和趋同的抒情诗在题材范围上有了一定拓展。

鲜明的民族特色和地域色彩是孟和博彦《啊,祖国,亲爱的祖国》这首诗作的又一特征。诗作充满蔑视和鄙夷地称呼"在我们的土地上"已经死灭的封建王公贵族为"蟒嘎斯",给予毛泽东"亲爱的父亲"的至高定位,只有草原民族才能做出如此的叙说;而出生在毡包的婴儿、羊群

---

① 1954 年第一届全国人民代表大会胜利闭幕后,来自内蒙古草原的骑兵受阅部队曾光荣地参加了国庆五周年的阅兵仪式。

中奔跑的少女、骑着高头大马的子弟兵、矗立的勘探钢塔则明白无误地向读者告知，这就是草原儿女献给祖国的赞歌。而且，意象布局的新颖巧妙也带来了情感的别致和丰满。"不可冒犯的敖包""肥硕的羊群""雪白的毡包"，显然有别于 20 世纪五六十年代里一些被密集、频繁使用而在一定程度上成为空泛所指的意象，孟和博彦从具体化的草原日常生活中提炼出的意象恰到好处地渲染、强化了草原人民由内而外的欢欣与感恩之情，而且诗人笔底的每一个意象，天然地牵系着作者的生活环境、民族习俗及独特的价值取向，从而使读者深切地感受到草原民族文化强有力的脉动。情感真挚豪放，表现方法多样，语言明朗欢快，是孟和博彦这首诗歌在抒情艺术上呈现出的主要特色。在《啊，祖国，亲爱的祖国》中，诗人努力规避感情与主题指向的直露，在比照和排比中寻找富有表现力的角度，以昔日的凄凉、悲苦映衬当下的欢乐，"啊，这曾是多灾多难的土地"的慨叹，可见孟和博彦这个草原"代言人"的切身体验，正是这种苦痛的体验，让站在新的历史起跑线上的诗人对往昔岁月有了深沉的概括。而"我不想在我快乐的心田上，/勾起过去的苦痛"则是以乐景写哀，更益于读者感受草原的沧桑往昔。但随后由"温暖"和"欢腾鼓舞地呼唤"开始，抒情的基调随之亦出现变化，充满乐观、欢欣的情感如山泉水般倾泻而下，"当我听到在雪白的毡包里，/传出新生婴儿娇嫩的啼声/和家人们充满欢乐的喧闹的时候""当我看到年轻的姑娘，/在肥硕的羊群里奔跑着，/她欢笑的脸像朝阳盛开的花朵""当我看到在那曾是荒凉的地方/矗立起吐着火花的烟囱，/和发着黑色光亮的勘探钢塔/代替了曾是不可冒犯的敖包的时候"，丰富的联想和想象以及在此基础上形成的排比诗句，勾勒出的正是内蒙古草原朝气蓬勃的今天和可以预见的明天。诗人是有意识地在现实与历史的交错中、从对"蟒嘎斯"统治年代痛苦往事的追溯中，寻找推动现实发展的精神力量，这既让情感落到了实处，也让情感从沉郁、顿挫走向明朗和欢快。此外，"祖国，亲爱的祖国"作为主旋律，在整篇诗作中以复沓的方式多次出现。这种不断重复的咏叹，将诗歌所要表达的幸福、喜悦、感激、感恩与依恋之情在反复回环中不断得以升华，并在保持整体情感基调的明丽乐观、恢宏开阔的同时又余音不绝。

历史推进到改革开放的新时期，由于社会、政治语境和时代生活的巨变，使作家和诗人的艺术视野进一步扩大，题材得以广泛开拓。孟和博彦的诗风也在这一时期发生了较大的变化，开始走向真实、走向内心深处。而且在诗人的情感深处，我们看到的是个体生命遭际的折射。在艺术表现上，较之颂歌年代的创作，孟和博彦新时期的诗歌多以笔下自然之物，或暗喻某种事物，或隐喻某种思想情感，其特色在于咏物抒怀。抒情诗《春的使者》《小泉》① 标志着孟和博彦诗歌艺术的新突破。《春的使者》是诗人重返诗坛后的诗作。作品的核心意象是祖国北疆大地上常见的兴安杜鹃。任何物象在成为意象之前，总是有某种特质深深吸引和打动着诗人，选择兴安杜鹃这个意象与其本身的特性息息相关。兴安杜鹃，又称映山红、达子香，花朵小而艳美。但诗人并没有过多渲染兴安杜鹃的娇艳、纤巧可人，诗人注目的是它生存于"在丛木杂沓的陡坡上"，不顾"漫天飞雪"和"山风凛凛"，勇敢地"绽放出紫色的花冠"。更为可贵的是，经历了严寒的摧残与打击，兴安杜鹃还能"怡然"而自信地看待世间万物的变换，以情窦初开的明眸善睐，怀着一颗"纯正的心"等待情人的顾盼，历尽风霜却依然对世界满怀信心、热情和期待。兴安杜鹃俘获了诗心，也感动了诗人。于是，从兴安杜鹃获得启示的诗人不无骄傲地宣称，"假若我正值青春年少，/此时此际，/也将会为你献出，/眷眷的情款"。诗人和同时代的人都不再青春年少，年华的光彩和发展的可能都被历史和残酷岁月的严寒所剥夺。但这个事实并没有遮蔽诗人关注未来的双眸，诗人想要肯定的是兴安杜鹃作为"生的强者"的存在，它以顽强的生命力和对世界始终如一的热爱成为春的使者，"给冰雪覆盖的北国、沉寂古老的兴安岭带来了春的信息"②。

与《春的使者》有确定性指向所不同的是，《小泉》的意义在于诗人在平凡的事物中发现思想意蕴，并根据思想意蕴把事物转换为鲜明的象征形象，表达诗人对社会与人生的见解。小泉生于丛生的杂草之间，河道规定着它的流速和走向，它即便灵动如一只"闪动睫毛"的明眸，也只能"呆滞地仰视扑朔迷离的苍穹"，这便是小泉的"生之困境"。但很快，诗人在对小泉"安之若素"的疑惑中，引领我们寻找、发掘其外力制约之下"举止文雅、安详，心性平和、恬静"的另一面，"其实在你幽邃的心

---

① 孟和博彦：《孟和博彦文集（第四卷）》，内蒙古人民出版社 2009 年版，第 219—221 页。

② 崔荣、包薇：《达斡尔族诗歌研究》，内蒙古大学出版社 2012 年版，第 108 页。

底，/却蕴蓄着永不枯竭的热能""年复一年，日复一日，/一点一滴地贡献着自己的/辛勤劳动"，其中蕴含着永不放弃的坚韧和以柔克刚的生存智慧。小泉因为顺应环境，在草莽和荒芜中保有了"本真"，在"幽邃"之下，那永不枯竭的能量持续地发挥与释放，"你性格沉稳，/但却不时地为雄伟的森林之曲，/伴合着悦耳的奏鸣"。那涓涓的细流，在日复一日开拓前路的过程中，更像是异常锋利、披荆斩棘的利剑，以水滴石穿的"安详"和"恬静"应对生命的坎坷，而且还以"一颗闪光的心，/永远在催迫生活脉搏的跳动"。诗人以对"小泉"这一特定意象的描摹，以及象征、隐喻手法的运用，打破了直抒胸臆的抒情模式，使"小泉"这一艺术形象传达出诗人不同以往的对于客观世界的感知与表现方式，从而显示了自身鲜明的审美特征和艺术追求。

巴图宝音（1933—2014）长期生活、工作在鄂伦春民族地区的独特阅历，使巴图宝音的诗歌成为达斡尔族诗坛一道色彩斑斓的风景线，即便是"赞歌与颂歌成为主流诗歌样式"的 20 世纪五六十年代，他的诗歌也还是令"颂歌"主题有了多样表达的可能。无论是抒情诗《谢谢您，毛主席》《鄂伦春自治旗诞生》《喜酒与红歌》，还是叙事诗《勇敢的交通员》，无不体现出巴图宝音以充满激情与乐观的心态，豪迈地歌颂着所处的伟大时代和鄂伦春人民的幸福生活。就其抒情立场而言，巴图宝音的诗歌以关注祖国巨大变革为己任，作为民族的"代言人"倾吐内心激情，表达鄂伦春人民的喜悦、自豪以及对伟大祖国、伟大领袖的歌颂和爱戴。因而，巴图宝音心怀朴素之情向伟大领袖所表达的深挚感念"谢谢您，毛主席！"也就有了现实依据。

巴图宝音的抒情诗《谢谢您，毛主席》① 动用各种艺术表现手段，由现实追溯历史，层层描写，步步深化主题，使我们在尽情歌唱的情感深处，看到了历史苦难的折射以及美好生活的感念。诗人先以对比手法，描绘了来自森林深处的鄂伦春人在"黑咕隆咚"的时代，受尽欺凌，处于"喊天天不应""喊地地不灵"的苦难状态。日寇的暴行使鄂伦春人的生活更是雪上加霜，犹如"是刺伤我们的毒蜂"，他们除了抢夺鄂伦春人的名贵猎马、猎犬、鹿茸和貂皮，甚至掠夺人民的基本生活

---

① 巴图宝音：《谢谢您，毛主席》，《内蒙古日报》1952 年 10 月 1 日。

资料，辱骂"我们是'野种'"，加上贪婪凶狠的奸商逼债，让鄂伦春人衣食无着，还要背负还也还不清的"债务"。这就是身处黑暗时代的鄂伦春人的真实写照。人祸之外，鄂伦春人还有可怖的天灾。酷热难耐的夏天"曝日像烙铁般无情，／烧得我们唇裂舌干，／烤得我们目眩头晕，／想哭不成声，／危及条条命"，而严冬的"寒冰将我们皮肉冻裂，／初生娃哭不及一声就僵硬"，缺医少药又使天花、麻疹和疟疾让鄂伦春人不得安生，"夺走我们无数乡亲的性命"。这是一个哀鸿遍野的世界，"摇篮娃哭得好伤心，／马背哥瘦得青筋露形"。鄂伦春人的痛苦无处诉说，诗人让我们真切地看到了旧时代饱受磨难和煎熬的鄂伦春民族的整体形象。

表达鄂伦春人翻身得解放的巨大幸福，是这首诗歌的另一内容。诗人合着时代情绪的波涛，爆发出热烈的赞颂之声，"在这国庆的喜日里，／想念毛主席比父母还情重"。因为"共产党和毛主席救了我们"，让鄂伦春人走出"万丈苦井"，结束了奴隶的人生。苦难深重的鄂伦春人终于挺起胸膛，"过起幸福快乐的光景"。从此鄂伦春人的历史翻开了新的一页。这种充满幸福和扬眉吐气的感受由鄂伦春人亲述，如同"灿烂的阳光照进密林，／古老的仙林送出芳馨"，就连年迈的父母也是青春焕发，"妈妈再不愁眉苦脸，／爸爸也把快乐的歌哼"，尤其是鄂伦春青少年，就像"初春盛开的花朵"，他们在学校"穿新衣，住暖房，吃糕羹"，一心要做"祖国的红色接班人"。诗作呈现出明朗而乐观的情绪，避免了一般颂歌无节制宣泄的缺失，而所有的感激又有了坚实的落脚之处，使情感抒发言之有物、自然而真实。独特的抒情视角是《谢谢您，毛主席》的另一个特点。诗歌另辟蹊径，以鄂伦春小学生的口吻，深情地表达了鄂伦春人民对毛主席感激、爱戴和欢呼国庆佳节的喜悦之情。这一抒情方式既可以从孩子的视角描写父母精神状态的巨大变化，也能以感同身受的方式赞颂作为祖国未来的孩子们的幸福生活。富于激情的诗人将自己的感恩全部聚焦于"生活在毛主席的怀抱"的鄂伦春小学生，淋漓尽致地抒写了对毛主席的无限深情，呈现了鄂伦春人的骄傲和幸福，而鄂伦春小学生述说"在这国庆的喜日里，／想念毛主席比父母还情重"时，则是从晚辈视角表达景仰和感激之情，真实可信且亲切自然。

如果说《谢谢您，毛主席》表达的是颂歌主题，《鄂伦春自治旗诞生》① 和《喜酒与红歌》则体现了巴图宝音抒情短诗的基本特色，即善于择取富有诗情画意的生活场景，或一个生活片断，或一种精神状态，来完成对鄂伦春人民幸福美好新生活的歌颂。《鄂伦春自治旗诞生》反映的是少数民族发展史上带有标志性意义的 1952 年鄂伦春民族自治旗诞生这一重大事件。诗作以喷发的激情，描绘了鄂伦春人民幸福而美好的心理体验。诗人先以排比诗句再现了鄂伦春自治旗的成立，在鄂伦春人民心中所唤起的庄严而又丰富的情感，"暴寒后的春天"呈现的是鄂伦春人经过苦难换来美好生活的欣慰，而"苦雨后的晴天"写出拨云见日后的欣喜，"斗争后的宁静"带来的是一种静谧。看似简约质朴，但句句都指向鄂伦春自治旗诞生这一重大事件给鄂伦春民族带来的心灵震撼。接下来，诗人又以通感、隐喻等艺术表现手法，通过强化自治旗的成立带来的持续影响，表达了鄂伦春人民真切而现实的幸福情感。在党的阳光普照下，鄂伦春人民如同沐浴着春风，像是"温和的太阳第一次照耀，/寒山雪野第一次融化"。当诗人平静地向世人告白，"苦难的岁月一去不复返，/幸福的生活已经来临"时，就不仅是在叙述一个事实，其意义是在强化诗歌中已经出现的祥和又充满希望的氛围了。"鄂伦春自治旗诞生了，/花一样的希望实现了"。于是，巨大的喜悦蓬勃而出，"郁积的心情怎能不开朗？/所有的猎民怎能不欢唱！"诗人的感情如同开闸而出的巨大水流倾泻而下。与《鄂伦春自治旗诞生》的"欢快"形成鲜明对照，《喜酒与红歌》则以质朴与浑厚，进一步拓展了颂歌的题材范围。这首独具特色的新生活颂歌，具有浓郁的民族特点。"骑上最骏的马，带上最肥的肉，/兴奋的人民催促好马急忙往前走"，将读者带入节日的喜庆氛围当中。欢庆的地点是小二沟，因为人们欢乐的眼睛，小二沟也被重新发现，兴安山河空前清秀。"要看一看苦难中孕育成的婴儿降生，/要尝一尝毛主席照耀下成熟的甜果。"民族自治带来的喜悦使"兴安岭登时显得更年轻，/猎民仿佛从光天下再生"，喜庆筵席上"喜酒被人们一杯一杯干完，/红歌被人们一首一首唱不完"，反映着民族区域自治带给鄂伦春人民的巨大喜悦。而喜悦之情在诗歌中化作诗人对"红"的不断描绘，

---

① 巴图宝音：《鄂伦春自治旗诞生》，载中国作家协会内蒙古分会编《内蒙古诗集（1958—1961）》，内蒙古人民出版社 1957 年版，第 26 页。

唱到天亮的红歌，红色的生活以及招展的红旗，以自然又饱满的热情抒发出鄂伦春人民对祖国、对民族自治的悦纳之情。

荣获 1957 年内蒙古自治区文艺评奖优秀诗歌奖的叙事诗《勇敢的交通员》①的问世，显示着巴图宝音作为一个优秀诗人的丰富性。诗歌叙述的是一个交通员克服种种困难、顺利完成任务的故事。交通员作为交通不发达情况下出现的传递紧急物资、药品和信件的使者，深受百姓拥戴，他们以勇敢、机智成为那个时代的符号和精神特征。《勇敢的交通员》的诗眼是交通员的"勇敢"，而且这份"勇敢"还承载着更丰富的内容和更厚重的内涵，它既是跳入洪流的勇气，也是对散居于兴安岭深处各族人民的高度负责、忠诚以及对坐骑朋友的爱惜，还表现在克服困难所必须具备的气质和能力。突显交通员勇于战胜困难的大无畏精神，是诗作呈现的重要特点。交通员的困难主要体现在他工作范围与地域的广泛，而且地貌特殊，尤其是甘河、诺敏河这两条荒野的脉搏，给交通员传递物资信件造成了相当大的阻隔，山洪的暴发而致使"发狂的洪水、/怒吼的洪水，/像匹撒野的烈马，/横冲直撞，/弥漫了整个山谷"。面对山洪和险境，诗人以细致的心理描写展示了交通员与凶险洪水周旋的高超智慧，他"一会儿坐着，/一会儿站着，/一会儿眺望"，在思考着如何抢渡洪水。而描写交通员迸发出勇气时则非常具体，他的勇敢是许多人的需要，是闪现于眼前的"人民代表大会的庄严决议，/病人焦灼的泪水，/猎人急需的弹药"。因而，无论前路多么凶险，也不能"挫折他坚强的意志"。真实地刻画出交通员的心理转变，同时又突出了交通员对于鄂伦春人民而言的重要性。于是，交通员脱掉衣服，安排好要件，放走马儿，义无反顾地跳入洪水之中，与咆哮的洪流奋力搏斗，他所面临的困难的艰辛程度也因为马儿的难以忍受而被赋形。此时天色渐暗，乌云密布，但交通员依凭着"他机警、勇敢，/冲出了洪水的包围"。当所有的困难都成为交通员的俘虏时，群山和密林都为他欢呼，交通员则"兴奋地向远方眺望"，似乎又在向着新的目标蓄势待发。叙事诗《勇敢的交通员》的问世，有着相当显著的文学史意义。从当代中国少数民族诗歌发展的脉络来看，"写实

---

① 巴图宝音：《勇敢的交通员》，载内蒙古自治区文艺作品选集编辑委员会《内蒙古自治区诗歌选集（1947—1957）》，内蒙古人民出版社 1957 年版，第 68 页。

性"叙事倾向的诗歌一直受到重视和提倡。巴图宝音的这首叙事诗，既是民族与个性的表达，也是达斡尔族叙事诗兴起的一个例证。

（二）乡土淳美的自然抵达

1978 年，是达斡尔族诗歌承前启后的年份。达斡尔族诗歌告别了创作的寒冬岁月，开启了达斡尔族诗歌的新纪元。以孟德苏荣、色热、乐志德、杜才德等为代表的一批业余诗歌写作者的相继涌现，一批有影响的诗作层出不穷，展示了达斡尔族诗歌的盎然生机。这批业余写作者，有的在20 世纪五六十年代开始尝试写作，有的在 20 世纪八九十年代适逢大好时机，拿起了诗笔。但这批诗歌写作者大多有基本相同的经历，他们都是从十年特殊年代走来，有过困惑，有过痛苦，也有探索和反思，尤对空洞、虚假的诗风深感厌恶痛恨，在他们看来，诗歌绝不只是文字的排列，而是一种精神力量，是一种生存方式。因而，在社会环境和意识形态更迭变化，走出"机械配合"的历史后，他们终于摆脱束缚和绑架，迎来一个充满希望和昌盛的新时代，促发了他们压抑过久的诗歌情怀。这批诗歌写作者以自身的创作见证了国家与民族日新月异的变化。因而，勤于思考，敢于说真话，且有极强的民族责任感与使命感，成为这批诗歌创作群体的主要特征。在艺术风格上，他们善于从民族民间文学和汉族古典诗词中汲取滋养，描摹壮美自然，抒发内心情感，表现真善美。他们的诗歌较之专事诗歌创作者称不上丰厚，但他们的作品凭借对民族、对生活的深厚情感而受到众多读者的喜爱。究其根由，主要在于他们较少窠臼，擅以率真、单纯又明朗的诗歌实践，重塑坚韧不屈的达斡尔民族形象，提升达斡尔民族自信，而更多的原因则在于，人们在这批业余诗歌创作者的提示之下，对生活、对乡土、对民族与历史有了一种新的共鸣性发现。

孟德苏荣（1932—2004），亦写作门德苏荣。内蒙古自治区呼伦贝尔市鄂温克族自治旗南屯人。20 世纪 50 年代初在内蒙古自治区锡林郭勒盟从事公安和文秘工作。1954 年在内蒙古自治区蒙文专科学校（现呼和浩特民族学院）学习，翌年分配到北京民族出版社工作。1958 年响应国家"支边"号召，赴青海省青海民族学院（现青海民族大学）支教并尝试诗歌创作。1960 年调内蒙古师范大学蒙古语言文学系任教。新时期伊始，孟德苏荣在教学之余，开始达斡尔族文学和宗教文化研究，并撰写有相关研究论文多篇。1981 年，孟德苏荣以蒙古文翻译的《达斡尔族诗歌》（与巴达荣嘎合译）得以出版，该书收有敖拉·昌兴、钦同普的诗歌 37 首。孟德苏荣出版有《北斗星》《万年灯》① 等两部诗集。

　　孟德苏荣是达斡尔族，但主要以蒙古文写作。孟德苏荣的诗歌，时代气息浓郁，情感真挚朴实，诗句流畅明净，短小隽永，读来亲切感人。就诗歌题材和抒情方式而言，孟德苏荣的诗歌内容大致可分为两类：一是写于 20 世纪五六十年代的颂歌组曲。抒情诗《五星红旗》《自由》《碑》是孟德苏荣颂扬新生祖国歌唱伟大领袖毛主席的著名诗篇。这一时期孟德苏荣还在《伊敏河》《达斡尔族》等诗作中，以清新而欢快的笔触，歌颂了达斡尔民族幸福甜美的新生活，表达了诗人对达斡尔故乡的热爱。二是创作于新时期的《诗人》《春光》《蔚蓝的贝加尔》《吉祥内蒙古》等抒情短章，它们意象丰富，诗风委婉清丽，显现着诗人典雅而意蕴丰厚的诗情。孟德苏荣这一时期的诗歌常常在寻常生活和颇为惯见的景致中，挖掘和表达深厚的人生寓意，抒发自己的内心感受。其中，创作于新时期的抒情诗《山》《春光》是孟德苏荣重要的代表作。它们在保持诗人 20 世纪五六十年代诗歌创作特征的同时，又以不同以往的感知方式和表现方式，显现了诗人丰富的情感和艺术追求。

　　检视孟德苏荣诗歌艺术的具体表现，不难发现他的诗歌是以抒发自我情感而著称的，而这种情感的抒写和表达对孟德苏荣来讲，其根本的意义是寻找通往心灵的道路，因此，孟德苏荣的诗歌传递的是善美之音，而较少表达具有历史重量的探索与思考。抒情诗作《山》通体萦绕着缠绵的情思，构成种种动人的意境。诗人先是置身山外，对"山"有一个整体的远观，山被云雾所笼罩而"躲进朦胧云雾里依稀难辨"，距离的遥远让居于雾中的山隐约而微茫。这"朦胧"之山，带给诗人的是神秘、缥缈和探个究竟的渴望。因而，诗人带领读者继续向着"山"步步靠近，山的面目渐渐清晰。朦胧雾气散去，山的斑斓色彩开始显现，因为树种和温湿度的差异，山像是披上了彩衣，"身披彩色的树木绚丽迷人"。"山"不

---

① 孟德苏荣：《北斗星（蒙古文）》，内蒙古人民出版社 1982 年版；孟德苏荣：《万年灯（蒙古文）》，内蒙古教育出版社 1997 年版。

再是神秘而缥缈的，而是以绚丽的光彩令人流连。在山"缠上银色的河流熠熠闪光"之间，诗人似乎仍然站在山外，但与"山"的距离则更近了一步，在披满树木的山之外，诗人看到了依偎着大山而淙淙流淌的河水。这些河水是丰沛的，诗人以一个"缠"字表现出河水之多，也揭示着水与山的亲密关系。诗人眼中山与水的亲密无间，正是诗人面对山水时的情感外化。山水在少数民族诗人的精神世界里原本就是最具灵性和生命的存在。而在山"揣了满身的财宝丰盈富饶"的感慨中，诗人似乎走进山中，山内的景致和之前山外的所得，在诗人看来都是山所拥有的，这时的"山"又是怎样的一座山呢？它更像是一个人"揣了满身的财宝"。当诗人由远及近地审视，自然就会生发出"所以山是自然的美景/所以山是人民的财富"这般质朴、平实的赞叹，加之诗人对于远观、近视山的详尽描绘，就使得这种淳朴的感慨显得尤为含蕴深长。

万物有灵，是所有原始宗教赖以形成和发展的基础，也是中国北方少数民族生存的哲学观。他们认为，不仅人类有灵魂，日月山河、树木花鸟，世间万物无不具有灵魂。这种哲学观不仅支配着他们对待自然万物的方式，而且也会浸染民族个体的生存观、自然观。因此，有灵的万物在诗人笔下，也常借此喻彼，或是由彼言此，这种哲思让诗人的诗思独特精妙且开阔无碍，因而，山的灵性在这首诗中进一步彰显。诗人用少数民族崇尚的、具有美好特征的动物来比拟心中的"山"："恰似狮子和老虎狂啸着端坐/恰似硕大的白象般悠闲地站立"。山的仪态魁伟高峻、雍容而华贵，在静态之下又蕴蓄着无尽的能量，因为它们是"狂啸着端坐"和"悠闲地站立"。即使是处在静态当中，山也还是雄壮威武、宏大慑人的，因为诗人用狮子、老虎、白象等吉祥之意象衬托出"山"的静态之美。而山的"恰似斑斓的长蛇蜿蜒爬行/恰似金银的巨龙抖擞着身躯"，表现的是它的动态之美，山的连绵起伏常令人观之如"长蛇蜿蜒爬行"，而群峰错落造成的高低俯仰，从远处看来生动鲜活如同"巨龙抖擞着身躯"。在这动静之间，山的万千景观和雄阔壮美不由让诗人感慨，"所以山是心中的自豪/所以山是故乡的骄傲"。山，之所以让诗人心驰神往，缘于它与人类发生着太多的关联，而且这种关联又因千百年来的现实性意义而成为某种深在的、决定性的联结。正像诗人很快揭橥出来的，它是如飞马般狂奔的世世代代的蒙古人"面对山禽野兽出没的林莽/遥望清泉流瀑纵横的山野"而生存的不可或缺。可以说，山哺育了蒙古民族，更见证了他们艰辛生存和"征服欧亚"历程中所有的勇猛与荣光，而蒙古人也从山的威仪与生机中获得了生命的力量。在天地万物间，人类与赖以生存的自然之间结成如此奇妙的关系，这种关系又是那么特殊，它不再表现为人对自然的无情掠夺和无尽索求，而是两者之间的相亲相知。这种彼此间几乎称得上是世代的相知，让祖祖辈辈的蒙古人热恋和守望。当诗人归结出"所以山是我们金色的摇篮/所以山是蒙古人永远的依恋"时，读者的共鸣与认同也就水到渠成。除却物质层面，"山"不仅是蒙古民族也是北方少数民族生命的摇篮，它的重要性还在于，山不仅是蒙古民族精神的皈依，山所具有的许多特质还在精神层面上引领、形塑着蒙古民族勇敢豪迈、积极乐观的精神品格。正像诗人发现的，在他们的内心深处，"山"如同活在今天的成吉思汗的文臣武将，有勇有谋。正是这种智勇双全之品格，使"山"成为屹立于广阔草原的魂魄，"所以山是雄伟的圣地/所以草原人勇武坚强"。"山"在诗人心中占有重要的地位，还在于它超越了民族和地域的畛域而变得更加恒长、坚定。不论四季怎样轮回，山的景色始终是宜人的，而且不只是年年岁岁的四季轮回，对于亿万年的沧海桑田而言，它在漫长的风雨雷电中始终都是巍然屹立的，"电闪雷鸣不改它岿然的本质/野火熊熊难移它坚定的信念"。诗人将"山"在蒙古民族精神生活中的重要性，提升到了更具普遍意义的层面，诗歌的内蕴亦因此而被拓展和深化。

抒情诗《春光》则展示了诗人创作风格的丰富多样，不变的是孟德苏荣对自然万物的深情和厚意。"厚厚的积雪在暖阳里/笑着融化了/肥沃的黄土伸展着/吸足了水分/宿草下的新芽悄悄/伸出了手指"。在这里诗人依然运用的是比拟手法，不同的是从"山"的拟物成为"春光"的拟人，春日里的一切都如人一般活泼俏皮，明媚而轻盈。诗人写积雪在暖阳里"笑着融化了"，读者看到了一个在春日暖阳下怡然自适的诗人以及由冬至春万物复苏的状态。而他写黄土"吸足了水分"，不仅仅指的是自然，还在描绘春光里许多蓄势勃发的人们。而宿草下的新芽"悄悄伸出了手指"，更让很多在春光里悄悄萌发并且必将成为满眼绿意的希望有了具象的形状。诗歌还选用带有草原民族特色的一组组意象，借助丰富的比喻等艺术表现手法，发出了真挚的歌唱。春光，普照着草原大地。诗人看到的，不仅是开满鲜花的山谷，宝石般散落在白云间的牛羊，还有在风中自由摇曳着的芦苇，以及每年都从南向北回归的大雁，让整个草原散发着生命的气息，而这种生命的气息又不是夏日般的炽烈或是秋天般的淡远抑或冬季的肃穆，诗人用鲜花、牛羊、芦苇以及大雁等意象，描绘出的是徐徐苏醒、闲适安逸的草原。在一切事物都充满希冀地萌生时，同样涌动的还有年轻人的爱情。牧羊女悠扬的歌声召唤着天际山边的牧马人踏歌飞奔而来，于是"爱情的火/年轻的风/相逢在原野上"。诗人不仅以人的情态比拟草原万物，同时也以原野上的自然万物阐发美好爱情来临时的美妙。男女相遇的热烈程度诗人并没有过多渲染，而是用自然物象将抽象的情感衬托出来，"花的海洋中流淌着/幸福的河流"。春光里怒放的花海以及淙淙流淌的河流构成了艳丽鲜活的图景，而这图景又不是静止的，"流淌"一词不仅赋予画面以淋漓的元气，暗示出牧羊女和牧马人的幸福爱情，同时也指向了"春光"这一题旨。孟德苏荣这首诗作的最大特点在于，诗人对自然万物的感恩并不表现得恣肆倾泻，而是善于用草原上诸多意象来托寄情感，使平凡的事物因蕴蓄了情感而呈现出奇异的光彩，并以此来抒发自己对生活的理解和感受。

色热（1931—2009），又名鄂成利，黑龙江省齐齐哈尔市人。从事中小学教师工作多年。1981年调齐齐哈尔市梅里斯文化馆工作。色热酷爱达斡尔族民间文学与艺术，收集、翻译和整理有达斡尔民间传说故事、谚语和谜语多篇。其间，色热还以母语创作有多篇"乌钦"（叙事诗），2008年结集为《色热乌钦集》① 出版。

色热的诗歌以富于历史感的思考和凝重的格调而别具特色。歌颂祖国、礼赞英雄的达斡尔民族，歌唱诗情画意的达斡尔故乡，是色热母语诗歌最重要的题材内容。《赞美尼尔基镇》②《齐齐哈尔，我的故乡》《爱辉之行》《祖国颂》《冰凌花》是色热诗歌的代表作。其中，《赞美尼尔基镇》《爱辉之行》尤值得我们关注。《赞美尼尔基镇》是诗人献给达斡尔

---

① 色热达斡尔语创作，吴智标音记录，巴图宝音汉语翻译：《色热乌钦集》，黑龙江美术出版社2008年版。

② 尼尔基镇：莫力达瓦达斡尔族自治旗旗政府所在地。尼尔基，达斡尔语音译，意为兴盛、兴旺。1958年8月15日，内蒙古自治区呼伦贝尔市莫力达瓦达斡尔族自治旗成立，旗政府驻尼尔基镇，使之成为莫力达瓦达斡尔族自治旗政治、经济、文化中心。

故乡莫力达瓦的一曲赞歌。新时期的莫力达瓦达斡尔族自治旗如插上了神翼的骏马，焕发着强劲的生命活力，而尼尔基镇的巨大变化，则集中体现了改革开放和民族自治政策的强大力量。色热用热情和赞美的眼光，发现了尼尔基镇的种种新气象。"各家各户皆丰衣足食/日子过得好舒畅"，写出了尼尔基人在物质和精神层面的状貌，而火红的生活如热烈开放的映山红，红红火火，绚烂而美好。街道和楼房常常是一个地区现代化和发达程度的表征，诗人同样也写到尼尔基的街道是整洁有序的，而楼房高耸笔直，"仿佛要捅破天"。尼尔基人的生活又是与时俱进的，"沿着（嫩）江岸建设发展"的尼尔基，未尝不是达斡尔人民发展经济的勃勃雄心的外化。值得称道的是，诗人不再从"山水真绮丽"的尼尔基本身去审视这个城镇的发展与变化，而是引领我们放眼嫩江，从更阔大的视野中去观照这个北疆小镇：矗立在江畔，沿江而建的尼尔基在阳光下充满活力。当诗歌写出"像神龙腾空飞起"的莫力达瓦山时，形神兼备地描绘出尼尔基的发展势头。诗人不由感慨，"丰裕优美的尼尔基镇啊/你像仙马插上了双翼"，并真情预言"随着时代的巨变/你比原先要百倍富裕!"与其说这是预言，莫若说是今天的尼尔基镇的真实写照。诗人还以深深的感恩之情，追索为尼尔基带来翻天覆地变化的源头，"党召开十一届三中全会/让达斡尔人的心愿实现了"。这首诗作的另一可圈可点之处在于，它在艺术上借鉴了达斡尔族民间"乌钦"的表现形式，大量地运用了比兴手法。当诗人描述"赛过火的映山红花正开放"时，就引出了丰衣足食、精神舒畅的达斡尔人的整体面貌；描写"鸟禽山雀"聚拢飞翔时，也就写出了尼尔基镇安详、和谐发展的面貌；展示如同神龙昂首的莫力达瓦山，则具象化了尼尔基锐意求进的明天与未来。

色热的《爱辉之行》[①] 则表达出对达斡尔民族历史命运的深重思考。纵观中国少数民族诗歌发展历史，从文化与地理乃至精神血缘上，追根溯源是少数民族诗人屡屡表现的主题之一。而对于一个具有坎坷民族历史的达斡尔族诗人来说，这一点尤为强烈而重要，他的爱辉之旅就必然是地理、历史乃至文化意义上的归乡之旅。"像江水一样源远流长"的达斡尔

---

① 爱辉，也写作瑷珲、爱珲，亦称黑龙江城，现为黑龙江省黑河市爱辉镇。"瑷珲"：达斡尔语音译，意为射箭练武之靶场。

民族历史，在有文献记载的 300 多年的进程中，充满了风云变幻的战乱和殊死搏斗的抗争，而历史的沧桑也使达斡尔人数次迁徙。17 世纪中叶，沙俄的东侵势力逐步扩张到黑龙江流域，达斡尔人进行英勇抵抗后，从黑龙江北岸南迁到嫩江流域，开辟出他们的新家园。康熙至乾隆年间，被编入清八旗的达斡尔族官兵携家眷迁往爱辉、呼伦贝尔、伊犁和塔城等中俄边塞屯垦戍边，建立了卓越的功勋和不朽的伟绩。漫长曲折、苦难深重且不屈抗争的历史，决定了色热这位"当代达斡尔人/为了弄清族源祖宗"的爱辉之行，必定是一次非同寻常的"寻根"之旅。可以看出，诗人是怀着"喜滋滋"的心情踏上这片热土归乡认祖的，他看待爱辉即"黑龙江城"的一切，觉得目之所及都是陌生的，"从未到过的地方啊/初来乍到无比欢喜"，但爱辉在诗人内心深处又是熟悉的，看到宾馆外的海兰大街，色热发出幽古之思，"许是我们海兰莫昆所建"，而站在如今依然浩荡的"母亲河"黑龙江岸边抬头向北眺望，"黑龙江上游啊/是我们世居的地方/沿着精奇里江而居/曾安度美好时光"①，至少在 17 世纪时"那彼岸密密的森林啊/曾是我们美丽的故乡"。诗人面对远古奔涌而来的长河，放飞自我，追忆往昔，想象达斡尔先祖定居精奇里江时农、牧、渔、猎多种经营的温馨与甜蜜岁月。"开垦那原野大地/耕田又植树"，反映出往昔达斡尔人农耕生活的井然有序；"在那辽阔的草甸上/把我们的畜群放牧"，展示出畜牧业的兴旺；"在那难钻的密林里/先民曾猎兽生存"，表现了先民狩猎的勇猛和无畏；"在那滚滚的蓝幽幽江里/先民将鲫鱼鲤鱼捕擒"，书写出勤劳智慧的达斡尔民族依江河而居的富饶生活。而且，达斡尔民族坚韧不屈、勇敢无畏、乐观向上的性格特质，也在诗人对先祖生活的描述中得到了映现。当我们跟随诗人的诗思，沉浸在对美好往昔的追忆中时，脉脉温情却戛然而止，急转而下为对"野心勃勃罗刹匪帮/抢占我们故地"的极大愤慨。"我们丢失美丽的故乡/迁到嫩江两岸定居下来"，达斡尔人的坚毅品格也表现于此，被迫迁徙并没有摧折他们强大的生存意志和脊梁，即便是面对如此巨大的苦难和变故，"达斡尔"仍然是一个活力迸发的民族，"那红颜色的瓦房啊/让我看得眼花缭乱"，"那割麦车啊/无休止地连续奔跑"。而这种生机和兴旺当然也表现在达斡尔民

---

① 精奇里江：即结雅河，今俄罗斯远东区南部河流，黑龙江左岸最大支流。

族的精神形貌上，整齐的门庭院落和院内外的欢声笑语就是确证。而他们"摇篮里的乳婴们／笑得小脸似花开"代表着达斡尔民族活力和美好未来，也从一个层面印证了"我们的达斡尔乡亲／日子过得兴旺不衰"。达斡尔民族的历史变迁与现实生活激发了诗人的豪情，发出了"自古生活过的地方啊／永世不可能从内心忘断"的呼唤。诗人对达斡尔故乡的这种深厚情感，既源于对民族历史命运的深沉思考，也源于庄严的历史使命感所滋养的民族情怀。

色热的"爱辉之行"亦是一次爱国之行。诗人是为求证族源宗祖、梳理宗系与原籍而远赴爱辉的，因而诗作在对达斡尔民族历史和现实的想象与对比描绘中，可以明确地感受到诗人祖露出的民族意识和民族情怀，"我们的族胞"的反复咏叹，更是不断地强化这一点。与此同时，诗人对达斡尔民族的自我体认并没有妨碍对祖国的认同，"在连绵不断的条条路上／不懈怠地走啊走"时，诗人不禁深情地感慨："祖国啊，你真辽阔广大／祖国边疆的尽头在哪里？"当诗人乘上火车，看到车窗外掠过的道旁的树林、五彩缤纷的野花、一片片金黄的麦田和绿油油的山丘、沼泽，诗人为这美景深深陶醉的同时又自然想到，"说着各自民族语言的兄弟民族／把铁路修得是那么妙！"这是对其他兄弟民族同胞和祖国建设大业的感恩之情。在回转途中，诗人又强调在北国盛景五大连池畔"看见各族人民／聚此治病休养"，平凡的描述间蕴含着深情。阅读色热的诗歌，俯首皆是"我们的族胞""我们的故地"等语词，体现出强烈的民族归属感意识，也带来一种质朴的民族团结意识。同时这种意识使诗人对祖国又有一种真实自然的认同感，所有对祖国的热爱也据此而出。在艺术表现上，历史和现实交融与对比是这首诗作的突出特点。现实和由想象构筑的历史，在诗歌中形成了并置的美好图景，"述往事"是为"思来者"，同时也增加了诗歌的纵深感。而诗歌空间和深长的历史则是由诗人的想象力带来的。对先祖生活的诗意想象引领读者走入200多年前的生活，这里既有先民开天辟地、机智生存的荣光，也有被沙俄侵略者抢占土地的创伤，"思念我们的族胞啊／来到爱辉"中流淌着诗人的忧伤，而这些情感又浇筑在现实和历史之间，使诗歌呈现出一定的感伤色彩。另外，《爱辉之行》作为色热笔下的"乌钦"，自然"叙事"就成为这首诗作的重要特点。爱辉之行的缘由、沿途风光、到达目的地的活动和思绪、回转时的见闻，都在诗作中得到了完整反映和书写，而贯穿整个"爱辉"之中的则是诗人富有力度的思考，它不仅带给读者一种凝重而庄严的感受，也标识了诗人厚重的民族身份意识。

乐志德（1933—2015），内蒙古自治区呼伦贝尔市莫力达瓦达斡尔族自治旗人。1957 年毕业于内蒙古师范大学，曾任中学教师，后在内蒙古自治区呼伦贝尔市莫力达瓦达斡尔族自治旗文化局、古籍整理办公室工作。1995 年开始任达斡尔民族文库《达斡尔资料集》主编。2005 年，乐志德的作品集《万里雪飘》① 得以出版。乐志德既是达斡尔民族历史文化研究者，也是一位在旧体诗词失去了霸主地位之时仍坚持以旧体诗词抒发内心情感的诗歌写作者。他熟练地运用"念奴娇""满江红""浪淘沙"和"沁园春"等我们熟知的中国古典文学词牌，表达现实感怀，描摹坎坷而悲壮的达斡尔民族历史，礼赞可歌可泣的达斡尔民族英雄事迹。《沁园春·祭桂古达尔人》《念奴娇·乌尔阔颂》是乐志德的代表作，这两首诗作的意义不仅在于使"沁园春"与"念奴娇"等古老词牌在达斡尔民族诗人笔下焕发出新的生机，同时也令诗人所书写的充满血泪与悲情的达斡尔民族历史广为人知。

作为达斡尔民族历史与文化研究者的乐志德，对自己所属民族表现出极大的认同。因而，他的诗歌不只是对达斡尔民族历史的歌颂和表现，也为民族历史注入了新的灵魂和血肉，使达斡尔民族历史通过诗人的写作成为一个可感可触的实体，一个有血有肉的生命。《念奴娇·乌尔阔颂》是一曲达斡尔民族历史与英雄的深情赞歌，是乐志德在"大江南去，/望山北如画，/丽霞如血"的情境中，看到"千里奇观，/乌尔阔，/达里带城难越"场面后，对达斡尔族"边壕传说"的深情回顾。传说中的"边壕"大致所指金代初年修筑而成的边界壕，达斡尔语称之为"乌尔阔"。其北端起自莫力达瓦旗尼尔基镇北，乌尔科屯东南，横断兴安岭，进入科尔沁草原，再由科尔沁草原延伸到大青山，成为今天人们眼中的"千里奇观"。边壕传说在达斡尔族历史中有多种版本，即诗中所谓"多少春秋，花红白雪，两岸多传说"。而边壕传说的历史主角则是达斡尔民族英雄萨吉哈尔迪汗。萨吉哈尔迪汗被认为是达斡尔人的先祖。达斡尔族学者华凌

---

① 乐志德：《万里雪飘》，民族出版社 2005 年版。

嘎的《达呼尔与索伦流源考》认为萨吉哈尔迪汗是"达斡尔、索伦之主——哈冉达哈汗"后嗣，他"仗其骁勇精悍，好于俘虏，频与邻国交战"。萨吉哈尔迪汗出于民族发展的需要，率领部下向外扩张，从而遭到了包括俄罗斯在内的周边国家与其他民族的共同反抗。萨吉哈尔迪汗在被俄国人打败后，率部众经黑龙江城南下，到宜卧其①附近渡江，即诗中所谓"兵来西渡"。但时值盛夏，无船可乘，萨吉哈尔迪汗只得在江岸安营扎寨。次日问询兵士江面是否已冰封，面对据实而来的答案，萨吉哈尔迪汗大怒，愤而将其处死。一连几天，如实禀报的士兵总是被杀。词作中"可怜前探声咽"为诗人的直笔，也是对民族英雄的不虚美、不隐恶，显示出乐志德对历史的客观与理性。面对累累冤魂，士兵们商议，萨吉哈尔迪汗再问及此事，就以谎言求得活命。当萨吉哈尔迪汗再次问起时，士兵就报以肯定的答案。萨吉哈尔迪汗遂下令部众过江。令人惊讶的是，当萨吉哈尔迪汗一行到达江边时，看到的确实是"冰封"的大江。这当然不是千里冰封，而是"搭桥鱼鳖"，密密麻麻的龟甲构成了江上之桥，扶助萨吉哈尔迪汗的部队"从头越"。其实，关于达斡尔族民族英雄萨吉哈尔迪汗的这些传说是颇具虚构和夸张成分的，原因在于达斡尔族后人为他们心目中的民族英雄萨吉哈尔迪汗增添光环而予以许多想象。这些带有神异色彩的传说，本身也表达了达斡尔族众对于萨吉哈尔迪汗的爱戴和崇拜之情。当然，诗人在 20 世纪 90 年代如此执笔写来，是在新的语境下观照达斡尔民族的历史人物，其"择"与"取"本身也颇具意味，既表现出萨吉哈尔迪汗在达斡尔族民间传说中的神秘性，也指出是"哀怨冲上巡神"所致。这些描写极大地丰富了萨吉哈尔迪汗这一英雄形象。词作的悲剧意蕴主要体现在萨吉哈尔迪汗传说的后半部分。当较长一段时间过去后，萨吉哈尔迪汗以为所有士兵都已顺利渡江，问及士兵，部众是否已过完江时，仓促一句"过完了"，使鱼鳖所搭之桥瞬间消散，致使几名护卫和太子沉入江中，"子坠江流凄切"，描述的就是这一民族历史传说。而"声荡千秋，/阿查迷涅"②使读者的思绪推回到悲切的历史记忆之中，一声"阿查迷涅"的深情呼唤，声声凄切，千载不绝。而"尤怨公媳结，/分

---

① 宜卧其：地名，今内蒙古自治区呼伦贝尔市莫力达瓦达斡尔族自治旗尼尔基镇宜卧其村。

② 阿查迷涅：达斡尔语音译，意为我的父亲。

兵筑壕，/流芳千古一绝"则聚积着更为丰厚的历史内容，牵系的是达斡尔民族的悲欢与胜败。关于"尤怨公媳结"的原因有多种说法，其中广为流传的是聪明美丽的太子妻欲为丈夫正名，不甘于"大江"湮没太子功绩。于是，公媳二人分兵筑壕。太子妻带领原本属于太子的部下在北面筑壕，萨吉哈尔迪汗带着兵士在南面筑壕。但因为公媳之间已经"怨结"，所以大权在握的萨吉哈尔迪汗在挑选士兵时，刻意将老弱病残和未成年的少年儿童交予儿媳，自己带领强干精兵筑壕。在筑壕的最初阶段，萨吉哈尔迪汗占有明显的优势，所筑边壕又宽又高。但是，随着时间的推移，萨吉哈尔迪汗的部众日渐衰老，而太子妻统领的孩子们长大成人，成为挖壕的能手，使筑壕工程后来居上，最终是萨吉哈尔迪汗儿媳取胜。这就是两条平行的边壕构成的"乌尔阔"，其南壕和北壕高低不相同的原因。但诗人没有纠缠于传说中公媳之间的恩怨，而是彰显了萨吉哈尔迪汗与太子妻分兵筑边壕的历史价值和作用，突出了"乌尔阔"这一凝结着达斡尔民族智慧与力量的边壕带给达斡尔民族的重大意义。因而，诗人充满豪情地写道，当一切恩怨和历史都过去后，萨吉哈尔迪汗和太子妻分兵筑壕，"流芳千古一绝"。这是民族英雄萨吉哈尔迪汗和达斡尔女性为民族的发展和兴旺，共同做出的巨大贡献。

如果说《念奴娇·乌尔阔颂》是一曲达斡尔民族英雄的赞歌，乐志德的另一首词作《沁园春·祭桂古达尔人》则是一阕反映达斡尔族众以弱抗敌的悲壮颂歌。作为达斡尔民族历史文化研究者，乐志德有感于达斡尔族坎坷的民族历史命运，特别是对所属民族的极大认同，促使他择取自己颇为擅长的艺术表现形式祭奠先人，书写壮烈的民族历史。《沁园春·祭桂古达尔人》展现了400多年前，侵略者用大炮、步枪逼迫和进攻之时，达斡尔人以铮铮铁骨"寸土相争"的顽强不屈的民族精神。17世纪中叶，沙俄侵略者频频进犯我神圣领土，达斡尔人为了不给敌人留下歇脚之处，将各自的城堡烧毁并重建了"族群共聚居"的"桂古达尔城"。据俄文史料记载，这座规模宏大的城堡占地半俄亩，是由几座并列的土城构建而成的城堡，城内有可供妇幼藏身的深窖，城墙上有可供眺望的城楼，环城有宽阔的壕沟，城中聚集了附近几乎所有的居民。所以，当哈巴罗夫从黑龙江沿江而上看到这座美丽的城堡后垂涎三尺，立刻登岸，开始进攻。他们先是让"通译"劝说头人桂古达尔和部落酋长投降，但桂古达尔老人厉色相斥，诚如词中所描写"众志冲霄"，族人从城上挽弓射箭，"万千仇箭，/落地如禾多似林""看雄心似铁，/人城共存"。遗憾的是，"枪声，/敌炮声声"，在沙俄大炮的轰击下，桂古达尔人"箭不透，/攻来敌甲身"。当城门轰开，头人桂古达尔奋勇抗争而亡，顽强不屈的桂古达尔人只能"恨恶魔涌进"。而桂古达尔人在以弱抗敌的浴血奋战中，渴望清朝"天兵"能够从天而降。然而，彼时"湖南征战"中的清军难以顾及进犯我北疆的外敌。而在城堡附近的中国人，据巴赫鲁申《哥萨克在黑龙江上》①所载，只是骑着马在田野中徘徊，从远处观望战斗的进程。诗人写及此，将满腔悲愤化作"只有烟云"四字。最终，1500人的桂古达尔城仅突围15人，如此惨烈的民族战争往事用"只有烟云"概括时，也就变得字字千钧。而"气贯长虹，/光齐日月"与"天敌悠悠难为春"更是豪气与感慨并举，但因其"难为春"，才突出了桂古达尔人宁死不屈的可贵，也恰恰是其"难为春"，让诗人望着"滔滔的岁月"而"酒祭忠魂"。当诗人用境界开阔、适宜抒发壮烈豪放情感的"沁园春"，表述桂古达尔人抗击沙俄外敌的历史往事时，随着悲情岁月而来的是缅怀历史时的豪迈、激昂，"黑水东流，/千古悲歌，/桂古达尔人"。滔滔的黑水可以东流而去，但不可流逝的是桂古达尔人与拥有强大兵力的沙俄军队奋力抗争的悲壮历史以及气壮山河的千古悲歌。诗人以开放的文化胸怀，书写出达斡尔民族的历史悲情，这让乐志德的创作具有了史诗般的宏阔壮美。而诗人也通过书写历史，寻绎着达斡尔民族英勇不屈的精神内核。在新时期达斡尔族诗苑中，乐志德诗歌的独特价值还体现在，诗人以"开放的文化胸怀，用汉文化的词牌名书写本民族的历史悲情，不见文化上的偏见与隔阂，一切优秀的文化都为我所用"②。这既是达斡尔民族胸怀开阔文化素养颇高，取得较高文化成就的重要原因，同时也体现着诗人乐志德面对坎坷而辉煌的民族历史，择取相应的艺术表现形式的自觉意识，以及对民族往昔刻骨铭心的情怀。

杜才德（1945—　　），内蒙古自治区呼伦贝尔市莫力达瓦达斡尔族自治旗人。杜才德的创作始于新时期，写有《一路欢歌一路笑》《远方的亲

①　［苏］谢·弗·巴赫鲁申：《哥萨克在黑龙江上》，郝建恒、高文风译，商务印书馆1975年版。

②　崔荣、包薇：《达斡尔族诗歌研究》，内蒙古大学出版社2012年版，第154页。

人》《莫力达瓦姑娘》《他像天空飘过的一丝游云》等诗歌 80 余篇。杜才德的诗歌大致可分为两类：一类是格律诗，有《月夜》《雪》《四方山》《映山红》等。另一类是自由诗，如《美丽的莫力达瓦》《祖国颂》《思念故乡》① 等。无论是运用韵律整饬的格律诗，还是丰富多样的自由诗，杜才德都不遗余力地将自己的诗思深植于莫力达瓦这一特定地域和达斡尔民族的根脉，以富有民族色彩的诗歌意象"抒情言志"。它们既有对现实生活的审美体验与表现，也有极富象征意义的意象创造，但不论采用哪一种体裁，杜才德都为之注入了深厚的情感。

　　描绘莫力达瓦的壮美景致，展示达斡尔民族独特的风俗人情，讴歌达斡尔家乡的巨变，是杜才德诗歌的主要内容。《一路欢歌一路笑》的创作灵感源于莫力达瓦达斡尔族自治旗成立 50 年来所取得的辉煌成就。而对亲身经历莫力达瓦万千变化的诗人来说，置身这一特殊时刻必定感慨万千，欢笑和豪情自然是每一个达斡尔人面对家乡巨变时所生发的自然情感。杜才德满怀喜悦地描画出"历史的车轮伴随着春晖走过了 50 个春秋"，"自治旗民族振兴/社会和谐/人民幸福"的美好景象。诗作书写的不仅仅是莫力达瓦的惊人变化，还有她"汇聚了天地间的神奇和俊秀"而形成的慈母般的温顺、娴静和轻盈柔美，散发出"玉兰花般清香"的总体特征。诗人还从现实生活出发，把激发起的感情又投射到莫力达瓦当今时代的多重画面之中，如数家珍般一一列举出家乡的胜景：清澈的嫩江像仙女的彩带，维系着人民的民族认同意识；民族园则厚重而深沉，记录着达斡尔人的历史和这个民族的峥嵘岁月；"尼尔基湖平静如镜/点缀着蓝天白云"，妩媚且激情涌动；纳文江和尼尔基山，永远是达斡尔人心灵的栖息地，"它用自己的真诚和妩媚"为莫力达瓦描画出令人向往的靓丽图景，并以此昭示着莫力达瓦的人杰地灵。

　　诗人一再奖饰莫力达瓦的多姿，究其根由并不只是山容水色的动人心魄，而在于莫力达瓦在诗人心目中独有的价值和情感的深度。这一点是借助生动具体的艺术形象，即"木库莲""鲁日格勒"和"曲棍球"作为莫力达瓦人精神象征而得以凸显的。诗人通过达斡尔族传统乐器木库莲的悠

---

　　① 杜才德的诗歌，主要收录于《达斡尔论坛（第一部）》（上中下），内蒙古文化出版社 2009 年版；《达斡尔论坛（第二部）》（上），内蒙古文化出版社 2010 年版。

扬，让它柔美的音韵在松嫩平原回荡延展；抒发人们激情的达斡尔族民间舞蹈鲁日格勒则轻盈婉丽，展示着达斡尔民族气质的含蓄和深沉；而曲棍球在诗作中形成意境，它不仅仅是莫力达瓦这个边陲小镇对中国体坛的贡献，这项传统竞技本身的悠长历史和广泛的群众基础，也向世人展示着达斡尔民族智慧、勇敢而无畏的精神特质。诗作在尽情讴歌莫力达瓦人的精神之美的同时，诗人还捕捉到体现时代特色的生动形象，将笔力集中于美丽而神秘的尼尔基镇，以朴实的诗语营造出一种意境，即尼尔基如同明珠般的璀璨发展现状"政通人和，经济腾飞"，呈现于读者面前。诗人在书写莫力达瓦的美丽山水时，也运用了赞颂祖国、描写家乡时常用的"慈母"这一意象，尤其是在描写自然景致时，写到莫力达瓦旗如慈母般汇聚天下灵秀，让人感受到莫力达瓦延揽精华、凝山聚水的神秀。诗人还写到了正在发展中的尼尔基镇，以及尼尔基当下的繁华光彩与未来发展的无限可能，在诗人眼中，尼尔基如同一位正当妙龄的窈窕淑女，这一意象的选择既切合尼尔基的现状，也增强了创作主体浓郁的情思，避免了抒写内容的重复。诗作在此处别开生面，不仅散发出喜悦、豪情和热力，同时也指向了"一路欢歌一路笑"的题旨。

　　莫力达瓦人曼妙而和美的情感状貌，是杜才德诗歌着意表现的又一内容。抒情诗《远方的亲人》记写的是一个莫力达瓦姑娘无声而炽热的思念之情。思念是一种难于言表的抽象情感，但杜才德将思念具象化，为思念赋形。思念首先像"飘向那远方的天际"的白云，似是不见却又时时来袭。而来袭的思念又化成了如梦似真的追忆，既是追忆，便有了故事和情节，往昔图景由此得以呈现，"在那翠色欲流的树下/一对情人捧出滚烫的心"，互诉衷肠。它书写的是两地之间的相思，同时更以情景化的"花丛偷听他们的私语/彩霞拥抱一对恋人/蓝天相映美丽的心灵/时针记下难忘的时刻"表现情思的绵绵。而蒙太奇式的场景，即由花丛转向彩霞，由彩霞而至蓝天，由蓝天再到时针，场景和角度不断变化，将两人相亲相知相爱的程度具象化。诗歌接着以"白云"为聚光点，由北疆而至南方，写出姑娘所恋之人去往的路向。斯人远走，情怀仍在，思念背后依然是姑娘的念念不忘。这情怀从心头而起，继之泛起层层浪花，心海的浪花反映在姑娘的种种动作之中，首先是"凝眸那他走过的山巅"，晨风吹落的晶莹泪珠正是挂在姑娘心头充满期待而不能如愿的怅然，而清澈的泉水悠长流淌，点出姑娘内心深层情感的波动，看似渺茫又实实在在埋在心底的思念，让姑娘无处逃遁，而深陷于思念中的姑娘却不知向谁诉说。诗人用"白云""时针""碎阳"等意象，将其化虚为实，把"思念"这一种人皆明了而又难以言传的抽象情感表达得逼真且传神。鲜明强烈的画面感是这首诗作的另一特点。鲜艳的色彩是构成画面美的重要因素，如"白云""翠色欲流"，还有"彩霞""蓝天"等语词的选用，丰富了诗歌的色彩构成，极大地充实了诗歌所要表达的情感。逼真的画面还由场景的并置带来，如树下的相知、花丛的偷听、晨风吹落叶片上的泪珠、清澈的泉水不断流淌等，都是对相知相爱相思情怀的抒写，而这些充满意趣的场景，使全诗真切又感人。全诗的情感基调哀而不伤，它由诗人对爱情的甜蜜美好和令人神伤调和而来，符合相思和爱情苦乐相伴的本质，令人回味不尽。

杜才德不仅对自己所属民族和故乡有着深厚的感情，而且对由这山水和人文所陶冶的莫力达瓦姑娘也充满深挚的爱戴。抒情诗《莫力达瓦姑娘》以细腻而隽永的艺术笔触，热情赞美了莫力达瓦姑娘集天下之灵秀的大美，展现了达斡尔族女性别具风采的魅力。莫力达瓦姑娘是袅娜娉婷的，摇曳和轻盈的特质让诗人用春晓之花来形容。诗人甚至赞叹，诺敏河的碧波就是为达斡尔姑娘而靓丽的。莫力达瓦的姑娘又是姿容婉丽的，那银铃般的歌声甚至让"多情的诺敏河蜿蜒逶迤不愿离去"。莫力达瓦姑娘的朱颜又像是"和煦的春风使人陶醉"，当诗人写出"远方的山峦尽情地翩翩起舞/思念的浪花把她紧紧地拥抱"时，也就写出了莫力达瓦姑娘的妩媚与风采。除了如花似玉的美貌，莫力达瓦姑娘还有一颗"纯洁无瑕的心"。诗人还由此延伸出对达斡尔女性奔放豪迈、文雅端庄的精神气质和高尚美丽品格的歌颂。以重章叠唱的方式歌唱美丽的莫力达瓦姑娘，渲染和深化诗的主题，增强诗的音乐性和节奏感，使诗情得到尽情的抒发，是这首诗歌的突出优点。从意象的选择来看，莫里达瓦的山水物象也被诗人用来寄托莫力达瓦姑娘的各种特质，比如诺敏河以及与水相关的"碧波""涟漪""浪花""涓流"等词语在诗歌中反复出现，"水"本身就是多情婉转又纯净圣洁的象征，而诺敏河在达斡尔民族心中又深具母亲河之意味，所以当诗人以诺敏河水形容莫力达瓦姑娘时，就令读者瞬间对莫力达瓦姑娘的美好有了感性认知。而达斡尔民族对"水"的深厚感情，也通过诗人对这一意象的择取而得以表露。或许是诗人对莫力达瓦的情深所致，在杜才德对莫力达瓦一切美好事物的赞美中，我们品味出的是一个真实、赤诚的诗人形象以及同样至诚而感人的诗篇。这些诗篇所抒发的情感虽各不相同，或则一路高歌，豪放坦荡；或则温婉细腻，至情至性；或则明丽淡雅，悠扬轻盈，从而使杜才德的诗歌有了不同的艺术格调。它们像一面镜子，折射出发展中的莫力达瓦飞扬的神采，展现着诗人心中永不停歇的民族血脉之情。

（三）　相约去寻找共同的根

新时期的到来，为达斡尔族诗歌的繁荣带来了制度保障。当代诗界出现的艺术大转机，更是极大地鼓舞了达斡尔族诗人的创作热情，苏勇、孟根、高志军、慕仁等达斡尔族诗歌中坚，接续所属民族文学瑰宝"乌春"与英雄史诗的猎猎雄风，为当代中国少数民族诗苑注入了刚健与豪迈之气。值得称许的是，崛起于新时期的这批达斡尔族诗人不再一味地高歌唱颂，而是让诗思变得多样，诗旨得到深化，诗美也有了拓展。他们对抒情方式和艺术个性的偏重，对新时期达斡尔族诗歌到新世纪诗歌的"转型"与多元发展起到了极大的推进作用。归纳起来，这一阶段的达斡尔族诗歌有以下几方面特点值得我们关注。一是浓郁的达斡尔民族情结。诗人们将梦绕魂牵的精神圣地即民族文化传统作为创作的聚焦点，或以凝重沉郁表现其忖量，或以轻柔婉转着眼民族大美情怀，或以深沉持重引发对民族未来的思考。二是深厚的乡土情结。表达对达斡尔家乡的热爱，展示家乡的巨大变化，讴歌家乡壮丽自然是诗人们着力表现的情感主题。从这一角度看，新时期达斡尔族诗人的作品也是"乡土诗"，但他们却是出于一种民族的独特视角和内心情感。三是体现出较强的生命与现代意识。这一特质尤其是在20世纪90年代或新世纪崭露头角的达斡尔族诗人中表现得尤为突出，他们以诗歌这一艺术窗口审视百样人生，探求达斡尔民族的命运与生存意义。而诗人的现代意识，简括而言就是"对人类的未来、现在、过去有着深刻、清醒的认识，而不是被外在的既定概念、时尚所左右，具体一点说，就是激情、批判精神、理想精神"①。

　　苏勇（1960—　），内蒙古自治区锡林郭勒盟正镶白旗人。苏勇的文学创作始于 20 世纪 80 年代初，以散文诗为主，兼及散文和小说，写有《勒勒车是首叙事诗》《哈涅卡》《诱猎》《山村是他的归程》《姥姥的庹烟》等散文诗、小说多篇。1995 年，苏勇的散文诗集《木库莲声》② 辑入"呼伦贝尔作家作品选"出版。这部散文诗集的问世，确定了苏勇在新时期达斡尔族诗苑中的地位，并在一定程度上代表了达斡尔族散文诗的创作成就。苏勇另出版有诗集《恩赐》③，搜集、整理有《达斡尔族民间故事专集》《达斡尔族神话故事》《内蒙古三少民族民间故事·达斡尔族卷》④ 等。1990 年，苏勇的《达斡尔族民间故事专集》荣获内蒙古自治区第三届文学创作索龙嘎奖。2014 年，苏勇以纪实文学《曲棍球记忆》⑤ 发掘了曲棍球这一达斡尔民族传统体育项目与达斡尔民族的历史渊源，揭示了源自达斡尔民族采集、狩猎和宗教活动的曲棍竞技运动，在达斡尔民族历史与当下生活中的重大意义。

　　苏勇的散文诗质地坚硬，分行拙朴，真诚率真，勇于直面民族生存，且带有一定的自传性。苏勇散文诗的文学史意义主要在于，在新时期诗坛多种情绪汇集、多种声音喧腾的世界里，苏勇寻找到了自己的声音，他以开拓的文学精神，以绮丽多彩的生活图景，慷慨豪迈的抒情意象，为新时期达斡尔族诗歌带来了新的内容、新的抒情方式。苏勇的散文诗，以一颗火热的心，抒写了他对社会、对生活的独特思考，反映了达斡尔民族不屈的精神，咏唱了家乡莫力达瓦之美，赞颂了达斡尔族胞知性、纯朴又善良的品性，深情地表达了自己对人生、对命运的种种感悟。其中，对故乡热土的赞美，对民族历史与未来的思考，贯穿着苏勇全部的创作。

　　故乡莫力达瓦，是苏勇诗歌创作的出发点，也是诗人播撒青春与梦想

---

　　①　王光东：《现实精神·现代意识·叙事话语》，《小说月报》1995 年第 10 期。

　　②　苏勇：《木库莲声》，远方出版社 1995 年版。

　　③　苏勇：《恩赐》，诗神出版社 1992 年版。

　　④　苏勇：《达斡尔族民间故事专集》，《呼伦贝尔文学》1988 年增刊；苏勇：《达斡尔族神话故事》，内蒙古文化出版社 1998 年版；苏勇搜集、整理：《内蒙古三少民族民间故事·达斡尔族卷》，远方出版社 2013 年版。

　　⑤　苏勇：《曲棍球记忆》，中国新闻出版有限公司 2014 年版。

的热土，更是他的命脉所系、情感所依。他熟知这里的一切，包括一草一木，也包括莫力达瓦的沉重、隐痛和追求。因而，表达对这片土地的眷恋与爱戴，歌唱自己的血脉之乡，成为苏勇散文诗创作的基本母题。在《嫩江之歌》中，诗人以情绪充沛、激昂的诗句，浓烈的艺术情感，诗美的彩丝镌绣出莫力达瓦的昨天、今天和明天，深情地歌唱了达斡尔民族的母亲河嫩江的富饶与美丽，记写了达斡尔家乡独有的民俗风情，并由此转笔，回顾了达斡尔民族苦难而多舛的历史命运。诗人还在美好生活的渴望与憧憬中，呼唤达斡尔民族自强自尊的生命之火，清晰地描绘出坚韧不屈的达斡尔民族300多年前抗击沙俄侵略者，从黑龙江北岸南迁至嫩江流域，追随时代不断开拓向前、积极进取的壮丽画卷。诗作还以大量象征意象的运用，扩展了散文诗的艺术容量，而诗人的情感世界也在这些意象中得以映现。苏勇还常常以直抒胸臆的诗句，将读者带进深厚的达斡尔民族历史中，表达对自我民族的敬仰之情。达斡尔族是一个有着悠久历史的人口较少的少数民族，他们有自己的语言而没有自己的民族文字。因为，他们"在长途跋涉与坎坷之间"失去了自己的民族文字。苏勇和族人们意识到，那久沉在大海之中的达斡尔民族文字尽管"不可打捞"，但没有文字记载、只能留存于记忆深处的达斡尔民族辉煌的历史是不可改变的，血脉亲情是无法阻断的。诗人一再申说，不可失去的是信念，还有葱茏、峥嵘的莫力达瓦山，不变和不可更改的是达斡尔人"狍皮色的肌肤，岩石般的骨骼"（《达斡尔人》），还有祖辈用"仅存的生命捍卫过国土"的大无畏，"乘木排从激流险滩飞过"的雄姿。是莫力达瓦、是先人们支撑和驱策着诗人的生命风帆。诗人时时为所属民族激越如水而自豪，也为族人丰美华丽的文字沉睡于大海而叹惋。可以说，苏勇以他全部的爱，表达着对滋育他魂魄的这片土地的深情，"那父辈的愁绪溶入酒碗里的梦，那古老的木库莲弹奏出的是你心灵的旋律么？你给我以欢乐吧！你300年前从黑龙江走来，吱悠悠的勒勒车走过漫长崎岖的山路，你那雅克萨的战火；你那巴嘎布勇救抗日联军的故事，你那骁郎、岱夫的故事；那挂在榛枝上的榛子翻译你的脆响，那上等琥珀香'霍日'烟公开你的名片，那昼夜不息的嫩江淌满你的情潮"（《哦，我的莫力达瓦山呦》）。诗人吟哦的不仅是昔日莫力达瓦人的凛然与不屈，还有达斡尔民族"终于在开拓的时代昂起了头，披一身迷人的彩虹，铺一层醉人的奶香"的神采。

　　苏勇还常常将自己对所属民族的希冀题写在散文诗中，为达斡尔民族代言，诉说嫩江的涌动，白桦的圣洁，曲棍的魅力。苏勇笔下出现最多的是故乡"七原色的彩虹""勒勒车上的少年"和"寻鹰老人"，还有小木屋、桦皮篓、秋湖罩鱼与曼妙的木库莲、淙淙流淌的山泉、小溪、巍峨入云的柞树、"一字排开的村舍""晨起挤奶的妇人"以及"雾中捕鱼的汉子"和"古老的西窗"（《村》）等富有达斡尔民族气息的意象，它们不仅构成了现代文化景观中的特殊图景，而且还带着诗人对民族历史和民族精神的深切思考。可以说，这既是诗人认同达斡尔民族传统的表现，也是苏勇认同自我民族文化身份属性的巧妙体现。苏勇还善于以哲理表达使形象与感情外化为极具覆盖力的意象，"猎乡/摘掉了风尘，摘掉了猎枪，/冷落了猎鹰、猎马、猎狗……/经过那痛苦的分娩/遗弃了萧条，遗弃了闭塞，遗弃了浇愁的酒碗/于是，猎乡开始聆听反馈，开始聆听山外那五彩缤纷的世界"（《猎乡》）。诗人甚至还带着些许的焦灼，表达对故乡莫力达瓦殷切而不乏期许的思考，从而使读者不自觉地体悟出诗人每一诗行的背后，是达斡尔民族和莫力达瓦冉冉升起的太阳。诗人倾情讴歌达斡尔民族的行进步履，表达承受先民恩泽的崇敬，可以说，苏勇的每一行诗句都饱含着对猎鹰般强健的达斡尔民族的无限热爱和眷恋之情。苏勇散文诗的成功，主要得益于莫力达瓦这片热土的滋养，得益于诗人独到的创作视界以及善于在民族历史与精魂之中汲取诗情的才智。在苏勇笔下，大起大落的命运锻打，如火如荼的抗争历史，使达斡尔民族获得了勤劳、坚韧和不屈，获得了淳厚和素朴，获得了强大的生命力，他们在那片"激昂、奔放、鲜亮"的土地上，以罕有的向心力和凝聚力，传承和维护民族文化的精髓。诗人是感同身受的，又是敏锐而理性的，他真情警示族胞，"我们的形象不应该总是粗犷豪放，/一如我们绵长的故事。一代又一代的追求、希望、奋斗……都溶进那三天三夜也讲不完的故事里。那么美好，那么美满，美丽得叫人无法拒绝。/在生活中，/我们拒绝的也接受了，不拒绝的也接受了。/困惑也许是最初的选择。/我们选择历史，历史也将选择我们。/我们有过灿烂，我们有过辉煌。/我们不能停留在历史的尘埃之中"（《隆起的颧骨里》）。

　　苏勇的散文诗情感真挚，且极富艺术张力。以写景状物来抒发内心感情，是苏勇散文诗最重要的艺术特色。苏勇在他诗歌生涯起步时就立足于

"莫力达瓦"的质朴感受，专注于对"人"对"物"的主观感受。因而，诗人笔下的自然景物是异常优美的，且极富民族与地域特色，即便是长满山坡的"柳树"也显得"那么无私"，"皱褶的树枝，支撑着吃力的意志。/味香的叶片，裂开带血的控诉。/扎根黑土地的根部，却无怨地萌动着簇簇小绿叶"（《故乡的柳树》）。而猎乡的白桦林则"牢记了质朴、耿直这一哲理"，"在绿叶衬托下亭亭玉立"，"越是寒冷，越发圣洁白净"（《猎乡的白桦林》），还有"从豺狼虎啸的森林""从崎岖的山路"走过来的达斡尔勒勒车，"古老而美妙，/单纯而复杂，/又俗又雅的鲁日格乐"，"灌注了对美好生活的深情向往"的"哈涅卡"①，"酸中带甜，甜中隐酸"的红山李，"抚摩生活，抚摩爱恋时永远保持一种敏感"的鄂莫堤②，都在诗人独具的匠心中得到诗意捕捉。他把"勒勒车""鲁日格乐""红山李""哈涅卡""鄂莫堤""猎乡"等大量具有象征和隐喻功能的语词，植入刚健、悠远、辽阔、深沉的民族历史与现实生活之中，让我们感受到远古与当下并存的美丽和"一脉相承"。苏勇对达斡尔民族生活的景与物的这种赞颂，不是为写景而写景，而是通过它们的精神气质，或赞美一种情操，或提炼人生哲理，使情、景、理融为一体，使读者在这样一些日常生活景致与物象的传神描绘中，产生丰富联想，与达斡尔民族生活进行有形或无形的连接和沟通，这些，不仅使我们领略了苏勇的特立独行，还有诗人强烈的族裔认同意识。

情文并茂、韵律和谐，是苏勇散文诗的另一特色。散文诗亦如诗歌那样要求有内在的韵律。所谓诗的内在韵律，主要是以散文诗中的复沓来体现的，也就是通过同一句式的反复回旋，反复咏唱，构成一唱三叹的节奏感和音乐感。苏勇的《魂系故土》通篇以"父亲哦……"的复沓，抒写了父亲这位平凡的达斡尔族医生坎坷的生命历程，歌颂了父亲在十年狂乱年代，不顾个人安危、得失而乐于助人的高贵品质。苏勇另一首散文诗《无缘的人》，则以富有民族特色的意象表达了对生活的探索与思考，"想打猎的时候，猎人已放下猎枪立地成佛了。/想骑马驰骋在草原的时候，

---

① 哈涅卡：也写作"哈尼卡"，是达斡尔族传统纸偶艺术。哈涅卡，达斡尔语音译，意为"眼仁"，汉语直译，就是"眼仁中的小人形"。

② 鄂莫堤：达斡尔语音译，全称应为"鄂莫堤波力"（Emtii Beeli），意为手掌处有开口的连体手套，用狍皮缝合而成，多用于打猎或户外，方便劳动。

牧人们都在驾驭摩托车。/于是，只好空守着一杆猎枪一套鞍具外加猎人留给的一张狍皮垫。/想坦荡做人的时候，人与人之间却有一层无形的伞。/想豪放地对待人生的时候，奔腾的心泉被阻隔成了条条小溪"。这首散文诗，在艺术表现上，同样以"想……"的多次复沓，呈现出浓郁的民族情愁。苏勇的另一些散文诗如收录于诗集《恩赐》中的《田野上》《鹰之灵光》《柴禾垛》等篇什，表现出不同于诗人前期"豪放激越"的诗风，呈现出一种飘逸、灵动之美。诗人以自己一双发现美的眼睛，感受美的心灵和大胆率真的笔触，让读者体会世间的温暖，故土的大美，人心的善良。

孟根（1960—　），笔名阿根、梦根，内蒙古自治区呼伦贝尔市莫力达瓦达斡尔族自治旗人。孟根的创作始于20世纪80年代，写有《父亲的扎恩达勒　母亲的鲁日格勒》《忧尼尔基湖》《老屋的印记》《嫩江渔歌》《震撼林海的达斡尔女检察长》等诗歌、散文和报告文学。近年，孟根陆续出版有诗集《清雅斋诗词选》《莫力达瓦，我眷恋的土地》和散文集《尼尔基湖边的遐思》①等。学界认为，孟根无论是赋诗还是写文，无论是缘事生情还是写景怀古，大都以滋养他的莫力达瓦为抒情意象，表达"热爱家乡、爱国敬业的美好心境"以及"为民族振兴而呐喊、为社会进步而高歌"②的社会责任感与使命感。

孟根创作的主题是鲜明而集中的，自然风光、民族历史与风俗民情都在他轻灵的诗语中，化作舒缓流畅的旋律，在现代化紧迫的步伐之间流转，慰藉躁动不安的心灵。孟根的散文《老屋的印记》《忧尼尔基湖》为我们解读孟根的创作提供了路径。前者在对"老屋"的细腻描绘中，展示了达斡尔民族独有的居住文化，并以此表现出孟根对所属民族文化的赞许，"达斡尔人向来讲究优美的居住环境，建筑村落要求布局合理，井然有序，院套配置得当，人车马及生产生活器具各有各的位置，房屋建筑科学便于生活"。孟根在略带炫耀般描写达斡尔族居住方式的风俗习惯时，也不忘身为民族作家的责任。《忧尼尔基湖》表达的是一种为时为世的是非感与忧患。位于莫力达瓦旗的尼尔基湖景致醉人，而湖面漂浮的各色废

---

① 孟根：《清雅斋诗词选》，中国文联出版社2013年版；阿根：《莫力达瓦，我眷恋的土地》，团结出版社2015年版；孟根：《尼尔基湖边的遐思》，团结出版社2015年版。

② 李雪莹：《清雅斋诗词选·序》，中国文联出版社2013年版，第2页。

弃的食品包装袋，严重破坏了水系生态，它们"就像一些不知名的水鸟在水中嬉戏"。诗人望着那些五颜六色的"水鸟"，内心"就像大海那样翻腾起来"。这种切肤之痛既源于孟根的民族身份，亦源自使命感所生发的良知与正气。

由孟根的散文走进他的诗歌，不难发现孟根诗歌的一个鲜明特征，就是极善于选取一个个历尽民族悲喜的象征实体如纳文江、诺敏河、扎恩达勒、鲁日格勒、放排舵手、雅克萨城堡、黄骠马等作为抒情意象，表达自己对所属民族的认同。如孟根所言，"莫力达瓦你就是我的母亲，那座骏马难以逾越的山岭就是你挺直的脊梁，纳文江和诺敏河就是你源源不断的乳汁"。抒情诗《纳文江，我蔚蓝色的故乡》是诗人献给达斡尔民族母亲河的深情赞歌。作品以澎湃的激情，形象而凝练的抒情语言，深情地咏唱了诗人对纳文江①的感恩之情。古老的纳文江以甘甜的乳汁哺育了一代又一代的达斡尔族儿女，它犹如传唱悠久的达斡尔民歌，婉转、悠扬而高亢，就像天神"恩都日"的神谕一样，"洗涤了我们的灵魂/练就了我们的体魄"，汹涌奔腾的气势又"赋予我倔强进取的性格"。诗人无论身在何处，纳文江始终"萦回在我心灵深处"。孟根还以贮藏于心间的"扎恩达勒"和"鲁日格勒"为达斡尔民族文化的象征，礼赞了坚韧不屈的达斡尔民族精神。抒情诗《父亲的扎恩达勒母亲的鲁日格勒》是孟根最重要的代表作。诗作通过对父辈吟唱扎恩达勒、母亲舞动鲁日格勒这一情景的追忆，表达了诗人对达斡尔先民自由和谐、乐观进取精神的眷恋，尤其是对"悄然浸入"于诗人的生命之中"赋予我生命的血脉""给了我挺直的脊梁"的莫力达瓦山的讴歌，不仅是诗人对达斡尔先民剽悍勇武、能歌善舞品格的推重，更是一曲增强民族凝聚力、增强民族自尊自信自强的励志歌。孟根另一首抒情诗《我心中的夏日莫力》取材于达斡尔族民间传说故事。作品以夏日莫力这一抒情意象，深切地表达了对所属民族的无比热爱，对家乡故土莫力达瓦的无比眷恋与感恩之情。夏日莫力，达斡尔语，意为黄骠马。一直以来，达斡尔民族是以骁勇善战著称于世的，清朝康熙至乾隆年间，达斡尔人曾多次被征调屯垦戍边，抵御外侵，平息叛乱。在达斡尔勇士西去戍边的队伍中，有一匹黄骠马因思乡心切，在抵达

---

① 纳文：达斡尔语音译，意为嫩绿色。纳文江，即嫩江。

新疆的翌年，千里跋涉，历经千辛万苦独自返回了故乡莫力达瓦。然而，就在黄骠马返回主人宅院的刹那，猝然倒地，气绝而亡。黄骠马的不屈与顽强震撼了诗人，遂以"在那遥远的岁月里""在那封尘的记忆里""在那戍边的历史里"诉说了达斡尔民族坎坷又多舛的历史命运，称扬了代表着达斡尔民族精神的夏日莫力，歌颂了"生风四蹄踏遍了天山南北"仍满怀一腔莫力达瓦恋情的夏日莫力。我们可以从中捕捉到诗人的精神投向，可以看到民族生命的本源。夏日莫力精神既体现了诗人的一种选择，也可看作是诗人孟根的精神与心志的自况。

　　如果把孟根的抒情诗《敖勒哈里我梦中的故乡》《父亲的扎恩达勒母亲的鲁日格勒》比作大江大河，那么诗人的叙事诗《莫日登大叔的新房》《一个扣爷的传说》则是生活中的涓涓细流，它来自达斡尔民族自然朴素的生活深处。在《一个扣爷的传说》中，诗人塑造了一个叫"巴图鲁"的可敬又可爱的达斡尔放排总舵手的形象。"扣爷"是人们对达斡尔族放排总舵手的称呼。在大兴安岭达斡尔人是最早利用江河扎排送木材的民族。清朝初年，修建卜奎城（今齐齐哈尔市）、墨尔根城（嫩江县）所用木材多是达斡尔人从大兴安岭放木排运送而来。因而，勇于且善于在激流险滩搏击的放排总舵手"扣爷"，在达斡尔人心目中就成了英雄的化身。巴图鲁扣爷体魄刚健，黑里透红的脸庞布满皱纹，细小的眼睛里闪耀着威严的光芒，"宽阔的下颌上白须飘逸"。放排时的扣爷更是身手不凡，"敏捷地跳上第一个木排/双手紧握长长的木舵/两眼紧盯着前方的水面/镇定自若地掌握着方向"，"遇到急流险滩，/扣爷亲自拿起木篙/蹿到木排前用力撑着/那结实的肌肉绷得紧紧的/手臂上的血管凸得鼓鼓的/使木排安全地渡过/一个个河湾和滩涂"，每到水缓的河段，扣爷就会唱起那高亢、悠扬的扎恩达勒。扣爷巴图鲁的一生有何等辉煌，扣爷的葬礼就有何等悲壮。村民们"用木头雕刻了一个独木舟/又做了一双木桨/棺材的左侧贴上金纸做的太阳/右侧贴上银纸做的月亮"，他们希冀扣爷在九泉之下"与日月同辉/与山河同在"。这首叙事诗既有浓厚的诗意，又有层次清晰的生活场面。诗人通过对巴图鲁扣爷放排生涯的描写，表达了对勇敢智慧的巴图鲁扣爷的无限崇敬之情，抒发了对远逝而去的民族传统与民族活力的无尽追念。"扣爷"既单纯又辉煌的生命历程，在一定程度上也是诗人认同自我民族文化身份的一种标志。与"扣爷"的原始生命力有所不同的是，《莫日登大叔的新房》则保持了诗人切近现实的审美意趣。诗人在对"莫日登大叔"盖房、迁居等寻常生活的吟咏中，折射出达斡尔民族生活的巨大变迁。30 年前的莫日登大叔时值壮年，他的梦想就是亲手建造一栋达斡尔式三间房，"夏天去沟塘里割苫房草/秋天到沼泽里挖塔头墩/冬天半夜上山偷伐集体的林木"，历时三年的艰辛准备，莫日登大叔"三间高大威猛的达斡尔房屋/矗立在村子的最东头"，乡亲们"羡慕得直咂嘴儿"。弹指间 30 年过去，"当年的新房变成了老房、危房/房子矮了、歪了/木格窗也斜了、裂了/那木门扭曲得变了形/推开时就发出刺耳的声响。"这时，危草房改造的春风吹遍莫力达瓦，"达斡尔老乡喜笑颜开奔走相告"，"乡亲们的脸上乐开了花"，年逾古稀的莫日登大叔又一次乔迁新房。孟根以莫日登大叔建房历程以及时空、视角的跳跃转换，反映了改革开放带给达斡尔民族的福祉和深刻变化，以小见大，意义深远。

　　孟根还善于以旧体诗歌唱伟大的达斡尔民族，善于在达斡尔民族历史的重大事件中寻找灵感，寻找内心的温暖。新世纪初年，诗人陪同黑龙江省讷河市和富裕县的友人，登临建于莫力达瓦旗达斡尔民族园内的雅克萨城堡，远眺浩瀚的尼尔基湖，内心不禁感慨万千，借词牌《渔家傲》写出了《雅克萨城堡怀古》。[①] 词的上阕借物起兴，由眼前的雅克萨城堡遗址，怀想当年达斡尔先民顽强抗击外侵的豪情壮志，"雅克萨城三血战/罗刹溃败旌旗展/卫国保家多苦难/齐声唤/浩然正气华章献"。雅克萨原为达斡尔族敖拉氏的住地。1650 年以哈巴罗夫为首的沙俄侵略军强占雅克萨，修筑城堡并以此为据点，不断向黑龙江内地深入，世居雅克萨一带的达斡尔人被被迫迁徙嫩江流域。期间，参战的 500 名达斡尔勇士们在雅克萨战役[②]中为维护祖国的安危，捍卫祖国领土，不畏强暴英勇奋战，大获全胜。词的下阕由古转今，在今昔对比中写出了母亲河嫩江两岸的巨大变化，"昔日黑水之北岸/百花凋谢人心暗/今日嫩水红烂漫/嘉宾赞/斡包

---

　　①　雅克萨城：今俄罗斯阿穆尔州阿尔巴津镇。雅克萨是历史上中国东北边疆古城，达斡尔族敖拉氏的住地。位于黑龙江上游左岸，今黑龙江省漠河境内的额木尔河口对岸。清咸丰八年（1858）沙俄迫使清政府签订了不平等的中俄《瑷珲条约》，把黑龙江以北包括雅克萨城在内的中国大片领土划入俄国版图。

　　②　雅克萨战役：即雅克萨之战，清康熙二十四至二十七年（1685—1688），中国军队为收复雅克萨城，对俄罗斯入侵者进行的两次围歼战。

山上人声乱"。诗人以一个"乱"字，写出了达斡尔族胞鼎沸的欢声与喜悦，以及他们满怀希望步步走向幸福的豪情。由此可见，孟根诗歌对民族历史的思考与赞赏，是与对所属民族的深挚热爱紧密相连的。孟根的诗歌语言不拘于时，明快自由，无论是以古体诗表达所思所想，还是以抒情、叙事诗歌唱莫力达瓦，激情赞颂所属民族文化传统，带给读者的冲击力都是深刻而感人至深的。

高志军（1962—　　），黑龙江省齐齐哈尔市人。20世纪80年代开始发表诗歌和散文。高志军生活在充满诗情画意的梅里斯达斡尔族区，他从小就领受母亲河嫩江的恩泽和达斡尔族民间文学的熏染。因而，高志军一出笔就把自己的歌唱聚焦于达斡尔民族历史与当下现实，写有《达家女子》《血肉草原》《啊！达斡尔族》《故乡行》《雪夜在路灯下》等诗歌多篇。2010年，高志军的诗集《天堂草原》[①]问世。2016年，高志军的第二部诗集《走进生命的草木》[②]得以出版。

在高志军诗歌的情感里，有一个元素值得我们关注，那就是率性坦诚，即追求思想和感情不加掩饰的真实呈现。这一特质使高志军的诗歌常常具有锋芒毕露的思想和炽热灼人的情感喷发。民族生活气息浓郁且颇具知性深度的《达家女子》是高志军的代表作。诗作先是描绘出怀春的达家女子，学着姐姐出嫁的模样，把"梦"当作黄花一般摘下嗅闻。诗人以"偷偷"二字写出面对爱情悄然而至的女子不经意间的羞涩情态。诗人还在写实和象征的渗透交叉之间，写出了达斡尔女子出嫁的情景：在露珠滴落的清晨，伴着浓郁的黄花香，嫩江边响起了古老的迎亲歌。看着漫天的红霞、熊熊的篝火，踩着红色的地毯，女子走进了"男人蓄满风暴和柔情的心房"。男人的手把肉是她永远的力量，"喂肥了胆量也喂肥了爱情"。她将喜悦表现为"挥舞拳头跳起哈肯麦勒"，而女子常态的生活则是安静而"默默地做着炕上的那缸酸奶"，任凭日子和江水在手中轻轻流过。诗人以饱含深情的笔触，通过想象、联想、比喻、推断，把欢乐又安稳静谧的生活场面步步推向高潮。诗歌从反复咏赞依门盼归的女子身上，找回了达斡尔民族乐观、柔情、勤劳、向上又内敛的生存方式和内在

---

① 高志军：《天堂草原》，中国文化出版社2010年版。

② 高志军：《走进生命的草木》，五洲文苑出版社2016年版。

精神。与人生苦乐相伴的"达家女子"的抒情意象，实际上就是达斡尔民族生活的缩影和象征。诗行朴实明朗，且有心理分析的特征，字里行间流淌着诗人对达斡尔民族浓浓的情意。组诗《故乡行》则运用电影蒙太奇的艺术手法，从故乡美丽的自然山川之中，剪裁出"老榆""井水""池塘""山路""石磨""柳笛"以及"老乡"等特写镜头，并将它们缀连在一起，实现了诗人对故乡的回望，表达出诗人对故乡的无尽眷恋。在高志军的诗歌创作中，最令人赞许的是那些塑造人物和托物寄情的诗作。在这些作品中，诗人与达斡尔民族精魂融为一体，在现代"技术统治"的社会中，深情地找寻着心灵的栖息地，歌唱着"老榆树一样苗壮""白杨树一样向上""兴安松一样耐寒""银杏树一样珍奇""棕榈树一样抒情"（《啊！达斡尔族》）的达斡尔民族，不遗余力地展示着以酒为友、以歌为魂的达斡尔民族的刚健与豪迈（《达斡尔人》），"动手/便是清露一样的曲调/动口/便是风暴一样的民歌"的豪情；吟咏着哈肯麦勒（《达家哈肯麦勒》）的健朗优美与扎恩达勒（《达家扎恩达勒》）的悠扬婉转。高志军的诗歌还特别善于撷取小情小景，反射生活的光影，如在"寄托手脚身心的敖包"（《永远的敖包》）、"熊熊燃烧的篝火"（《深化篝火》）、"拔节成生命草"的柳蒿芽（《柳蒿芽》）中，诗人升华着思想，拓宽着情感容量，索求着一种失去的归属感。

　　高志军的诗歌创作深深植根于民族生活的土壤，通过对具有鲜明民族与地域特色的风俗画、风景画的描绘，表达对草原、对达斡尔民族文化的认同。这一特点突出地表现在诗人对达斡尔民族剽悍、勇武特质的张扬和推崇。在歌唱和发掘民族精神质素的诗歌里，最能打动人心的就是诗人对达斡尔民族的深挚情感。诗人坦言，他发自内心地热爱"逐水草而居/循水鸟而渔/把云朵放牧成羊群/把风雪驯化成猎犬/用烈酒取暖/用篝火烤肉/心在马背上舞蹈/歌在草原上流淌"的民族（《达斡尔人》）。北疆村庄的平凡细碎，一草一木，一花一溪，都能成为高志军笔下饱满的意象，并浓缩为明朗的诗行。《北方的初春》《梅里斯，我梦中的故乡》《我的映山红》这些闪现着生活大美的诗作，除较强的艺术感染力外，就是诗人强烈的民族自尊、自强精神的直接宣泄。高志军是一位被称为"用诗讴歌草原的百灵鸟"的诗人，他的出生地齐齐哈尔在达斡尔语中有"草原""天然牧场"之意。这里自古就是北方民族游弋的地方，达斡尔民族在这片沃野上也留有自己的足迹。因此，作为具有深厚民族情感的诗人，高志军将"草原"视为最美的抒情意象，并以他灵慧的诗心点染、酿造出诗情，在现代生活中积极、努力寻求"身份"。跟随诗人的引领望去，那个蒸腾着达斡尔种族幻象的"血肉草原"，有勒勒车飞溅的涟漪，有浩荡的渔歌，有湛蓝的苍穹，有獐狍野鹿、虎豹，有飘香的酸奶、手把肉、柳蒿芽，还有"乳状"般醇香的达斡尔母语从辽阔的空中"抑扬顿挫而来"，就连葱茏的草木间都"浸透着奶香和花香"。在诗人的心灵深处，草原就是达斡尔民族最美的"家园和归宿"，那里有属于这个民族的"水分和诗意"，有他们渐趋"神圣完善"的情感（《血肉草原》）。草原，还以她的无私和旷达，孕育和催生了达斡尔民族的成长，激励达斡尔民族以不屈的品格走向今天的辉煌。在抒情诗《草原恩泽》中，诗人直抒胸臆，盛情礼赞草原的滋育之恩，"飘过蓝天的白云/教会我放牧向往/驰过草原的骏马/教会我追风赶月/由苦到香的柳蒿芽/教会我拜草木为神/煽起风暴的鹰翅/教会我以飞禽走兽为友/金鳞银翅的嫩江/教会我捕捞彩色的梦想/春天里歌唱的百灵/教会我歌以咏志/扎根冰雪的篝火/教会我感恩天地的山川/年年灿烂的黄花/教会我绽放生命的芬芳/碾过苦难的勒勒车/教会我走自己的路/抵挡风寒的酒碗/教会我品尝人性的深浅/播亮眼睛的头簪/教会我抬头看星星低头看路/敖包般拔节的马背/教会我跨越岁月的坎坷/熬酸日子的牛奶/教会我用眼泪浇灌爱情/流淌山泉的四胡/教会我阅读季节的押韵/埋葬先人骸骨的田野/教会我根治沃土"。诗人一连以15个"教会我"构成复沓，表达出对"父亲的草原"与"母亲的江河"的无限感恩之情。

"烙进生命深处"的草原之外，高志军的诗歌还有许多如"播种的乡村"和"高速回旋的都市风景线"。大轱辘车早已渐行渐远，现如今的"达乡"是"长满电视天线的村落""立交桥和高速公路""换乘的无轨电车"，还有呼啸而至的摩托车驮来的活蹦乱跳的新鲜日子。诗人在这繁华的风景之间，依旧不能相忘的是"扑面而来的风弥漫着"的奶香、"牧放膘肥体壮的牛羊"的牧鞭、"盛产金鳞银翅的渔歌"的江河、"挤出热情好客的炊烟袅袅"的茅草房，还有"像八月的黄花一样美丽"的达斡尔姑娘。伴着诗人行旅的脚步，随着节庆流转的四季，时空中的无数节点也被诗人辑入笔下。《吕氏春秋》中"三人操牛尾，投足以歌八阕"，这些上古华夏先民生活的描写，亦被高志军信手征用，镶嵌到讴歌所属民族的诗作里，达斡尔先民"从黑龙江流浪到嫩江/就这样手之舞之足之蹈之/任凭岁月的风暴/在身后追赶那群獐狍野鹿/一直都围着祖先点燃的篝火/不停地操尾投足"（《达家哈肯麦勒》）。敖包会上，乘祥云而来的"雄鹰"，衔颂歌而来的"百灵"，在"天人合一的胡弦上/操牛尾/投手足"（《敖包会》）。在诗人看来，"生活可以没有诗，但人生万万不能没有诗意"。因而，当我们走进诗人那个小得"只能用茅草房的个数取名"的小村（《小村》），的确是"高低无处不泉声"。在那里，我们看到了"流淌着童年记忆"的故乡小河（《故乡的小河》）和"乡间的小麻雀"（《乡间的小麻雀》）；遇见了"在马背上拔节成山峰的牧人"哥哥（《马背上的哥哥》）；见识了那个"美过丹顶鹤"的女子（《我的映山红》）；拜访了他的外婆、父亲和母亲（《外婆》《父亲》《母亲》），感受到北方的初春、秋日和腊月（《北方的初春》《秋日》《北方腊月》）的温暖、和煦、红火和热闹。高志军的这些诗篇，情感浓烈，爱意深切。诗人借由亲情、友情和乡间日常生活的细碎，打量民族的历史与现实，品味和传达其中的种种韵味，使当下生存之忧伤，在他的"分行文字"中得到了释放和提升。

　　总的来说，高志军的诗歌应属"民族生活抒情"范畴，而这种"民族性"表达，对于高志军而言是非自觉的，是与生俱来的。较之那种"俯视的、局外的、远处的"歌之咏之，高志军"写的达斡尔诗歌，视角是平视的，是自我欢乐和痛苦的自然倾诉，是真、是善、是美的"①。在艺术表现方面，高志军重视灵感，强调情感的自然流露，在吸收民歌的洗练、现代诗的象征与意象叠加等方面也有相当的功力，而且在一定程度上显现出兼收并蓄、挥洒自如的写作风范。

　　慕仁（1966—　　），原名敖铭，内蒙古自治区呼伦贝尔市莫力达瓦达斡尔族自治旗人。1988年，慕仁开始创作，相继发表有《啼音与嘶鸣》《男性旋律》《回到从前》《寻找祖先的踪迹》《深切的怀念》《别样女人》《光中行走的人》等多篇诗歌和散文。慕仁是新时期达斡尔族诗坛最具潜

---

① 张振华：《用诗歌讴歌草原的百灵鸟》，载高志军《天堂草原》，中国文化出版社2010年版。

力和多产的诗人之一。新千年以来，慕仁不但以《最后的泪还给大海》
《带着爱情去流浪》《深夜，梦见一条河》等诗作，彰显其诗歌创作的持
续性和影响力，而且还以相当"个人化"的情感表达，即以具体的话语
实践和担当方式进行着一次次的自我发现，从而构建出独特的经验书写和
空间谱系。

　　慕仁的情感世界是丰富的，他的诗歌是青春和激情的。行走，是慕仁
抒情意象中的重要一环。有人说行走是年少与芳华的专利，对于慕仁来
说，行走则是一场内心的盛筵，他在不断的"行走"中领略别样的人生，
激发创作热情，在不老的诗行里寻找一路的梦想。《一棵行走的树》《迎
风行走的路上》《一个人在路上》和近年发表的《带着爱情去流浪》《最
后的泪还给大海》等，都是"行走"这一主题的倾情表达。慕仁的诗歌
较少渲染、雕琢行走间的孤寂感，而更多的是展示"行走"过程的温暖
与餍足，表达其欢欣与喜悦的意绪。一个人在路上"怀着思想和内心交
谈/伴着祝福与时间对视"，"许多善良的眼睛投来关切/不少同伴的喝彩
遍布四周"（《一个人在路上》）。因为拥有如此温情的感受，慕仁的跋涉
与行走显得格外美丽动人。在《一棵行走的树》中，诗人更坚定地表达
出对于"行走"的坚执，"一棵树/你看不见行走的姿势/它总是不经意
间/渐行渐远"。在这里，"行走的树"可视为诗人自我的象征，"跋涉的
愿望/在阳光下蓄谋已久/智慧的年轮/经历多少季节的风霜/当你抬头仰望
的时刻/远处的山峰/早已是它选定的目标"。诗人渴望自由，渴求摆脱束
缚，他相信这颗不断跋涉的树总有一天会成为"高扬的旗帜或者火炬"，
引领"一些人"走出迷茫和误区，走向成熟、走向完善。诗人甚至将自
己喻为一匹"快乐的小马"，平易而亲切地表达了跋涉的快乐，"我是快
乐的小马/从不知烦恼忧愁/多少次在愉悦中跋涉/幸福的时光让人留恋/迎
向阳光的进程/风景无限/伴着晚霞的归途"（《小马之歌》）。小马是快乐
的，它眼底闪烁的是剔透光彩，筋骨中流动的是成长的智慧。小马是健壮
的，它拥有轻捷的身姿，享受跋涉与行走的快乐。慕仁诗歌的意义在于，
在这个物欲横流、缺少诗意的年代，仍以诗歌坚守着对文学、对爱情的膜
拜，"我真想怀着一些美丽的词/带你去流浪/带你远离喧嚣/到一个干净
的地方/读诗　看云/触摸大地最真的心跳"（《带着爱情去流浪》）。诗人
始终在孤寂之中坚守着"心中纯粹的抒情"（《最后的泪还给大海》）、

爱情和梦想，即便是到了"天涯海角"，仍不回首。

慕仁的诗歌中，"马"也是一个重要的抒情意象。达斡尔族是一个骁勇善战的民族，他们曾在马背上为捍卫祖国神圣疆域立下了卓越功勋，而且达斡尔先民是以善饲育良马而著称的，这在达斡尔族文人孟希舜的叙事诗《养马篇》中有相当精细的描绘。可以说，连年战事与狩猎生活使达斡尔先人与"马"建立了亲密的关系，狩猎要用马，运输要用马，武士征战离不开马，走亲访友也离不开马。在达斡尔人心目当中，马已经不是一般意义上的家畜，而是他们最亲密的朋友，是无往而不胜的英雄，是勇敢、忠诚和力量的化身。而且我们从以马比人、以马喻人的达斡尔谚语如"马好不在鞍，人美不在衫""在飞翔中识别雄鹰，在奔驰中识别骏马"中可以看出，在其民族意识里，实际上已经把马当成了人类的榜样，爱马、崇马精神可见一斑。深受民族文化陶染的慕仁，在抒情组诗《啼音与嘶鸣》中以"马"为象征，深切地表达了对马、对故乡的深厚情感。其中，《马儿奔跑的身影》是一曲马的深情赞歌。诗中连用多个比喻来描绘马儿奔跑的身影，似闪电般稍纵即逝，似灵感般神奇美丽，它是"草原上无痕的蹄音""激情的画面"和"抒情的文字"。在马儿奔跑的身影中，不难体会诗人借马儿之矫健，张扬的是一种不受任何外界羁绊的生命活力，折射出慕仁对这种生命活力的向往与渴求。诗人爱马，进而爱马的一切，甚至"马的嘶鸣"都是"一首歌""一种语言"，更是"一种召唤"，它能"刺破层层浓雾和暗夜"，亦能让"澎湃的激情随处蔓延"。《蹄音传出多远》一诗则以马为意象，表达了对故乡的思念。在这里，马的蹄音就好像"怀乡的诗歌"，响彻游子"夜夜无眠的梦"，使得"憔悴的人归心似箭"。但不管他们"归来"或者"远离"，"故乡都在心儿/直指的方向"。诗人还在《马儿驮着展翅的思想》中，让马儿驮着自己"展翅的思想"和"没有遮挡的视线"，迈开了"走向远方的脚步"。诗人渴望精彩和开阔的视界，由此踏上了远行的脚步，但不管走到哪里，家乡永远是他生命中最为重要的一部分，"回眸的瞬间/沾满衣襟的总是/草尖上晶莹的露珠"，"温暖心胸的总是/炊烟中绚烂的晚霞"。诗人即便身处异乡，但内心从未间断与故乡的血肉联系，"多情草原滋生美丽的希望/浓郁故土涌动心底的眷恋"（《马蹄踏过的地方芳香四溢》），字里行间夹带着游子"行走"心理背后对家乡故土的眷恋。慕仁的诗歌中，还有如

《回到从前》《啊，故乡》《秋叶》《故园一瞥》《一滴露水滑过的草叶》《深夜，梦见一条河》等大量以故乡为抒写意象的诗作。慕仁的这类诗作，常常以一个游子的视阈，回眸家乡的一切，表达自己对故乡的热爱，唱颂血脉与亲情，"多少清晨/踏着露水/在菜园四周的/南瓜花丛/叩问季节的惊喜"，"啊，故乡/我用心记录自己一点一滴/真实的感动/啊，故乡/我要用纯粹母语/高声朗诵/你精彩的段落/和华美诗章"（《啊，故乡》），诗人以记忆深处的"怀乡"和"母语"交织相融，表达了深深的恋乡之情，生动形象，感人至深。

慕仁的诗歌还常常以民族文化意象表达自己的民族情怀，以一个行走者或"游子"的视角表达民族文化的"在场"。而且慕仁的这种表达并非肆意呐喊，而是将这种情怀置于细水长流式的日常生活场景之中，如一个闲置已久的马鞍（《闲置的马鞍》），一个别具特色的柳帐（《柳帐》），一沓年代久远的老照片（《老照片》），一片纷纷飘落的雪花（《雪花飘》），一块能打开尘封记忆的花布（《一块花布》），一个从身旁经过的女子（《一个女子从身旁经过》），一个进入车间中的啤酒瓶（《一个啤酒瓶在车间》），一条汇入海的河流（《深夜，梦见一条河》）都能成为慕仁表达民族情感的载体，成为诗人向安宁之岸摆渡魂魄的舟楫。慕仁的这类诗作或含蓄内敛，或旷达奔放，呈现出一种别样的意味，一种对民族文化习俗、民族日常生活的不动声色的眷恋。诗人的这一抒情方式，在更多意义上表征着他对达斡尔民族文化的诗意想象，似乎又隐喻和寄托着被他者认同的期许。

悼亡诗是慕仁诗歌创作中另一个不可忽视的内容。慕仁的悼亡诗较多地关注中国当代诗人或亲友的离世。在一个缺乏精神和价值尺度的年代，优秀诗人的远逝，特别是他们的非正常死亡，带给慕仁的心灵冲击是巨大的。因而，他一方面以悼亡诗表达对远逝而去的诗人的怀念，另一方面以此思考生命的意义。在追悼诗人余地的《如何拯救——纪念诗人余地去世一周年》中，直言相问，"为什么文人总是这样艰难/为什么他们沉重的思考/还要遭受生活的打击/到底自身弱点/还是我们关爱得不够！"在《纪念·诗天空早陨的星辰》中，诗人追念了宇龙、崔澍和谌烟三位诗人，并将他们创作的诗歌名称与诗句相连接，表达了对三位英年早逝诗人的理解和哀悼，相信宇龙"军人的行动胜过华丽语言"，相信崔澍"文字比肉体带来的快感更持久"，相信谌烟会在"泥土的下面"，"默默注视着"我们。慕仁的《以诗歌的名义怀念海子和戈麦》一诗，表达出对海子、戈麦这两位诗人"以决然的姿势/义无反顾完成/对灵魂的皈依"的深深崇敬与怀念。悼亡诗《纪念哈普》对"用心灵写作""此生不能相忘"的好友作家哈普（鄂玉生）的英年早逝，表达了无法诉说的思念。慕仁还以《遥寄哀思——悼念阿尔腾桑》对达斡尔族"非遗"传承人阿尔腾桑的逝世，深表惋惜、痛心。其中，《深切的怀念》是写给父亲的悼亡诗，也是诗人面向父亲解剖自己、自我忏悔的力作，情真意切，明显带着诗人"向死而生"的忧伤。诗作以近似白描的艺术手法，深情诉说了诗人对父亲的"无边的怀念"。即便是在 30 年后的今天，慕仁每每念起父亲"胸口还在疼/犹如撕裂般/遭受又一次猛烈冲击"，感叹"今天我的一支笔/触到时间深处/但又有多少文字/能带我们回到从前！"这首诗作的情感力量，既来自慕仁对父亲的沉痛追念，也源自诗人对凄怆岁月的回忆、人生悲苦的咀嚼。

慕仁的诗歌还显现出较强的忧患意识。诗人的忧与患，既是对民族的未来与教育的缺失，也有对人际的冷漠，对人类生存环境日益恶化的深思。敏感的诗人为创造马背传奇的达斡尔民族所闲置的马鞍而伤感，"不知道/内心的寂寞多深"（《闲置的马鞍》），为祖先"契丹"那个"被遗忘的名字"而"悄然伤神"（《寻找祖先的踪迹》）。更让诗人不解的是，自己迷恋的神圣爱情与崇尚的友善"正在世俗的眼里/变得怪异"（《在省城寻找诗歌》）。显然，"马鞍""契丹""爱情"既是现实的，又是超现实的，既是诗人的内心展露，又是对一个伟大民族、对世俗生活的沉重审视。在《担忧》一诗中，诗人羡慕在东京读书的侄儿学业的轻松，同时又担心在不久的将来，也许侄儿就会遗忘自己的民族语言和文字。显然诗人的这种忧虑又是双重的，一方面是对当下中国应试教育的反思，另一方面表现出诗人对失去民族语言的"中国孩子"文化身份断裂的担忧。在《一片草坪被铲除》中，诗人的忧患则来自自然生态系统的被打破。一片草坪被铲除，让人类的活动方便了许多，可是又有"谁体谅大地的呼吸/谁知道树木的隐痛/一棵草的爱情/夏雨冬雪/又怎样便捷地找到/回家的路"，"真怕不远的一天/我们栖身的地球/让浩瀚的沙漠覆盖/被厚重的钢筋水泥包裹"。慕仁始终坚持从自己的那扇窗来看世界，善于把自己的灵魂、生活方式和对事物充满温情的理解融入诗歌创作之中。而在诗的情感质素上，慕仁的诗歌既有透明乐观的豪情，又不乏情感的冷峻深邃，更有寄寓在他灵魂深处的无法隐藏的民族胎记。

（四）　来自女性诗歌群体的歌唱

达斡尔族女性诗歌一直处于边缘状态，较少进入研究者的视野，但她们作为当代达斡尔族诗坛上具体而特殊的存在，其审美意义是不容忽视的。达斡尔族女性诗歌，我们界定为达斡尔族女作家创作的诗歌。更准确地说，应当是达斡尔族女诗人创作的具有女性意识的诗歌。在这里，我们选择较为宽泛而非狭义的定义解读达斡尔族女性诗歌，既有助于全面了解达斡尔族女作家诗歌创作的面貌，也有益于把脉其诗歌创作的实际。在当代女作家当中有不少优秀的少数民族女作家、女诗人如满族的柯岩、藏族的桑丹、回族的马兰、蒙古族的葛根图雅等，她们的诗歌创作，自觉地表现女性意识，建构女性情感空间，给当代诗歌带来了鲜活的个体经验。达斡尔族女性诗歌亦不可除外。达斡尔族女性诗歌的发生始于新时期，在20世纪80年代文学兴盛、繁荣所提供的"正面支持"的大好机遇中，以多莲荣为代表的女性诗歌创作者，亦包括苏华、孟大伟、晶达等，相继由隐而显地走上达斡尔族诗坛。她们的诗歌创作虽然没有形成一定的规模，但她们以内心的畅快、知性的目光和独有的民族韵味，表现出达斡尔民族多层面的生活现实，支撑了达斡尔族当代诗歌日渐丰盈的新态势。达斡尔族女性诗歌偏重于感性，她们的声音既来自心灵深处，来自对人生困苦与孤独的审视，也来自对淳朴又热烈的爱情的叩问，而且往往在"审视"与"叩问"之间，使女性自我得以充分地显现和展露。达斡尔族女性诗歌还以自然天成的抒情意象，呈现了达斡尔民族的精神特征，唱出了具有女性情怀的民族心声。

多莲荣（1955—　），黑龙江省齐齐哈尔市富裕县人。多莲荣的创作始于20世纪80年代初，写有《大森林的忧伤》《林区的女人们》《走向森林》《林海拾贝》《野百合》《情寄山林》《姑姑》等散文、诗歌多篇。2020年，多莲荣将散文、诗歌结集为《绿色的呼唤》由内蒙古文化出版社出版。任何一个优秀的诗人，都有深厚的生活源泉。多莲荣也不例外，她将自己艺术之根深深扎在名曰"红花尔基"① 这个位于内蒙古呼伦贝尔南部地区樟子松林的富饶大地上，从早期的《林海拾贝》《情系山林》到新近写出的《野百合》《走向森林》，可以说，"樟子松林"是缠绕在多莲荣诗歌中最生动又伟岸的灵魂。有评论认为，多莲荣的诗歌大多表现森林中自然景物如云朵、露珠、溪流、浓雾、雀鸟、松涛的细微感受，解读了林区的四季和晨昏，用最美的诗行表达出对葱茏林海的挚爱。当然，多莲荣诗歌的关注旨向并不在大自然本身，也并非体察人与自然的关系，而是借助对自然景物的描绘，呈现森林建设者的胸怀大志与献身精神。如果说小说是以作家对外部世界的描写来反映生活，而作为以抒情言志为出发点的诗歌，就是诗人内在生命体悟的抒写。多莲荣对"森林"大胆的创造性抒写和歌唱，让我们看到了她的敏感与多情。诗人善于以小见大、寓丰富于单纯之中的"直觉审美"，带给我们一种鲜活奇特的体验。从这一层面讲，多莲荣是新时期达斡尔诗苑上最独特的存在。

关注林区，展示祖国北疆森林之大美，抒发对壮美自然的热爱，是多莲荣诗歌最主要的特色。红花尔基，是多莲荣一直生活和工作的地方。它三面环山，地处干旱地区，有全国唯一的樟子松母树林保护基地，即红花尔基樟子松林区。苍茫林海，河湖密布，俊美山川之间常常流淌着诗人沉淀已久的诗情。而自然美景之外，感染诗人情怀的还有林区工人"大块吃肉，大碗喝酒"的豪气，以及他们为建设祖国北疆"化己为木，荫及后人"的林业精神。多情的诗人频频奔走于林海之间，寻找生命的优美旋律。因而，伟岸挺拔的樟子松林，汩汩滔滔的伊敏河水，弥漫着松脂清香的林间小径，雄浑高亢的阵阵松涛，甚至野兽们的嬉戏和轻捷的奔跑，清新芬芳的空气，尽收诗人的内心深处，并成为多莲荣诗歌的抒情意象。在《林海拾贝》中，诗人开篇就用"晨雾""针叶""松香""露珠"等色彩鲜明、具体可感的物象，为我们铺设了一道旖旎多姿的原生态的"绿绒般的地毯"，让我们在"这每一棵树都是一篇/绿色的乐章/每一株小草都蕴涵着绿的深意/每一朵花都摇曳出醉人的馨香"的抒情意象中，一边感受林区的风情，一边享受诗人单纯唯美的生命体验和表达。多莲荣诗歌的意象几乎都是对大自然的描绘，空气、阳光和树叶，森林的芬芳，

---

① 红花尔基：蒙古语音译，意为盆地。

我们似乎能嗅到其中散发出来的气味，"拨开湿漉漉的晨雾/踩着松软的针叶/走进松香弥漫的蓊郁中/捧起珍珠般闪亮的露珠/徜徉于绿色的世界里"（《林海拾贝》）。在这里，我们听到是云雀和昆虫齐唱的鸣啭啁啾，看到的是獐狍纵情追逐嬉戏和野罂粟娇艳的笑靥。在这里，山风轻轻吹拂出的清香音符能驱除一切悒戚和烦恼，心灵会变得纯净平和，充满自信和勇气。多莲荣的诗作，让我们看到了一个生于斯、长于斯，心灵与精神世界都充满大美色彩的"森林赤子"的情怀。在《走出林莽》《奔向绿色》《情寄山林》《情系森林》《啊，绿色的森林》《走向森林》等一系列诗作中，多莲荣恣情描绘出祖国北疆森林的富饶和美丽，展示森林充溢着清新诱人的绿意，并以朴素、清新、生动而明快的语言，将森林大美化作错落有致的诗行，饶有情趣地抒写出森林里的第一场落雪和鹅黄色的花蕊、闪亮的露珠。诗人在山风的音符、山溪的水声、松鼠啃咬松枝的声音所构成的音色与繁复的森林生活交响曲中亦获得了灵魂的升华。在多莲荣看来，"是森林陪伴他们度过了漫长的岁月，森林也见证了他们的喜怒和哀乐，是森林带给他们欢乐，是森林使他们的希望变成现实"（《樟子松故乡的人们》）。因而诗人对森林的眷恋和热爱是执着、深情而热烈的，甚至可以说，诗人把自己的灵魂都已沁入描写对象，达到了物我两忘之境。这里的每一条小河、每一朵鲜花都可成为多莲荣歌唱的意象，甚至一枝落叶松（《兴安落叶松》）和钻天松（《钻天松》），一株白桦树（《白桦》）和山丁子树（《山丁子树》），一簇山杏树（《山杏树》）或一枚兰花（《一株小兰花》），一朵芍药花（《白芍》）和野百合（《野百合》），乃至一片落叶（《落叶》）甚至是生命完结的枯树（《枯树》），都能激发她的创作灵感，并经诗人信手拈来，巧妙入诗，给人以意味悠长的画面感。多莲荣的诗歌，对生命、对洁净的绿色世界、对壮美自然充满了热情的肯定。

不止一个人说，诗歌应该属于女性，"女性的天性更接近诗歌"，女性"天生更能适应在诗歌的河流上行走"①，因为"她们更敏感、更细腻、更善良"②。从这一角度考量多莲荣的诗歌，我们认为，多莲荣诗歌写作

---

① 桑丹：《生命中的美丽——梅萨侧记》，《诗歌与人》2005年第8期。

② 黄芳：《生活在母语之外》，《诗歌与人》2005年第8期。

的价值不仅仅体现在对"外部世界"的关注、对"森林"近乎宣言式的告白，诗歌于多莲荣而言，其意义还在于她的诗歌同样也承载了女性特有的生命体验。在诗人笔下，祖国建设尤其是以男性为中心的林区建设，不再仅仅是与男人有关的事业，与女性也同样息息相关。《护林员的妻子》《森林战士的妻子啊》《造林女工》《林区的女建设者》《林区的女人们》等，是多莲荣歌唱林区女性的重要代表。这些诗作呈现出诗人鲜明的女性意识，而且这种"女性自主意识"被安置在林区女性独有的飒爽英姿之中，别有一番韵味。诗人在《林区的女人们》中，以原质状态的诗句，把林区的女人们比喻为亭亭玉立的白桦，"正直是她们的品质/坚强是她们的本性/勤劳是她们的美德/善良是她们的本色"。她们不畏艰难、不畏强权、不畏邪恶，敢爱敢恨、正直大气，"她们上山和男人一样伐树/一样的抬木头/一样的开机器/她们既会描龙绣凤/也会穿上花裙在霓虹灯下翩翩起舞/她们既能在酒宴上和男士举杯痛饮/也会和心上人耍娇耍嗔/葱郁的松林中有她们矫健身影/幼苗床边有她们充满慈爱的抚慰/绿草地上有她们采撷蘑菇的灿烂笑容/木克楞旁有她们洒脱利落的歌声"（《林区的女人们》）。多莲荣是一位柔性与刚性并存的诗人，她自觉地站在女性的立场，深情地表达出对林区女人们的敬重。多莲荣深爱林区女性的善良淳朴、无私担当，爱她们的坚忍刚毅、率直真诚。在诗人看来，因为拥有她们，林区才更加多彩又缤纷；因为拥有她们，林区才更加绚丽与诱人；因为拥有她们，林区才更加矫捷而灵动；因为拥有她们，林区才充满别样的生机和活力。

　　林区女性独有的个性特质，激发起诗人极大的自豪感与认同感，林区女人们是值得多莲荣反复歌唱的。在盛赞林区女性的同时，多莲荣还深情地记录了她们缠绵而坚贞的爱情。但"爱情"这一人类永恒的主题，在多莲荣笔下，并非情窦初开的浅表宣泄或炫耀，而是诗人深思熟虑且超越一己私情的勇敢、醇厚和知性表达。在短诗《秋菊》中，诗人以"秋菊"象征爱人，含蓄地表达了一份情感的坚守与执着。曾经一路同行，"不知是你浅紫色的容颜/拨响了我沉寂的心弦/还是你鹅黄色的花蕊/温暖了我那冷漠的心房"，致使"我"那么热烈地爱上了"你"。"我"心跳加快，渴望着"你"能成为我一世的情人。同时"我"也知道，你已把所有的心事"交给秋天储存"，也看到我们爱情的嫩草已被秋天卷入霜色里，我们注定只能在秋色中分手。"可是千万不要/把我的爱/和冬季相提并论","既然你看见的是/第一场落雪/我甘愿依偎在你的身旁/擎起你/凋落的声音"(《秋菊》)。多莲荣在《思绪》一诗中,再次表达了对往日情感的追忆。一份情感的消逝,让"心底不觉有了几分寂寞/思绪悄悄地在身后蔓延/多了几许忧伤"。檐前落叶轻敲石阶,却让"我"的内心如此震撼,"多想敲开那深锁的心扉/却找不到开启的钥匙/只有静静地等候/等待她的自然开启"(《思绪》)。诗中没有一句华丽的辞藻,只有如"松涛"般特质的创造性书写。从古到今,爱情是一个让无数诗人墨客吟咏的话题,太多的诗词佳句证明爱情的美妙,同样也证明爱情是让人肝肠寸断的伤,真善美之愿望与脆弱、不安、惆怅、伤痛等爱情中的种种可能,不仅成为被书写的对象,还承载着诗人至真至纯的"无我境界",以及不带一丝杂念和功利的深情。

对爱情的执着书写,是多莲荣求真、求善、求美的人生理想与追求的一部分,一个必不可少的构成。在抒情方式上,多莲荣的诗歌节奏典雅而意蕴丰厚,字里行间充溢着林区的清新气息,弥漫着松涛阵阵的美妙韵律,而且流淌于其间的情感和体验,真实、淳朴亦自然。可以说,莽莽林海赋予诗人取之不竭的创作源泉,诗人已经把自己的全部乃至生命都融入林区,并以女性特有的细腻和温婉将它们带入诗意的境界,传达出直击心灵深处的歌唱。我们相信,只有诗意地生活于此的人,才能从平凡见惯的生活中发现它最真实的清亮与至美,营造出如此澹泊、恬淡又不失深邃的意境。多莲荣的诗歌创作一直在持续的发展中,在不断地探索和自我完善中,但她的诗歌有一点却始终未曾改变,那就是对"森林"的热爱。这也是多莲荣在新时期达斡尔族女性诗歌创作群体中作为"一个独特存在"的最好见证。

苏华(1957—　)的诗歌,可以看作苏华作为小说家的"余绪"。她在《早春印象》《渴望歌唱》《致向日葵》《来吧,我的猎人》等诗作中,以一个勇于担当的女性抒情形象,袒露了自己丰富的内心世界。

以"我手写我心"这一鲜明的女性自主意识,表现自我,袒露自我的内心世界,是苏华诗歌的主要特征。组诗《早春印象》是苏华的代表作。作品通过对"早春"的抒写,表达了诗人细腻丰富的情感,"冰雪融化了/冰雕消瘦了/冰河动容了/早春的气息/若有若无/徜徉弥漫在/扑朔迷离的氤氲里//我潜心修补着自己的漏船/擦拭着船体的污垢"(《准备出航》)。在这里，我们看到了磨难与痛苦之后扬起风帆的诗人形象。"冰雪""冰雕"和"冰河"已经随着时间而消隐，若有若无的"早春气息"已在空中弥漫。回首看看走过的路，是为了增加一份走向未来的勇气。虽然船身已漏，船体也布满污垢，但仍阻挡不住"出航"的愿望，于是"我"擦拭、修补漏船，寻找新的彼岸。诗人的强大意志成为她前行的推手，这是任何外力都无法抗衡的。我们在苏华诗歌的真情诉说和自我告白中，不仅能看到她对生活的感悟，也能感受到苏华纷繁的意绪和情感体验。苏华还以"阳光明亮得有些夸张/暖风吹着口哨挥师北上"等拟人手法，突出"暖风"来临之迅速，表现了春天的生机。与春天形成鲜明对比的是，"溃败的雪坝留着懦弱的泪水/匍匐顶礼/举械投降"，形象地描写出春天来临之际，冰消雪融、风和日暖的景色。诗人敏锐地捕捉早春的特色，还以"籽种""老树"间的比照，写出了早春时节万物勃发的景象。因为沉眠得太久，籽种"睡眼蒙眬/举目四望"，茫然地问着"到时候了吗?"而春风拂动下老树的姿态与籽种形成鲜明对比，"老树在春风频频撒野中沉稳端庄"，但"心底却涌动起百米奔跑般的爆发力/渴望将第一片绿叶献给春阳"。字里行间蕴含着久盼"春色"的惊喜。苏华诗歌中的抒情自我，即使在黑暗的岁月、"隆冬"的季节或孤独的跋涉中，也少有幽怨，从未失去对生活的信念。苏华总是在勃勃的诗情中激发读者的热情，且善于以自己的宽容之心感召世人。《错位》以春、冬季节的错位，表达了"你"与"我"之间的情感错位。因为"春意"的"徘徊""踯躅"，"让人充满期待的花朵/未曾如期盛开"，以至"曾经的诺言化为断线的风筝/在高远的空中随风起伏摇摆"。这里的"诺言"，既是"春风"对"花朵"的承诺，也是"你"对"我"的誓言。而"你"与"我"最终擦身而过的根由，诗人归咎为"你未辨出那一抹天边的绚丽/是日出前的朝霞还是日落后的暮霭/我则选错了赏花的时节/以为玉兰花也可以用爱心来盆栽"。面对如此结局，诗人表现出相当的和悦与平静，"不如我们都重新调清焦距/把心境放到当下/清醒地凝视未来"。人生的错位就像出错的纸牌，取舍之间，起手无悔，因为人生本无完美。苏华的诗歌勇于审视人生的创伤、叩问爱情的热烈与决绝，且在审视与叩问中，使自我心灵与情感得以彰显。

　　苏华的诗歌还以真实的自我为抒情主人公形象，深情地表达了自己的爱情理想。《渴望歌唱》一诗首先将雷电交加、大雨倾盆的天空喻为"无节制地发泄着坏脾气"的"被宠坏的泼妇"，自然贴切，精妙传神。而在大雨中变得"凄凄惶惶"的小鸟，很快就摆脱了之前的恐惧，"抖开羽毛"，在雨后"湿漉漉的晴空"里放歌，"麻雀声音清脆/燕子恋语呢喃"。较之小鸟的放歌，"我的歌被岁月之手拨入河底/五线谱刻在河底的卵石上"。诗人连用两个"河底"表达被压抑程度之深，无奈又无助的"我"只能"悄悄歌唱""喃喃细语"。真实的"我"是多么渴望能在明媚的阳光下一展歌喉，渴望"将我的歌声向四面八方传递/然而 在被人遗忘的角落/我萎靡不振 目光迟钝/如果有人问起/我就说……有点困"。从热烈、勇敢到归于平静，苏华不卑不亢地倾诉着那份柔软的情感体验。苏华还有一些诗作，既书写爱情又在爱情之外有所寄托。她的这类诗歌常常是借助爱情描写，透露出的却是情感之外的信息。如《致向日葵》一诗，以"向日葵"为抒情意象，将深沉刚劲的感情匿伏在生动的意象之中，通过"向日葵"与"太阳"之间相互关系的判定，表达出诗人的爱情理想。在诗人看来，向日葵从生根的那一刻起，就"终难离开大地"，追逐着阳光，企盼"他者"的慰藉。诗人由此转向自我内心，"我可不想如你一般被动/为无奈地等待日出/可怜巴巴地盯住阳光"，"自作多情地挥动着手臂/目不转睛/须臾不离"。附庸、怜悯、施舍或迷失自我的降格以求都不是诗人的所寻所觅，"我宁愿化为流动的风/操起色彩斑斓的画笔/在我所经之处描绘/天南地北景色不同的四季"。尽管诗人也时时感到生存的艰辛，但她"一生不变的执拗脾气"，无论身处何境，都能以乐观、豁达之胸怀，歌唱爱，呼唤爱，以自己的笑容与温情"带给人的心灵/温馨与美丽"。苏华的爱情理想是以人格平等、个性独立与自由激越为基础的，是对爱情的"比夸父逐日还要豪迈的勇气"。诗人的这一"夸父逐日"式的基调是高昂的，她将自己沸腾、高傲又无所畏惧的情绪泼洒开去，深情地发出呼唤，"如果你愿意/你得忍痛咬牙离开土地/让我带你一起飞翔/把你的籽种撒遍大江南北"。由此可见，苏华诗歌中的自我形象一方面是个娇柔的女性，缠绵、感伤、温情似水，另一方面又是一个勇于追求、敢于呐喊且带有某种坚硬骨骼的强者。

　　苏华的诗歌善于以质朴、简约的语言营造浓郁的情感氛围。她的诗歌常常在不经意间传达出对达斡尔民族传统的深深眷恋，晚霞中的"我"，在渴盼"狩猎故事"的同时，想起了如梦幻般的木库莲、熊熊的篝火、袅袅的青烟、汩汩的山泉，"我多希望/多希望 自己那时就是/一条漂亮的猎犬/奔跑在你的鞍前马后/享受着与你相随相伴/呵 我多渴望/多渴望 自己那时就是/一只矫健的猎鹰/栖息在你手背肩头/展翅俯瞰群山峻岭/高翔在万里蓝天/你系在我脚踝上的哨音/在高空响成一片"（《来吧，我的猎人》）。苏华连用两个"多希望""多渴望"，表达出对达斡尔民族那种自由、和谐、美好生活的向往。诗人旋即突转，从之前的畅想回到现实，所有美好都随着夜色的加深而逐渐褪去，"蛙声拽人入眠"，头顶的星星也"揉着疲倦的眼"，说着"该回家了"，而我"叹息着/多么不情愿"。娓娓道来和深情诉说，恰似闺蜜间漫不经心的絮语。而且，苏华极善于以平浅的语言表达内心情愫，"美丽的瞬间为什么/为什么/总是这般短暂"（《来吧，我的猎人》）。诗人从本真出发，写出了人们心灵共同的向往。这一特点使苏华的诗作既能在自我情感的渲染中感染读者，也能以超然直白和有限的诗句造成一种特殊的艺术效果。

孟大伟（1974—　　），笔名一澜，内蒙古自治区呼伦贝尔市莫力达瓦达斡尔族自治旗人。孟大伟的写作始于新时期，她写散文也写诗歌，发表有《捉鱼记》《莫力达瓦深深处》《我的袍子》《行走的河流》《越洋的兔子》《那个人》等诗歌、散文多篇。孟大伟的诗歌就其数量而言，不算多产，但如果从写作的数量来衡量一个作家的成就，多少有以偏概全之嫌。我们认为，孟大伟的文学史意义在于，她的创作呈现出强烈的达斡尔民族意识，弥漫着浓浓的达斡尔民族情意，表达出对达斡尔民族传统文化在全球化、现代化冲击下被耗损、被丧失的深深忧虑。

孟大伟的创作不论是新时期之初的投石问路，还是新千年以来的诗歌、散文写作，深入其内里都不难发现，以真诚的态度为自我民族而写而歌，是孟大伟恒定的文学追求，朴素单纯的民族意识始终是孟大伟诗歌创作的主调。在论及孟大伟的诗歌之前，有必要对她早期的《捉鱼记》《莫力达瓦深深处》等散文做一简要分析。我们没有能力给孟大伟或某个诗人下一个绝对的定义，因而读懂她的散文，也许才能读懂她的诗歌。《捉鱼记》通过描写"我"在一次冰钓节捉鱼的经历，引发了诗人对达斡尔民族习俗、民族生活方式的怀想，表达出对达斡尔民族"勇敢、执着、友爱和热情"那种优质因子的钟情。在《莫力达瓦深深处》中,诗人与"莫力达瓦"融为一体,深情地诉说对达斡尔民族和莫力达瓦"家园"的感恩与爱戴。率性的孟大伟还以誓言般的"我是一个达斡尔孩子",表达出对民族未来的担当意识。在达斡尔族女性诗人的作品中,由于个人经历、生活环境的不同,面对相似相近的民族文化认同危机,也会表现出不同的情感抒发方式。其中最强烈的就是以民族的身份进行写作,时刻关注生养自己的家园故乡,关注本民族文化与命运,以诗歌思考外来文化带给所属民族的冲击和挑战。在这方面,孟大伟的诗歌表现出一种坚定的民族认同立场,尽管也有困惑,甚至追问自己"我能做什么,我将做什么?我知道,我也不知道"。但不可否认的是,孟大伟一直在努力以诗歌安顿生命,抚慰迷惘的心灵。

孟大伟的诗歌亦同她的散文一样,很少有借此获取世俗认可的利益诉求,而是把写作当作一种不可或缺,一种"抵抗"力量。因而,孟大伟的诗歌常常是自觉或非自觉地选择那些能够最大限度呈现民族文化特质的景观,抑或是拣选达斡尔族日常劳动生产与生活场景为抒情意象,承载和表达她对达斡尔民族原初文化的认同。

当下达斡尔民族生活的实际,也是少数民族共同的遭际。伴随着城市化的进程,他们正在远离先辈习以为常的生活方式,人们再也听不到夏天此起彼伏的蛙鸣,乘坐勒勒车割草、打渔、采山里红的场景也只能留存于记忆之中。特别是自然资源的破坏、民族语言的退化、生产与生活方式的被改变,使达斡尔民族传统文化逐步走向衰萎。这些都对达斡尔族成员的心理产生了巨大的冲击。另外,深层的民族自我意识和民族认同感,必定会在这种挤压下以特殊的方式得以倾诉或表达。因而,为民族而写作,也就成为很多少数民族作家包括达斡尔族作家创作的立场和最高选择。孟大伟的诗歌《越洋的兔子》很具体地呈现了这种民族心理。诗人在随性却不散乱的写实性描述中,抒写了父母记忆中恬静、隆美又富饶的莫力达瓦。在爸爸的记忆里,家乡"漫长的冬夜里/兔子总在院子里聚会/清晨推开柴门/爸爸的鞋印/和兔的足迹在雪地上追逐"。妈妈的记忆是"姥爷在河里用手抓了一车的鱼",妈妈的父亲还"赶着马车/换来了一车的小米/养大了妈妈/健壮的男孩一样"。而在父母共同的记忆里,那时候的莫力达瓦真的就像人们形容的那样"棒打狍子瓢舀鱼,野鸡飞进饭锅里"。可惜，曾经"金宝委积，山川饶沃"的莫力达瓦在今天却变成了"传说"。而在爷爷看来，这都是日本侵略者犯下的滔天罪行，鬼子不仅卖旧布打浆而成的"更生布"①，还带走了我们的"兔子"。"兔子都去日本了/爷爷活着的时候总说/放羊的人站在沙滩上/守了三天三夜/莫力达瓦的兔子/成群跳进了遥远的日本海"。诗人借父亲、母亲、爷爷或美好或沉重的记忆，表达了对被改变的达斡尔民族生活的无边忧虑。诗人情不自禁地追问"是谁吃掉了我们的兔子/饿死了我们的狼/是谁吃掉了我们的鱼/也带走了我们的家园！"诗人将家园之痛化为自我之痛，揭示出达斡尔民族现实生存境况的本质与真相。

　　家园的空无所有，民族传统文化的渐行渐远，使孟大伟从民族记忆的诗性书写，不知不觉间转向对亲情与美好自然的书写之中。《樱桃红了》这首颇具自叙色彩的诗作，以质朴、简白的表现手法，再现了一个达斡尔民族家庭亲睦友爱的如常生活。准备结婚的弟弟、新嫁来的弟媳、去世的奶奶、更年期的妈妈、肝硬化的爸爸甚至是院子中的樱桃树，在现实和幻想间不断转换，"弟弟要结婚了/想住到老院/要砍掉窗前的樱桃"。而樱桃树的即将消失，将诗人带入另一情境的设想之中，"我要买一幢房子/前面是樱桃/后面是菜地/满院都是鲜花"。诗人以"樱桃""菜地""鲜花"等抒情意象，表达出对民族聚居地保有的热情和想象。这对诗人而言意义颇为重大，它们承载了诗人亲近自然、回归传统的美好愿景，呈现了诗人对达斡尔民族那种简朴、和美、仁爱生活的怀恋。在《满月》一诗中，诗人将视点移注于温馨、甜美的亲情，向爱如己出的小侄女发出深情告白。自小侄女从产房出来，"我就一直守在小床边/盯着她"，在"守"和"盯"之间，诗人看到了小生命"细长的眼睛"和眼尾"深深的蒙古褶子"，聆听到她的第一声啼哭，还有噘着粉嫩小嘴舔舐糖水的"吱吱"声。诗人眼里的小侄女可不像别人家"那些皱巴巴的婴儿"，她有"饱满的额头""鼓起的太阳穴""收敛的尖下巴""圆挺的鼻子"和"健壮的骨骼"，这是一个汇聚了民族美质和相貌特征的达斡尔族孩子。正因为如此，诗人发出的"所有的人都爱你"，"你也要学会/爱着我们/所有的人"的殷殷相告，不经意间有了深层的寓意，诗人对达斡尔民族的感知感恩最终落实到

---

　　①　更生布：指日伪时期利用废旧物品织成的布料。

"小侄女"身上，见微知著，在表达爱意、赞颂亲情的同时，也在实现着一个诗人对生生不息的民族精神的坚守。

孟大伟的视野是民族的，也是女性的，因而爱情这一命题在孟大伟诗歌中也是不可缺少的因素。《跟着眼睛恋爱》一诗以"眼睛"为核心意象，表达出诗人对简单、真实、纯净又美好的爱情的渴盼。但世间之事往往与我们的愿望相悖，爱情在现实中也被赋予了太多附加的元素，但诗人不改初心，依然期盼着那种"跟着眼睛恋爱/不问他的姓名/取下他的标牌"般纯粹、热烈又勇敢的爱情。《春花凋零的时候》记写了对一段温暖又美好的情感的追忆，"春花凋零的时候没有痕迹/秋果累累的时候/作着旧梦想念春花/想念两次没有聚会的分离/想念两场没有开花的凋零"。那场属于"你""我""他"之间的情感，以"恩"相连，用"爱"相接，但"恩爱本来是兄弟/我们恩爱着擦肩而过"。当余温不再、恩情淡去的时候，也许"他"会"谈笑着牵我的手"。与之形成鲜明对比的是，《七夕》一诗则传导出诗人对爱情的果断与决然，"与其以亘古不变的眼神遥望/不如向那黑洞奔跑吧"。爱情作为人类共通的生命体验，在孟大伟的诗歌中频频出现，难能可贵的是，与很多女性诗歌常见的纤纤气质相比，孟大伟的爱情诗少了些许哀愁和怨艾，多得是平静刚直，"经历过一千次离别后/这是我第一千零一次转身/请记住我的容颜/我的脚步 我的气息/曾经清泉般环绕在你的四周/那行走的河流/终要流淌到他处/捧一口水喝吧/这是最后的礼物"（《行走的河流》）。诗人从先前的对虚妄世界的质疑（《方式与表达》），到近期《初春》的"整个春天我都会很忙/劳碌我的身体/动我的心脏/想我的爱人们/念我的情殇/还要采栽一地的黄花作我的勋章"（《冬》），再到"有一个人/知道我对世人厌倦了/特地来探望我/只为让我/亲近这人世间的美好"（《那个人》），表现出诗人内心的纯朴本色，以及在爱情寻觅中的淡定与从容之美。对诗人而言，这是情感的轨迹，同时也是一种信念，多情与善感、柔弱与坚强、知性与敏锐至此化合，一个立体的女性自我形象得以树立。从抒情和语言方式上考察，孟大伟的诗歌是明白晓畅的，她的诗歌展示给读者的是一种朴实、自在和不动声色的情感力量。

晶达（1986—　），内蒙古自治区呼伦贝尔市鄂伦春自治旗人。晶达的创作始于新世纪，她既写小说、诗歌，也写散文。发表诗歌有《润土》

《我是一颗熟了的核桃》《海的女儿》《木偶》等。2012 年，晶达的长篇小说《青刺》问世，显现了晶达从事纯文学而非商业文学的天赋。翌年，她的第二部长篇小说《大猫就是这样逃跑的》出版。这部带有纪实色彩的长篇小说是"青春文学的新硕果"。2016 年，晶达的儿童小说《塔斯格有一只小狍子》辑入叶梅主编"金骏马民族儿童文学精品"出版。晶达还发表有《请叫我的名字》《上帝是个好买家》《吆喝》《最后的莫日根》等散文和中短篇小说。2015 年，晶达的《青刺》荣获内蒙古自治区第十一届文学创作索龙嘎奖；2018 年，晶达的《塔斯格有一只小狍子》荣获内蒙古自治区第十二届文学创作索龙嘎奖。

作为诗歌写作者的晶达，极善于以灵敏又细腻的生命体验，把人生的痛苦与悲伤、生命的欢喜与无奈以一种富有表现力的方式展现出来，在平常的意象中发现深刻的人生况味。展示自我独立的存在姿态，致力于对自我生命的认识和探寻，是晶达诗歌的主要特征。晶达的这种审美与书写特质，在她的诗歌中呈现为对自由、对通达无碍的生命状态的渴望与追求。《期待》通过渴望挣脱"温暖"怀抱的束缚而自由生长，"驰骋于原野"大声疾呼，倾听风的"痴痴诉说"，享受自然赋予其生命快乐的抒情形象，表达出对生命自由的亲近与向往。因为"你"让"我"背负了太多的温暖，而这种"温暖"早已满足不了年轻的心，"我"只有置身于自然，才能感觉到"那不同于往日的心跳"，才不会被酣梦埋葬。而在所有的自然意象中，晶达对"水"有着一种特殊的情感。在诗人看来，水不仅如梦幻般柔软，可以弥漫，可以渗透，而且水又是温暖和博大的，它可以容纳一切坚硬。因此，"大海"成为晶达诗歌中重要的抒情意象，成为"自由"和"生活"的隐喻与象征。如《蓝色》开篇就写道，"我们是流浪的孩子/憧憬/在无边无际里流连"。诗人渴望与广阔的"大海"亲密接触，但她知道在追逐"大海"的途中一定会有"诅咒""疯狂"和"风暴的袭击"，然而，所有的一切都无法使她放弃对自我的追寻。随着彼岸渐渐清晰，曾经的伤痛终将成为人生"多愁善感的装饰"，"我"也将有"无限的勇气在蓝色中徜徉"。《白马》一诗抒发了对自由的呼唤。若要理解《白马》这首诗作，首先要了解"马"对于达斡尔民族的重要意义。马，不仅是达斡尔人民生活中的财富资源和交通工具，还是达斡尔民族审美范畴中不可分割的组成部分，是他们心灵与理想的寄托。诗人有感于此，以"马"的"被禁锢"折射出现实生活中"人"的灵魂监禁。白马，是"自然的儿子"，但它驰骋疆场的骄傲早已被人类扼杀，奔跑的自由也已被"皮鞭粉碎"。现如今能够看到的"马"，只是一个"低垂的头颅"，"坚硬的马鞍"下散发着"干草的味道"的"静物"。但在诗人看来，曾经驰骋沙场的"马"被人为地禁锢，那么"道路"也就失去了存在的意义。因而，诗人在"你是精灵"，"你"不能"丧失挣扎"，即使被禁锢的躯体眺望不到辽阔的大地，也要让"你"的自由灵魂飞奔的深情诉说中，表达了诗人对自由精神的高扬。

对亲情、爱情的关注和抒写，是晶达诗歌的另一风景。晶达的《神赐的蔚蓝》通篇以"爸爸，爸爸"这一涌自灵魂深处的深情呼唤，表达了对父爱的真切渴望。《如果我是海的女儿》则表现出诗人对"父亲"较为矛盾、复杂的情感体验，"如果我是海的女儿/我将注定流泪"，不只因为"反复的潮汐"和"伸手不及的落日"，更因"难以怀抱"的失落和怅然。诗作中以"海"为象征的"父亲"形象，在诗人眼中是模糊又缥缈的，诗人内心对"海"也表现为一种"迷离"和"摇摆"。因为"渴求美好"，"我"只能沉浸在温暖而博大的"母亲"怀抱。作为"海的女儿"，是"父亲"给了"我"生命，同时这个生命又是一个让"我"失去父爱的生命。因而，诗人以"如果我是海的女儿/你/能否将我拥抱?"对缺乏担当的、失职的父亲发出叩问。我们不能把文学完全等同于现实，但是结合晶达关于"父亲"以及有关父亲意象的描写，可以看出，晶达对父爱的渴求不只是单纯的"呼唤"，而是一种来自心灵深处的创伤。如果我们把《神赐的蔚蓝》《如果我是海的女儿》联结起来做一次私人化阅读，我们完全有理由相信，正是因为童年"父亲"角色的缺失以及由此经受的心灵伤痛，才使成年后的诗人钟情于对"父爱"的抒写，因为诗人无法忽略和擦拭内心情感中不胜其苦的记忆。之后的《如果我是海的女儿Ⅱ》一诗，虽然也表达出与之相似的意绪，但诗人似乎平复和理顺了自我的焦灼，"如果我是海的女儿/就不能缺乏宽广/我必须怀着柔软/学会宽容/那随风嬉戏的浪花/如果无法选择静谧/我宁愿荡漾/因为在母亲的怀中/正承载着帆/和许多美好正在回家"，而且诗人直言，自己需要的不是诺言的"喂养"，更不是"缺少诚恳的拥抱"(《气球》)，诗人所敬仰的是比海洋、比天空还要博大的"迎面狂风/以雨为曲/轻轻摆头歌唱"

的倔强，还有能包容一切的心灵（《向日葵》）。而母爱是晶达生命中最珍视的情感，"在我匍匐的路上，她一直在呼唤，用她的泪水洗清这路上肮脏的颓废，用她的心血做成一条线，牵引着我，不让我坠入深渊"，"用爱的纯净引领孩子寻找精神的纯净"（《共同聆听》）。在这里，诗人以"母爱"覆盖一切，甚至以此将自己所遭受的创伤性记忆全部掩埋。晶达的《润土》以土地为意象，深情地表达了对母亲的爱戴。这首献给母亲的赞歌，也可视为诗人以"母爱"抚平创伤、重塑自我的开端。在这方面，《向日葵》一诗别具一格，诗人以略带娇嗔的口吻，抓住瞬时性的现场感，沟通母女心灵的经纬，"都是因为你／我爱了这耀眼的金黄"，"告诉我／一个只在阳光下舞蹈的精灵／暗夜中是不是也一样在风中徜徉"。母女情深溢于多情的诗句间，令人称羡。

亲情之外，爱情也是晶达诗歌着力表现的内容之一。晶达的爱情诗颇似个人独白，呈现着诗人对生命、理想、爱情的复杂感悟。如《破茧》一诗，诗人完全是以"丝丝喃喃细语"向曾经的爱做出告别，虽不乏忧伤但又态度决绝，"当我的世界可以用一对硕大的翅膀包裹／我选择飞翔于暗淡的月光之下／别说你看不到我的身影／因我是你歌声中唯一的舞者"。晶达的另一首爱情诗《迷》所表现的情感则温馨而喜悦，"如果回忆比彩虹更易褪色／我们能否在它泛白之前／用画笔将它封存／或者去寻找一朵会唱歌的奇葩／再找到那条小径／终点有你的亲吻／还有用爱沏的一杯茶"。《人鱼的祈祷》是晶达最具特色的一首爱情诗篇。诗歌的创作背景源于安徒生童话《海的女儿》。这则故事使我们为王子的懵懂不醒而悲哀，因美人鱼为爱化作泡沫而伤感，但更打动我们的是她用来见证爱情的誓言和决绝的方式。晶达的这篇诗作，让我们再次体味出那种坚定。尽管"我已不能歌唱"，但仍期待着海棠花的盛开，因为"我要剥落她的种子"，在不再芬芳的花季赠予"天空"和"大海"；尽管听到了"巫雨"的召唤，舞蹈的旋律在耳旁渐渐远去，但在心底"我"仍然要"尽情地舞蹈"，所有这一切都源于你"久违的面容"以及我"决绝的梦想"。晶达的《兔子的哭泣》一诗也值得关注。其创作灵感来自发生在日常生活中的"一件小事"。诗人得知一只被捕获的兔子当即被剥皮、炙烤而食后唏嘘不已，遂写下"兔子"的哭泣，表达了对万物生灵尤其是弱小者的同情、对暴虐者的憎恶。"昨夜／始终没有飘落白雪"，而流泻的月光将读者引向没有飘落白雪的大地上，使我们看到兔子分外"清晰"又"残忍"的脚印。随即诗人将兔子拟人化，面对着"没有尽头的道路""被拖长的煎熬"和"硝烟"，兔子"颤抖"的脚步被不断拉伸。诗人以细密又哀而不伤的笔触，表达出一种生命的立场：山林中"失去了一个生命""结束了某个永远"，没有飘落白雪或飘落白雪的大地上，也不再有属于它的足迹，已然僵硬的兔子听到的是"裤兜里散发铜臭的摩擦声"，看到的也只有"猎人满脸堆砌笑容的感恩"。诗作空间绵密，既耐人品读，又不乏深度，也不难感受到晶达丰富而绵密的"有声之思"。

二 置身民族文化血脉的光荣与梦想

（一） 新生活的快乐唱颂

中华人民共和国成立，文学的精神面貌发生了巨大转变，文坛欢呼着胜利的声音，热烈、欢快而充满自豪，"颂歌"与"赞歌"成为文学表现的神圣职责和最高价值。达斡尔民族新生活的颂赞之声也甚为强劲。在新旧对比中追忆达斡尔民族苦难往昔，称扬社会主义新人新事新面貌，成为这一时期达斡尔族小说的重要主题。达斡尔族作家的这一朴素情怀，真实地反映了当时"翻身做了主人"的达斡尔人民对新政权新制度的由衷感激，以及对美好未来的热切向往。在这一历史文化情境中，达斡尔族作家索依尔、文学爱好者吉雅和同代作家一样，以充沛的革命激情，自觉地接受文学的新规范，"做着关于幸福未来的梦想"，即便是"生活中最平凡的时刻也被光荣地赋予了诗意"[1]。他们以最为熟悉和擅长的文学样式，表现了达斡尔族及兄弟民族崭新的精神样貌。索依尔率先以短篇小说《曾都老妈妈的家庭会议》，展示了新生活光辉照耀下草原人民的新思想、新风尚。之后，又以《牧马人道尔吉》填补了达斡尔族中篇小说的空白。索依尔的小说标志着达斡尔族当代文学的突起。吉雅是新中国第一代达斡尔族新闻工作者。新闻媒体作为国家主流意识形态的借镜与喉舌，加之训练有素的职业敏感，使吉雅以较快的速率投入到唱颂达斡尔族和其他兄弟民族新生活的宏大旋律之中。

索依尔（1915—1963），又名金德元，黑龙江省齐齐哈尔市甘南县人。曾在父亲创办的家塾开蒙，学习了两年满文。1932年始，先后在索伦旗（今呼伦贝尔市鄂温克族自治旗）公署、兴安北省（今呼伦贝尔

---

[1] 张英进：《审视中国》，南京大学出版社2006年版，第205页。

市）公署文教科任文书等职。1945 年，索依尔参加革命工作，组建呼伦
贝尔盟文艺工作团并任团长，后调内蒙古东部区文工团专事创作。20 世
纪 50 年代，索依尔相继在内蒙古自治区呼伦贝尔盟文联、陈巴尔虎旗文
化馆工作。1962 年，被选送到内蒙古大学文艺研究班深造。翌年，索依
尔不幸病逝。索依尔的创作以剧本、小说为主，兼及诗歌和散文，除话剧
《巴拉珠尔参加了互助组》《人畜两旺》《草原上来了"白衣战士"》《中
朝友谊》《模范牧民钟迪》、歌剧《大兴安岭游记》之外，索依尔还写有
中短篇小说《曾都老妈妈的家庭会议》《牧马人道尔吉》《忠耐的母亲》
《青年猎人》《达斡尔沙洼》和《大兴安岭的赞美》《嫩江》《本布日玛和
她的小羊羔》等诗歌多篇。索依尔的作品曾多次获奖，短篇小说《忠耐
的母亲》（蒙古文）荣获 1952 年内蒙古自治区文艺创作评奖蒙古文文学
奖；中篇小说《牧马人道尔吉》（蒙古文）荣获 1957 年内蒙古自治区文
艺创作评奖优秀中篇小说奖。

　　在达斡尔族书面文学史上，索依尔是最早运用蒙古文进行创作的达斡
尔族作家。索依尔小说的价值，被学界认为"既来自作家内心的精神之
光，也来自索依尔以一生的虔诚和真诚、正直和热情，时刻关注着草原和
草原人，始终与草原保持着密切而持久的联系"①。在索依尔的创作历程
中，20 世纪 50 年代是最重要的一个阶段，他毅然放弃喧器的都市生活，
选择留守粗犷、恬静的呼伦贝尔草原，守护他对草原蓬勃跳动的心，他坚
信，只有博大而包容的草原才是他创作的源泉。因而，索依尔在那个火红
的年代，以最真挚的情感，在新生活中不断地磨炼自己，努力学习和创
作。无论是在社会主义建设时期，还是抗美援朝、互助合作化运动，索依
尔都能以饱满的激情和所擅长的文学艺术形式，迅捷地反映急剧变化的草
原生活并为之鼓与呼。

　　索依尔是跨越了新旧两个时代的作家。他对旧体制的黑暗和腐朽，或
多或少都有亲身感受，而对新社会的巨大变化，新政体的先进和美好，有
着更切身的体验。因此，索依尔在最初的写作中，常以进步与落后的分界
线，消解生活中的矛盾，努力使自己与整个国家、社会进步的主题相联
系，并对"获得新的制度文化身份"充满感恩，因而他"不会对以党的

① 特·赛音巴雅尔：《中国少数民族当代文学史》，漓江出版社 1991 年版，第 189 页。

名义发出的任何号召产生怀疑，一定是坚定地执行和贯彻"①。甘愿自己的创作"成为整个革命机器中的一个齿轮"②。索依尔的小说，在题材内容和主题基调方面，充满了积极的讴歌，具有突出而鲜明的主流文学特征，即歌颂社会主义主人公，尤其是歌颂其中的先进人物，成为索依尔这样的少数民族作家责无旁贷的首要任务。

每一个人的社会性决定着作家的创作与时代的密切关系，也难逃时代生活的影响。走过"尝试期"的索依尔在 20 世纪 50 年代中期开始努力摒弃早期剧本创作中善恶"二元对立的叙事模式"，紧跟现实，追随时代脚步，以质朴的文字，饱满的人物形象，浓郁的民族特色和地域色彩，"摹万千风云于笔端"。1954 年，索依尔中篇小说《牧马人道尔吉》③ 的问世，标志着索依尔创作的成功"转型"。这部小说的文学史意义不仅在于填补了达斡尔族中篇小说的空白，而且在于索依尔开始由"新旧对比"的创作范式，转向社会主义新人形象的塑造，书写社会主义新一代建设者的成长。这部作品为解读索依尔的艺术审美追求提供了最好的佐证。

作品以 20 世纪 50 年代牧业合作化时期，呼伦贝尔草原一场罕见的特大暴风雪为叙事背景，歌颂了草原牧民的新思想、新品质，鞭挞了利己主义者的自私、渺小和卑琐。《牧马人道尔吉》的成功，首先在于小说成功地塑造了牧马青年道尔吉这样一位在草原暴风雪中战斗和成长起来的新一代草原牧民形象，以充满深情的笔触歌颂了草原新人的美德良质。在生产建设中，道尔吉是光辉而理想的典范，是把集体利益放在第一位的坚定的草原战士，更是富有共产主义理想的社会主义建设者。在呼伦贝尔草原那场百年不遇的特大暴风雪袭击马群的危急时刻，道尔吉为保护集体财产不受损失，置个人安危于不顾，挺身而出，"他毫不犹豫地跟着马群奔跑，冒着刀割般的暴风雪直抽面庞，迎着令人窒息的狼嚎般呼啸的疾风，誓死

---

① 冰心：《中国少数民族短篇小说选 1949—1979·序》，四川民族出版社 1979 年版，第 1 页。

② 冰心：《中国少数民族短篇小说选 1949—1979·序》，四川民族出版社 1979 年版，第 1 页。

③ 索依尔：《牧马人道尔吉》，原名为"初夏的惊雷"，连载于《内蒙古日报》（蒙古文版），1954 年 4 月 18—28 日；后更名为"牧马人道尔吉（蒙古文）"，1955 年由内蒙古人民出版社出版。

保护马群"。以"有我在，马群就在"的誓言不断激励自己，寸步不离地围护着马群，当"马群面临全部陷入泥淖，濒临死亡的危急时刻"，已经是"全身湿透，面色苍白，嘴唇发紫，又饥又饿且冷得直打颤"的道尔吉，奋不顾身"左阻右挡，奋力拦截走散的马群"。经过四天四夜的全力拼搏，道尔吉最终把1000多匹马赶到了安全的"圆形湖边"，使它们脱离了危险，"免去了集体财产遭受巨大损失"。小说还围绕道尔吉战胜暴风雪、勇敢保护集体财产这一主线，在比照中表现了两种人生观、价值观和道德观的矛盾与冲突，一类是以道尔吉和杜桂玛为代表的道德正能量；另一类是以罗布仓为代表的负面落后形象。小说鞭挞了利己主义者的狭小自利，赞颂了以道尔吉为代表的草原新人对集体、对国家的赤诚之心和崇高的献身精神。与无私无畏的道尔吉相比，对马群负有直接责任的罗布仓，平素就好吃懒做、自由散漫。因而在暴风雪来临，危及集体财产的关头，烂醉如泥的罗布仓，对待本职工作吊儿郎当，丝毫没有责任与担当，甚至"后悔当初就不该当守夜人"，罗布仓的自私、消极与道尔吉的公而忘私形成了鲜明对比。作品在生活画面的捕捉和矛盾的处理方式上，极大地体现出索依尔艺术视野的开阔，即不刻意追求"面对面的斗争和冲突"的创作宗旨，而重在人物内心活动中开掘生活的深度，歌颂在集体中发挥榜样和模范作用的"新人"，并以不失幽默的细节描写，颇有层次地表现了罗布仓这一人物性格的多面性。但索依尔对罗布仓还是立足善意的喜剧式嘲讽，显现了作者颇为独到的写人叙事功力。

　　作品在刻画道尔吉这一牧马青年形象的同时，还着力描写了道尔吉未婚妻杜桂玛和她的父亲，讴歌了草原"先进群体"的大美风范。这一对父女也是互助组里的带头人，在与暴风雪抗争和保护集体马群不受损失的行动过程中，都表现出新时代草原牧民朴素、纯真、和美和互助友爱的精神，并以此折射出草原牧人特有的人情美与人性美。索依尔的这篇小说取材于他亲历的呼伦贝尔草原的生活，"诸多人和事都是作者所熟悉的，无论是各种人物的性格心理、语言动作、穿戴服饰，还是暴风雪中的辽阔的草原和奔腾的马群画面，无不具有感人的艺术魅力"[1]。在艺术表现方式

---

　　[1]　特·赛音巴雅尔：《中国少数民族当代文学史》，内蒙古教育出版社2009年版，第192页。

上，这部作品不以情节的跌宕取胜，而以自然流畅、不失幽默的叙事艺术，反映激情似火般的新时代、新生活在人们心灵深处激起的震荡见长。作品浓郁的草原气息，更是为小说增添了别样的艺术魅力，呈现出明快且富有诗意之美。值得称赞的是，作者一方面通过小说抒发自己对草原和草原人的热爱、对新生活与未来的憧憬，以充沛的热忱捕捉草原牧民的新思想。另一方面，作者还通过散淡疏朗的笔触，速写式的草原风俗画卷，展现辽阔壮美的草原美景，保存自己对草原的最美记忆。索依尔的这篇作品也不可避免地体现出当时主流政治文化色彩，但他对草原表现出的依恋、对蒙古民族格言俗语的运用、对蒙古民族生活和民族性格的描写，对蒙古民族原型意识的反映、对蒙古民族价值取向和思维方式的呈现，无不暗含着索依尔对草原民族文化的"隐性认同"①。无疑，在当时的社会文化语境中，这是很难能可贵的勇气。

在索依尔的创作中，短篇小说《达斡尔沙洼》和《青年猎人》②也值得我们关注。1949年之后，在主流意识形态文艺政策的倡导下，当代文坛积极推行"颂歌"这一文学新范式，文艺被看作是服务于革命事业的一种独特方式。《达斡尔沙洼》就是创作于这一时代语境中，索依尔怀着反映"这个伟大时代"的朴素情结，为达斡尔民族的新生活献上了一曲赞歌。作品以简约的语言和质朴的叙事方式，以"我"的视角，讲述了一位走"敖特尔"③的游牧人纳勤宝的故事。时年夏天，"我"走进纳勤宝的"敖特尔"，立刻就被纳勤宝所处的艰苦环境和他表现出来的冲天干劲所震撼。纳勤宝是奴隶的后代，他的童年生活是痛苦无比的。在"我"的记忆中，纳勤宝幼小的手臂环抱着母亲的脖颈，面对逝去的父亲不停地哭喊着"爸爸"，过着吃不饱、穿不暖的悲惨生活。而今天的纳勤宝全然换了模样，威武强壮，浑身散发出青春朝气，成为一名新社会有尊

---

① 朱斌：《当代少数民族小说文化身份的认同与建构研究》，民族出版社2020年版，第21页。

② 索依尔：《达斡尔沙洼（蒙古文）》，《花的原野》1963年第1期；索依尔：《青年猎人（蒙古文）》，《花的原野》1961年第3期。

③ 敖特尔：蒙古语音译，意为草场。"走敖特尔"是北方草原游牧民族特有的"逐水草迁徙"的民族习俗。它分为近距离和远距离两种，近距离走敖特尔是在自己所属的地域内选择较好的草场放牧，远距离走敖特尔是到较远的地方借用他乡的草场放牧。

严的劳动者。纳勤宝原本是一个没有任何游牧生活经验的达斡尔族青年，因此生存条件极其恶劣的走"敖特尔"对他来说是一个巨大的挑战。纳勤宝的"敖特尔"既没有安身的住所，也没有其他伙伴。偌大的牛群，纳勤宝只身一人，白天是牛倌，是厨师，夜晚则是守夜人。他昼夜不分，独自承担着四五个人才能完成的工作。最终纳勤宝圆满完成了走"敖特尔"的艰巨任务，实现了他"不损失一头牲畜"的诺言，获得了全旗"畜膘第一"的傲人业绩。小说《达斡尔沙洼》有几个关键词值得注意，那就是达斡尔族、纳勤宝、敖特尔、党员、劳动者，其中最为重要的是党员和劳动者这两个称誉。纳勤宝既是一个吃苦耐劳的走"敖特尔"的达斡尔族青年，又是一个以身为共产党员的责任感、使命感而走在时代前列的劳动者。在纳勤宝身上，作者突出地表现了他勇于担当的奉献精神，强调了纳勤宝作为一名共产党员在集体中的先锋作用。这篇小说，无论是题材的驾驭还是表现角度的选择上，都体现出长期生活于草原的索依尔用心积累、积淀的民族文化素养。作品在当时的"颂歌""赞歌"主线中，还常常点缀着对草原牧区四时风俗、节令气候、牧人劳动生产与生活的描写，加之跳脱的口语化对白以及以实引虚，尤其在新旧社会的鲜明对比中，写出共产党人的高尚情操和劳动者的纯朴美德，带给读者积极向上的激情和感动。从这一角度讲，索依尔的这篇小说极富认识价值和教育意义。其价值不仅来自可歌可泣的纳勤宝这一形象，也来自作家真实朴素的民族情感，来自索依尔真诚的写作态度。

短篇小说《青年猎人》颇具时代性和历史感，是索依尔为鄂温克民族新人铸就的颂歌。小说以1958年"大跃进"为背景，通过鄂温克族青年猎人余尔吉这一英雄形象，热情讴歌了鄂温克人民为社会主义建设忘我奉献的高尚品质。小说还借达斡尔猎人、巴尔虎猎人的英雄事迹，歌颂了达斡尔族、蒙古族人民团结一心建设美好新生活的热情。这篇小说对于当时"规范化的观念"和"大跃进"主题，作者似乎更加乐于通过"特定地域"即草原的独特生活景象来展开。坚持社会主义现实主义创作方法是索依尔所处时代遵循的艺术范式，其主旨是讴歌新社会，塑造社会主义新人，建构社会主义新文化。可贵的是，索依尔在当时"族群话语被遮蔽"的主流话语系统中，努力以一己之力有限度地表现了草原风情和少数民族的生活特色。另外，小说保持了他一贯的创作风格，即在结构行文上较少紧张激烈、大开大阖，而多是于细微之处来表现具有共产主义风格的新人形象，显示了作者敏感而灵动的匠心。在艺术表现上，索依尔的小说常以诙谐、风趣的叙事方式，格言俗语的运用，来表现人物的言行，揭示其性格特征，尤注重保持与生活的密切联系，注重将特定时代的世态人情与草原风俗、自然风光结合在一起，表达"青春泼辣的力量"，并自觉地把文学创作与主流意识形态发起的革命运动相结合，以巨大的热诚写出了呼伦贝尔草原各族儿女在历史性巨变中出现的进步与崭新的面貌。

吉雅（1933—1999），黑龙江省齐齐哈尔市讷河人。1949年参加土地改革工作，20世纪50年代初分配到内蒙古日报社工作。1972年调北京《民族画报》任摄影记者。吉雅在内蒙古日报社工作期间，采写、编撰和拍摄有大量图文并茂的少数民族劳动生产与生活的通讯和报告。吉雅的文学创作始于20世纪50年代，写有《诺敏河畔的"扎莫"花》《我回到了故乡》《"申公豹"的眼睛》《小猎人》《巨大的变化》等小说、散文多篇。20世纪60年代初，吉雅发表有电影文学剧本《马背上的姑娘》，翻译有达斡尔族民间叙事诗、民间故事《农夫谣》《薄坤绰》等。吉雅的文学贡献在于，他为20世纪50年代达斡尔族作家文学的题材拓展做出了较大努力，以小说、散文和剧本为载体，凭借"对美好事物所怀有的爱，对丑恶现象的深刻的恨"，描绘了北疆少数民族获得新生的喜悦之情，展示了祖国经济建设日新月异的巨大变化。在黑暗的旧中国，中国人民深受苦难，少数民族的经济落后，生活尤为凄惨悲苦。当时居住在呼伦贝尔草原的少数民族基本处于封建农奴制或奴隶制阶段，有的民族甚至保留着原始公社制的残余。中华人民共和国成立后，在党和政府的英明领导下，北疆各族人民迅速改变了家乡面貌，实现了政治和经济的同步发展与飞跃。在这一历史背景下，吉雅以新闻记者的锐利目光，以《巨大的变化》《我回到了故乡》等散文再现了这一巨变，写出了呼伦贝尔草原发展新型工业的喜人景象。吉雅发表于1964年的电影文学剧本《马背上的姑娘》也值得我们提及。在达斡尔族当代文学史上，电影文学剧本的创作一直处于弱势状态，吉雅的这部剧本无疑为当时的达斡尔族剧苑注入了一股新鲜血液。剧作择取了马术运动员这一鲜为涉猎的题材，记叙了一个戏剧性极强的马术运动员成长的故事，把读者引入一个充满激情与诗意化的审美空间。

吉雅作为文学爱好者，他的文学创作一直是新闻工作的"余绪"，他的创作尤其是小说为数有限，但吉雅对文学孜孜不倦的追求，特别是在当时主流意识形态大力呼吁"千万不要忘记阶级斗争"的文学背景下，在场面撷取、人物描画、情感表达等方面，吉雅的小说都显得别具一格。写于1962年的短篇小说《诺敏河畔的"扎莫"花》①几乎没有硝烟、炮火和血腥拼杀的"斗争"场面，作者更多关注的是敌我斗争环境中淳朴真挚的人际关系。作品以土地改革运动为背景，通过塑造乐日德这一年轻的达斡尔族女英雄形象，热情赞颂了达斡尔族青年忠诚于党的事业，勇敢、机智地展开对敌斗争并最终赢得胜利的英雄事迹。土地改革运动是中国人民在共产党领导下，彻底铲除封建剥削制度的一场深刻的社会革命，这篇小说被提及的意义，不仅在于它是达斡尔族当代文学史上唯一一篇正面反映当时轰轰烈烈的、牵动千家万户的土地改革运动的小说，也是第一篇以抒情性叙事方式表现土地改革运动的作品。

作品以感伤的语调，通过"我"的回忆，讲述了"土改"工作队达斡尔族女队员乐日德在与土匪斗争中英勇献身的故事。小说的故事发生在1947年冬季，正是我国东北地区土地改革运动中敌我斗争最为严酷的时期。一日，我和乐日德一起接受了旗委夏书记委派的一项特殊任务，稚气、率真又活泼的乐日德不假思索地向夏书记保证"一定完成任务"。雪后的诺敏河畔景色秀美壮丽，红艳艳的"扎莫"②花更是光彩夺目。乐日德一路感叹："'扎莫'花多好看呀，它就像暴风雨中的海燕。"我不禁被乐日德的乐观可爱所感染，不由自主地夸奖起她来，"你可是比这些'扎莫'花还美呢！"达斡尔人把女孩子比喻为"扎莫"，是对她的最高评价。我和乐日德从小就是邻居，深谙她的聪慧、善良、倔强又事事不服输的性格。途中，乐日德不停地向我述说着自己的理想和对未来的规划，憧憬着"土改"胜利以后如何实现自己的人生抱负，为祖国、为家乡、为民族贡献自己的力量。在看似"无事"的交谈中，"我"的情感体验不断得以积累和加深，为小说的高潮做出了铺垫。傍晚时分，我们走到了人称"鬼峡"的地方，只见"鬼峡"烟火弥漫，火光时隐时现，"我"意识到这里

① 吉雅：《诺敏河畔的"扎莫"花》，《内蒙古日报》1962年12月9日。
② 扎莫：达斡尔语音译，意为玫瑰，特指野生玫瑰。

可能会有土匪窝藏。就在这时,突然冒出七八个大汉,一下子把我和乐日德捆绑起来。狡猾的土匪竟然冒充"土改"工作队的同志,试探"我"和乐日德的虚实。单纯的乐日德中了土匪的圈套,最终暴露了自己的身份。夜深之际,机智勇敢的乐日德协助"我"消灭了看守,得以成功逃脱。不幸的是,在逃脱过程中,乐日德中枪落马。生死攸关之际,乐日德为保证"我"能脱险,尽快把敌情报告给旗委夏书记,在"我"施以救助之时,乐日德毅然从马背上纵身跃下,把生还的机遇给了"我"。清剿土匪结束后,在"鬼峡"脚下,我们悲痛地埋葬了乐日德这位达斡尔族女英雄,"我"在她的墓前栽植了几株红艳艳的"扎莫"花。这一细节不经意间流露出在当时革命历史题材小说中难得一见的感伤情调。

作品整体呈现出一种感伤又悲壮的美学风格,通过"我"的回忆,采用倒叙的手法,讲述了一段令人缠绵悱恻的故事。作者以土地改革为创作资源,从中挖掘革命与英雄因素,使作品以略带哀伤的抒情性描写,完成了对乐日德这一鲜活的女性英雄形象的塑造。在叙事方式上,这篇小说的内心情感体验超出了对事件的叙述,事件旨在引发情感,而情感又需借助严酷的斗争环境,在关乎生与死的考验中展示人物的高尚品德和大无畏的英雄气概。但小说又在一定程度上解构了这一叙事传统。一般意义上来讲,小说以情节取胜是毋庸置疑的。但优秀的文学作品不仅要有情节,还要有成功的人物刻画,而适当的人物心理描写则是刻画人物形象的重要手段。作者从乐日德接受任务、执行任务再到"鬼峡"遇匪等一系列事件中,对她的心理都有细腻真实、详略得当的描写,既体现了乐日德单纯、乐观和柔情的一面,也体现了她机智、果敢、勇于担当的英雄主义精神。作品的景物描写在彰示人物精神方面亦有相当的作用。环境描写不仅能营造时代感和艺术氛围,还能展示人物的内心世界,推动情节的发展,《诺敏河畔的"扎莫"花》的成功也建基于此。作者借北国冬季诺敏河畔的壮美景色,特别是对傲视冰雪的"扎莫"花的描绘,折射了集中在乐日德这一达斡尔族女性英雄形象身上如直率、纯朴、善良、机智、倔强、不屈等性格元素,但作者并没有对这些元素做出平均和割裂的刻画,而是在不同元素的集结中,在人物的憧憬、期待与梦想中,在生与死的殊死斗争中,写出了鲜活而极富立体感的乐日德。小说结尾处,作者又独具匠心地以"我"泪眼蒙眬中在乐日德墓前栽植的"扎莫"花,回应了对乐日德的夸赞"你比这些'扎莫'花还美呢!"这是对英雄乐日德生命的一次深情回顾，也是作者把个人情感寄寓在"扎莫"花之上的深情表达。吉雅的这篇小说较好地避免了当时文学创作中普遍存在的"精神孱弱"问题，意味着作者在题材领域和艺术表现手法方面的突破。

（二）　以理想之光烛照世界

　　孟和博彦是达斡尔族作家文学的领军者，也是当代中国少数民族文学史上颇具影响力的达斡尔族作家之一。孟和博彦的创作始终与当代中国文学前行的步履同频共振。在 20 世纪五六十年代歌颂新中国、歌颂伟大的中国共产党、歌颂英明领袖的"赞歌"与"颂歌"旋律中，孟和博彦以诗歌、小说、散文、报告文学和电影文学剧本等多种艺术表现形式，称扬了达斡尔族与其他兄弟民族的新生活、新面貌，以饱满的革命激情、单纯明朗的主题、高亢的理想主义精神确立了自己的艺术风范。20 世纪八九十年代，孟和博彦以持续不竭的创作生命力，追随新时代跫音，在伤痕文学、反思文学、改革文学大潮中锐意开拓，不断超越自我，相继写有中短篇小说《库莫力浅的故事》《奶，洁白的奶》《倔强的洪库尔老汉》《失误的伯乐》《鹰的传奇——遥远年代的故事》和长篇小说《达米家族的毁灭》等，极大地丰富了新时期达斡尔族文学的思想内涵，为新时期达斡尔族文学的繁荣与发展做出了重大贡献。孟和博彦还是一位在创作与评论这两个星群"闪耀着自己独特光辉"① 的文坛宿将。学界认为，他的文艺评论对内蒙古自治区文学，对包含达斡尔族文学在内的少数民族文学繁荣与发展产生了积极而深远的影响。他的文学创作特别是小说创作，以显著的时代印记、鲜明的地域与民族特色，彰显了独到的历史见识和深邃的人生感悟。

　　孟和博彦（1928—2006），原名赵结实，黑龙江省齐齐哈尔市人。童年迁居北京，后在张家口中学就读。1945 年，孟和博彦参加革命，开始了他的文艺创作生涯，孟和博彦文艺创作的经历与他参加革命的时间几乎

---

　　①　李世奇：《他在两个星群里闪光》，《文学教学》1988 年第 3—4 期合刊。

是一致的。在加入内蒙古第一个革命文艺团体即内蒙古文艺工作团①之后，孟和博彦就以多种文艺形式展开了艺术实践活动，为他后来的文学创作和文艺评论奠定了坚实的基础。1953 年，孟和博彦调内蒙古自治区党委宣传部文艺处工作，从一个文艺工作的亲历者成为组织者，有了全面了解内蒙古自治区民族文艺与创作全局的可能和条件。1956 年，孟和博彦调内蒙古自治区文联担任领导工作。期间，他以极大的热情投身社会主义文艺事业，陆续写有《欣欣向荣的内蒙古文学》《文学与艺术的生命源泉》等文艺评论、杂文，提出了许多精辟的见解。1959 年，孟和博彦将这一时期的评论和杂文结集为《欣欣向荣的内蒙古文学》②出版。孟和博彦在文学创作方面也有不俗表现。1957 年，孟和博彦的第一篇小说《在辽河畔》得以发表，之后陆续写有《啊，祖国，亲爱的祖国》《喀尔沁老人》《乌聂尔额吉》《一棵老柳树的故事》等诗歌、小说、散文多篇。1960 年，孟和博彦被选送到内蒙古大学文艺研究班深造。历时四年的学习生活，对孟和博彦提高文学素养和理论水平大有助益。其间，孟和博彦写出了享誉文坛的电影文学剧本《嘎达梅林》，这是孟和博彦献给达斡尔族文学的一份厚礼。嘎达梅林起义的英雄事迹，一直以来以民歌、民间叙事诗、说唱等艺术形式在蒙古族民间广泛流传，并成为后世文学家重要的写作资源。孟和博彦的这部电影文学剧本，通过对嘎达梅林发动起义斗争到失败的全过程的描绘，真实地再现了当时科尔沁草原错综复杂的民族矛盾和阶级矛盾，歌颂了以嘎达梅林为首的蒙古族人民为保护草原、捍卫草原、反抗军阀掠夺、反抗封建压迫的大无畏的斗争精神。孟和博彦《嘎达梅林》的成功，主要建基于嘎达梅林和夫人牡丹这两位性格鲜明的艺术形象。剧作成功地塑造了为保护家园"揭竿而起"的民族英雄嘎达梅林的形象，生动地表现了他从封建统治阶级下层官吏投向正义并成为捍卫"蒙古人民土地"起义首领的性格逻辑，而嘎达梅林夫人牡丹最为突出的性格特点是胸怀正义，对权贵的极大蔑视和强烈的反抗精神，以及与统治阶级决一死战的凛然大义。

　　孟和博彦是达斡尔族书面文学史上最重要的作家。长达十年之久的黑

---

① 内蒙古文艺工作团：1946 年 4 月 1 日在张家口成立。孟和博彦时任音乐组组长。

② 孟和博彦：《欣欣向荣的内蒙古文学》，内蒙古人民出版社 1959 年版。

暗岁月，带给他的不仅是难逃的厄运，还留下了不可弥补的创作空白。直至 20 世纪 80 年代，孟和博彦与同代作家一样，迎来了创作生命的春天。这一时期，孟和博彦以神圣的社会责任感和使命感，积极关注现实，为培养、提携文学新人，繁荣少数民族文学而不断探索思考，写有荣获全国第二届少数民族文学创作骏马奖的文学评论《时代精神与民族特色》及《充满山林气息的狩猎者之歌》《人民性与民族性》等多篇文艺评论。1987 年，在展示内蒙古自治区 40 年文学成就的"内蒙古当代文学丛书"中，选编出版了《孟和博彦评论文集》[1]，收有孟和博彦文艺评论 40 篇。这部评论集"凝聚了孟和博彦几十年来浇灌、培育民族文艺之花的心血与汗水，凝结着他对少数民族文学的深刻认识与探索"[2]。在新时期达斡尔族文坛，孟和博彦作为新时期达斡尔族文学事业的开路人，在历史与时代潮流的推进中不断开拓，率先以报告文学《足迹》和《走进知识宫殿的人——山乡纪事之一》[3]，将自己的笔力倾注于歌颂和推崇堪为楷模的时代人物。在荣获全国第一届少数民族文学创作骏马奖的报告文学《足迹》[4] 中，孟和博彦撷取当代中国颇具典型意义的历史事件，将主人公恩和置于 1949 年新中国成立到 20 世纪 80 年代改革开放这样一个坎坷、曲折而又奋进的年代，再现了恩和这位共产党人艰辛又昂扬的生命历程，歌颂了恩和"为了追求一种信念"九死而无悔的执着奉献、勇于追赶时代的进取精神。《走进知识宫殿的人——山乡纪事之一》的成功在于，作者以虚写实，没有刻意安排主人公的真实姓名，只说"他属于本旗人丁最旺的孟姓"。"他"只是一个从过去时代走出，保有旧思想，在现代化生活中挣扎彷徨，而最终决定"走进知识宫殿"接受新思想的一个令人可敬的人物。这篇作品明显地超越了时代政治的框架，从而有了一定的象征意味，即以"知识宫殿"为标志，深情关注伟大祖国所经历的巨大变革，呈现了寻常百姓的生活以及精神层面的渴望与期待。这一时期，孟和博彦还把创作重心转向小说创作，直面现实，紧跟时代大潮，以他丰厚的人生经验和蓄积已久的艺术热情奋笔疾书，写下了众多反映少数民族心声、讴

---

① 孟和博彦:《孟和博彦评论文集》，内蒙古人民出版社 1987 年版。

② 赛音塔娜、托娅:《达斡尔族文学史略》，内蒙古大学出版社 1997 年版，第 198 页。

③ 孟和博彦:《走进知识宫殿的人——山乡纪事之一》，《呼伦贝尔文学》1985 年第 2 期。

④ 孟和博彦:《足迹》，载《孟和博彦文集（第三卷）》，内蒙古人民出版社 2008 年版。

歌时代的优秀作品。2008 年，四卷本《孟和博彦文集》① 问世，它是孟和博彦艺术智慧和文学才华的集中展示。

诗歌、散文、报告文学、电影文学剧本及文艺评论之外，小说，始终在孟和博彦的文学创作中占有重要的地位，且长篇、中篇和短篇兼备。回视孟和博彦近 50 年的创作，我们认为，孟和博彦小说创作主旨和审美流向的演变，反映了孟和博彦美学意识和价值取向的发展历程。

以清纯、乐观且富于抒情的笔调，表现新时代涌现的新思想、新面貌，歌颂北疆各族人民高涨的劳动热情和无私奉献精神，是孟和博彦 20 世纪五六十年代小说创作的主旨。短篇小说《一棵老柳树的故事》《奔腾的激流》《乌聂尔额吉》《喀尔沁老人》《少年劳动先锋》《妇女突击队》可视为这方面的代表。孟和博彦笔下，消灭害虫的少先队员，以奴隶时代的破旧蒙古包进行传统教育的老额吉，还有在洪水中抢救蔬菜的劳动妇女，心地善良、大公无私的老匠人，都以极大的热情投身于社会主义建设大潮，他们"像一股奔腾的激流，掀起巨澜，发出呼啸，以排山倒海之势向着一个伟大的目标前进"（《奔腾的激流》）。孟和博彦还浓墨重彩地展现了时代激流在人们内心深处掀起的波澜。如《少年劳动先锋》中人民利益高于一切的主题，通过一次队日活动以及此后的考试、评选优秀集体得以呈现。在《妇女突击队》中，那面火红的妇女突击队旗，是她们自强不息精神的生动写照，也是时代女性忘我劳动的精神闪光。《喀尔沁老人》以新旧对比，向读者呈现了一位心灵手巧、心地善良的蒙古族老人敖云图在新社会被激发的生命活力。其中，《奔腾的激流》无疑是孟和博彦这一时期小说创作中最优秀的篇章之一。这篇作品真实地展现了当时的社会生活景象。小说里既有"沉睡的湖"的传说与变迁历史，有在"沉睡的湖"发生过的阶级斗争，有在它身边生活着的草原牧人的幸福快乐和高涨的劳动热情，也有草原人淳朴、坦诚与率真的可贵品格，理想、和谐的人际关系。作品的人物塑造也颇见功力，作者以动静相衬的叙事艺术，展现了一批性格迥异、可敬又可爱的草原牧民形象，如耿直开朗、遇事欠冷静的生产队长扎木扬，沉着、从容又不失谦和的支书阿格顿包，憨直勤劳、善于听取牧民心声、敢于发表不同见解的生产委员道尔吉，善

---

① 孟和博彦：《孟和博彦文集（1—4 卷）》，内蒙古人民出版社 2008 年版。

良、率真又刚烈的草原女性其日玛等。他们在新时代、新思想的激励与滋育中，逐步成长为草原建设的"脊梁"。他们体现的是草原生活中的一股积极力量，是草原人民真诚、善良、豪爽的民族性格以及勇于战胜困难的英雄气概的集中体现。作者还满怀对草原的深情，以细腻的笔致将草原之美、蒙古民族劳动生产与生活习俗与小说人物融为一体，展现了人因景而多彩、景因人而生辉的美好景象，"男社员们人人脸上沁着汗水在紧张地劳动，他们有的拿着斧刨修理车辆，有的聚精会神地坐在地上挑拣柳条枝子为牲畜编造笆篱柴墙；女社员们个个脸上显出喜悦，她们有的拿剪子给绵羊剪耳记，有的三三两两在羊圈门口数点新编而成的畜群"。而牧场内更是一派欢欣、沸腾的景象，"带皱纹的和留着胡子的有经验的牧民聚到一块儿，挨个儿给马打着尖印子，鉴定良马；勇敢的驯马手们则耀武扬威地骑在马背上，手里挥着长长的套马杆，在牧场上驰来驰去，为人们训练坐骑"。这些鲜活的草原生活画面，使作品在一派喜气洋洋又不乏恬静的氛围中，呈现出明丽而浓郁的民族特色与地域色彩，隐含着作家对草原人和草原文化的极大认同。可以说，这是孟和博彦在20世纪五六十年代写出的最为圆熟的短篇小说之一。

在不同的时代语境中，孟和博彦也在变换着自己对生活的审美表现方式。20世纪80年代，曾被迫搁笔多年的孟和博彦倍加珍惜失而复得的创作自由，尤对以往无谓的"斗争生活"和当下生活的巨大变革有着深切的对比感受。至此，丰富的人生经历和坚实的理论素养，直接影响了孟和博彦小说的主题构成和艺术审美，这一时期的小说如《兽医宝迪》《奶，洁白的奶》《失误的伯乐》《通红的晚霞》《积雪的山路》《在河边的摆渡口》等，几乎每一篇都踏在时代的节奏和步点上，出色地感应了社会脉搏的跳动。孟和博彦新时期的小说，其可贵之处在于清晰地描写出特定历史、特定环境下的真实生活，且善于在所描写的生活中表达自己爱憎分明的情感，善于发掘其间的诗意与美好。《失误的伯乐》《奶，洁白的奶》《鹰的传奇——遥远年代的故事》等中短篇小说，以及长篇小说《达米家族的毁灭》可谓孟和博彦此番努力的硕果，显现了孟和博彦颇为高远的艺术境界。

短篇小说《失误的伯乐》和《奶，洁白的奶》是新时期达斡尔族文坛上较早出现的改革小说。《失误的伯乐》的艺术匠心主要体现在旗委书记苏日太选拔、培养接班人这一过程中内心的"喧哗与躁动"。作品不再突出人物单一的政治文化身份，而是还原了生活和工作中"人"的多样性和复杂性。作者紧紧抓住苏日太这类"老干部"的心理特征，入木三分地刻画出人物内心的波澜，赋予精神世界以有声有色的外部形象。苏日太喜欢乌尼满都的才华和能力，认定他是旗委接班人的好苗子，但他又拘泥于陈腐套路，认为年轻人被"提拔"就得接受各种工作考验。出乎意料的是，上级任命的旗委第一书记，竟是苏日太原拟调任公社当一般干部的乌尼满都。突如其来的消息就像在苏日太头上"浇了一盆连汤带水的残羹剩肴，真可谓是酸甜苦辣俱全，也说不出一种啥滋味"。"如果是为了提拔一个曾经受过他领导、没有他资历深的人，也不至于让他感到如此尴尬。"即便心里有些"沟沟坎坎"，苏日太总不会去当"反对派"，但苏日太一想到还在被自己"考验"的一个年轻人，甚至上级事先都没有与他沟通，就直接提拔了这个乌尼满都。想到这儿，苏日太"不禁激动得挥拳顿足，大发雷霆，恨不得马上宣布退休，回到家乡去务农"。作者直面现实与人性，一点点地将苏日太从居高临下的优越感，再到惊愕、愤怒、尴尬、无奈、孤寂的微妙心理抽丝剥茧，到幡然醒悟的复杂的"心灵搏斗"，发掘出颇具丰富而深邃的人性内涵。作品对苏日太形象的塑造，主要是采用了现代主义常见的夸张和荒诞艺术，从而将现代权力对人性的伤害和扭曲，提升到了一个颇为乖谬的境地。可以说，孟和博彦从一个角度强化了对泛滥的权欲为核心的低俗文化的批判力度。苏日太这一形象，丰富了当代中国少数民族文学的人物画廊，是孟和博彦对新时期达斡尔族文学的一个独特贡献。作为比照，作者还将生活中的理想力量流惯于字里行间，奉献给了乌尼满都这位勤勉、踏实又富有理想和进取精神的知识分子形象。乌尼满都自林业大学毕业，就下放基层接受再教育，他没有为此怨天尤人、自怨自艾，而是借劳动锻炼，拜劳模鄂文生为师，学习林业生产经验，为保护生态平衡、发展多种经营找出一条新路径。即便是接到升任旗委书记的任命书，也不为之所动，依旧带领基层干部前往苗圃筛选树苗。乌尼满都承载着作者对美好未来的期待，"显现出一种内在的生气、情感、风骨和精神"①。

---

① ［德］黑格尔：《美学》（第一卷），朱光潜译，商务印书馆 1996 年版，第 25 页。

孟和博彦的另一篇改革小说《奶，洁白的奶》的艺术成就主要在于，作者在改革主题与内容拓展上更趋生活化，不再沉溺于领导层面的改革热情或铁腕行动，将改革精神更多地还原为普通劳动者的具体要求，通过日常生活，书写改革与人心世态的变化，开掘达斡尔民族勤奋、正直和务实这一民族传统在变革时期所生发的精神之美。小说的艺术魅力得力于达斡尔族牧民索丽娅、特木热这两个人物形象的成功塑造。索丽娅出生在伊敏河畔的一个小乡村，她对劳动生活"充满着兴趣和热爱"，而且与传统达斡尔女性一样，索丽娅对奶牛有着特殊的情感。索丽娅还是一个好妻子、好母亲，她与丈夫特木热相知相爱，感情甚笃，对现有的生活甚为满足。然而，"沉浸在幸福之中的索丽娅，总感到在她的生活里还缺少点什么"。国家进入大治之际，索丽娅这位"不怕受累"、立誓要做生活主人的达斡尔女性，对追求新的生活表现得尤为热切，她说服丈夫，毅然重操旧业饲养起了奶牛。索丽娅在"开始挤奶的这一天，心里竟有一种说不出的甜蜜"。"凌晨的清新空气和醉人的奶香"，带给她新的希望和青春活力。索丽娅饲养奶牛以致富，原本是生产生活中一件极为普通而平凡的事，但它显在地体现了党的富民政策的深入人心，表现出达斡尔民族正在逐步摆脱旧日桎梏，得到精神与物质的双重解放。虽然前行的步履还不算很大，却是偏远地区经济开始得以改变的真实反映。索丽娅这一形象还在一定层面上表达了作者的女性审美理想，即女性的善美不仅仅体现于情感的忠贞不渝，生活中的勤劳质朴，更要有坚韧不屈、自强自信、乐观向上的优良品性，而且孟和博彦还常常在女性勇于担当中比照出男性的懦弱和平庸。索丽娅的丈夫特木热作为基层干部，对落实党的富民经济政策表现出相当的热忱，为解除"社员对自留畜政策的怀疑，不辞劳苦地到每家每户走访，了解具体情况"，尽心竭力地为广大社员排忧解难。但作者并不满足于此，而是将笔触深入人物的内心深处，表现了特木热这一人物性格的完整存在形态。努力解除社员对自留畜政策怀疑的特木热，在家里却不赞成甚至排斥自己的妻子饲养奶牛，特木热认为"发展自留畜并非长久之计"。经过激烈争论，特木热最终被说服。作者真实又细腻地表现出特木热这位出身牧民的基层干部，一方面积极主动宣传贯彻党的富民政策，另一方面又担心政策发生变化后自己"犯错误"、吃大亏的矛盾心理。作者不失时机地抓住牧区新的经济形态，传递了作家对基层现实与生活的艺术敏感。

在讴歌改革开放的同时，孟和博彦还以中篇小说《鹰的传奇——遥远年代的故事》描摹了人类争取自由与爱情的艰难与悲壮，展示了作家对自由、祥和、安宁这一美好生活理想的执着追求。这部小说的主题源自达斡尔民族历史，讲述了达斡尔青年勇士敖布库与少女南妮格为追求、捍卫幸福、美好爱情而不屈抗争的故事。小说的故事发生在晚清达斡尔人西迁新疆戍边途中。曾经倚仗刀剑，为保卫家园同侵略者"罗刹"① 军队拼杀、肉搏的达斡尔族青年勇士敖布库，与老猎户查嘎迪的女儿南妮格真心相爱，但迫于族规，加之得不到戍边将军的允诺，敖布库不得已婉拒了南妮格一同西迁的请求。敖布库出征后，南妮格的父母因女儿未婚失身而大怒，为避人口舌，决定把南妮格远嫁他乡。然而，美丽善良的南妮格坚信只有相爱的人在一起，才是人生的最大幸福，南妮格以离家出走反抗了父母的安排。敖布库临行前说过，队伍是往西边落日的方向而去，"他们要到远在天边的塔尔巴哈台去"。于是，南妮格面向自己的目标，栉风沐雨，攀山岭、越草地，一路向西追寻敖布库而去。当敖布库发现尾随队伍的神秘人影竟是自己日思夜想的南妮格时，悲喜交集，甚至一向冷面的将军也被震惊了。"豁达开恩"的将军收容了南妮格，还安排她到营地照顾自己生病的夫人。心存感激的南妮格和敖布库却不知一场更大的不幸已悄悄降临。貌似开明的将军从看到南妮格的那一刻，就产生了邪恶的念头。美丽聪慧的南妮格在不久之后，就发现了将军的真实意图，但为了保护心上人敖布库，她假意依从夫人的旨意，为将军送茶端水，但坚贞的南妮格决不肯遵从将军"侍奉"之意。恼羞成怒的将军借机生事，将跪罚在营帐前的南妮格打得血迹斑斑。打猎归来的敖布库看到这一幕，"不禁心痛地叫了出来"。就在这一刹那，蹲在敖布库肩上的猎鹰猛然挣脱绳索，冲向将军"没头没脑地乱啄起来"。未等人们反应过来，猎鹰竟叼着将军的一只眼珠，"扑棱双翅飞向了自由的天空"。将军犹如野兽般嚎叫起来，"我本应该挖出你的心来，可是我的手不愿意沾上勇士的血。我要把你送进大森林去，叫上天巴日肯来惩罚你！"② 曾在将军麾下保家卫国、出生入死的敖布库，被捆绑于森林中，经受着最为残忍的"原始酷刑"，等待

① 罗刹：其原义有四，一为佛教术语，指恶鬼或食人肉的恶鬼。二为俄罗斯在清代的旧译。三为古国名，在婆利国东。四为罗刹江的省称。此处意为俄罗斯。

② 巴日肯：达斡尔语音译，意为神、佛。

着生命的终结。但生性倔强的敖布库坚信,"鹰,是不会追捕挺身而立的勇士的"。他忍受着剧烈的疼痛,勇敢地站立起来,追随远方深情呼唤的南妮格,踏上了新的征途。在艺术上这篇小说也有新的探索和尝试。作品以人类情感中最为激动人心的爱情为元素,设计和营造了男女主人公勇敢冲破世俗陈规与至上权威的阻挠、破坏而终获幸福自由的构架,并以此歌颂了爱情的美好,昭示出一种勇敢无畏、无拘无束的生存精神。作者还将富有达斡尔民族特色和地域色彩的如猎鹰、西征、戍边、森林、罗刹、巴尔肯等物象,与敖布库和南妮格的爱情故事糅合为一体,细致入微地描绘出一幅幅含义深邃而又真切如画的淳厚民情与风俗画卷。这些物象除了提供给人物一个色调浓重、形象鲜明的背景与平台之外,还具有相当独特的价值,如小说的题目到篇尾始终贯穿着"鹰"这一负载着勇敢、自由意志的意象。鹰作为达斡尔民族的图腾,它是勇敢不屈、永恒自由与圣洁正义的象征。在作品里,它不但能明鉴善恶,而且还有祛除愚昧、开启心智的作用,并以此印证自由、爱情和勇敢在人类生活中的巨大意义。在结构上,作品采用的是孟和博彦惯常的一种可以称之为比照式的结构方式,包括人物的对比、情节的对比、历史与现实的对比等。以上综合因素共同形成了这篇小说叙事的张力,既强化了小说的故事性,又以丰富的思想情感指向,超越了单纯的故事性和情节延展。

在孟和博彦小说创作中,长篇小说《达米家族的毁灭》具有重要的意义。这部小说的问世,为新时期达斡尔族文学开拓了一个崭新的艺术天地,也使内蒙古自治区革命历史的"谱系"渐趋完整。作品表现了20世纪40年代发生在内蒙古大地上的一场巨大的历史变革,带给草原牧民的震撼和影响。1945年,内蒙古草原牧民在当时的革命组织"内蒙古自治运动联合会"领导下实行了民主改革,废除了封建王公贵族的特权,对牧主采取了"不斗,不分,不划阶级,牧工牧主两利"政策。中华人民共和国成立后,党和政府进一步组织、领导广大牧民走上社会主义道路,从而改变了草原牧民的历史命运。小说在这一特殊的历史语境中,通过松迪希勒草原互助组的建立,以及人们在此过程中的经历和感受,揭示了当时在牧区贫富两极分化较为严重的情况下,进行互助合作对牧民进行社会主义教育,推促草原牧民走社会主义道路的客观性和必要性。

这部作品以简约又朴素的笔触,展示了内蒙古草原牧民的历史抉择和内心波澜。小说围绕互助组成立、牧群实施人工配种等事件，构建起错综复杂的矛盾线索，而这些矛盾的力量最终裂变为两大阵营：一个是以老达米为首的固守旧有生活方式的家族势力，另一个是以玛西巴图为代表的顺应历史潮流的新一代草原牧民。作品生动地展示了这两股力量的反复较量和此消彼长。从这一角度讲，《达米家族的毁灭》也可视为内蒙古草原牧民的一部"创业史"，但较之柳青的《创业史》，孟和博彦的这部作品少了几分游移，多了几分坚定。作品将当时复杂的历史发展与内蒙古草原变革的进程以及两种阶级的对立和冲突，还原为纷繁、驳杂、自然的生活状态，以基于乡谊、亲情、人情、事理、利害的复杂纠葛的牧业生产生活和家族生活作为主要的生活场景，展现了阶级矛盾的曲折、复杂以及不同阶级成员的心理和精神面貌。

这部小说的艺术成就不仅在于深刻地揭示了内蒙古草原牧民走社会主义道路的重大历史意义，而且在人物塑造方面也有新的探索。其中，托娅这位草原新女性是作者着力塑造的艺术形象，在她身上呈现着来自草原深处的淳朴自然，以及善良、美丽和勇于追求进步所构成的内涵与气质。较之蒙古族传统女性，托娅多的是一份自立与自强。她16岁时就敢于无视周遭的窃窃私语，"背上自己做的书包，大大方方走进了苏木的小学校"。在草原推广人工配种的日子里，她不顾传统观念的束缚、外祖母的阻拦和人们的讥讽，毅然参加人工配种培训班，成为松迪希勒草原第一个掌握科学技能的人工配种员。在那些因循守旧的人看来，年轻女孩从事这一工作是极其不堪的，但托娅毫不畏惧世俗偏见，勇敢地接下了这份重担。在爱情与婚姻方面，她更是勇敢地挣脱了封建思想的桎梏，坚守内心的选择，保卫了自己的爱情。作者十分真实地写出了托娅这位草原女性的本真与本色。小说还通过牧主老达米的形象，展现了松迪希勒草原近半个世纪的风云变幻，真实地再现了历史的进程和人性的复杂。老达米是松迪希勒草原的首富，"他的牲畜遍布于这里的每个角落"，他精明、贪婪而狡黠，占有欲极强，"在他看来，牲畜代表了地位和权力。有了它，就等于有了一切。若丧失了它，自然也就会丧失了一切"。表面上，老达米对互助组的教育连声诺诺，另一方面内心深处很是"惧怕社会主义改造"，而且"绝不肯轻易放弃自己作为畜牧主人的地位"。在牧民们积极投入社会主义改造时，老达米却在为如何保住自己的财产而绞尽脑汁。日常生活中，老达米仍然放不下自己曾经作为牧主的身段，衣食住行百般讲求，一切都要像"原来"一样考究，而他的统治欲又无从释放，只能对妻子呼来喝去。小说细致入微地展现了老达米由开始的自视甚高、顽固不化到胆怯、慌乱，再到最终妥协的内心挣扎，反映了老达米在新的时代形势下，日常生活、内心世界与处事行为等多层面的变化，以及老达米家族由辉煌逐步走向没落的历程。

这部作品还让我们领略到孟和博彦一以贯之的审美追求，即善于把人物放在特定历史与生活背景上来展现，且常以比照艺术绘事写人，如顽固守旧的老达米与不断接受新思想、新事物的玛西巴图形成了鲜明的对比；以托娅为代表的新一代草原女性与墨守成规的传统女性构成了强烈的反差。作品还从大处着眼、细处落墨，于宏大之中见精细，于庞杂之中见细腻，如老达米与妻子嘎吉玛为进京做了精心的准备，他们把收藏多年的衣服都穿戴上，俨然一副旧时王公贵族和福晋太太的扮相。等到了北京，发觉自己的穿戴和时令着实不符，于是又买了几件早已成为古董的衣衫，他们"不顾人们的好奇，竟然心安理得地在北京的街上四处游逛"。晚上，夫妻二人躺在旅馆软绵绵的床上，总觉得腰没处放，最终搬到地毯上才得以入睡。再如互助组成立之初，习惯于草原恬静、安谧的牧民，面对突如其来的锣鼓喧天，互助大捷的喜庆场面，善良守己的牧人们表现出一定的局促和不安，甚至对草原环境的被改变也有相当的不适应，作品对此做出了有声有色的展示，从外貌到内心，再到言行举止，从各个细节写活了笔下人物，而且这些别开生面的描写，相当精细地表现了松迪希勒草原牧民在新的历史境遇中的内心波澜。这部小说的艺术特色还在于，作者努力寻求丰富而广阔的社会历史内容与草原民俗风情、传统文化的联结。如作品对蒙古民族传统文化的坚守和留存，是通过班吉尔一家不顾生活拮据和清苦，仍坚持为儿子举办剃发仪式而举重若轻地表现出来的。作品直接表现草原风俗人情的描写更是比比皆是，如无边又平展的碧绿草滩，川流不息的松迪河，悠然出没的牧群，灿烂绚丽的云霞，洁白如云的蒙古包，都被作者惟妙惟肖地刻画出来。作者还不惜笔墨，以较长篇幅展示了极具蒙古民族特色的那达慕大会上摔跤、射箭和赛马等被冠之于"蒙古族男儿三艺"的竞技项目。特别是人物对话中蒙古族格言俗语的大量运用，为小说增添了鲜明的民族色彩，显现了孟和博彦对草原、对草原传统文化的认同、爱戴和眷恋之情。

（三）民族亲情的吟唱与呈现

在达斡尔族当代文坛，乌云巴图、哈斯巴图尔的小说是以鲜明的时代感而著称的。他们创作的突出特点，就是强烈的社会责任感和"深入骨髓"的理想主义精神。在"文学被看作服务于革命事业的一种独特方式"①的20世纪五六十年代，乌云巴图、哈斯巴图尔的创作是以赞歌、颂歌起步并走向文坛的。他们怀着巨大喜悦，在祖国各项事业繁荣兴旺的美好语境中，以小说"作为时代的镜子"，迅速及时地反映时代巨变中的新人新事，热情歌颂新中国的新思想、新面貌，歌颂伟大领袖毛主席，歌颂党的民族政策的伟大胜利以及各族人民牢不可破的团结和友谊。在20世纪八九十年代自由、开放的文化场域中，乌云巴图、哈斯巴图尔宝刀不老，迸发出最大的艺术创造力，"建构自己的艺术王国"。这两位历尽挫折和磨难、大好年华都在各种风雨与狂乱岁月中度过的作家，目睹甚至身受了大量的人生悲剧，经历了许多坎坷与曲折、艰难与困苦，曾经的这一切使他们分外珍惜来之不易的大好时代。因此，乌云巴图、哈斯巴图尔新时期的创作呈现出勇于直面人生、揭示生活本质的胆识和气魄，在"伤痕文学""反思文学""改革文学"大潮中都有踊跃表现，既有哈斯巴图尔以《欢笑吧，瓦依拉尔河》《枣红马和勒勒车》热情讴歌伟大时代的优秀篇章，也有乌云巴图《爱情》《心潮》这样在十年特殊岁月中所经受的创伤和痛苦，有改革小说《超级女牧民》和《豁命郎的命运》，还有表现知识分子命运与理想追求的《向往》《金摇篮》和《草原人的爱》等。他们的小说以丰厚的人生体验，开辟了新时期达斡尔族文学的表现领域，为时代盛世立下了许多可资流传的艺术镜像。

乌云巴图（1937—2018），又名何海，黑龙江省齐齐哈尔市人，1952年参加工作。1955年考入内蒙古蒙文专科学校（今呼和浩特民族学院）深造，毕业后分配到内蒙古日报社从事编辑工作。1957年，乌云巴图被下放到内蒙古乌兰察布草原劳动锻炼。1963年，乌云巴图调内蒙古

---

① 洪子诚：《中国当代文学史》，北京大学出版社1999年版，第31页。

呼伦贝尔市鄂温克族自治旗文化馆工作。其间，写有《鲜花献给谁》《追风马》以及《莫合尔吐河》《额吉的心愿》《生活的浪花》等诗歌、短篇小说多篇，热情歌颂了达斡尔族及兄弟民族的崭新生活。这一时期，乌云巴图还发表有中篇小说《红色江岸》①。这是达斡尔族当代文学史上的一个重要收获。作品以抗日战争为背景，歌颂了达斡尔民族高尚的爱国主义情怀和不畏强暴的英雄主义精神。在十年至暗岁月里，屡遭诬陷、诽谤和打击的乌云巴图更是难逃厄运，被无情剥夺了创作自由，受到了残酷迫害。乌云巴图在度过了 20 多年的寒蝉生活后，于 1978 年得以提笔写作。1980 年，乌云巴图被选送到内蒙古大学文艺创作班学习深造，毕业后调任呼伦贝尔市鄂温克族自治旗文联主席。乌云巴图是一位紧贴时代脉搏的作家。我们从乌云巴图的创作主题与艺术风格的演变中，可以清晰地感受到不同时期社会现实的印记与特性。新时期之初，乌云巴图在"伤痕文学"大潮中以《爱情》《心潮》等短篇小说，揭露了十年特殊岁月的黑暗与荒谬。之后，他将自己的文学视点转向现实，以《深沉的爱》《伊敏河畔》《豁命郎的命运》《超级女牧民》等作品，展现了经济变革带给北疆各族人民的转机和变化。1981 年，乌云巴图的短篇小说《爱情（蒙古文）》荣获内蒙古自治区文学戏剧电影创作评奖短篇小说奖。这一时期，乌云巴图还进行了多方面的艺术尝试，写有电视文学剧本《白蘑菇与苦木乐》及意识流小说《心曲的旋律》等。1987 年，在展示内蒙古自治区 40 年文学成就的"内蒙古当代文学丛书"中，选编出版有《额尔敦扎布乌云巴图作品集》（二人合集）②，收有乌云巴图短篇小说 11 篇。2000 年，他的第一部长篇小说《草原人的爱》③ 得以出版。新世纪以来，乌云巴图的创作发生了非虚构性的转型，其显著标志就是长篇纪实报告文学《命运笔记》④ 的问世。

　　乌云巴图是一位兼有多幅笔墨，且擅长以蒙汉两种文字创作的达斡尔族作家。他既写小说、诗歌，也写散文、报告文学和电视文学剧本。他的

---

　　① 乌云巴图：《红色江岸（蒙古文）》，《花的原野》1963 年第 6—7 期；乌云巴图：《红色江岸（蒙古文）》，内蒙古人民出版社 1980 年版。

　　② 乌云巴图：《额尔敦扎布乌云巴图作品集（蒙古文）》，内蒙古人民出版社 1988 年版。

　　③ 乌云巴图：《草原人的爱》，中国文联出版社 2000 年版。

　　④ 乌云巴图：《命运笔记》，内蒙古文化出版社 2009 年版。

诗歌《鲜花献给谁》《追风马》传达了时代的最强音，唱响了社会主义建设的颂歌。他的散文《库米勒的馨香》《阿尔拉人的风采》展现出达斡尔家乡日新月异的发展与变化。他的电视文学剧本《白蘑菇与苦木乐》以一段凄美的爱情故事，揭示出人生苦难中信守爱情、坚守理想的意义。长篇纪实报告文学《命运笔记》作为乌云巴图最为真诚的心曲，描写了知识分子长期以来所遭受的冷漠、歧视和摧残，披露了历史的舛误，歌颂了知识分子克印为理想"虽九死其犹未悔"的崇高品德，突出了身为知识分子的责任与使命。乌云巴图最突出的创作特点，是以小说为主，同时参与戏剧、影视文学创作，而且小说、戏剧、影视文学之间呈现出叙事上的相关性，不少作品在题材和主题上还有几个关系非常紧密的作品群。由此，文学创作的互文性便成为可能。乌云巴图创作的互文性，通过对同一题材的不同体裁创作，达到将文学效率最大化的目的，同时也进一步深化了文学主题。

小说，是乌云巴图倾注心力最多的一种艺术表现形式。乌云巴图的小说承载着丰厚的时代内容。在20世纪50年代颂歌范式的需求和潮流中，乌云巴图以不可遏制的热情，写出《老支书》《乡土》《额吉的心愿》《生活的浪花》等短篇小说，它们或表现充满情趣的新人新事新思想，或展现社会主义建设的劳动热情，或揄扬忘我的奉献精神，寄寓着作者对新生活的由衷赞美。20世纪60年代，乌云巴图驻足所属民族历史，以《红色江岸》《目光》等中短篇小说，展现了达斡尔人民与日本侵略者拼死决战的英雄气概，歌颂了达斡尔族众的爱国主义精神。这是乌云巴图达斡尔民族情结的一次凝集，也是作者在当时的文学规约中所能寻求的最大表现空间。20世纪80年代，乌云巴图摆脱了主流意识形态的羁绊，在新时期无拘而宽松的文学语境中，先是以《泼妇》《深沉的爱》《雪，会化的》《白蘑菇的心灵》等短篇小说，向极"左派"及专制主义展开了控诉和批判，描绘了特殊年代好人落难、坏人当道，君子不遇、小人得志的世相图，赞美了不屈不挠的人性力量和劳动者的人情美。走出"伤痕"之后，乌云巴图又把目光投向改革以及处于历史变革与新旧交替时代草原人的奋斗历程，以长篇小说《草原人的爱》真实地反映出20世纪80年代那场巨大的社会变革在千里草原的回响，展现了作者对草原美好未来的深切期待。

乌云巴图新时期小说，以朴素、简约的笔墨，多角度、多侧面地揭示新时期变革带给达斡尔民族及其他兄弟民族生活的变化，且善于将社会矛盾、婚姻爱情和个体命运交织在一起，写出他们的梦想与追求、欢乐和忧伤。其中，表达对知识分子命运与理想追求的思考，是乌云巴图新时期小说创作的基本出发点，短篇小说《金摇篮》《向往》是这方面的代表作。《金摇篮》以十年特殊岁月为背景，通过塑造鄂温克族知识青年"大骆驼"的艺术形象，讴歌了善良、正直的美好人性。小说的故事发生在1976年春天，因"我"乘坐的汽车出了故障，被抛锚在阒无人烟的草滩上，正当一筹莫展之际，远处传来了马车声，还有赶车人悠扬的歌声。"我"急忙上前说明情况，歌者爽快地答应了"我"搭乘的请求。交谈中得知歌者绰号为"大骆驼"，他身材魁梧，性格耿直又开朗，善谈且不乏幽默，且不加掩饰地告诉"我"，他自己是因为"唱歌出事"的，但"到底是什么事"却不再细说，但言语间对加害于他的人表露出相当的蔑视和憎恶之意。后来，"我"终于明白了他"唱歌出事"的缘由。其间，出于对"我"的信任，"大骆驼"还悄悄地给"我"看过他珍藏的一份遗书，是生产队老支书给"大骆驼"的临终嘱托，希望他待时机成熟，一定要搜集、整理并保护好"代表鄂温克族民族文化遗产的鄂温克族民歌"。重情重义的"大骆驼"曾为之历尽磨难。后来，"我"与"大骆驼"在火车上不期而遇，他欣慰地告诉"我"，老支书的嘱托得以实现，现在是应邀到一家出版社，校改、补辑《鄂温克民歌选》一书。作品从一个特殊的视域对十年风雨岁月予以批判和否定，另一方面也写出了鄂温克族知识青年在民族传统文化中寻得"身份"归属的喜悦之情，写出了"大骆驼"特有的那种重义轻利和勇于担当的民族性格。《向往》向我们展示了新一代青年知识分子情系草原、建设草原的远大志向。小说描写的是20世纪80年代初，大学毕业生胡德勤重返草原，以实际行动践行扎根草原、服务草原这一誓言的故事。1972年，在辉河草原插队劳动的胡德勤，为草原和草原人的博大、仁爱、良善所深深感动，从那时起她就立志做一个真正的草原人。1978年，胡德勤考入医学院深造，毕业后，不顾来自各方面的阻挠和非议，怀着无比喜悦的心情，圆了自己的"草原梦"，在草原浓馥、温馨的民情中找到了自己的价值和力量之源。作者借胡德勤这一形象，寄寓了对草原纯美的风俗人情、纯朴的人伦情感的深深眷恋和认同，显现了作者情系草原兴衰的思绪。可以看出，乌云巴图对生活的叙述是温情的，也是理想的，即使是回视十年黑暗岁月，也常常糅进理想与浪漫的情调，能发掘其中潜匿的诗意。这一特点极大地影响到乌云巴图小说的艺术表现方式。乌云巴图擅长以质朴又简洁明了的手法叙事写人，且经常以第一人称介入叙事，直抒胸臆，打破了主客体的区分，从而增强作品情感的表现力。在艺术结构上，乌云巴图偏好于把叙事安置在回忆性框架之中，引出所述人与事，同时也便于表达作者自身的情感以及对人、对事的评判或臧否。

长篇小说《草原人的爱》显现了乌云巴图颇为深广的艺术视野。其成就主要在于，作品摆脱了以往单纯描写改革过程而转向"重于写人"，成功地塑造了库木勒、莫日根、道力玛等艺术形象。其中，库米勒是达斡尔族文学史上首次亮相的一个充满理想、极具务实精神的知识分子改革者形象。曾经历十年政治风暴打击的库米勒，在重回草原的那一刻，深深感受到自由的珍贵和亲情的温暖，尤其是看到草原发生着的变化，内心无比振奋。同时，改革中滋长的不正之风也使正直无私的库米勒心怀忧虑。然而，决心已定的库米勒无所畏惧，现实的重重困难无法阻挡他改革的坚定信念。在担负旗纪检委副书记这一重任后，库米勒迎难而上，第一站就是深入改革中的"老大难"陶海牧场进行调研。摆在他面前的是牧场领导之间各自为政，机构改革步履维艰。场长白蘑菇以先进经营管理理念，将畜牧业生产商品化，使牧民们因此而获益。牧场党委书记布仁抱残守缺，消极抵制改革，甚至为饱一己私欲而弃公利于不顾，任个人主义恶性膨胀。作者把布仁这一人物的内心世界描绘得相当细致入微。邪不压正，库米勒顶住各种压力，走访广大牧民，掌握了大量的第一手材料，在白蘑菇和广大牧民的鼎力支持下，最终打赢了这场改革之战。作者还在库米勒改革与理想追求的叙写中，穿插有库米勒与萨仁花、哈斯、白蘑菇三位女性之间的爱情纠葛，写出了三位女性的高尚、纯真和美好，表达了作者对爱情婚姻的深刻思考，并通过库米勒的最终选择，肯定了女性的自立、自尊、自强精神。白蘑菇与库米勒既是志同道合的朋友，也是库米勒最为艰难之际走进他内心的女性。经过时间和生活的考验，二人终成眷属。

相对而言，旗委书记莫日根这一形象更有普泛意义。作者将莫日根植根于历史与现实的土壤之中，开掘了他性格的丰富内涵。革命年代，莫日根为草原的解放奉献了宝贵的青春，社会主义建设时期，身为旗委书记的莫日根为草原牧民脱贫奔小康而砥砺前行。但是一次次的磨难和"运动"，让他慢慢变得缄舌闭口，就怕"祸生不测云"，他唯一能坚守的信念就是"一不占，二不贪"。在汹涌而至的改革大潮面前，莫日根惶惑、焦虑又有些无所适从。然而，新一代青年改革者的成功又令他有所醒悟。最终，莫日根放下思想包袱，"不再是改革的观望者"，而是顺应时代，在"卸任"领导职务之后担任调研员，为陶海牧场的发展献计献策，发挥余热。莫日根这一艺术形象的成功，在于作者按照生活本来的面目，既写出了莫日根特殊的人生经验，使他在社会变革面前畏惧、困惑甚至是逃避，又从社会环境对人物的影响方面，揭示了莫日根最终顺应变革的必然性。作品还借助道力玛这位敢说敢为、不为传统所拘囿、不视"商"为卑，依靠独立奋斗，走出一条致富之路的女性形象，表达了作者对达斡尔族女性的审美期待。在这方面，乌云巴图仍秉承以往的创作"路数"，小说中的知识分子无论经历怎样的挫折和打击，都表现出"以天下为己任"的道德情怀。

乌云巴图的《草原人的爱》是达斡尔族书面文学史上第一部正面描写知识分子的长篇小说。作者以库木勒这样一个勇于担当又不失温情的接地气的基层领导干部形象，完成了作者"知识分子＋正义＋担当"这一艺术思想构设，显现了作者不盲从和"记写生活真实"的勇气。20 世纪 80 年代以来，有关知识分子的话题不断，从"反右"到十年风雨岁月中知识分子的命运，到当下知识分子启蒙身份丧失的焦虑，特别是商品经济大潮的冲击，使知识分子从时代和社会政治文化中心退至边缘，但执拗的知识分子仍以自己的言说方式体现着社会力量。乌云巴图就是这样一位作家，他对牵动千家万户的社会改革与经济发展做出了另类解读，如小说中表现经济发展与现代化给达斡尔民族在内的少数民族带来了先进与文明，也带来了自然环境的破坏。新兴工业在创造经济效益的同时，摧毁了草原的洁净与和谐。现代文明在驱赶落后愚昧的同时，也侵蚀着和睦、平等、友善的人际关系，冲击着达斡尔族及草原各民族恬静、平和、随遇而安的生存与生活方式。以上无不表现出乌云巴图观察事物、认识世事的独到眼光。这部作品另有两方面特点值得关注：一是对草原的真情歌唱，二是对所属民族文化的认同。在乌云巴图笔下，美丽的呼伦贝尔大草原花团锦簇，河流小溪波光粼粼；仰望天际是温暖的太阳、朵朵白云和展翅翱翔的雄鹰；天地相接之处，圣洁毡包炊烟袅袅；走在草原上，传来的是虔诚的祈祷歌，动听的引水歌，悠婉的情歌，还有欢快的婚礼祝赞歌。作家对草原的深邃情感和精细笔墨，使这里的一切都有了灵性，"温润的草原散发出阵阵清香的气息，空气中没有丝毫污染，扑面而来的凉风中，夹杂着泥土的馨香"。而安身立命于其间的众生，与山川草木、美丽自然紧紧相拥，尽情享受并感恩于长生天的恩惠，在温暖、仁爱的草原怀抱中尽显其美。而且，生息于呼伦贝尔草原的达斡尔民族的生活景象也时时展现在读者面前，端午时节柳蒿芽采撷活动，对歌与赛诗会的声情并茂，木库莲的哀婉悠扬，罕拜舞的奔放豪宕，还有达斡尔族饮食文化中的香甜奶茶，既温馨又独特。作者在阐述奶茶的制作过程后，还择重描述了奶茶与达斡尔族生活密不可分的关系。更为重要的是，奶茶文化体现了一个地区乃至一个民族的饮食习惯、优良文化传统的延续与发展。可以说，从精神到物质生产，从价值观念到道德伦理，从风俗习惯到思维取向等，乌云巴图的小说呈现了达斡尔民族生活的方方面面，字里行间饱含着对所属民族的深深爱戴。无疑，这一切对作家自我民族文化在文学叙事中留存提供了一种可能，同时还以达斡尔民族独特的文化色彩为作品增添了一份鲜活的、特别的意味。

哈斯巴图尔（1930—2002），笔名卡索迪，黑龙江省齐齐哈尔市讷河人。曾在扎兰屯师范学校就读。1947 年始，相继在内蒙古军政干部学校、黑龙江省齐齐哈尔市军政大学学习，后在部队任文化教员。1954 年转业到地方，从事新闻、编辑等工作。哈斯巴图尔的文学创作始于 20 世纪 50年代，写有散文《青春的火花》《群山雄鹰》和小说《谢伦山上》等。20 世纪 60 年代，革命回忆录和以"四史"[①] 为中心的群众性报告文学活动的蓬勃展开，将哈斯巴图尔召唤到报告文学队伍的行列，他与王子述、白文达等深入内蒙古科尔沁草原，走访草原牧民，历时两年完成了长篇纪实报告文学《血泪荒原换新天》[②]，揭露了蒙古封建王公第十四代图什业图亲王色旺诺尔布桑卜嗜杀成性、横征暴敛、无恶不作的罪行，反映了蒙

---

① 四史：指村史、家史、厂史、部队史。

② 哈斯巴图尔、王子述、白文达：《血泪荒原换新天》，内蒙古人民出版社 1966 年版。

古族牧民深重的苦难，描写了草原牧民在中国共产党领导下，自觉地走上光明与解放道路的坚强意志和信念。20世纪80年代，哈斯巴图尔植根民族生活土壤，以新闻职业者的敏感和凝练的笔触，凭借短篇小说《枣红马和勒勒车》汇入"伤痕文学"大潮，声讨了专制与极"左派"的丑恶行径。之后，哈斯巴图尔投身历史反思之中，从现实生活中捕捉对人们有激励意义的人与事，选取历史进程中最能反映时代精神的题材，以《欢笑吧，瓦依拉尔河》《爱的绿洲》《纳文蛟龙》《山林骄子》等中短篇小说，歌颂了达斡尔民族的人情、人性之美，揄扬了各族人民同呼吸、共命运，以及亲如兄弟般的团结和友谊。1993年，哈斯巴图尔将写于新时期的部分中短篇小说结集为《山神脚下》① 出版。其间，哈斯巴图尔还写有报告文学《贝阔新歌》②。这篇报告文学通过达斡尔族教练尹立德率领中国男子曲棍球甲队，在国际比赛中克服重重困难获得优异成绩的艰辛历程，称扬了曲棍健儿开拓进取的精神。

　　中短篇小说集《山神脚下》代表着哈斯巴图尔小说创作的最高成就。有部队生活经历的哈斯巴图尔较同代达斡尔族作家，尤注重作品的思想意义。他的小说主题单纯、明朗，多在事件的铺叙中表达情感、塑造人物，对人物性格的精细刻画常常为作者所忽略。短篇小说《爱的绿洲》描写了蒙古族当代青年制伏"火龙"沙化地，将草原建成绿洲的故事。小说主人公多鲁木苏荣是作者着力塑造的人物形象，她不仅深爱草原，一心投入草原建设，甚至选择终身伴侣也以此为衡量标准。傲视权贵的多鲁木苏荣断然拒绝了旗长儿子桑布的追求，深深地爱恋着志同道合、回乡参加草原建设的大学生道布敦。他们纯洁的爱情，对家乡的热戴，化为不可战胜的力量，最终将"火龙"这一沙化之地变成了一片绿洲。《银山恋》围绕东孟果村请求西孟果村支援木材的故事，展现了达斡尔族先辈保家卫国的英雄壮举。短篇小说《悠悠蟒河情》以治洪为主线，歌颂了人民公仆郭福海、哈塔提这两位基层领导干部的奉献精神。深山老林中的达日塔河传说是恶蟒的化身，一次次泛滥毁坏着周边的村落和农田，给沿岸各族人民的劳动生产和生活造成了巨大的损失。时年秋，达日塔河开始了又一轮的

---

① 哈斯巴图尔：《山神脚下》，内蒙古文化出版社1993年版。

② 贝阔：达斡尔语音译，亦写作波依阔，意为曲棍。

肆虐，达瓦旗新任旗长哈塔提亲自上阵，带领相关部门为受灾群众运送物资。其间，与 34 年前的救命恩人郭福海乡长的侄儿郭永邂逅。忠厚又耿直的郭永担心年轻的哈塔提成不了他叔叔郭福海那样的"好官"，但几日相处下来，郭永为哈塔提的能力和魄力所折服，终于放下了先前的疑虑。抢险间隙，哈塔提触景生情，总是想起恩人郭福海乡长一家，每当他问及郭家长子卓尔保时，人们总是缄口不语。原来身为额莫尔古乡现任乡长兼防风指挥部主任的卓尔保，平日里仰仗父辈的恩泽与荣誉，颇有些自傲，在洪水危及百姓生命、各族乡民齐心协力治理洪水之际，他置百姓安危于不顾，为女儿设宴办起了订婚仪式。最终生活严惩了他，认识到自己错误的卓尔保，用行动"将功补过"，走进了达日塔防洪堤修筑大军的队伍。

歌颂祖国民族大家庭牢不可破的团结和厚谊，描写各族儿女携手共建美好家园的辉煌业绩，是哈斯巴图尔小说的另一内容。中篇小说《山神脚下》以生动曲折的故事，向读者奉送了一曲民族团结的颂歌。在兵荒马乱的黑暗年代，同吮一个母亲乳汁长大的鄂乐布、张云龙两位达汉结拜兄弟，从纳文江北畔的库坡浅老村到黑云岭的山神脚下，以他们极不寻常的生活经历，写下了一段悲欢离合的传奇故事。瓦依拉尔河中的暗礁曾夺去无数放排人的生命，虽然河谷两侧的石门是民间传说中山神的化身，但放排的达斡尔汉子们并没有得到它的护佑。不久前，鄂乐布听说有关部门要派人清除暗礁，乐得胡须都开了花。但鄂乐布暗下决心，要赶在除礁之前进一趟山，独自放排，运送一批木头出山，以这样一种特殊的方式告慰汉族兄弟张云龙的英灵。张云龙是鄂乐布父母的养子，亲生母亲早逝，父亲光荣牺牲。鄂乐布一家对张云龙视如骨肉，疼爱有加。后来，张云龙为抢救落水儿童，卷入瓦依拉尔河急流，生死不明。弹指间 30 年过去，正当鄂乐布了却心愿之际，清除暗礁的工程师也赶到了山神脚下。这位工程师就是张云龙，原来他当年落水获救，加入了中国人民解放军，并成为南军港的工程师。暗礁清除了，瓦依拉尔河沿岸锣鼓喧天，鞭炮齐鸣，张云龙与鄂乐布两兄弟相逢团聚在山神脚下，重续达汉一家亲，奏响了新时代民族团结的凯歌。某种意义上讲，一部中华民族的历史，就是各族人民团结互助、荣辱与共、同舟共济的历史。漫长的历史岁月留下了无数民族团结的佳话，同时也无须讳言，不同民族之间也存在着事实上的隔阂。因而使人们正确地认识"谁也离不开谁"这一民族关系的实质，是时代赋予作家的责任与使命。哈斯巴图尔对此深有体会，因此在选取历史进程中最能反映时代精神与生活的素材时，敏锐地意识到这一命题的重大价值，不遗余力地书写、歌颂中华民族伟大的团结精神。在艺术表现方式上，哈斯巴图尔的小说，善于以比照艺术，巧妙地将历史、现实和未来糅合在一起，截取某些片断或细节加以组合，凸显某个特定场景，以此实现各民族亲如一家这一理想和主旨。《枣红马和勒勒车》既是一篇"伤痕"小说，也是一阕民族团结的赞歌。作品以蒙古人用枣红马交换达斡尔勒勒车的故事，描写了十年特殊岁月带给达蒙人民的心灵创伤，控诉了极"左派"和专制者对人性的摧残，歌颂了达蒙民族之间坚不可摧的团结和友谊。故事的主人公蒙古族牧民多力玛扎布与达斡尔族农民贵德布，在 1962 年那次集市贸易以枣红马与勒勒车交换中相识、相交。临别时俩人还以甘珠尔庙①为背景拍照留作纪念。不久之后，十年风暴突发，贵德布所在公社外调人员来调查多力玛扎布，并以多力玛扎布有海外关系为借口，把多力玛扎布打成"内人党"分子，关进了牛棚。贵德布为之受牵连，甚至因为一起合过影而遭到无情迫害。两位老友被迫中断了联系，而且因为造反派的离间和谎言而心生芥蒂。在阴霾散尽的新时期，多力玛扎布受公社领导委托，为发展生产，恢复"以马换车"的传统贸易，来到达瓦公社寻访老友贵德布。两位老友终得以相见，消除了嫌隙，打破了多年的情感隔阂。达斡尔族、蒙古族这两位民族同胞重拾旧日友情，达蒙民族民间贸易往来就此得以恢复。

　　赞颂达斡尔民族爱憎分明、重情重义的优良品德，也是哈斯巴图尔小说的重要主题。短篇小说《纳文蛟龙》以 20 世纪 40 年代抗联时期到 20 世纪 80 年代改革开放为历史背景，书写了布库山、伊萨布两位纳文骄子的故事。曾经年少、朝气蓬勃的布库山与伊萨布结下了深厚的友谊，二人奋不顾身，毅然参加抗日联军，共同抗击日本侵略者。斗转星移，50 年后的新时期，这一对战友更是老当益壮，积极参加家乡的建设，排除纳文江石门水下暗礁，造福乡民。作品赞美了达斡尔人民顽强不屈、疾恶如仇、爱憎分明、锐意进取的高贵品质。布库山与伊萨布自小生长于纳文江

---

　　① 甘珠尔庙：又称寿宁寺，因寺内藏有佛教典籍《甘珠尔经》俗称甘珠尔庙。位于今内蒙古呼伦贝尔市新巴尔虎左旗。建于清乾隆三十六年（1771）。乾隆五十二年（1787），甘珠尔庙集市正式形成。因地理位置便利，各地商人、百姓多在甘珠尔庙集市进行商品交易活动。

畔,水上本领不凡。青少年时代,面对日本侵略者的恶行,他们通过比拼水上功夫打压了日本人石黑的嚣张气焰,还采用破网、散渔的方法粉碎了博日德城水产株式会社的阴谋,保护了纳文江的水产与生态平衡。布库山18岁投身革命,成为一名出色的抗联地下交通员,为解放家乡做出了贡献。伊萨布在"土改"运动中参军,投身社会主义建设事业。20世纪80年代,时任水利局长的伊萨布重返故乡,与老友布库山并肩"战斗",成功爆破水下暗礁,使达斡尔百姓放排的水路恢复畅通。小说情节生动,寓意深刻,开篇道出纳文江(嫩江)蛟龙典故,具有画龙点睛之效,以蛟龙喻人,化抽象于具象,继而由蛟龙及人,由近趋远,将现实叙事拉回记忆深处。作品还对纳文江的色彩、音响、光线等加以精细描摹,清词丽句层出不穷,与笔下人物形象形成一种互补与象征,有效地表达了独特的民族情感,并在一定程度上增加了作品的民族色彩。

在叙事风格上,哈斯巴图尔的小说深受民间口传文学的影响,大都采用单线推进,较少旁枝逸叶,本色生动地"写人记事"。因而,他常常省却了叙事背景而直接切入核心与关键,以较快速率把情节冲突引向高潮,点明题旨。哈斯巴图尔的小说语言简洁朴实、通俗晓畅,如《山林骄子》中,鄂伦春老猎人高格迪出猎回来后,见老伴儿因他晚归而担忧,便打趣道:"我也不是随风刮跑的干树叶,你急啥呀。"生动幽默,极富生活情趣。再如高格迪听说一些地方把猎人的猎枪都没收了,便气愤地说道:"高飞的山鹰靠的是翅膀,猎人在山上靠的是枪,没有枪还算啥猎民!"哈斯巴图尔的小说还善于以富有地域特色的景物描写渲染气氛、烘托人物,在表现生活时忠于自己的感受,坚持从自我生活经验出发,表达对所属民族文化传统的认同。所有这些,都使哈斯巴图尔的小说呈现出一种真实、朴素、感人的艺术魅力。

(四) 穿行于写实和意识流之间

达斡尔族文学中存在着这样一种现象,那就是一些作家远离故土,生长在与所属民族即达斡尔族群完全不同的文化场域,对所属民族文化相对陌生,甚至隔膜。他们常常以非自觉地忽略所属民族作家的身份投入创作,而不能像生活在所属民族聚居区的作家那样有较强的民族文化身份意识，通过文学创作构建精神原乡，实现文化还乡。李陀就是这样一位达斡尔族作家。尽管李陀曾为之"不安"，也有过"写一些反映少数民族生活的作品"① 的愿望，但至今对"民族题材"无着墨。新时期之初是李陀文学创作热情最为高涨、探索最为积极、成就最为突出的一个时期。他写小说、写剧本，也写文艺评论。参与了新时期文学出现的"伤痕"题材小说创作，且侧重于以知识分子的苦难遭际，还原那段特殊岁月。其时，"伤痕文学"以及随之而来的"反思文学""改革文学"，使传统现实主义得以恢复和发展，同时也暴露出一些局限性。审美意识上的变革也就无可避免，一些作家基于历史和现实的丰富性和复杂性，开始向西方现代派学习借鉴、探索小说发展的新路向，将西方意识流小说的技巧、现代派的象征、荒诞等艺术手法引入小说创作之中，努力拓展作品的艺术表现力，使新时期小说在总体面貌上发生了明显的变化。李陀是新时期较早创作意识流小说的作家。其文学史意义不仅在于以意识流的"潮头之作"，彰显出自身思想文化的厚重和先锋意识，也在于李陀小说独特的审美眼光和文化透视力。

李陀（1939—　），本名孟克勤，内蒙古自治区呼和浩特市人。童年跟随母亲定居北京。1958 年，李陀中学毕业后在北京第二通用机械厂工作。1978 年发表短篇小说《愿你听到这支歌》，引起文坛广泛关注。这篇作品曾荣获 1978 年全国优秀短篇小说奖。1980 年，李陀调北京作家协会成为驻会作家。其间，写有意识流小说《七奶奶》《余光》《自由落体》《不眠的春夜》等。1982 年，李陀停止小说写作转向文学批评。他的评论在关于电影理论、现代派文学的引介、纯文学的反思等方面有"开风气的意义"。这一时期，李陀与张暖忻合作写出被学界称为"新时期中国电影革新宣言"的《谈电影语言的现代化》及电影文学剧本《沧桑大地》《沙鸥》② 等。李陀还写有《移动的地平线》《论"各式各样的小说"》等文艺评论，提出了电影语言的现代化问题，并为"现代小说"正名。李陀从文学批评的角度，为西方现代派小说的中国化，做出了至关重要的

---

① 李陀、乌热尔图：《创作通信》，《人民文学》1984 年第 3 期。

② 张暖忻、姚蜀平、李陀：《沧桑大地》，中国电影出版社 1978 年版；该电影文学剧本后由北京电影制片厂更名为"李四光"拍摄上映。张暖忻、李陀：《沙鸥》，中国电影出版社 1982 年版。《李四光》《沙鸥》曾分别荣获 1979 年、1981 年文化部优秀电影奖。

贡献，也为学术界留下了宝贵的思想资源。可以说，李陀"见证了整个中国文学从'新时期'到'新时代'的历程"①。1986 年，李陀任《北京文学》杂志社副主编，与主编林斤澜共同推出马原、苏童、莫言、余华等文学新锐的先锋小说，为当代中国现代派小说摇旗呐喊，推促了新时期"先锋派"小说的出世。1989 年李陀赴美，相继在芝加哥大学、加州大学伯克利分校、密歇根大学及杜克大学做访问学者。李陀现为美国哥伦比亚大学东亚系客座研究员。这一时期，李陀还编有《当代短篇小说 43 篇》（与冯骥才合编）、《中国寻根小说选》《中国实验小说选》《中国新写实小说选》《大众文化研究译丛》《当代大众文化批评丛书》《七十年代》（与北岛合编）、《昨天的故事：关于重写文学史》《放宽小说的视野》（与程光炜合编）等。2015 年，李陀的《雪崩何处》辑入"新视野丛书"，由中信出版社出版。这部评论集是李陀数十年"深度参与"文化研究的成果和记录。值得提及的是，李陀继 1982 年转向文学批评，时隔 30多年之后，开始小说创作，以长篇小说《无名指》② 回归作家行列。这部作品一经出版，引起文坛广泛关注和"巨大争论"③。这部作品被学界认为是"现代主义的反向实验"之作，作品"切入当下人们的精神、心理的深处，为时代贡献了一份独特的精神病理切片"④。

李陀的小说呈现出鲜明的时代特色。他一方面以现实主义之作《愿你听到这支歌》《带五线谱的花环》等，揭露了极"左派"与专制主义者的黑暗和愚昧，表现了人民群众在文化专制下的不屈斗争。另一方面，李陀以极大的勇气锐意追赶新的时代潮流，尤其是对现代叙述艺术的"实验新潮"有着不凡的感悟，而且在小说文本中进行了"既宽容又审慎"的艺术尝试和创新，从而为当时中国文坛亦为新时期达斡尔族文学带来了别样的声音。

① 刘大先：《论改革开放以来中国少数民族文学的主体变迁与认同建构》，《文艺研究》2020 年第 6 期。

② 李陀：《无名指》，中信出版社 2018 年版。

③ 关于李陀《无名指》较为全面的讨论，参见《民族文学研究》2018 年第 6 期"李陀研究专辑"中贺桂梅、李晓峰、石磊、毕海等人的论文。另可参见王东东《何崩何处〈无名指〉中的知识分子问题》，《扬子江评论》2019 年第 3 期。

④ 罗小凤：《现代主义的反向实验是否可能——论李陀〈无名指〉的意义》，《南宁师范大学学报》（哲学社会科学版）2019 年第 6 期。

　　短篇小说《愿你听到这支歌》《带五线谱的花环》和《香水月季》①，是李陀在现实主义道路上踏出的坚实而有力的脚步。当时的李陀对中国大地的沧桑巨变感慨良深。反映在作品中，既有对社会生活的敏锐观察，也有文化桎梏下得以解放、再生的喜悦和强烈的义愤。《愿你听到这支歌》是李陀"伤痕"小说的代表作，它在表达时代主题方面取得了重大成就。故事发生的背景是1976年北京天安门广场上发生的"四五"运动。作品是在"我"的内心体验和事件铺叙这两个层面展开的。"我"平时很看不起女同志，认为她们没有头脑，但是"她"却与别的女同志不同，外表柔弱，内心坚强，敢爱敢恨，有思想、有胆略。那天，因"我"写的歌曲《我等待……》被人们传唱而被厂里当作"黄色"歌曲追查。"我"的好友大虎揽在自己身上，受到严厉处分。晚上搭车回家时，我们遇到了敢于说真话的叫杨柳的姑娘。她是在那个没有自由，甚至连人的言论都要受到监视的年代中的"一朵别致的鲜花"，她直言不讳，大胆地抨击时政，认为中央有那么几个坏蛋大搞"反击右倾翻案风"②，才搅得国无宁日。杨柳姑娘的明言直谏被"便衣"听到，欲拘捕杨柳，仗义执言的大虎赶忙上前解围，说她指的是林某。趁一帮人和"便衣"辩论之际，"我"悄悄领着杨柳躲到了家里。她很喜欢"我"写的歌，给歌曲提出了修改意见，怒斥现在的社会没有了起码的民主，只有法西斯，她认为青年人不应消极等待，要争取，要斗争。她的政治觉悟强烈震撼了一直不敢讲真话，长久处于惶惑、焦虑与不安的"我"。第二天，广播里的哀乐声使"我"惊醒，全国人民沉浸在周恩来总理逝世的无比悲痛之中。4月5日，杨柳带来一首声讨专制者的诗歌《我们要》，要"我"为之谱曲，并相约次日在天安门广场人民英雄纪念碑前见面。当"我"第二天拿着谱好的歌曲如约而至时，眼见昨日还是沸腾的天安门广场竟然空空荡荡。我知道杨柳不会来了，一个美丽的生命像云朵一样消逝在天际。满腔的悲愤难平，我只身走向纪念碑，把歌曲张贴在纪念碑的白玉栏杆上，终于喊出

---

　　① 李陀：《愿你听到这支歌》，《人民文学》1978年第12期；李陀：《带五线谱的花环》，《人民文学》1978年第1期；李陀：《香水月季》，《人民日报》1978年9月27日。

　　② 反击右倾翻案风：指批邓、"反击右倾翻案风"运动，这次运动是自1975年11月3日清华大学党委传达毛泽东对刘冰来信的批示开始的。批邓、"反击右倾翻案风"是"文化大革命"末期由毛泽东发起的最后一次大规模的错误的政治运动。

"我们要民主，不要法西斯"的怒号，唱出了心中悲壮而激昂的"这支歌"。小说融思考于生动的情节之中，对当时中国历史的重大转折做出了较为真实的反映。

李陀的《带五线谱的花环》通过一位老作曲家在十年极端黑暗的日子里，不畏个人安危，坚持文艺创作的勇气，展示了知识分子对生活的坚定信念，诠释了他们对党和国家的赤诚情怀。故事发生在1976年周恩来总理逝世的那段时日。主人公程默老师是一位已过花甲之年的作曲家，身居一间斗室，每天陪伴他的只有一架钢琴、一些书籍和几盆兰花。在那个特殊的年代，各种批判与思想禁锢没有阻碍程默老师对艺术的探索和追寻，即使身患重疾也未能改变他对音乐事业的热爱与坚守。他以"生命"为代价而创作的《红岩交响诗》，被名噪一时的风云人物宣布为"大毒草"，文化部公开点名并组织批判。面对如此境遇，程默老师毅然将写有《红岩交响诗》的曲谱制作成花圈，献给了敬爱的周总理。小说以"我"的视角，讲述了程默老师在十年风雨岁月中的坎坷遭遇，由衷赞美了以程默老师为代表的知识分子九死而不悔的献身精神，控诉了那场特殊岁月带给一代知识分子的精神戕害。

李陀"伤痕"小说的成就在于，它们以当时社会具有典型意义的生活细节和特定场景，揭露和抨击了十年特殊岁月的荒谬本质以及当代中国走过的那一段史无前例的可悲的历史。在艺术表现上，作者追求语言表达的口语化，并辅以旁白和音乐创作场景的描绘，具有较强的抒情性。在叙事方法上，这两篇作品皆以时间为序，辅之于"我"这一形象介入叙事，使作品生动、真实且牵动人心。这是李陀小说的重要特色，他常常在故事之外设置一个"我"的形象，以讲故事或解说的方式向读者阐述一段扣人心弦的情节，而故事中的主人公"她"或"他"，则是借助"我"的内心情感的体验或引领，完成其行为过程。他行走，他观望，他思考，他驻足，他所有的举动，包括其想象，都与"我"紧密结合在一起，再加上"我"的品评式描述来推动事件的发展，从而给李陀小说增添了浓郁的抒情意味。在当时反映悼念周恩来逝世和"天安门事件"的作品中，李陀的小说没有直接描写具体的悼念活动以及震惊中外的"四五"天安门广场的斗争场面，而是运力写出当时的政治寒潮，爆发和沉默的气氛，以及孕育争取"黎明"和"春天"到来之际的活动与准备。或低吟浅唱，或创作谱曲，或敬献花圈，由隐蔽到公开，如一股股涌动的潜流，汇聚成"大波巨流"，进而实现控诉黑暗专制，高扬"人"的大旗，表现"人"的主体意识觉醒这一行文目的。"伤痕"之外，李陀的《香水月季》亦颇有独到之处，作品通过一对青年夫妇之间的家庭矛盾，表达了李陀对婚姻爱情的独特思考。丈夫李朋岩是钢厂技术人员，事业心极强，但他对家庭生活相当忽视，以家庭为本的妻子卢晓玲对丈夫的行为很是不解。一次，妻子把家收拾得干干净净，还买回一盆香水月季，等待丈夫下班归来，结果这种温馨浪漫的氛围被丈夫于极度疲惫之中"破坏"，引起妻子的不满。后来，妻子看到丈夫在工厂里受欢迎、受尊敬的真实景象，才为自己不能体谅丈夫而感到愧疚。小说表现了当代青年对生活、对家庭、对爱情的不同理解和追求，提出了如何维护夫妻之间的爱情之树常青的问题，作品写得充满温情且极富真情与实感。

在新时期文坛，达斡尔族作家李陀拥有别人无法替代的意义，他不仅较早地写出"伤痕"小说，在文坛引起较大反响，而且，李陀还是一位现代叙事艺术的自觉践行者，他不断思考、寻觅、探索和创新，1980年到1982年三年间，李陀以《自由落体》《不眠的春夜》《七奶奶》《余光》《雪花静静地飘》等短篇小说，开拓了新时期小说的艺术表现力，尤对人的深层心理表现出极大的关注。评论界将他的这类小说归结为"意识流小说"范畴。中国小说从它诞生起就独尊线性模式，即在有来龙去脉和前有因、后有果的故事演进中，让人物活动于其间，并孕育出一个集中而明白晓畅的主题。文学评论家曹文轩将这种小说创作模式定义为"故事小说"①。中国小说的这种叙事模式，起源于说书艺术中形成和发展的故事小说，培养了无数读者单一的欣赏习惯，也成为评判小说优劣的主要标准。然而，"现代社会的发展，科学技术的飞速进步，使人类发现，人类对客观世界的把握已日趋精微，与此同时，人类对自己的了解，对自身精神世界奥秘的探索，却日渐无力"②。因此，借助小说等文学艺术形式直接窥探和展示人的心灵世界就成为必然。意识流小说应运而生，并在新时期中国文坛达到了高潮。"意识流"并不是一个文学流派，而是泛指

---

① 曹文轩：《20世纪末中国文学现象研究》，北京大学出版社2002年版，第55页。

② 陈娟：《记忆和幻想：中国新时期小说主潮》，上海文艺出版社2000年版，第269页。

文学、艺术创作中专门表现人类不受理性控制的意识流动状态的一种特殊的描写和表现方法，其全部的本意在于揭示人类深邃的内心世界。李陀的《余光》① 可视为这方面的重要代表。作品表现了主人公虽跳跃但清晰、虽纷杂却合理的思绪变化。小说中的父亲老金 20 年来一直在传达室工作，平日里"喜欢安静而且越安静越好"，没事只待在自己的"一亩三分地里"，从来不出门，在家也是"不聊天，不听广播，也不想什么心事"，即便是睡觉也是安安静静的，"不打鼾，不翻身，不做梦"。但女儿谈恋爱了，担心女儿上当受骗的老金，不得不走出家门，尾随其后，来到久未置身的王府井② 地段，游荡在自己极其厌烦的熙熙攘攘、人头攒动的街头。小说精细地描绘了老金的所见、所闻、所观、所感，展示了老金对于社会急速发展中存在的诸多现象的极度不适应。因为生活中的老金无论是吃饭、睡觉还是工作，都很少与他人交流，每天在下班路上穿行的一小时，是他一天中极为痛苦难耐的一刻。而如今站在繁华热闹的王府井大街，面对擦肩接踵的人群，衣着暴露的年轻人，在公园长椅上拥吻的恋人，着实令他无所适从，内心涌起莫名的沉重，还夹杂着气闷和恼怒，"他甚至有一种身在异乡之感"。这使老金更加怀念老北京的生活，怀念那些宁静的、不被人打扰的恬淡又有些慵懒的日子。他无法正视现实的改变，哪怕是余光所致都让他不知所措。女儿是老金的掌上明珠，他只想让女儿找一个忠厚、老实又靠得住的男人，所以他鼓足勇气"追踪"，"他看不见那小伙子的胳膊，也看不见女儿的腰。他不禁焦急万分"，"会不会是女儿和那个小伙子串通好了有意甩掉他？这个念头闪电似的在他头脑里掠过。但是又立即否定了自己的这个想法"。

当看到女儿和一个男子在众目睽睽下拥抱的一刹那，他不禁起了一身鸡皮疙瘩。他担心女儿上当受骗，决定只要以后女儿和小伙子在一起，无论何时何地，自己一定都要在场。出于对女儿的爱，他改变了多年以来养成的安安静静的习惯，挣扎在密集的人流中，为女儿保驾护航，老金对女儿的浓浓爱意亦由此而见出。作者将主人公老金不为人知的心绪付诸笔端，推动着故事情节的发展，剖析着他的隐秘的心理动向。小说打破了传

---

① 李陀：《余光》，《上海文学》1982 年第 11 期。

② 王府井：即王府井大街，位于北京东城区，是一条具有数百年历史的商业街。

统的艺术结构，通篇循主人公老金因痛苦而挣扎的心理波澜而结构全篇，再加上作家对细节的捕捉、选择和描写，从而较好地克服了当时把短篇小说写成短"故事"的艺术缺失。

《七奶奶》① 也是一篇汲取现代艺术技巧、以探索人物心理为审美旨趣的意识流小说。作品围绕厨房里的"煤气罐"妙笔生花，细腻地展现了主人公七奶奶的心理流程，并借此揭示出一种顽固守旧的社会心态和民族精神的弱点。作品集中描写了七奶奶担心儿媳妇使用煤气，想证实而不得的焦虑、惊惧、怨恨的心理意识活动，其间穿插着人物对童年生活的追忆。七奶奶是一位有着浓厚怀旧情绪的老年女性，她对新鲜事物有一种本能的抵触，觉得什么都是过去的好，连旧时小毛驴拉着水车送来的水也比自来水甘甜。她听说煤气罐易爆炸，更是恐惧万分。见儿子把这么个"能顶个炸弹使"的铁家伙弄回家来，竟吓得中风，落下半身不遂的"毛病"。她严禁儿媳妇用煤气罐做饭，又怀疑儿媳妇常常糊弄她，甚至瞒着她在偷偷使用煤气罐，这让七奶奶又恨又怕。小说突破了以往"故事小说"的基本写法，细腻地展示了七奶奶这个人物在短暂时间里的内心波动和联想，而情节则退居到极为次要的地位。作品构筑出具有现代叙事艺术品位的人物心理运行图式，开篇就直奔主人公七奶奶的精神世界，任由七奶奶的意识自由流动，扩散出无数意识瞬间的线束，忽而过去，忽而现在，她飘浮的意识最终落实到现实中来，"她就一个心思——死了也得把厨房那边的情形看个明白"。作品打破了传统现实主义文学在线性的物理时间统摄下谋求故事真实性和现实性的审美旨趣，转向渴求心理的真实，依照七奶奶的心理流程，打破时空的自然顺序，依循心理时间，将过去和现在、现在和将来所要发生的预期事件同时置于人物瞬息的感受之中。叙述方式上与"意识流动"相一致，运用"间接局内视点"的方法，即形式上是以第三人称展开叙述，实质上叙述者即是人物自身而非作者。与此同时，作者还将其叙事与七奶奶的心理联想糅合为一体，让七奶奶通过自身的意识活动来进行自我表现和自我塑造，使作品更为贴近生活实际的原生样态。在结构元素上，小说在一个十分简单的情节框架内，将七奶奶的意识流动缀连为小说的结构，即便是细节的选择与措置，也都从属于七奶

---

① 李陀:《七奶奶》,《北京文学》1982 年第 8 期。

奶心理流程的推进，"故事发展的推动力不是情节，而是人物灵魂深处的意识流变"，从而使作品包含了相当丰富的心理内容。

我们再以李陀颇有争议的《自由落体》① 为例，分析李陀意识流小说的审美追求。作品通过对维修工陈冀高空作业时产生的恐惧感和战胜恐惧心理的描写，赞美了人的顽强的意志力。小说的主人公青年维修班班长陈冀，自小就患有"恐高症"。他从进工厂开始就当钳工，整整六年。在这六年的时间里，每当经历高空作业，他都不免会想到危险的发生，但每一次他都能经过努力，战胜自己的恐惧心理。而这一次，陈冀遇到了六年以来最为棘手的一次作业，他要把吊链挂到车间顶端的横梁上去，这是全厂最高的地方。小说由此展开了他在这次作业过程中的思绪、感觉、下意识的活动，以及看到下落的纸烟盒、旧手套时的心理感受，"自由落体便成为他想象出来的对于生命易逝的写照。但陈冀又不断地跟自己的恐惧心理作斗争，他似乎在被某种神奇的力量所牵引，他想象，他不停地思考，他先是肯定继而又否定自己的想法"。他害怕自己是否也会像那个"纸烟盒和旧手套"一样，变成高空作业时的"自由落体"，"一想起这个，陈冀的身体不由得一下变得紧绷绷的，特别是大腿、后背、后腰这些地方的肌肉，似乎都在极力反抗着意志的束缚，呼喊着，挣扎着，拼命要离开那栏杆，躲到更安全的地方去"。继而又坚信自己一定会把吊链挂好，"他想做的事，他一定能做到。他这样想，并且相信自己想得不错"。总括而言，李陀汲取现代小说技巧，表现人物心理与内心世界的一组探索性的"意识流"小说，其显著特点主要有以下几方面：一是将小说焦点对准"内宇宙"，忠实、细腻地展现了人物丰富的瞬间感受、情绪律动等心灵意识流程。二是打破了小说通常的叙事程式，直接走进人物的内心深处，以原发性的自由联想结构小说，常常是将过去、现在和未来颠倒、交叉、相互渗透。三是离开作家的讲述，以内心独白的方式，展示人物自身的意识或无意识。如《七奶奶》《余光》等作品中，可以说独白遍布，或长或短，或集中或分散，颇为精彩。

李陀"意识流小说"在艺术表现上做出的种种探索，使其获得了与传统"故事小说"不同的美学风范，为新时期小说开辟了展示人物灵魂

---

① 李陀：《自由落体》，《人民文学》1982 年第 12 期。

奥秘的新天地。李陀的《七奶奶》《自由落体》在当时引起评论界的关注，展开了较长时间的争鸣。归结起来，观点不外乎两种：一是认为，局限于一个狭小的范围内，通过一些微不足道的小事，刻画人物琐细的内心世界，这种写法造成了作品主题内容的单薄、偏狭，缺乏应有的时代感和历史感。二是认为，小说容许有多种多样的写法，现实主义创作方法应当是一个开放的体系，进而认为，李陀的艺术探索是积极的、成功的。实际上，有些批评已经脱离了小说艺术本身，把现实主义当作一个封闭的、凝固的体系，而忽视了作为创作主体的艺术探索和创新。无论怎样，李陀小说的价值以及由此而引发的探讨、争论的意义是不可否认的，李陀的小说创作，在理论和创作实践上，极大地拓宽了人们的艺术视野，为1985年先锋小说的兴起奠定了思想和艺术基础。

（五）以写作重构达斡尔民族精神

20世纪80年代达斡尔族小说的突出成就，主要表现在两个方面，首先是达斡尔族作家摆脱了主流意识形态的规约，出色地感应社会脉搏的跳动，为时代放歌，反映中华民族的心路历程，传递达斡尔民族的心声。他们或控诉极"左派"与专制主义对人性的扭曲，或关注改革开放带来的富庶安定的生活，或揄扬叱咤风云的时代先锋，或描写经济全球化大潮中达斡尔民族所面临的困窘与挑战，或指向坎坷悲壮的达斡尔民族历史命运。可以说，新时期达斡尔族小说题材的丰富多彩是前所未有的。其次，达斡尔族作家的审美意识出现了相当大的变化。新时期之初，以"真实"为核心的现实主义创作方法基石地位的恢复，使达斡尔族作家通过写作找到了"参与"或直接进入社会生活的路径，以文学创作实现了对现实生活的"到场"和关注。20世纪80年代末，伴随现代主义的崛起，现实主义在广泛吸收和融合中呈现出多种样态，达斡尔族作家开始学习和借鉴西方现代派的艺术手法，如打破传统的单一叙事模式，追求小说题旨的多义性以及意识流、荒诞艺术的借鉴等。小说观念的拓展，使达斡尔族作家"艺术地把握世界的能力日渐增强"。达斡尔族作家的个性风格开始得以生成。在这方面，额尔敦扎布、赵国安的小说值得我们重视。额尔敦扎布在新时期"反思文学"大潮中，直面现实，以长篇小说《伊敏河静静地流》，抨击了封建血统观对达斡尔女性的压迫。之后，又以长篇历史小说《凌升》在多变的达斡尔民族历史风云中寻找文化支撑，增强民族凝聚力，重构民族精神。赵国安的小说则以敏锐的洞察力，在达斡尔族辉煌的民族革命历史、新时期复杂多变的社会生活中撷取写作资源，以新颖的创作题材和高昂的艺术基调而鼓舞人心。

额尔敦扎布（1939— ），又名孟飞，内蒙古自治区呼伦贝尔市人。1954 年毕业于内蒙古扎兰屯农牧学校，分配到内蒙古自治区呼伦贝尔市陈巴尔虎旗兽医站工作。1958 年，额尔敦扎布考入内蒙古大学蒙古语言文学专业深造。1963 年毕业后，相继在《内蒙古日报》《黑龙江日报》从事编辑和记者工作。1980 年，额尔敦扎布调内蒙古大学蒙古语言文学系任教，后调任内蒙古自治区人大常委会民族侨务、外事委员会主任。20 世纪 60 年代初，额尔敦扎布开始尝试写作，以报告文学、散文等文学样式，描绘祖国大好河山，记写激情年代的建设生活。新时期以来，额尔敦扎布把创作重心转向小说创作，陆续写有长篇小说《伊敏河静静地流》《霜秋》① 以及中短篇小说《牛老汉》《吉祥的婚礼》《水汪汪的眼睛》《漫漫的草原》等。1987 年，在展示内蒙古自治区 40 年文学成就的"内蒙古当代文学丛书"中，选编出版有《额尔敦扎布乌云巴图作品集》（二人合集），收有额尔敦扎布中短篇小说 11 篇。其间，额尔敦扎布的长篇历史小说《凌升》②《额尔敦扎布中篇小说集》③ 得以出版。新千年以来，额尔敦扎布致力于蒙古族历史文献研究，并从中寻找灵感和写作资源，撰写有《阿澜豁阿》等长篇历史小说。2013 年，额尔敦扎布的长篇回忆录《悠悠岁月》问世，它记录了作者"从童年纯真到中老年修身养家，承受和享受人生苦与乐以及对文学的孜孜追求"④。

额尔敦扎布的小说极善于从文化层面揭示达斡尔民族的精神世界，

---

① 额尔敦扎布：《伊敏河在潺潺地流（蒙古文）》，民族出版社 1989 年版。该作品 2015 年选入内蒙古自治区"优秀蒙古文文学作品翻译出版工程"（第三辑），并由作者汉译为《伊敏河静静地流》，于 2015 年由作家出版社出版；2016 年《伊敏河静静地流》（蒙古文修订版）由内蒙古人民出版社出版。额尔敦扎布：《霜秋（蒙古文）》，1991 年由内蒙古人民出版社出版。

② 额尔敦扎布：《凌升》，民族出版社 1999 年版；《凌升（蒙古文）》2001 年由内蒙古人民出版社出版。

③ 额尔敦扎布：《额尔敦扎布中篇小说集（蒙古文）》，内蒙古人民出版社 2016 年版。

④ 额尔敦扎布：《悠悠岁月·前言》，天马出版有限公司 2013 年版，第 3 页。

力求使笔下人物像生活本身一样生动鲜活，特别是渲染、烘托、隐喻以及象征、内心独白等现代艺术手法的娴熟运用，使额尔敦扎布的小说呈现出朴素、细腻、率真的个性特质。荣获内蒙古自治区第二届文学创作索龙嘎奖的短篇小说《牛老汉》（蒙古文）传递了达斡尔民族的文化记忆，体现了别样的文化延续感。作品通过讲述一位达斡尔族老人卖牛的经历，反映了草原牧民由自然经济走向市场经济的"阵痛"。故事的主人公对牛的喜爱和痴迷到了有些偏执的地步，因而得名"牛老汉"。牛老汉饲养的奶牛老了，既不能生小犊也不能产奶，牛老汉儿子主张把牛卖了，理由是养牛"要算经济账"。牛老汉在感情上无论如何也接受不了儿子的建议，经过痛苦的内心挣扎，牛老汉想出一个折中的办法，那就是宁可把奶牛送给对方，也不卖给杀牛吃肉者。牛老汉把奶牛牵到交易市场，他毫不关心牛的"价格"，而是精心观察买牛人的意向和用途。最终，牛老汉为心爱的奶牛找到了好人家，并以最低价给了一个"买牛给父亲聊以养闲"的年轻人。牛老汉父与子在"卖牛"问题上的冲突，实质就是经济改革进程中，经济实利价值原则对达斡尔族传统道德观的冲击。可贵的是，作者没有否认经济改革为达斡尔民族带来的福祉和成就，也没有一味地趋从经济至上的原则，而是通过牛老汉的所思所感，显现了达斡尔民族淳朴善良、重情轻利的民族品格。中篇小说《烛光荧荧》是时代的反映，也是对往昔岁月的纪念和留存。故事发生在 20 世纪 50 年代，巴尔虎旗供销社新来了一位名曰苏荣的售货员，她聪明伶俐，活泼可爱，很快就成为小伙子们的追求目标。而美丽的苏荣却在不知不觉中对文化馆图书管理员巴彦巴特尔产生了爱慕之情。因为旗里没有通电，巴彦巴特尔常来供销社买蜡烛。一个卖蜡烛，一个买蜡烛；一个活泼外向、喜爱唱歌跳舞，一个安静沉稳、以学习为乐。但迥异的生活方式并没有成为苏荣仰慕巴彦巴特尔的屏障，她在蜡烛短缺的情况下，尽量帮助巴彦巴特尔。在苏荣的内心深处，认为自己关照的不仅仅是巴彦巴特尔，更是为民族未来而奋斗的精神。时隔一年，已是中央民族学院考古专业大学生的巴彦巴特尔，随考古团回乡，得知苏荣正在参加高考，昨天和今天都考得不错，明天是最后一天。巴彦巴特尔看到了苏荣为迎接明天而努力的身影，夜色中，荧荧的烛光在苏荣窗前闪烁。这烛光，是达斡尔民族青年一代奋发进取的象征，是一个民族走向文明进步和美好未来的标志。作品通过一对达斡尔族青年男女刻苦学习和相知相恋的故事，表达出对达斡尔民族文化振兴的真切渴求。任何一个民族真正的昂首挺立，不仅仅只在于物质生活的富足繁荣，更要有精神层面的自强和进步。苏荣、巴彦巴特尔这两位人物形象，不仅在精神向度上呈现着 20 世纪 50 年代达斡尔民族青年的精神面貌，同时也从一个方面表现了额尔敦扎布以知识为力量，形塑、强盛所属民族的渴求与美好期待。

达斡尔族是一个历史悠久且内敛坚韧的民族，他们有着许多不曾表达和难以释放的内心声音，这一现实使达斡尔族作家拥有了无穷的写作资源和可能。额尔敦扎布新时期小说扣合时代主旋律，反映了改革开放带给达斡尔民族的欢乐和希望，描写了达斡尔民族发展和前行中的自强不息与勉力进取，尤其是对封建"血统论"的抨击和批判颇有力度。荣获内蒙古自治区第三届文学创作索龙嘎奖的长篇小说《伊敏河静静地流》从一个特出的视阈对极"左派"和专制主义的黑暗实质进行深刻揭示，还原了当时中国社会政治的荒谬。

这部长篇小说突出的艺术成就在于，对达斡尔民族历史的反思，对禁锢和摧残人性的封建"血统论"的指斥，对"人"的生存自由与权力的呼唤，主要是通过敖雷家族三代女性的婚姻爱情叙事来完成的。作品完整地呈现了近一个世纪以来，敖雷家族三代女性即第一代杜兰奶奶、第二代母亲吉娜到第三代女儿阿荣的命运遭际。从中洞照达斡尔族女性艰辛、坎坷的生存境况，以及追求自由、幸福美好爱情的苦难历程。从某一角度讲，女性史就是一部苦难史，镶嵌于其中的则是个体生命的一幅幅血泪交织的悲情图画。

敖雷家族的第二代女性吉娜是郭勃勒斯功富豪的千金，她从小生活优渥，受过良好的启蒙教育。在一次上学途中，吉娜不慎落入湍急的雅鲁河，被就读于师范学校的朝鲁救出。由此二人相识，进而相知相恋。但他们的恋情却遭到吉娜家族的强烈反对，郭氏望族是绝不会接纳一个出身卑微的穷小子的。吉娜的父亲和爷爷以最快的速度为她找了一个年长的法官，吉娜只能听凭命运的安排。然而世事难料，1945 年，吉娜的丈夫抛下妻女倒在了战火之中，成为寡妇的吉娜只能与女儿阿荣相依为命，艰难度日。中华人民共和国成立后，已是人民教师的朝鲁来到吉娜母女所在的小镇执教。在一次家访中，至今单身的朝鲁与昔日恋人吉娜重逢。正当他们准备践行20年前的爱情婚约时，却遭到了来自另一位封建"家长"姑婆婆杜兰奶奶的横加干涉。其理由和手段更为残忍，杜兰奶奶借十年特殊岁月中"革命"这把"利剑"，给朝鲁扣上了"与反革命牧主分子吉娜乱搞男女关系"的罪名，借造反派之手将朝鲁迫害致死。吉娜与朝鲁的爱情结晶拉勃仁只能成为私生子，强行被送至孤儿院，母子不得相见，逆来顺受的吉娜只得默默屈从。可见，社会的解放"可以带来人的解放，但社会的解放并不等同于人的解放"，消除人的精神枷锁，实现"人"的真正解放，任重而道远。作家对吉娜隐忍图存的性格与多舛的命运，给予了极大的同情和理解。

吉娜的女儿阿荣是敖雷家族的第三代女性。阿荣幼年失怙，在母亲的庇护下长大成人。因而，阿荣与母亲的感情甚笃，在她心目中母亲就是一切。阿荣自小还受到杜兰奶奶贵族意识的熏陶，生活中常常不自觉地以敖雷家族的高贵血统而自豪。拉勃仁出世后，为捍卫家族的荣耀，阿荣愤然与母亲断绝关系，将弟弟拉勃仁送进了孤儿院。她为了找到与自己门当户对的生活伴侣，毅然与普通劳动者出身的男友分手，亲手断送了自己的美好爱情。在杜兰奶奶的授意下，阿荣与出身显贵的铁木尔图力古尔交往，但公子哥儿铁木尔图力古尔始乱终弃，抛弃了怀有身孕的阿荣。情感重创之下，重蹈母亲覆辙的阿荣终于认清了封建血统观的实质。然而，在强大的社会舆论压力中，无望无助的阿荣纵身跳向养育她的伊敏河，选择以死抗争。作家对阿荣这一悲剧人物的塑造，其指向并非婚姻爱情传奇的编织，而在于揭示家庭基质、贵族血统意识对于人物性格形成的制约力。勇敢大胆的第三代女性的抗争也以失败而告终，可见封建血统思想的根深蒂固和强大力量。更为可悲的是，这种由父权制社会制定的女性规范已内化为达斡尔女性的自我要求，又演变成了她们对自己的同性亲人进行规约的绳索。这是作者对"血统论"这一封建文化的深刻反思和批判。从这一视角看，作者对达斡尔女性悲剧命运的揭示，深具期望和维护所属民族健康和谐发展的意义。

杜兰奶奶是敖雷家族的第一代女性，是血统观的坚守和维护者。作家将杜兰奶奶植根于达斡尔民族历史和文化土壤之中，发掘了这一人物的丰富内涵。杜兰原本是白塔布奥贵达总管的女儿，天生丽质，活泼开朗，自幼接受汉文化教育，熟读四书五经。然而在她16岁花季的那一年，家里发生的一件大事彻底改变了她的性格和命运轨迹。当时，好奇的姐姐与城里读书的表哥交谈，问及学堂里男女学生的情况。表兄妹间亲密的谈话不幸被父亲白塔布发现，大骂女儿伤风败俗，拿起马鞭抽向女儿，将她赶出了村受尽羞辱的姐姐当夜投河自尽。姐姐的死如噩梦般缠绕在杜兰的内心深处，时时让她惊悸不安。为此，杜兰不得不听命于父亲的旨意，放弃与救命恩人之间的婚约，嫁给了一个还在"尿炕的孩子"。后来，杜兰又改嫁到敖雷家族，成为与自己爷爷年龄相仿的嘎拉达的媳妇。杜兰一生都没有得到美满的婚姻，也没有感受过爱情自由的甜蜜、亲情的和睦，她唯一的儿子根敦宝还是老头子嘎拉达与前妻的骨血。孤苦和不幸使杜兰变得寡义、无情。而杜兰畸形的人格，必定会以扭曲的方式将自己的不幸转嫁于他人，甚至一手造成了吉娜和阿荣母女的人生悲剧。杜兰奶奶这一人物形象的成功在于，作者写出了杜兰在封建婚俗规约中经历的寂寞与无助、痛苦与困窘、无奈与顺从，又从外力环境对人物的影响，勾画了杜兰奶奶变态人格的形成与发展，揭示了杜兰奶奶直接导致吉娜母女悲剧命运的必然性。

　　综上，《伊敏河静静地流》这部小说在相对狭小的经验尺度内，精确地建构起饱满的心灵空间，精心描述了敖雷家族三代女性的爱情婚姻悲剧，而且在一定层面上，这部小说的思想内涵超越了作者最初批判旧有制度与封建血统观的预设。而且额尔敦扎布精细的观察力、丰富的人生阅历，尤其是自身积淀的民族、历史、文学知识和人生经验，使笔下人物命运与心理的真实再现和细致描摹有了坚实的创作储备，从而对杜兰奶奶这一艺术形象做出了最为可信可感的描绘。这部长篇小说的旨向亦颇为新颖，主题与表现空间有相当大的延展力，它或许可以作为另一种时代和达斡尔族女性记忆的备忘录，让后世可以通过小说塑造的艺术形象，了解20世纪达斡尔女性的命运遭际。不能否认的是，我们对额尔敦扎布小说投以更多期待时，自然就多了几分挑剔与苛求，他的另一部长篇小说《霜秋》中的人物和故事，与上述作品颇有重复之嫌，已成为不争的事实。但额尔敦扎布写于1999年的长篇历史小说《凌升》，已明显地突破了这一拘囿。

　　额尔敦扎布的历史小说《凌升》，较好地将虚构与历史真实结合在一起，写出了主人公凌升刚毅、血性的民族性格，再现了达斡尔族爱国主义知识分子凌升同日本侵略者展开殊死抗争的英雄事迹。小说开篇于1915年，当时的呼伦贝尔地区在胜福安本"保境安民"的策略下，趋于安定太平，但好景不长，日本武装的斯布金额匪军对这块肥沃的土地垂涎三尺。凌升作为安本衙门的笔帖式①，勇敢地揭穿了他们借"倾力相助"达到侵占呼伦贝尔的阴谋诡计，并指挥蒙旗联合军将斯布金额匪帮驱逐出呼伦贝尔草原，阻止了日本侵略势力向呼伦贝尔地方渗透的野心。在平息匪乱的过程中，凌升表现出非凡的组织和指挥才能，赢得了呼伦贝尔草原各族群众的拥戴。1931年"九·一八"事变后，凌升目睹了日本侵略者推行的一系列奴化政策，曾经的美好幻想被残酷的现实击碎，凌升开始由抵触进而走上反抗的道路。当爱国中将苏炳文②向全国发表通电，宣布成立"东北民众救国军"时，凌升代表兴安地方政府积极响应，给予有力支持。在满蒙边境会谈期间，凌升始终拒绝按照日本军代表的意图行事，使日本人在谈判桌上惨遭失败。在随后召开的兴安四省省长会议上，凌升还对"满洲国"国策进行了抨击。恼羞成怒的日本人以莫须有的罪名将凌升逮捕。身陷囹圄的凌升始终没有屈服，直至被处以极刑。作者还以凌升狱中遗嘱表现了他宁死不屈的英雄气节，"我将被日本人杀害，因为我反对日本帝国主义及其侵略者的野心，反对日寇长驱直入式地在中华大地上的霸道行径，因为我绝不做亡国奴"。

作为比照，作者对武装土匪头目斯布金额这一人物的塑造也是颇具匠心的。作品多层面地揭示了斯布金额这个人物的本质。他曾是一个杀人不眨眼的土匪头目，凭着狡黠、谄媚，坐上了扶国军首领之位，但骨子里却脱不掉一身的匪气。斯布金额又是愚蠢粗俗的，当凌升向他探听匪军的底细时，斯布金额不假思索脱口而出，"关于武器弹药供给请你们放心，大日本帝国是我们的坚强后盾"。作家一方面写他有"斗争经验"和"斡旋能力"，另一方面突出了他骄横狂妄、刚愎自用、外强中干、色厉内荏的性格本质。作品还以他的厚颜与犬儒之态，对照出凌升为国家、为民族顽强抗争的崇高品德。

①　笔帖式：清官名。掌翻译满、汉章奏文字等事。
②　苏炳文（1892—1975），汉族，辽宁省新民县人，国民革命军中将，抗日名将。中华人民共和国成立后，出任全国政协委员、黑龙江省体委主任等职。

　　这部小说另有许多可圈可点之处。作家在遵从史实的基础上，兼收民间口传史料，将自己的理性认知、情感体察与历史巨川相糅合，以自我民族文化认同生发的艺术想象，还原和填补了达斡尔民族历史留下的空白。叙事风格上则是于大处着眼，小处落墨，于悲壮雄浑中见细微。如小说以凌升父亲贵福打探儿子消息作为开篇，并点染出悲壮的情感基调，为凌升和其他四位爱国志士的壮烈牺牲做出铺垫。之后，又以凌升被处以极刑展开叙事。小说的序幕可以说是作品的一个亮点，在将结局诉之于读者的同时设置悬念，从而规避了结构的单调。同时，逼真的环境描写也为情节的发展渲染了气氛。作者采用"以乐景渲染乐情，以哀景渲染哀情"的艺术手法，因人物的内心情感、故事情节的不同，周围的景致亦随之而变化。人物塑造上，作者发挥艺术创造的自由想象，真实地刻画了凌升的性格转变。清末民初内忧外患，达斡尔族爱国青年凌升立志报效祖国、保土安民，从对伪满洲国的美好幻想，再到看破其本质，步步走向决裂反抗，最终用生命实践了"不做亡国奴"的铮铮誓言。人物性格脉络清晰，真实自然，显示了作者在人物塑造方面的凌厉手笔。而凌升的性格成长不仅仅是他个人的发展和完善，同时也谕示出达斡尔民族的精神成长，包含着一定的象征意味。小说作为达斡尔民族英雄的颂歌，对达斡尔族民俗风情也有相当篇幅的展现，使作品显示出深厚的民族文化底蕴，从另一层面拓展了作品的艺术审美价值。

　　赵国安（1950—　　），辽宁省丹东市人。1966年考入北京市舞蹈学院就读。1968年因父亲遭诬陷而受牵连，遭返原籍，同年投奔黑龙江省富裕县三伯父，以求得庇护。1969年，赵国安考入黑龙江省齐齐哈尔市民族师范学院就读，毕业后分配到黑龙江省富裕县龙安桥镇中学任教。赵国安的文学创作始于1985年，写有《我与达斡尔语言》《龙涎泉月色》《那圆圆的月亮》《杀蛟》《他就是"寻福"》等多篇散文、小说和报告文学。近年，赵国安致力于长篇小说写作，相继出版有《没有墓碑的墓》《东迁》《西征》① 三部长篇小说。

　　赵国安极善于在多重文化资源的汲取中，将自己对所属民族的热爱、

---

① 赵国安：《没有墓碑的墓》，民族出版社1998年版；赵国安：《东迁》，黑龙江教育出版社2012年版；赵国安：《西征》，光明日报出版社2013年版。

对生活的独特理解与认知，借力于文学加以传达。在缺少精神力量的 20 世纪 90 年代，赵国安以报告文学《他就是"寻福"》颂扬了一位极具感召力的奉献者，为新时期达斡尔族文学增添了一抹亮色。他还以散文《我与达斡尔语言》《龙涎泉月色》等篇章，开掘了达斡尔民族历史与文化的内蕴。前者关乎民族语言，后者描绘家乡风物，但作者并未将笔触停留于物态化的生活景象，而是透过日常生活中的点滴，表达出对达斡尔民族语言所遭受的冲击、挑战的忧虑。随着时代的发展，劳动生产生活方式的被改变，达斡尔族群成员远离故土寻求新生活，逐渐开始自断"文化脐带"，使达斡尔语遭受了前所未有的"冷落"。作者借达斡尔民族语言存亡这一现实问题，对达斡尔民族文化的前景、未来表现出极大的恐慌和不安。

作为小说家的赵国安，在短篇、长篇艺术领域都有出色的表现。《那圆圆的月亮》《杀蛟》是赵国安短篇小说的代表作。《那圆圆的月亮》讲述了一个刚刚参加工作的女孩小凤在集体的温暖中获得归属感的故事。作品呈现了赵国安短篇小说写人叙事的特色，即不借助于杜撰离奇的故事表现人物，而是按照生活的本真状态，在行云流水般的叙事中表现生活的真情流动，使人与事在舒展自如的情节发展中体现其内在联系。《杀蛟》是一篇颇具讽刺意味的小小说。小说的主人公 W 君急于发大财，一门心思寻觅独步天下的技艺。一天，偶然看到一则广告传授杀蛟绝技，W 君大喜，遂倾其所有拜师学艺。三年后，W 君得以学成归乡，建立屠场，开张营业，不承想门前冷落车马稀。深感郁闷的 W 君辗转反侧，思虑许久，终于恍然大悟，天下本无蛟龙，所学技艺压根就无用武之地。遂与友邻商议合伙开办屠宰场，专事杀猪工作中的"拽猪腿"。作品短小精悍，语言活泼，且贴近生活实际。作品的成功在于，赵国安将笔下人物镶嵌在所依存的社会经济时代框架中，展现了平凡、普通而真切的人生图景。

从中学教师成功转型为小说家的赵国安，始终以一种强烈的民族责任感和使命感，持续关注坎坷不屈的达斡尔民族的历史命运，可以说这也是赵国安写作的动力之源。1998 年，长篇小说《没有墓碑的墓》问世，展示了赵国安在民族革命历史题材方面的成绩。赵国安还最大限度地以血液里的根性，表现达斡尔民族及其他少数民族顽强不屈的民族本质力量。我们在长篇小说《东迁》《西征》中，可以看到赵国安在这方面的尽心竭力。《东迁》取材于清雍正年间柯尔克孜族不远万里，由新疆阿尔泰地区迁徙黑龙江省富裕县的历史事件。这是当代文学史上第一部以长篇艺术形式反映柯尔克孜族东迁的历史小说。作品情节生动感人，人物个性突出。《西征》讲述的是清乾隆年间达斡尔族奉命西征戍边的故事，作品再现了西迁途中的艰辛困苦，歌颂了达斡尔勇士的坚强不屈。18 世纪中叶，清政府正处在"康乾盛世"的鼎盛时期，为巩固统一局面，加强西北边防，派驻边防官兵保家卫国显得尤为重要。清廷之前派驻的边防官兵按规定每三年换防一次，均由内地各省抽调。乾隆二十二年（1757），清政府授予达斡尔由同将军为定边将军，进剿准噶尔部阿睦尔撒纳叛军。朝廷见以由同将军为首的达斡尔官兵作战勇猛，而且派换驻防官兵既耗费时日，又浪费人力物力。于是，决定重新选派官兵携带家眷，永驻西部边陲新疆。乾隆二十八年（1763），黑龙江将军接到"挑选布特哈索伦兵丁携带家眷移驻伊犁"上谕后，选派布特哈八旗达斡尔、鄂温克官兵各 500 名，分两批启程。是年 5 月，被选编的 500 名达斡尔、鄂温克官兵在副总管色尔默勒图及佐领、骁骑校等官员的率领下，携家眷 1417 人，泪别故土和家乡亲人，由嫩江流域启程，开始了数千里的行程。他们驮负着行李、粮食和武器，不畏严寒酷暑，战胜病魔，打败沙俄与地方匪徒，又在粮食耗尽、人员伤亡、牲畜倒毙的情况下，克服千难万险，终于在 1764 年 7 月 26 日抵达新疆伊犁。赵国安这部小说描写的就是这段历史进程中，达斡尔族官兵携家眷历时一年零四个月的长途跋涉，最终抵达新疆伊犁戍边的悲壮历史。《西征》这部小说不仅真切地描写了特定历史、特定条件和特定环境下达斡尔官兵及其家眷所经历的严酷生活，而且在择取历史素材和表现这一内容时，作者怀有深沉而非浮浅的浪漫主义激情，在所描写的严酷、粗犷和悲情的西征生活中寻求美好，发掘诗意。这不仅表现在对本就充满悲凉意味的西北荒原自然景致的精细描绘上，也表现在对人物形象的塑造上。故事的主人公西征首领色尔默勒图是一个集仁义、智慧和勇敢于一身的达斡尔民族英雄，他自小以爷爷为榜样，刻苦习练武功，练就了强壮的体魄和一身硬功夫。被选派西征后，他带领达斡尔众勇士，先是打败了袭扰的沙俄匪兵，接着又战胜了抢劫百姓的大兴安岭土匪。其间，色尔默勒图还忍痛将自己的亲生女儿献出，与往来于中国和西亚的货运驼队换取饮用水，解救了沙漠中受困的官兵和家眷。他带领官兵克服了一个又一个难以想象的困难险阻，终于抵达目的地，完成了西征戍边的历史使命。此外，作品塑造的郭布勒、莫日根和女匪牡丹红也都是个性鲜明、光彩夺目的艺术形象。

长篇小说《没有墓碑的墓》是赵国安的成名作，也是达斡尔族书面文学史上革命历史小说的代表作。作品在时代与历史的基本框架中大胆想象，还原了达斡尔民族为寻求自由解放而经历的曲折的斗争生活。小说以乌裕尔河北岸布拉日旗贝子府为背景，生动地描写了贝子府奴隶莫日根、额吉勒、固乐库三个小伙伴因不同的人生追求而走上截然不同道路的故事，展现了达斡尔人民追求自由与光明，反抗压迫与侵略的英雄事迹。作品还通过描写达斡尔族、蒙古族、汉族和日本大和民族人民之间的真挚友情，唱响了一曲民族大团结和国际主义的赞歌。小说的主题无疑是重大而深刻的，作者赋予主题的载体并不仅仅是那个被描摹的 20 世纪三四十年代的典型历史时期，主要是通过一组血肉丰满的人物所选择的不同的人生道路和随之引发的命运变化，呈现了达斡尔民族疾恶如仇、心地刚直、豪侠义气、酷爱自由的精神气质。

这部小说的成功，首先在于作品依托宏大的社会历史背景和绝对的革命主题而展开叙事。小说的故事发生在 1934 年的布拉日旗贝子府，这里一片萧瑟荒芜、僻闭贫瘠。封建牧主贝子的压迫，寺院高僧的淫威，日寇铁蹄的践踏，众生犹如牛马般任人欺压宰割，他们只能把一切寄托于神祇。故事的主人公马倌莫日根、羊倌额吉勒、牛倌固乐库就生活在如此深重的苦难之中。莫日根的母亲患了伤寒病，喇嘛们竟说是恶鬼缠身，将她扔进河里消灾；莫日根的父亲甚至被贝子①当马骑，惨遭欺凌毒打，在痛苦中含冤而逝。三个伙伴终于不堪忍受压迫，自发地反抗暴政，他们团结一心，与"红鼻子"大喇嘛、日本小队长"绿豆蝇"展开了英勇斗争。初试锋芒并取得胜利的三个小伙伴，继而在贝子府从教的白老师的影响和指引下，走上了追求光明的道路。其次，作品成功地塑造了莫日根这一艺术形象，展现了莫日根从自发反抗恶势力，逐步成长为一个自觉的革命志士的历程。小说一方面表现了莫日根勇敢不屈的斗争精神，写出了这一性

① 贝子：满语音译，固山贝子的简称，原为满语"贝勒"的复数，有王或诸侯之意，是清王朝建立后的宗室爵位名称。

格特质形成的内在成因。年少的莫日根目睹了父母的悲惨命运，在他的内心深处埋下了阶级仇恨的种子，造就了他的反抗性格。莫日根的这种性格在之后徒手斗饿狼，勇救友人桑吉玛，不顾自身安危、护送共产党员白老师脱离险境，以及日本训练营内三次遇险，戈壁起义和家乡解放等重大事件中，得到进一步展现。作品还特别表现了莫日根性格中慷慨好义、舍己为人的英雄本色。当应召入伍到中国作战的白老师和日本女友奈子的爱情结晶中村诚志遇到生命危难的紧急关头，莫日根不惜生命，挺身而出，挡住了飞来的子弹，壮烈牺牲。作者还充分表现了莫日根丰富的情感世界，他对朋友肝胆相照，对恋人情深意切。莫日根身上闪烁着达斡尔民族爱憎分明的人情美与人性美。作品运用多种表现手法特别是以比照艺术，塑造了一个个性格鲜明的人物形象，如莫日根的勇敢无畏、额吉勒的沉稳内敛、桑吉玛的活泼开朗、白老师的远见卓识、扎布的耿直刚烈、布伦的豪侠义气、库木勒的坚贞不屈，还有老贝子的粗俗阴毒、吉尔格拉轻浮狡黠、巴西的贪婪奸诈、固乐库的奴颜婢膝，日本帝国主义分子龟板的阴险狡诈、川岛的阴险毒辣、松野的狰狞凶残，一张张面目清晰可见，跃然纸上。这些栩栩如生的艺术形象，极富深厚的历史内涵，身份各异、性格饱满却又各具特色，其命运轨迹相互关联、旋转交错。对人物的成功塑造，支撑起这部小说的宏大叙事空间，体现了赵国安刻画人物的艺术功力。

赵国安还善于将久蓄于心的民族记忆汇聚于笔下，浓墨重彩地还原达斡尔家园的神奇诱人。可以说，《没有墓碑的墓》整部作品都被浓浓的达斡尔"家园情怀"所缠绕，"湛蓝的天上有几片淡淡的白云，那极薄的晴云，有的像新剪的羊毛，有的像初秋的苇絮。那一泓泉水像流动的水晶，顺着山根涓涓地向南流去"。静谧美丽的乌裕尔河常常会"漫起一层雾霭，浓浓的厚厚的，使万物都陷于混沌之中"。有时它又变得滞重而苦闷，甚至"沙滩也变得威严而神圣，像有千万匹野马在奔腾、咆哮、嘶鸣"。这些空间景观的书写，使所叙故事富有质感，同时也显现了作家对达斡尔家乡的深厚情感。与此同时，赵国安还以对柔婉的"木库莲"，悠扬动听的"扎恩达勒"，苍凉、激昂的"刀枪如林，箭矢如雨，马蹄擂战鼓，杀声涌海啸"的成吉思汗军歌以及敖包盛会上，旌旗招展，人喊马嘶，赛马、射箭、摔跤男儿三艺的艺术再现，营造出一种深具达斡尔民族特性的"抒情氛围"。在语言上，赵国安常常将生动的民间口语与文学语言有机结合起来，甚至把俗语、格言融入其中，如形容恋人间的对话，"悄悄话像潺潺的流水，像习习的和风，像绵绵的细雨"。描写英雄驳斥变节者，"你永远也不能明白一个正直人的思想和行为，就像一个趋臭附尸的苍蝇，不能理解飞翔在长空的雄鹰；卧在食槽的毛驴，不能理解奔驰在草原上的骏马一样"。另外，赵国安还以"是骏马就不怕残忍的豺狼，是英雄决不让敌人欺侮""雄鹰用它的翅膀飞过高峻的山梁，骏马用它的四蹄跑过宽阔的草原""永不停息的河水能流进大海，寸步不离的高山仍在原地"等格言俗语的溢出，将辽阔苍茫的自然景致与达斡尔民族的慷慨大义有机地融合在一起，勾勒出一幅幅壮美的、富有达斡尔民族特色的瑰丽画卷。

（六）　生命主题的多重面相

新时期达斡尔族女作家的小说创作作为达斡尔族文学的重要构成，是伴随着社会变革，伴随着人的意识和女性意识的觉醒而得以发生、发展起来的。她们的创作为新时期达斡尔族文学带来了盎然生机。较之前有所不同的是，新时期达斡尔族女作家，锐意求新，她们的创作经历了从单纯到丰厚，由诗意诉说到冷峻探索再到女性自我反思的历程。具体而言，达斡尔族女作家对社会、对人生的思考，更多的寓居于婚姻、爱情生活，并格外关注女性价值的社会实现、女性自身因袭的历史惰性、女性为争取进一步解放所应具备的勇气和精神质素。达斡尔族女作家创作视界的核心是女性的最终解放，即女性在获得政治经济根本解放的前提下，追求更合理的生存状态、更完美的人性实现。就其小说创作而言，达斡尔族女作家宽广的文学视野已内化为作品丰赡的思想容量，不仅带来了题材视域的拓展，还带来了对生活的深度开掘。因而，她们的小说，无论就其蕴蓄的生活层面还是审视人的灵魂方面，即在观照社会生活的同时，在观照"人"包括女性自身的精神世界方面，都达到了相当的高度和深度。在艺术表现上，新时期达斡尔族女作家的小说呈现出以人物情感发展流程贯穿全篇的特质，那些浸染着人间挚爱的《缀满秋香的山坡》《晒烟场前》《达斡尔女人》等女性小说，都是她们用真性情，用灵魂与生命而写就的。这方面，苏华、苏莉的小说颇为引人注目。

苏华（1957—　），内蒙古自治区呼伦贝尔市莫力达瓦达斡尔族自治旗人。新时期初年，苏华开始尝试写作。1984 年，考入内蒙古师范大学文学研究班深造。在这里，苏华在族群文化和汉文书写相互影响和相互作用下，开拓了视野，找到了写作的根脉与方向。其间，苏华写有小说《母牛莫库沁的故事》《缀满秋香的山坡》，散文《感谢生活》《籍贯或老家》，诗歌《致向日葵》《渴望歌唱》和剧本《征税风波》等。1998 年，苏华的短篇小说集《牧歌》①辑入"呼伦贝尔作家作品选"出版。2000年，苏华的散文随笔集《母鹿·苏娃》②问世。

作为达斡尔族女作家的中坚，苏华始终坚持以达斡尔民族作家的身份出现在当代中国文坛，不论是小说、散文、诗歌创作，还是写报告文学、剧本，都在"爱是文学的最高境界"③这一创作理念和构架之中，表达着善美与温暖。报告文学《共筑双拥路　同架连心桥》如是，话剧剧本《征税风波》亦如此。

苏华善于在所属民族生活中择取写作资源，尤善于将往事记忆恰当地转换为语言符号，颂扬世间真情与大爱。这也是苏华小说的一个重要特色。荣获内蒙古自治区第四届文学创作索龙嘎奖的短篇小说《母牛莫库沁的故事》和《今夕何夕》《缀满秋香的山坡》《小付妹夫》可视为这方面的代表。《母牛莫库沁的故事》以"我"的视角，讲述了一个名为莫库沁的奶牛在十年特殊岁月中的命运遭际。小说落笔于母牛莫库沁，实则是通过所述对象展示人与自然、善与恶、社会与命运的关系。苏华开篇从描写"我"小时候到姥爷家的贪吃到姥爷驯牛，"我"喂小牛犊的温馨美好，小牛被关到后园里的寂寞与无奈，莫库沁从乡下逃回家到河湾寻找同类的困惑，姐妹俩没有当上红小兵的痛苦，都呈现了苏华诉述内心感受、表现人间善美之优长。《今夕何夕》也值得关注。故事的主人公"我"在不经意间，见证了一头牛的爱情经历。一头小公牛为自己喜欢的小母牛拼尽全力，战胜了对手，却在牧牛人的阻挠之下，被迫与自己心爱的小母牛分隔两处，"它冒着会被打得皮开肉绽的危险开始领着小母牛奔跑"。但

①　苏华：《牧歌》，远方出版社 1998 年版。

②　苏华：《母鹿·苏娃》，作家出版社 2000 年版。

③　苏华：《开拓与发展自己的心智才能》，《草原》1991 年第 8 期。

是小公牛却没能逃过牧牛人的追赶，心怀怨恨的小公牛在牧牛人毫无防备之际"猛冲过去"，牧牛人应声倒下，发出一阵惨叫。而小公牛遭到人们的围追堵截，最终倒在了众人的"枪林弹雨"之中。作者运用拟人的艺术手法，赋予小公牛以人的情感特征。这是人类特别是男性世界所缺乏的勇敢和担当，也是作者主观愿望的外溢。苏华这般热衷于撷取"准原始环境"中的生命意象，营造一种源自生物本能的"爱"的图景，旨在表达对美好、自由与幸福爱情的向往。

　　苏华还常常借助日常生活的描写，传达人间的温暖和爱意。短篇小说《小付妹夫》讲述了一个平凡甚至有点"卑微"的小人物的故事。小付是我们家乡的河南"盲流"，他"个头不高，特别的瘦。由于经常做些扒炕、抹墙、和泥、挖排水沟之类的粗活，他的皮肤总蒙着尘垢"。但小付忠实、厚道又踏实肯干，母亲看中他的为人，将患脑膜炎后遗症的表姑的女儿即"我"的傻表妹乌娜吉嫁给了小付。妹夫小付以他的善良、笑容滋润着自己的女人乌娜吉，家里家外，都是妹夫辛苦劳作的身影。而且小付从未抱怨过生活的艰难，他凭着自己的勤劳和付出，把小日子过得红红火火。小说写得动情而感人，虽然只是一个小人物的家常琐事，有泪水，有心酸，当然也有娶妻生子的小幸福。重要的是，主人公不是以挣扎的姿态面对生活，而是在寻常之间体现着一种乐观向上。不难看出，苏华的小说有一种情结，那就是对真诚、善良的咏叹，她总是将主人公的经历化繁为简，加以表达对生活的感知感悟，因而，她笔下的日常生活往往充满着诗意。短篇小说《牧歌》通过小主人公乌珠热和小牛犊的故事，表现了乌珠热对爱的渴求。乌珠热刚满七周岁，身体的病残使他既不能像别的孩子那样肆意玩耍，也不能上学读书。他一生下来就被寄养在乡下姥姥家，因为父母离婚了，所以，看到姥姥家母牛生下牛犊又被迫分开，乌珠热格外难过，觉得小牛犊和自己很相像。当他听说小牛犊在草场结交小羊羔这个朋友，甚至天黑后都不愿意回家时，乌珠热又开始偷偷地羡慕起小牛犊了。一天傍晚，乌珠热像往常一样找小牛犊回家，寻遍草场也不见，当他忧心忡忡地回到家时，姥姥告诉他小牛犊受了伤回来了。夜深之际，乌珠热偷偷起床，把母牛牵到小牛犊身旁。牛妈妈一眼就认出了自己的孩子，还爱怜地舔起小牛的脑门儿，小牛犊也在吮吸乳汁的过程中认出了妈妈，竟奇迹般地站了起来。望着这舐犊情深的画面，乌珠热感动地哭了起来。作品转承自然，细腻又传神，景物与人物互相映衬，令人感动亦感慨不已。在《缀满秋香的山坡》中，苏华的这种诗性寻觅得到了完美呈现。作品讲述了鄂莫里村的四个女人秋天上山采集途中发生的故事。人到中年的契妞、胖大婶和金丽玛在"挤牛奶、渍酸菜、起地里的马铃薯、穿晒黄烟"的大忙日子里，忙里偷闲相约挤出一天时间去"采山"，"熟透了的棠棣果，山里红、榛子的香味儿，勾引着女人们的灵魂"。让契妞颇为不快的是，村里的俊俏女人不约而至地搭上了她们的牛车。契妞不喜欢她，觉得这个女人就是狐狸精，"就像一条吊在棚顶的鲜鱼，招得村里馋猫般的臭男人围着她团团转"。更让契妞窝心的是，丈夫"放着自己家里顶要紧的活儿不做，却帮她干这弄那的"。她唱出的美妙歌声，在契妞听来也不过就像"夹在门缝里的猪崽子一样叫唤"。但契妞心地是善良的，当她看到俊俏女人不慎踩入水沟，拽出湿淋淋的鞋子套在脚上时，又不禁心生怜悯。"采山"正酣时突然而至的雷雨，让原本准备抛下"狐狸精"的契妞还没跑出几步，"心里就不踏实起来"。最后还是顶着雷、冒着雨，返回山顶将俊俏女人救了出来。结局是雨后彩虹出现，看着手里的空麻袋和撒在山路上的榛子，几个女人开怀大笑，旧日前嫌也在她们"前仰后合"的笑声中烟消云散。作品在达斡尔族乡村女子极为常见的"采山"活动中，精细地描写了女性微妙的心理，因为日常琐碎而暗生敌意，就如契妞对俊俏女人那样，可是人性的至纯至善终究还是占了上风，让契妞奋不顾身地向雷雨中的"敌人"伸出了援手，从而传递出感人肺腑的绵绵温情。

关注女性命运遭际，以此表达对人生的思考，是苏华小说的又一特色。身处女权主义时代的苏华似乎并不热衷于发表言论，而是以《晒烟场前》《小镇舞会》《掠过肩头的微风》等小说做出了响应。短篇小说《晒烟场前》通过离异女性黛娜与同住一村、为家庭而失去自我的女友美花之间的对话，表达了她们对爱情婚姻的不同解读。在美花看来，"我看你大可不必离婚，他从没打过你，也没骂你。俺那位可是扬手就打我，这不也将就着过呢吗！"黛娜的态度确定不移，"我就是不能将就。我也不知道，反正不想那么过，没劲透了。活着跟死了差不多。那不是过日子，是熬日子"。作品真实地呈现了两种不同的女性婚姻观，写出了达斡尔女性内心的困惑与挣扎。《小镇舞会》则敞开了一个更为真切的女性世界。舞会简直就是一个社会的缩影，参加舞会的每一个人都在以自己的方式寻找着快乐。就如南娜和尼娜这两位女性，尼娜开朗、洒脱，她最大的幸福就是自我怡悦。而略显保守的南娜传统自律，满足于生活的"小确幸"。小说结尾，南娜走出舞厅，"刚刚拐过正街路口，迎面就看见了丈夫熟悉的身影，一丝暖意悄悄涌进她的心底"。南娜亲昵地挽起丈夫的手臂，"积雪在他俩的脚下吱吱地响着"。这篇作品里，南娜与尼娜的生存方式、生活追求形成一种合理的张力，使故事拥有了无法言说的意味。而《掠过肩头的微风》既是一个凄美的爱情故事，也是对人生终极意义的追根究底。小说的主人公查斯是一个美丽优雅的女人，因为等不到白马王子的出现，27岁时嫁给了一个不爱但也不讨厌的男人，婚后生活既谈不上幸福，也谈不上不幸，"查斯的生活与荒原上生长的杂草几乎没什么区别：开春发芽，夏天生长，秋天结籽，然后枯萎。她的生活历程是上学，读书，工作，婚嫁，生孩子，然后就是等待衰老、死亡"。直到有一天，遇见了塔拉，一个风度翩翩、魁梧又温暖的男人，查斯的生活开始有了色彩，有了爱意。故事从他们20年后的重逢讲起，而这一次的相见竟是他们的永别，塔拉突然去世了。这是一个女人想爱而不能爱的凄美经历，是一段毫无新意的爱情套路。所幸作者没有停驻于此，而是由爱情悲剧转向对生命意义的拷问，"生命竟是这样的脆弱，一个生龙活虎的人，说没就没了。谁会想到一小块不起眼的瘀血，就会扳倒一个大山般结实的壮汉呢？与这种无常相比，自己藏掖的感情，丈夫是不是真的从来没放在心上？塔拉是否真的有过想和老婆离婚，来娶自己？所有想法都显得苍白和无关紧要了"。生命的无常足以让世间所有黯然失色。至此，苏华的思考不再有性别的印记，而是将创作视域置于更为深广的人的生存层面，思考男人和女人共同面对生命及其意义的"深奥和不可思议"。

在审美表达上，苏华的小说以自然、本色而独树一帜。首先苏华笔下较少撼人心魄的故事，多在淳朴、平凡甚至"近乎无事"的日常叙事中写出人生百态。如在《职责》中，作者把一个新闻工作者该不该讲真话的"故事"讲得相当真挚、真实。苏华的这一特质在《母牛莫库沁的故事》中也有呈现。准确地说，这篇小说是"生活流"的记写，而这种叙事方式往往会使作品显得拖沓，但苏华对"莫库沁"的叙述文句简约，视点固定，结构散而不漫，而且"回避了当下文学中的浮躁和轻飘，生活没有被人工的刻意剪裁所伤害，在纷乱繁复的作家主观营造的作品序列中，它更多地保留了生活本色的天然光泽"①。这种近似于原生态的记写艺术，稚拙、朴素、自然的文笔，构成了苏华小说的审美特质，而且经得起岁月的变幻与研磨，体现了一种返璞归真的单纯之美。其次，情感体验的细腻温婉、细节的入微刻画，是苏华小说的又一特点。短篇小说《不可忽视的人物》置外在的故事情节于不顾，直接进入人物的内心深处，以洗练、浅白又不乏幽默的笔墨刻画出人物细微的心理变化。多年来，老领导哈日迪早已习惯了"哈镇长"这一"尊称"，"就好像看惯了太阳从东边出来，听惯了公鸡打鸣一样"。可是，新来的大学生乌日娜颠覆了这个传统，第一次见面就以"哈日迪同志"相称，"哈镇长"顿时有一种被人轻视、被锥刺般的难过和疼痛。待乌日娜一出门，他马上"愤愤地一把抓下老花镜，重重地丢在桌上，脸色阴沉沉的。他埋怨起组织来，怎么就给他送来这么一个不知天高地厚的黄毛丫头。大学生？了不起了？气愤中他竟找不出一个适当的词儿来"。这一段描写可谓出神入化，将哈日迪长久以来养就的自高自大、因气愤而略显夸张的细小动作，以及哈镇长觉得自己面临潜在威胁而产生的无奈又无处发泄的心理表现得淋漓尽致。很明显，苏华笔下的领导干部不再是高大光辉、高瞻远瞩的形象了。"哈日迪同志"寄寓了苏华对以权欲为核心的时代低俗文化的反思和批判。再如从契妞（《缀满秋香的山坡》）对俊俏女人的醋意、敌意到善意的细节描写中，我们也不难看出一个遭遇中年危机的女性的微妙心理。苏华小说的细节描写不仅表现了笔下人物的心理与情感特征，带给读者一种细腻温婉的审美愉悦，而且常常给人以极强的画面感。《坐月子》是通过汉族、达斡尔族女性"坐月子"的比照描写，表达出达斡尔女性对"受人宠着，被人爱着，让人疼着"的内心渴求，而不是"认为女人生孩子就像母鸡下蛋似的"。重要的是，苏华的细节描写在小说中未显多余和拖沓，而是以一种情感倾诉的方式来进行的，是一个女作家有血有肉的生命体验。有评论认为，苏华的"语码一经启动，便被情感驱使着涌出灵性，写作这时候变成了一种生命的表达"②。不拘束缚，不拘格式，写人叙事也因之而显得清新、单纯，从容而笃实。

---

① 曼德拉：《用本色语言写本色生活》，《草原》1991年第8期。

② 艾平：《讲故事的方法永远是个人的》，载艾平《长调》，远方出版社1997年版。

　　苏莉（1968—　　），内蒙古自治区呼伦贝尔市莫力达瓦达斡尔族自治旗人。1988 年，苏莉的成名作《红鸟》得以发表。同年，考入南京大学中文系作家班深造。1998 年，苏莉调内蒙古自治区通辽市文学艺术创作编导室从事专业创作。苏莉写有《老蟑和干菜》《旧屋》《达斡尔女人》《松松和晨生在某一年春秋之间》《仲夏夜之温凉时分》等散文、小说多篇，出版散文集有《旧屋》《天使降临的春天》《万物的样子》①等。2013 年，苏莉的短篇小说集《仲夏夜之温凉时分》②辑入首都师范大学出版社"知觉文学精品阅读丛书"出版。

　　苏莉锦心绣口，她在小说创作中以良好的叙事意识展示了自己独特的艺术魅力。苏莉小说最擅长的不是呈现外部世界的风起云涌，而是以她颇为自觉的女性意识，书写自己的女性体验。在社会发展进程中，社会分工的不同致使女性地位、职责被设定，她们"就是子宫，就是卵巢"（西蒙·波伏娃）。中国甲骨文中的"女"字就是一个跪着的人物形象，"妇"字的意义则以女性在家庭中的角色得以定义，即一个女人拿着一把笤帚。可以看出，女性的地位就此蛰伏于男权社会的统治之下，并成为几千年不为任何因素所变动的两性格局。这种根深蒂固的性别观，是女性心中至今无法抹去的累累伤痕。对达斡尔族女性而言，这一处境并无二致。因而身为女性作家的苏莉，对达斡尔女性的生存处境有着深深的诉求意愿，她的小说能够切入常态的凡俗生活，真切地写出女性尤其是达斡尔女性的一种不尽如人意的"艰难喘息"。短篇小说《达斡尔女人》以"猎人"和猎物的关系，反映了达斡尔女性的生存处境。"他是个出色的猎人"，在他"转山的时候听到了她的歌声"，被她的快乐气息所感染。当她察觉到猎人的注视时，"就像一匹受惊的小动物倏然之间消失了"。他苦苦守了几天，却一直"没闻到她的气味儿"。某天早晨，在一睁眼的刹那间，他觉得"她就在后山"，就像久等的猎物出现一般，来不及思考，穿起衣服奔出去"快步地爬山"。他终于看到了她，顿时"觉得心里有一种火热的东西在撞击着他"。最终，她成了他手里的猎物。作品以猎人喻示男性在家庭与社会中绝对的统治地位，而猎物在猎人看来更多的是一种欲望的符

---

　　①　苏莉：《旧屋》，作家出版社 2000 年版；苏莉：《天使降临的春天》，内蒙古人民出版社 2010 年版；苏莉：《万物的样子》，作家出版社 2017 年版。

　　②　苏莉：《仲夏夜之温凉时分》，首都师范大学出版社 2013 年版。

号，释放冲动的载体。而女性只能是被动顺从，"怨谁呢？还不都是跟着命运的脚步走"。女作家张洁在《方舟》篇首的那句"你是女人，你将格外地不幸"谶语般地道出了男权社会中女性普遍的命运遭际。苏莉的另一篇小说《牧人》也是一篇关于达斡尔女人的故事。正在挤牛奶的她，被一个陌生男人粗鲁地"摸了奶子"，"又掐了脸"，以致牛奶撒了满地。新婚之夜，她才知道丈夫就是那个陌生的男人，能怎么样呢，她只能是默默地"认命"。对丈夫婚内出轨，她唯一能做的就是以放牛、采野菜慰藉自己受伤的心。即便如此隐忍，她还是难逃厄运，不久后的一天，再次成为另一个"猎人"的目标，在草滩上被一位牧人强暴。苏莉以感伤又冷静的叙事笔致，通过达斡尔女性被动、屈就、无助的生存状态，表达出女性对自我命运的无法掌控和难以抉择的痛苦。

短篇小说《独月当空》以一种本色化的叙事话语，首次对男女两性在人类学意义上的不平等做出了颇为客观的描述，并以此警示天下女性，爱情不是人生的唯一，更不是体现和衡量女性自身价值的试金石。故事的主人公托娅是一个美丽多情、懵懂羞涩的少女，她和阿米的爱情开始得没有任何征兆，而且托娅对阿米的喜欢是无理由、无条件的。阿米是一个直来直去的男孩，从来不说任何温情蜜意的话，这与托娅对爱情的想象有些不一样，她很需要在阿米的甜蜜话语中确认爱的存在。阿米参军走了，作为一个情窦初开的姑娘，托娅无时无刻思念着阿米，也强烈地渴望阿米的情感慰藉。在与日俱增的思念中，阿米渐渐成为托娅想象中的样子，如同她想念阿米的程度一样，也在深深地想念着她。事实上，阿米的信总是那么平淡、简约、潦草且缺乏温情。一天，托娅从发小小秀嘴里听说红梅做了人工流产手术，懵懂无知的她突然想起自己和阿米临走前在一起的事，她不懂也不知他们是否干过那种糊涂事。托娅恐慌又孤立无援，此时更需要阿米的关心和体贴。终于，阿米有信来了，讲的都是部队里的事情，只在结尾有一句"两心相知，不必多谈"。失望之下，托娅不得不向母亲说出自己的担心，医学检验证明托娅没有怀孕。阿米还是时常来信，然而托娅却对自己遇到的虚惊只字未提。因为她明白了一个道理，那就是男人在情感生活中一直占据着优越地位，就像卡夫卡所说，"在男性世界里真正做得到怜香惜玉的很少"。为此，苏莉笔下以晨生这一"另类"女性形象，表达了对达斡尔女性选择不同生活方式的思考。在《松松和晨生在某一年春秋之间》中，晨生回答松松，"还结什么婚，我都受够了，整天围着小家转来转去的，实际上我和你讲，我对自己的能力还是相当自信的，我想干实业，我适合干这个，将来么，如果能碰到合得来的人就一起过，合不来就散"。晨生的婚姻设想也许就是天下女性的婚姻爱情理想，作者并没有向读者提供一个清晰的答案和结局，晨生在选择出走之后，将面临怎样的生活，我们无从知晓。

现实的无奈与男权社会秩序对女性有形或无形的戕害，常常迫使女作家通过文学艺术形式来拆解男性坚固的堡垒，并试图构建属于女性的价值体系。较之当代中国文坛女权主义作家，苏莉的小说对男权社会的揭露，较少激烈与斥责，她的女性倾向和女性立场都不着痕迹地体现在作品中，没有强烈的两性冲突，女性追求自由、平等、尊严的意向，揭示男性世界的鄙俗，都是在苏莉娓娓道来的故事里渗透着。《仲夏夜之温凉时分》中的阿达年龄尚小，还没办法理解大人的世界，但她隐约感到父亲并不是想象中的样子，迈着做客的步子走进来的父亲，带来一种使人不自在的感觉。妈妈给予阿达的解释，她也似懂非懂。她只知道爸爸来看望她们母女，还留下了钱。至于爸爸过来的原因，是担心妈妈起诉离婚，这让她就更没有办法理解了。孩子眼中的成人世界是模糊的，而这种模糊却真切地表现了失败的婚姻，特别是移情别恋的父亲带给处于弱势的女性和下一代的巨大痛苦。相形于男性世界的自私和无情，是苏莉对女性母爱与担当的歌颂。苏莉笔下的女性，以柔弱之躯勇敢地为孩子构筑起属于女性价值标准的精神庇护所，如《秋日》里的"我"终于赢得妈妈的支持，得以完成学业；阿达（《仲夏夜之温凉时分》）妈妈的努力和精心呵护，极大地降低了因父亲不忠而导致家庭破碎的伤害。苏莉笔下的生活，不是我们每个人都体验过的，但苏莉小说感动读者的根由，不仅在于作品所表现的生活真实和叙述者一往情深的真诚，也在于文本所充溢的那种对人间冷暖的关爱，以及这种关爱所彰显的对生活的诗意遐想。苏莉还常常情不自禁地将自己生命中的一些经历、思考融入人物身上，将自己曾有过的真实情感经验整合进作品中，当它们化为小说中的人物情感时，便显出一种超强的真实性，极易打动读者。比如《红鸟》这篇引起文坛关注并荣获内蒙古自治区第三届文学创作索龙嘎奖的短篇小说，就是以作者父母的真实经历为依托而写就的。故事的主人公陈桑生活在一个极其压抑的家庭中，父亲永远是满身酒气，居然有一次还醉倒在他学校的操场上，这让陈桑产生了强烈的耻辱感。母亲不善家务，总是把日子过得懒散、懈怠。而且父母对不幸福的婚姻生活都以委曲求全回避着夫妻之间的矛盾，父亲终日沉醉于酒精，母亲缄默无言。但他们的生活感悟却惊人地相似，在父亲看来"有些好东西就是这样，它让你看见，知道它是存在的，但是没有一个人能够得到它"。母亲认为，"没有人能幸福，幸福只是影子"。陈桑对父辈委屈而无爱的生存方式表现出极大的排斥。之外，苏莉近年的小说还呈现出一种拓展之势，短篇小说《冬夜》，意味着苏莉的小说创作有了新的变化与发展，"它在艺术意识运行的屏幕上，显露了强烈的引入新的人物以及他们所带来的新的关于一个大的社会现实"①。

苏莉是一位擅长捕捉和挖掘日常"琐屑"的高手。她的小说常常精选出生活的一个瞬间，或一个易被他人所忽略的生活碎片，加以放大，加以精雕细刻，呈现出一种别样的深长滋味。一个地方、一件小事、一段经历乃至一丝细微的情感，都可以随意地成为她叙事的基本出发点。苏莉小说的独特价值还表现在，无论是于精细之处表达自己的生命体验，还是描述"一个大的社会"或现实世界，无不呈现出"平波水面，波澜深藏"的隽永之美。而且苏莉与所述对象之间始终保持"平视"，而不是居高临下的姿态。即使是《红鸟》这样带有男性批判倾向的文本，仍然可以发现许多的善意和同情，"陈桑走进病房，满眼都是吊瓶，里面装着各色药液，父亲的床前也吊着一只，凸起的青筋在他手上爬着"。陈桑突然"觉得父亲变小了，瘦瘦的脸，苍白极了，闭着眼睛，仿佛在承受着无以名状的大苦痛，使陈桑感到微微的震撼，这张平日里觉得恶心的脸，竟还有这般软弱哀怜的时刻"。作者描写父亲的这般样态，并不单单是抒发一个儿子对父亲的悲悯，而是以父亲这样被扭曲了的生命作为比照，寻绎生活的真谛，思考生命的价值和意义。叙事趋于散文化，平和、质朴、细腻、温婉而内敛的笔致，使苏莉的小说呈现出淡雅幽丽的素朴之美。这一特点具体表现在她的小说中，就是较少关注情节的连贯与故事的铺陈，而着意于人物心灵外化的情态和细节，并以此拓展人物的情感世界。《独月当空》就是一篇典型的散文式小说，故事情节既不曲折更无离奇。而这种淡化情

---

① 卢舟：《走进灿烂的文明》，《骏马》1995 年第 1 期。

节的艺术表现方式，对展示主人公托娅飘忽不定、复杂微妙、难以捉摸的心灵律动，发挥了巨大的艺术效力。

苏莉小说的引人之处还在于，她常常怀揣对乡野与民族传统文化的怀念之情，将某一地域的自然景物作为作品的外部环境或叙事载体，并以此结构、书写篇章。她的一些小说中，自然景物的穿插常常推动故事情节的发展，渲染氛围，增强作品的厚重感。如"草地太大了，水也像个没情谊的娘们，不理不睬的"（《牧人》）。这是牧人在百无聊赖的夏日对于草地的感受，而恰恰是这种感受，成为引发他与一位遭丈夫背叛的女人野外交媾的基础条件。在语言表达上，苏莉的小说既追求散文式的流畅自如，也注重从生活中提炼鲜活、生动的口语，用以展现人生的种种况味，"阿达的妈妈再也没有回去，她对那个使她一年之中做了两次人工流产，搬了六次家的林区没有什么好看法，再说她还有一个因酗酒而丧失了生活能力的父亲需要照料"（《仲夏夜之温凉时分》）。再如《红鸟》写陈桑因父母失和而引发的内心悲苦，"在夕阳下，在晚风中，在空无一人的教室里，听着从自己心底发出的低沉柔美的歌声，感动得自己满眼是泪"。写陈桑见到酒后躺在众人面前的父亲，令陈桑恶心，更有一种无法言说的难堪和屈辱，"这张流着口水，被酒精刺激得令人恶心的红光的脸，这张被扭曲了的、变了形的脸，这张没有一点人的尊严的脸"。写母亲持家无方更是简约浅白，"上顿饭的脏碗在厨房的各个空间占据着，地上散乱的垃圾发着怪味"，"陈桑转身看到床头上只有简单的食品，居然还有饼干"。苏莉较少刻意修饰和雕琢文字，而是将生活五味、难言的杂色都熔铸在简洁无华的言说之中，使人读罢不免对纷扰的生存现实生出几多感慨。象征艺术也备受苏莉青睐。《达斡尔女人》以"猎人"与"猎物"象征不平等的男女两性世界；《红鸟》里"乌龟扛石碑""红鸟"的意味不但深刻，而且两者形成一种"沉重与轻灵，不变与追求"的对应关系，呈现出新旧两种生活方式的迥异，表现了扬弃父辈生活方式的必要。可以肯定地说，苏莉别具一格的叙事技巧为达斡尔族文学的艺术格局拓开了新生面，注入了新的审美质素，也标志着新时期达斡尔族女作家创作实力的日益强大。

（七）性别视域的穿透与表达

　　回视新时期达斡尔族女作家的创作，我们发现，在达斡尔族女作家创作群体中有相当一部分成员，十分自然地逸出主流话语，找寻着自己的写作方式。她们一方面将达斡尔女性的种种人生经验置于斑驳的时代语境之中，表达她们对当下现实、对女性命运的感悟和思考，另一方面又以鲜明的女性身份来书写属于女性自我的生命体验，写出了达斡尔女性在追求独立、实现自我，与男权中心意识抗争中所经历的觉醒、抵御、迷惘，表现了女性在爱恋与痴情、渴望与灰心、理想与现实之间的复杂心理，真切表达了达斡尔族女性的人格、尊严。达斡尔族女作家的写作极大地充实了新时期达斡尔族文学的精神容量，"匡正了过去遏制乃至混灭性别特征的偏颇"，使达斡尔族女性文学获得了较为完整的内涵。在审美表达上，达斡尔族女作家的可贵努力，使这一时期达斡尔族文学的艺术空间变得格外开放、随意而灵动。如当代女作家谌容所说，"我想怎么写就怎么写。白描，荒诞，讽刺，意识流，黑色幽默，魔幻现实，只要适当统统拿来"①。这意味着包括达斡尔族女作家在内的当代中国女作家最普泛的写作特征，即多元格局与不同审美形态的并存。新时期达斡尔族女作家的小说创作所呈现的最重要的艺术特征，简单来说就是非致力于艺术结构的奇巧，而是坚执地听从其内心情感的调度，叙事笔致细腻，情感表达率真。阿凤、昳岚在这方面表现得卓尔不群，她们笔下的人物跳跃着作家主观亲历的真切感，读来真挚、亲切且情浓意醇。

　　阿凤（1960— ），内蒙古自治区呼伦贝尔市莫力达瓦达斡尔族自治旗人。1979 年参加工作。1982 年调莫力达瓦达斡尔族自治旗文化馆任创作员。其间，阿凤曾在黑龙江省齐齐哈尔师范学院完成大学本科学业。1992 年，阿凤调甘肃省体工大队工作。阿凤的创作始于新时期初年，以短篇小说《一个达斡尔族姑娘的心》②引起文坛关注。1998 年，阿凤中短篇小说集《木轮悠悠》③问世，翌年，阿凤这部作品集荣获全国第六届

---

　　①　何火任编：《谌容研究专集》，贵州人民出版社 1984 年版，第 41 页。

　　②　阿凤：《一个达斡尔族姑娘的心》，《草原》1981 年第 12 期。

　　③　阿凤：《木轮悠悠》，内蒙古大学出版社 1998 年版。

少数民族文学创作骏马奖。之外，阿凤还写有散文多篇，相继结集为
《木刻本色》《书写本色》① 出版。

阿凤的小说，以细腻又多情的笔触表达了对达斡尔女性的极大关爱。
这一特点可以从两个层面得到印证，一是她的小说塑造出众多的达斡尔族
女性形象，从不同视域展现了以女性为中心的"百态人生"；二是对笔下
女性倾注了身为女作家的特有情愫，或怜或惜，或喜或悲，无不映现出阿
凤对达斡尔女性的温暖和体贴。

阿凤荣获全国第三届少数民族文学创作骏马奖的短篇小说《咳，女
人》② 值得我们关注，它是解读阿凤小说的重要的精神线索。小说讲述了
一个达斡尔女人的故事。"我"结婚一年多也没有生育，村子里的那些大
娘、婶子就奇怪起来，就连生她养她的母亲也开始有些神色慌张，好像女
儿犯了大罪一般。在众人眼里，"我矮得好像锅台一般高，将将巴巴刷
锅，勉勉强强做饭，恐怕做出的饭都有窜烟味"。更可怕的是，村子里的
人们形成一股合力使她几近"窒息"，婆婆终日阴沉的表情，邻居旁敲侧
击的话语，只是直接或有形的表现而已。甚至我自己在这样的"挤压"
和"鄙夷"中，也产生了困惑，"不能生孩子的女人还不如不生蛋的母
鸡，母鸡可以杀吃肉，能大补，而我呢?"然而，"我"毕竟是新时代的
女性，不能不对这种被给定的女性生命意义提出诘问，"女人唯一的资本
就是生孩子?"所以，小姑子考取学校即将离家奔赴远方的消息，强烈地
激发、坚定了"我"努力改变现有生存状态的决心。而"我"最终是否
弃家而去并不是作家关注的核心，重要的是达斡尔族女性在自我解放的道
路上迈出了历史性的一步，终于喊出了"我的事我说了算"，有了"去看
一看，去想一想"、实现自我价值的愿望与自信。

阿凤是一位具有强烈的女性意识的作家，这不仅表现在她能够站在女
性立场，揭示残存的封建传统及男权中心文化对女性的束缚和压迫，也表
现在她善于挖掘达斡尔女性被"压抑数千年"却未曾泯灭的对命运的不
屈抗争，以及对自由、美好爱情与幸福婚姻的执着追求。因而，《一个达
斡尔族姑娘的心》中达斡尔姑娘"我"对爱情的渴求无疑是有分量的。

---

① 阿凤:《木刻本色》，作家出版社 2000 年版；阿凤:《书写本色》，作家出版社 2007
年版。

② 阿凤:《咳，女人》，《民族作家》1987 年第 3 期。

几经辗转反侧，"我"最终下定决心把自己与莫日根相爱的事告诉了奶奶，结果不出所料，奶奶坚决反对，原因是莫日根家族出身贫贱，祖上曾是大户人家的奴隶，刚刚燃起的爱情之火就这样被浇灭。但我们从"达斡尔女人"的重于言，到达斡尔族姑娘"我"的重于行，敢于向"家长交底"的勇气之中，不难体味达斡尔女性观念的飞跃。而且阿凤的这种探索也从未停止，她在批判、消解男性文化的同时，尤推崇女性自身的独立、自尊和自强。短篇小说《神箭》反映了现代女性在传统性别压迫中女性意识的逐步觉醒以及走向自主、自强与自由的人生历程。作品里的"我"是一个不可小觑的叛逆者形象，大胆泼辣、我行我素的性格给读者留下了深刻的印象，同时，在"我"身上也可以看到现代文明给予达斡尔女性生活的影响，以及在她们精神世界所激起的涟漪。"我"敢作敢为，追求新潮，穿着时尚，毫不在意外界的非议，甚至敢于当众将电影票送给自己喜欢的男孩，在舞会上主动邀请自己的意中人共舞。"我"在爱情追求上的大胆率性，"我"的叛逆前卫，作家无疑是赞赏的。正因为如此，小说迸发的思想火花才令人耳目一新，阿凤意在借助"我"这一形象告之天下女性，投向你和你喜欢的那个"他"之间的神箭，并非掌握在丘比特手中，而是由女性自己"掌控在手"的。作者大胆地展现了达斡尔族女性情感与婚恋观的蜕变过程，即从遭遇传统束缚的痛楚，到敢于大胆表明心迹，再到勇于追求爱情幸福的果敢洒脱，这无疑是阿凤在达斡尔女性精神建构上的一次重大拓展。

阿凤小说的女性悲悯情怀，还体现在她从婚姻爱情层面探寻达斡尔女性的历史命运，揭露了男权中心文化的霸权与"罪恶"，勇敢地表达了对达斡尔族女性现存境遇的不满和指摘。《遥远的月亮》通过表姐一家三代女性的命运沉浮，展示了达斡尔族女性在婚姻中，由懵然被动到觉醒直至独立意识形成的全过程。小说故事的第一代主人公是"坐锅台抽烟的表姐"即姥姥，她18岁时就顺从祖母的意愿和安排，嫁给了比自己大十多岁的表姐夫。嫁过去后，表姐的生活内容和基本使命只有两个，一是伺候有着一副不可侵犯尊容的婆婆；另一个是传宗接代生孩子，表姐一连生了12个孩子。日常生活中，表姐的"职责"就是时刻静候表姐夫的吩咐和调派，家里的大事小情甚至表姐在家里抽支烟都要被限制，以致表姐不得不坐在灶台上悄悄吸上几口，因为表姐是女人，她只配这样活着。用一句话概括表姐的日子，那就是"太窝囊了"，"窝囊"到对做女人甚至连做人的基本权利都毫无所知，只有日复一日、年复一年地在他人所设定的生活轨道上麻木行走。男尊女卑的主导意识将表姐"牢牢地"捆缚在"逆反人性的十字架上"①。到了第二代也就是表姐的女儿葛根莎日乐，达斡尔女性的生存境遇有了相当大的改变。从葛根莎日乐大胆追求自由、幸福的言行中，可以感受到社会的进步以及生活对女性的宽容尺度。然而，葛根莎日乐最终也没有逃脱传统女性的藩篱，一句"姑娘上台演戏不好"让她被迫退出乌兰牧骑演出队，和自己的心上人告别，回到乡下，遵从"家长"旨意，相亲、订婚、结婚。悲苦不甘的葛根莎日乐以颇为扭曲的反抗行为，在婚前和情人走到一起并留下了爱的结晶女儿色得热。如果说，表姐是男权社会的受害者和牺牲者，葛根莎日乐也不过是家族女人不幸命运的承接者。可见，女性真正意义上的解放、独立与自主任重而道远。故事的第三代女性色得热，她对生活的态度迥然不同于母亲葛根莎日乐和姥姥，不再听凭家长的旨意，为了爱情，她冲破包办婚姻的羁绊，冲出了家庭。事实证明，出走的色得热并未觅得理想伴侣，因为包括婚恋在内的女性权益的真正获得，是离不开社会、经济、文化等诸多因素的制约的。作者以此写出了达斡尔女性争取婚姻爱情自由的艰难与曲折。但色得热性格中最可敬的品质，就是不屈服于命运的摆布，失败后的色得热，勇敢地扬起生活的风帆，开启了另一段新生活、新爱情的航程。这一点是上两代女性一生都不曾具备的，这既是历史的进步，也是达斡尔女性的进步。色得热这个形象寄寓着作者对达斡尔女性的审美期待，女人的生活是美好的，即使这美好犹如"遥远的月亮"，并非唾手可得，需要为之不懈奋斗。阿凤以细腻的笔触、理解的心态，同情的立场，表现了达斡尔女性追求婚姻爱情自由的"这等艰难"，力求从一家三代达斡尔女性的历史命运中，达到一个至深的思想空间。可以说，这是一篇最接近达斡尔女性生存状态的作品。作家还特别鼓励达斡尔女性，只要不失去对生活的热爱与信念，只要不停止追求的脚步，一定会步步走近"遥远的月亮"，一定能开拓出女性自己的全新生活。

坚定的信念、执着的追求，并不意味着达斡尔女性命运由此走向了坦

---

① 赵慧：《当代回族女作家散论》，《青海民族学院学报》1993 年第 4 期。

途，女性命运变迁也不是凭空而起或发生于凝固不变的时空。我们看到在达斡尔族女性生活变迁的背后，是当下转型期社会繁复、杂乱、无序的时代语境和各种力量的交错与角力，是新旧意识更为尖锐深刻的冲突和冲撞，这些因素决定了达斡尔女性命运的多面和不容单纯乐观的前路。阿凤对此亦有认同，"达斡尔妇女是很苦的，有那么多的传统束缚着她们"。因而，阿凤的小说有意无意之间传递出一定的焦灼与不安，并将笔触置于"失误"的历史和传统之中，穷形尽相地揭示了传统观念、性别偏见、习惯势力对达斡尔女性的压迫，或有形或无形的伤害，而且这种压迫和伤害，形成或蜕变为一种巨大的可怕、可厌、可憎的"压力圈"和"自我要求"，若隐若现又无处不在。在《姑奶奶》《暖》《五叔和系白纱巾的女人》等作品中，阿凤不再书写对于某一群体或某个女性的伤害，而是从更为深广的视域展开对肆虐几千年的封建幽灵的痛斥。中篇小说《五叔和系白纱巾的女人》是这方面的重要代表。这是阿凤根据童少年时期的一段真实经历，并集合对婚姻爱情的全部认识和想象而写就的作品。小说的主人公是"我"的五叔，在"我"刚能记事的时候，五叔回来了，在大人的窃窃私语中，"我"意外得知五叔是刚从大牢里放出来的。五叔面容慈祥，怎么会坐牢呢？年幼的"我"怎么也想不明白，也无从知道个中缘由。"我"喜欢五叔，他多才多艺，常给我们弹奏"木库莲"，五叔还是一个劳动能手，为人忠厚，从不惜力，在卸货的时候，只要遇见卖水果的小推车，他总会给我们捎几个回来。五叔比爸爸能挣钱，悄悄给过"我"一元钱，极大地满足了"我"的物质欲。五叔喜欢钓鱼，经常给我们烤鱼吃，有一次还给我带回来两只可爱的小甲鱼。一个偶然，"我"发现了五叔珍藏的一张照片，是一个系着白纱巾的漂亮姑娘，"我"暗自猜想五叔一定是喜欢她的。后来，五叔相亲了，很快就把五婶娶了回来。"我"一看五婶就知道不是那个系白纱巾的姑娘。结婚后的五叔就像变了个人，慢慢学会了酗酒、抽烟，而且还不愿回家。他曾向妈妈索要照片，"我"实在不忍心五叔变成可怕的酒鬼，就偷偷把照片还给了五叔，结果导致了他和五婶更大的战争。五叔因为坐牢的经历始终没能找到正式工作，也没有稳定的住处，东搬西迁的日子让他与我们也日渐疏远。在"我"搬家之后，曾见过五叔三次。第一次是看到他和系白纱巾的女人在一起，当时的五叔精神焕发。第二次是来吊唁爸爸，他安慰妈妈说，"你们恩爱生活了一辈子比什么都强。像我，活着比死还要难受多了"。第三次是在街上偶遇五叔，他的寒酸、潦倒，让"我"难受了好久。长大以后，我才真正明白了五叔和系白纱巾女人之间的故事，他们从小情投意合，但是女方家长坚决反对，还把女儿许配给了别人，五叔一气之下杀死了女方家的耕牛，以致坐了三年大牢，也由此决定了五叔一生的不幸。作品以"我"的介入性叙述，和"我"对五叔悲剧命运的惋惜、同情完美地衔接在一起，并将读者的审美视域和"我"对五叔的怜惜黏合在一起，使记忆与现实，使五叔的鲜活、失意与落魄，都在"我"的观照、叙述中得到了统一，写尽了五叔的凄楚、无奈、无助和绝望。而"系白纱巾女人"作为故事的叙事背景，她与五叔的情感始终剪不断，她的不幸对于五叔的悲剧命运是一个重要的延展。从这个意义上讲，五叔的悲剧也是"系白纱巾的女人"的婚姻爱情与人生悲剧。

　　阿凤小说的深刻性，不仅仅在于通过"五叔"与"系白纱巾的女人"的爱情悲剧，批判和否定了传统婚姻观对自由爱情的戕害，对人性的压抑与摧残。阿凤小说使读者清楚地意识到，因袭的重负加之于达斡尔女性包括男性的无形枷锁是何等的难以挣脱。一如女性主义批评家所言，女性作家往往在作品里建立起自我的世界，同时又通过成为小说创作者这一行为本身，拿起笔杆改造和抵制这个世界。"妇女作家别无选择，她们不得不在占统治地位的'象征性'秩序内工作"，"然而她同样必须用一种新的象征去瓦解原有的象征性秩序"①。这时"虚构"的小说创作便成为一种最合理的疏放渠道。因而，作为达斡尔女性精神代表的作家，势必以小说释放胸中块垒，"瓦解原有的象征性秩序"，以此"拯救"达斡尔族女性以及被压迫的每一个生命个体。阿凤曾说，她写小说不是为了别的，就是为了记录自己眼中的人生，实现自己身为达斡尔女性的些许心愿，"我不把家里的以及和家里有关的人和事讲出来，心里就不安，也就不太像爷爷的孙女"②。

　　在艺术审美上，阿凤的小说与所表现的生活旨向呈现出水乳交融的态势。具体说来，阿凤似乎不屑于时下流行的那种"纯粹的、无意识的精

---

① ［英］玛丽·伊格尔顿编：《女权主义文学理论》，胡敏译，湖南文艺出版社1989年版，第161页。

② 阿凤：《木轮悠悠·后记》，内蒙古大学出版社1998年版。

神活动或潜意识的梦呓"，她呈现的是实实在在的"严峻人生"，是世世代代生活在莫力达瓦纳文慕仁的达斡尔民族女性的命运与遭际。因此，直面现实、运用传统的写实艺术，塑造真实鲜活的艺术形象，再现故乡的山山水水、景物风貌、社会情状、民俗人情，是阿凤小说一以贯之的审美取向。与此相应，阿凤极善于在情节推进中丰富人物的性格，在性格的比照中彰显人物的异同。在语言表达上，阿凤多用日常口语，较少铺陈藻饰，如《遥远的月亮》中，作者给我们描写的"表姐"是在长期无爱的麻木生活中，变得全然没有了"人"的基本活力，她"脸上没什么光泽，眼珠小心翼翼地转动着。干巴巴的头发别了几个夹子，支棱八翘的，穿了一件妈妈的旧衣服，很肥很大"。再如《姑奶奶》开篇就以简约而流畅的语言，快言直语，"爷爷有一个妹妹，爸爸有个姑姑，我们也就有这么个姑奶奶，像宝似的"。将主人公及与之相关联的人物一语带过，质朴且率真。这种口语化的表述方式使得阿凤小说的叙事更加生动活泼，而且这些口语化语言经过作者匠心的加工提纯后，显得平易朴素，又鲜活生气，凸显了阿凤超强的驾驭语言的艺术功力。

昳岚（1954—　），本名张华，黑龙江省齐齐哈尔市讷河人，1977 年毕业于黑龙江省中医药大学，分配在大兴安岭制药厂工作。1981 年调内蒙古自治区莫力达瓦达斡尔族自治旗人民医院从事医药业务。昳岚的创作始于 20 世纪 90 年代初，以小说、散文为主，兼及报告文学，出版有中短篇小说集《初春的夜晚寒凉》①、散文集《走出方格》《追寻你的踪迹》《哀鸿阿穆尔》② 等。2017 年，昳岚的长篇小说《雅德根：我的母系我的族》③ 问世。这部引起文坛关注的长篇小说，以苏如勤家族从清末至今几代人的命运故事为线索，描绘了达斡尔民族崇尚的雅德根文化如何作用于一个家族的精神领域，并由家族命运折射了达斡尔民族坎坷的历史。学界认为，昳岚的这部小说是近年来少数民族长篇创作领域不可多得的佳作。

昳岚是属于达斡尔民族的，也是属于达斡尔族女性的。因而，昳岚势必通过成为小说家这一行为本身，来关注所属民族女性的生存境况。中篇

① 昳岚：《初春的夜晚寒凉》，作家出版社 2002 年版。

② 昳岚：《走出方格》，内蒙古人民出版社 1999 年版；昳岚：《追寻你的踪迹》，中国文联出版社 2006 年版；昳岚：《哀鸿阿穆尔》，作家出版社 2010 年版。

③ 昳岚：《雅德根：我的母系我的族》，人民文学出版社 2017 年版。

小说《母亲家族》是一部以家族母亲不同寻常的情感经历为蓝本的作品。据作者所述，这篇小说最初的灵感来自昳岚家族那些勇敢而坚韧的女人。作品通过对母亲多舛的一生及母亲苏哈拉家族的叙事，表现了达斡尔民族抗争图存的内在精神。故事中的苏哈拉家族被一股不知名、参不透的神秘力量所左右，死亡气息弥漫始终。身为苏哈拉家族的一员，母亲的一生注定是不幸的。"我"的姥爷作为这个家族的长者，他的前半生几乎以酒为友，长醉不醒，姥爷混沌的生存状态带给家庭的是潦倒与贫穷。直到"我"年幼的大舅、二舅被伤寒夺去性命，姥爷才幡然醒悟。姥爷为了家族，也为了儿女，他手持尖刀，跪对上天盟誓"一定戒掉不良癖好"。姥爷的痛悔似乎感动了天神，使他一夜之间开始通晓神意，成为神与人之间的使者"雅德根"（萨满）。姥爷开始以雅德根身份拯救同族近邻，就此也改变了家境，家道日渐兴盛，而且这种富足兴旺足足持续了十二年的光景。作为神的使者，姥爷看出笼罩在苏哈拉家族上空的厄运，却无力改变神的旨意，只能虔诚地遵从上天安排。母亲是苏哈拉家族唯一的善终之人，也是这个家族成员纷纷陨落的见证人，目睹了亲人包括她的三任丈夫、两个孩子、父母、弟弟妹妹、晚辈以及多位苏哈拉家族成员从生到死的过程，看着他们不尽天年便神秘夭折后，自己才踏上黄泉路的。母亲在布满死亡的路上，将自己的血和泪相交糅，默默地用自己的辛勤、劳作和奔忙，最为实际地呵护着家族亲人和尚存的子女。作者通过母亲这一形象，折射出达斡尔女性乃至所属民族超乎寻常的生存力。母亲有过三次婚姻：17岁时嫁给了一位仪表堂堂的军人，聚少离多是这场婚姻的常态。孩子出生没多久，丈夫阵亡，成为寡妇的母亲回到娘家，经过媒人的撮合，与丝毫不忌母亲丧夫前嫌的乐日迪结合。没想到几年后，母亲又以26岁的生命送走了第二任丈夫。母亲不屈服于命运，听从姥爷的安排，嫁给了一位汉人，也就是"我"的父亲。最终，父亲也难逃宿命，没过多久也离开母亲去了天国。苦难、坚韧的母亲，因为有了脚下土地和神灵的佑护，一次次放下死亡的悲苦和恐惧，默默地承受着生命的苦难。昳岚没有让母亲做出更多的抗争，只是写出母亲对生活、对命运的无尽忍受。因而，直到小说临近尾声，母亲才有了一个"完满的结局"，以她的"宁静超然"走向了"极乐净土"。这使"母亲家族"在无解之中趋于多解，在特殊中体现出普通，历史的、久远的故事使读者获取了现世的、真实的、撼动人心的深层体验。在我们看来，作者的内心深处对母亲家族是存在着一定理解和认同的，有评论认为"这部作品在总体思想品格上是进取且求美的"①。作者对"母亲"是亲近的，旨在以"母亲"无力和无奈中放弃对个体生命价值的追求，展示和张扬生命与生存本身的绝对价值，意在借"母亲家族"找寻达斡尔民族得以延绵不绝的内在力量。

映岚的《母亲家族》是一篇颇具匠心的作品。小说不仅以"母亲家族"象征了达斡尔民族顽强隐忍的生存力量，而且还构设出独特的叙述方式，模糊了虚构与纪实的界限，生成为一种多声部的效果，使小说的叙事延展出意义的增值。可贵的是，映岚在之后的《大女人和小女人》等作品中，还特别展现了达斡尔族女性生活的新信息。大女人、小女人这两个女性，都经历着病痛的折磨，她们有着同样的生活遭际，所不同的是价值观和选择生活方式的迥异。同为看穿生活本质的两位女性，小女人为了生存，选择做有家室的某男性的外室，以满足自己的虚荣心。大女人却不然，她看清了婚姻生活的本质，如同《玩偶之家》中的娜拉一样，选择了出走。大女人和小女人选择了完全不同的生活路径，我们很难评判两者的对错，作者只是用爽朗的笑声和光明的意象，在灰白的生活底色上点染出一抹鲜活的象征着希望的彩色。与之相似旨向的还有《荒园》中追寻自由的吉娅与被婚姻拘囿的卫晶，《拨开》中留在俗世的杞，还有遁入空门的琴。映岚的小说在比照中塑造了许多不同的女性形象，而且这种角色之间的对比，一方面表现出对女性在出走与回归之间的犹疑，另一方面也反映出作家乃至整个女性群体的无奈心境。尤其是小说故事结局的悲剧性预设，女性在经历了无数次挣扎后，仍无法逃离现实围困。这种迷茫与无助，渗透着身为女作家映岚直面现实的无力与无解，表现了现代女性在传统性别压迫中觉醒与解放之路的漫长多舛。

映岚的小说还以犀利的笔触披露了性别压抑的真相，表现出对男性世界的极大失望。映岚小说的这一特质，主要是通过表现女性生活的种种不幸来实现的。映岚的小说常常将表面光鲜的男性层层解剖，最终揭示出他们的丑陋和不尽如人意，因而，她笔下的男性形象要么陋于质、要么寡于情，甚至有时只作为"叙事背景"而存在。卫晶（《荒园》）原本觉得

---

① 李树新、林琳：《达斡尔族小说研究》，内蒙古人民出版社 2012 年版，第 260 页。

自己有一个幸福的家庭，庆幸自己嫁了一个好丈夫，坚信自己当时不顾父母反对、奋不顾身投向他的怀抱是绝对正确的选择。生活中的卫晶很享受被朋友羡慕的滋味，珍视自己所拥有的一切。直到发现那封暧昧的书信之后，卫晶才明白丈夫出轨的事实。这不啻为晴天霹雳，卫晶接近崩溃的边缘，怎么也想不通自己如此深爱的丈夫，倾尽自己全部努力和热情的家庭，背后竟是如此残酷的欺骗和伤害。卫晶从幸福到不幸只是转瞬间的距离，而这段距离使她体验到了两种极端的人生况味。当卫晶痛下决心撕下丈夫面具的那一刻，丈夫家聪的冷漠无情与妻子卫晶的悲愤痛楚形成了鲜明的反差。作品在不无哀怨、忧伤而低回的叙事中，透露出性别批判的锐利锋芒。昳岚的小说还直抵女性婚姻爱情生活的本质，解构了婚姻爱情的神话，书写了女性在枯燥乏味的婚姻生活中的内心痛苦。《上帝不是耶和华》中的"她"，渴望摆脱毫无生气的家庭生活，但经过一番痛苦挣扎，最终未能脱离枷锁，随着熙熙攘攘的人流踏上了回程的码头。而许昵仁和武圆（《初春的夜晚寒凉》）经历有20年的婚姻家庭生活，传统的结合方式，令他们的生活谈不上浪漫更无激情，尤其是丈夫终日浑噩、麻木和"习惯成自然"，使许昵仁无处安放自己的内心之爱。生活的磨砺和爱的消弭，使许昵仁即便是察觉到武圆出轨行径时，也多了一些淡然，少了挣扎。作为比照，武圆这一形象是一个既渴望浪漫和激情，又离不开传统婚姻的男性，他自私、自恋、专断又贪婪，将许昵仁束缚在油盐酱醋的囹圄之中，且毫不付出地将名利、情爱、家庭全部囊括于一身，其中的任何一项对他来说都是不可舍弃的，尤其是那个每天在家里服侍他起居，做着一日三餐可口饭菜的妻子。作品未经任何点染，就让我们看到了武圆自私、无餍的虚伪嘴脸。许昵仁也最终明白了武圆与自己的结合，纯粹是因为自己无私付出的结果。昳岚小说中有较多的女性，对婚姻家庭生活表现出一定的反叛，她们"质疑婚姻的合法性"，"颠覆性别等级秩序、解构婚姻神话"①。许昵仁"开始醒悟了。活了大半生才知道，以前的情感苍白、麻木，一片没被开发的蒙蔽。糊里糊涂地走过了青春。可是，迟悟的昵仁又能怎样？在武圆天空中，她不过是一个驿站，一家餐馆，或者一处旅店。最后不过是一个终点"。诚如女权主义理论家埃莱娜·西苏对男权文

---

① 陶东风：《文学理论基本问题》，北京大学出版社2007年版，第402页。

化中女性命运做出的归结，"她一直占据着一席留给罪人的位置，事事有罪，处处有罪：因为有欲望和没有欲望而负罪；因为太冷淡和太热烈而负罪；因为既不冷淡又不热烈而负罪；因为太过分的母性和不足够的母性而负罪；因为生孩子和不生孩子而负罪；因为抚养孩子和不抚养孩子而负罪"①。无所不在的男权规约，构成了女性精神和思想成长的最大障碍。昳岚以鲜明的抗争意识，以许昵仁走出家庭、冲破束缚的结局，表现出对男权文化秩序的有力抵抗。

昳岚小说的意义，既在于对丑陋的男性世界的无情揭露，对男权中心文化的反叛和否定，也在于女性自我意识和主体人格的建构。这方面《葛根的一天》颇具代表意义。作品通过对达斡尔族姑娘葛根在订婚当天不停歇的劳动过程的描述，展现了葛根这位新女性的独立意识和自由精神。葛根这一形象"在女性低矮的天空中"呈现的魅力是独特的，她承载着作家"幸福从来不是别人赐予的"，只有辛勤、踏实地劳动和创造才是人生幸福与源泉这一人文情怀，表明达斡尔女性在精神追求上、在人格上、在思想和事业上开始走向独立。同时，昳岚还以淳朴、美好的乡村回忆，安顿内心的孤苦与不安。王安忆认为，"女人天生是属于城市的"，而在昳岚小说中所呈现的是，女人天生是乡野的。较之城市套路和复杂人际，素朴乡野流露出来的是淳朴和明朗，是和谐与宁静。因而，昳岚以达斡尔民族女儿抑或主人翁的身份，给予莫力达瓦家园及达斡尔民族文化传统极大的认同和厚爱。从这一视角检视，昳岚的逃离繁华都市也意味着一种选择。《童年里的童话》以一个"思想还未完善"的儿童视域，展现了达斡尔故乡纯粹自然的生活画面。昳岚笔下那些散发着淳朴、自然和原始生命张力的场景，给了我们无限的冥想空间，也使作家笔下的女性从中获得了精神力量。作品在人们追求高度的物质与现代文明，又渴望回归原始质朴生活的纠结心态下，昳岚试图去寻找一个精神的契合点，以安抚矛盾的不甘平庸而又日渐麻木的心灵。在艺术表现上，昳岚的小说也颇具特色。她善于以女性的表意方式，书写纷繁复杂的人生际遇与命运。如《母亲家族》《童年里的童话》等小说，虽然都是以第一人称"我"来开

---

① [法] 埃莱娜·西苏：《美杜莎的笑声》，载张京媛主编《当代女性主义文学批评》，北京大学出版社 1992 年版，第 188 页。

篇，但"我"只是整个事件的见证者，故事的主角依然是"我"所看到的一个个人物形象，鲜活而生动，真实而亲切。这种独特的主观视角和叙事方式的设置，使昳岚的小说显得格外轻灵而感性。悲凉则是贯穿于昳岚小说的整体基调。《初春的夜晚寒凉》正如它的题目一样，令人"心动"，外加一份"寒凉"。在这一氛围和基调中，昳岚将笔触直抵当下女性生存本相，表现了女性在男权中心文化的多重挤压下，无援无助的人生境遇。在人物塑造上，昳岚多侧重女性内心世界的展露，尤善于将女性形象的心理、意识流动同小说的情节融为一体，使作品看起来既是一个完整的故事，又是主人公一段起伏曲折的心路历程。此外，昳岚小说的叙事语言具有浓烈的抒情意味，以率真的心灵直白和感性表述取胜。

（八）梦想家园的诗意想象

20 世纪 90 年代，伴随社会经济结构的全面转型和调整，浸浴于诗性思维传统之中的达斡尔民族，面临着诸多的挑战和难题，如现代化对民族传统文化的冲击，传统生产与生活方式的渐行渐远，生存空间日渐逼仄，尤其是商品消费逻辑和娱乐文化的长驱直入，打破了达斡尔民族的文化生态平衡。由此，民族文化转型的犹疑彷徨、对未来的不确定产生的焦虑伤怀，成为这一时期达斡尔族作家最基本的表现内容。在这方面，女作家萨娜的小说值得特别提及，她以民族身份认同为价值导向，从文化原乡汲取抵抗力量，在一种被现代化裹挟的达斡尔民族家园的诗意想象中，抑或于民族历史与传统的描写中，寻求精神救赎。而且，萨娜还常常从最为直接、最为丰富的萨满文化中探寻策略与方法，试图以此激活所属民族的精神纯洁性及其内心深处的"神性"。萨娜认为自己的小说里，一直存活着一个酷烈而决绝的人：他是一个不懂得恐惧和死亡的歌手，常常以古老的长调抚慰正在疯长的城市和逐渐萎缩的农庄，用清澈的目光"追逐着草原的蓝天和白云"。而这个"蓝天和白云"，就是萨娜为当下"向现代化挺进"而迷失精神方向的人们，从遥远的原乡记忆中所获取的精神力量。萨娜无论是对原真状态的自然与人文风景的多重呈现，还是达斡尔女性命运的叙事，都在努力以自己最为擅长的言说方式，肩负起达斡尔民族赋予的责任与使命，用文学温暖达斡尔民族，用写作重塑达斡尔民族原真的生命智慧。

　　萨娜（1960— ），内蒙古自治区呼伦贝尔市莫力达瓦达斡尔族自治旗人。1977 年参加工作。1983 年调大兴安岭林业局第一中学任教。1989年调内蒙古自治区莫力达瓦达斡尔族自治旗文化馆工作，并于翌年开始文学创作。其间，萨娜曾在鲁迅文学院首届文学创作研究班深造。萨娜的创作题材广泛，体裁多样，以小说为主，兼擅长散文、诗歌与文学评论。1993 年，萨娜小说处女作《鞭仇》① 得以发表。之后，陆续写有中篇小说《蓝蓝的天上白云飘》《金灿灿的草屋顶》《诺敏河》《黑水民谣》《伊克沙玛》《金色牧场》《山顶上的蓝月亮》《哈乌尔河》等。2003 年，萨娜中短篇小说自选集《你脸上有把刀》② 辑入"新鲁院文库"出版。萨娜的小说多次获奖，中短篇小说集《你脸上有把刀》荣获全国第八届少数民族文学创作骏马奖，中篇小说《达勒玛的神树》荣获内蒙古自治区第九届文学创作索龙嘎奖。2012 年，萨娜酝酿数年的长篇小说《多布库尔河》③ 问世。萨娜的这部作品是达斡尔族书面文学史上的一个重要收获。作品以鄂伦春族少女古迪娅"我"的成长展开叙事，讲述了一个居住在多布库尔河沿岸，命运多舛而顽强抗争的鄂伦春猎人家庭及其所属部落从原始文明走向现代文明的艰难历程，表达了作者对生命、对自然、对社会、对爱情等诸多"形而上命题"的探索和思考。这部作品一经问世，便引起文坛广泛关注。2015 年，萨娜的长篇小说《多布库尔河》荣获内蒙古自治区第十一届文学创作索龙嘎奖。

　　萨娜的小说是长篇、中篇、短篇兼备，其中以中篇为最优。萨娜的小说以女性视角和立场，关注现实，言说人生百态。而且萨娜还是达斡尔族作家中第一位直面审判男权、把父权钉在耻辱柱上进行无情批驳的女作家。在萨娜笔下，很多时候男性是作为父权的替代而出现的，她试图通过对男性形象的再度解构，表达对父亲存在意义的消解，对父亲生活方式的颠覆以及对男权文化的背离和置身于边缘的反叛精神。她笔下的"父亲"形象，浓缩了父权社会男性家长的所有丑恶：缺少温情，自私狭隘，野蛮粗鲁，薄情寡义。《山顶上的蓝月亮》中，父亲李洪飞独霸着家庭生活的

---

①　萨娜：《鞭仇》，《草原》1993 年第 9 期。

②　萨娜：《你脸上有把刀》，大众文艺出版社 2003 年版。

③　萨娜：《多布库尔河》，作家出版社 2012 年版。

所有支配权，而放逐了作为父亲应承担的责任和义务，他每时每刻想的都是他自己，他的人生座右铭是"享受一天是一天"。这个家庭在父亲"黑手高悬"的阴影笼罩下，每一个家庭成员的命运都充满艰辛与悲苦，最终逃脱不掉毁灭的结局。如陈染所言，"即使我已一百次长大成人，我的眼眸仍然无法迈过你那阴影"①。现实逼迫使子辈的正常生存秩序被破坏，父辈的压迫超出承受底线时，浓浓的"弑父"情结便在他们心中油然而生。李小河在对父亲的极度绝望与痛恨之中，以一场大火结束了父亲的生命，一种"弑父"的快感在作者笔下升腾。然而，悠久而根基坚固的父权制度并不是屠弱的玩偶，它不可能在女性纤弱的指戳下轰然倒地，它依然形同浓重而无边的"阴影"笼罩在人生每一处。

　　萨娜小说的成就主要体现在对男性掌持有主控权的婚姻爱情有了新的审视和思考。除对父亲形象进行痛斥和颠覆外，萨娜还将为人夫、为人友的男性形象并置于"父亲"麾下，通过婚姻爱情生活的书写来展现其卑琐、自私、丑恶且虚伪的真面目。值得关注的是，萨娜的小说始终秉持反浪漫主义的姿态，摒弃了对婚姻爱情生活的诗意描写，这不仅表现在对爱情神话的偏离和解构，还将婚姻爱情彻底推向千疮百孔的世态真相，拆解了对婚姻爱情超凡脱俗的幻梦。金林（《你脸上有把刀》）是一个自私而鄙俗的男人，他总是以一种怀疑的心态来对待妻子史红，认为妻子事业成功必然带来爱情的背叛，于是，他处处提防、事事小心，在满腹的猜忌中，他以出轨来报复心目中的假想敌。当妻子史红被迫成为真正的家庭主妇，丧失了往日光鲜亮丽的精气神时，金林终于停止了和女人的战争，他觉得"这样的老婆才很安全"。作为丈夫的他，希望妻子漂亮能干，又要小鸟依人般驯顺，要求以自己的人生坐标为其生活天地的全部。在金林的意识中，妻子的角色就是"屋里的"，就是生儿育女的工具。萨娜以冷静客观的叙事，将男性的丑陋、样衰一一展露给读者，马德利（《多事之秋》）、冯东（《伊克沙玛》）、安吉拉（《诺敏河》）、木伦（《金灿灿的草屋顶》）、胡龙青、罗所长（《黑水民谣》）等男性形象，无不体现出作者对男权道德与价值体系的鄙薄和蔑视。同时，萨娜还以女性自我的

---

① 陈染：《巫女与她的梦中之门》，载寿静心《女性文学的革命》，中国社会科学出版社2007年版，第216—217页。

生命体验，使男性在现实生活中退居其后，作为一种模糊不清、若隐若现
的"影像"存立于人世间，带着对女性的极大关爱，称颂了女性的自尊、
自信、责任与担当。在《拉布达林》中，柳根婶带着女儿相依为命，生
活清贫又困苦，但她们却以坦然、积极、乐观的心态，迎对生活的所有赐
予。《金灿灿的草屋顶》中，是妻子的宽容、忍让和妥协，才使这个濒临
解体的家庭最终回归幸福。身为女性作家的萨娜，深知达斡尔女性的独
立、自主不是一朝一夕就能完成的。女性在争取和实现性别解放的过程
中，必须面对另一个"对手"，那就是传统在女性自身积淀下来的如隐
忍、顺从、等待、安于天命等历史惰性。女性只有打破自身"依附心理"
这一沉重枷锁，不再做缠绕大树的"青藤"，而成为与"橡树"并肩而立
的"木棉"时①，才能获得真正意义的"解放"。因而，萨娜借笔下的女
性做出各样的尝试和努力。梅斯（《诺敏河》）全力沉溺于婚姻家庭的时
空中，认为女性唯一的职责就是生孩子，而这种能力一旦失去，也就意味
着自己失去了作为女人的价值。为此，她原谅了丈夫的抛弃，觉得丈夫有
权去选择更好的女子来为他繁衍后代。史红（《你脸上有把刀》）是一个
颇具独立人格意识的女性，她身处职场高层，表面看来，史红已经摆脱了
世俗生活的束缚。实际上，在实现自我的奋斗进程中，她遭遇了更多的磨
难，只因为她是女人。并非超人的史红，在事业和婚姻冲突的两难境地
中，最终无奈地选择了放弃事业退回家庭。现实生活中，女性的真正独立
只是一种期望而已。因此，萨娜试图以梅斯、史红们形成一种影响力，来
达到女性文化的自我强化。但是，当我们真正回归生活实际，不得不面对
的是，几千年来的男性中心文化与传统观念仅靠几个花拳绣腿的招式是不
可能打倒的，在固若磐石的男权社会中，女性独立于男权理想的实现依然
是长久、曲折而艰难的。

　　萨娜是属于女性的，更是属于达斡尔民族的。身处现代化和经济全球
化语境中的萨娜，不得不回到现实即当前大规模工业化开发、资源开采所
遭遇的文化生态和生存环境等全方位的冲击与挑战之中，而且达斡尔族作
家的身份，其"血缘属性"也从一个层面决定了萨娜对生活的介入和叙
述，必将与其共同生活的民族共同体有着密不可分的联系。对萨满教这一

---

① 舒婷：《致橡树》，载舒婷《双桅船》，上海文艺出版社 1982 年版，第 16 页。

民族精神力量的热衷与认同，显现出萨娜小说的这一取向。甚而可以说，作为达斡尔民族作家的萨娜，与"达斡尔"为一体，用心用情与达斡尔民族所崇尚的"万物有灵"一同"入境"，在神圣意义的支撑下，以小说为媒，努力使其成为抵御现实人生困境的"利器"。萨娜曾在一次以"文学与风景"为主题的会议发言中强调，她的写作目的就是要把包括自我民族在内的"三少民族"的血性与令人震撼的力量展示出来，因为在萨娜看来，"无论他们怎么艰难，无论他们的生命怎样的短暂，在他们身上有一种我们走在城市的时候已经看不到的令人震撼的东西，那就是他们身上的'神性和诗性'①。这或许就是萨娜创作的内在动因。

　　萨娜步入文坛的 20 世纪 90 年代，既有的价值体系在世俗社会中失去了权威性，新的价值体系尚无力建构，每个人都不得不在精神的荒原上构筑自己的安身立命之所。在日益世俗化、物欲化的世界里，萨娜的内心感到了无处安放的剧痛。对萨娜这样一位族群意识颇强的作家来讲，终极意义和价值是至关重要的，她不能忍受失去了意义的生活，不愿看到失去了理由和根据的无序世界。于是，这种深层的民族情结，使她寻觅到拯救其灵魂与个体生命依附的支点和对象，就是以"万物有灵"观为心理基础，"将世间万物看作有神灵的加以崇拜"的萨满教②。萨娜的小说中，萨满文化始终弥漫在她的文本之中，其笔下人物能够在极端恶劣的条件下获得生存所需，且无时无刻不在得到"有灵"之万物护佑，比如柳根婶母女（《拉布达林》），再如达勒玛（《达勒玛的神树》）亦如是。在这方面，中篇小说《达勒玛的神树》值得关注。作品引领读者参与有关民族传统的"集体记忆"，表达出对生存空间被改变、文化景观"恶化"的深深忧虑。虔诚的萨满教徒达勒玛老人，对赋予灵魂的万物都充满了敬畏，在她的潜意识当中，常常会对自己或他人背叛自然的行为、活动感到恐惧和愤怒。她唯一的愿望就是在自己死去的那一天，能够安稳地躺在风葬架上，顺着安格林河的指引，到达理想的天堂。由此可见，与大自然血脉相连的萨满文化，使达斡尔民族成员始终与大自然保持着一种和谐圆融的平衡，规约了达斡尔族众与周围世间万物互为主体的关系。但随着作为"他者"

---

①　萨娜：《在"文学与风景"研讨会上的发言》，《西部》2011 年第 10 期。

②　毅松、涂建军、白兰：《达斡尔族鄂温克族鄂伦春族文化研究》，内蒙古教育出版社2007 年版，第 10 页。

的现代性力量的强势进入，严重破坏了达斡尔民族的生态与生活方式以及在此间形成的社会秩序，而且环境的破坏与文化的解体构成了"一体两面"。萨娜的小说之所以对达斡尔民族文化生态如此眷恋，源于现实故乡已失去了先前的模样，这常常使她的心"隐隐作痛"，"家园不复存在了。往昔宁静而丰饶的小城，飘着袅袅炊烟和奶茶香味儿的居住地，往昔河水清澈、山林茂密的大自然全变了"（《伊克沙玛》）。表达出对金钱至上的极端现代化生活和工业文明的极度不满。正是这种现实生存的痛苦和不适，使萨娜以《阿西卡》《有关萨满的传说与纪实》这样富有"根源"意义上的审美书写，"来追溯民族的历史，追溯以萨满为标志的精神渊源"①。萨娜的这种"尽心竭力"，集中体现在对故事人物阿勒楚丹（《有关萨满的传说与纪实》）的塑造上。阿勒楚丹保存着一部萨满教经典，它是民族传统文化的象征，也是民族精神的隐喻。在阿勒楚丹看来，保护这部经典就是保护了达斡尔民族的文化，坚守了民族之魂。因而，他与仇视这本经典的儿子木格迪展开斗争是不可避免的。虽然阿勒楚丹和萨满巫师最终都离开了人世，但小说以阿勒楚丹的坚守，张扬了萨满文化精神，也就是恪守了达斡尔民族的精神。小说以颇具象征意味的"暴风雪"结尾，萨满巫师和阿勒楚丹死后，当地遭到暴风雪袭击，人烟就此绝迹。这就是说，"失去了萨满的庇护，部落就没有了希望，只能走向毁灭"②。萨娜似乎是以《有关萨满的传说与纪实》讲述了一个与众不同的将领的人生经历，实质上那个时而出现的神性萨满大师才是与阿勒楚丹并驾齐驱的"核心"人物。作品由外而内，再由内至外，叙述了这位萨满的传说与纪实，挖掘了"一个伟大心灵的回声"。我们在感受萨满深邃的精神内质的同时，也不难体悟达斡尔民族精神中蛰伏的"神性和诗性"，而且这种"神性和诗性"亦已内化为达斡尔民族的行为准则，提升着民族自我的修复能力。

　　萨娜的小说还以潜藏于内心深处的群体记忆，对被破坏的地理层面的自然环境、生存空间和民族文化根基表现出相当的观照。达勒玛老人（《达勒玛的神树》）遵从古老的达斡尔葬俗，祈望死后得以风葬，渴求

---

①　萨娜：《没有回音的诉说》，《作家》2002 年第 3 期。

②　刘志中：《萨娜小说的神秘色彩》，《民族文学研究》2004 年第 1 期。

其灵魂顺着安格林河流抵达"玛鲁神灵"所指向的天堂。然而，散发着恶臭的油锯的嗡嗡尖叫声，破坏了人与自然友好相存、和谐共融的状态，击碎了一个老人在这个世界上的最后梦想。作品一方面借此诘问现代化对达斡尔族美丽的生存空间的"入侵"，另一方面也隐含了作家对无序的工业文明潜在的深重危机的忧患。在《伊克沙玛》中，萨娜甚至把现代文明定义为"现代化就是膨胀，就是加快速度消耗资源，就是从森林里砍光树木，从河水里捕光鱼群，在地面上支起许多高耸入云的冒出浓浓黑烟的烟囱"。萨娜将笔下达勒玛老人和女青年艾乐的痛苦、无助和无奈衍化为自我民族的认同与诉求：面对一棵棵被砍伐的参天大树，达勒玛愤而折断了所有的伐木工具；艾乐尽自己最大的力量坚守仅存的老木克楞房子，与相爱者相依相偎于伊克沙玛峰。达勒玛、艾乐们在以一己之力试图做着最后的抗争。然而，在这种现代化变迁大潮中，她们的力量是渺小而无力的。因而，萨娜也是矛盾的，她的小说在不经意间也出现了传统文化与现代文明相融合的意趣，在着力挖掘达斡尔民族文化优势的同时，也描写了都市小人物庸常琐屑的生活，表现出对都市文明、商业文明的接受。萨娜小说似乎也在以此探索和思考着一个时代命题，那就是在享受现代化带给我们便利的同时，如何保留、传承民族文化传统的精髓。

　　萨娜小说的成就还在于，她为表现其丰富的内心世界而选择的艺术审美方式。首先，萨娜以虚实结合的方式，建构出与所属民族文化血脉相通的、具有诗意栖居"归属意义"的空间景观，以抵制现代化进程对所属民族文化传统的侵袭。从步入文坛到今天，萨娜一直执着地书写她热衷的"梦想家园"，这里有尚未开垦的拉布达林小村，有奔腾不息的诺敏河，有神圣与伟岸的伊克沙玛峰，也有接近人类原始文明的种种大美自然风物。近年，萨娜小说的总体风格又由奇特唯美逐步走向了世俗生活的质朴宁静。神奇壮丽的大自然滋育了萨娜敏锐的艺术感觉，萨娜以优美的文字反馈、反哺伟大的达斡尔民族，使绵长的诺敏河润育出无数的希望，时刻给予她无限的力量。作家笔下的伊克沙玛峰犹如达斡尔民族传统中重义轻利的化身，成为抵御世俗诱惑的神圣旗帜和象征。萨娜在她的文学世界里，还借助对达斡尔族日常生活的描述，再现了在粗粝的生存环境中，达斡尔民族悠然的生产与生活方式，如会唱歌的青草，开江时跳出水面的鱼儿，"介"式结构的金灿居所，勇猛、睿智、坚强又睥睨世俗的萨满，无不体现出达斡尔民族所具有的神圣、崇高和荣耀绽放的光芒。萨娜意在以这样一些未被现代化冲击的民俗风情、自然景观，完成自己对所属民族文化的认同，也借此"让那些自以为文明优势、种族高贵、文化发达且以此作为资本轻视或无视人口较少民族的他者，看一看人口较少民族的历史和文化真相"①。

　　执持冷静、从容客观的叙事方式，是萨娜小说的重要特色。这种叙事风格的选择，与其熟稔的达斡尔民族生活形态有着密切的联系。萨娜对小说艺术表现方法的自觉追求，主要是通过对生活的艺术直觉力、细腻观察和体验来实现的，即便是对现实、对婚姻爱情生活的描绘也不无如此，如未婚女子陷入爱情的饥渴和多疑，恋爱男女的勇敢与浪漫，夫妻失和的痛苦与悲伤等，也都没有采用时下文坛推重的意识闪回、变形荒诞，而是任其自然，顺势而叙。《伊克沙玛》以时间流程和男女主人公的行为相谐，以一种自然而理智的叙事笔致，将生活的酸甜苦辣全景式地展现给读者。《金灿灿的草屋顶》的叙事基本是以生活流的形态完成了小说的构架。可贵的是，叙述者时在其中，时而又超然于作品之外，最大限度地握持一种客观视角，呈现人间种种。而且萨娜小说的语言极富思辨与哲理色彩，寥寥数语便有入木三分的深刻。她的小说常常借助奇特的比喻，寄情于景，情景交融，极尽讽喻之能事。在《伊克沙玛》中，淘金的外乡人成批涌进静谧、恬适的小镇时，作者感叹"老天爷，哪来这么多人，像蝗虫像鼠群，爬满了每一个角落"。作者选择独特的喻体，抒发了自己对现代化带之而来的"赘疣"之厌恶。还有将拔地而起的现代化建筑视为地面上长出的"肿瘤"等，无不是在表达对民族文化传统与生存方式遭受破坏的痛惜。类似如此的理性慧悟，与小说题目如《蛇》《天光》《残歌》《敖鲁古雅的咒语》《拉布达林》《神话与废墟》等形成意象并存，蕴含着萨娜的睿智与深邃。情节曲折，善于采用多线条并进、时空穿梭的方法结构作品，是萨娜小说突出的艺术特征。萨娜的小说往往以两条甚至多条情节为线索，并且将故事的完成时与进行时穿插在一起展开叙事，这不仅摆脱了单调的叙述氛围，使作品具有跳跃性。而且，在人物形象的塑造上

　　① 李长中：《当代人口较少民族文学的审美观照》，社会科学文献出版社 2015 年版，第272 页。

打破了"从前"与当下的界限，读者可以跟随作家的思维路径，游走于古今之间。如《有关萨满的传说与纪实》《伊克沙玛》《蛇》等，打破了因果关系的传统叙事方式，完全听凭作家丰富的情感结构小说故事，并在多线条的延展、跨时空的叙述中，穿插对生活片段的细腻描绘，从而使作品极富画面感与立体感。《多事之秋》中，男主人公马德利与多个女人发生了暧昧关系，出于报复心理，妻子艳丽与自己的上司相好，于是有了两个家庭之间的纠葛，其间，马德利的意中人又与另一位男子发生了关系。一系列人物纷纷出场，人物之间的复杂关系交织在一起，像一张密网牵动着情节的发展和推进，进而使复杂的人物关系引发必然的激烈的矛盾冲突。之外，萨娜还多以富有达斡尔族特质的民间神话、传说故事及民俗风情点染于小说之中，增强作品的神秘感和凝重感。《伊克沙玛》中，那个令女主人公艾乐如醉如痴的老木刻楞①房子，竟蕴含着无数传奇故事；中篇小说《蛇》的主人公老木，关于蛇的梦境与民间传说相交织，亦真亦幻，贯穿始终。这些不但吸引着受众的阅读兴趣，而且对小说情节的发展和主题旨向的升华，起到了至关重要的作用，亦从一个方面显现了萨娜的艺术匠心。

---

①　木刻楞：是生活在大兴安岭山脉的北方少数民族如俄罗斯族、鄂伦春族、鄂温克族用原木建造的房屋。因地制宜选择建材，具有结实耐用、冬暖夏凉、自然环保等特点。

三 认同与感伤缠绕的民族书写

（一） 为了我身后的这个民族

20 世纪 80 年代以来，达斡尔族散文创作呈现出一派勃勃生机，其显著标志是散文新秀的成批涌现，另有小说家和诗人的加盟，使这一时期的达斡尔族散文硕果累累，有影响的优秀散文集层出不穷：《旧屋》（苏莉）[①]、《天使降临的春天》（苏莉）、《万物的样子》（苏莉）、《母鹿·苏娃》（苏华）、《追寻你的踪迹》（张华）、《走出方格》（张华）、《哀鸿阿穆尔》（张华）、《木刻本色》（阿凤）、《书写本色》（阿凤）、《心之虹》（敖继红）、《尼尔基湖边的遐想》（孟根）、《嫩江，我蓝色的摇篮》（敖文华）、《嫩水清悠》（苏晓英）、《情深不寂寞》（傲蕾伊敏）、《达紫香》（孟羽柱）等相继问世，呈现了达斡尔族作家崭新的创作面貌，极大地丰富了中国少数民族文学宝库。它们以细腻温婉的笔触，书写个体的生存体验，再现辉煌的达斡尔民族历史，描绘所属民族的现实生存镜像，特别是对当下达斡尔族传统文化遭受的冲击、挑战表现出极大的关注。人口较少的达斡尔民族与其他少数民族一样，在现代化进程中，面临着两难选择：一方面渴求经济上的高速发展，摆脱现有生存困境，另一方面又希望保留自身民族文化传统，担心甚至恐惧传统文化在现代文明的冲击下消失。如此一来，记录和书写对民族生活及其前途命运的担忧和思考，便成为达斡尔族作家"命定的主题和目标"。新时期达斡尔族散文的这种坚守，远非应时应景，更不会是昙花一现，因为达斡尔族作家对所属民族的深厚情感，使其避免了流于"一时兴起"或偶一为之的可能。在审美方式上，

---

① 苏莉散文集《旧屋》，2002 年荣获全国第七届少数民族文学创作骏马奖，同年获内蒙古自治区第七届文学创作索龙嘎奖荣誉奖。

新时期达斡尔族散文善于以小见大，在平和冲淡之中对山川风光、人文景观做出真情描绘，尤对淳朴、绵厚的达斡尔民族历史与文化传统表现出极大的书写热忱。这方面，苏莉、苏华的散文颇为出众。

苏莉（1968— ）的散文呈现出由"回望家园"、日常生活与自我生存经验的书写，逐步转向达斡尔民族历史追忆、民族精神的"苦苦寻找"之路径，而最能代表苏莉散文艺术成就的则是前者。"家园"是每个人诞生、成长和生活的"场所"，也是我们赖以生存的大自然。但在现代化的进程中，"我们的家园"早已伤痕累累甚至失其所在。因此，在当下社会语境中，"回望家园"便成为文学创作的一个重要命题。在苏莉的散文中，她的"回望"本质上就是一种怀念，更是一种认同，"莫力达瓦，充满乐感，充满了我祖先的印迹，我对这个名字产生了深刻的认同感，并以拥有这个名字为荣"（《旧屋》）。莫力达瓦既是她生长的"根须"，也是苏莉散文总体旨向的出发点。在都市文明的喧嚣、躁动中，家园的图景不再清晰、生动，但苏莉无论身居何处，始终走不出莫力达瓦的恩泽，走不出这片土地给予她的幸福和温暖。因而，苏莉的散文写得最多、最好、最动情的就是故乡，是莫力达瓦的山山水水、一草一木。在以"旧屋"为题的一组散文中，苏莉描绘了莫力达瓦的安然与神韵，直接或间接地流露出对温馨"家园"、对亲情的记挂，写下了并不全是美好的记忆，但却融于血脉之中的一切，传导出对纯净、质朴生活的系念，"在那个家里的时候，我纯真、美好，我在所有亲人的爱中生活，不知人生苦味几何，也没有那么多的欲望"（《旧屋》）。

苏莉散文的价值，主要在于她感受、领略"家园"眼光的独到。如《老蟑和干菜》《风筝远走》《美丽江河》《旧屋》等最具质感的童年回忆，展现了苏莉独特的生命体验。"人生思幼日"，清代诗人龚自珍的诗句表达了人类的这一共同情愫，童年生活在人们的记忆中是温情和灵性的，即便是日常生活中微不足道的"琐事"，在平淡随意之间也浸透着浓浓的暖意。奶奶和害虫"老蟑"令人忍俊不禁的斗争，精心耕耘菜园的背影，晒干菜、削豆角、刨茄子的用心与投入（《老蟑和干菜》），"宁和而又充满阳光"的老宅子（《旧屋》），伴随我寂寞童年的"牛"与"风筝"，既散发出朴实的泥土气息，也深藏着民族传统文化的意象，散发出缕缕美好的韵味。《老蟑和干菜》通过对"我"童年往事的细腻描绘，表现出"我"与奶奶之间浓浓的依恋与爱意。不论是开篇记写奶奶和"老蟑"之间的角逐，还是描写奶奶对"我"的爱怜，都表现出人与人之间朴素而温暖的情感，体现了作者对单纯、美好、自然、和谐生活的憧憬。苏莉的散文非常注重叙事的纯净，力求以本色语言展现本色生活，极力呈现生活的安宁、从容、闲适。《老蟑和干菜》的情感表述真挚生动，对奶奶"干净、羞怯的淡绿色"干豆角丝的怀恋，对旧屋房前屋后菜园瓜果的描绘，品享奶奶精美劳动成果的快乐，都使人感到温暖、亲切。作品看似叙写了平凡、琐屑的乡间日常生活，以及"我"对那种淳朴而原生态生活的眷念，而在这一切的背后，我们分明还感受到一种淡淡的哀愁，这种哀愁似乎是起因于面目全非的世道人生，以及当下现实的粗糙和冷漠，这种含而不露的哀愁，赋予整篇作品审美内涵的和谐，使它在不知不觉中拨动着读者的心弦。在苏莉看来，"家园"的人与物虽远离现代文明，甚至有些"落后"，但它们却在另一层意义上，构成了与喧嚣浮华的现代文明的鲜明对比，彰显出持久而永恒的生命力。《风筝远走》也是一篇回忆童年往事的散文，精致感人。作品以看风筝、做风筝、放风筝为经为引，表达了作者对往事、童年、亲人、朋友的深切怀念，表达出对世事变迁、梦想失落的无限感慨，"到第二年的时候，不再有什么心情试着做一个飘扬的梦，也没有兴致再去做看客，而且也不仰望天空就判定，风筝越来越少了"。苏莉在《牛的故事》《天使降临的夏天》《面片儿，奶食和粗活》中，亦怀着深深的眷恋，歌唱了养育自己的一方山水，表达了自己浓烈的"家园意识"。这种家园意识呈现于苏莉散文的内里，是以对记忆深处的所属民族原生态生活的细致描写，传达出对诗意人生的真切向往，"一想起自己曾生活在这样一个充满着乳香，院墙上糊满了牛粪的环境中，我的心就被这样温暖的回忆所牵动，我忽然意识到自己敏感的心灵是在那样一个环境里孕育、萌生的，那样的环境决定了我们的生命。尽管早年的生活已经不复存在，但却依然以它的方式对我始终产生着恒久的影响"（《牛的故事》）。在商品经济和低俗文化的冲击下，达斡尔民族古老而美好的文化传统正在逐步消散，而文化的失落也终会使人们在历史的某一时刻品尝由自己种下的"苦果"。这种教训已被西方部分国家现代化的实践所证实。因此，苏莉散文对"家园"的回望，对往昔生活的回忆和记写，无疑有着别样的意义。

　　苏莉的散文还常常撷取、捕捉生活中富有情趣的画面，发现动人之处，写出其中的韵味。"我常常在回忆中的生活里再次发现一些原来自己忽略的真实，发现那些遗失的情感，我常常在新发现的触动下，热泪成河。没有人能明了我心中所能体味到的苦痛，和我所感到过的喜悦"（《牛的故事》）。散文《市声》《岁月收藏》《早春纪事》等，就是苏莉在"那些遗失的情感"以及对生活的细细品味中传达出的所思所想。《市声》追踪市民生活，写出了人间的烟火百态，表达了对熙攘而庸常的生活的独特发现与感悟。作品描写小院的生活开始于清晨四点钟，最先是开出租车为生者，一大早就发动起"LADA"车的"嘀嘀，轰"声，接下来就是蹬三轮走街串巷的菜贩子的叫卖声，丈夫与房东之间的交谈声，姥姥茶炉的汽笛声，暖水瓶注入开水的"噜噜"声，租客谢平妈皮鞋发出的"踏踏"声，构成了每日小院里的晨曲。到了白天，各种声音愈加丰饶纷杂起来，姥姥和小外孙女娓娓的交谈声，孩子们在"我"窗前草丛捉蚂蚱、逮蛐蛐的"悉索"声，晌午下班的人潮与车辆声，蜂拥而至的商贩叫卖声，各家各户烧菜煮饭的吱吱声，还有收音机里播放的评书声，午睡时街口卖西瓜人的吆喝声，东户主妇"馅饼烤好啦！"的呼唤声，房东儿女打麻将的"哗啦哗啦"声，还有出租车司机母亲疯狂的喊叫声，全部混合在一起，犹如一曲酸甜苦辣加上油盐酱醋茶的世俗交响乐。夜晚仍然是循"声"而去，小雨的滴答声，夜总会琴手准时从"我"窗前经过的摩托车声，窗外飞虫拍打窗户的"啪啪"声，还有那只拒捕的蛐蛐儿的低吟浅唱声，声声入耳。作者在嘈杂纷扰的市井声响中，找到了生活的乐趣与诗意，细碎之中藏有许多美好、温馨与温暖。《岁月收藏》则通过回忆自己由收藏香皂纸、糖纸、石头、贝壳、胸针、邮票等小物件，再到后来收藏回忆，深情地表达了苏莉对生活、对岁月的珍视，这一特点使苏莉的写作更切近于散文的本质。再如近年发表的《买房记》，写出了苏莉因"买房"而遭遇的种种波折。作品从一个侧面反映了商品社会中处于"边缘"的作家与文化人的生存困窘。可以看出，苏莉散文所描写的这些日常生活的片段，并没有涵盖任何宏大的旨义，却有一种近人情、解人意的鲜活与清新。

　　苏莉的散文中，还有一种回忆尤为可贵，那就是关于"达斡尔民族的集体"回忆。"我一直隐约的不安与焦虑，因为我想知道我生命中那种特殊的使我感觉陌生而又亲切的力量到底源自何处？为什么我的心中常常涌起由自己的民族而导致的种种创痛之感？"（《没有文字的人生》）伴随这种追忆的不仅仅是伤感，还有失落和焦虑。达斡尔族在现代化急匆匆的步履中，从民族语言、生产生活方式到生存环境、文化传统，方方面面无不受到冲击，"回头无岸，无论身与心我都已不能回到原来的状态，而我和我的民族又会走向何处呢？"① "在人类社会和中国向现代化迈进的历史路途中，如果说中国的汉族文化要经历保卫本民族文化与接受现代化洗礼的阵痛，那么中国少数民族文化更要经历被汉族文化同化和遭受全球化打压的双重阵痛。"② 因而，恐惧、痛苦、不安和焦虑，必然成为苏莉及其所属民族作家写作的共同主题。在荣获内蒙古自治区第八届文学创作索龙嘎奖的散文《猎事遗歌》及《没有文字的人生》中，苏莉的这一情愫得到了集中的表现，"奶奶去世后，我便再次丢弃了我的语言。这是一个无意识的过程，现在我才感到我便是我们民族命运的一个小小的缩影"。"我们喝着牛奶长大，看着一头头鲜活的小生命诞生、成长，又眼见它们一个个地离开我们，这种种的生命的回转往复成了我们童年的背景，而这样的生活早已离我们远去！"苏莉的感慨无不体现出达斡尔民族对自然、对生命的尊重，表达出对达斡尔民族文化无以为继的焦虑和恐惧。"大鹅带头大踏步地走过来，一脚踩在人熟睡的脸上，像军队一样蔓延过去，一大片动物们，吱吱叽叽咕咕傲慢无情地走过去后，人就变成一摊什么也不是的东西。"③ 苏莉还倾心营造精神之塔，挖掘和展示达斡尔民族历史与文化传统的良俗美质。散文《猎事遗歌》可视为苏莉达斡尔民族精神的皈依之作。这篇散文较精细地展示了达斡尔族对清朝统治者归附与抗争的历程，尤其是通过达斡尔族反抗沙俄侵略者的英勇顽强，礼赞了达斡尔民族先人的伟大与辉煌。同时作者也为弱小的达斡尔民族无法逃脱被欺凌、被奴役、被压榨、被盘剥的命运而感到悲恸。从苏莉的达斡尔民族历史述说中可以看出，她"对于历史与身份的敏感不是源于理论，而是源自身处边缘的弱小群体的心灵创痛"④。苏莉常常伤感于自我民族被漠视、被

---

① 苏莉：《旧屋》，作家出版社 2000 年版，第 15 页。

② 蒋巍：《谁能接近我——试谈少数民族文学的发展空间》，《纳文慕仁》2008 年第 1 期。

③ 苏莉：《旧屋》，作家出版社 2000 年版，第 18 页。

④ 龚小凡：《没有文字的人生》，《内蒙古日报》2001 年 10 月 23 日。

边缘的境遇，"在这个纷扰的世界里，没有人会在意这样一个小民族的失忆和我们最终的失语"①。因而，对所属民族的强烈认同和维护意识，成为以苏莉为代表的达斡尔族作家共同的创作母题。"在我的身后，站着一个民族"这是鄂温克族作家乌热尔图的肺腑之言，是他向所属民族发出的真情告白。而作为达斡尔民族成员的苏莉也因身后站有"一个民族"，便有了一种庄严的心情。提及自己的根脉，苏莉不无骄傲地说，"莫力达瓦，充满了我祖先的印迹""以拥有这个名字为荣"。苏莉以自己的写作，恣意地怀想和传续着达斡尔民族的顽强与不屈，一如既往地书写着达斡尔民族广大无边的生命意志，以写作践行着对自我民族的誓言："我将在这个名上建造我永久的家园，院子里要载满果树和鲜花，在春天，会有芬芳的气味引来无数个蜜蜂。在莫力达瓦"。

苏莉是写散文的行家里手。她追求不事雕琢、自然天成。因而，无论是民族叙事，还是家园回望、个人生活经验的感受记忆，在苏莉笔下如初见般鲜活动人，"即使生活琐碎"，依然满心期待。就其情感而言，苏莉较少以往少数民族散文那种纯简而理想的诗美人生追求，而是以内化诗情的方式，在冲淡平和之中反映人生风景。她的散文基本是对家园往事和民族历史的随想漫忆，没有惊涛狂澜，只是借助或经由个人回忆拯救自我、宽宥世界的不平。在这方面，散文《旧屋》是开启苏莉心灵世界的一把钥匙。在"旧屋"，苏莉孤单寂寞，没有亲密伙伴，只会讲达斡尔语，后来又莫名其妙地丢失了自己的母语。在这里，苏莉和家人默默地承受父亲醉酒的嚎叫，早早就懂得了忍受，以一颗敏感的心体验了过多的亲情缺失。但"旧屋"那些"像热铁烙下的一块无法消除的印迹"和经历，并没有使她陷入悲观与极端，而是在拾拣和重温那些已经消逝的"沮丧和灰色"的生命体验中，以自然、平淡、徐缓、宁静的叙事语调，使感情的湍流化为淡定，表达着自己"哀而不伤""怒而不怨"的敦厚，"我坐在教室里梦想，去异乡、去流浪。重建一个温馨的家园"。苏莉的这种表达情感的适度，为读者理解她的散文提供了多种思路。叙事方式上，苏莉常常是直抒胸臆，"五月，我远离人群，来到了大自然。在这儿，我好像卸下了沉重的面具，成为一个真实的自己"。"这儿，所有的一切，都是

---

① 苏莉：《旧屋》，作家出版社2000年版，第9页。

自行其是：花自开、水自流，那么充满自信，毫不理会别人疑惑的目光"（《蜡烛·五月》）。犹如友人促膝谈心，自然真切，令人听来悦耳，读来顺口。即便是追述往事，亦较少大喜大悲，而是平实地将真情与爱心盈于笔端。散文《牛的故事》紧扣母亲"养牛"这件事，使读者感受到母亲与牛之间的非凡情感，还有来自"动物世界"的母子相依，"母牛一下群就急急忙忙往回跑，离家很远的地方就开始大声地叫啊叫"，牛犊"一听是妈妈的声音也扯开脖子应答，它们娘儿俩一见面就这样高一声低一声，大呼小叫，弄得满院子都是它们的母子情深"。即便是最后写到母亲逝世，以及给母亲亡灵祭献母牛，写它"无能为力的悲哀和顺从"，也不是情感过剩的激烈，而是通过人间大爱与美好事物的消失和损害，写下了自己对人生、对生命沦浃肌髓的感受。

苏华（1957—　）的散文，或抒写友情、亲情和爱情，或追忆民族历史，或阐发事理，表明心志，内涵各异且文风不同，充溢着浓郁的生活情趣，流露着苏华精细的文学感觉和亦庄亦谐、雅俗共赏的审美趣味。

表达自己"不变的民族情愫"是苏华散文创作的本质与内核。"为了我身后的这个民族，我注定会以自己的方式努力去做一点什么的。否则，我愧为'达斡尔人'啊"（《我是达斡尔人》）。为此，苏华以《民族服装》《金屋银屋不及老屋》《籍贯或老家》《莫力达瓦——我难舍难离的家园》等一组散文，深情地表达了对所属民族的认同，表现了达斡尔民族内在的生命活力，"在跳这种刚柔并济的原始的'鲁日格勒'舞蹈时，我仿佛看见我们达斡尔人的列祖列宗们在收获粮食野兽后，聚集在黑龙江北岸密林的空地上，燃起篝火，边舞边唱，舞影踪踪，尽情地表达着丰收的喜悦"。《籍贯和老家》是苏华散文的重要代表。作品讲述了自己的三个"籍贯"及其历史往事。精奇里江畔的托勒固津城堡是作者所属的苏都热家族自有家谱以来的第一处"籍贯"，它毁于沙俄"罗刹"的长枪和大炮。第二处"籍贯"即历史上的布奎城，今天的齐齐哈尔市。为避免毁灭性屠杀，达斡尔族各部落果断地放弃了世代居住的家园，开疆拓土，重建家园。先人们赶着勒勒车，横渡滔滔的黑龙江，搬迁到嫩江、诺敏河区域。"我"的第三处"籍贯"是今天的黑龙江省甘南县境内的绰日革勒村。先祖担心后代在城市生活中丧失掉一个人最基本的自食其力的劳动能力，一致决定搬离齐齐哈尔市，选定土质肥沃、草木茂盛的"绰日固津"

河畔作为家族的聚居地。直到 1958 年 "人民公社化" 与 "大跃进"，苏都热家族的全村老少再次迁徙，定居于内蒙古自治区呼伦贝尔市鄂温克旗南屯公社。苏华通过描述自己的三个 "籍贯"，展示了达斡尔民族的坎坷遭际，洒脱中隐含着些许悲凉。这篇散文的意义，主要体现于苏华在达斡尔民族历史与命运的再现中，表达的是作家的主体情思以及对民族历史的感悟，是对民族性格和民族命运的深刻思考。《金屋银屋不及老屋》也从一个方面印证了苏华强烈的民族意识。作品记述的是清代远赴新疆维吾尔自治区伊犁屯垦戍边这一段达斡尔民族历史。苏华对这一重大历史事件没有做实录式的描写，而是借助想象，化虚为实，呈现了苏华深藏于心的达斡尔情结，"时隔二百多年，我仿佛能看到这批奉命戍边的战士列成长长的车马队伍，马蹄哒哒，旌旗猎猎，车声辚辚，风儿萧萧，谁家的女人在路途中生产了婴儿，又有谁因病猝死途中，同伴在路旁撅土安葬下他的尸体，擦干泪水，又启程走向伊犁"。当历史推进到 1982 年，见到 200 多年没有踏上故土的新疆达斡尔族胞时，苏华将喜悦与泪水化作诗句，深情地吟诵了达斡尔民族历史上值得铭记的一刻，"巍峨的大兴安岭为之欢唱，滔滔的嫩江之水为之动容"。特别是听闻了新疆达斡尔族胞 "完整和美丽" 的达斡尔语时，更是将万端感慨诉之于笔端，甚至羞愧于异乡族胞为保存民族语言的纯净而做出的不懈努力，因为 "我们丢掉了许多古老的词汇，有些人甚至丧失了母语"。仅此一端，就不难体会苏华对母族和母语的深情了。

书写亲情、友情是苏华散文的另一内容。来自亲情、友情的关切和钟爱，在苏华笔下寥寥数语，生动又传神，如终日默默无语但 "宠我宠得没边没沿" 的外祖父（《童年》）；乐观向上、不屈不挠地为生活、为家庭而辛苦奔波的母亲（《我的母亲》）；在人所共知的疯狂年代，饱受 "灵与肉的折磨" 的父亲（《父亲》）；美丽、聪慧的女儿（《女儿轶事》），以及眉眼 "长势太抢眼" 的文坛 "大巫" 张承志（《小巫见大巫》）；身背行囊、壮志未酬身先死的孤身徒步旅行者余纯顺（《永远无法兑现的诺言》）；为人羞涩、腼腆的蒙古族作家白雪林（《楼房里的狐狸——白雪林》）；单纯且不乏幽默、意外早逝的朝鲜族文友金勋（《往事不再》）等，在苏华散文中都有温暖而智慧的表现。新时期达斡尔族散文园地中，表现亲情、友情的作品不可胜数，但是能够对这种情感进行审美升华、本质概括和艺术传达的作品并不多见。苏华以自己的朴素、仁爱之心，对"难忘岁月"中的亲情、友情赋予了合乎艺术逻辑、情感逻辑和人伦逻辑的升华，使其既能以个性化的感性形态呈现，又饱含着更为普泛的人性内涵。对女儿晶达的深情描写，从一个方面印证了苏华散文的这一特质。《女儿轶事》绘声绘色地再现了天下为母之爱。1986 年，身为内蒙古师范大学文学研究班学员的苏华，在校园里以大腹便便展示着已婚女性最鲜明的色彩。女儿的出世，在初为人母的苏华眼中，世界是一片阳光又灿烂，"阿里河的朝阳喷薄而出，晴朗的天空像水洗过一般，无风无云又无雨"。同时，苏华还用多幅笔墨写出了与我"已分手"的"王先生"对女儿的殷殷之情，"我先生非常疼爱女儿。为了照顾我们母女，他像恪尽职守的雄兽般不辞劳苦地奔波于阿里河至莫力达瓦之间，特意为我们买煤、用塑料布钉严窗户缝隙，戴着一顶黑线帽儿，任劳任怨地通炉子、填煤、做饭、洗衣服，逗女儿玩耍"，以至于女儿会说的第一个词语竟然是"爸爸"。让苏华更为骄傲的是，女儿尽管后来"缺少父爱，但对学习很上心"，一直是学校的优等生，小学五年级就成为一名共青团员。在苏华心目中，这个出落得健康、美丽又向上的女儿就是她的全部，而这份成功和得意让苏华情不自禁地感叹，"感谢生活，感谢命运！"平实的语言直抵我们的内心深处。发自内心的文字是最能打动人的，苏华宽容生命中的坎坷与磨难，甚至对此颇怀感恩。在描写女儿艰辛成长的种种情境里，坚韧、乐观的苏华表现出与众不同的思维路向，她"没有一丝苍然的回忆，只有一片晴朗的心情"①。

苏华还有一组"人类朋友"动物素描系列也颇为脍炙人口。在万千自然之中，中华民族传统宇宙观和人生观的基础是"天人合一"，认为大自然乃一有机整体，人也是这个有机整体中的组成部分之一。而关怀自然、关怀与人类一样生活在同一世间的动物，也是达斡尔民族悠久的历史文化传统。苏华对动物的怜爱源自达斡尔民族对所有生命样态的理解和尊重，源自生存与生活上与它们的密不可分，也源自动物本身所具有的灵性。动物具备的一些习性，站在人类的立场上去解读，便是忠诚、正义与聪慧。苏华以敏锐的观察力和文字表现力，为我们塑造了忠贞还有些霸道

---

① 敖继红：《靓女苏华》，《呼伦贝尔报》1997 年 12 月 23 日。

的公鸡"常胜将军"、富有人情味的公猫"格日威"以及傻兔子、茫然的雏燕、快活的小蜻蜓、骄傲的小刺猬、可爱的花斑猪等一系列动物形象。其中，"常胜将军"红公鸡、公猫"格日威"写得尤令人忍俊不禁。"常胜将军"红公鸡颇具绅士风度，"它总是率领家里的那几只老母鸡在院子里、在当街觅食吃。一旦发现食物，就拍着翅膀高声呼唤妻妾过来享用"（《常胜将军——动物素描之一》）。公猫"格日威"则有些慵懒，撒娇是它的最大偏好，"厚着脸皮发出嗲声嗲气的撒娇声，时不时拱在母猫腹底寻奶吃，把猫妈妈平时不易让人看见的乳头抻得又软又长，而且边吃边装出婴儿般咿咿哑哑的撒娇声"（《格日威——动物素描之二》）。还有"美人坯子"花斑猪，更是憨态可掬，惹人爱怜（《傻兔子——动物素描之三——哦，那头花斑猪》）。苏华笔下的动物个个顽皮娇痴，活灵活现。作家在她和女儿生活中出现的这些特殊"朋友"身上，倾注了自己丰富的情感，表达了对生命的关爱和珍视，并以此推延至人类自身，使读者认识到善待动物就是造福万物，也是对人类自身的极大关爱。

　　苏华的散文对女性心理、女性经验也有一定的表达和呈现。批阅苏华的散文不难发现，其抒情主体"我"是一个热爱生活、乐观向上而不失刚强的女性。"她迷恋读书写作、能歌善舞，喜爱种植花草、饲养小动物。"[1] 她有自己的人生理想和追求，孤傲而不随俗，率真而坚毅，自信独立且勇于担当。从这一视域眷注苏华，可以说苏华的散文也是她自身成长的一部心灵史。"我"自小聪慧且敏感，因羡慕姐姐戴上红领巾，"躲在门后，哭得昏天黑地"（《红领巾》）。少女时代的她也有过隐秘、美好的爱情梦想，有一个"令人害羞又难忘的梦"，梦中一架飞机徐徐落下，机舱内走出一位飞行员，"他径直来到我身边，他是特意来找我的"，而我"天经地义地任由他拥抱我，温存地吻我"（《初吻》）。即便长大成人、初为人母，"我"仍有无数浪漫的生活愿景，"一次又一次想象自己在乡下那个庄园里，整天围着一条粗布围裙，盘着发髻，腰间挂着叮当作响的钥匙，穿着轻巧的平底布鞋，不断穿梭在仓库、正房、厨房、地窖之间，满足全家人的食欲，甚至有契诃夫小说中常出现的烤鹅、烤乳猪什么

---

① 王云介：《达斡尔民族文化的描绘者与构建者苏华》，载王云介《呼伦贝尔作家研究》，大众文化出版社 2005 年版。

的"。她的孩子"将满山遍野地玩耍，像小牛犊撒欢一样无遮无拦地飞跑，饱吸山村清爽、甜润的空气，讲出一口标准、流利的达斡尔语"。而现实中的"我"则是独自抚养着女儿这个"黄嘴小鸭"，学会了掏火墙、扒火炕、砌炉子，"完全适应了没有男人为自己撑起一片蓝天的生活"（《梦想庄园》）。苏华的可贵在于，她没有回避自身情感的缺失，"想起真的要告别这一年，这一年真的就要成为一种过去，我竟然难过得无法自制，终于找一处不会被任何人发现的角落，任凭泪水潸潸而下。呜呜咽咽，极为悲怆"（《我心中永不褪色的画卷》）。"我真盼望能遇到一位好心的仙人，不管男女，每天在我下班前就劈好一筐木桦子摆在那里，我也能像民间故事里的人儿一样，掀开锅盖一瞧，热气腾腾，喷香喷香的饭菜出现在锅里"，可惜"这等美事不会落到我的头上。因为我是一个女人。某些同情我的男人会因种种心理障碍，有心帮我又不敢帮我；过路的神仙知道我在受苦受难也不会出手相助，且一位女人即使没有是非也会生出是非的"（《劈柴漫话》）。美好的愿望在沉重的现实面前竟是如此不堪一击，苏华只能寄希望于"来世让我转世为男人"，到那时"我一定去放几趟木排"，"成为一个上线儿的好猎手"（《心愿难遂》）。只言片语，简短数语就将女性内心的渴求与憧憬展露无遗，并试图以此形成一种影响，重塑女性温情、善良和坚韧的品格。

苏华的散文率真、生动且传神。如果把生活比作璞玉，把作品比作经过雕琢的美玉的话，苏华似乎并不在意雕琢的工夫，她给读者欣赏的是生活这块璞玉本身。确切地说，她以自己的言说方式把生活的"原生世相"展示给读者。如初遇文坛"大腕"张承志，苏华一眼就觉得他的"眉毛浓黑浓黑的，长势太抢眼，茂密的眉毛努力向外延伸着，完全像他自己在《西省暗杀考》中描写过的一个回回的眉毛——'就像两块儿贴上的胡须'"（《小巫见大巫——张承志印象》）。苏华以极俭省的语言，逼真地将张承志推进了读者的视野。即使是那些记写往事的散文，苏华亦是顺乎自然，都是未经包装的内心情感，"有时候，我会把自己想象成日本影片《远山的呼唤》中的女主角，独自经营着一片'牧场'，应付着生活的各种难题。我还有一个隐秘愿望，说出来有点不好意思，就是希望自己也能像她那样，在焦头烂额之际，遇上一位懂情义和硬铮铮的男子汉"（《梦想庄园》）。在审美方式上，苏华的散文多以传情达意的细节描写，剪裁布局，形成了她"与老朋友灯下谈心"的叙事风格。她写难舍难离的家园莫力达瓦，只择取"土地""母语"两个元素，就使得思乡、恋乡之情变得韵味悠长，"那会儿，以为父母这层血缘关系是那根紧紧拽扯我这个'风筝'的绳子，无论我飞多高多远，绳子始终攥在二老手中。我以为这完全是父母将我婴儿时的胎盘埋进老宅门槛下面的缘由"。而今"只要我的双脚踏在家乡的土地上，只要我能用母语与我同族的人们讲话，只要我能望见碧绿的嫩江、奔腾的诺敏河，瞅着植被越来越少却始终在我家乡版图上的道道山梁，瞧见那一片片黑油油的土地，我的心就感到熨帖、踏实、安宁、舒畅"（《莫力达瓦——我难舍难离的家园》）。在苏华毫无矫饰的情感表达与叙写中，我们能够平中见奇，真中见美。由此说来，苏华散文的真切、淳朴和自然，既是她诚挚的写作态度和艺术追求，也蕴含着她的文学智慧和语言策略。

（二）不敢相忘的是达斡尔这个族名

历史推进到20世纪90年代，达斡尔族散文在当代中国文学"向内转"的语境中适时跟进，使这一时期达斡尔族散文的审美趣味与审美理想发生了较大的变化。其突出特征就是，散文的创作模式被打破、抒情意识多有提升以及艺术向度的多元展开。以张华、阿凤为代表的达斡尔族女作家，她们在由小说转向散文创作的过程中，汇入当代少数民族文学多样态的写作大潮，汲取多种文学样式的滋养，不断地丰富自己，以女性自我经验和张扬的个性，呈现出一种完全不同以往的写作特质。在主题旨向上，她们的散文多以自己颇为擅长的艺术表现方式，关注生存意义，呼唤美好的人情与人性，表达爱的温暖与可贵。情感表达上，张华、阿凤的散文内蕴丰富，重主观感受，重心态的自然流动，体现出一种自觉求新、求变的创新意识。而且张华、阿凤的散文不再单纯地满足于家园情怀，或停留于记游、写景、抒怀，而重在追求民族历史与现实的契合，既写当下，又写过去；既写现在的发展，又写历史的变迁，尤醉心饱蘸达斡尔民族历史的浓墨，在现实风景的画布上点染与挥洒，力求"以族裔精神疗救现代文明的病症"。同时，她们还将女性特有的精细与敏锐嵌入朴素的文字，挖掘已知的史料，给予达斡尔族历史人物、历史事件和历史生活以新的认识、新的诠释，从而拓展了新时期达斡尔族散文的精神空间，促进了达斡尔族散文在民族之间、地区之间的对话与交流。

张华（1954— ），笔名昳岚，她的散文呈现出强烈的民族意识与个性色彩，流露出由民族血脉所滋生的强烈的民族认同感。在物欲至上的当下，张华以散文书写拒绝尘俗，追寻诗意人生，力图建构一种合理而完满的生存世界。

张华散文的内容颇为宽泛，首先引人注目的是她将自己深厚的民族情感植根于所属民族沧桑历史，努力把守自己的民族文化根脉，留住自己民族的声音。张华这种浓浓的"达斡尔情结"，主要体现于散文集《追寻你的踪迹》《哀鸿阿穆尔》及收录在散文集《走出方格》之中的部分作品。在现代文明步步紧逼和挑战中，她的这些散文明确地表现出对血统意识统领下的民族文化自尊、自强的强调，特别是张华在有意将汉文化"他者"化的过程中，把民族归属作为生命的本质，视"达斡尔"为个体生命的源头和归宿。张华出生在一个生活习惯、思想观念差异很大的家庭，父亲是汉族，母亲是达斡尔族。而她的生长之地也是达斡尔族和汉族"混居"的达斡尔族聚居区，张华从小就有一种"异己"的痛楚。这一特殊的身份使她渴望能够厘清生命来源，得到母族同胞的接纳。因而，张华散文所负载的"孤独"焦虑与不安的"尴尬心理"，既源自她的血缘，也来自她的内心。"在那个时代，在我的家乡，我是一个'异类'，是一个既不属于达斡尔族又不属于汉族的'混血儿'。"直到有一天，母亲掷地有声地肯定"你就是达斡尔人"，才使她多年的纠结与惶恐得以释怀，至此，张华终于"找到了自己生命的本源"（《走出方格》）。一旦将民族的自我从"他者"中区分出来，潜匿于张华心灵深处的民族情感便不可遏制地得以迸发。田园毓秀、狩猎并茂的达斡尔家乡以其独有的魅力，让她感受到脚下大地的力量，达斡尔民族的优良品性，与她骨子里流淌的血液竟是如此亲近，"这是因为我身上也流动着这个民族延续下来的血，流动着母亲的血。爸爸只植入了一个看不见的胚芽，而妈妈的生命孕育了我的骨骼，我的肌肉乃至呱呱坠地的人形"（《寻叶晚秋》）。直面"他者"之镜，张华获得对自我生命本质的了解，让她走出了生命的"方格"，回归民族家庭，确认了自己的达斡尔民族身份，"孤独"与不安自此在张华的心屏中落幕。

　　了结了多年的困扰，张华还面临着一个新的命题，那就是对达斡尔民族根脉的"追寻"。基于对所属民族的挚爱，又有民族弱势地位下催生的多重而复杂的忧患，张华生发出理性而自觉的民族认同感，努力"用一份真挚的感情在方块字的世界里"，为达斡尔民族成为人类文明不可或缺的一个组成部分而倾力书写，以笔为旗"追寻"达斡尔先人的足迹，寻绎"峻峭而钢骨"的民族基质，讴歌百苦艰辛且向上不怠的达斡尔民族精神（《流浪的卡伦卫士》）。张华在达斡尔族鲜有文字记载的缺憾中，锲而不舍地翻阅、查询大大小小的、难以再现历史细面的民间传说和有限的史料，使"达斡尔人，经过千年迷惘，终于寻到自己的历史定位"，那就是达斡尔族就是"契丹后裔"无疑（《达斡尔族与契丹》）。《寻叶晚秋》《多色生旅》《寄给苍茫》等散文也是这方面的代表。2003 年金秋，为了"追寻"，张华甚至"把躯体交付了一次考验，将我的生命化作'船筏'"，远赴千里之外的西部边陲新疆塔城、伊犁等地，"体验那一片古老的土地带给同胞们心灵深处的惊喜"，并以《追寻你的踪迹》践行自己"早已有约的初衷"，记录下清朝屯垦戍边而迁徙新疆的达斡尔族血脉一支的"荣辱苦乐"，以及只有达斡尔民族铭记于心的"永久的祭奠"（《清朝时期的达斡尔族》）。张华的这种苦苦"追寻"，其意义在于，她是在以"寻根"或"祭奠"平复自己内心的焦灼，是把族群整体的生命经验和历史变迁浓缩为"种族记忆"，是将先辈的艰苦跋涉转化为庄严和神圣，以此彰显出达斡尔民族坚韧、顽强的秉性，并从中找寻一种本然的生活与生存态度和更为自然、朴素的生命理想。在张华笔下，达斡尔民族历史发展的进程，戍边队伍的西迁路线，新疆达斡尔同胞 200 多年的命运变迁，得以清晰还原。这一特点在张华的具体行文中表现为，不论是叙事说人还是氛围渲染，张华都没有把笔墨停留在对外在形态的描绘上，而是把人物复原到达斡尔民族精神之中，刻写人物的情感、性格特征，比如写到接待她的新疆达斡尔族同胞兰花姐，"我从没接触过像兰花姐这样，贵族气的、自信、甚至是高傲的达斡尔族知识女性。她那里传递着的，是一种骨气。是的，一种与生俱来的峻峭风骨。我竟想到那个黑龙江北岸的女人，那个咬死沙俄侵略者的身体而被枪杀的英雄。她应该是高昂头颅的，宁死不屈"（《初遇同胞》）。所写景物也是如此，巴克图口岸的卡伦和苇塘，被展现的是 3600 名索伦官兵家眷流亡俄国境内、等待解救、迁居苇塘、投奔布伦托、重整旗鼓、守卫塔尔巴哈台的全部历程（《流浪的卡伦卫士》）。而对于历史变迁中达斡尔民族个体的坎坷命运与遭际，作家另辟蹊径，以杜甫的诗句来呈现其苦难的深重，以何叶尔·文克泽的家书来表达族胞远离家园故土、屯垦戍边的悲壮。张华散文即便是如《荷花淀印象》《历史在这里淡漠》《潇湘散记》着眼于现实人生思考，也蕴含着相当深厚的历史内涵。游记散文《岳麓山寻踪》《橘子洲头雨绪》，让我们真切地触摸了伟人探索救国救民之路、指点江山的魂魄；《拒绝俗尘》使我们领略到传统士大夫精神的坦荡与旷达。《历史在这里淡漠》《荷花淀印象》在书写历史的沧桑变幻之中，又使我们真切地感悟到士大夫的高洁精神。我们在张华自然顺性的散文书写中，感受到了达斡尔民族的"血性"和不屈，还有张华那种一扫浮艳之风，"退繁华、寻拙朴"的艺术力量。

值得提及的是，达斡尔民族及其传统文化，特别是民族语言面临消亡的现实情境，使敏感的张华深感焦虑，"少数民族不能脱离族语的内核。因为，它是支撑一个民族文化的支点。所有的感觉，都来自语言。语言的底色，决定着感情立场。一旦脱离族语，便有隔膜产生。达斡尔族群不尽的凝聚力，也来自母语"（《患难兄弟》）。为此，张华振臂而呼"请保留我们的语言"，因为她清醒地意识到，现代文化的长驱直入已使达斡尔民族文化传统濒临消亡，也许在不久的将来，当人们提到"达斡尔"这一称谓时，它存在的意义恐怕只是一个符号概念了，"我不忍再回故乡。那里已不存在家园"（《琴声哽咽》）。对这一点，折成书简之外，便是立下誓言和行动，"没有理由再怠慢"，"我须承担一个角色"（《患难兄弟》）。因而，张华在近年的散文创作中，对达斡尔民族传统文化依然保有极大的关注。张华尽管在一篇作品中说自己再也"不会讲了"，但她的无奈，分明是一种反叛和无声抗争，其潜在心理就是展示达斡尔民族的诗性品格，守住达斡尔民族的文化传统，留住达斡尔民族自己的声音，这也是张华散文写作的初心。

多情、善感几乎是每一个散文家拥有的基本质素，但张华的特质在于，她的散文不仅仅是潜心于表现、讴歌美好人情，而更多的是把笔墨投向对美好人生的建构，对当下生存现状表现出深深的忧思。最使张华感受深刻的是单调、烦琐和沉重的生活对人的异化。置身于商品经济社会中的人们，过多地为外物、为名利所羁绊，生命的躯体就像上了发条一般，在生活流水线上如陀螺般旋转，碌碌而又凡庸，尤在名利的驱动下，一些人丧失道德，放弃做人的尊严，不惜践踏损害他人的人格以达到一己私利。在《无愧》《声音的寻觅》《思想的瞬间》等作品中，张华多次提及"一场卑鄙的伤害"，带给她的影响，使张华感到"生活仿佛变成了一场骗局"，让她"窒息在生活的失望与痛苦之中"。令张华更为痛心的是，商品经济的巨大冲击，致使我们生活中有着太多"不很人文"的征象，值得我们反思，如昔日白洋淀里抗日卫国、铮铮铁骨的男子汉，今日却变成一位一边讲着令人肃然起敬的抗日故事，一边厚颜讨要"小费"的老人（《荷花淀印象》）；曾经历史功用显著、代表古代人民智慧和劳动结晶的长城，如今小商小贩云集，使登临的"华夏子孙后代"悲愤难言（《历史在这里淡漠》）。而且，世风日下已经影响到孩子们的精神世界，影响到他们尚处于成长之中的人生观、世界观和价值观，祖国花朵幼小心灵中埋下了"挣大钱、当大官、管好多人"的"远大理想和目标"（《女儿·朋友》）。对此，张华表现出极大的厌恶和鄙夷，"这是品格的卑下，是人类的退化"。与之相比照，张华还以女性作家特有的温婉笔触，描画出高尚人格与人文精神建构的蓝图，那就是爱、理解和信任才是人生最可贵的精神，对诚信、淳厚的中华民族精神的坚守才是人类走出绝境的路径。在张华所表现的善的定律中，荣获内蒙古自治区第七届文学创作索龙嘎奖的散文《生命如花》[1]值得关注，作品在如花般"生命凋零"的感伤氛围中，从医患这一特殊视阈，表达了对一个即将逝去的年轻生命的叹惋。作品视角独特，具有较强的艺术感染力。张华的散文还着意阐释了文化知识对人类自身的价值，认为文化知识是民族的灵魂，是人类的精神支柱，是一个民族强大的本源。如果说，冰心疗救人生与世界的良药是一个"爱"字，张华给出的处方则是"读书"，从文化知识中获取不败的力量。《文化随想》《读书是美》《金钥匙》《家居笔记》《书架的温馨》等散文，处处闪现出作家可贵的真知灼见。张华还由己及人，揭示出读书对于重塑人格、矫枉世风的价值意义。

张华散文的使命感和现实关怀，为当下人文精神建构和民族精神的形

---

[1]　昳岚：《生命如花》，《钟山》1999年第1期。

塑提供了一己思路，也显现了她的才学志趣和情感表达的真挚。散文家林非说过，"一切出于真挚和至诚，才是散文创作唯一可以走的路"①。张华也多次表示，"我以自己对生命的热爱，真诚地寻找自己的心灵轨迹，去读书、思考，去感受、写作，展示生命的一种辉煌"。在达斡尔族女作家中，张华属偏于感性的作家，她的散文总是不自觉地将自我代入，掺杂很强的个人色彩，她强调说真话、抒真情，以真情实感打动读者。因而，张华的散文无论是描写现实生活，表达对亲友的回忆追念，直抒胸臆的灵魂独白，还是追寻达斡尔民族历史"踪迹"，描摹祖国的自然山水风光，都与真情息息相通。散文《像梦中的钟声》《情萦苍穹》《遥远的夏天》《声音的寻觅》《岁月不再》等，是张华坎坷命运的真实记载。张华以泣血之"真情"书写了父母的离世、幼女的早逝以及自身的种种遭际。由此我们不难发现，张华的写作全无"为文而造情"之做作，即便是对人生"形而上"的表达，也多以日常小事为切入点，写自己的经历或身边的人与事，诉说自己的真情感受与理解，引发读者的联想与思考。在语言上，张华的散文有一种不施粉黛、洗尽铅华之大美，其突出的特点就是朴素、简约。她的散文多倾向于以浅显直白的语言抒发情怀。她写人，率真又素净，"围桌而坐，便有了近距离的端详。一张善良、安详的面孔，近于艺术和学者之间的神态。不知要向我打开一个怎样的世界。巴尔登先生精神矍铄，容光焕发"（《地下珍藏》）。她抒情，言近旨远，"在这样的居室里在每一个角落，我想所有的庸常的女人，把琐屑平淡的日子流成涓涓的小溪。那溪水，也清也澈，也会激起闪亮的浪花，也要受到四季时节的纷扰"（《家居笔记》）。这种"素面朝天"的语言风格，使张华意欲表达的情意和思考得到了完美融合，她的灵性、心志也悠然显现于笔端。张华始终强调的是"文字的真诚"和文学的"无限善良"，因而，追求文学的真善美，情感表达的朴素自然，就成为张华写作的永不放弃的念想。

阿凤（1960—　　）的散文以强烈的民族意识，揄扬了坎坷不屈的达斡尔民族历史，展示了家园故土的淳朴、温馨，表达了自己独有的人生感悟。阿凤散文的独特魅力，一言以蔽之，就是一个"恋"字。关于恋，具有多重旨向，大体说来，阿凤散文的"恋"包括了家乡恋、民族恋、

---

① 林非：《我和散文研究》，《散文选刊》1988 年第 6 期。

亲情恋与友情恋。

对家乡的深情眷恋，是贯穿阿凤散文的一条重要的精神线索。散文《记忆中的季节》是阿凤家乡恋的集中表达，写尽了家乡的万般美好。每个人的内心深处都有一方魂牵梦萦的土地，那就是家乡故土。无论时间的长短，无论空间的远近，无论得意还是失意，无论海天茫茫、风尘碌碌还是良辰美景，都会情不自禁地牵念于它。在当下都市文明的喧嚣与繁杂中，也许每个游子心中的故乡图景已不再真切清晰，时间空间、现实追逐会慢慢地将许多记忆尘封。但是，阿凤心念故乡，从未走远。家乡在她的笔下永远清秀可人，家乡的四季更是令人赏心悦目：春天，冰雪融化，冰排尚在，映山红就已悄悄怒放。夏天，满眼是家乡女人们采摘、晾晒柳蒿芽的身影，人们还伴着烀苞米、烀土豆的清香度过炎热盛夏，阿凤还特别写出了达斡尔人舌尖上的美味"柳蒿芽"。"传说达斡尔人在缺粮挨饿的时候，就是靠食用柳蒿芽生存下来的。它味微苦，属蒿科，具有清热解毒、败火防癌功效。柳蒿芽生长在水系边的潮湿柳丛地带，端午节后就不能采摘了，因为季节一过它的苦味加重，基本不能食用了。达斡尔人的小孩一出生，就能接受这种像中药一样的食物，早早地品出了柳蒿芽特有的浓郁香味"。秋天，是家乡收获的季节，漫山遍野的山丁子、稠李子、都柿①和榛子。家乡的女人们在这一季开始晒干菜，把豆角、茄子、角瓜削成长条挂起，似乎"家里一下子多了几挂帘子"，她们还把晒干的菜丝编结起来，犹如少女美丽的"麻花辫子"。达斡尔女人们还要趁霜冻前把园子里的蔬菜收拾干净，把一袋袋土豆装入地窖，还有新鲜白菜也要摆成一排排，再腌上一大缸酸菜，以备冬日之需。冬天，家乡的壮美景象是"千里冰封，万里雪飘"，忙碌了一年的人们尽情享受着难得的消闲。其间，阿凤对达斡尔人的饮食习惯、日常生活习俗进行了细致描摹，"达斡尔人吃牛奶简直能吃出国际水平"，家乡的达斡尔人最喜爱的主食是奶子粥、奶子泡饭、奶子面片、酸奶泡饭、酸奶面片，还用牛奶熬倭瓜、熬芸豆。日常饮食中，最早端上达斡尔人饭桌的是春天的小白菜，人们蘸酱吃、做汤喝；豆角则是挂在架子的低处，马铃薯在土地的裂纹里潜藏着，

---

① 都柿：又称笃斯，学名越橘，即蓝莓。越橘属野生落叶灌木，浆果成熟之后为蓝紫色，球形或椭圆形，果皮有白霜。主要分布在我国东北以及俄罗斯、北美等同纬度地区。

茄子结得遮遮掩掩。家乡的孩子们玩的是萨克（狍子的踝骨）、哈涅卡（纸偶），而他们最便利又快乐的娱乐活动就是"坐爬犁"了。女孩子们会在春天菜园子的边边角角种上自己喜爱的五颜六色的花儿，在花开时节，姑娘们就在各家各户的园子里走来走去，比较其形状，观赏其艳美。女孩子们最开心的就是不等"姑鸟"① 变黄熟透就急急地摘下来，掏空里面的籽，放在嘴里"咯吱咯吱"地吹着，她们还急急地"等待着苞米须子长大，她们好拿来编长辫子"。阿凤怀着对家乡故土的深深眷念，以自然淳朴的叙事笔致，恣意地展示了养育自己的一方山水之美。她笔下的"奶子粥""牛奶熬倭瓜""哈涅卡""萨克""爬犁""菇鸟""苞米须"，成为家乡记忆深处的审美具象扑面而来，生动鲜活，具有极强的代入感。

阿凤散文的"民族恋"，主要表现为对所属民族历史的倾力颂扬。身为达斡尔民族作家的阿凤，不敢相忘的就是自己的"达斡尔"这个族名。因而，阿凤散文不仅记录着家乡的独特生活与风俗人情，还表现出强烈的民族维护意识。居住在辽阔富饶的嫩江大地的达斡尔族，与各族人民共同缔造了伟大祖国的繁荣昌盛，共同创造了祖国悠久而灿烂的民族文化。随着市场经济潮流的冲击，现代传媒的普及，互联网的兴起，强势文化的渗透和侵蚀，使人口较少的达斡尔民族的传统文化趋于被"湮灭"之势，甚至语言、生产生活方式也面临着前所未有的挑战。面对这一切，阿凤内心时时涌起不可言传的不安和恐惧。尽管这种情愫只是一种使人受伤且于事无补的个人的渺小情感，但阿凤坚持以文学，以一己之力努力存留达斡尔民族即将"远去的一切"。阿凤的这一情怀，在散文《民族情结》中有相当突出的表现。档案培训班的同桌女同胞，认为阿凤早饭喝奶茶、吃烙饼是落后、不科学的饮食习惯，需要改一改。这件日常"小事"激发了阿凤藏匿于心的对民族文化的思考，"饮食是文化的一种，文化只能有差异，是没有先进与落后之分的"。而再一次引发民族文化之优劣思考的契机，竟是一次在火车上遭遇的同类事件，有一位男性同胞声色并茂地讲述着自己碰到的达斡尔人家，是如何地"不会过日子"。他讲的无外乎就是讥讽、鄙视达斡尔人不懂得积累，吃了上顿不想下一顿的生存与生活方式

---

① 姑鸟：亦写作菇茑，又叫菠萝果、灯笼果子，学名酸浆，外有灯笼状外皮包裹，果实分红黄两色，多籽。多野生分布于我国东北地区。

而已。这是一部分人对少数民族的妄加非议，因为他们永远站在自身的立场，以自身生存观、价值观评判少数民族的生活，他们无法理解达斡尔民族以及其他少数民族"万物有灵"这一安身立命的理念，无法理解少数民族尊重自然万物的生存法则，无法理解少数民族为后世、为世间所有生命的可持续发展而向大自然、向高山大海、向大地的"有度索取"，而不是贪婪与无餍。为之，就有达斡尔族作家发出"河里的鱼吃光了""山上的稠李子也枯萎了"①的感喟。阿凤更是快人快语，带给读者的是一针见血的痛快，"你可以批评我这个人，但不能指责我的民族"。而且，阿凤散文的这种个人生活经验的引入，使得思想有了自身经历、个人情绪和人生感受做底，变得具体、可感而动人。思路到了这里，阿凤由现实生活遭际转而生发出对达斡尔民族辉煌历史的追忆：17 世纪以来，英雄的达斡尔民族为守卫祖国神圣领土，为固守西北边陲的长治久安，听凭召唤，毅然携家眷前往新疆屯垦戍边，再到达斡尔人陆续从黑龙江北岸南迁嫩江流域，最终形成了莫力达瓦达斡尔族自治旗这一主要聚居区。作品由虚而实，层层推进，表达了作者强烈的民族认同感，而作者的突破口却是生活中偶遇的一件小事，由饮食谈到文化，又从文化论及达斡尔民族的价值观与生存观，又由此而推及达斡尔民族坎坷、悲壮的历史命运，并毫不犹疑地为所属民族代言，"达斡尔族人信仰萨满教；达斡尔族是具有悠久历史的勤劳勇敢的伟大民族；达斡尔族是酷爱自由、奋发图强的民族；达斡尔族是注重文化教育的民族；达斡尔族历史上出现过很多的名人，有将军、有教育家、有艺术家"。阿凤散文中的这种"解释性干预"，对所属民族文化为外界所了解和接受起到了重要作用。而阿凤作为作品中的解释者，对于自己所"解释"的民族文化信息，无不持有一种肯定和认同，从而使自己变成了所属民族文化的代言人。阿凤散文的这种"民族恋"所引发的达斡尔民族维护意识，在新近发表的散文《古城，在风中》《不会皱眉的女人》中也都有相当深刻的表现。阿凤散文对所属民族的敏感、维护、认同以致对"他者"的"警惕"，实则是为避免母族历史与文化传统的被遗忘，这一情愫既是阿凤个人的，也是集体的，更是达斡尔民族的。

对亲情、友情的恋念，在阿凤散文中也占有较大的篇幅。《你头顶的

---

① 孟大伟:《越洋的兔子》,《纳文慕仁》2009 年第 4 期。

蓝天永远属于你》《大舅有故事》《有香味的早晨》《小镇记忆》等一组
散文，描写了记忆中的亲人、友人，展示了他们淳朴、美好、平凡而坎坷
的生活。最让人难忘的是，阿凤也和许多达斡尔族作家一样，经历过十分
困顿的童年。在她的记忆中，母亲几乎是独自承担着家庭的所有负累，不
停地劳作和付出，享受着最低的生活品质，进行着一个女人所能承受的最
为顽强的拼搏，母亲生育、养育、担当、奉献，以全部的生命守护着自己
的孩子和家庭。母爱是每个家庭、每个民族生生不息的密码，在《没有
记忆的回忆》中，阿凤写自己的母亲为了维持生计，不得不每日外出采
摘野果，即便是"妈妈怀着我"也要去野外辛苦劳作。但母亲采摘野果
的经历很快就结束了，因为"有一天，妈妈拖着疲惫的身子，挎着筐子
往回走，远远看见没人看管的哥哥、姐姐趴在无盖的井沿往里面张望。妈
妈吓得把筐子扔到地上，悄悄往前走，不敢喊，怕吓着哥哥、姐姐反而掉
下去。妈妈走到他们身后一手一个抓住哥哥和姐姐，她才松了一口气。从
那以后，妈妈再也不采什么了"。之所以提及这一处，不仅仅是有感于母
亲形象的丰满，如善良、辛劳、慈爱和担当，更重要的是，我们能从作者
关于亲情的述说中窥见时代的辙印。而《为了永久的纪念》既是一篇优
秀的叙事文，也是一篇悼文。作品不仅因情同手足的友情，为朝鲜族诗人
金勋、鄂伦春族女作家阿黛秀、达斡尔族小说家阿军的早逝一哭，记录了
一次次生命消逝的前前后后，也为"骤然凋谢"的几位文友"几经雪欺
霜冻"的坎坷命运而忧伤悲恸。作品在对友情、对生活的回味中，潜藏
的是对生命的深深的悲悯，显现了阿凤内心的希冀与不舍，也实现了她为
文的寄托。

阿凤散文的"声线是清晰"的，写人叙事是优美的，她尤其重视内
心的感受，尊崇情感的自然流露，而且在艺术技巧的运用上也倾注了心
力。她的散文情感浓烈，爱憎分明，极善于从自身生活中撷取颇具价值意
义的珍贵片断，将它嵌入自我情感的波澜之中，以平白、简约的语言完整
地描绘出丰富的人生感悟。阿凤在《你头顶的蓝天永远属于你》中，是
这样描写鄂温克族女作家杜梅的，"杜梅是我的好朋友，善解人意，心胸
宽阔，富有同情心，从不恶语伤人"。作品还以比照呈现了阿凤写人叙事
的艺术功力，"我会指着一个打扮得土气的姑娘说，一看就是屯里人。杜
梅看了看说，其实是漂亮的村姑"。通过传神勾勒，表现出所写人物宽

厚、仁爱的个性与魅力，而且字字句句都贮满了真情与实感的汁液，生动且逼真。语言表达上，阿凤的散文也有多付笔墨，以多重言的说方式避免了平板浮泛。她的记事洗练精彩，游记清新典雅，写人朴素无华。而且阿凤的语言感觉敏锐，能于平淡中见奇崛，平常中见新意，如阿凤写自己，"如果在我们家我要是温柔，柔声细气地问候老公，那老公肯定会冲出房门跑掉，觉得我不正常"（《我多想温柔》）。写她眼中的九曲黄河，"像一个纯情的少女，温柔、多情，样子让人心疼"（《感受黄河》）。写友人的蜀地方言，"一位四川朋友常电话联系我，说着磕磕绊绊的普通话，我真担心有一天她的普通话掉到地上"（《另一种需要》）。浅白、率真，感性十足又不乏幽默。阿凤散文的魅力还来自她的真诚和亲和力，使读者情不由己走进她的灵魂深处，体会她的淳朴和爽直，体验她的欢乐和疼痛。因而，阿凤的散文，无论是揭示人生世相，恋乡、恋情、恋友、恋母族，叙说身边的日常琐事，还是展示个体生命经验，抒发内心感受，表达自己浓得化不开的"达斡尔情结"，仿佛都在与读者进行着心灵对话，一种自然、淳朴、真切甚至是体己之感在字里行间徐徐流淌。

（三）　生命的求证与喝彩

　　新时期达斡尔族散文创作队伍中，女性作家始终保有自己的一片天地，显示出颇为强劲的集团优势。她们在充满焦虑和浮躁的年代，在信仰、灵魂缺失的当下，以生存经验为路标，以真情实感为内核，直抒己见，探测达斡尔民族历史烟云，书写民俗风情与日常琐屑，表达她们内心的痛楚、失落、欣悦和期待，特别是对达斡尔民族质朴、纯洁之美表现出浓浓的眷恋。审美方式上，新时期达斡尔族女作家的散文"随物赋形，摇曳生姿"，不再拘囿于"三段式"情感表现范式，更多的是以心绪、心理的流动，实现散文艺术的鼎新。一如当代女作家张抗抗所言，散文是最自然而真实的文学形式，"随手拈来，信笔挥去，似对一个知心的挚友娓娓倾诉剖析自己的灵魂，无须杜撰，无须矫饰"①。在新时期散文观念发生重大变化和突破之际，成长于 20 世纪八九十年代的达斡尔族女作家敖

---

　　① 南野：《新散文十二家代表作》，湖南文艺出版社 1994 年版，第 74 页。

文华、敖继红的表现颇为活跃，她们自觉地将女性的传统美德与自然属性同民族情结、现代意识和社会属性相交织、相融合，以出众的创作实绩绘就出一道道亮丽的人生风景，展现了她们姿态万千的情感世界。新时期达斡尔族女性散文的另一鲜明特色，就是达斡尔族女性散文的独异性既表现在个性意识、民族意识的自觉，还显现在女作家自我观照愿望的强烈，甚至这种愿望还成为她们创作的内在动力，从而使这一时期达斡尔族女作家的创作更加贴近于散文艺术的内质和精神。

敖文华（1946— ），原名蒙泰其木格，内蒙古自治区呼伦贝尔市莫力达瓦达斡尔族自治旗人。敖文华的创作始于 20 世纪 80 年代，以散文为主，兼及小说、诗歌。2001 年，敖文华的散文集《嫩江，我蓝色的摇篮》① 出版。敖文华另搜集、整理有《达斡尔族民间传说故事》②。近年，敖文华还写有《小马架子里的疯女人》《假如不是那场秋雨》《此情绵绵》等短篇小说。敖文华的小说形象饱满，较少着意于精确的个性描绘，极富散文式的抒情格调。她的小说多在"我"的自知视角中，展现生活中特别是女性的命运遭际，表达对美好、幸福生活的深切向往。

散文集《嫩江，我蓝色的摇篮》呈现了敖文华独有的艺术才智，它也是新时期达斡尔族散文的重要收获。说真话，抒真情，表达自己最真实的内心情感，是敖文华散文最为鲜明的个性特征。敖文华在《小站夜雨》《北京记行》《灵魂之歌》《古老的歌》等散文中，不失大胆而又略加掩饰地剖露出一个命运艰辛，且敏感多思的文学女性丰富的内心世界。对爱的渴求，孤独无奈与不甘，矛盾、痛苦、失意、困窘与无助的生活创痛以及由此而来的伤怀，都在一种如泣如诉之中娓娓道来，"今夜的雪，一如我小心守护的那份情感和友谊，圣洁而美好。很久以来我被这一情感羁绊着"（《友情，我生命的绿洲》）。"你终究是一场梦，一团云雾。因为我们从未谋面，留给我猜不透的谜，漫漫无期的等待和思念、困惑和孤寂"（《秋夜里的感觉》）。敖文华的这类散文常有雾里看花般的朦胧，呈现出她既绕不开自己但又不愿一览无余地袒露自己的两难。这种两难的结果，就是敖文华将内心隐秘和现实情境剪碎，进行二次拼装，甚至让自己隐遁

① 敖文华：《嫩江，我蓝色的摇篮》，内蒙古人民出版社 2001 年版。
② 敖文华：《达斡尔族民间传说故事》，载达斡尔资料集编委会、全国少数民族古籍整理研究室编《达斡尔资料集（第二集）》，民族出版社 1998 年版。

于驳杂的生活，借他人绚烂的生活镜像折射、反照自己的无奈与痛苦。散文《在草地的日子》是敖文华对1969年草原军马场"家属"生活的回视。较之其他作家的同类题材，敖文华少了疾呼与控诉，只是在一种平淡述说之间道出了那段荒谬、残缺岁月之中仅存的美好。敖文华在这篇承载她18年青春岁月的记录中，用大量的艺术手段把自己所经历的生命体验进行归并重组，呈现出情感倾诉的流动性和跳跃性。即便是描写夫妻之间的龃龉，也没有铺叙前因与后果，一任心绪流泻而出，"踏上军马场的那块地，我就是家属身份，固定了的角色。从学校走出来，来到这荒山野甸子当家属，心里特别不是滋味，后来偶尔发生口角，丈夫就会说我养活着你，心里就委屈。丈夫斗大字不识几个，还不是跟着马屁股挣几吊钱，有什么了不起，无论怎么不服气，也是端着人家的饭碗，我无法改变现实的处境"。然而，如此委屈又"窝心"的日子，亦未能遏制敖文华从琐屑、庸常的生活之中找寻美丽瞬间，唱出人性与生命之美的赞歌，"我常常怀念家属队干活的滋味和小榆树聊天的情景，家属女人们淳朴善良，有时也粗俗小气，却也是实实在在的"。"草地生活里有艰苦和劳累，也充满欢乐，也充满着人情味，那才叫生活。"语言流畅，自然亲切，率真且质朴。

敖文华的散文，还以其敏感纤细的心灵感应人世，表达了对亲情和友情的感恩。《其实他很孤独》《水仙寄情》《记忆，遥远而明亮的灯光》《祭奠》《表舅》是这方面的代表作，这些作品倾注了作者极大的心力。无论是包裹着内心痛苦并"常以虐待母亲来发泄对婚姻的不满和人生失意"的父亲，"左右端详着女儿，是胖了还是瘦了，絮絮叨叨如何想念我如何梦见我"的"罗锅"母亲，还是心地善良又仁慈的表舅，敖文华始终视为人生楷模的穆老师，送"我"水仙花鼓励我超凡脱俗的友人，生活中不期然邂逅的热血青年冯辉柏、冯钧涛等，都是人间爱与温暖的美好寄托。敖文华记写自己外祖父、姐姐的《记忆中的外祖父》《山村一瞥》等一组散文，昔日人事在作家笔下更是鲜活如故。而在《祭奠》这篇低徊、幽咽的篇章中，敖文华将叙事、描写、抒情融为一体，对饱受苦难和父权压迫的母亲表达了深深的愧悔，"从我记事起，母亲就驼背，弯着腰整天忙碌着"，"可不懂事的我还常常耍脾气，一点儿也不懂得心疼母亲，不帮她干活，可母亲从不责怪我。出门的时候，我怕人笑话母亲是'罗锅'，总是远远跟在后面，假装不是一家人。其实，我是怎样在无意中伤害了母亲"。那种刻骨铭心的自责、歉疚，在敖文华的散文中，总是与挥之不去的思念关联着。表舅是敖文华生命中的恩人，"我还没出世的时候老家被土匪抢光了，全家人被迫偷渡嫩江投奔表舅到莫力达瓦。表舅是我们全家的靠山。缺这少那都上表舅家挪用，我总以为表舅家像个聚宝盆，要什么有什么。其实表舅也并不富裕，只是表舅能吃苦，又仔细，帮助我们家慷慨又大方"（《表舅》）。敖文华希望有一天好好回报表舅，让膝下没有子女的表舅晚年得到些许温暖，遗憾的是表舅夫妇没有能等到这一天。敖文华追悔莫及，以一句"我再也没有可能了却心愿，弥补过失了"结束全文，传达出苦涩、哀伤而悲凉的人生况味。《诗魂》在敖文华的散文创作中有着相当重要的意义。作品不仅描写了敖文华因阅读普希金诗歌而引发的万千思绪，而且也为我们把脉敖文华的精神世界提供了可能。在这里，她描述自己是在普希金诗歌里成长起来的，"为你遭遇的灾难和不幸，为你天才的早陨，也憎恨过你美丽夫人的移情别恋和骄奢风流"。作品还写到普希金诗歌带给自己无数的奇思妙想，激发其艺术灵感而选择了文学，再到后来"那些困顿的日子，我把你的诗句当成了医治精神创伤的良药"。这里不仅有个人经历的曲折，心灵的创痛，有普希金诗歌对敖文华的"引路"与精神疗救，也有敖文华穿行于普希金诗里诗外，与读者、与作者自己、与普希金共同思考"假如生活欺骗了你"抑或"那逝去的将会变为可爱"的人生期待。普希金的诗歌升华了敖文华的灵魂，更重要的是引领她远离了苦难与无助。因而"文学"这个字眼在当下各种各样的标签下趋于异化时，在敖文华那里依然是神圣的，成为她在"困苦生命、艰难时世的心灵寄托"，使敖文华以倔强和努力，坚守着属于自己的执着和纯粹。

描写达斡尔家乡，展现莫力达瓦自然山川之美，表达对远逝而去的达斡尔民族传统的无限眷恋，是敖文华散文的另一主题。《灵魂之歌》《嫩江，我蓝色的摇篮》《遥远如梦——博荣山情愫》是敖文华献给故乡的深情赞歌。作品再现了博荣山的高大与神秘，莫力达瓦的富饶和壮丽，尤其是对达斡尔民族的母亲河嫩江的柔美与壮丽极尽赞美之辞，"我游过天下闻名的西子湖风光，领略过浩瀚无际的渤海雄姿，然而在我眼里唯有家乡的嫩江最美"（《灵魂之歌》）。"我的村庄位于莫力达瓦山区，嫩江的西岸。嫩江由北边滚滚而来，曲曲弯弯，闪闪亮亮，向南奔腾而去，就像一条长长的银链随风落地，掀动着，一直伸向天边。"家乡的壮美自然是敖文华散文的重要背景和底色，她对家乡的深情厚谊，蕴蓄了因其壮阔、神秘而生发的敬畏，以及人类承受自然万物恩泽的亲近与感激。敖文华的散文中，嫩江还是理想、生命力以及金色记忆、精神家园的象征。敖文华生于斯、长于斯，从不讳言自己对嫩江的深情与眷恋，她无数地感恩、赞美它的博大雄浑，浓墨重彩地书写它的俊俏、钢骨和伟岸，"从我呱呱坠地时起，嫩江那蓝色的波涛，就像摇车那般轻轻地摇撼着我，哗哗的水声，就像母亲轻柔的催眠曲"（《嫩江，我蓝色的摇篮》）。春天，嫩江是达斡尔人的梦境与欢乐；夏天，嫩江是达斡尔人"避灾祛病"的保护神；秋天，嫩江是金色果实的点染剂；冬天，嫩江是安静又驯服如酣睡的卧龙。对敖文华来说，莫力达瓦这片土地的一切，"仿佛已经成为我生命的一部分，在我的肌体内奔流，滋养并赋予我倔强、勇于进取的人格"。敖文华的这一组散文，以博荣山、莫力达瓦和嫩江为歌颂对象，反观并比照出现代都市文明的俗媚，其精神支撑点就是对自我民族地域文化的认同。

对家乡故土及自然山川的热爱，滋育了敖文华自觉的民族认同意识。在《黑日》《金长城的传说》《风雨中的精灵》中，敖文华的这种"民族意识"和"民族认同"得到了完美呈现。《金长城的传说》借达斡尔族民间传说，将眷顾的民族激情投射于久远的历史时空，投射于莫力达瓦"金长城"，从那里寻找民族精神的本源。我们每个人都熟悉和热爱的万里长城，是人类建筑史上的奇迹，是中国古代劳动人民勤劳智慧的极致发挥。在敖文华笔下，莫力达瓦的"金长城"同样也是"达斡尔族劳动人民不畏强暴，热爱和平、自由与幸福，富于团结、斗争和勤劳、智慧的精神的象征"。敖文华驻足"金长城"脚下，让思想超越时空阻隔，于岁月苍茫之中抚今追昔，用庄严而虔诚的文字，描述了达斡尔民族先祖萨吉哈尔迪汗统领部下南征北战，为捍卫祖国神圣领土、抗击沙俄入侵者的英雄气概，勾画了滔滔嫩江上乌龟聚集自动搭设"浮桥"救护先人的悲壮景象，赞颂了萨吉哈尔迪汗与王子妻为保家卫国而修筑"边壕"的壮举。一缕缕思绪，一幕幕场景，看似松散无序，最终作者将"目光视吻于今天，灵魂熨帖于民族"，敖文华以自己特有的激赏之情，歌唱了所属民族的伟大性灵和内在风骨。《风雨中的精灵》是一曲以鹰喻人的达斡尔民族颂歌。作品以对达斡尔族"驯鹰"习俗的精细描绘，赞美了达斡尔民族坚贞不屈、顽强拼搏的精神。在敖文华散文中，这只"父亲的猎鹰"是完全人格化的，它高贵、勇猛而忠贞，它"转动着锐利的目光，闪动着翅膀带着一股劲风，倏地腾空而起，飞向了远处，忽左忽右、忽上忽下地盘旋着，犹如侦察机在窥探敌情。一旦发现了猎物，就奋不顾身地俯冲而去，迅猛而坚决"。在《鞭炮声中忆故乡》《达斡尔烟叶套烟》《坤米勒》《黑日》《古老的歌》中，敖文华还情不自禁地将目光投向达斡尔民族的日常生活、生产劳动与经济习俗，从深藏或掩埋于世俗的民族文化传统中寻找精神寄托，对所属民族文化表现出难以割舍的民族情怀。

在审美表现上，敖文华以"情绪流动"式的自白体散文，拓展了新时期达斡尔族散文的艺术空间。敖文华常常跟随自己的情绪和感觉顺势成文，善于以源于生活的真切感受、意识的流动，构成灵动自如的散文整体。这一特点在《苏醒》《秋夜里的感觉》《油灯》《追寻大海》中有相当清晰的显现。如《秋夜里的感觉》中，作者对"秋"的意识流动构成了最内在的文本结构，以"秋风摇曳着树枝，摇曳着星光，从天边，从遥远的田野，穿过街巷"，"眼前就是肃杀的晚秋，秋风阵阵，落叶纷纷，很快会到冰封雪裹的寒冬"等写实的抒情句式，串联起作者错杂的感知和"幻觉"，而意识的流动亦成为文本发展的唯一动力。《追寻大海》写出了对大海的感受，想象与现实经验的边界不断被打破，完全不囿于事件的完整。在《苏醒》中，敖文华索性借梦境展现自己的心理活动，感觉、意识或半意识的思绪、回忆与琐碎的联想交杂在一起，精细地表达了心灵深处的声音。而《油灯》一文如"戏剧里的人物，在默默地或喃喃自语"。可以说，敖文华的很多散文，不再条分缕析地叙事和描写，也无暇顾及细细地咀嚼与体味，而是将具体可感的现实生活推入幕后，一任款款倾诉。情感表达上，敖文华的散文也极富个性。她在书写或表达之间尽可能地弱化过程，而重在归返内心意识的流动，将自我向外界空间扩散，自在自为地神思遐想。因而，敖文华无论是叙事、抒情，还是描写，追求内心的骚动而极具跳跃，追求灵魂的抒写而不求表面精准，追求表达的快感而不避口语，较少在意遣词造句的规范，常常是以轻倩、坦诚、率直的口语随感而言，"姥爷去世的时候我只有七岁，在一个冰天雪地的下午，我和邻家的小伙伴在结冰的大水坑里溜冰，忽然看见家里人匆匆忙忙出来进去，我就跑回家，说姥爷死了，妈妈在哭，于是我也跟着哭了，没有人给我买豆腐讲故事了"（《记忆中的外祖父》）。敖文华散文的审美艺术表现方式，以及这种表现之间的亲情友情、家园故土、自然山水、顽强不屈的达斡尔母族，都为她的散文提供了丰厚的思想艺术滋养。

敖继红（1954—　），笔名曾点，内蒙古自治区呼伦贝尔市莫力达瓦达斡尔族自治旗人。敖继红的文学创作始于 20 世纪 90 年代，以散文、报告文学为主，兼及诗歌、小说，发表有《我愿意写兵》《在那遥远的界河上》《曾经爱过，就不会忘记》《女军医》等散文、报告文学多篇。敖继红还写有短篇小说、童话《远远的朋友》《大黑熊认错了》《灵感》等，表现了作者对孩童的怜悯与恻隐之心，叙事与话语之间流露出浓浓的爱意。1997 年，敖继红散文随笔集《心之虹》① 出版。新世纪之初，她的长篇纪实报告文学《界河军魂》② 问世。这是敖继红深藏于心的"军旅情结"的一次了结。1999 年春，身体伤残的敖继红克服常人难以想象的困难，先后四次走进驻守在内蒙古自治区呼伦贝尔市额尔古纳中俄界河边防哨所和巡逻艇大队，采访了近 150 位边防军人，写下了 30 多万字的笔记，历时两年有余，完成了长篇纪实报告文学《界河军魂》。它真实地再现了边防军人的英雄气概，发掘了他们神圣光环背后的艰辛付出和牺牲，张扬了当代军人优秀的品格和强大的意志力。

散文随笔集《心之虹》代表了敖继红散文创作的艺术成就。就其包含的作品而言，它并非严格意义上的散文与随笔，而是敖继红文学活动的集大成者，是敖继红向读者呈现的一个身处逆境却充满乐观、心中有爱和感恩者的心声。这是敖继红散文最为可贵的情感内核。然而，我们不得不正视的是，敖继红散文中所流露出的对身体残缺的在意，仍使我们感受到她的内心挣扎，体味到她对健全生活的渴求。敖继红对伤残的这种敏感，加之生活的磨砺，在她的性格之中铸入了常人难以企及的坚韧、顽强和勇敢，也使敖继红的散文更加热衷于对生命本身如生、死、爱、生存意义的思考，且有相当深厚的哲理意味。敖继红在关注伤残者生存困境的同时，也超越了一般伤残者对命运的自怜自嗟，表现出一个强者的坦然与从容，

---

① 敖继红：《心之虹》，内蒙古文化出版社 1997 年版。

② 敖继红：《界河军魂》，解放军出版社 2002 年版。

"'再见妈妈!'几乎成了我生命的寄托,为了这四个字,我忍受了难以忍耐、难以言说的病体痛苦"(《落日辉煌》)。儿子的"懂事"消解了敖继红内心的痛苦,她坚信"人间真情会使人忍受一切苦难,超越一切痛苦"。"痛苦与幸福都是人生的状态,只要你活着,就无法回避;只要你活着,你经历了种种状态,就会感受生命的潜能不可限量。"敖继红在一次又一次生与死的较量之中,最终找到了写作这一呈现其生命光彩的方式,走出了一条证明自己生命跃动的路径,一条"心血流淌出来和用文字铺就的路"。至此,长久承受病痛折磨的敖继红终于感到"自己在字里行间活着",当作者的心灵与肉体共同经历炼狱般的考验而重获新生时,她开始对自身遭际表现出一种泰然的接受,"当你用自己的方式学会以欣赏的心境品味痛苦,以机智和幽默来对付痛苦时,你就战胜了它。不管你所处境遇如何,你都会说'我活得自在和洒脱'"(《苦难与辉煌》)。"人生是艰苦而美妙的跋涉,人在这种跋涉中步步走向未来,走向完美,走向个体的消亡,也便走向了人类的永生。"(《人生与艺术》)这些"感悟"为敖继红的坎坷命运平添了一份暖意。散文《精彩与"无奈"》是这方面的重要代表。作者在友人、文学形象与个人经历的融合中将自己的探寻与思考诉诸读者。在敖继红看来,无奈是浅层的,"在内心深层,没有人会甘于无奈,更没有人愿意品味无奈"。坐上轮椅是一种人生无奈,但是在轮椅上选择如何生活就不是"无奈"了。所以,当病友刘春江跷起轮椅的前轮,独自从天坛公园祈年殿陡峭的坡道上一级一级摇下轮椅时,"我真的震惊了,为人的勇气、意志,为人的无往不胜的精神!"作品还以自身生命经验,在西绪弗斯神话的全新诠释中,探索了无奈与死亡这一终极命题。"甘于无奈,什么都不想做,可就真的无药可救了,这种无奈同死亡一样,虽生犹死。"这是敖继红心灵的独白,更是她坚强生存和生命历程的真实写照。

敖继红散文中出现频率最多的另一个词语就是"生命"。或许是因为作者经历了太多的磨难,因而对生命有了比常人更为深切的感悟,使她在生命的阴霾中能够看到电光石火,在艰辛的人生历程中听到美妙无比的天籁之音。敖继红还以个体经验,积极关注生命、命运与生命意义。面对鲜花与血泪并存的世界,敖继红细细品味,将自己所有的感知感悟诉诸笔端,在司空见惯的人事描写中生发新颖而深邃的哲理思考。因而,敖继红的散文较少记写所属民族往昔的辉煌与灿烂，而是多在"生命"与人生价值、生命意义的追问中，表现平凡生活中的人生故事。从这一层面看取敖继红的散文，无论是她截取生活片断的感受，追寻往昔生活的梦痕，还是对命运抗争的完美诠释，都令人动容，"人真正面临了死亡，思考过死，才会认真地思索生的意义，这大概就是朋友们所说的想到极限处就有生机了吧"（《冬至节》）。"假若我的生命只是岩缝中的一株小草，那我也要让它钻出来寻找阳光，希望同阳光一样无处不在，生命便可以辉煌。"（《求证生命》）敖继红甚至不无自赏地剖析自己，"在那一篇篇灵魂的自白中，我认识了自己顽强不屈的生命。我对自己既熟悉又陌生，我的笔下绝少对苦难的张扬，而倾诉着对人生、对奔放的生命、对人间真情的向往，跳跃着青春的热情，这就是我心底的火光"（《落日辉煌》）。她不仅强调人的生命力，而且对自然万物也有自己的感知感悟，"我从没见过小河会有这么大的生命力，能释解如此厚重的坚冰，托举起如此的重负，不畏艰险地把冰疏散开，把自己的生命召唤回来"（《小河的力量》）。即便是给人们带来寒冷的飞雪，敖继红也能从中寻绎其静美和滋润万物的生命力量，"它默默无言地消融在大地，像慈爱的母亲用甘甜的乳汁哺育儿女一样，把自己的躯体无保留地融化给万物以作滋养，雪尽春来，青草绿叶也会飘散雪的芬芳"（《心底的希冀》）。敖继红不断激励人们积极、勇敢地面对未知的生活，以此表达自己对生活的达观，"生命，与希望同在，你才会真实地体验人无穷的潜能和人生的宏伟瑰丽"，"让我们多读几本书，多做几件好事，多改一些坏毛病，活得像个文明人一样"（《礼貌·教养·素质》）。"虽然社会机制的变革中出现不平衡的现象，或是分配不公，但风物长宜放眼量，工作着永远是美丽的。若是人们都在各自的岗位上，各司其职，尽心尽力，把自己的聪明才智发挥到最大限度，那就会让工作锦上添花，促进社会的进步"（《工作着是美丽的》）。"只有用宽宏胸怀拥抱生活的人，才能得到生活中的爱。"（《女子驿站·爱情如诗》）敖继红以一种乐观向上的精神力量，以写作坚执地鼓吹着高尚、信念等富有终极意义的人生命题，向读者输送着正能量和她的顽强不屈。

表达对生活的感恩之情，也是敖继红散文的重要内容。敖继红极善于发掘生活中的一切美好，特别是爱情、友情和亲情在她笔下闪耀出美丽的光环。友情使她"坐在轮椅上也能够体验到生活的缤纷色彩";亲情使身患残疾的作家倍感爱的温暖,母亲的谆谆告诫让她的"伤残天空"变得湛蓝如洗,"人不能因伤病而'低人一等',低人一等是颓废了的精神";爱情更是她生活的丽日艳阳,丈夫曾经"冒雨行军途中草就的如火炽热的情书",还有儿子的"一张张奖状和成绩优秀的通知书",激励她不再畏惧残障,竭力"当好妻子和母亲"(《心之虹·生日抒怀》)。敖继红还以较多的笔墨,描写各行各业中的优秀人物,并以此勉力自己。比如用坚毅、睿智、妩媚等溢美之词都无法形容的叶乔波(《对祖国的赤子之心》);美丽、知性和不屈的张海迪(《我所看到的张海迪》),同为身体伤残者,却表现出超乎常人的生命意志力。敖继红在她们砥砺奋进的事迹中,获得了生活的勇气。敖继红还常常以善美之心发现身边人的优质,如在一个民间艺人身上,搜寻到人对于自然的征服(《负重致远的追求》);再如充满朝气的军旅标兵们、善良知性的邻居阿姨,富有爱国情怀的工程师,敖继红都有描写和赞美。特别是在治疗顽疾而奔走的日子里,敖继红接触到了许许多多的医护人员,如心理咨询师薛桂荣、康复研究中心护士朱红岩等,他们成为敖继红生命中不可或缺的知己好友,带给她莫大的温暖和鼓励。

敖继红散文在体物赋形、使情成体上,也有自己的特色。她的散文有时像抒情诗一样优美动人,是蕴藉深厚的心灵乐章;有时像小说片段,人物的音容笑貌跃然纸上;有时又从生活小事生发出感慨和议论,引人思考。如在《残缺与美丽的启示》中,敖继红从安徒生童话中的丑小鸭入笔,以远南运动会上残缺生命挑战人类极限的抗争精神作比,抨击了当下生活中健全肢体下的某些丑恶,进而希冀世界能够多一分善良和仁爱。敖继红还善于以生动的词汇写景状物,将抽象的人生哲理化作具体的形象,并将其点染为活性之物。特别是敖继红散文中那些富有哲理意蕴的格言警句,从一个侧面呈现了她对人生苦难的一种坦然和超然,"如果说缺少太阳的人生是暗淡的,那么缺乏磨难的人生则是苍白的"(《苦难与辉煌》)。"有时候关心是问,有时候关心是不问。"(《难忘真情》)这些知性、优美的文字,为我们带来了思辨的启迪和审美愉悦。敖继红在散文这个大的范畴之中,还运用多种形式布局谋篇,将书信、随笔、访谈等熔于一炉,呈现其艺术匠心。在《杂谈·随笔》一辑,以自然随意的行文,将叙事、抒情、议论相糅合，在主体与客体的互化之间，达到了相适相谐。而在《专访·特写》中，敖继红则通过访谈，富有层次地表现了人物内心的波澜，并在写意与描写之间，热情赞颂了生活中的美好。另如《忘不了你白色的身影》等，运用书信体式，将浓烈的情感平淡出之，从而为达斡尔族散文艺术的拓展提供了足资借鉴的审美经验。

（四）以美引真臻于善

在达斡尔族书面文学发展史上，有一创作现象值得关注，那就是达斡尔族儿童文学中民族革命历史题材一直为作家所热衷。究其原因有二：一是1949年中华人民共和国成立以来，呼应着主流意识形态对祖国下一代、未来接班人的革命化教育和培养，儿童文学创作始终以革命历史为"形象教材"，大力表现集体主义、理想主义、英雄主义和爱国主义精神。二是作家的责任感与历史使命感，使他们对英雄先烈、民族革命与历史文化传统怀有深厚的情感。在这方面，巴图宝音、奥登挂两位作家尤为突出，他们的儿童故事集《漫画山上人——鄂伦春族的故事》《莫力达瓦山下——达斡尔族的故事》代表了达斡尔族儿童文学的最大成就，体现着现实与想象、成人世界与儿童世界的完美融合。他们的儿童文学既有厚重的思想根基，超卓的艺术笔法，也有个性化的表述话语，为达斡尔族儿童文学的发展，提供了颇具借鉴意义的写作经验，为祖国未来、为小读者奉献了精美的精神食粮。更为重要的是，这两位作家的开创性努力，还在于他们将民族书写变成一种文化审视，巧妙地以达斡尔族、鄂伦春族少年儿童的视域，运用形象、生动、浅易、简洁且极富现场感的语言表达，以及抒情与描写相交合的叙事方式，使历史和现实同构与统一，写出了达斡尔族、鄂伦春族少年儿童丰富的精神世界，呈现了他们向善、向真、向美的审美情趣。

巴图宝音（1933—2014），又名乔栋梁，笔名托木·瓦韧·泰波，黑龙江省齐齐哈尔市人。1950年，在内蒙古自治区呼伦贝尔市鄂伦春自治旗小学任教师，后调呼伦贝尔市鄂伦春自治旗旗委工作。1952年发表诗歌处女作《谢谢您，毛主席》，后陆续写有《猎人的布票》《勇敢的罗儿拓》《炕》等短篇小说。1962年，巴图宝音被选送到内蒙古大学文艺研究班深造。1966 年调内蒙古自治区文联任《草原》文学期刊社编辑，并写有《鄂伦春赞》《鄂伦春自治旗诞生》《勇敢的交通员》《特别向导》等散文、诗歌和报告文学，热情赞颂了鄂伦春族和达斡尔族人民的新思想、新面貌，展示了各族人民牢不可破的民族团结和友谊。1981 年，巴图宝音的儿童故事集《漫话山上人——鄂伦春族的故事》①辑入"祖国大家庭丛书"，由内蒙古人民出版社出版。同年，巴图宝音的散文《猎村歌声》②荣获内蒙古自治区文学戏剧电影创作评奖散文奖。1984 年，巴图宝音调《民族文学》期刊社任编辑，翌年调中央民族大学文艺研究所从事少数民族历史与文化研究。其间，写有《挚友》《我的黑姥姥去哪儿了》《昏迷中的笑容》等短篇小说、散文多篇，与吴玉等合作撰写有《骁郎与岱夫传奇》《相思草》《巴拉根仓》等影视文学剧本，搜集、整理、出版有《鄂伦春族民间故事集》一册。这一时期，巴图宝音还撰写有《达斡尔族风俗志》《中国达斡尔族史话》（与鄂景海合著）等。2019 年《巴图宝音文集》由辽宁民族出版社出版。该文集由巴图宝音的文学作品组成，包括散文、诗歌、小说三部分③。

巴图宝音的艺术视域颇为宽泛，涉猎诗歌、小说、散文、报告文学、影视文学剧本等多种艺术形式。20 世纪五六十年代，巴图宝音以诗歌、小说和报告文学为艺术载体，深情歌颂了鄂伦春、鄂温克、达斡尔族"三少民族"的新人新事新思想，描写了对党和领袖毛主席、对伟大祖国的无比热爱之情。新时期以来，巴图宝音以《挚友》等短篇小说，唱响了军民团结和民族团结的凯歌；以《白帆·勒勒车》等散文，勾勒出达斡尔故乡的现在与过去，寄寓了对家乡故土的深切思念。巴图宝音新时期文学创作的最美景致，是他用自己的写作架设了一座跨越少年儿童和成人的美学桥梁，用不乏现代意味和时代气息的意象，建构了一个新的童真世界。短篇小说《我的黑姥姥去哪儿了》讲述了一个四岁达斡尔族小男孩敖歌被人贩子拐卖后获救的故事。在网络传媒普及、时有传媒报道解救被拐儿童的今天，巴图宝音的叙事算不得新奇。但作品的可贵之处在于，巴图宝音打破了儿童与成人间的"壁垒"，让自己的小说为儿童也为成人构

---

① 巴图宝音：《漫话山上人——鄂伦春族的故事》，内蒙古人民出版社 1981 年版。

② 巴图宝音：《猎村歌声》，《人民文学》1964 年第 11 期。

③ 该文集第三辑散文部分，收有《特别向导》《伦坤保》等报告文学。

建出共同的审美空间，既表现了被拐儿童敖歌善良、朴实、无邪的民族基质，同时超越了对儿童本身的刻画，对儿童所属的外部世界进行了理性思考，反映了当下社会瑕瑜互见的现实。

检视巴图宝音的儿童文学创作，不难发现，巴图宝音极善于从他最熟悉的生活出发，在立足儿童本位的前提下，将动人心弦的故事与民族特色、文化传统有机地结合起来，并融入了儿童教育观、价值观和生存观。这一特点主要体现在他的儿童故事集《漫话山上人》之中。巴图宝音的这部儿童故事集由五部分构成，共有 24 个篇目。作品借鄂伦春族猎人高古爷爷的言说，向主人公"我"讲述了鄂伦春民族的族源、历史、风土人情、生活信仰以及鄂伦春人在开发、建设、保卫祖国北疆中创建的历史功绩。作品集还以一定的篇幅书写了鄂伦春新人的成长故事。

描摹大兴安岭深处的壮美风光，展现鄂伦春民族的悠久历史、文化传统和风俗人情，是巴图宝音《漫话山上人》最为引人注目的艺术特色。鄂伦春族是一个有自己的民族语言而没有文字的人口较少的少数民族之一。多年来，他们以口耳相传的民间传说和故事，向世人述说着鄂伦春民族形成与繁衍的历史。他们以民间传说故事描绘了"恩都日"（神仙）造人，发现和使用火种的历史进程，因疾病的困扰而降世的鄂伦春健康女神，还有鄂伦春民族由此得以"生生不息的密码"。从巴图宝音的描述里"我们可以感到创作者极其丰富的想象力。在他们的眼中，世间万事万物都是充满着灵性的，不仅鸟兽虫鱼具有生命，就连无生命力的日月也会说话，是民族古代文化的光辉结晶"①。作者还借鄂伦春民间传说和故事，形象地诠释了鄂伦春民族父权制社会的形成过程。鄂伦春民族在远古时代曾是母权制社会，进而通过养鹿、驯鹿，发展到驯马、驯猎狗，男人出外狩猎，开始占有生产资料，逐步由母权制社会过渡到父权制社会，自此"鄂伦春男人不论在家庭还是社会上，都比女人更有权势和地位了"。从而使少年儿童对鄂伦春社会发展历史有了相当清晰的认识和了解。巴图宝音在描写鄂伦春族神奇、灿烂而悠久的民族历史的同时，还不失时机地抒发了对鄂伦春民族英烈的崇敬之情。

鄂伦春族是一个具有辉煌、悠久历史的北方古老民族，中华人民共和

---

① 马学良：《中国近代文学大系·少数民族文学卷（导言）》，《民族文学》1990 年第 6 期。

国的成立,使他们焕发了青春,与其他兄弟民族共同担负起开发、建设祖国边疆的重任与使命,特别是"为保卫祖国的疆土,做出了不朽的贡献"。这是《漫话山上人》呈现的另一个主题。鄂伦春族世世代代生活在黑龙江以北、外兴安岭的广大地域。然而,在清康熙年间,沙俄侵略军曾以武力侵占了祖国北疆大片领土,鄂伦春人民和生活在同一片土地的达斡尔族、鄂温克族团结一致,奋起反抗,同沙俄侵略者进行了殊死抗争,以鲜血和生命捍卫自己的家园和神圣领土。作者还特别描述了鄂伦春族首领米尔铿格的英雄事迹。300多年前,米尔铿格在精奇里江、牛满河①一带,率领族人以弓箭、长矛、石块痛击沙俄入侵者,缴获了大批枪支弹药,大长了鄂伦春人民的志气。他们还与康熙皇帝派来的水陆军共同参加了抗俄斗争。历史推进到20世纪三四十年代,富有爱国主义精神的鄂伦春民族,在中国共产党的英明领导下,积极参加抗日斗争。巴图宝音还以鄂伦春民族英雄黄毛保卫抗日联军后方基地并大战50名日本侵略者而壮烈牺牲的英雄事迹,首领盖山为抗日联军带路攻打日寇"义和公司"的勇敢精神,以及盖山女儿赞珠梅赶制狍皮帽和狍皮手套支援抗日联军战士的故事,表明鄂伦春人民抗击侵略者的斗争,是与祖国各族儿女的抗日斗争紧密相连的,"就像无数条细流汇合成一条巨流冲击着反动统治的基石,推动着社会的前进"。

巴图宝音还在浓浓的鄂伦春民族文化氛围中,展示了鄂伦春民族独有的劳动生产与生活方式。《使用猎枪——鄂伦春步入近代》是这方面的重要代表。它由《猎人狩猎记》《猎马》两个篇目组成。《猎人狩猎记》描写了"我"跟随鄂伦春春风定居村的三位优秀猎手出猎的故事,生动地描绘了一年四季中,鄂伦春人依据动物习性,因地制宜地猎取野鹿、狍子和熊,并通过三位猎手分别在打鹿、打狍、打熊方面的特技和专长,真切地表现了鄂伦春猎人高超的打猎技艺和劳动智慧。《猎马》一篇则在比照中展示了鄂伦春猎马在高山狩猎护林中的胜势。"我"和高古老人在营林员的带领下赶赴狩猎基地,我们的坐骑是矮小的鄂伦春猎马,而营林员骑

---

① 牛满河:今俄罗斯布列亚河,是俄罗斯远东区南部黑龙江左岸第二大支流。中国古称牛满河、牛满江。牛满河流域自古是我国东北诸民族起源生存之地,是满族、鄂伦春族等民族的母亲河之一。1857年清王朝被迫签订中俄《瑷珲条约》,将牛满河连同精奇里江等黑龙江以北的全部领土割让给俄国。

的是高头阔胸的蒙古马，然而在爬山和过沼泽地的过程中，"我"发现鄂伦春猎马远比高大的蒙古马有耐力。高古老人不无骄傲地向"我"讲述了鄂伦春猎马灵活、敏捷、耐寒、抗逆性强，善穿越深山密林，能陡坡驮运、跋涉沼泽，以及蹄质坚硬，具有常年不挂掌、行走灵活、持久力强、不择食、耐饥渴的特性。鄂伦春人世代沿袭祖先遗留下来的狩猎习俗中，猎马还扮演着重要角色，是鄂伦春人必不可少的狩猎生产"帮手"。鄂伦春猎马以它独有的优良品质，在鄂伦春人的生产生活中发挥着不可替代的作用。因此，猎马对于鄂伦春人而言不只是自然生命的个体，更是鄂伦春民族以猎马取代驯鹿，步入近代社会的显著标志，而且猎马还以一种跃动的精神，成为一个可以征服自然、可以征服各种艰辛和困难的生命力量的象征。

歌颂鄂伦春人的劳动和建设热情，描写他们对家乡的热爱，也是《漫话山上人》的重要内容。中华人民共和国成立后，鄂伦春人民获得了新生，特别是1951年10月1日鄂伦春自治旗宣告成立，使鄂伦春这个在旧社会饱经苦难、濒临灭绝的民族，"第一次用自己的语言唱出了中华人民共和国国歌，歌声震荡着山谷，发出了强烈的回响"。鄂伦春民族从此摆脱了贫穷和落后，开始走上社会主义康庄大道，在祖国温暖的怀抱中过上了幸福的生活。长久以来，鄂伦春民族对自己赖以生存的森林和土地保有深厚的情感，而社会主义教育和建设热潮，更是激励和鼓舞了他们热爱森林、保护国家财产的热情和士气，集体的每个人都视林木如生命一般，"如今国家是自己的，森林是自己的。心里知道这种紧张、艰苦严格的防火期生活，换来的是森林的安全，对祖国建设尽了一份力量，就感到是一种幸福"。高古老人的一席话，表达了鄂伦春民族的共同心声。《漫话山上人》还以淳朴纯稚的"童心"，向少年儿童讲述了许多动植物故事，以此表达鄂伦春人强烈的爱憎与好恶，寄寓他们对是非曲直的评价。如猎狗如何帮助主人捕捉鹿、熊、狍子和猞猁，如何与老虎斗智等，都表达出鄂伦春人对人情世态、善恶的褒贬与择取，寓教于乐，且蕴含着丰富的生活哲理，充溢着鄂伦春民族正义和理想的火花。

在艺术表现上，《漫话山上人》不以语言的华丽见长，而是以充满童趣的口语化表达吸引小读者，在鄂伦春民族历史和现实的烟云中开凿生活潜藏的暗道，拓展出一片崭新的艺术视界，使鄂伦春小读者得以深刻的引导和启示。巴图宝音的这部儿童故事集非常注重少年儿童的欣赏特点，常常把传统的价值理念和对新一代人的殷切期望，藏匿于为少年儿童创作的文学形象之中。叙事上，巴图宝音善于以曲折回环、引人入胜的叙事，传递作家的审美理想。在整体构架上，我们可以把《漫话山上人》涵括的每一篇、每一节，可看作一个个独立的小故事，同时也可以把 24 篇故事糅合起来，组成了一个有关鄂伦春人的"大故事"，从而带给小读者以和谐优美的艺术享受。《漫话山上人》的这些丰富多彩的审美内涵，体现了作者自觉地为少年儿童"量身定做"寓学于趣的审美追求，折射了巴图宝音精湛的艺术表现力。

奥登挂（1925—2017），女，亦名郭雪英，笔名雪鹰，内蒙古自治区呼伦贝尔市鄂温克族自治旗人。20 世纪 40 年代初，曾就读于日本山梨师范学校本科。1946 年回国后在海拉尔地区任小学教师。中华人民共和国成立后，奥登挂相继在内蒙古自治区党委宣传部文艺处、民族语文处、内蒙古历史语言文学研究所工作。20 世纪 80 年代初，调任内蒙古自治区社会科学院民族研究所所长。奥登挂多年从事达斡尔民族历史文化研究，写有《达斡尔族的书面文学"乌钦"》《达斡尔族文学》（与呼思乐合著）等多篇论文，并与呼思乐合作搜集、整理、编译有《达斡尔族民间故事集》《达斡尔族传统诗歌选译》等。1983 年，奥登挂的儿童故事集《莫力达瓦山下》① 辑入"祖国大家庭丛书"，由内蒙古人民出版社出版。这部作品集共收有 15 篇故事，且各自独立成篇。它们以简洁、明快和充满童真童趣的叙事话语，为少年儿童展现了达斡尔民族可歌可泣的历史，描写了独具特色的达斡尔族风俗民情，表达了达斡尔民族在天地之间安身立命的生存观、价值观，使小读者在潜移默化中得到熏陶和教育。

描写悲壮的达斡尔民族历史，赞颂顽强不屈的达斡尔民族精神，是《莫力达瓦山下——达斡尔族的故事》的主要内容之一。作者最先在《黑龙江畔的白玉石和红玛瑙》中，通过库图迪爷爷的讲述，描写了发生在 300 多年前的雅克萨、桂古达尔之战。在这场战争中，达斡尔族众为捍卫祖国神圣领土和美好家园，以鲜血和生命同沙俄入侵者进行了殊死抗争。《祖国边疆的卫士》通过达斡尔族儿童游戏"玩八旗"，生动

---

① 奥登挂：《莫力达瓦山下——达斡尔族的故事》，内蒙古人民出版社 1983 年版。

地展现了清王朝派驻布特哈八旗达斡尔西迁新疆维吾尔自治区伊犁塔尔巴哈台，保卫祖国西部边疆的英雄事迹。在《额尔克力的悲歌》中，作者从达斡尔族民间叙事诗《薄坤绰》生发开来，揭露了清政府实行的穷兵黩武政策带给达斡尔人民的深重苦难。据统计，从康熙到光绪年间的 200 多年里，达斡尔人共参加过 60 多次大的战役，参战的达斡尔青壮年达到 6 万多人次，而生还者不过十分之一。《额尔克力的悲歌》所反映的内容就是当时的这一残酷现实。《啊，貂皮啊，貂皮》的主题与上述篇章相似，它通过乾隆年间（1779）布特哈八旗副总管奇三、副佐领孟库胡图林嘎为民请命的故事，歌颂了民族英雄奇三、孟库胡图林嘎不畏强权、奋力抗争的崇高品德。奇三和孟库胡图林嘎的英雄行为，与达斡尔人历史上贡赋异常沉重密切相关。对布特哈地区的达斡尔人来讲，沉重的贡赋主要体现在贡貂上。而猎貂是一项充满艰险的活动，为了完成贡赋，达斡尔人在荒无人烟之地冒着生命危险猎貂，"有些打不着貂的人，只好用银子换貂皮来顶贡"。即便如此，一年一度贡貂的楚尔罕集会上，黑龙江将军及贪官污吏们也会利用贡貂之机，敲诈勒索布特哈达斡尔族百姓，从中渔利。他们常用的伎俩就是将本来合格的貂皮划为"等外"，然后以低廉的价格强行收购。贡貂就"跟八旗男子一定要服兵役一样，把达斡尔人害得好苦啊"，达斡尔百姓敢怒不敢言。正义的奇三和孟库胡图林嘎不忍达斡尔百姓困于水深火热之中，置个人安危于不顾，舍身向乾隆皇帝"喊冤递奏本"，最终为达斡尔人民伸张了正义。

再现达斡尔民族独特的风俗人情，使小读者在潜移默化中接受民族文化传统教育，是《莫力达瓦山下》的重要特点。在这方面，最为脍炙人口的是《老牛的肩背骨》《盼望的"阿涅"快到了》《河岸柳丛里采"坤比乐"》《果树荫下话采集》《凿冰叉鱼的人》等。其中，《盼望的"阿涅"快到了》巧妙地从冬季达斡尔族聚居地的环境、各种动物的活动和孩子们的娱乐起笔，以问答形式，在欢乐的"阿涅"即过大年的气氛中，描写了达斡尔人舌尖上的故事。达斡尔族的传统节日主要由祭灶节、布通（除夕节）、阿涅（春节）、卡亲（元宵节）、霍乌度日（黑灰节）、寒食（清明节）、端午节和中秋节构成。春节是达斡尔族一年中最大的节日，既是对一年劳动收获的庆祝，也是对来年丰收的期盼。作品在妹妹甘古莲与母亲的一问一答中，为小读者呈现了达斡尔民族春节的饮食习俗：腊八节的"牛奶拉里粥"到除夕的猪尻背，再到酸甜野果子馅馒头、"瓦特"、"希热格乐"①，还有黄米年糕、冻野果粉团，就像是一席丰赡的达斡尔民族盛宴。《妹妹的新衣裳》《老牛的肩背骨》《河岸柳丛里采"坤比乐"》《凿冰叉鱼的人》《果树荫下话采集》从对达斡尔民族选材并制作服饰、"因地制宜"的日常生活用品以及采集、渔猎生活的真切描述，反映了达斡尔族独具特色的劳动生产与生活方式。其间，作者还融注了许多达斡尔民族的日常生活仪礼，如"见到长辈站起来请安让座呀，路上见到大人应该下马，进门时不要抢在大人前头呀"，"还有村子里的好多礼节，我们从小就懂得"（《一个快乐的夜晚》）。再如"那时候周围的山林、河川、渔场、森林都归大家所有。所以每次砍木材、打鱼、打猎、割柳条，好多事情大家都一起去做。连采野果子、采野菜大家都一块儿去"。达斡尔族是一个非常注重个人荣誉的民族，所以很多乡规民约得到人们的遵从，即便是果实成熟在即，也不可抢先而去，要在年长者的带领下集体采集。而且"因为山林是公有的，大家年年都能享受实惠，所以没有一个人祸害它，采摘果子时，从来不伤大枝干，不影响它生长"（《果树荫下话采集》）。作者将达斡尔族传承至今的"敬老尊老"的民族传统，互助友爱、守护环境、保护自然资源可持续发展的美德良俗，都潜匿于叙事之中，且不露说教痕迹。作者写出了大自然对达斡尔人的眷顾，同时给小读者甚至给成人的审美世界增添了多元的文化教育。

以旷远而向善的达斡尔民族文化景观，为少年儿童的生活提供审美参照，是《莫力达瓦山下》这部儿童故事集的又一特点。《一个快乐的夜晚》描写了达斡尔人在年节里自导、自演、自观、自评民间传统舞蹈的经过，展示了达斡尔族胞乐观向上的民族精神，表现了达斡尔族民间舞蹈"芦日给乐"独有的艺术魅力。"芦日给乐"也写作"鲁日格勒""罕伯"或"阿罕伯"，也被称作"哈库麦乐"舞，汉语意为"燃烧，兴旺"。可以说，"芦日给乐"是达斡尔人繁重、琐细劳动生产与生活的自我释放和情感升华，是他们生命中美感和欢乐的源泉。它的历史可追溯到达斡尔族

---

①　瓦特、希热格乐：达斡尔语音译，属于达斡尔族饮食中的糕点食品。把发酵的稷子米面，卷成8字形油炸，达斡尔语称为"希热格乐"。稷子面与稠李子或山丁子粉，加糖，拌以牛油（黄油），压制成糕片，达斡尔语称为"瓦特"。

狩猎生活时代，是人们在篝火旁产生的一种自然动态，进而形成民间自娱性舞蹈。其柔美刚健的舞姿，既显示了达斡尔族舞蹈艺术的独特风格，又表现了山林狩猎民族豪放热情的性格特征。《课堂上奇怪的木板》在悠长的时空中表现了达斡尔民族求知的艰辛。自清朝开始，达斡尔人开始学习满文，"冬天在昏暗的麻油灯下学到深夜，夏天在窗户外面的地上练字"或在木板上涂猪油、撒草木灰做"练字板"，"一点一滴地学文化"。达斡尔先人"就像深山寻宝一样，把一个个满文字母记在心上，学通了满文，把文化知识传给了后代"。作者还在对达斡尔族学者华凌嘎①、著名诗人阿拉布旦（敖拉·昌兴）学习满文经历的逼真描述中，表现了达斡尔民族的进取精神。《一张年画》的构思可谓别出心裁，以一张"各民族少年儿童大团结万岁"的年画，呈现了社会主义祖国大家庭中温暖、幸福的新型民族关系，使作品既具有深刻的思想性，又散发出浓郁的民族生活气息，别有一番韵味。《去夏令营的路上》以贴近现实、贴近儿童情趣的平和笔墨，由叙述者去北京参加夏令营途中的所见所闻写起，以达斡尔民族的母亲河嫩江为情感线索，赞颂了达斡尔族另一个聚居区黑龙江省齐齐哈尔地区民族勇士小郎、代夫②反抗封建军阀统治的英雄事迹，展示了达斡尔民族历史古城卜奎城（今齐齐哈尔市）的巨大变化。

展现大自然的魅力，表达对家乡莫力达瓦的热爱，也是《莫力达瓦山下》书写的内容之一。这一主题意象主要表现于作者对达斡尔家乡故土与美丽自然的诗意感受。《我爱我的家乡莫力达瓦》中，作者直抒胸臆，深情地赞美莫力达瓦的壮美，"雄伟的兴安岭群山，张开慈爱的双臂，将她环抱在自己怀里。和煦的春风为她披上青翠的长袍，美丽的晚霞为她蒙上绚丽的头纱，飘拂的白云，就像是环绕在她颈项上的围巾"。谐趣的比喻和夸张，渲染了欢乐的气氛，也给小读者带来了莫大的阅读快感。而在《盼望的"阿涅"快到了》中，以动人的形象、浓郁的意境和

---

① 华凌嘎：亦写作华凌阿、花灵阿，达斡尔族，今内蒙古自治区呼伦贝尔市莫力达瓦达斡尔族自治旗人。生于清嘉庆年间，卒于咸丰年间。清道光初年任布特哈正黄旗第三佐公中佐领。华凌嘎自幼勤奋好学，任职期间攻读各种史籍，并于道光十三年（1833）用满文写成《达呼尔索伦源流考》一书。为此，华凌嘎被学界认为是研究达斡尔族族源的拓荒者。华凌嘎的这部满文史著现存莫力达瓦旗图书馆。后由敖瑞永汉译，莫力达瓦旗古籍办以铅印本形式保存。

② 小郎，亦写作骁郎、少郎、绍郎；代夫，亦写作岱夫。

优美的语言，对莫力达瓦冬景的描画则是极尽细腻，"茫茫的白雪覆盖了田野和山林，光秃秃的树枝被寒风吹得摇摇晃晃。到最冷的时候，太阳光也好像被冻僵了，天空变得灰蒙蒙的。但是我们山野里的冬天，可不是死气沉沉令人寂寞的。虽然大雁和小燕子，还有别的候鸟，都到南方暖和的地方去过冬了，蛇、蛙钻到地下冬眠，狗熊爬进了洞里，在整整一个冬天里，舔一舔前掌，来回翻着身子睡大觉。可是，獐、狍、鹿、犴，都换上厚厚实实的冬毛，照旧翻山越岭任意奔跑。可爱的小松鼠，用它蓬松翘立的大尾巴当跳伞，从这一株跳跃到另一树枝上，拿它灵巧的小前爪，抠出松子吃。山鸡在森林里咕咕嘎嘎交相呼应。野鸡张开五颜六色的翅膀，在林海雪原上扑楞楞地飞翔。大群的沙鸡，落在庄稼地，落在大路旁，刺溜刺溜拣啄草籽。长年不离村的麻雀，更是成群结队，一会儿忽地飞到房顶上，一会儿又飞到地上。它们一齐飞落到树杈上，大树的枝头就像挂满了冻梨"。比喻贴切，语言轻盈，诗意盎然，且极具画面感，就像是阅读者亲临壮美的莫力达瓦，感受它富有质感的神奇魅力，倾听莫力达瓦曼妙的歌唱。

总之，儿童故事集《莫力达瓦山下——达斡尔族的故事》既表现了丰富的思想主题，也向少年儿童传递了美好的生活讯息，体现了作者对少年儿童的关怀与呵护。叙事方式上，奥登挂极善于在达斡尔民族历史、文化传统、生产生活、社会民俗仪礼中，撷取富有表现力的人、事、物、景，融注情感，构筑意境，善于以独到的审美艺术表达丰富的思想，而且，行文上多以铺叙和细节描写蕴含深意。此外，作者还充分注意到小读者的精神需求，常常顺应儿童审美心理主线，带出一种纯洁、高贵品质的象征和暗示，以期与小读者保持同一审美立场。因而，简洁、纯净、亲近，且富于欣赏性、思想性，"谐趣欢愉、质朴易懂"，成为奥登挂《莫力达瓦山下——达斡尔族的故事》最为突出的艺术特色。

四 抒写我们自己的民族与未来

（一）激情年代的新人新事新思想

　　报告文学的发展与我们伟大祖国的历史进程，可以说是"同步地走过了一条光辉而曲折的道路"①。20 世纪 50 年代，各种"运动"接踵而至，随之而来的就是"三年困难时期"②，饥荒的阴霾遍布，处于衰退的国民经济亦无起色。1961 年，党和政府决定实施"调整、巩固、充实、提高"的方针，标志着国家主流意识形态指导思想的重大转变。与此同时，党的文艺政策也得到了相应调整。对于报告文学的繁荣与发展具有直接影响的是 1963 年 3 月由《人民日报》和中国作家协会联合召开的"报告文学座谈会"，旨在"进一步促进报告文学创作的繁荣"，"扩大报告文学的作家队伍"，使报告文学"发挥出更大的作用"③。其间，全国各地的多种报刊都刊发了关于报告文学创作的专论，号召作家、新闻工作者大写报告文学，并开辟了"报告文学"专栏。主流意识形态的"大力倡导"以及当时特殊的政治文化需求，使这一时期报告文学集中在歌颂、推崇社会主义道德精神以及堪为楷模的时代新人等内容上。以上举措极大地激发了达斡尔族作家、文学爱好者和新闻工作者的创作热情，他们应和着时代的召唤，为开创报告文学这种文学体式进行了多种尝试。这一时期，达斡尔族书面文学史上产生过较大影响的报告文学有呼思乐的《阿彦浅村的

---

　　① 穆青：《中国新文艺大系·1949—1966·报告文学集·导言》，中国文联出版公司 1987 年版，第 6 页。

　　② 三年困难时期：又称"三年自然灾害"，是指中国从 1959 年至 1961 年间由于"大跃进"和人民公社化运动中的严重"左"倾错误，加上中国农田连续几年遭受自然灾害所导致的全国性粮食和副食品短缺危机，是新中国成立以来面临的最严重的经济困难。

　　③ 袁鹰、朱宝荃、吴培华：《报告文学座谈会议纪要》，《新闻战线》1963 年第 5、6 期。

变迁》、巴图宝音的《特别向导》《伦坤保》等，这些作品为社会主义建设和不断涌现的新人新事，留下了真实生动的画影。

呼思乐（1931—2015），女，又名德志贤，黑龙江省齐齐哈尔市讷河人。1979年始，在内蒙古自治区社会科学院民族研究所从事少数民族文学研究工作，搜集、记录、翻译、整理有大量的达斡尔族民间文学、文人书面文学作品，出版有《达斡尔族民间故事集》（与雪鹰合编）、《达斡尔族传统诗歌选译》（与奥登挂合译）和专论《达斡尔族文学》（与奥登挂合著）等。20世纪60年代，呼思乐积极响应党和政府的号召，多次走进农村和牧区，将所见、所闻、所感付诸笔端，写有多篇散文、报告文学。其中，报告文学《阿彦浅村的变迁》①，就是呼思乐在那个充满激情的年代，采撷生活的"浪花"，将其艺术禀赋与时代韵律相嵌合而成的优秀作品。

呼思乐的《阿彦浅村的变迁》被认为是兴起于20世纪60年代的达斡尔族报告文学的最好作品之一。时过境迁，当我们重新审视呼思乐的《阿彦浅村的变迁》时，不能回避"农业合作化给中国农业生产力带来的某些弊端"。但是，穿过历史的雾霭，我们依然能够感受到作者笔端的那份热情，能够发现它的可圈可点之处，比如对生活的真情实感，以及在描写、刻画社会主义新人新事过程中体现的社会政治理想和美学观念。我们知道，任何一篇优秀的报告文学，绝不仅仅止于客观、生动地叙述事件的过程和刻画人物形象，更应该是针对所反映的生活进行深入开掘，并做出相应的评价，从而有所发现和启迪。其中，尤以写作材料的真实性和写作者情感的真挚最为重要。这既是《阿彦浅村的变迁》的成就，也是其艺术魅力所在。这一艺术审美特质呈现于作品之中，就是呼思乐对题材选择的主动与自觉，她不是被动地接受采写对象，而是心灵深处的情感被触动，或是在一种使命感、责任感的驱策下，调整了以往"报告"和"文学"、真实性和情感性的关系，深情歌颂了阿彦浅村领头人曹玉宽勇于担当、一心为公的精神。

作品落笔于20世纪60年代嫩江沿岸的阿彦浅村，以"我"的视角，真实地再现了阿彦浅这个村庄的历史变迁。阿彦浅村是内蒙古自治区呼伦

---

① 呼思乐：《阿彦浅村的变迁》，《草原》1963年第9期。

贝尔市莫力达瓦达斡尔族自治旗的一个先进大队，"自从大跃进、人民公社化后，粮食产量是年年上升，从吃粮不足变为向国家出售余粮的单位。"而且"达汉两族人民团结得也好"。可贵的是，作家没有简单、浅层地描摹阿彦浅人在"人民公社化""大跃进"运动中的"社会主义觉悟"，而是通过回顾曹玉宽的不幸遭遇，并将其嵌于日寇横行、国难当头的历史背景之中，以今昔对比，揭示了阿彦浅人和他们的领头人曹玉宽最终走上社会主义革命道路的必然性。曹玉宽八岁的时候，"父亲被日本鬼子活活地扔进了狼狗圈，他们家的房子被鬼子烧了三次，生活逼得曹玉宽十二岁时就下煤矿挖煤，后来由于舅舅的帮助，才来到阿彦浅落户"。实际上，当时的曹玉宽在阿彦浅的日子一样不好过，因为他"出了煤窑，马上又走进地主家的大院，当了长工"。直到1947年冬天，上级派来了工作组，村里成立了贫雇农小组，曹玉宽的穷苦命运才得以改变。获得新生的曹玉宽，毅然"投入了轰轰烈烈的土地改革运动，与那些地主富农进行了无情的斗争"。与命运抗争、与贫困抗争的进取精神，使曹玉宽较快且自觉地接受党的教育，走上谋求幸福光明的革命道路。接下来，作者还结合实际，择取阿彦浅村敖连保一家的生活为典型案例，以敖家的今昔变化展现了阿彦浅村走共同富裕道路的成就，以点带面地印证了社会主义制度的优越性，突出地表现了他在今日社会生活的幸福与美好，从而实现了文本的预期目标。曾经，阿彦浅村最贫穷的就是敖连保、鄂文奎这两户人家，尤其是敖连保，穷得连裤子都穿不上，只在腰上围了一张破皮子遮羞，"整年在山里烧炭，烟熏火燎，他自己黑得就像一块黑炭似的"。他妻子说，"数九寒天的，家里断了烧柴，他迎着刀子一样的北风，踏着大雪去捡树枝，走到半路冻僵倒在地，被一个乡亲看见背了回来，才得了救，要是再晚点可就没有命啦"。现如今，敖连保家是"屋里屋外都收拾得很干净，两间房，窗明几净，半新的被褥叠得很高"。从"黑咕隆咚的无底深渊"之中挣脱出来的敖连保一家就是穷苦人的代表，"要不是解放了，进行了土改，又搞互助合作，组织人民公社，哪有我们穷人的好日子啊。现在有人民公社这座大靠山，我们什么也不怕了"。敖连保夫妇的肺腑之言就是阿彦浅人的心声。昔日卑微的被剥削者、被压迫者，在新社会新制度下变成了有尊严的光荣的新时代主人翁。

作者还以质朴、精细的笔触，通过阿彦浅人艰苦创业的历程，表达了他们要求改变穷苦命运的内心愿望，反映了只有在中国共产党的领导下，坚持社会主义方向，走共同富裕的集体化道路，穷苦农民才能真正获得翻身解放，才能成为真正意义上的国家主人这一深刻的时代主题。作者先以回忆的方式，追溯了阿彦浅人记忆中的历史，那时"家家吃粮不足，加上日本鬼子要出荷粮，两千斤黄豆才给十三尺柳花黑（布料名称）、两条手巾、两包蜡，那时穿得真困难，男人不论冬夏都是穿狗皮裤子，冬天还好点，要是到了夏天啊，热得受不了，一出汗虱子就咬得更蝎虎①。夏天穿木板鞋，冬天穿苞米叶鞋，要是能穿上麻绳编的鞋，就算是好的了"。妇女们都是光着脚丫，甚至连过年都穿不上一双袜子。阿彦浅"就这样得了个名，外村的人都管我们这个村叫'穷棒子屯''鸭子屯'"。作品还围绕阿彦浅村和领头人曹玉宽的创业历程，展现了他们走社会主义道路的坚定信念，写出了阿彦浅人接受公有制、走上合作化道路过程中的种种艰辛与曲折。阿彦浅原本就是一个穷屯，"要啥没啥"，为解决社里的经费，曹玉宽不仅变卖了自家的耕牛，还把继父为他建房的木料也都交了出去，可以说，曹玉宽把一切都毫无保留地献给了集体事业，"他整个的心都被办社的思想占据着"，"被伟大的理想和光明的未来照亮了"。然而经验的缺乏，一些具体问题未能及时得以处理，导致村里"闹得人不合心，马不合套，加上雨水连绵，好些地都撂荒了"。因为农民刚刚分得土地，每个人都渴望致富，想创建一份自己的家业，他们"对办合作社虽然是欢迎的，但有些人还是不够坚定，一碰点具体问题总是怕吃亏"。曹玉宽面对方方面面的困难，始终不动摇，及时总结经验，吸取教训，采取各种措施，不久，"工作就有了起色"，"秋季分红，社员收入也增加了，显出了合作社的优越性。不论是退社的还是没入过社的又都纷纷回来啦"。他趁势鼓励村民，"现在我们不论穷富都要走社会主义这条道，晚走不如早走的好"。过程虽充满曲折，而结局是美好的，成就也是显著的。阿彦浅人克服了一个又一个困难，最终走上了共同致富的集体化道路。阿彦浅村的人们"欣喜地望着，好像久旱的土地得到了甘霖的滋润。眼前黑色的土地上要长出葱绿的禾苗，撒上的种子不久会结出累累的果实"。他们坚信"这里既有春天的生气"，也将会有秋季的累累硕果。

---

① 蝎虎：也写作邪乎，东北方言，意为超出寻常、厉害。

　　作品还表达了少数民族文学的一个共同主题，那就是经久不衰的"民族大团结"的主旋律。阿彦浅人在村支书曹玉宽的带领下，逐步消除了历史上统治阶级造成的达斡尔族和汉族之间的隔阂，以及这种民族矛盾带给阿彦浅人的创伤，开始接纳汉族家庭迁入阿彦浅村，并与他们携手共建美好家园。"那时这个村多数是达斡尔人，后来由于日本侵占东北，有好多汉族逃难到这个村，由于历代统治阶级制造的民族间的隔阂，达汉两族之间闹不团结，逼得好多达斡尔人纷纷弃家搬走。到解放前全村三十多户人家中，只剩下两户达斡尔族了。现在的三十多户达斡尔族都是在1956年初春搬来的。"新的时代，人们的思想觉悟也有了很大的提升，历史上达汉民族间的冲突已成为历史，阿彦浅人现在要做的就是忘记过去，一致向前看，共同创建达斡尔族和汉族在社会主义新时代的和谐大家庭。作品借敖连保妻子的描述，表达了阿彦浅村"我中有你，你中有我"的达汉亲如一家的民族关系，"曹支书一家虽然是汉人，待人可好啦，那时我常闹病，曹书记的妈妈就没黑没夜地守着我，哪怕是半夜听说我犯了病，她也是披上衣服就来，有时一连几夜都守在我旁边"。"曹书记他们的孩子不知怎么总是留不住，后来生了这个姑娘，曹书记妈妈说我命硬，就让她孙女认我作干妈，就这样他们的孩子全管我叫妈。"作者还特别挑选了有内涵、有特色的生活细节，如阿彦浅村的汉族也像达斡尔人家一样，学会了编篱笆，侧面描绘了达斡尔族和汉族人民其乐融融的生活景象，尤其是"望见家家门前堆积的一垛垛烧柴"，更是显现了阿彦浅村的富足。作者还特别描写了博克尔浅村达斡尔百姓迁居阿彦浅村时的种种顾虑，"无论如何也不愿意和汉人住在一个屯子里，受人家的气呀！"最终，曹玉宽以他真诚的承诺和实绩行动，打消了达斡尔人的疑虑，"时代变了，有毛主席共产党的民族政策做着保证，绝不会像从前那样了。只要我在阿彦浅待一天，一定会把达汉两族的团结搞得好"。作者情不自禁地赞叹，"他的话，像山一样重，像海一样深，像五月的阳光，融化了多年来消的冰雪"。旧社会逼走了达斡尔人，新社会又把达斡尔人迎了回来，"如果没有党的民族政策，达斡尔人是不会有今天的"。

　　这篇报告文学的成就还体现在，人物形象的鲜活塑造、结构的设置以及历史与现实相交错的叙述方式，这些都为达斡尔报告文学提供了新的审美经验。作品以回忆的方式将读者带回阿彦浅人的历史瞬间，又以作者的亲历使读者回归于现实，通过"我"的记叙，描写了曹玉宽苦难的生活往昔，再通过"我"的所闻所见，展现了曹玉宽勤劳肯干、忠厚务实的性格特征。作者还将形象化的叙事、抒情和议论结合起来，既以理服人，又以情动人。优美的景物描写也为这篇报告文学增添了几分诗意。在这方面，呼思乐较大程度地发挥了女作家的优长，以细腻温婉的笔触，将蔚蓝的长空、翠绿的草地、清澈的江水、冉冉的旭日等壮丽景致铺展在我们面前，写出了莫力达瓦阿彦浅村的娇娆，也渲染了"报告"的氛围，奠定了作品浓郁的情感基调。特别是结尾的情境书写，预示了阿彦浅人对美好未来的热切渴望。这篇报告文学的另一个特点是，作者不仅把目光聚焦于阿彦浅村"合作化"的过程，而是着眼于人物性格与精神面貌，写出了阿彦浅村领头人曹玉宽勤劳、质朴、肯干和求真务实的高尚品德，写出了他思想的演化过程和为摆脱贫苦生活而奋斗的内心驱动力，以及对阿彦浅村"换了人间"的感恩之情。而且作者对阿彦浅村人如王升昌这位时时处处关心集体，不管是分内还是分外的大事小情，凡是见到不对的地方，他就敢于提出不同意见的"五好社员"① 的刻画，还有对因公忘私、以身作则、埋头苦干的老队长鄂成吉这一形象的塑造，也都较少观念演绎，注重把人物置于自身生活环境之中，对他们的心理行为加以再现。这些人物虽着墨不多，但都写得有深度，有色彩，接地气且生动传神，给读者留下了深刻的印象。出于人物塑造的需要，作者还借鉴了小说的艺术技巧，如环境烘托、细节描写、借景抒情等，使作品呈现出纯朴简约、真切晓畅且诗意化的特点。

巴图宝音（1933—2014）是达斡尔族文坛上一人"兼具数美"的多面手，不同文体经他的灵光照射便能异彩顿生。20 世纪 60 年代，巴图宝音较少正面触及当时"阶级"和"斗争"这一尖锐的社会矛盾，只是一心专注于普通劳动者的无私奉献精神，以报告文学《伦坤保》《特别向导》② 反映了鄂伦春民族的历史性变革，展现了鄂伦春人民当家做主人的喜悦之情，以及新生活感召下鄂伦春人民的新思想、新面貌。

报告文学《伦坤保》以鄂伦春自治旗劳动模范、捕鹿英雄伦坤保的

---

① 五好社员：即生产好、爱社好、团结好、爱护干部好、爱国好的社员。

② 巴图宝音：《特别向导》，《草原》1963 年第 8 期；巴图宝音：《伦坤保》，《草原》1966 年第 1 期。

"青春经历"，真实地反映了鄂伦春民族生活的巨变，歌颂了鄂伦春民族新一代人忘我的劳动热情。选材精练、开掘深刻、详略得当是这篇作品的主要特点。不乏前例，写人的报告文学往往以事迹居多，因为作者在写作时难以割舍，难免会有材料堆砌和信息密集等欠缺。但巴图宝音出于主题表现的需要，摒弃了"面面俱到、平分秋色"的叙事模式，仅择取护林防火、捕鹿、成长与成熟三个颇具典型意义的事例，写出了伦坤宝的成长历程。在"护林防火"过程中，巴图宝音特别突出的是伦坤宝的责任感与使命感。1951 年，鄂伦春族自治旗成立，鄂伦春人民在感激、欢庆的同时，还想到以爱国护林这一实际行动，来回报"党和毛主席对我们的疼爱"。这时，还不到 20 岁的伦坤宝踊跃报名，参加了护林队，多次扑灭山火，保护了国家的森林资源。他只要听到大风狂呼，即刻就"跑出屋来，奔到部落前面的旗杆下，双手拉绳，降下了解除火险的白旗，升上了火险警报的红旗"。伦坤宝还不时查看族人用火情况，耐心讲解防火的重大意义。一心为公的伦坤宝，在秋季防火期，"住高山，巡密林，风里来，雨里去，清晓登山迎雾露，黄昏枕石卧云霾"。直到 1958 年鄂伦春自治旗建立林业局，防火巡山的任务才转由林业局营林员承担。但伦坤宝依然结合狩猎生产，继续流动巡山，当得知雷火烧山，伦坤宝奋不顾身地加入到灭火队伍中，"一山一山地打，一沟一沟地扑，同邻近旗县的两千多人在一起，足足扑打了十来天"，才保住了这片的美丽森林。"捕鹿"环节，呈现的是伦坤宝的机智和勇敢。1958 年掀起"大跃进"① 的高潮，是年秋，鄂伦春自治旗结合生产实际提出了"捕鹿"的号召，它"震动了鄂伦春各个部落，也震动了伦坤保的心"。作者细腻地展现了鄂伦春人从猎鹿、杀鹿到捕鹿、驯鹿保持生态平衡的重大转变。当时，全国各地都在轰轰烈烈地"跃进"，炼出了不少钢铁，"鄂伦春拿什么来跃进呢？就应该捕住鹿。不然人人都说鄂伦春勇敢，可是老这样在杀鹿上使劲儿，把鹿杀得断子绝孙，这算什么勇敢呢！"伦坤宝的这一想法遭到了老年人的强烈反对，"可别瞎闹啦，不是那么简单。鹿那玩意儿，只有枪子儿才能追得上它"。平时处处遵从长辈的伦坤宝，在捕鹿这个问题上听了"党的

---

① 大跃进：即大跃进运动，是指 1958 年至 1960 年全国在经济建设中开展的以实现工农业生产高指标为主要特征的群众运动。这场运动是党在探索建设社会主义道路过程中的一次严重挫折。

话"。1959 年春, 伦坤宝同伙伴们一起踏着马腿深的积雪, 顶着寒风, 驰进了林海雪原。经过一次次的失败, 最终成为"捕鹿英雄"。从 1959 年春开始捕鹿, 到 1961 年春捕鹿结束, 伦坤宝共捕获有八只活鹿。而且, 伦坤宝很快被"党组织吸收入了党", 因为他是鄂伦春族群中"最能担负重任、最能克服困难、最能达到崇高目的的一个坚强而可爱的人"。在表现伦坤宝"成长与成熟"中, 作者从伦坤宝多方面的优秀品质中紧紧抓住他对"事业"的痴迷, 以及伦坤宝作为一名青年党员、生产队副队长勤奋踏实又不失忠厚、善良这一性格特质加以书写。前行中的伦坤保, 在任何时候、任何困难面前, 都不曾屈服, 一切从头学起, 小到记账, 大到族人的思想工作, 都是"一边干, 一边学"。即便是遇到闹情绪、执意退社的族胞安柱烈, 伦坤宝也是动之以情, 晓之以理。后来, 当他得知退社的安柱烈步行狩猎, "整整一夏天, 天天出去, 累得满头大汗, 也还是啥也打不着"时, 伦坤宝不计前嫌, 耐心劝说, 直到倔强的安柱烈回归集体。而且对待社员的批评, 伦坤宝也是虚心坦然接受, 表现了一个共产党人的宽广胸怀、光明磊落。以上三个事例内容集中、主题鲜明, 而且各有侧重、互为补充, 有力地表现了伦坤宝从一个普通猎民逐步成长为鄂伦春民族的新人, 再到成长为一名共产党员, 不辞劳苦带动族众走向健康和谐、富裕民主的进程, 印证了正在发展、进步的不只是鄂伦春人的劳动生产与生活, 还有鄂伦春人的思想与面貌。

朴素无华的语言, 叙事与抒情、议论紧密结合, 是《伦坤宝》这篇报告文学呈现的又一特点。巴图宝音开笔之际, 就将叙事和抒情糅合在一起, 写出了伦坤宝"人挺胸, 马昂首"的气势, 进而又精细地描写出伦坤宝的精气神, "身穿轻便的狍皮衣, 背挎崭新的小口径枪, 手握长杆的尖鱼叉, 腰束皮制的子弹袋, 皮带上斜插着锋利的短猎刀, 那种威风劲儿, 活像古代出征武士般威武"。再如表现主人公成长与成熟过程中, 作者还以抒情性的描写增强作品的感染力, "顺着小河沟, 一直赶上去。越往上, 越挨近山顶, 寒气就越加逼人。由于捕鹿心切, 冷啊寒的, 此时此刻都不在话下了。爬到山头, 极目望去, 那鹿早跑没影了。只留下足迹画出来的一条细径, 伸向对面山上的更密更厚的树林里去了"。自然、简洁、明了之间, 表现出伦坤保捕鹿的艰辛。为增进伦坤宝这一人物的魅力, 作者还调动环境描写、烘托等多种文学表现手段。这篇报告文学的成功，更重要的是基于作家对所表现对象的了然，对鄂伦春民族历史与生产生活方式的熟稔，以及作者笔底燃烧的振奋、自豪之情。这方面，巴图宝音的另一篇报告文学《特别向导》，其内容与题材类型虽与《伦坤宝》颇为近似，但它所反映的生活内容和思想指涉更为丰厚。

巴图宝音的《特别向导》以孟庆海这一人物的生长经历为"缩影"，展现了鄂伦春民族走向新生活的幸福景象。作品先是在今昔比照中，对孟庆海的生活进行了追述，再现了他们一家在日寇侵占时期的悲惨生活，那时，"孟庆海和弟弟饿得哭都哭不出声来"，穷困的鄂伦春猎民"虽然勤劳，但祖祖辈辈都摆脱不了奴隶的锁链"。与之形成鲜明对比的是，中华人民共和国的成立特别是1951年鄂伦春自治旗的成立，猎民的生活自此开始了翻天覆地的变化，国家"给他们盖了新房子，让鄂伦春猎民有了房子住，过上了'人'的生活"。作者还将历史与现实沟通，精选细节，省略过程描述，以"向导"为结构线索，既明示了主人公孟庆海为祖国北疆建设者充任向导的经历，也以此喻示出新生的孟庆海满怀感恩之情，积极投身社会主义建设，报答党和政府的解放之恩，引领鄂伦春猎民走向新生活的重大意义。作品还通过甄选的典型事例，如孟庆海"合作化"时期以好马低价入社、补习文化知识、学习毛主席著作、护林防火、兴旺人口、开展定居、互助合作、多种经营、捕鹿养鹿、自力更生、办人民公社等若干事件缀连在一起，突出孟庆海作为鄂伦春带头人的优秀品德，作者还特别抓住孟庆海朴素、纯真的心理特质，组织起一个个感人的生活片段，生动地再现了孟庆海"一定得好好干，不好好干，怎能对得起党和毛主席如此深厚的恩情啊！"这种与鄂伦春新生活及特定环境下相适应的内心情感，是新中国成立以来整个鄂伦春人民的真实写照，也是作者对孟庆海这一人物形象最凝练的刻画和概括。

"文脉与国脉相连"，巴图宝音的这篇报告文学带有明显的时代印记，以学习大寨自力更生为样板的描写，在一定程度上造成了对鄂伦春民族领头人孟庆海创业精神的忽视。但作品突出的思想性以及着意于在恢宏的历史背景之下揭示时代趋势的创作旨向，使这篇作品的思想容量得到了一定的拓展，折射出鲜明的时代精神。1951年10月1日，我国第一个少数民族自治旗鄂伦春自治旗宣告成立，使这个在旧社会仅有2000多人口、濒临灭绝的民族，摆脱了贫穷落后，开始走上了社会主义康庄大道。作品契合了这一历史背景，让读者感时代之风气，把新思想、新生活的光束，全部聚焦于孟庆海，将其个人命运和民族未来紧紧拴挽在一起，由现实回溯历史，由当下展望未来，用大量富有鄂伦春民族特色的审美意象，展示了鄂伦春人苦难的昨天、幸福的今天和灿烂的明天，层次分明地勾勒出新生的鄂伦春民族当家做主人，发挥聪明才智，积极建设幸福家园的感人画面。这篇报告文学也体现出作者善于"写景抒情"的优长，常常以极俭省的笔墨，描绘出北国粗犷、神奇的自然风采，"大兴安岭巍峨壮丽，头顶密集的松桦，腰围蛛网似的溪流。在这种神秘莫测的原始森林，如果缺了一个好向导，那是一定会迷路的"。正是壮美自然的熔炼，使巴图宝音笔下的鄂伦春人，虽身处于 1958 年"大跃进"、1961 年"活学活用毛主席著作"、1964 年"农业学大寨"的政治文化构架中，却能做到"沸腾而不浮躁"、斗志昂扬而又脚踏实地。

（二）　重返生命历史的记忆

新时期文学的转折性变革，在于它终结了当代中国文学"一元化"的写作范式，使文学创作自此进入一个自由、广阔的艺术天地。令人欣喜的是，达斡尔族报告文学也在这一时期出现了十分明显的跃动，优秀作品接连出现，大胆地揭示了现实生活中的新矛盾，热情歌颂了广袤时空中呈现的新思想、新人物。在新时期达斡尔族报告文学的艺术实践、探索和发展的进程中，报告文学家不再以社会政治诉求为目的，不再侧重于报告文学的政治功利价值，而是勇敢地去意识形态化，自觉地张扬创作的主体性，逐步"从宏大的社会问题回归到对人生价值的探求"①，开始在思想内核上更加强调"人"的价值和意义。作家们还努力拓展报告文学的审美空间，越过以往平面而单一的事件描述，以全景式、集合式等多种构架方式，采用宏观描述与具体写实相结合的方法，或直接借鉴小说、散文、影视文学的表现手法和艺术技巧，创建出个性化文本修辞。在这方面，乌云巴图的长篇纪实报告文学《命运笔记》、娜日斯的《达尔滨一家》《坎

---

① 杨颖、秦晋：《不倦地探索与创造——报告文学面面观》，《光明日报》1996 年 12 月 19 日。

坷创业曲》表现得尤为突出。他们的报告文学从致力于人情、人性的真实记录，剖露普通人淳朴、美好的心灵，到把脉社会前行的意象，再到反思巨大时空背景下个体生命的命运与遭际，表现他们面对困难和挫折的坚韧与不屈，鞭挞过往岁月的种种荒谬与黑暗，从而使这一时期的达斡尔族报告文学的思想内涵日趋厚重。

乌云巴图（1937—2018）是达斡尔族书面文学史上具有多副笔墨的作家之一。他的《命运笔记》①使纪实报告文学这一文体的特性和意义得以大放光彩。其文学史意义，主要体现在作家首次使高洁、朴直的知识分子形象，以"纪实"和"报告"方式出现于达斡尔族文学史册，而且在反映知识分子、文学家克印的坎坷经历，述说他的血泪与悲喜中，很多被忽略或遗漏的历史事实在作品中复活。这部纪实报告文学的思想和精神价值也在逐步被人们发现和认同。

乌云巴图这部带有自叙传性质的纪实报告文学《命运笔记》展现了极"左"祸患中沦入生活底层的知识分子克印否泰无常的命运。它的成功主要在于作家深入发掘了主人公克印对文学殉道者般的热情和执着精神，生动地展示了知识分子长期以来遭受的痛苦和磨难，歌颂了克印正直磊落、忍辱负重、矢志不渝的崇高美德，抒发了有关善与恶、美与丑、爱与憎、义与利、顺与逆、苦与乐、生与死等人生命题的思考。从这个角度讲，推崇自由尊严，为献身文学者立传，为社会和谐、公平、正义而呐喊，是这部纪实报告文学的重要主题。在克印绝对不可重复的个人境遇和人生历程中，青年时代是最值得书写的，也是克印饱受磨难和煎熬的不幸岁月，其间充满了迷茫、震惊、叹息、痛苦和焦虑。克印出生在一个达斡尔族家庭，求学上进的他对物质生活并无所求，只求一纸一笔表达内心，用美丽的文字书写世间万物，然而他的理想与追求非但得不到支持，反而遭受了无端猜忌和非难。可以说，克印最美好的青春年华始终是在被误解、被否定中度过的，失去的不仅仅是做人的尊严，还有歧视、诽谤、妒忌甚至是凌虐。中华人民共和国成立之初，克印有幸成为"一名小公安"，青春年少，稚气未脱，朴实单纯，特别是不善绮语的性格，加上只知道埋头专注于诗歌写作的克印，被认为骄傲、自满、冷漠，"不团结同

---

① 乌云巴图：《命运笔记》，内蒙古文化出版社 2009 年版。

志"而遭到组织的严厉批评。从此以后,"各种灾祸"开始进入他的人生。从事新闻工作期间,克印又遭到极"左"势力的压制,被认为有严重的"右"倾言论而被划定为"内部控制使用人员"。克印不得不进行一次又一次的检讨,即便如此也未能躲过"惩罚",被下放到内蒙古乌兰察布草原进行思想改造。1959 年,克印在劳动改造中不幸染上"人畜共患的慢性传染病"布氏杆菌病,忍受了常人无法想象的痛苦和折磨,几近死亡。20 世纪 60 年代经济困难时期,克印再次因讲真话而受到无情批判。十年特殊岁月里,克印更是难逃厄运,被剥夺了写作的自由,遭到了毁灭性打击。从批评到批判,从下放劳动到群众管制、关押住进牛棚,从精神摧残到肉体折磨,成为克印青葱韶华的全部生活内容。据作者所述,克印这个形象是"伴着他的泪水写完的",因为"克印身上有着自己痛苦的身影"。克印曾经的孤独无助、无奈与无望,不是所有人都能体会的,在冤屈和不公面前,克印无力辩驳和抗衡,只能选择沉默忍受,"躲进"文学创作的梦境,求得些许安慰。《命运笔记》穿过历史的隧道,揭示了曾经那个癫狂岁月的残酷无情、扭曲和荒唐。作品意在以克印的不幸遭际,唤起长久以来对被贬抑、被压制的知识分子苦难命运的关注。

报告文学的重要特征是真实。乌云巴图的这部作品亦不例外,它忠实地记录了时代,竭尽所能倾注了自己的真情。而这种真情和真实,于作者而言,并非刻意控诉和批判,而是用心、用力、用情对屡遭不幸的知识分子作出真实的书写和表达。作品以克印虽身处逆境,仍痴迷于文学,为理想"九死而无悔"的精神气概,揭示出知识分子即便饱受磨难,仍然以悲悯情怀看取世界的高洁精神,还原了当代中国的历史真实和生活真实,表达了作者对当代知识分子命运的深刻反思。乌云巴图的这种反思和思考,主要表现在对克印多舛的生命轨迹的完整显现,也体现在作者以饱满的激情将自己对生活的辨识与判断置入作品,而且乌云巴图的思考亦不是那种脱离实际的幻想和臆说,而是建基于主人公克印艰窘的"命运"。如前所述,对自由、对生命尊严的推崇是这篇作品最重要的主题,自然"命运"二字就成为这部作品的主旋律。这里所说的"命运"并非只是倾诉主人公克印个体的悲苦,而是着眼于时代语境中克印为代表的知识分子群体的种种遭逢,表达出作者坚忍、不屈、睿智的生命态度。乌云巴图在创作中从不吝惜个人思考的表达,因而,在他的作品中,常常使我们与乌云巴图蕴含深刻的哲理句子不期而遇，精辟透彻，甚至会变成一种思想启蒙，"走好运气的人，不要高枕无忧，要把握好命运，因为命运不是一成不变的。命运糟糕的人，也无须埋怨命运，要勇敢地去改变命运，只要适应社会的发展，勇往直前，努力奋斗并不懈追求，命运就会好转的"。"人们遭遇一件不可理解的稀奇事，总是说这是命运的安排。自古以来，这句话欺骗了多少善男信女，我不信命运的安排，我要改变命运。"有人说，事物因"真"而生动，文章因"真"而感人。《命运笔记》就是因为灌注着作者的真情实感，才让我们在捧读之间，走进克印的生命深处，也正是这种"真"铸就了这部纪实作品的价值之基。《命运笔记》还以饱含真情的笔触，塑造了一个不屈不挠的知识分子、文学家克印的形象，浓墨重彩地表现了主人公对文学的深深热爱。自青年时代起，克印就酷爱读书，认为写作是最高尚的职业，梦想以此为终生追求。因此，已经有"相当体面工作"的克印，仍以不断学习和深造来提升自己，他相信只有"读破万卷书"，才能"下笔如有神"。然而，在"知识越多越反动"的扭曲年代，写作带给克印的却是一次又一次的打击和迫害。20世纪50年代，克印为所属民族撰文，提出自己的建议与诉求，表达了切实落实民族政策、实现民族自治的愿望，其结果就是有民族分裂之嫌，被下放草原劳动锻炼，改造思想。一篇文章使克印备尝人生的种种苦果，作者从克印的这一曲折经历入手，引领读者获得了生活中任何理论都替代不了的历史经验，回视了那段不堪岁月，其可贵之处还在于，这篇用真情点燃精神温度的纪实报告文学并非仅仅停留于克印的个体遭遇，而是将人物命运与时代紧密相连，写出了中国知识分子共同的命运和精神创伤，一如作者在自序中所说："我是生在旧社会，长在红旗下，走在风雨中的凡夫俗子，是伴随着新中国的脚步坎坎坷坷走过来的一代群体中的一员，难免身上留下点点伤痕，一个时代有一个时代的人生与命运，我的命运是同共和国的命运连在一起的。"乌云巴图是一位亲历了"被约束""被改造""被管制"的作家，他通过对曾经的畸形岁月、蒙受冤屈而陷于苦难的人、情、事的"纪实"与描述，对克印的坎坷命运的亲历性再观，捕捉到主人公的精神向度里最真实的片断，表现了荒谬年代人性被扭曲、被戕害的历史悲剧。因而作品对人们了解当代中国知识分子的苦难历程，感受今天的社会进步多有助益。

　　乌云巴图的这部作品忠实地记录了时代，写下了当代知识分子的命运遭际，而且他的报告文学还以大胆的笔法还原特殊岁月的真实生活场景，从而为新时期达斡尔族报告文学拓展了新的思路。这一特点还体现在，作品首开达斡尔族报告文学涉足知识分子题材的先河，且立意高远，因为作家关注的不仅仅是作为个体存在的克印的遭际，而是关注作为群体存在的知识分子，关注他们在新中国的前途和命运。在艺术表现手法上，《命运笔记》融叙述、抒情、议论于一炉，且多用小说笔法和戏剧的内心独白来呈现人物命运，缀连情节，塑造克印这位醉心于文学追求的达斡尔族知识分子形象。在叙述视角上，为凸显人物在政治高压中拼搏、在挫折中奋进的性格特质，还原克印苦乐悲欢、沉浮衰荣、跌宕起伏的命运轨迹，作者还采用全知叙述视角，减少"我"的主观介入以避免减退思想的穿透力。在结构上，选用易于情节展开、简洁明快的以时间为序的叙事方式。但考虑到报告文学刻画人物的特点，作者常常截取主人公生命历程中最能凸显其特殊境遇的重要片段加以特写式描述，如"青年"一章中，主人公惨遭诬陷被下放草原接受改造中罹患布氏杆菌病，面对痛苦难耐的疾病、委屈和凶险仍矢志不渝即是如此。再有就是作品中精彩的细节描写也随处可见，如布氏杆菌病在人体生殖器官的临床表现，克印在高校学习时，任课老师或严谨或木讷或幽默的教学风格，以及爱情的破碎、恋人的背弃以及相思的痛苦和煎熬、对未来不可知的恐惧等复杂心理有相当精细、真实的描绘，以上既增添了作品的纪实性，消除了现实与虚构之间的界限，也出色地完成了将文学多样化的表现技巧与报告文学的有机融合。

　　乌云巴图独特的艺术表达方式，还表现在借鉴散文和诗歌的表现技巧，力求叙事的多样化，且善于运用生动的比喻做形象化的描述，从而较出色地实现了以报告文学探求生命价值和人生意义的创作预期。纯朴、自然、充满激情和诗意的叙述语言，率真、大胆的议论，是这篇报告文学的另一特征。《命运笔记》中与克印屡遭厄运的严峻现实形成鲜明对比的诗意，主要是通过真切的心灵直白和颇具抒情意味的叙事语言来实现的。如20世纪50年代，当克印得知自己被处置下放劳动锻炼的消息后，作品描写克印"心里一震，愣住了，犹如一阵冰凉的寒风直穿他的身骨，他仰卧在床上"，"听着窗外的秋风冷雨，想着即将要去的一片枯黄的草原，心底禁不住一阵阵的悲凉。想到自己今后还能做什么，命运还会好转吗？泪水不由自主地滚落下来"。这段情景交融的描写，使读者加深了对人物内心伤痛的体悟。在克印看来，人生命运委实不可测，"就如一片草原，春风一吹绿了，秋风一刮黄了"。克印对现实人生的这种认知，述说生之悲苦和痛苦的心境，是很难离开当时特定历史语境的。被下放、被发配、"青春年华付之东流"成为难以排遣的忧悒和苦痛，自然就会对人生本质有了犹如"草木"的感叹。有评论认为，乌云巴图将报告文学当诗写、当散文写，就是对他的这种"主观燃烧"而言的。在语言表达上，为拓宽人物心理与丰富的情感容量，乌云巴图还常常把长句切断，保持了汉语口语的习惯句式，带给读者别样的艺术享受。乌云巴图还力求叙事状物的生动逼真，以增进作品时代性、艺术性、思想性"三性"叠加的艺术魅力，如"群山重叠的天边，白雪皑皑的雪原，仿佛感到扑面而来的寒风中，带着草原特有的气息，好像鲜奶的清香卷着牧歌的悠扬声"。这段颇具抒情意蕴的描写与其说是在制造非同寻常的阅读氛围，毋宁说它是为克印在艰苦处境中顽强存活的气节和意志的传递做出了铺垫，制造了气氛，使"牧歌"草原与克印的坎坷不幸形成了一定的对比，突出了作者对克印的深切同情。这部作品的艺术特质，还表现在作者以富有哲理意蕴的议论，构成了有别于其他纪实类作品的个性表现。在这部纪实报告文学中，看似由一些平常风景的描写而引发的议论，却蕴含着丰富的人生哲理。在乌云巴图看来，变幻莫测的"人生好比一条河，命运就像起伏的波涛，随着河水的流动，波涛时缓亦时急，有高也有低。有时琢磨这世道，好像一阵风似的呼啦一下都起来，大有摧枯拉朽之势，可是轰动了一阵子，很快又销声匿迹不知去向了，真的是来时猛烈，去时快"。这既是对主人公克印坎坷命运的喟叹，也是作者品味人生酸甜苦辣之所得。而且，乌云巴图还特别擅长在浓郁的情感叙写中融入理性思考，只言片语和短小精炼之间闪现出深邃而警策的理性色彩，从而成就了这部作品的价值之基。

娜日斯（1946—2016），女，内蒙古自治区呼伦贝尔市莫力达瓦达斡尔族自治旗人。1982 年考入黑龙江省牡丹江师范学院中文系深造。毕业后在呼伦贝尔市文联《骏马》杂志社从事编辑工作。娜日斯的文学创作始于 20 世纪 70 年代，写有《萨兰姐》《灯光下的数字》《额沃上学了》《楚罗的奇遇》《达斡尔人与昆米乐》《鄂伦春人的朋友》《达尔滨一家》《"兴华"之歌》《坎坷创业曲》等散文、短篇小说和报告文学多篇。娜日斯另写有大量的文学评论，1993 年结集为《文学奇葩》出版。娜日斯搜集、翻译、整理、出版有《达斡尔族民间故事百篇》《达斡尔鄂温克鄂伦春谚语精选》等。

娜日斯的报告文学富有表现人间大爱、推崇心性正良的厚重内容。娜日斯最为崇尚的是英国诗人雪莱的名言"道德中最大的秘密是爱"。因而，她以一个"爱"字贯通达斡尔民族的精神血脉和良俗美质，写出报告文学《达尔滨一家》[①]，表达了对仁爱善美的由衷赞赏。《达尔滨一家》写的是达斡尔族女性何凤花赡养汉族老人并为之寻亲的故事。莫力达瓦达斡尔族自治旗巴彦鄂温克族乡达尔滨屯，传出了一个不大不小的"新闻"，何凤花家养了一个汉族"盲流"[②]老太太。原来，借住在别人家的达斡尔族女性何凤花，出于同情房东家打零工的两个外地小伙子，就将他们 74 岁高龄的母亲留了下来。因为他们到远处打工，居无定所，无法带着年迈的母亲同行。临走时老太太的两个儿子承诺，等挣了钱，不出仨月一定来接母亲回家。何凤花只有小学文化程度，家庭也并不富裕，上有两家老人需要赡养，下有四个未成年的孩子，丈夫还患有心脏病，她自己的日子也是"难得很"。但何凤花毫无退却之意，大大咧咧地回答乡邻们的质疑，"这么大岁数，怪可怜的。在我家吃点喝点算啥呢。我从小没了妈，我待这老太太得像亲闺女的样儿"。令人惊诧的是，何凤花不仅没有等来接母亲的儿子，老太太还"不慎摔倒，得了半身不遂"。这下可急坏了何凤花，她和丈夫先请大夫针灸，接下来夫妻二人煎药喂饭、端屎端尿，床前铺下，无微不至地照护三年有余。达尔滨一家，特别是一家之主何凤花，不顾舆论的压力和自身条件的窘困，冲破民族隔阂与世俗偏见，为信守承诺，像待自己亲生母亲一样给予"盲流"老太太物质和精神的双重关爱，用实际行动诠释了"爱"的真谛。尽善的力量，是生活里的最大温暖。当老人家提出想家、想儿

---

① 娜日斯：《达尔滨一家》，载娜日斯《文学奇葩》，内蒙古文化出版社 1993 年版，第 174 页。

② 盲流：指盲目流入某地的人。多指从农村流入城镇地区的、无职业和无常住居所的人。

子时，何凤花夫妇先后两次筹措路费，千里迢迢奔赴山东烟台小王家庄，几经波折才找到老人的儿子，了却了这位被弃养多年的老人家的心愿。是什么力量使何凤花如此大善大爱，答案是不言而喻的。何凤花不求回报，也不为老人儿子发了财"给她几个钱儿花"，而是潜存于何凤花内心深处的慈悲、同情这一优秀的民族基质，是人性最为朴素的善良品质。娜日斯意在通过发生在达斡尔族家庭的"离奇故事"，揄扬和高歌支撑于天地之间的仁心和大爱，而且，这种"爱"是不分民族、不分地域、不分贫富的。为彰显这一主题，作者节制了说教和对"闪光思想"的挖掘，只是选取达尔滨一家照顾老人的日常生活细节如担心老人消化不良而腹泻，给老人一日三餐吃细粮，自己和家人顿顿用玉米面饼充饥。拮据的家境使她连卫生纸都拿不出，只能从被褥里揪出棉花给老人擦屎擦尿，展示出闪耀在何凤花内心深处的纯洁、无私。在物欲至上、人际冷漠、诚信与良知缺失的当下，颂扬何凤花这位平凡女性不平凡的仁爱之举，其意义是不言而喻的。

娜日斯不仅写出何凤花发自内心的毫无功利心的善举，而且在描写何凤花这位达斡尔女性的至纯至真时，没有简单地罗列人物的所作所为，而是抓住最能体现人物性格的特质展开叙事。作品首先围绕达尔滨一家收留老人、给予全力照顾、筹措路费远赴山东寻找老人亲眷这一主线，再辅以极俭省的道德评价，剔除缺少节制的铺叙，使文本简洁朴实且富于张力。侧面烘托和对比方法的运用，富有个性的语言描述，使达斡尔女性何凤花的形象异常生动感人。面对乡邻的"她家养了个老'盲流'，没事儿找事儿呢""你留下个棺材瓢子，不怕沾包呀"的劝说和质疑，何凤花的回答既朴素又坦率，"养活老人，有啥可寻思的呢"。何凤花是这么说的，也是这么做的。她尽其所能，给老人吃的是最好的，用的也是最好的，即便全家人只有一条棉被，她也要老人在温暖中度过严冬，甚至还贴心地想到老人思乡心切，筹措路费让丈夫远赴山东寻找老人的儿子，结果是丢下老人的两个儿子不见踪影，大儿子拒绝接回母亲，原因是他们哥仨分家时，老二和老三分到了家产，母亲归他们赡养，还拿出"活不养，死不葬"的字据以证实自己弃养行为的"合理"。何凤花看到等不来儿子而郁郁寡欢的老人茶饭不思，毅然与丈夫撂荒耕地，再次筹措路费，南下几千公里为老人寻亲。其间可谓历经波折，直到儿子认母，老人归乡，何凤花夫妇才踏上归途。这篇集纳了作者思想基色和审美特质的报告文学，旨在比照中鞭挞丑恶的弃养现象，呼唤人心的向美向善。

如果说《达尔滨一家》以仁爱、善美烛照人心，《坎坷创业曲——记海拉尔市工商联顺昌贸易公司副总经理昌盛园大酒店总经理田幼岚》[①] 则是一曲经济体制改革大潮中，与命运不屈抗争的女性赞歌。这篇报告文学的成就在于，作者将命运这样一个深刻的人生主题作为结构全篇的主旋律，将田幼岚这一人物的创业经历化作美妙音符，以饱含深情的笔触塑造了田幼岚这位改革者的形象。而且在田幼岚不懈追求、永不言弃的抗争中，作者择取"命运"二字作为贯穿整篇作品的主线。作品的主人公田幼岚是平凡而普通的，普通到她和同代人的命运与际遇毫无二致，同时她又是独特的，她以自尊、自立、自强的奋斗精神和顽强不屈的意志应对生活的种种挑战。田幼岚曾经是海拉尔市（今呼伦贝尔市）牧管局拖拉机修配厂、木制品加工厂的厂长，工厂里严格的管理制度和张弛有序的作业生活、工人们爱厂敬业的主人翁精神深深感染、激励着她，特别是多年的基层领导工作，造就了田幼岚踏实上进的性格特征。20世纪80年代，改革的春风吹遍神州大地，企业转型变革，转产撤并，工人停工待岗，自食其力，是每一个厂矿企业和所属员工必须面对的现实。焦急万分的田幼岚经过多日奔波和苦思冥想，决定自筹经费转产办养猪场。接下来的田幼岚又经历了无数个日日夜夜的摸爬滚打，从一个"养殖门外汉"，开始一点点"入门"，并逐步掌握了科学化的管理方法，使养猪场呈现出一派生机勃勃的景象。然而，天有不测风云，三年后的一天，沉重的打击再次降临，一场瘟疫一夜之间使猪场里600多头出栏猪和仔猪全部丧命。这些生灵是田幼岚全部的希望，其打击可想而知。她痛苦地闭上眼睛，脑子里嗡嗡直响，险些晕倒在地。几年的心血在一夜之间付诸东流，直接经济损失达10多万元。这对一个靠自身养家糊口的女性来说无疑是一场"灭顶之灾"。然而，我们看到的不是眼泪、消沉和萎靡，而是田幼岚的再一次奋起。倔强的田幼岚不甘从此一蹶不振，她同养殖场的工人们一道将瘟猪全部掩埋，重整旗鼓，再一次迎接了命运的挑战。她在亲友们的支持和帮助下，租赁了一个饭店，亲自当厨

---

① 娜日斯：《坎坷创业曲》，《骏马》1995年第4期。

师，早出晚归，使生意渐渐有了起色。1994 年，田幼岚借贷款、自筹资金，扩大规模，添置新设施，科学化、规模化地培训工作人员，制定规章制度，"软实力"的加强带动了饭店"硬实力"的提升，田幼岚的生意一天比一天红火。她还同另一位企业家合资承包了顺昌贸易公司，经过多方努力，终于走上了"昌盛"之路。现如今的昌盛园大酒店在海拉尔市设立了两家分店，公司也已成为设有粮米加工厂、机械、建材商店的大型企业。田幼岚的抗争、拼搏与奋斗，终于有了收获。

　　田幼岚是一位在逆境、绝境中奋斗、不屈抗争的坚强女性。作者将目光投向田幼岚坎坷创业的同时，对生命存在的意义也给出了自己的解读。生命的含义应该是健康、积极、向上的，一个人身处逆境时，是选择消极逃避、激流勇退还是迎难而上，作者以田幼岚的拼搏奋斗做出了回答。田幼岚的事业从蒸蒸日上到一次次归零，她遭受的失败、挫折是所有人难以想象的，然而她却以顽强的毅力迎对困难，勇于接受生活的挑战，一次次失败，一次次崛起。田幼岚让我们看到的不仅仅是成功，还有她的创造性潜力、开拓精神和永不言败的生命价值。在艺术表现上，作者采用惯常的叙事方式，如时间上的连贯性叙述、线性结构等，但艺术创新也是显而易见的，作品突破了先进事迹的表现范式，借鉴电影特写技巧，聚焦于田幼岚的韧劲和"不服输"精神，择取其创业过程中最能够"点睛传神"的若干片段，展示田幼岚力争上游的个性特征。作品还以较多的细节描写，捕捉了田幼岚性格的闪光点，在刻画田幼岚宽容、诚恳、率直待人这一品格时，不惜笔墨叙写了她曾痛斥过的工人因工作时间"干私活"而丧生后，她不计前嫌，协助家属料理后事，主动帮助家属解除后顾之忧，使逝者家属的基本生活有了保障。另外，叙事与议论相交融的表述，也使作品的主题意蕴有了较大的提升。

（三）　用奉献诠释平凡中的伟大

　　新时期蓬勃、昌隆的社会语境，决定了达斡尔族报告文学广远的发展空间，从为知识分子画像到为改革者立传，再到为普通民众代言，既勇于歌唱，也善于把社会问题作为关注目标，却再也不必是政治意识形态的传声筒。回望来路可以看到，这一时期的达斡尔族报告文学逐渐走出单一的叙事模式，借鉴小说、散文、影视文学的艺术技巧，及时快捷地报告社会生活，播撒人民需要的时代精神和力量。创作主体上，小说家和诗人踊跃参与，使新时期达斡尔族报告文学的创作阵营不断得以壮大，他们紧随时代步履，在现实风雨中挺进，倾听时代的跫音，把握时代的脉搏，感悟时代的变迁，饱览时代的风景，为时代而欢呼歌唱，从而极大地拓展了新时期达斡尔族报告文学的审美视界。就报告文学本体而言，作家们关注社会现实的热情颇为强烈，报告文学所具有的"讲真话、抒真情"这一独树一帜的魅力亦成为作家的共识。在社会转型、精神退守、价值失范的年代，一种文学体裁要想吸引读者的目光，获得读者的认同，至少要在审美特性和精神向度层面具有闪光之处。报告文学接受者尤对精神向度有更深层次的需求，渴求报告文学具备深刻的内涵和理性光芒，恪守一种永不退场的精神品格。杜鹃的《啊！巴特罕》、海鹰的《精神永驻》《公仆的情怀》、孟根和田过的《震撼林海的达斡尔女检察长》等报告文学作品，书写了奉献的芳华，报告了来自改革第一线的新人新面貌，弘扬了一种崭新的、向上的力量。他们的作品充溢着深情、喜悦和思考，很好地突显了报告文学的品性和独有价值。

杜娟（1957—　），女，黑龙江省黑河市嫩江县人。杜娟的文学创作始于20世纪80年代，相继发表有《棕褐色的狍子》《虹》《在杜鹃飘香的时候》《扎布老伯的孙子和孙女》《啊！巴特罕》等小说、报告文学多篇。杜鹃是一位颂扬开路先锋、高扬主旋律、勇敢追随创业者的时代歌手，她的报告文学《啊！巴特罕》①选取实干家刁佳振将莫力达瓦达斡尔族自治旗"五·七厂"转轨为啤酒制造业这一创业型题材，真实地反映了历史变革在莫力达瓦这片古老神奇大地上的回响，歌颂了刁佳振炽热的理想追求及不折不挠、顽强拼搏的精神。这篇作品的成功主要表现在，作品以充沛的激情，塑造了刁佳振这样一个在蜗步难移的逆境中不畏艰辛、知难而上、锐意进取的创业者形象。刁佳振是莫力达瓦旗"五·七厂"厂长，也是百废待兴的社会转型背景下最早"站起来"的创业者代表。在时代感召下，刁佳振主动选择放弃安逸生活，决定白手起家，在荒原之上兴建啤酒厂，为兴盛莫力达瓦旗民族工业奉献自己的一份力量。然而，

---

① 杜娟：《啊！巴特罕》，《呼伦贝尔》1986年第2期。

刁佳振的这份创业热情和设想却遭到了来自方方面面的质疑。面对讥讽、嘲笑和各种阻力，不服输的刁佳振最终选择了直面挑战，从申请财政拨款，到设计图纸、建造厂房，再到安装原料粉碎、糖化过滤、发酵贮酒等啤酒生产设备，最后到生产出第一批清凉香醇、沁人心脾的"巴特罕"① 牌啤酒，历时四年之久，各种艰辛和甘苦自不待言。而在刁佳振的内心深处，巴特罕啤酒厂还有企业员工始终是第一位的，他坚信"走定了这条坎坷不平的路，伴随着磨难与苦痛，付出几倍于我的代价，收获的才是坚实、有价值的人生"。作者还以点带面，多层面地展示了刁佳振脚踏实地、刚正、忠直、敬业的精神品质。在企业管理上，相关规章制度之外，他有自己的思路和方法，"不要盲目地做上级顺从的奴才，更不要做下属的主子"。因而，刁佳振对下属、对酒厂员工既严格又体贴入微，当他发现有员工酒后违规上岗，丝毫不留情面予以惩戒；当员工在工作中不慎受伤时，刁佳振又会亲自上阵，为其包扎伤口。刁佳振还颇具远见，预见到文化知识对企业发展的长远意义，特地在厂区开辟出一间资料室，为企业员工提供学习场所，以开拓企业员工的视野，丰富员工的业余文化生活，提升员工的职业素养，激励员工参与酒厂发展规划，增强员工的幸福感和归属感。这些生动的细节描写，使刁佳振的事迹更加真切、接地气，也更富于感染力。

杜鹃的这篇报告文学在艺术表现上也颇有特色。作者善于以富有个性特征的生活细节展示刁佳振丰富的内心世界，也敢于合理地展开自己的艺术想象，常常将"自我"置身其中或介入所描写的情节之中，抒发主观感受，突出实干家刁佳振改革进程的现场感。因而，带着对刁佳振的拥戴之情，抒发所思所感、引发议论成为杜鹃常用的一种艺术表现技巧。而且她的抒情议论不是"为赋新词强说愁"的无病呻吟，而是思想与感情撞击迸发的火花，是作者强烈爱憎的主观陈述。如作品中刁佳振冲破各种障碍和阻力，逆流勇进时，作者将内心凝聚而成的富有哲理性的感受付诸笔端，表现出对刁佳振积极进取精神的由衷钦佩，"有人说，人生在世，求的是安安稳稳、平平静静。我想，也许是对的。人生，既然那么的短暂，又何须为一项达不到或几经奋斗无望的目标去费心劳神。有人还说，人生

---

① 巴特罕：满语"布特哈"的同义转音，亦写作"巴特根"（batgan）。

在世，不该枉活，'生当作人杰，死亦为鬼雄'，同样站起来五尺多高，别人能办到，我就不能？我想这也是对的"。当刁佳振身处困境，坚定不移地在残垣断壁上为理想而砥砺前行时，作者又抽离于事件之外，以倾诉式的笔调做出如下评说："可要知道这两者之间的距离是如此悬殊，选择前者就意味着平安、宁静；而选择后者则意味着痛苦和失败的煎熬。"企业步入正轨之际，刁佳振却又一次陷入流言蜚语的诋毁之中，坚持党性原则是刁佳振唯一的选择，就像他说的一样，"你骂你的，我干我的。哪个不称职就撤哪个，就是我当厂长的也不例外，如果有一天不能给国家盈利，用不着谁撤，我自己就辞职回家"。此时彼刻的作者仿佛也受到了感染，直接抒发了对刁佳振的推重与钦佩之情，"还说什么呢？望着这个精明强悍、一尊铁塔似的男子汉，你不感觉到矗立在你面前的是一位蕴含着无穷力量的企业家？这样的奋斗者，这样的实干家，他是不会倒下的！即使到了躺下的那一天，他的精神，他的事业也是永恒的"。作者在这样一种叙事者和评论者的双重身份的构建和不经意间的情感"渲染"之中，笔锋一转，进入叙事正题，令读者不能不叹服作者的艺术智慧。在叙事学意义上，一般把叙述者对所叙人物、事件作出的议论称之为"干预"。"叙述者干预"是报告文学常见的修辞手段，其良好效果在于，深化主题容量，提供补充信息，或阐明叙述者对被叙述事件和人物的立场。杜娟在作品中做出的准确恰当的"干预"，既增强了作品的思辨色彩和哲理意味，也表达了作者对"被叙述者"刁佳振的美好期望。而且，杜娟"干预"的吸引人之处，并非板着面孔说教，而是作为作品的一个重要构成，提升了刁佳振艰苦创业的榜样意义。

有研究者认为，近些年来报告文学遭到一定程度的诟病，主要在于许多报告文学缺少文学性。我们认为杜鹃的报告文学不在此列。杜娟的报告文学无论写人还是叙事，均朴素生动、流畅简洁，且富有文学的形象性美感。因为杜鹃早先是一位颇有成就的小说家，小说的元素在她的报告文学里必定会有印记，习惯成自然地以小说笔法入文，且不以情节取胜。因而，《啊！巴特罕》作为一曲改革与改革者的赞歌，作者的文学性表达似乎超越了对主人公创业过程本身的描摹，而更多地是深入主人公刁佳振的心理层面，通过对人物心理活动的呈示来展现民族工业发展的步履维艰。企业转型之初，刚刚上任的刁佳振对"厂长"这一"官衔"并不是为官的惬意，而是肩负的责任与使命，"莫旗一定要有适合自己民族特色的厂子。莫旗也应有叱咤风云的企业实干家"。"把'五·七厂'改成啤酒厂。头脑里产生这种想法的瞬间，刁佳振就被自己的想法震住了。"经过内心的挣扎，刁佳振告诉自己"去它的吧！别想那么多，往往某件重大的决策，不就是夭折在无休无止的自我否定之中吗？历史已被阻碍了这么多年，摸摸索索的十七年，动动荡荡的十年，徘徊彳亍的二年，够了，足够了！"作者还深情地写出了刁佳振没日没夜工作的背后，是他对事业的执着，是对个人爱好如滑冰、打猎、游泳的舍弃，是对妻儿老小的深深愧疚，"每当黎明或深夜，当我骑着摩托车驶过家门时，我真想鸣一鸣喇叭，向妻子、向女儿们诉说我对她们的感激与深深的内疚"。作品在对刁佳振艰辛的创业过程的描述中，通过颇为精细的细节与心理描写，再加以主人公情感柔软之处的点染，一位舍小家、顾大家，一心一意扑在事业上的创业者形象，鲜活地挺立在读者面前。正是这些看似微小的细节，却能在细微之处彰显主人公的精神风貌，具有见微知著之功效。此外，作品语言简约朴实，情感真挚动人，加之，如"心和心的理解，心和心的相撞，不是能用笔墨描述得尽的。"等比比皆是的人生感悟，丰富了作品的思想内涵，同时也开掘了人物心理的新层面，从而客观上达到了积极的审美效果。

海鹰（1959— ），女，内蒙古自治区呼伦贝尔市莫力达瓦达斡尔族自治旗人。海鹰的创作以报告文学为主，写有《纳文慕仁江的儿子》《精神永驻》《公仆的情怀》《保洁员》《绿色的追求》《烛光颂》《一枝红杏出墙来》等报告文学多篇。我们知道，在报告文学创作中，那些关注社会现实、讲述人物故事、致力于精神情感表达的作品，总会被人们推重和铭记。在这方面，海鹰应当是个较好的实例。她的报告文学《精神永驻》《公仆的情怀》① 为之后不断涌现的"公仆"题材的达斡尔族报告文学创作，提供了新鲜的经验和有益的探索。

海鹰的《精神永驻》成功地塑造了罗金发廉洁奉公、踏实肯干的人民公仆形象。作为歌颂型报告文学作品，选取独特的叙事方式也是必需

---

① 海鹰：《精神永驻》，《纳文慕仁》2005 年第 1、2 期合刊；海鹰：《公仆的情怀》，《纳文慕仁》2005 年第 4 期。

的。海鹰是一位特别注重叙事艺术的作家。她的几篇产生较大反响的报告文学几无例外地恪守事实真实的叙事原则，如《精神永驻》对罗金发先进事迹的叙事，她就打破惯常的表现方式，通篇采用个人讲述的叙事方法，使文本结构生动丰满，朴素又亲切，内容环环相扣，引人入胜，极大地增强了作品的可读性。特别是生活化的细节极具特点，别具匠心，鲜活了人物形象，突出了罗金发高尚无私、勤勉奉献的精神世界。罗金发是一位从贫困落后的小山村走出来的"人民好官"，对家乡、对父老乡亲怀有朴素真诚的深厚情感，"讲良心""不忘本"、脚踏实地、保持自己纯正本色，始终是罗金发为人和为"官"的行为准则。他的最大心愿，就是无愧于时代，无愧于父老乡亲，无愧于养育他的莫力达瓦，倾注自己全部的心力建设莫力达瓦，造福莫力达瓦。而在百姓心目中，罗金发既是一位知冷知热的好兄弟，又是一个平凡、普通、贴心的好干部。在罗金发的带领下，莫力达瓦达斡尔族自治旗城建局设计室走出了技术滞后、人才匮乏的困境，使一张张设计图纸平地而起，变成了一座座鳞次栉比的高楼大厦，为尼尔基小城增添了亮丽风景。在工作中，罗金发"有一种老黄牛的精神"，就像一块优质煤，在燃烧中尽情释放自己的光和热。作品对罗金发的描述，时常在宏大和细小两个视域中展开，以尼尔基"拆迁"事件为例，作品特别描写了罗金发与百姓血脉相连、甘苦与共、肝胆相照的人格魅力。在涉及千家万户切身利益的拆迁工作中，罗金发这个埋头苦干的"老黄牛"，顷刻间变得像个邻家兄弟，以人为本、倾听民意，把原则与温情、乡情凝聚于心，将解释、劝说工作化作理解、关心和爱护。罗金发将心比心、以"民"为本的执政情怀犹如"绵绵细雨"，滋润着老百姓的心田，使拆迁户切身感受到党和政府带给他们的温暖和关爱。作品在朴实、真切和殷殷关切的叙事中，呈现了罗金发这位共产党人平易、朴素、高尚的人格魅力。

作者还在罗金发城建工作中找到了深刻的"暗示"，那就是一个共产党员舍己为人、忘我工作、任劳任怨的精神。作品在歌颂罗金发这一人民"好官"时，没有着意于他耀眼的光环，而是以情入境，将作者强烈的情感汇聚于笔底，表达对党的好干部罗金发的无尽哀思。罗金发是质朴的，又是崇高的，他用自己年轻的生命，展示了一代人民公仆的风采。跟随作者的叙事，回视罗金发短暂的一生，我们可以深切体会到作者对主人公的无限敬畏，"他以他的崇高信念，执着的追求为自治旗的城乡建设和环保事业增添了一道绚丽的色彩。他以他的敬业精神，无私的奉献为自治旗文明城镇建设的主旋律，奏响了一曲又一曲优美动听的歌谣"。实事真情，泣血般的倾诉，在作家笔端飞泻而出。海鹰的报告文学在情感表达方面呈现出朴实、纯净之美，特别是结尾处的点睛之笔，"也许，时间会冲淡记忆。但是，罗金发以理想信念、人格情操造就的共产党员的光辉形象，和他所体现出来的无私奉献精神，深深地镌刻在莫力达瓦的山山水水之中，镌刻在 30 万莫力达瓦各族儿女的心中"。的确，时光可能使纸张褪色，但罗金发像大山一般厚实、坚忍、顽强的性格，像老黄牛一般兢兢业业、实干苦干的奉献精神，一定会"永驻"在我们的记忆深处。海鹰的这些议论，洋溢着作者对共产党人罗金发为民、不求索取、克己奉公的由衷赞美，议论中有抒情，抒情中有议论，寓理于情，情理合一，深深感染着读者。而且，作者富有张力的抒情和议论，反映了海鹰对"人间真善美的维护"，增强了作品情感的厚度，深化了作品的主题意蕴。

海鹰的另一篇报告文学《人民公仆》带给读者的是持久的情感冲击。作品艺术地再现了共产党人、莫力达瓦旗建设局局长敖拉柱心系群众、扎实苦干的亮丽人生。与罗金发一样，敖拉柱也是为推动莫力达瓦经济建设和发展付出心血和汗水的人民公仆形象。作品撷取敖拉柱工作中的若干片段，如关注弱势群体、救助受灾群众、帮扶失学儿童、安置孤寡老人等事迹，赞颂了敖拉柱为家乡、为达斡尔民族默默奉献、勇于担当的高尚品德。作者匠心独运地以达斡尔民族图腾"鹰"为象征，表现了敖拉柱拼搏进取、永不止步的风采。在达斡尔人看来，雄鹰总是能够迎难而上、冲向云霄的。因而，作家怀着对所表现人物的热爱和赞美之情，在运用惯常的素描手法画龙点睛地刻画人物形象的同时，还通过贴切传神的细节描写，充分展示人物的思想情怀、精神境界。敖拉柱走上领导岗位后，这位被誉为"达斡尔雄鹰"的共产党人，成为守护莫力达瓦这片家乡热土的"精灵"。上任之初，敖拉柱就以他"雄鹰"般的英雄气概向父老乡亲告白，"活着，就是要将幸福的甘露，洒向养育自己的人民和土地"。哪里有百姓呼唤，敖拉柱的身影就出现在哪里；哪里有困难，敖拉柱都会竭尽全力为群众排忧解难。1998 年特大洪水①之后，心系百姓的敖拉柱看到满目疮痍的受灾场景，泪流满面，内心最柔弱之处被深深刺痛。他誓言，即便是付出自己的生命，也要改变老百姓的处境。作者对敖拉柱的塑造，绝非是单色调地记录他的豪言壮语，而是从最真实、最具体之处如忘我工作的辛劳身影、布满血丝的双眼、与相关部门的一次次协调、热心鼓励受灾人员、与安置工作的施工方洽谈和督促、尼尔基旧貌换新颜、受灾群众住进宽敞的房子等细节凸显其形象，使人物真实可信、亲切感人。作家在塑造敖拉柱这一形象时，既没有将其"神化"，也没有"概念化"，而是择取敖拉柱不辞辛劳工作中最为打动人心的素材，揭示敖拉柱对莫力达瓦人民的爱戴。比如莫力达瓦旗适龄儿童的"上学难"，深深刺痛了自小"无学可上"的敖拉柱。于是，他千方百计地为那些上不起学的孩子奔走求助，筹措经费，使越来越多的人伸出援手，慷慨资助失学儿童，为孩子们放飞梦想铺设了一条平坦的大道。敖拉柱心里不仅装着祖国的未来，对那些燃烧了青春年华、为莫力达瓦奉献了自己全部力量的老年人，也是关爱有加。敖拉柱倾听他们的呼声，了解其需求，全力为他们的养老问题出谋划策并付诸行动，使莫力达瓦旗第一次有了集"光荣院、孤儿院、老年公寓"功能于一体的福利院。敖拉柱所做的不仅是要给孤寡老人简单意义上的居住场所，生活得以保障，而且还要让他们在精神上获得满足感和幸福感，他常说"今天的他们，就是明天的我们"。敖拉柱就是这样一位达斡尔民族的雄鹰，他总能通过自己的努力和拼搏，践行回报滋养他的达斡尔民族和父老乡亲的誓言。在艺术表现上，这篇作品的篇幅短小但内容丰富、张力强劲，对莫力达瓦贴心人敖拉柱脚踏实地、奋发作为、全心全意为人民服务的事迹给予了精彩书写。另外，作者在运用时序艺术叙事的同时，恰到好处地穿插了一些感人的场面和对话描写，加之抒情、议论等文学手法的交叠运用，充分体现了"情随事迁""理趣交辉"的艺术美。

孟根（1960— ）的创作以诗歌、散文为主，兼及小说、报告文学写作。报告文学是以文学的手法，及时地报告生活中具有意义的人物事件，或具有普遍意义的重大或有价值问题的文体。其中，对于现实生活中

---

① 1998 年特大洪水：是一场包括长江、嫩江、松花江等江河流域地区的特大洪水。是继 1931 年和 1954 年两次洪水后，20 世纪发生的又一次全流域型的特大洪水之一，受灾面积 3.18 亿亩，受灾人口 2.23 亿，直接经济损失达 1660 亿元。

杰出人物给予热情赞颂，是报告文学最为重要的使命和优秀的传统。孟根、田过的报告文学《震撼林海的达斡尔女检察长》①使人们看到了报告文学这种文体的独特力量。众所周知，伴随当下社会的全面转型和经济中心观念的进一步确立，一批以思想性操作为业的作家开始从社会中心淡出，人心的日益浮躁和趋利，使报告文学这一赞颂文明进步、讴歌真善美、揭露愚昧丑陋、针砭时弊的艺术形式，逐步从巅峰向下倾斜、缺失活力且日趋低迷。可贵的是，孟根始终坚守信念和自己感知、表达精神力量的责任与使命，以《震撼林海的达斡尔女检察长》为读者打开了一扇观览检察工作的窗口，热情赞美了达斡尔族女检察长郭凤琴高度的律己、为民、务实、清廉的优良品德，展示了郭凤琴面对亲情和法制，为维护"法律面前人人平等"的神圣信条而执法如山的高尚情操。

报告文学《震撼林海的达斡尔女检察长》的成功，首先来自主人公郭凤琴的人格魅力。郭凤琴是莫力达瓦达斡尔族自治旗检察院的检察长，她以对检察事业的执着精神，以及爱憎分明、疾恶如仇、一身正气的共产党人光明磊落、坦荡无私的优秀品格，诠释了"正道"与人民"好干部"的真正意义。作品中，孟根对郭凤琴不吝赞美之词，选取她在检查工作中的代表性事例，歌颂了她的实干立身和清正廉洁。在党中央开展的反腐斗争中，郭凤琴敏锐地意识到，这正是反腐败斗争主力军检察机关发挥作用的大好时机。她立即召开党组会议，与党组成员们达成共识，充分发挥检察工作保障和促进经济发展的作用，掀起了莫力达瓦旗反腐斗争的高潮，使一起贪污挪用公款特大案得以接受法律的制裁。之后她又在莫力达瓦旗反腐斗争中烧起"三把火"，积极遵循为农村经济发展服务的检察工作主线，大力查处侵害群众利益的腐败问题如农村基层干部贪污挪用水利专项建设资金的犯罪行径，为莫力达瓦农业发展保驾护航。作为一个有着20多年党龄的共产党员，郭凤琴不仅是一位严于律己、不畏权势、坚持党性原则的好党员，而且还是一个能征善战的开拓者，为适应新的形势，她带头学习相关法律文书，提高业务和办案水平。在莫力达瓦这片土地上，由于经济、文化等各种特殊因素的制约，要想练就一支能征善战的检察队伍

---

① 孟根、田过：《震撼林海的达斡尔女检察长》，载莫力达瓦旗文联《鹰之乡》，莫力达瓦旗文联编印1998年版。

绝非易事。郭凤琴以坚定的意志，专注于干警们的职业道德和职业责任教育，并适时开展现场教育，激发干警们的工作积极性和主动性。在郭凤琴的倡导下，检察院还开展了一系列争先创优活动，涌现出一批检察工作业绩突出的先进集体和个人。郭凤琴时刻牢记党和人民的重托，不忘人民检察官的神圣职责，为维护法律的尊严，始终保持清醒，自觉抵制不正之风，坚持做到不吃请、不收礼、不徇私。作者在描写郭凤琴为事业奋力拼搏的同时，还把她当作一个有血有肉的普通女性来刻画。工作中，郭凤琴想方设法为干警们改善办案条件；回到家，她又是一位名副其实的家庭主妇，一个好妻子、好母亲。在 20 世纪 90 年代经济迅速发展、反腐斗争得以深入开展的社会背景中，作家孟根以细腻的笔触，为我们这样一个时代增添了一位品行端正、威严刚正、侠骨柔情的"红颜包公"形象，表达了一个共产党人"身正才能行稳，德高才能致远"的人生理念。这是孟根、田过这篇报告文学被读者认识、理解、接纳和推崇的价值之基，也是作者在当下社会现实中写出郭凤琴这样"灵魂与信仰的强者"，来促进我党检察建设工作的创作预期。

这篇报告文学的特出之处，主要在于作者能将事实和人物事迹表现得极富艺术感染力。作品以达斡尔族民间歌谣"像箭杆上的羽毛一样爽快，像箭杆一样笔直，像钢铁一样坚强""走过的地方光明，做过的事情清白"为统领全篇的主线，在郭凤琴众多事迹中，择选出颇具典型意义的事件，并依据主题需要，将多个事例进行归并，以组诗的笔法结构全篇，进而将其分为四个板块，内容既自成一体，也可前后平列衔接，剔除了缺少节制的铺叙及句式上的过渡与转折，从而使文本更趋简洁而富于张力。作者还特别赋予每一板块颇具象征意味的题目："铁肩担正义""大树挺且直""练内功树检威""献爱心铸真情"，使作品呈现出情节曲折、感情充沛的特征，作者还辅以诗意的语言，塑造出独具个性魅力的人物形象，写出了共产党人郭凤琴忠诚担当、恪尽职守、夙夜在公的精神力量。可以得出，孟根对新时期达斡尔族报告文学文本结构的创新是颇有贡献的。密集的信息量和鲜明的节奏感，与作者所要再现的人与事，共同获得了相互辉映的效果，这也是这篇作品的一个突出特点。作者以归纳分类的表现方式将收集的素材，包括女检察官从事业到家庭、从待人到接物，以全景方式一一呈现，使读者清晰地捕捉到一代巾帼检察者的钢骨，如"铁肩担正义"一节从郭凤琴惩治贪污犯罪的力度入手，刻画她的不畏权势、坚持原则。"大树挺且直"描绘郭凤琴在情与法的激烈碰撞中凸显其刚正不阿。"练内功树检威"则讲述了郭凤琴如何以职业敏感和专业聪慧，整合检察院的领导班子，树立了检察机构的威严。"献爱心铸真情"从家庭层面表现了郭凤琴日常生活中贤妻良母的一面。结构艺术的创新体现着作家理解生活的独到思路，而达斡尔民间歌谣的合理嵌入，既是作品的一个亮点，也使作品呈现出浓浓的诗意。作者还善于在叙事、描写之间加入抒情、议论，且善于用生动的比喻，做出形象化的描述。如作品开篇就以"广袤的呼伦贝尔大草原，巍峨的大兴安岭，每每激起许多热血男儿的豪情壮志。而且兴安岭的群山密林、诺敏河的清澈激流同时也孕育了一位令东北汉子们诚服的传奇女子。生息在这里的各族群众称她为'红颜包公'。她就是内蒙古自治区呼伦贝尔盟莫力达瓦达斡尔族自治旗检察院的达斡尔族女检察长郭凤琴"。这一颇具抒情意味的描述，为呈现莫力达瓦这方山川秀美之"人杰"即郭凤琴巾帼不让须眉的风采增添了亮色。在遵从真实的前提下，作者还常常以描写、议论、抒情相结合的话语方式写人叙事，呈现基层检察工作的艰巨性。孟根的这篇报告文学在"主题表达"方面也有特色，那就是把自己的创作视角聚焦于郭凤琴，写出"大时代变迁"中这一人物的精神追求，并以平实朴素的艺术表现方式，回归初心，彰显民族气质，反映了全心全意为人民服务的时代精神，从而明显地区别于达斡尔族报告文学此前多是激情赞颂或严厉批判的两极情形，改善了新时期达斡尔族报告文学的基因和艺术结构。

（四）民族历史的英雄叙事

　　较之小说、诗歌和散文，作为达斡尔族书面文学重要构成的戏剧、影视文学的创作基础相对薄弱，发展步履亦显得颇为迟缓和滞重。20 世纪 80 年代，在改革开放和思想解放的政治文化语境中，创新、求变成为达斡尔族作家的共同追求，一批富有才华的达斡尔族作家开始把目光转向戏剧、影视文学。他们潜入民族精神的内在真实，表达了达斡尔民族的心声。在这个过程中，达斡尔民族历史题材的戏剧、影视文学创作走在了前列，为沉寂多年的达斡尔族戏剧、影视文学带来了些许生机。但不可否认的是，达斡尔族戏剧、影视文学的发展仍迫切需要相关领域有力而长远的扶持。我们看到的是，这一时期达斡尔族作家所要表达的"民族历史与命运"仍是"常量"状态。在主题开掘上，多侧重于反映达斡尔民族历史发展的个性，也注重将达斡尔民族置于中华民族伟大、完整的历史形象之中，努力追寻历史事实和历史真实，力图恢复历史本貌和原貌，从而真实地再现达斡尔民族坎坷、辉煌的历史，歌颂达斡尔民族为维护祖国统一、促进社会发展做出的巨大贡献。歌剧《赫日额特》（乐志德）、电影文学剧本《木克兰的颤音》（多成贵）、电视文学剧本《骁郎岱夫传奇》（巴图宝音、色热、吴玉）是这方面的重要收获。上述作品的审美价值主要在于，达斡尔族剧作家在传续文学新时期的某些新的美学特征，尝试、探索新的艺术表现形式的同时，融入了作家对民族历史、民族文化、民族命运的深切关注与思考，挖掘了达斡尔民族文化的丰富内涵，呈现了他们对达斡尔民族及其悠久历史文化的独特感悟。

乐志德（1933—2015）多年从事达斡尔民族文化研究的经历，使他初试锋芒从事戏剧创作时，就很自然地落笔于所属民族历史，再加以作家的激情点染，使之化作一个个鲜明生动的艺术形象，深情地表达了对达斡尔民族的赞美之情。乐志德写于新时期的剧本《壮行曲》《赫日额特》《车尔泪舞春》①，在以歌剧艺术完成文学命题的同时，也在用文学的表现形式成就了新时期达斡尔族的歌剧创作，为焦灼的达斡尔族剧苑带来了"低谷中的希望"。歌剧《赫日额特》② 是受到较高评价的一部作品，被学界认为是乐志德的代表作。这部歌剧拓宽了当代戏剧文学爱国题材的历史视野，超越了"一定历史范畴的民族英雄的旧规范"。剧作立足于维护中华民族整体利益、保家卫国的爱国主义立场，运用歌剧特有的表现力，成功地塑造出托布库、查森等抗击沙俄侵略者的达斡尔民族英雄形象，展现了他们丰富的心理世界，歌颂了达斡尔民族大无畏的精神气概。

歌剧《赫日额特》共九场，时间跨度长达 35 年之久，场面壮阔，气势恢宏，历史容量颇大。作品着力赞颂了达斡尔族青年酋长托布库抗击沙俄侵略者，为保家卫国而英勇献身的爱国主义情怀，展示了达斡尔族人民

---

① 乐志德：《赫日额特，壮行曲，车尔泪舞春》，载乐志德《万里雪飘》，民族出版社 2005 年版。

② 赫日额特：达斡尔语音译，即扳指，拉弓射箭时使用的一种工具。

热爱祖国、捍卫民族尊严的高尚气节。据史料与相关研究成果记载，自17世纪40年代始，沙俄侵略者开始觊觎达斡尔人的家园，组织哥萨克远征军向达斡尔聚居区域进行疯狂的烧杀抢掠。达斡尔人民不堪忍受欺凌，自发奋起反抗，用猎枪、弓箭甚至是以刀石抵御沙俄的侵略行径。1646年到1689年40多年的时间里，达斡尔族众与沙俄侵略者多次展开艰苦卓绝的抵抗，直到清兵入关统一中国。康熙皇帝派兵协同达斡尔族与其他少数民族共同围剿沙俄侵略军，光复雅克萨。1689年，中俄签订《尼布楚条约》始，达斡尔人民才得以重返家园。剧作构思精巧，作者将零碎的史料与口传文学重构整合，加以虚构性的扩展，且细节有所据，使作品超越了历史事件本身。歌剧语言尤注重接收中华优秀传统文化养分，吸收达斡尔民族民歌精华，从而使剧作于悲壮之中呈现出浓郁的民族特色。

　　从情感层面上讲，这部歌剧的精神容量也颇为丰富，它既是达斡尔民族的抗俄斗争史，也是一阕融悲喜剧因素为一体的达斡尔民族的赞歌。从"黑江水美"的达斡尔族聚居地，到"敖包祭会"的集体突围，达斡尔人守城失败，雅克萨失陷，达斡尔百姓颠沛流离，生死离别，失去家园，再到清军支援达斡尔人民收复雅克萨，回到久别的家园，是这部歌剧主要的故事情节。在整部剧作中，悲剧占有主导因素，情节发展至"光复雅克萨"重返故土，才为达斡尔民族悲壮的反抗斗争增添了一抹亮色。剧作先是在"序歌"中，以"炮轰城、抢粮抢貂、烧杀吃人掠妇幼"的画龙点睛之笔，对沙俄罗刹侵略者的罪恶行径做出了真切描述，奠定了整部歌剧的悲壮基调，之后又以"挥泪跃马射敌喉"表现出达斡尔人民宁死不屈的英雄主义精神。"胆气豪，报血仇，达斡尔英豪志未酬""云淡淡呵，水悠悠，此恨绵绵怎可休"向人们传递的是达斡尔人民同沙俄入侵者抗争到底的坚定信念。剧作还以"诉我胸中对辉煌民族历史的敬仰"表明了作者深在的创作目的，而作者的这一情愫，主要是通过塑造达斡尔民族英雄托布库得以展现的。托布库是令人敬重的雅克萨城砦酋长，他既有为人父的慈爱，又有身为酋长，捍卫祖国、家园故土而"跃马弯弓把敌杀"的雄才大略，更有面对敌人的毒刑与苦役，表现出不屈不挠的"莫悲伤、把头昂，定把罗刹消灭光"的崇高的民族气节。在第二场"敖包祭会"中，剧作者浓墨重彩地表现了托布库对沙俄罗刹野蛮卑鄙、无耻行径的满腔仇恨，"口称忠厚生意人，买卖交易最公平"。而他们的最终目的是

"双头鹰、沙俄旗，插遍你们的土地"。托布库义正辞严地向族胞起誓：
"我们错把魔鬼以礼待，狼子当狗害了自己，骂他们错看天和地，让我们
投降除非日出西。"表达出托布库与沙俄侵略者决一死战的坚定意志和英
雄气概。特别是在达斡尔族众突围未果、选择撤退之际，托布库不幸落入
罗刹魔爪，更见其英雄本色。沙俄远征军头目哈巴罗夫以"保全妻儿老
小"威逼利诱，托布库正气浩然"宁愿一家全死，也不让我们的人投
降"。并告诫自己年幼的爱女妞妞，"要是能活下来，长大后千万别忘记
这血海深仇"。坚贞不屈的托布库被残暴的罗刹押送尼布楚①囚禁、做苦
役长达35年之久，受尽非人的折磨。在夺取雅克萨之战中，丧心病狂的
罗刹统领托尔布津以托布库为人质，要挟达斡尔族众降服。勇士托布库昂
首挺胸，毫不动容，痛斥托尔布津的卑劣行径，"鬼罗刹，瞎眼不自量，
为国家，慷慨捐躯我心愿"。随之从敌兵腰间夺刀自刎坠城，以鲜血和生
命捍卫了伟大祖国和民族的尊严。

托布库之外，作品对达斡尔民族女英雄查森形象的刻画也颇为成功。
查森的出现，使这部歌剧充满温情且极富灵性。美丽、活泼、可爱的达斡
尔族姑娘查森，是雅克萨希莫日根营砦酋长希尔奇的妻子。剧本开场之
际，作者就以回忆的方式描绘出查森与希尔奇在"青山依碧水，碧水映
蓝天"的雅克萨达斡尔家乡两情相悦的甜美画面。爱憎分明、疾恶如仇
的查森，曾被雅克萨城砦酋长托布库赞许为达斡尔民族的"女英才！快
马弦响除祸害"。在"突围"一场中，查森率领50名弓箭手抵挡沙俄罗
刹侵略者的猖狂进攻，"向西射！冲上去！"是查森在战场上大无畏的呼
号。面对沙俄远征军头目哈巴罗夫的垂涎，查森毫无畏惧，厉声斥责其无
耻厚颜，"你这恶狼想吃天鹅肉，白日做梦不知耻！弓箭在我手，射你胸
膛透！砍下你疯狗的头，报我那血海深仇！"在敌人的威逼下，她甚至不
惜以年轻美丽的生命做出最后的抗争。剧本对查森这一形象着墨有限，但
她的柔情、善美和刚烈却感人至深，为达斡尔民族抗击沙俄的壮举平添了
一份阴柔之美。

剧作《赫日额特》的成功，不仅深藏着达斡尔民族坎坷不屈的历史

---

① 尼布楚：俄罗斯称涅尔琴斯克，位于俄罗斯外贝加尔边疆区。尼布楚曾是中国领土，
1689年，中俄签订《尼布楚条约》，条约规定中俄两国以额尔古纳河、格尔必齐河为界，乌第河
地区为待议地区，尼布楚地区划入俄国版图。

命运，还在于它证实了写实风格的歌剧仍具活力，从而成为新时期达斡尔民族题材歌剧的新收获。这部剧作还以比照的技巧，开拓出表现主题意蕴的多种可能性。在第二场"敖包祭会"中，德高望重的雅克萨总头人拉夫凯在带领族人祭祀时，不忘民族仇家国恨，他"先让托布库再给大家说说，八年前在精奇里江抗击罗刹的事"。托布库用铁的事实控诉了沙俄罗刹的狞恶凶狠，以达斡尔人的淳厚善良、慷慨无私比照出沙俄的残暴和贪婪，"八年前，初入冬，岭北来了一群熊。个个狰狞，黄毛红眼像猩猩，这就是波雅①罗刹兵。口称忠厚生意人，买卖交易最公平，而我们，以礼相待千里客，狍肉、熊肉，外带奶饼，荞面饸饹加飞龙，好酒烫在扁壶中"。"俄罗斯沙皇旨意，让你们臣服纳贡礼，接收崇高统治，实在有利。若不服，枪炮征服。"达斡尔人忠厚、仁爱的天性，与沙俄凶残、丑恶的嘴脸相互映衬，使各自的形象更为鲜明生动。舞台背景与剧情水乳交融是这部剧作的另一特色。剧作的背景为故事情节的展开渲染了氛围，烘托了气氛。如第一场"黑江水美"的描写充满诗情画意，"江岸杨柳依依，四野花红草绿"。在这样一个画面里，查森、希尔奇一对恋人互诉衷肠。同时，对美好、肥沃的达斡尔家乡的景色描写，也为被达斡尔族称为食人恶鬼沙俄"罗刹"的野蛮入侵埋下伏笔。再如雅克萨城失陷后的"城魂"一场，前奏曲时而"雄浑"，时而"悲壮"，而城楼上则站着"一位白发老人桂古达尔，身穿猎装，远眺江边的战斗"，音乐与场景紧密地糅合在一起，营造了一种庄严而悲凉的氛围，与雅克萨城失陷、达斡尔人失去家园的凄怆、忧戚得以呼应。在艺术表现上，剧作大量运用了达斡尔族口传文学素材，比如民间传说、民间歌谣和曲调，不时以达斡尔族传统乐器"木库莲"渲染浓浓的悲情，以柔美曼妙的"扎恩达勒"呈现达斡尔人民的善美。以上艺术表现技巧，既强化了作品独特的民族文化色彩，也体现了作者乐志德对所属民族文化的接受和肯定。值得赞许的是，剧作者汲纳民族民间艺术优长并非生搬硬套，而是从人物形象塑造出发，进行再加工和创造，再有就是极富表现力的唱词和乐曲，使剧作显现出鲜

---

　　① 波雅：即波雅科夫，俄国人，曾任雅库茨克文书官。明崇祯十六年（1643），募集130余名哥萨克，组成第一支武装入侵中国的俄军，由雅库茨克溯阿尔丹河南下，跨越外兴安岭，抵达精奇里江上游。次年，下航到黑龙江，沿途劫掠貂皮和粮食，侵扰百姓，遭到达斡尔人激烈抵抗，顺治三年（1646）被迫从鄂霍茨克海绕道返回雅库茨克。

明的民族特色。

多成贵（1939—2009），黑龙江省齐齐哈尔市人。作为业余写作者，多成贵的创作数量并不丰实，但他的作品都值得评点。在"颂歌"年代，多成贵以报告文学《草原雄鹰鄂明海》歌颂了新时代涌现出来的新人新事新思想，情感真挚又别具风采。新时期初，多成贵以电影文学剧本《木克兰的颤音》①，将读者带入"红色革命"的峥嵘岁月，生动地展现了达斡尔人民浴血奋战、坚守祖国北疆的英雄事迹。这无疑是达斡尔族书面文学史上的一个重大主题，曾有许多民族作家为之挥洒笔墨，但多成贵的剧作却别有新意，作者巧妙地将"史"与达斡尔民族的风俗人情、日常生活相融汇，使剧作呈现出激越、高亢又诗意盎然的光芒。

多成贵的《木克兰的颤音》既是写"革命历史"的剧作，又是一曲达斡尔族青年"在斗争中成长"的赞歌。剧作通过对嫩江沿岸达斡尔人民革命斗争的描写，从一个侧面反映了达斡尔人民为争取民族解放、国家独立而不惜流血牺牲的艰辛历程，突出地刻画了毅力铁这一在斗争中寻求民族新生的达斡尔族革命青年的形象。毅力铁是一个阳刚、正义、积极向上的达斡尔青年，他有自己美好的人生目标和理想，渴望幸福的爱情，憧憬做一个自由自在的猎人。但是日寇的入侵、土匪恶势力和民族内部阶级压迫的残酷现实，击碎了毅力铁的所有梦想，迫使他奋起反抗。但是，毅力铁的自发斗争终究是行不通的，他遭到敌人的暗算，被绑架到地主白音家，受尽严刑拷打，逼迫毅力铁交出手中武器。英勇不屈的毅力铁逃出白音魔爪之后，从自身的经历中开始觉醒，怀着一片赤诚之心，毅然选择投身革命。他在抗日联军连长汉族朋友刘达的帮助下，逐渐成长为一名优秀的革命者。作者在塑造毅力铁这一形象时，既浓墨重彩，又没有脱离现实和人物在当时历史条件下可能达到的思想高度，没有把他写成完美无缺的英雄，而是写出了他性格的发展，揭示了毅力铁成长过程中的矛盾和犹疑，写出了他在革命斗争中，克服自身缺点，积极靠近抗日联军，追求革命理想，自觉接受党的教育，建立达斡尔民族自己的骑兵连，与日寇、土匪恶势力展开殊死斗争的艰辛历程。因而，在带领骑兵连冲进陆家大院，

---

① 多成贵：《木克兰的颤音》，创作于1982年。1993年，内蒙古电影制片厂电视剧部将该剧改编为《幸存者》（上、下）拍摄。

向据守在这里的顽敌发起猛烈攻击时，毅力铁表现出最大的勇敢和顽强。因为这时的毅力铁已不再是一个只知报一己私仇的"猎人"，而是成长为以解放全中国和全天下劳苦大众为己任的坚定的无产阶级革命战士。

剧作《木克兰的颤音》的成功，与它浓郁的达斡尔民族特色也是分不开的。多成贵从达斡尔民族生活的实际出发，细腻地表现了达斡尔民族率真、奔放、爱憎分明又英勇善战的精神特质。剧作先是以对达斡尔民族独特的风俗人情的精心勾勒来增强剧作的民族色彩。嫩江流域的达斡尔人民，从小就练就了对传统体育活动的热爱，对美好事物的追求，对森林生活的熟稔。这些共同铸就了达斡尔人民所表现出来的优良品质的强大根基。剧作者在描写达斡尔聚居区独有的大美自然风光时，还赋予它象征寓意，常常借渲染嫩江两岸风光烘托人物起伏的情绪波动，抒发人物丰富的内心感受。作者还善于把达斡尔族风俗民情的描写与政治斗争巧妙地结合起来。"博依阔"（曲棍）是达斡尔人民喜爱的传统体育竞技活动，也是达斡尔民族精神文化的代表。我们从毅力铁带队对抗白音家族的比赛过程中，不仅可以了解这项运动的激烈程度，也不难感受身手矫健的队员毅力铁高超的球技和"猛虎"般的活力。毅力铁作为所在球队的核心队员，极大地发挥出步调灵活、思维敏捷、勇气可嘉的优势，更重要的是，他特别强调集体的力量，能够认识到"众人拾柴火焰高"的道理，从而赢得最终的胜利。在这场比赛中，毅力铁表现出的领导才能，为他日后带领达斡尔族众抗击土匪和国民党反动派做出了很好的铺垫。"木克兰"（亦写作木库莲）是达斡尔民族的传统乐器，剧作以此为象征，通过它悠扬悦耳的曲目，弹奏出最为动人的革命与抗争的颂歌。伊桑、伊兰姐妹出生于祖国胶州半岛的山东，成长于嫩江大地，受到达斡尔民族文化的熏陶，姐妹俩尤喜爱以"木克兰"拨动心弦，伊桑琴声的幽怨深沉，伊兰琴技的欢快明丽，都给我们留下了深刻的印象。剧作中伊桑、伊兰姐妹拨动的"木克兰"的颤音，既是故事情节发展的线索，也是她们各自性情与心境的呈现，而且木克兰的颤音与作品所营造的时代氛围紧密相连，与剧作塑造的各色人物形成一个共同体，构建了达斡尔民族革命历史的辉煌篇章。另外，剧作中描写的达斡尔女子采集"困木勒"、男子"放木排"等劳动生产与生活方式，劳动之余欢快的"罕贝舞"，悠扬的民歌"扎恩达勒"，充溢着浓浓的达斡尔民族生活气息。剧作还通过展现嫩江沿岸达斡尔民族独有的劳动生产技能，如娴熟的马背狩猎、江河之中的捕捞技能、湍急水流之中放木排等，呈现了达斡尔民族不畏艰险、勇于战胜困难的血性和坚韧。作品还特别描写了刘达被达斡尔兄弟毅力铁解救后，积极学习达斡尔民族生产技能，在充满危险的"放木排"劳动中不断地磨炼意志力，练就出一身强骨和吃苦耐劳、谋事缜密的性格特质，为他参加东北抗日联军，抵抗反动恶势力，参加革命斗争埋下了伏笔。

革命斗争、民族风情之外，剧作还浓墨重彩地描绘出达汉民族以鲜血凝成的、坚不可摧的深厚友谊。当达斡尔族猎手毅力铁在"朔风怒号，漫天飘雪，一片白皑皑的深山密林"，遇到带着两个妹妹闯关东、沿路讨饭的刘达时，毫不犹豫地伸出援手，"我叫毅力铁，是达斡尔族，我家离这儿不远，走吧，先到我家"。说着，抱起小妹妹放到马背上，领着刘达大妹妹，一同向莫尔肯屯走去。毅力铁这种扶危济困的美德，为我们深入理解达斡尔民族深层的情感结构做出了最好的诠释。而刘达朴素的阶级感情，使他遇到东北抗日联军就有一种亲和感，毫不犹豫地参加了革命，成长为一名反日义士。他和达斡尔族同胞昂首并肩、生死与共，同吃一锅饭，同睡一条炕，甚至把"血与泪都流在一起"。在与反动恶势力的殊死战斗中，为掩护达斡尔兄弟毅力铁，他勇敢地献出了自己年轻而宝贵的生命。毅力铁、刘达这两位人物形象，使读者真切地体会到超越血缘、亲情和民族的一种闪耀着人性光芒的大爱。达斡尔族、汉族牢不可破的无价情义，还体现在对毅力铁和伊桑真挚爱情的描写。毅力铁的乐善好施、正直勇敢、睿智机敏和铁骨铮铮，特别是在地主白音家表现出的一身正气，深深地打动了白音养女伊兰的芳心，使她竭尽一己之力帮助毅力铁顺利逃出了白音的魔掌。当毅力铁安全回到家，青梅竹马的女友伊桑问询事情的经由，毅力铁全盘说出时，敏感的伊桑说不出地委屈，流着泪一反常态地嗔怪毅力铁。不知所措的毅力铁越是表达自己被解救的喜悦之情，伊桑越是无法镇息内心的刺痛，无法抑止自己的泪水。随着误会的解除，理解和爱意亦更加浓厚。然而，作者没有沉溺于对毅力铁、伊桑爱情的精细描写，而是向我们展示了一段达汉民族的革命爱情的真实、纯洁与美好。伊桑、伊兰姐妹相认后，伊兰将自己对毅力铁的爱情深埋于心，向妹妹和毅力铁送上了自己最真挚的祝福。剧作在艺术表现形式上也有创新。"电影化"的叙事艺术使剧作构成了流畅、自然的节奏形态，全剧在革命这一主题的导控下，以生活流式的循序渐进的逻辑组接而得以展开。其间，剧作还将许多达斡尔民族民间歌舞如"放排歌""美如列""罕贝舞"的表演场景包容进来，造成环境的真实感，并以此彰显达斡尔人民热爱生活、崇尚自然、能歌善舞的天赋与智慧。剧本在表现史实、展示美景方面亦有独到之处，大量采用回叙、特写、独白、画外音等影视艺术方法，为人物塑造和剧情发展锦上添花，使整部剧作呈现出厚重大气又细腻浪漫之美。

巴图宝音（1933—2014）和色热、吴玉共同创作的 15 集电视文学剧本《骁郎岱夫传奇》① 取材于达斡尔民族传统叙事宝典"乌钦"。20 世纪二三十年代流传于达斡尔族聚居区的《绍郎和岱夫》可以说是达斡尔族民间文学的经典，它浓缩了达斡尔民族历史文化精粹，是达斡尔民族"有声有色的灵魂"②。巴图宝音、色热、吴玉三位作家慧眼识珠，他们从民族历史中汲取写作资源，从绍郎、岱夫"揭竿而起"这一历史史实中挖掘"传奇"因素，成功地塑造了民族英雄骁郎与岱夫的艺术形象，作者还努力把人物与传奇较好地结合在一起，最终以电视连续剧这一全新的艺术形式，真实地再现了民国初年那段可歌可泣的达斡尔民族历史。

巴图宝音、色热和吴玉的《骁郎岱夫传奇》以精湛的艺术技巧和文学想象，还原了达斡尔人民心目中的英雄，使骁郎、岱夫的形象大放异彩。作品以骁郎、岱夫反抗军阀、除暴安良的英雄事迹为核心结构，生动地揭示了"官逼民反"的客观真理，揭露了官吏豪绅的罪恶，热情讴歌了觉醒的达斡尔族人民团结一心、共同抵抗封建统治阶级的斗争精神。骁郎、岱夫的起义发生在 20 世纪初叶，是在阶级矛盾、民族矛盾相互交错与激烈斗争的背景中爆发的。齐齐哈尔罕伯岱屯达斡尔族农民骁郎、岱夫，因不堪反动军阀、土豪劣绅的压迫，组织达斡尔穷苦兄弟举枪跃马，揭竿而起，他们转战嫩江两岸，劫富济贫，打官兵，砸响窖③，令恶霸地主、反动军阀闻风丧胆。骁郎、岱夫反抗土豪劣绅，救济贫苦农民的义举，得到了达斡尔百姓的拥戴。可以说，骁郎、岱夫所到之处，农民杀猪

---

① 巴图宝音、色热、吴玉：《骁郎岱夫传奇》，创作于 1996 年，未公开发表。绍郎：达斡尔族民族英雄。亦写作少郎、绍郎、骁郎等。

② 冯骥才：《永远的乌钦·代序》，载沃岭生主编《少郎和岱夫》，民族出版社 2002 年版，第 1 页。

③ 响窖：东北方言，意为财主、恶霸、地主。

宰羊，唱起悠扬的扎恩达勒，跳起欢快的阿罕伯舞，向他们献上最美好的祝福，称赞骁郎、岱夫是"有民族骨气，为穷人出气"的铮铮铁汉和英雄。然而，骁郎、岱夫的起义同中国历史上无数次农民起义一样，最终以失败告终，未能实现他们的伟大理想。但骁郎、岱夫崇高的民族气节，替天行道的壮举，勇于反抗阶级压迫的可贵精神，一直以来被达斡尔民族广为传颂。基于此，剧作者以电视剧本这一文学样式，生动地再现了骁郎、岱夫兄弟因不堪忍受地主恶霸和官府的压迫而起义，痛击官府、救济穷苦百姓的大无畏英雄壮举，反映了只有反抗和斗争才能求得生存与解放这一深刻的社会主题。

剧作以鲜活的人物形象，善与恶、美与丑的激烈对峙以及启合有度、眉目清晰的情节构置，使我们获得了新的历史审美经验。限于篇幅，我们以《骁郎岱夫传奇》第 11 集 "三枪退敌" 为例，解读和分析这部剧作的思想价值和艺术成就。该集讲述的是，骁郎、岱夫领导的起义军大破王家响窑后，军阀、地主十分担忧自身处境，意欲消灭骁郎、岱夫这支起义军，以解心头之患。剧作者以骁郎与军阀间的 "文斗" 即比枪法这一场面，最大限度地突出了农民起义领袖骁郎的智勇双全，从而表达出对骁郎这位农民英雄的崇敬之情。值得关注的是，剧作者没有将骁郎、岱夫这两位农民起义的英雄形象简单化、模式化，而是在赞颂骁郎、岱夫勇敢坚强、敢为人先的精神魅力的同时，以比照的艺术方法，展现了他们各自的性格特征，使骁郎、岱夫兄弟须眉毕现，笑貌如生，各得其趣。骁郎沉着冷静，足智多谋，善于骑射，是一位才智与勇谋齐备且颇具指挥能力的领袖人物。岱夫刚毅血性，快言快语，侠肝义胆之中透着阳刚之气，使地主、军阀凛然生畏。在破王家响窑之后，岱夫对抓获的敌军俘虏毫不留情，甚至爆以粗口："你们他妈×的，王罗锅在时，你们替他效劳，死了还给他嚎哀，你们装熊不走，老子可就不客气了！"再比如，在盛家 "热情款待" 下，岱夫经不起美酒佳肴的诱惑，大醉而卧，官兵来时，岱夫只能是 "翻个身，眼睛睁开一条缝儿，倏地又合上眼皮睡过去"。这样的描写不但无损于起义英雄的形象，反而使岱夫这一人物更为切近生活真实，亦不乏独特的性格情趣。环境描写与多变的场景，为凸显剧作主题起到了很好的烘托作用。仅在第 11 集中，就变换有 46 个场景，每个场景又以洗练的描写传达出人物所处的环境，再借由人物的对话描写，为情节的推进提供了必要的氛围，如"盛瑞率领一个连的骑兵，浩浩荡荡地奔驰在路上。马队后边扬起滚滚尘埃，遮天蔽日"。"小村沉浸在一片宁静中。盛瑞的队伍开进来，立刻就鸡犬不宁。""太阳落到地平线以下，黄昏越发的浓重起来。色力克屯笼罩出朦胧的阴影。"这些描写暗含着山雨欲来的焦虑、恐惧与不安。因此，反抗就成为骁郎、岱夫唯一的选择和出路，他们只能率众奋起反抗。而且骁郎、岱夫的内在性格也是决定其行为的至关重要的因素，淤积在骁郎、岱夫心中的不平、愤懑以及争取自由的志向和抱负，都成为支配他们以武力抗恶抗暴的内在动因。从这个意义上讲，这部电视文学剧本既是达斡尔农民起义英雄的镜像，亦是丰富立体的达斡尔民族历史的壮阔画卷。

剧本是语言的艺术，因而，人物的性格必然要依赖语言来呈现。而人物语言又是承载思想的载体，"发挥着画魂的作用"。这部剧作对骁郎、岱夫这两位英雄形象的刻画，主要是通过人物间的对话以及人物自身的行为和心理描写来完成的。骁郎作为起义军的核心人物，从他的言谈话语中，我们能感受到他的雄才胆略，也不难看出贫民出身的骁郎朴素、进步的思想，"王罗锅的几百垧地，你要丈量给无地少地的穷人！这是孙中山先生的遗志，耕者有其田！现在军阀衙门不执行，我们来执行！"这种正义、公正原则成为《骁郎岱夫传奇》所有戏剧行为发展的内驱力。因而，"三枪退敌"一集，骁郎以智谋击退敌人就成为整部剧作最为摄人心魄的关键环节。在盛家美酒佳肴"热情款待"下，起义兄弟们烂醉如泥，只有骁郎一人保持清醒，密切关注着"周围的动静"。官兵到来之后，骁郎看着酒后呼呼大睡的弟兄"脸上显出难色"，黑暗中他开枪打掉官兵的烟头，听到他们对话的瞬间，心中骤生一计，决定和官兵"文打"而不是硬拼蛮干。最终，骁郎以智慧和精准的枪法击退了敌人，沉重打击了敌人的嚣张气焰。在这里，剧作家没有设置剑拔弩张式的戏剧冲突，而是以骁郎的智勇取胜。因而，无论是骁郎、岱夫兄弟之间的性格对比，还是骁郎与官兵间的比照描写，都表现出骁郎作为起义领导者的过人之处和永不言败的魄力。这部剧作的语言也颇具个性，大量地运用了"白音""响窑""嘎新达"以及"蝎子掉进磨眼儿里，就别想出去了"等大量的民间俚词俗语。这些极具民族特色和乡土气息的词语，经过剧作者的提炼加工，更富生活气息，也使整部剧作显得生动活泼、清新质朴。特别是人物对话描写，个性色彩极强，且传神、逼真，如耿直的岱夫出语激越如炸雷，"你们帮军阀和恶霸干了很多坏事，本应毙了你们。好在骁郎哥有话，给你们改邪归正的机会，给你们留一条生路"。军德则巧于言辞，幽默诙谐中透出一种威慑力。人物性格由此相交映，突显出作家叙事写人的无限深度。剧作还有相当篇幅的达斡尔民族劳动生产与生活及北方乡村风俗画、风景画的描写，从而使剧作深深植根于厚实的民族与地域土壤之中，表现出剧作家沉实的艺术功力和创新意识。

（五）低谷中的生机与希望

文学挣脱了风雨年代的专制与桎梏，戏剧、影视文学同其他艺术形式一样获得了新生。剧作家们以可贵的勇气锐意进取，艺术创新之潮波澜迭起，新时期剧坛充满生机和无限活力，越来越多的剧作家以自我独特的视角审视着社会，审视着多彩的生活。在这一良好的时代与创作语境中，达斡尔族戏剧、影视文学家也开始稳步向前迈进，他们不再满足于把民族历史作为唯一的写作资源，不再满足于社会政治历史这一客观与"外宇宙"的冲突，努力以他们一如既往的睿智和勇气、担当和责任，不断丰富和拓展达斡尔族戏剧、影视文学的表现领域。新的时代、新的生活、新的思想情感需要相应的艺术表现方式，因而，在创作题材与内容有所扩展，反映生活现实的深度与广度有所改观的同时，达斡尔族剧作家为之做出了有益的探索和努力。他们以理想的文学形象为新的心理依托，在不摒弃传统写实法则的同时，审慎又积极地开拓创新，从而使新时期达斡尔族戏剧、影视文学逐步走向多因素的艺术综合，趋于融歌、舞、诗于一体的发展态势，其显著标志是达斡尔族戏剧、影视文学由专注于故事情节，开始进入着力"写人"这一深层的审美艺术空间。电视文学剧本《开在心中的南绰罗花》（白杉）、《纳文江牧歌》（巴雅尔）、《白蘑菇与苦木乐》（乌云巴图）等，为达斡尔族戏剧、影视文学表现现代生活提供了宝贵的艺术经验，也为落寞、低谷中的新时期达斡尔族戏剧、影视文学带来了新的希望。

白杉（1939— ），原名鄂文学，内蒙古自治区呼伦贝尔市扎兰屯人。白杉写有短篇小说《雪，柔情的雪》《洁白的仙鹤》和剧本《开在心中的南绰罗花》《高高的加格德岭》等多篇作品。

白杉的电视文学剧本《开在心中的南绰罗花》①巧借鄂伦春族家喻户晓的民间传说，讲述了一个发生在大兴安岭鄂伦春猎区的动人故事。剧作着重挖掘了主人公白玫与猎村、猎人之间真诚纯朴的感情，从而使作品具有了特别的意义。故事的主人公白玫是医学院校的高才生，毕业后不顾同窗男友的劝阻，回到日思夜想的鄂伦春猎乡，成为一名猎村医生。在这里，白玫与鄂伦春青年猎人艾依善一见钟情，坠入爱河。但是，一些人的冷嘲热讽也让她颇为纠结，在三年多的时间里，白玫一次又一次地提起行囊试图离开，是鄂伦春人民的淳朴、友善，还有猎村的那个"他"以及潜藏于内心深处的鄂伦春情结，使白玫最终选择了坚守。剧作跟随主人公白玫的思绪，记录了她由天真、单纯又有些纵情任性的大学生，蜕变成长为成熟且医术精湛的猎区医务工作者的艰辛过程，歌颂了白玫心系民族和家乡，主动放弃优渥的都市生活，立志于猎乡、扎根于猎乡、奋斗于猎乡的高远志向。

白杉的《开在心中的南绰罗花》的贡献在于，剧作成功地为新时期达斡尔族文学增添了白玫这一青年医务工作者的形象。白玫是猎人的女儿，大学毕业后，她主动选择回到猎乡去做一名医生。同窗男友为之惋惜不已，苦劝白玫，"凭着你的成绩，省地市一二流医院都可以站得住脚。真不明白，是什么吸引着你，非得去那个陌生而偏僻的猎村卫生所，在那些还很落后的人们中间，当一名辛辛苦苦、默默无闻的猎村医生。要知道，人的青春是短暂的"。剧作者深入白玫的情感深处，向男友也是在向自己、向猎村发出真情告白，"我是猎人的女儿，我的童少年，就是在像你说的那种'偏僻'猎村和'落后'的人们中间度过的。我热爱那些淳朴的人们！我从小就立志把自己一点微薄的力量贡献给他们，下决心同他们一起，把民族的落后面貌改变过来"。在人生重大抉择面前，白玫首先想到的是如何以一己"绵薄之力"服务于鄂伦春民族，立志于家乡面貌的改变，而丝毫没有计较个人得失。当白玫迫于无奈，一次次准备离开猎村时，挽留、感动她的就是白玫所热爱的那些"还很落后的人们"。作者以"生花妙笔流泻而成的文字"，深情地歌颂了心中诗意的鄂伦春。因而

① 白杉：《开在心中的南绰罗花》，《呼伦贝尔戏剧》1984年第3期。

这部剧作重在言情,而非讲"故事"。作者以南绰罗花①为题,并以此为情感线索结构全剧,散发出独有的温度和芬芳。一方面是纯真、美好的爱情,另一方面是至爱情于神圣境地的南绰罗花,它犹如充满生机的常春藤,盘绕在爱情这一主干之上,蕴蓄出经久不息的生命力量,而常春藤又使爱情充溢着盎然别样的生机与活力。白杉是一位叙情重于讲故事的作家,最大特点是给读者"留白",即不注重故事的前呼后应,甚至只要情感表达饱满了,一切顺其自然。如白玫在下车前往猎村的路上与艾依善邂逅了,二人没有矫饰的信誓旦旦,一个眼神,一个动作,彼此的心思便能心领神会。作者的这段描绘,意在留存那些易逝的美好、灿烂的瞬间。为此,作者不惜笔墨还将他们的爱情置于"一波三折"之中,呈现他们的痛苦和快乐,书写白玫崇高的精神品格,赞颂她对鄂伦春的忠贞与坚定。

在结构艺术上,这部剧作以新的艺术思维方式开拓了戏剧表现生活的多种可能性。最大特点就是将目光投向人的"内宇宙",重在表现人物丰富的内心世界而不是异族猎奇。这种结构重心的转移带来了情节的弱化,使人物的情感与潜在的心理活动得以多层面的展示。在表现方式上,整个剧作采用倒叙与追叙、插叙的叙事方式,避免了平铺直叙的单调重复。剧本开端,作者以倒叙的方式,描述了主人公白玫最后一次决定离开猎乡的情景,以及白玫内心的那份沉重与迟疑,令人心生疑窦。但从会议室内的喧嚷声中,可以隐隐感觉到白玫在鄂伦春人心目中的地位。接下来,剧作闪回至三年前的初夏,在山路岔口,白玫手提行装,回到了渴盼已久的猎乡,随后是白玫来到猎村之后的种种经历,以及她第一次决定离开时,白玫的思绪回到与同窗男友分别之际的瞬间,回到了毅然转身走向猎村的刹那。作品在对主人公内心波澜的描摹中,再现了白玫前后三次决定离开的动因与始末。最后,剧作又承续开端,对白玫最终是否去留做出了一个圆满的回答。另外,剧作者还巧妙地将鄂伦春民族家喻户晓的民歌"南绰罗花之歌"编织在整部剧作中,与剧作主题意象交相辉映,使剧作人物行为及情节发展的线索纷繁而有序,巨细有别,同时亦为解读白玫这一艺术形象提供了多层面的意义空间。

为鄂伦春民族放歌,是白杉文学创作的主题。在此我们有必要提及

---

① 南绰罗花:即兴安杜鹃。南绰罗花,鄂伦春语音译,意为最美的花,象征纯洁的爱情。

白杉的另一部剧作《高高的加格德岭》，这是一部反映鄂伦春民族"红色革命历史"的话剧。它通过卓罗爵、雅伦兄妹悲欢离合的故事，诠释了"有国才有家"的深刻内涵。1935年，日寇侵占东北，鄂伦春族聚居区同样也遭受了日本侵略者铁蹄的践踏。剧作以艾莫日根夫妇双亡，子女卓罗爵、雅伦虽得以存活，但兄妹俩不幸在战火中离散，不知彼此生死的经历为缩影，痛斥了日本侵略者带给鄂伦春民族的毁灭性灾难。作者将卓罗爵、雅伦兄妹亲情与强烈的阶级仇民族恨交叠在一起展开叙事。剧作一方面是卓罗爵、雅伦的兄妹阔别12年得以重聚，以及12年间的痛苦、思念与焦灼，另一面是日本侵略军和国民党反动派的无恶不作。剧作对日寇铁蹄下的历史时空做出了令人可信的描绘，"倒闭的仙仁柱正在燃烧。周围零乱地扔着桦皮篓，破旧的马靴，砸坏的吊锅和炊具"。这一源自鄂伦春人记忆深处的情景，为剧情的展开渲染了鄂伦春家园破碎、备受欺凌的悲凉气氛，剧作还不时以"阴霾的天空，雪花纷飞"的高高的加格德岭的精细描写，表达鄂伦春人民顽强不屈的民族性格和斗争精神。

这部剧作的成就，不仅表现在题材意义的重大，还在于它成功地塑造了卓罗爵、雅伦、卡托吉伦等鲜活的艺术形象。卓罗爵是从鄂伦春走出的第一代干部，他勇敢、上进，有强烈的民族意识，在向赵新介绍自己家乡时，不无痛心地感叹，"家乡啊！一别十二年啦！双亲和小妹都长眠地下，乡亲们还在深重的苦难中挣扎！"长期的狩猎与作战生活培养了卓罗爵敏锐的洞察力，当遇到汉奸劫持雅伦时，卓罗爵机警地辨别出这不是猎人在打猎，告诫大家不可轻举妄动，并机智地扶助雅伦逃出了魔爪。卓罗爵足智多谋、颇具领导才能，为一举歼灭顽匪，在写信请求43团军支援的同时，切合实际提出了一套完整的作战方案，从而使卓罗爵这个人物显得血肉饱满又富有立体感。美丽善良的雅伦，自小失去双亲，生死离别以及对哥哥生死未卜的担忧，让她承受着巨大的内心痛苦。而失散12年后兄妹重聚，带给雅伦的是莫大的快乐和幸福，也激励她勇敢地与敌人作斗争，最终为解救哥哥献出了自己年轻的生命。剧作还以雅伦在生命的最后一刻，摘下腰间皮包留给心爱的侄儿这一细节，表现了爱的承续，传达了鄂伦春民族"爱是超越生死的"这样一个富有诗意的轮回信仰。剧作的另一位女性形象，部落首领的女儿卡托吉伦也颇具个性。卡托吉伦性格豪爽、洒脱、心直口快，看到哭泣的雅伦，她会以自己的劝慰方式排解雅伦内心的痛苦，"你怎么哭了？是希格腾大叔和大婶嫌你多了一张嘴吗？"当额鲁温以近乎调戏的口吻称她为"小心肝"时，卡托吉伦一记耳光抽打过去，"叫你尝尝小心肝的味道"。卡托吉伦对赵新一见钟情，她毫不扭捏地问即将离开鄂伦春的赵新，"民汉贝（汉人），你什么时候回来？""你要是不回来，小心以后让它（手中的枪）碰见你！"这是鄂伦春姑娘卡托吉伦敢爱敢恨的性格体现，也是率真的鄂伦春人情感表达的特有方式。剧作对鄂伦春民俗风情如"仙人柱"①、象征祝福的皮背包等民族物象也给予了一定的描绘，意在浓烈的鄂伦春传统民族文化氛围中，表达包裹着"壮美气氛"的宏大主题。而且，这部剧作无论是历史的风云变幻，抑或民族文化传统及人物气质、性格命运，都与真实而丰富的鄂伦春民俗风情水乳交融地结合在一起，使整部剧作有着超越于结构技巧之上的艺术效果，呈现出一种外在朴拙与内在柔美相融汇的叙事特征。

巴雅尔（1945—　），内蒙古自治区呼伦贝尔市莫力达瓦达斡尔族自治旗人。1968年高中毕业后，响应"上山下乡"号召成为一名知识青年。后在莫力达瓦旗第一中学、新华书店、旗政府办公室，从事教师、秘书等工作。1982年考入内蒙古师范大学文学研究班深造。1984年毕业后，相继在莫力达瓦达斡尔族自治旗旗委宣传部、史志办、文联、旗人大教科文卫担任相关领导工作。巴雅尔的文学创作始于新时期，写有《玉石烟袋嘴》《猎狐》《纳文江牧歌》等小说、散文和剧本多篇。1990年始，巴雅尔这位将"猎人"和达斡尔民族文化带入文学书写的作家，开始转向民族学研究，相继参与有《达斡尔族简史》《莫力达瓦达斡尔族自治旗概况》以及《达斡尔人》《嫩水明珠——尼尔基（1956—2006）》等多部史著与画册的编写工作。巴雅尔的创作数量称不上富足，但文学史概念的"活跃"或经典意义，不是因为作品的多寡，而是因为作家有自己不同于他人的独特声音。从这一角度讲，巴雅尔在达斡尔族文坛赢得肯定，就在于他在有限的文本中，为达斡尔族文学奉献了新颖独特的艺术世界，在一定范围内开拓了新时期达斡尔族文学的题材领域，坚守了"作家的正直"

---

①　仙人柱：亦写作"斜人柱、仙仁柱"。鄂伦春语音译，意为"木杆屋子"。这是一种用两三根五六米长的木杆和兽皮或桦树皮搭盖而成的圆锥形房屋。

这一一以贯之的价值理念。巴雅尔作品的价值主要在于，他极善于用一种清纯、欢欣的眼光看取达斡尔民族生活，善于通过富有个性和乡土气息的人物语言、简练传神的行为描写，表现人物丰富的内心世界。巴雅尔写于20世纪80年代末期的电视文学剧本《纳文江牧歌》①，再现了改革大潮冲击下嫩江流域农村经济变革的新形态，写出了社会转型与新旧交替时期达斡尔民族及其生活所发生的巨大变化，从而为一个前所未有的伟大时代留下了一份可贵的形象记录。

　　巴雅尔的《纳文江牧歌》成功地打破了当时改革题材"由穷变富"的纵向叙事模式，大胆地揭开了"横向矛盾"，即从日常生活视域，以简白又不失幽默诙谐的语言，展现了地处荒远偏僻的达斡尔族众在新与旧、传统与现代中呈现出的复杂又微妙的心理变化。改革开放以来，嫩江沿岸的达斡尔乡村出现了一些新事物，比如说用大价钱买来的奶牛可以挤出更多的牛奶，赚更多的钱。但是，相对封闭的生存环境和自给自足的劳动生产与生活方式，使这里的人们追随社会发展的步履明显落后于时代，在"农业机械化"开始走进千家万户时，传统道德原则与现代意识产生了剧烈碰撞。值得关注的是，巴雅尔的这部剧作在反映改革开放初期的社会现实，歌颂改革力量的先进性的同时，通过笔下人物内心的痛苦与纠结，对达斡尔民族传统文化也有相当生动而准确的描绘和概括。剧作中达斡尔族青年邦格烈根本不去理会那些先进的"机械"，依然跟着达斡尔车轱辘画圈，并不时地暗暗啜泣流泪，"我们家是世代能工巧匠。打出的达斡尔车远近闻名。巴廷亨②达斡尔人谁不知道开花浅哑巴的烟袋锅，达克浅③林合布（著名木匠）的红炕柜，我爸爸的达斡尔车？我们家的车到草原那达慕大会上，蒙古姑娘围着团团转，一辆车就能换一匹骏马。呜呜！这手艺就要绝在我手里吗？"剧作者以邦格烈的失落与沮丧，写出了当下社会变革与普通人命运的紧密联系，捕捉了生活大潮中基底的波澜与旋涡，写出了商品经济意识和现代生活方式对达斡尔民族传统的生产生活方式、民风民俗的冲击，这里的"达斡尔车""烟袋锅""红炕柜"等民俗事象，

---

　　① 巴雅尔：《纳文江牧歌》，创作于1988年，该作未公开发表。1988年由内蒙古电视台拍摄。

　　② 巴廷亨：即布特哈，也写作巴特罕。

　　③ 开花浅、达克浅：达斡尔族鄂嫩哈拉（姓氏）里的村屯名称。

也可视为叙事学意义上"解释性干预",具有对民族身份的指认功能,它从一个方面增加了达斡尔民族文化的某些信息,对达斡尔民族历史传统为外界所了解起到了重要作用。我们不妨认为是作者在不失时机地向我们宣扬所属民族文化内容。当然也包含着剧作者建构民族认同的诉求有关,而且这种民族文化观念在剧作中还有更具体、更丰富的表现。瓦然大婶之子邦格烈对民族文化的念想,从达斡尔大轱辘车引出达斡尔民族辉煌历史就可窥见其端倪。尽管剧作的本意是塑造改革者形象,但这并不能构成叙事者认同民族文化的反证。改革带来生产力进步的同时,也不可避免地造成了民族传统文化的"同质化",生产意义上的民族发展和进步,与民族文化意义上的"前行"含义并不相同。我们认为,剧作者在歌颂改革之间深匿着对达斡尔民族文化的情感,而对"大轱辘车"本身并未否定,反倒是将它作为一种更广泛而坚定的基础存在来看待,而这一存在恰恰证明了民族文化认同的稳定性。

剧作的成功还体现在,作品为新时期达斡尔族文学奉献了哈塔这样一位改革者的形象。哈塔自身条件"相对优越",在大城市有一份稳定的生活,但哈塔毅然携爱女回乡,决心以学有所长回报养育他的父老乡亲。但是,哈塔的这一决定却在嫩江大地上引起不大不小的轰动,"鸟儿的翅膀硬了,都得远走高飞,你可好,偏回咱山沟,图啥呢?"当人们还在揣测他的回乡动机之际,哈塔早已投身到既定的奋斗目标之中。剧作中每个纳文江成员,以其个人形象分别担当了"不同选项"的代言人。哈塔是纳文江改革浪潮中"至善"的代表,是责任、担当与先锋、勇气的民族象征。哈塔顶住来自方方面面的压力和质疑,以现代科技文明的利器开启了乡村变革的步伐。"现在外面的世界红红火火,咱们这儿就别老牛拉车慢悠悠了。就说养牛吧,乳牛下乳牛,三年五个头,三五年才能见效,这种养法有些落后了,收效太慢。"于是,哈塔将高效饲料、短期育肥以及人工培植牛黄等现代科学技术的种子撒向这方热土,使其生根发芽。哈塔以实际行动印证了现代科学技术的列车终将驶向世间的每一个角落,地处偏远的嫩江沿岸也势必为之所动,这里的人们也必将经历一场从思想到行动的大变革。在作者笔下,随之而来的就是问题与矛盾的逐步解决与消除,在哈塔的带动下,乘上改革这一前行列车的人越来越多,这也更加坚定了哈塔实现改革这一梦想的信心和决心。

　　剧作还在乡情、爱情、友情、亲情间的描写和比照中，构筑了一个洋溢着温情的、时代的、民族的、立体的乡土风情世界。我们首先从乡情视角考察哈塔的归乡和改革，不难看到改革大潮中每一个人所面临的抉择与矛盾。最初，乡民如村长托布台、瓦然大婶是以淳厚、朴素的乡情热情迎接、款待回乡的哈塔的，但是随着哈塔改革措施的步步推进，他们心生反感，乃至抵触。对商品经济社会缺少思想准备和心理承受能力的乡民，是不可能一步入阁的。村长看到哈塔运用科学方法来诊断他家的病牛时，因所需时间较长，引起他的不满，几次劝女儿萨娜早些把病牛卖掉，以免延误买小牛犊的好时机。当哈塔提出以国内先进技术进行短期育肥试验时，一辈子生活在山乡的托布台不肯相信也不能相信，认为那是痴人说梦。在哈塔的努力下，不仅给病牛治好了病，而且还意外地发现病因竟是牛体内长了"值钱的牛黄"，于是哈塔又产生了人工培植牛黄的想法，予以实践后大获成功。其间哈塔还成功地进行了短期育肥试验，大大提高了奶牛的产量和质量。在事实面前，托布台开始有所改变，开始相信科学技术带来的益处。剧作真实地展示了封闭于乡间的托布台性格的内在机理，精准地描写了托布台从一开始的怀疑，到后来粗暴干涉，接着默然肯定，到最后赞赏并身体力行这一思想转变的过程。富裕户瓦然大婶代表着乡村改革的另一面。瓦然大婶是村中一个能说会道的中年女性，她对哈塔的误解，一方面源于她所看重的乡俗礼节和生活秩序没有得到哈塔执行，也就是没有第一时间去拜访她这位自视颇有"威望"的长者，另一方面源于儿子邦格烈对萨娜追求未果，瓦然大婶将内心的不满全部转嫁于哈塔。而且，勤劳能干、善于持家的瓦然大婶对科技文明相当排斥，坚持"不能让牛开膛"的保守观念。在接二连三的"怪事"面前，她思前想后，终于有所醒悟，说话的语气比以往和善了许多。作者意在以瓦然大婶的思想转变，告诉人们改革不仅改变着乡村的经济面貌，也在改变着乡村人。相异于其他改革题材作品，巴雅尔以瓦然大婶、邦格烈母子的形象，关注了经济变革中乡村的两种道德与行为原则的冲突，这是剧作者更深刻的发现，更新的贡献，包含着更深的寓意。这部剧作讲的是"改革"，但深入其后，也有对面临颠覆和消亡的民族文化的惋惜，作者以邦格烈的痛楚，不经意间对达斡尔民族文化传统的留存提供了一种可能。作品还以瓦然大婶"不满"于哈塔的"失礼"，对社会文化转型时期达斡尔民族的礼仪观念的变迁，表现出一定的忧虑。巴雅尔根深蒂固的审美观念和艺术敏感，使他在创作中自觉或不自觉地认同了民族文化，唤醒了达斡尔民族的深层记忆。

我们再从爱情、友情层面审视带着女儿回乡的哈塔，除却回报家乡的初衷，应该说哈塔也是为了规避都市了无生气的单调生活和婚姻家庭的喧斗与吵闹，"岳父把我们调回呼和浩特后，坐了两年办公室，每天无所事事，不是收收发发，就是吃吃喝喝。我这个学兽医的哪有这个福气，干脆不如回来，和我的那些牛马打交道痛快"。回到家乡莫力达屯，哈塔最先感受到的是来自村长女儿萨娜的敬重和赏识。不论剧作者是否意识到，萨娜是作家笔下的"道德"主体，寄予着作者的女性审美理想，从而被赋予了改革时代特有的激情和朝气。萨娜美丽、勤劳，富有进取心，勇于为心爱的人付出。而且朴实的萨娜没有丢失劳动本色，积极参加生产劳动，养牛、采集样样精通，加之性格干练又不失温柔，善解人意而不盲从。在与哈塔共事的日子里，萨娜对他有一种天然的亲近感，她非但没有表现出对哈塔事业的不解，还能够在托布台、邦格烈的质疑中，坚定地支持哈塔的改革方案，成为哈塔事业成功的助力者。剧作者还着眼于友情，表现出哈塔性格中大仁大义以及身为改革者的远见卓识。萨娜的妹妹梅露与男友巴音和是一对敢于闯出一番事业的青年才俊，他们二人的主打业务是销售现代农业机械，但遇到的最大难题就是乡民不接受"小四轮"（农用拖拉机），认为"咱们祖先坐着达斡尔车，从黑龙江上游迁到嫩江诺敏河。又被清朝政府先后发配到新疆伊犁，呼伦贝尔盟海拉尔，黑龙江的瑷珲、呼兰，达斡尔车一直伴随着我们啊"。巴音和不失幽默地回敬乡亲们的偏见，"能走荒山野岭的大轮车，可是上不得砂石公路啦。达斡尔车完成了它的使命，该进历史博物馆喽"。哈塔十分赞赏他们的干劲和勇气，从技术手段上加以支持，诚心诚意地向大家推介巴音和的小四轮车等农用机械，为乡民提供更为便利的劳动生产工具。信服哈塔的乡民们开始看好巴音和的"新家什"，使他们很快打开了产品销路。巴音和由衷钦佩老友哈塔为人笃实、讲信义的品格，但这种友情并不是建立在财富的分配上，而是一种心与心的相通，是共同的价值观使然。哈塔在乡情、爱情、友情、亲情以及各种矛盾的交织中，始终保持清正本色，勤勤恳恳做事，带动莫力达屯走上了改革这条康庄大道。他还以诚信和友情使巴音和坚定了走现代化之路的决心，以榜样的力量，让萨娜明确了自己的人生目标和理想追求，并以身作则教育了孩子，让女儿诺诺找回了安身立命的根系，使民族血缘与乡俗美好扎根于女儿内心深处。哈塔勇于担当和包容的胸襟显然是剧作者的理想之所寄。巴雅尔一方面运用人物关系多层面地塑造哈塔这一人物形象，以生动妥帖的细节使人物性格生辉，展示人物丰富的内心世界、彰显其风采。另一方面以乡村自然经济到商品经济的改革进程，表现了达斡尔人民从"必然"向着"自由"迈进的曲折历程。其间，也不乏在看似寻常的对话中，表达着剧作者对所属民族和莫力达瓦这方水土的拳拳之心。

巴雅尔剧作之所以以改革写出浓浓的乡情、亲情，是与他丰富的个体生命体验紧密相连的，"人的经验是他的生物或社会的阅历"，"还有一种则不但有这个经验，而且在这种经历中见出生命的意义、深刻的思想和动人的诗境"①。巴雅尔的这部剧作见出的"生命的意义"和"动人的诗境"，使《纳文江牧歌》显现出"现实主义戏剧"强大的艺术魅力。我们认为，作品的艺术魅力主要来自于真实、朴实和自然的艺术表现方式。这部剧作问世的当时，正是西方现代主义冲击中国文坛，意识流、荒诞与魔幻占据创作阵地并赢得喝彩的时候，巴雅尔表现出相当的冷静、沉着，他对文坛呼啸来去的各种潮流完全了解，却很少应和，亦不急于求新逐奇，追赶潮流，而是坚守现实主义阵地，恪守一种看似无技巧的大境界，力图靠近生活的原有状态。因而，剧作者所选取的艺术视角是平和的，切近生活实际的，且遵从自己对"这个世界经验式"的认知，把改革与乡情、爱情、友情和亲情编织在一起，给我们讲述了一个充满人情味的"改革"故事，塑造了哈塔这一勇于进取、敢于拼搏的改革者形象，揭示了过去和未来在达斡尔乡民心灵中留下的阴影，真实地表现了变革时代与生活激流之中的种种冲突，从一个方面折射出历史的真实，转变了以往"改革文学"的单一表现范式。剧作在影视民族化的探索方面也有一定的尝试。它逼真地再现了嫩江两岸达斡尔民族的民情风俗，秀丽的嫩江风光、热火激情的阿罕拜舞、众人齐声附唱的阵阵呼号、达斡尔居所的精美浮雕，还有凡见长者必行的"请安礼"，人物对话之中民间格言俗语以及简白口语的运用，如瓦然大婶嗔怪儿子："你的脑袋是杏木疙瘩，只能做烟袋锅？

---

① 童庆炳、程正民：《文艺心理学教程》，高等教育出版社 2001 年版，第 83 页。

你的心像烟囱，光能跑直烟？"无不折射出特定生活环境下达斡尔民族独特的生活、思维和语言表达方式。景致、人物、生活加之平易简约、口语化的语言风格，特别是剧作者对生活的精细的感知能力，使整部剧作呈现出既朴素又真实、既恬淡又昂扬的诗意美。

乌云巴图（1937—　）的电视文学剧本《白蘑菇与苦木乐》①选择了作者自我生活经历和艺术经验所能驾驭的知识分子题材，剧作的思想基点在于通过白蘑菇、苦木乐这一对青年男女曲折的爱情与婚恋故事，展现了知识分子在十年狂乱岁月中的坎坷遭际。鄂温克族姑娘白蘑菇与达斡尔族青年苦木乐是大学时代的恩爱情侣，毕业后，他们如愿以偿地走向了各自向往的工作岗位。这一对情侣沐浴着草原温暖的阳光，依偎在伊敏河畔，仰望"蓝天上，一行行大雁飞过"，看着美丽的"蝴蝶在晚风中翩然起舞"，用心爱的"苦木乐纹样荷包"和鄂温克族婚俗中的"红穗"表达着彼此的爱慕之心。但由于工作原因，他们在订婚仪式上喝完蘑菇塔"连心酒"之后便分离两地。让他们始料未及的是，这一别竟长达 15 年之久。其间，苦木乐饱受心灵与肉体的折磨，白蘑菇在家乡也备受相思的煎熬，他们共同体验了十年狂乱年代"命运"之神的无边魔力。历史推进到 20 世纪 80 年代，得以平反昭雪的苦木乐回到伊敏河畔，以旗委纪检委委员身份调查白蘑菇领导的"孟根牧场存在问题"时，既有说不出的喜悦，更有忐忑与不安，"白蘑菇的眼神失去了光泽，从深邃的眸子里涌出了两颗晶莹的泪珠"，苦木乐"仰在床上枕着两手，夜不能寐"。多年的杳无音讯使曾经相爱的二人在相逢之初，不得不面对被改变的生活，生怕伤害到对方的"家庭"。一段误会使他们二人的这种感觉越来越强烈，直到白蘑菇的母亲讲出白蘑菇儿子"蘑菇丁"的身世，才使他们和好如初，喜结同心。剧作的意义不仅在于向读者讲述了一个悲欢离合的爱情故事，更是通过苦木乐与白蘑菇的婚恋与命运，揭示了造成他们坎坷经历的社会因素。当代历史的一场"咆哮"和"癫狂"彻底改变了苦木乐与白蘑菇的人生轨迹，他们的相知、相爱、相守变成了一种遥不可及的奢望，使身处那个特殊年代的苦木乐、白蘑菇经受了长久分离的考验，又是爱情的力量使长久分离、遭受各种人生痛苦和磨难的两人选择了坚守。由此说来，

---

① 乌云巴图：《白蘑菇与苦木乐》，《呼伦贝尔戏剧》1990 年第 1 期。

乌云巴图的这部剧作呈现出多方面的意义，它既是达斡尔族"伤痕文学"的重要构成，是新时期达斡尔族知识分子题材影视文学的可喜收获，同时也为我们解读剧作家自身经历以及一代知识分子的苦难历程及其人生观、价值观提供了形象依据。

　　剧作《白蘑菇与苦木乐》的艺术个性主要体现在，戏剧冲突单纯而容量颇大，且主题意蕴丰厚。仅就两位主人公的名字而言，就有一定的深刻寓意，"苦木乐，也就是柳蒿芽，是迎着春光生长在河套沼泽地里的一种野菜。叶嫩，味鲜而根苦涩，达斡尔族称之为救饥之菜"。"白蘑菇是秋雨后经闷热的太阳照晒，从高原地带的草丛中破土而出，迅猛生长起来的。它洁白无瑕，鲜嫩醇香，鄂温克族称之为草原珍珠。"母亲给苦木乐起这个名字的时候，是因为他出生时家乡遭受自然灾害，是吃着苦木乐度过灾年的。母亲感激苦木乐的哺养之恩，另外是以此告诫儿子勿忘曾经的苦难生活。名如其人，苦木乐是坚强的，无论经历怎样的艰辛与坎坷，始终心怀理想和希望。工作勤勤恳恳，做人踏踏实实，生活中存有良知，爱情上忠贞不渝。这部剧作刻画得最为成功、最为感人的是"草原珍珠"白蘑菇。她是作者以自己全部的理想、热情塑造出来的女性形象，是剧本着力塑造的道德主体。剧作突出地描写了她忠于爱情、疾恶如仇、甘于奉献的优秀品质。白蘑菇是一位美丽、善良的鄂温克族女性，她对家乡、对草原怀有深深的热爱之情，大学一毕业，就主动要求回到抚育她的大草原，守护蓝天绿水，回报草原给予她的恩惠。在那场特殊岁月里，她一面忍受着与恋人苦木乐分离的相思之苦，一面冲破世俗偏见，勇敢地担当起抚育弃儿"蘑菇丁"的责任。她还是一个颇有威信的草原基层领导干部，是草原牧民的贴心人和带头人。在改革开放的感召下，担任酸马奶厂厂长的白蘑菇，集思广益，率领牧民走上共同致富之路，即便遭到布德等人的阻挠、破坏甚至诬陷，白蘑菇仍坚信"破土而出的青草是铲不尽的"。而且，白蘑菇对那份分离十多年的爱情，始终抱有坚定的期待和信心。在她身上，既有知识女性聪敏、细腻，有传统女性的淳朴、仁爱，又有新时代事业女性的干练果断。

　　在文学发展史上，有一些作家的创作常常具有极强的连贯性，乌云巴图就是这样一位作家。他的诗人气质和小说家的浪漫情怀，又一次在《白蘑菇与苦木乐》中得到充分展现。首先是富有诗意的鄂温克民族婚俗，民间歌舞的穿插、充满诗意的人物内心独白，使剧作洋溢着喜悦、甜美的基调。皓月当空，草原夜色一片银白，草滩上的篝火熊熊燃烧，月亮和篝火交映在一起。在木刻楞（亦写作木库莲）的悠扬琴声中，男女青年围着新娘新郎挑起了欢快的阿罕拜舞。年长者用古老的婚礼祝赞词祝福着一对新人，"花喜鹊喳喳欢叫，恭贺你俩新婚好。布谷鸟咕咕啼叫，祝福你俩白头偕老"。新郎母亲则端出一盘羊尾，按照"老规矩"给一对新人尝洞房前的"如意食"。送亲与娶亲队伍"抢枕头"的游戏更是激烈、热闹非凡，将婚礼的喜庆场面推向了高潮。这里描写的独具魅力的民族音乐舞蹈事象及"如意食"等有关民族风情婚俗，寄寓着剧作者对鄂温克民族的美好祝福，体现了对鄂温克民俗的由衷认同。作家不加掩饰地将鄂温克民族团结、和睦、喜悦的生活景象，表现得淋漓尽致。鄂温克族婚礼的单纯、欢快、喜庆与祥和，与剧作后半部分巴彦托海镇劳动局长儿子娶媳与"万元户"嫁女，这一权力与金钱相结合的婚礼形成了鲜明的对比。这部剧作还巧妙地运用鄂温克人视为神秘和祥瑞之物的"蘑菇塔"贯穿全剧，并以此形成别有寓意的象征，见证了朝鲁、伊兰和白蘑菇、苦木乐两代人的婚姻爱情遭际。白蘑菇的父亲朝鲁在一次劳动中，幸运地拾取到一株五层的蘑菇塔，而这一株蘑菇塔既给他们带来了快乐，也带给他们一家许多苦难和挫折。朝鲁先是以吉祥蘑菇塔为聘礼，把伊兰姑娘即白蘑菇的母亲娶回了家，幸福美满如蘑菇塔所喻示的一样美好。之后便是朝鲁被诬陷为"蘑菇塔小集团"，坐牢达一年之久。伊兰独自承担了女儿白蘑菇的养育之责，其艰辛可想而知。在十年风雨年代，许多无辜的人被剥夺了正常生存的权利。对朝鲁一家来讲，为了保住蘑菇塔这幸福与爱的信物，受尽磨难。可以说，蘑菇塔牵系、联结着家族命运，目睹了白蘑菇与苦木乐的悲欢离合，也为剧本增添了传奇与浪漫色彩。

剧作者还运用悬念、巧合和细节描写，渲染场面，营造出一种特定情境的氛围，再现了当代社会的历史真实。剧本的故事先是在 20 世纪六七十年代这一特殊历史背景中展开，残酷的岁月迫使两个相知相爱的年轻人失去了联系，正如多年以后，苦木乐向白蘑菇所述：自十年"文化大革命"中蒙冤判刑 20 年后，自己是"一面服刑，一面劳动改造。直到 1978年才被平反"。然后，"在结核病院疗养了两年。出院后，进自治区党校学习了两年。几个月前刚刚被分配到旗纪检委"。之后，就是白蘑菇收养的弃儿蘑菇丁的存在，使再次见到白蘑菇的苦木乐产生了误会。苦木乐在欢迎宴上寻机摔酒杯是他内心情感郁结的一次集中爆发，直到白蘑菇的妈妈伊兰出面，道出蘑菇丁身世，才解除了苦木乐内心的疑虑。而布德诽谤、离间阴谋的暴露，为苦木乐和白蘑菇的爱情道路清除了另一个障碍。特别是布德夫妇在大火中自取灭亡的结局，印证了"善有善报，恶有恶报"的人生因果期待。剧作在语言表达上极富民族特色。如在马奶厂党委会上，造反派头目布德公开叫嚷"我和白厂长是牛蹄子两瓣，合不来"。再如忐忑不安的白蘑菇问及苦木乐家庭状况时，苦木乐以草原人特有的幽默，向白蘑菇表白了自己对爱情的坚守，"我把帽子放在哪儿，那儿便是家"。白蘑菇母亲伊兰劝说误会女儿的苦木乐"迷雾遮不住雄鹰的眼睛"等格言俗语的运用，笔法朴素，字里行间流露出作者浓厚的民族情怀。剧作者这种与正直、信任、爱情、善良对应的至真至善至美的正义原则，构成了整部剧作的核心与寓意，它带给读者的不仅仅是无限感动，还有剧作者在历史、民族、人生三相交叉中所呈现的深刻主题。

附录 达斡尔族当代作家作品（集）一览

安自治：《访苏见闻录》，内蒙古人民出版社1954年版。

索依尔：《牧马人道尔吉（蒙古文）》，内蒙古人民出版社1955年版。

孟和博彦：《欣欣向荣的内蒙古文学》，内蒙古人民出版社1959年版。

哈斯巴图尔、王子述、白文达：《血泪荒原换新天》，内蒙古人民出版社1966年版。

胡格金合：《达斡尔故事（满文）》，文史哲出版社1977年版。

张暖忻、姚蜀平、李陀：《沧桑大地》，中国电影出版社1978年版。

乌云巴图：《红色江岸（蒙古文）》，内蒙古人民出版社1980年版。

巴图宝音：《漫话山上人》，内蒙古人民出版社1981年版。

孟德苏荣：《北斗星（蒙古文）》，内蒙古人民出版社1982年版。

张暖忻、李陀：《沙鸥》，中国电影出版社1982年版。

奥登挂：《莫力达瓦山下》，内蒙古人民出版社1983年版。

凌申：《达斡尔酋长》，陕西人民出版社1984年版。

孟和博彦：《孟和博彦文学评论集》，内蒙古人民出版社1987年版。

额尔敦扎布：《伊敏河在潺潺地流（蒙古文）》，内蒙古人民出版社1989年版。

额尔敦扎布、乌云巴图：《额尔敦扎布乌云巴图作品集（蒙古文）》，内蒙古人民出版社1988年版。

额尔敦扎布：《霜秋（蒙古文）》，内蒙古人民出版社1991年版。

苏勇：《恩赐》，诗神出版社1992年版。

哈斯巴图尔：《山神脚下》，内蒙古文化出版社1993年版。

苏勇：《木库莲声》，远方出版社1995年版。

孟德苏荣：《万年灯（蒙古文）》，内蒙古教育出版社 1997 年版。

敖继红：《心之虹》，内蒙古文化出版社 1997 年版。

苏华：《牧歌》，远方出版社 1998 年版。

赵国安：《没有墓碑的墓》，民族出版社 1998 年版。

昳岚：《走出方格》，内蒙古人民出版社 1998 年版。

阿凤：《木轮悠悠》，内蒙古大学出版社 1998 年版。

额尔敦扎布：《凌升》，民族出版社 1999 年版。

乌云巴图：《草原人的爱》，中国文联出版社 2000 年版。

苏华：《母鹿·苏娃》，作家出版社 2000 年版。

苏莉：《旧屋》，作家出版社 2000 年版。

阿凤：《木刻本色》，作家出版社 2000 年版。

苏莉：《天使降临的春天》，内蒙古人民出版社 2000 年版。

敖文华：《嫩江，我蓝色的摇篮》，内蒙古人民出版社 2001 年版。

孟晖：《盂兰变》，作家出版社 2001 年版。

孟晖：《维纳斯的明镜》，西苑出版社 2001 年版。

昳岚：《初春的夜晚寒凉》，作家出版社 2002 年版。

敖继红：《界河军魂》，解放军文艺出版社 2002 年版。

萨娜：《你脸上有把刀》，大众文艺出版社 2003 年版。

乐志德：《万里雪飘》，民族出版社 2005 年版。

吴玉：《骁郎与岱夫》，作家出版社 2005 年版。

孟晖：《潘金莲的发型》，江苏人民出版社 2005 年版。

孟晖：《花间十六声》，生活·读书·新知三联书店 2006 年版。

孟晖：《画堂香事》，江苏人民出版社 2006 年版。

昳岚：《追寻你的踪迹》，中国文联出版社 2006 年版。

阿凤：《书写本色》，作家出版社 2007 年版。

达拉：《白手帕红了》，小说阅读网 2007 年版。

色热达斡尔语创作，吴智标音记录，巴图宝音译：《色热乌钦集》，黑龙江美术出版社 2008 年版。

孟和博彦：《孟和博彦文集（1—4 集）》，内蒙古人民出版社 2008 年版。

额尔敦扎布：《阿澜豁阿（蒙古文）》，内蒙古教育出版社 2008

年版。

乌云巴图：《命运笔记》，内蒙古文化出版社 2009 年版。

孟晖：《贵妃的红汗》，江苏人民出版社 2010 年版。

昳岚：《哀鸿阿穆尔》，作家出版社 2010 年版。

高志军：《天堂草原》，中国文化出版社 2010 年版。

傲蕾伊敏：《情深不寂寞》，远方出版社 2011 年版。

萨娜：《多布库尔河》，作家出版社 2012 年版。

赵国安：《东迁》，黑龙江省教育出版社 2012 年版。

晶达：《青刺》，天津人民出版社 2012 年版。

孟晖：《唇间的美色》，山东画报出版社 2012 年版。

孟晖：《金色的皮肤》，山东画报出版社 2012 年版。

额尔敦扎布：《悠悠岁月》，天马出版有限公司 2013 年版。

赵国安：《西征》，光明日报出版社 2013 年版。

苏莉：《仲夏夜之温凉时分》，首都师范大学出版社 2013 年版。

莫德尔图创编讲述，那顺达来、敖登挂整理，巴图宝音汉译：《战罗刹与奇三告状》，天马出版有限公司 2013 年版。

孟根：《清雅斋诗词选》，中国文联出版社 2013 年版。

晶达：《大猫就是这样逃跑的》，作家出版社 2013 年版。

孟晖：《古画里的中国生活》，中信出版社 2014 年版。

孟晖：《花露的中国情缘》，中信出版社 2014 年版。

吴颖丽：《我在云上爱你》，花城出版社 2014 年版。

苏勇：《曲棍球记忆》，中国新闻出版有限公司 2014 年版。

孟晖：《想念梦幻的桂旗》，南京大学出版社 2014 年版。

孟晖：《花露天香》，南京大学出版社 2014 年版。

吴颖丽：《我看到了你的麦田》，外文出版社 2015 年版。

吴颖丽：《温暖的世界》，外语教学与研究出版社 2015 年版。

杜伟军：《纳米比亚上空之舞》，作家出版社 2015 年版。

孟根：《莫力达瓦，我眷恋的土地》，团结出版社 2015 年版。

孟根：《尼尔基湖边的遐想》，团结出版社 2015 年版。

苏晓英：《嫩水清悠》，团结出版社 2015 年版。

孟羽柱：《达紫香》，团结出版社 2015 年版。

达拉：《飞过马鞍去扑火》，敦煌文艺出版社 2015 年版。

李陀：《雪崩何处》，中信出版社 2015 年版。

孟晖：《去波斯湾看海》，河南大学出版社 2015 年版。

孟晖：《花点的春天》，牛津大学出版社 2015 年版。

额尔敦扎布：《额尔敦扎布中篇小说集（蒙古文）》，内蒙古人民出版社 2016 年版。

晶达：《塔斯格有一只小狍子》，北京少年儿童出版社 2016 年版。

高志军：《走进生命的草木》，五洲文苑出版社 2016 年版。

孟晖：《胭脂记》，南京大学出版社 2016 年版。

孟晖：《妆粉记》，南京大学出版社 2016 年版。

孟晖：《香皂记与兰泽记》，南京大学出版社 2016 年版。

昳岚：《雅德根：我的母系我的族》，人民文学出版社 2017 年版。

苏莉：《万物的样子》，作家出版社 2017 年版。

吴颖丽：《向日葵》，浙江文艺出版社 2017 年版。

孟晖：《古画里的中国》，河南大学出版社 2017 年版。

吴颖丽：《一个热爱太阳的民族》，内蒙古文化出版社 2018 年版。

李陀：《无名指》，中信出版社 2018 年版。

鄂阿娜：《以父之名》，作家出版社 2019 年版。

巴图宝音：《巴图宝音文集》，辽宁民族出版社 2019 年版。

多莲荣：《绿色的呼唤》，内蒙古文化出版社 2020 年版。

吴颖丽：《在那彩云之南》，作家出版社 2020 年版。

孟晖：《美人图》，中信出版社 2021 年版。

吴颖丽：《达斡尔艾门之歌》，作家出版社 2021 年版。

参考文献

卜林:《中国达斡尔族人物录》,黑龙江人民出版社 1992 年版。

蔡毅、尹相如:《幻想的太阳:民族宗教与文学》,云南人民出版社 1992 年版。

曹文轩:《二十世纪末中国文学现象研究》,作家出版社 2003 年版。

崔荣、包薇:《达斡尔族诗歌研究》,内蒙古大学出版社 2012 年版。

达斡尔资料集编委会、全国少数民族古籍整理研究室:《达斡尔资料集(1—11 集)》,民族出版社 1996—2015 年版。

[美] 大卫·费特曼:《民族志:步步深入》,龚建华译,重庆大学出版社 2007 年版。

杜兴华、巴图宝音:《中国达斡尔族名人风采录》,中央民族大学出版社 2010 年版。

鄂景海、巴图宝音:《中国达斡尔族史话》,民族出版社 2005 年版。

关纪新:《20 世纪中华各民族文学关系研究》,民族出版社 2006 年版。

关捷:《东北少数民族历史文化研究》,辽宁民族出版社 2007 年版。

郭白玲、巴尔登:《中国新疆塔城达斡尔族》,新疆人民出版社 2013 年版。

何成洲:《跨学科视野下的文化身份认同》,北京大学出版社 2011 年版。

洪子诚、刘登翰:《中国当代新诗史》,人民文学出版社 1994 年版。

呼伦贝尔盟文联:《呼伦贝尔文艺家名录》,内蒙古文化出版社 1994 年版。

金汉:《中国当代小说艺术演变史》,浙江大学出版社 2000 年版。

乐志德、娜日斯:《达斡尔论坛(1—3 卷)》,内蒙古文化出版社

2006 年版。

李长中：《当代人口较少民族文学的审美观照》，社会科学文献出版社 2015 年版。

李鸿然：《中国当代少数民族文学史论（上、下）》，云南教育出版社 2004 年版。

李惠芳：《中国民间文学》，武汉大学出版社 1999 年版。

李树新、林琳：《达斡尔族小说研究》，内蒙古大学出版社 2012 年版。

李云忠：《中国少数民族现当代文学概论》，辽宁民族出版社 2006 年版。

梁庭望、黄凤显：《中国少数民族文学》，山西教育出版社 2003 年版。

刘大先：《千灯互照》，暨南大学出版社 2017 年版。

刘金明：《黑龙江达斡尔族》，哈尔滨出版社 2002 年版。

刘忠：《20 世纪中国文学主题研究》，社会科学文献出版社 2006 年版。

吕豪爽：《中国新时期少数民族小说研究》，河南大学出版社 2010 年版。

马学良：《中国少数民族文学史（上、下）》，中央民族学院出版社 1992 年版。

满都尔图：《达斡尔族百科辞典》，内蒙古文化出版社 2007 年版。

满都呼：《中国阿尔泰语系民族民间文学概论》，内蒙古教育出版社 2005 年版。

毛星：《中国少数民族文学（上、中、下）》，湖南人民出版社 1985 年版。

莫力达瓦旗概况编写组：《莫力达瓦达斡尔族自治旗概况》，内蒙古人民出版社 1985 年版。

内蒙古自治区编辑组：《达斡尔族社会历史调查》，内蒙古人民出版社 1985 年版。

萨音塔娜、托娅：《达斡尔族文学史略》，内蒙古大学出版社 1997 年版。

佘树森、陈旭光:《中国当代散文报告文学史》,北京大学出版社 1996 年版。

陶玉坤:《北方游牧民族历史文化研究》,内蒙古教育出版社 2007 年版。

特·赛音巴雅尔:《中国少数民族当代文学史》,内蒙古教育出版社 1999 年版。

涂鸿:《文化嬗变中的中国当代少数民族文学》,中国社会科学出版社 2014 年版。

托娅、阿茹汉:《达斡尔族文学与研究资料总目及提要》,远方出版社 2009 年版。

托娅、刘志中:《达斡尔族报告文学戏剧文学研究》,内蒙古大学出版社 2012 年版。

万建中:《民间文学引论》,北京大学出版社 2006 年版。

乌丙安:《民俗文化新论》,辽宁大学出版社 2001 年版。

吴重阳、陶立璠:《中国少数民族现代作家传略》,青海人民出版社 1982 年版。

伍民昭:《民族灵魂的建构——中国现当代文学批评》,人民出版社 2013 年版。

谢柏梁:《中国当代戏曲文学史》,高等教育出版社 2006 年版。

杨彬、田美丽:《中国当代少数民族小说的审美特色研究》,中国社会科学出版社 2012 年版。

杨春:《中国少数民族散文概论》,中央民族大学出版社 2000 年版。

杨圣敏:《中国民族志》,中央民族大学出版社 2008 年版。

杨玉梅:《民族文学的坚守与超越》,作家出版社 2013 年版。

毅松、涂建军、白兰:《达斡尔族鄂温克族鄂伦春族文化研究》,内蒙古教育出版社 2007 年版。

张炯、邓绍基、樊骏:《中华文学通史(1—10 卷)》,华艺出版社 1997 年版。

张俊才:《现代中国文学的民族性构建》,山西人民出版社 2008 年版。

张永刚:《后现代与民族文学》,人民出版社 2014 年版。

赵延花：《达斡尔族散文研究》，内蒙古大学出版社 2012 年版。

赵志忠：《20 世纪中国少数民族文学编年》，辽宁民族出版社 2006 年版。

赵志忠：《民族学论稿》，辽宁民族出版社 2005 年版。

钟进文：《中国人口较少民族书面文学研究》，民族出版社 2012 年版。

仲呈祥：《新中国文学纪事和重要著作年表》，四川省社会科学院出版社 1984 年版。

朱斌：《当代少数民族小说文化身份的认同与建构研究》，民族出版社 2020 年版。

朱宜初、李子贤：《少数民族民间文学概论》，云南人民出版社 1983 年版。

后　记

　　当初萌生为英雄的达斡尔民族文学"著史立传"时，自然是斗胆受惑于这一研究课题的吸引力，以及多年对达斡尔族文学的关注与亲近，还有血液里流淌的那份对少数民族的认同，鼓励我们最终选择了"达斡尔族书面文学"这个远非凭一时的决心就能领会、洞察的研究对象。在着手这一艰辛又极富挑战的研究工作中，也曾生出无数的困扰与迷茫，但我们深知肩负的责任，那就是必须尽可能如实地揭示出达斡尔族书面文学形态的各个方面，挖掘潜匿于其间的精神价值和意义。因而，依照达斡尔族书面文学的实际，我们以文学与美学理论为支撑，量体裁衣，构设了切合研究目标的思路与策略。宏观上，以线性时间为纵轴线勾勒出"书面文学的基本轮廓"，定义了"达斡尔族书面文学"在中国少数民族文学视阈中的基本概念，梳理了达斡尔族书面文学思维进路，厘清了达斡尔族书面文学的内容体系，并在与当代中国少数民族文学发展历程的对接中，对达斡尔族诗歌、小说、散文、儿童文学、报告文学、戏剧与影视文学，以及文学批评与理论研究、民间文学和文人书面文学作品搜集、翻译和整理所取得的成就，做出了分析和总结。

　　局部上，以"民族视阈下的个案阐释"为构架，在甄选作家与作品方面，确定出以策划达斡尔族书面文学研究课题的时间 2017 年为限，之后涌现的新人或新作，择要在相关篇章中做出适量的补充。需要说明的是，鉴于达斡尔族书面文学的殊异性以及达斡尔族作家所涉文体的多样性，亦为最大限度地体现达斡尔族书面文学的真实面貌，对在达斡尔族书面文学史上取得重大成就的作家如孟和博彦、李陀、萨娜设以专节，其他作家则按照创作年代或题材类型，采用一节多人的方法来描述，由此就出现了某一作家数次出现在不同章节的情况。这种对达斡尔族作家与作品的"切割"性描述，既是达斡尔族书面文学的客观存在，也是为减少主观随意性、切近达斡尔族书面文学发展的本真状态而选用的研究方法。然而，心之所向却未见得必然事有所成，本研究仅属浅近、普及层级，仍存有许多粗疏、浅露之处。

回望写下的这些文字，遗憾是毋庸置疑的。但这部历时数年积累而写成的《达斡尔族书面文学概论》，承载着我们对达斡尔民族作家的敬仰与爱戴，也承载着我们满满的感恩、感激之情。在此，向给予我们帮助的良师益友致以深深的谢意！

感谢内蒙古社会科学院以委托资助形式，将如此重要的研究任务交付于我们，这是对我们的极大信任和肯定。我们还要向支持此项研究计划并奉献心力的内蒙古自治区人大常委会吴团英主任、内蒙古社会科学院金海院长、毅松院长申致由衷的谢意！

感谢内蒙古大学文学与新闻传播学院李树新、赵延花、崔荣、包薇教授，内蒙古师范大学青年政治学院林琳老师，他们的前期研究为达斡尔族书面文学研究奠定了基础，我们充分借鉴了相关研究成果，没有他们的辛勤付出，就没有《达斡尔族书面文学概论》的问世。

感谢达斡尔族文学研究专家赛音塔娜教授，她的引领和鼓励，使我们明确了目标，也坚定了信心。我们还要铭记在本书写作、出版过程中的那些幕后工作人员和亲人朋友，特别感谢内蒙古社会科学院蓝海燕老师、内蒙古大学博思红老师的默默付出，无以为报，唯有常念相助，常念感恩。

下面是本书的撰写者及具体分工情况：

托娅：撰写前言、上编第 2 节、第 3 节、第 5 节、第 7 节；下编第 1 节、第 2 节、第 4 节。

阿茹汉：撰写上编第 1 节、第 4 节、第 6 节、第 8 节、第 9 节、第 10 节；下编第 3 节。

最后，我们热切希望专家学者不吝赐教，祈望读者对《达斡尔族书面文学概论》存在的问题或讹误批评指正。

托娅　阿茹汉
2018 年 7 月 16 日